机　器

肖克凡 ◎ 著

中国言实出版社

图书在版编目（CIP）数据

机器／肖克凡著 . -- 北京：中国言实出版社，
2021.3

ISBN 978-7-5171-3813-6

Ⅰ . ①机… Ⅱ . ①肖… Ⅲ . ①长篇小说－中国－当代
Ⅳ . ① I247.5

中国版本图书馆 CIP 数据核字（2021）第 031707 号

出 版 人　王昕朋
责任编辑　罗　慧
责任校对　史会美

出版发行　中国言实出版社

　　　　　地　　址：北京市朝阳区北苑路 180 号加利大厦 5 号楼 105 室
　　　　　邮　　编：100101
　　　　　编辑部：北京市海淀区花园路 6 号院 B 座 6 层
　　　　　邮　　编：100088
　　　　　电　　话：64924853（总编室）　64924716（发行部）
　　　　　网　　址：www.zgyscbs.cn
　　　　　E-mail：zgyscbs@263.net

经　　销　新华书店
印　　刷　北京盛通印刷股份有限公司
版　　次　2021 年 3 月第 1 版　　2021 年 3 月第 1 次印刷
规　　格　710 毫米 ×1000 毫米　1/16　27.25 印张
字　　数　443 千字
定　　价　98.00 元　　ISBN 978-7-5171-3813-6

　　肖克凡，天津人，国家一级作家，编剧，享受国务院特殊津贴。1970年参加工作，历任中国作协全委会委员，天津市作家协会副

主席。现任天津市作家协会文学院院长。

1983年开始发表作品，已发表作品500万字。著有长篇小说《鼠年》《原址》《都市上空的爱情》《尴尬英雄》《浮桥》，小说集《黑色部落》《赌者》《人间城郭》《蓝色鸟》等，散文集《镜中的你和我》《我的少年王朝》。中篇小说《黑砂》获天津市鲁迅文艺优秀作品奖，《都是人间城郭》获《中国作家》优秀中篇小说奖，《最后一个工人》获《中篇小说选刊》奖，《三八驾校》获《特区文学》奖。2002年获天津市首届青年作家创作奖。

目录

红色岁月　红色历程　红色史诗　红色经典

装配线卷

机器尾声

螺丝钉卷

螺丝钉：圆柱形或圆锥形金属杆上带螺纹的零件。

——摘自《现代汉语词典》

1. 工厂与作坊

华昌机器厂老东家白鸣岐一伸手撩开门帘跨进账房,大胖身子呼地带进一股冷风。说他胖,不假,黑缎面紫羔皮袍裹着一身货真价实的肥肉。叫他老东家,并不恰当。工商界惯例,儿子接班做少东家老子即为老东家。鳏夫白鸣岐四十郎当岁,顶着老东家虚名而已。

为什么呢?他儿子白小林日本留学归来迟迟不肯接班,竟然悄悄考入日商东洋纱厂做了职员。独生儿子不肯做少东家,把老子撂在旱岸上了。

家有忤子啊。白鸣岐走进账房撩起皮袍儿落座,屁股压得红木椅子说了话,吱地叫了一声。他抬头看了看墙上德国挂钟,心里知道它慢了一个钟头。华昌机器厂账房的德国挂钟,一大早儿往前拨快一个钟头,为了叫工人们提前干活儿;下晚儿往后拨慢一个钟头,为了让工人们滞后收工。这一快一慢,一天多生出两个钟头,变成二十六小时。

老账房先生被辞退便没人拨动时针了。一座工厂没了账房先生好比一座宅门没了大管家,折了手也折了脚。可巧有人推荐新的账房先生李亦墩。白鸣岐喜欢《百家姓》开篇姓氏,便同意面试。

白鸣岐是金华桥畔明江浴池常客,泡在塘子里好一堆白肉。因此这堆白肉将见面地点约在一街之隔的金华酒楼。金华酒楼原先三层楼房,庚子年间被八国联军烧成平房。领头纵火的是日军大佐小岛次郎。这位日本大佐归国退役投身纺织工业,终于发迹形成著名的小岛家族。

坐在金华酒楼大堂里,白鸣岐点了两菜一汤,叽一口酒,吧一口菜,呼噜呼噜喝着汤。李亦墩按时到了。他脸孔清瘦目光平和，头戴栗色俗称"茶壶套"的帽子，身上裹着蓝布棉袍，脚底下黑色骆驼鞍式棉靴，不到三十岁模样。

白鸣岐试探着递烟，他说不会抽。白鸣岐试探着斟酒，他说不会喝。白鸣岐叫堂倌儿沏一壶热茶，他却要了一碗白开水。白鸣岐暗暗吃惊。当今讲究及时行乐，风行吃喝嫖赌，这位操着外埠口音的中年男子不抽烟不喝酒不饮茶，好比麻将牌里的一条"素龙"，难得。

你以前知道华昌机器厂吗？你以前知道玛钢吗？白鸣岐连问两句。

不知道。李亦墩一句顶两句，回答了。

天上一句地下一句地聊了几句。从不轻易表态的白鸣岐认可了，当场约定进厂的日子。告辞出了金华酒楼。可巧遇见日本宪兵队满大街抓人。大胖身躯的白鸣岐向北，瘦骨嶙峋的李亦墩往南，分头走了。

华昌机器厂地处"三条石"大街东端，属于华界知名厂商。这一带的几十家小工厂，要么翻砂，要么锻铁，要么淬火，号称"热加工"；要么养着几台床子承接车钳铣刨磨的订单，号称"冷加工"；还有生产桅灯、车具、度量衡、刨冰机、小锅炉、大五金的工厂，则以"制造商"自诩。因此，这里号称"华北机器工业摇篮"。

俗话说：麻雀不大，五脏俱全。华昌机器厂就是如此：两座熔化铁水的"猴子炉"，一间退火窑，一架打磨毛坯的"滚筒"，四台冲压"熊捣子"，两台镟床，还有一架"眼儿床子"。一环环工序一道道工艺一位位工匠，华昌机器厂从热加工到冷加工一环不缺一项不少。站在高处放眼"三条石"工业区，如此门类齐全的机器厂，没有几家。

最令白鸣岐自豪的不是"冷加工"，而是铸造"玛钢"。玛钢不是钢，是铁。这种以铁代钢的铸件，用于管道阀门、五金工具、自行车曲柄，市场广阔。尤其用于轨道"轱辘马"，非玛钢不可。

说起生产玛钢，它的关键环节"退火"属于绝活，难以掌握。玛钢分为"黑心儿"和"白心儿"两种，具有不同机械性能。当年，白鸣岐从"玛钢大王"手里学会这门热处理技术，如同得了太上老君炼丹术，神秘得很。白鸣岐往往选择夜半时分装窑，譬如装箱，譬如配料，譬如码放，譬如封窑，譬如烧火，譬如测温。他独自操作，身旁不得留人。这一窑玛钢一烧就是五天，白鸣岐寸步不离日以继夜，俨然乌龟瞪蛋守护着即将出世的儿女。

到了进厂那天，李亦墩迎着西北风揣着双手沿着三条石大街从西向东，走向华昌机器厂。三条石大街中央铺着三条青石板，连绵不断。一左一右的两条青石板，日积月累被轧出两道车辙，中间一条青石板被车夫踩出两行足迹。这三条青石板，印满岁月沧桑。

来到华昌机器厂大门前，表情镇定的李亦墩看见两扇大门上露出一只只圆孔。这是一支支铆钉被强行拔去留下的窟窿。打从第五次强化治安运动，日本人强行征集中国民间金属，从小孩儿的饭勺到老头儿的铁球，从小媳妇的顶针到老爷儿们烟袋锅儿，统统回炉去了。李亦墩扭头观察周边，认为一街之隔的地方应当摆一个烟卷儿摊，卖烟卷儿的应当是个沉默寡言的老头儿。

李亦墩构思完毕，伸手推开角门探身走进华昌机器厂。看门人一贯见人下菜碟儿，知道来了账房先生连声致礼。李亦墩对这家工厂似乎并不陌生，一口气便找到账房。为了监视工人行动，华昌机器厂账房四面开窗，这样即可眼观六路耳听八方了。

天气冷，账房挂着棉门帘。李亦墩撩起门帘猫腰钻进去，操着鲁冀交界口音向坐在红木椅上的白鸣岐问了一声好。白鸣岐注视着新任账房先生，内心突然疑惑起来。这位而立之年的男人不嫖不赌不抽不喝，素素净净地活着到底图希什么呢？思忖着，白鸣岐反而怀疑自己选错了人。

他起身指着一摞账本说，华昌机器厂有十三名大工匠，分为甲乙两等，按半月取领工钱，食宿自理。除了伙夫杂役，还有二十三名徒工，工厂管吃管住，一冬一夏两次换季，发钱添衣裳。

噢。李亦墩仔细听着，随手抄起抹布擦了擦桌子。白鸣岐暗暗欢喜了。以前那位账房先生不好伺候，抽烟卷儿小伙计给划着洋火，喝茶水小伙计给递到嘴边，拨拉算盘珠子累了小伙计给掐肩捶背，谱儿大去了。人啊，真是不比不知道。这位新来的账房先生不卑不亢，做事不会错的。

白鸣岐抬手指着墙上德国老挂钟向这位账房先生交代了"秘诀"——每天清早儿拨快一钟头，每天下晚儿拨慢一钟头。李亦墩听罢惊诧地哦了一声。

中午吃饭，白鸣岐盼咐伙房给李亦墩做一碗"光棍儿面"送到账房，以示欢迎。"三条石"一带的华商工厂多年以来形成"长迎短送"习俗，迎新进门吃面条，结账走人吃饺子。兵荒马乱年景不济，迎新只能吃杂面条，走人只能吃荞麦饺子。

李亦墩吃了一碗杂面条，动手洗了海碗送回伙房。大师傅见他如此谦恭，反而端起架子。李亦墩并不介意，放下海碗回去对账了。

那天在金华酒楼见面，李亦墩跟白鸣岐说明自己是单身汉。老东家给他在厂外安排住处。李亦墩一口谢绝，说账房先生睡在账房里，更好。他是这样说的也是这样做的，一连几天伏案兑账，算盘珠子从早晨响到晚上，除了吃饭喝水，那就是睡觉了。

只用三天核账完毕，李亦墩手捧三册账簿交给白鸣岐。老东家哪里知道，与此同时李亦墩还完成了《一个资本家剩余价值分析》的整体构思。这篇重要文章后来发表在中共北开特委地下刊物《反抗》杂志头题位置。几经周折这册杂志通过秘密交通线传到延安，引起了一个名叫刘少奇的人的注意。《一个资本家剩余价值分析》的发表注定了四年之后"进城干部"李亦墩投身工业战线的命运。

冬日黄昏，王金饼扛着铺盖卷走出火车西站，一路打听三条石华昌机器厂，跟谁说话都是点头哈腰的样子。这个身穿黑棉袄黑棉裤的庄户小子来到工厂大门口，心里犯怵不敢进去。

十八岁的王金饼大脑袋细脖子，操着泊镇口音。他挪动脚步进厂，被看门人一声喝住，盘问得底儿掉。抱着铺盖卷跟随看门人走向工厂深处。迎面是一座工房，一台滚筒发出叮里咣啷声响，好像里面盛着妖魔鬼怪，等待《水浒传》里洪太尉放生。穿过这座工房是一个原料场子。几个小伙子光着膀子正在劈铁——隆冬天气嘿哟嘿哟抢着"窝头锤"，满头大汗亮出一身"肉块儿"。王金饼心里好生羡慕，以为遇见武松。

前面一间四面有窗的是账房。看门人引着王金饼进去。没人。一张桌子，配着两把官儿帽椅，四出头式样。两尊瓶胆蹲在条案上，插着鸡毛掸子。屋里生着火。王金饼瞅见炉上坐着一只铁壶冒着热气，渴了。他从包袱里取出蓝花粗瓷大碗给自己斟了一碗热水。

看门人瞥了一眼说，你小子进了门就饮驴。王金饼端着大碗说，白鸣岐是我表叔，我娘告诉我进了表叔工厂不要拿自己当外人。

白鸣岐是你表叔啊？那慈禧太后还是我姑奶奶呢。长相酷似梁山好汉时迁的看门人趁机从账桌上捏起半截子烟卷儿夹在耳朵上，说你自己等着吧。抬腿走人了。

王金饼端着大碗一动不动好似一尊蜡人儿。就这样蜡了一会儿，一个身穿黑色皮袍的大胖男人撩开门帘迈进账房。他目光睃着账房，满脸疑惑问道，你这根萝卜是从哪块地里冒出来的？

我叫王金饼，黄金的金，烧饼的饼，我来投奔华昌机器厂老东家白鸣岐。王金饼慌忙把大碗塞进包袱里，小学生背书似的。

我就是白鸣岐。他上下打量着王金饼说，账房先生呢？

这时李亦墩掀起门帘走进账房，不卑不亢说去了一趟茅房。白鸣岐一把拉过王金饼对账房先生说，这是从老家来的学徒，你给他立一张生死字据。

李亦墩随即落座铺开纸笺打开墨盒，表情依然沉静如水。白鸣岐当场口授字据内容，清脆洪亮，就跟大街上数快板儿似的：

> 三年学徒，一文不名。跌打损伤，概不照应。走失拐带，责任自擎。投河觅井，交保诉讼。三年满师，东伙两清。双方自愿，立据为凭。

数完这段快板儿，白鸣岐迈着大步走出账房，奔向工厂后院开炉化铁去了。

李亦墩和蔼地询问新来学徒的名字。王金饼如实报出大号，还说出自己乳名"饼子"。面孔清瘦的账房先生沉吟片刻说，金饼的饼字不大好听，麻将牌里不是有饼子嘛，三饼五饼容易引人取笑。你若是经常遭人取笑，就自卑了。一自卑，人就萎了。人活一口气嘛，萎了不好。我看还是改字不改音，炳代表光明，你就改成王金炳吧。

光明？好啊好啊。我愿意光明。王金炳连连点头说当年我爹给我取名饼子是为了一辈子不挨饿有粮食吃。我从泊镇老家投奔华昌机器厂学徒，从今往后有了饭碗不挨饿了，您给我改成王金炳吧。光明好啊，亮亮堂堂的。

那就改了。账房先生一边说一边写，之后让王金炳在契约上按了手印。

这是一个重要的日子，民以食为天的王金饼摇身变成追求光明的王金炳。

他抱着铺盖卷住进了华昌机器厂的"学徒大炕"。就一间"篱笆顶"大屋里垒着两条大炕。左边大炕睡十二个学徒，人挨人；右边大炕睡十二个学徒，人挤人。基本是大车店的格局。王金炳进了屋，一看左边大炕尾巴空着一个位置，便打开包袱取出棉被填补进去。他反身出屋找到一块青砖，有了枕头。

天黑了，也没人招呼王金炳吃饭，他暗暗扛着。盘腿坐在大炕上，肚子却叽里咕噜讲了话，说饿了。他心里寻思着，操！金饼改成金炳不是不挨饿吗，这一光明我倒没饭吃了。

突然屋门大开。身穿黑色棉裤黑色棉袄的学徒们吃罢晚饭回来了。人多了，屋里空气顿时混浊，添了汗脚臭鞋的味道。学徒们看见屋里添了一个傻头傻脑的新人，有的过来搭讪一声，有的投来审视的目光，有的根本不理不睬。王金炳局促不安，小团圆媳妇似的。

一个瘦猴儿模样的学徒剔着牙缝儿打着饱嗝儿说，他妈的今天晚饭我没吃好，炖肉吧我嫌肥，熬鱼吧我嫌腥，烧羊腿吧我嫌膻，烤鸭子吧我嫌腻，唉，实在没有办法我只喝了两碗稀饭。喝了稀饭又遇到麻烦了，有人非要把他家的大闺女许配给我。唉，娶媳妇我嫌麻烦，这搂着女人睡觉多累啊。你们听过"四大累"吧？挖窑泥，筑河堤，养活孩子，操大逼。

学徒们听罢哄堂大笑，认为这四种活计瘦猴儿说得非常贴切。

炖肉熬鱼烧羊腿烤鸭子，王金炳听了并不觉得馋，这一宗宗美味佳肴对一个乡下孩子来说实在陌生。他听了只是觉得饿。馋和饿是不一样的。馋是想吃好的，饿是想吃饱了。至于"四大累"什么的，饿瘪肚子的王金炳不去理会。他只知道"四大瘪"：撒气轱辘，死蝉蜕，老太太奶子，饿死的胃。

王金炳悄悄下炕，溜了出去。厂院里很安静。一股铁锈的味道扑面而来，浓浓地直入肺腑。王金炳在农村嗅着黄土味道长大，遇到这种铁锈味道好生新奇，耸着鼻子吸了几口。远处账房泻出几缕灯光，恍恍惚惚使人想起《聊斋》。

李亦墩踱出账房说，王金炳你还没吃晚饭吧？我领你去伙房。王金炳感动了，深一脚浅一脚走向伙房。伙房里两个厨子下棋，楚河汉界吃卒宰仕拿马捉象，杀得血肉横飞。李亦墩说新来的伙计耽误了晚饭还饿着肚子呢。

胖厨子说那就饿一宿。瘦厨子说饿了让他喝凉水。李亦墩观看棋局拍着胖厨子肩膀说你想反败为胜我给你支几招，你赢了可不能让这孩子饿肚子啊。

胖厨子撇了撇嘴。李亦墩说残局马上炮回乡。王金炳忐忑地瞅着这盘跟自己肚子密切相关的棋局。双方走了七八步，彼此兑掉三子。李亦墩一连支出几招儿。胖厨子完全成了应声虫。

李亦墩突然说，车沉底！胖厨子啪地一挺"车"。瘦厨子的"帅"没了去处，被卡死在宫里。

胖厨子果然反败为胜，颠儿颠儿去灶台取了三个杂合面饼子。瘦厨子气急败坏瞪着账房先生说，您老人家能耐不小哇，诸葛亮转世吧？

李亦墩慢条斯理说我是瞎猫碰上了死耗子。瘦厨子急了说我是死耗子啊你骂人不吐核儿。

手捧杂合面饼子王金炳狼吞虎咽。胖厨子端来盐罐子说，你小心别咬了自己手指头。

离开伙房，李亦墩顶着夜色语重心长说，你先干杂活儿，沏茶打水洗衣裳涮尿盆，一天到晚伺候老东家。学徒三年你偷到几分手艺就算不错了。

肚子里添了三个杂合面饼子和几粒盐，感觉有了气力。王金炳给账房先生鞠了一躬，回到"学徒大炕"去了。大屋里黑了灯，响起一阵鼾声。残存的炉火透出几丝微光，给漫漫冬夜送来温暖。他沿着左边大炕摸索着，终于找到炕尾位置，一摸却没了被褥，只剩下那块充当枕头的青砖。

谁弄走了我的铺盖卷呢？他情急之下大声发问，却没人理睬。他在黑暗里走了几步，脚下发出窸窸窣窣的声响。蹲下身子一划拉——地上铺着保暖的稻草。张开双手敛起一束稻草，随手扔在余火未尽的炉盘上，上炕和衣躺下了。

那一束稻草不遇明火难以燃烧，散发出一股股青烟。青烟缭绕弥散开去，在大屋里制造着仙境。那青烟不声不响钻进人们鼻孔，去肺里做客了。

黑暗里有人在梦乡里被呛醒了，咳嗽着发出疑问，他妈的哪儿来烟气啊？呛死我啦。

和衣佯寐的王金炳捏着鼻子喊了一声着火啦，呼地爬起跳下炕去。

只听得嗡的一声如同一瓢冷水泼进滚热的油锅，顿时炸了。惊慌失措的学徒们抱起被褥争先恐后窜出"学徒大炕"，好似一群没长羽毛的小鸟儿挤成一堆。

王金炳从墙洞里取出油灯凑近火炉，点亮了。他擎着油灯沿着大炕从左边炕头搜到左边炕尾，从右边炕尾搜到右边炕头，没有发现自己的铺盖卷。他找到火筷子掀起炉盘，将稻草灰烬扫进炉膛，快步走出"学徒大炕"，黑灯瞎火站到人群里去了。

老东家白鸣岐喘着粗气赶来了，高声发问出了什么事情。瘦猴儿抢先回答说，大屋里冒烟着了火，把我们给呛出来啦！

看门人跑来了，他闪身进屋一眨眼工夫反身折回，大声向老东家报告说没着火。白鸣岐连声追问这是谁谎报军情存心添乱啊。

见没人吱声，老东家白鸣岐说以后不许诈尸赶紧回屋睡觉吧。王金炳声音颤抖着说我的铺盖卷丢了。

白鸣岐疑惑起来。华昌机器厂风气端正没丢过东西。外贼不怕，要是有内鬼我绝不轻饶！

气氛霎时紧张了。人们起先面面相觑，然后互相躲闪，唯恐无意之间沾了腥惹了骚，一下毁了自身清白。

瘦猴儿学徒只穿了一条大裤衩，冻得哆哆嗦嗦冲着一棵大槐树说，你们看呀树杈上挂着一个包袱，兴许是王金炳的铺盖卷吧？

白鸣岐指使瘦猴儿学徒说，佟小喜！既然你看见啦那就搬梯子把铺盖卷取下来。

名叫佟小喜的瘦猴儿学徒扛着梯子跑到大槐树下，迎着夜风伸出竹竿挑下铺盖卷。王金炳朝着佟小喜说了声谢谢，彼此心照不宣。

第二天，王金炳去"学徒大炕"搬铺盖卷，进屋看见佟小喜盖着两条棉被，浑身哆嗦。他伸手摸了摸瘦猴儿额头，饼铛一样滚烫。

王金炳端来一碗水说，你要不藏我的铺盖卷也不会半夜受寒啊。

瘦猴儿有气无力地说，新来的受整治，这是学徒老规矩，去年他们把我铺盖卷扔到煤堆里去了。

我从小没人关照，你们以后不要欺负我了。扛着铺盖卷走出"学徒大炕"，王金炳搬到老东家外屋去住了。

白鸣岐丧妻多年未续，一年四季泡在厂里，样样须人伺候，时时要人打理。就这样王金炳成了白鸣岐的贴身小伙计。

贴身小伙计，很苦。一大早儿睁开眼睛，拎起瓷壶跑到水铺去沏茶；老东家喝了茶，预备香胰子洗脸，白牙粉刷牙；晌午厂里伙房饭菜不对老东家口味，挎上食盒去饭馆叫菜，不是"独面筋"就是"爆三样"；过午时分老东家吃甜食，端着碟子去打"红果酪"或者"枣儿羹"；晚上睡觉，给老东家烫尿盆儿灌热壶焐被窝儿；半夜里老东家醒来渴了，要送茶水，不凉不热正对口……如此这般，一天昼夜晨昏十二个时辰，脚手不拾闲，而且累心。细胳膊细腿儿的王金炳恨不得生出三头六臂，外加一只大象鼻子。

华昌机器厂闲着一辆胶皮人力车，轱辘瘪了很久。打从来了王金炳，这辆车复活了。白鸣岐让他练习拉车，围着厂院绕圈儿。没练几天便合格了。王金炳心里说，伺候吃喝拉撒行走坐卧，我成了全科人。

天气暖和，蜘蛛出来织网了。一天早午白鸣岐换了春季装束出门办事，招呼王金炳备车。账房先生李亦墩跑来向老东家报告，说瘦猴儿佟小喜半夜爬树受凉，一连几天发烧，喝了几服汤药不见好转，半夜里死了。

什么！王金炳惊了，撂下人力车大步朝着"学徒大炕"跑去。

瘦猴儿尸体停在床板上，显得瘦小干瘪。撩起白布看着瘦猴儿遗容，想起他嘻嘻哈哈说着"炖肉吧我嫌肥，熬鱼吧我嫌腥，烧羊腿吧我嫌膻，烤鸭子吧我嫌腻"的淘气模样，心头一阵酸楚。

白鸣岐等得不耐烦了，高声招呼着。王金炳强忍泪水跑去驾起胶皮人力车，载着老东家出了华昌机器厂。

一路狂奔疾跑，他好像一匹脱缰烈马。白鸣岐坐在车里连声呵斥"你疯啦"。王金炳冷静下来，沿着河堤走向日租界，心里压了一块石头。

瘦猴儿冒坏水儿藏我铺盖卷，我弄出半夜火灾让他受寒着凉。现在他死了，我身上背了一条人命吧？低头拉车寻思着，王金炳觉得自己有了污点。

一路找到东洋纱厂职员公寓。这是一座日式二层紫砖小楼，绿地里栽着一棵樱花树。下了车白鸣岐看到小楼前挂着"九州寮"横匾，满脸不屑表情。中国人吃米饭日本也吃米饭，中国人喝茶日本人也喝茶，中国人用汉字日本人也用汉字。日本人的事情，十有八九是跟中国人学的。

"九州寮"的看门伯役是"高丽棒子"。白鸣岐说明来意，伯役面无表情地引着来访者在"九州寮"门口脱掉鞋子，打着赤脚走进会客室。华昌机器厂的老东家只好折叠双腿坐在榻榻米上，窝屈着大胖身子气喘不止。

他来到九州寮是给儿子白小林下达最后通牒的。他听说，白小林在东洋纱厂使用日本名字小林白。白小林——小林白。这姓氏的颠倒使得一个中国人霎时变成一个日本人。当爹的绞尽脑汁也想不通，儿子怎么愿意变成日本人呢。

中国人白小林或者日本人小林白出现了——他身穿鸦青色和服，脚踏梆梆木屐，一串碎步走到会客室门口，脱鞋进门向父亲深深鞠躬致礼。华昌机器厂老东家看到儿子的东洋做派比日本人还像日本人，便认为这小子没救了。中国人白小林操着日语吩咐高丽伯役。高丽伯役"哈咿"一声给白鸣岐奉了茶，弓身退下了。

父亲立即对中国人白小林说，当年你爷爷一介书生变卖家产兴办华昌机器厂，决心实业救国。我一块块银圆垫脚把你送到日本留学，这也是为了实业救国。你学成归来放着自家工厂少东家不做，跑到日本工厂当职员。你这是想气死我呀。

日本人小林白躬身跪坐，抬手扶了扶戴在脸上的日本眼镜，表情郑重语调平和说，请您不要生气。我在东京留学企业管理，毕业回国进入日商东洋纱厂见习，这是学以致用嘛。

学以致用？白鸣岐端起黑陶茶盅呷了一口日本茶水说，人家东洋纱厂是工厂，咱家华昌机器厂就不是工厂啦！你学以致用可以在华昌机器厂，何必舍近求远呢？白鸣岐愈说愈生气。

爹爹，咱家华昌机器厂不是工厂，是作坊。我在作坊里做少东家，那是不能学以致用的。您知道现代企业制度吗？您知道有限责任公司吗？您知道独立董事吗？

东洋纱厂高级职员小林白侃侃而谈，倘若依照日本公司标准衡量中国企业，我们工厂不多，作坊不少。您非让我接手华昌机器厂做少东家，这跟中国乡村财主家的大少爷有什么两样呢？

这么说你铁心不做华昌机器厂少东家了？那玛钢退火绝活我只能带到棺材里去啦！白鸣岐从榻榻米上爬起，气咻咻发出最后问询。

日本人小林白暨中国人白小林极其坚定地朝着华昌机器厂老东家点点头说，爹爹，中国工业要想追赶日本，我必须彻底研究日本工厂，要想彻底研究日本工厂，我必须彻底成为日本人。要想彻底成为日本人，我必须从白小林变成小林白。

我的天啊，你这是欺宗叛祖没人味！白鸣岐起身离开会客室，昏头涨脑走出"九州寮"，一屁股坐在胶皮人力车里，连声感叹逆子可恶。这时王金炳心里还想着死去的瘦猴儿，一时精神恍惚。

拉车快走，你也想留这儿当日本人啊！白鸣岐气愤难当吼叫起来。王金炳吓得一激灵，看到老东家面孔变成一块铁板。

坐在胶皮人力车里，气急败坏的白鸣岐一路回味着喝进嗓子里的日本茶水，满嘴黄豆炒煳了的味道。他咒骂着小日本儿外加高丽棒子。饼子！你说咱华昌机器厂是小作坊吗？

不——是。拉车行走的王金炳应声虫似的回应着。

你说咱华昌机器厂是工厂吧？白鸣岐坐在车里一身肥肉乱颤。

是——王金炳拖着长腔回禀，好像京戏里的小喽啰。

白小林变成小林白，合着我花钱给日本人添了一个儿子？真他妈的窝囊到家了。白鸣岐越想越光火，一肚子怒气没处发泄。

一路奔跑驶进华昌机器厂大门。一辆马车拉着两台轧花机出厂给客户送货去。白鸣岐跳下人力车吵吵嚷嚷说，谁说我是小作坊，小作坊造得出这种轧花机吗？胡说八道！

走了一趟东洋纱厂职员公寓，白鸣岐中了魔怔，好像要跟"小作坊"玩命。王金炳驾着胶皮人力车归了车棚，远远看见瘦猴儿尸体停在棚子下，等待发丧。

奔向账房，白鸣岐一串脚步好似砸夯。他一脑门子官司说，我是小作坊啊？小作坊今天出大殡！

李亦墩看出老东家这是斗气，起身相迎。白鸣岐余怒难消地说，李先生，你去买一口棺材，不要狗碰儿！请一棚和尚念经做道场，半夜给佟小喜入殓。明天一早出殡，邀一班旗锣伞扇执事，伙计们扶柩，吹吹打打送到西营门外义地下葬。你还要告诉伙房厨子，从今往后每逢今天是忌日，全厂一律吃素。

李亦墩困惑地望着这位给小伙计大办丧事的资本家，以为对方发了疟子。

白鸣岐不无得意地问李亦墩，你看我像开小作坊的吗？

您不像。李亦墩谨慎地回答，终于明白老东家这是花钱跟自己较劲呢。

白鸣岐果然嘿嘿笑了。三条石哪家工厂死了学徒不是苇席一卷就埋啦？他们才是小作坊呢。我是堂堂正正华昌机器厂，咱不干小作坊的事儿！

白鸣岐滔滔不绝说着，难以抑制激动心情。王金炳一旁听着受到感动，认为老东家为人宽厚做事仁义，花钱买棺材出大殡还让全厂吃素，好人。

账房先生奉命走出工厂大门横过马路，跟摆烟卷摊的老头儿说了几句话，就去买棺材了。

天黑之后，一群和尚身披袈裟来到华昌机器厂做道场，念经超度亡魂。李亦墩从洪记杠房请来几个掐尸入殓的汉子，喝着茶水抽着烟卷儿，表情里透出几分机警。

十几个"摇大轮"的学徒围拢灵前，凭吊着瘦猴儿。挑头的一个叫范金斗一个叫梁三升，属于佟小喜生前友好。

华昌机器厂的老式镟床，全凭这样一只"大轮"传动两只齿轮，经过一次变向一次变速，带动卡头旋转切削一只只机械零件。其实，老式镟床可以依靠马达传动，白鸣岐却完全依靠人工动力。锭工师傅干活儿，十几个小伙计轮番上阵，摇动那只"大轮"。一个小伙计鼓足气力摇不过两三分钟，便憋得面孔发紫体力不支，另一个立即顶上继续摇动"大轮"，如此形成接力，循环下去。

于是"摇大轮"成为一门活计。这十几个小伙计，省了煤省了油省了电，一尊尊肉身充当着一台台大汗淋漓的"电动机"。华昌机器厂"摇大轮"的学徒们，胳膊麻木，腰板酸痛，头昏脑涨，胸闷气短，一个个活像十八层地狱里的小鬼儿。白鸣岐当然就是乐乐呵呵的阎王爷了。

瘦猴儿佟小喜死了，少了一个"摇大轮"的。十几个难兄难弟聚在灵前棺哀悼，小声议论起来。

范金斗惋惜地说，那天半夜喊叫着火咱们都跑出去了，怎么就瘦猴儿着凉死了呢？

梁三升说，那天半夜瘦猴儿搬梯子给王金炳取铺盖卷，一定是上树让夜风拍着了。夜风杀人不用刀啊。

听到人们议论瘦猴儿搬梯子取铺盖卷被夜风拍了，王金炳悄悄躲了。佟小喜的死跟我有干系啊。于是内疚不已。

白鸣岐来了，急声急语撵着伙计们回去睡觉，说明天起早还要出殡呢。

伙计们一个个离去了。白鸣岐回屋睡觉，白天的一肚子火气还是没有泄尽。

我花钱买棺材入殓，我花钱请和尚超度亡灵，我花钱出殡送葬，我华昌机器厂是小作坊啊？白鸣岐躺在被窝里嘟嘟哝哝，翻来覆去覆去翻来，肉身子烙饼。十张饼都烙熟了，他还是睡不着，问王金炳知道不知道二十四孝图。

王金炳端着茶碗说知道王祥卧鱼。听了这话白鸣岐大发感慨，你一个乡下孩子都知道王祥卧冰求鱼，他白小林一个留洋学生怎么不懂得纲常呢？还说华昌机器厂是小作坊，这个儿子我算是白养了。将来我老了，冬天想吃个烫牙火烧没人给买，夏天想喝碗消暑梅汤没人给端，命苦啊。

您把工厂卖了吧，卖了工厂自己享清福多好。您要是老了我伺候您。王金炳说着递上茶水。

什么？白鸣岐呼地挺身坐起瞪大眼睛望着王金炳，情绪激动地说，好哇！从明儿我教你《三字经》和《千字文》，你想学打算盘我从小九九一直教到狮子滚绣球！你愿意学吗？我还要教你"苏州码子"，这码子记账一辈子忘不了，终生受用啊。

老东家，我想学一门手艺。王金炳试探着说。

嘿嘿，你小子一准想学玛钢退火吧？我实话告诉你，这门绝活除了儿子我谁也不传。可惜你不是我儿子。再者说，我觉得你不适合靠手艺吃饭，你死心塌地伺候我一辈子吧。

我伺候您一辈子，将来您死了我伺候谁去啊！王金炳不解地说。

白鸣岐颇为满意地说，好，冲你小子这份忠心，我临死之前一定把玛钢退火技术传授给你。你知道怎么配铁屑怎么配木炭吗？这是绝活儿。

老东家哼了几声，很快响起鼾声。王金炳无声地笑了。

您临死之前一定把绝活儿传授给我？您说话算话啊。注视着呼呼睡去的老东家，王金炳的笑容给沉沉夜色增添了几分复杂的含义——好像一块黑布扔进水里渐渐褪去颜色。

半夜的厂院里，李亦墩指挥杠房汉子们给瘦猴儿入了殓。叮叮当当的锤声敲击着夜色，一锤一锤，钉了棺材盖。王金炳躺在床上想象着漆黑的棺材，佟小喜永远睡在里面了。他认为阴阳两界只隔着一层棺木，特别近。

睡着了。铁锈的味道渐渐浓烈，充满梦乡。梦乡里王金炳发现棺材里没有瘦猴儿尸体，装满了乱七八糟的东西。一大早醒来，王金炳寻思着梦里景象。这是瘦猴儿给我托梦了，棺材里装满瓶瓶罐罐的，他睡到哪里去啦？

清早伺候老东家起床。白鸣岐好像火气全消了，一屁股坐下吃早饭，呼噜呼噜喝着棒糙粥。中国人当了亡国奴，不许吃大米。三条石恒合灯具厂少东家过生日吃了一碗大米饭，被人告发抓进日本宪兵队折腾死了。大米成了中国人的毒药，进嘴殒命。白鸣岐不想死，已经几年不吃大米了。

一辆马车载着佟小喜的棺材停在华昌机器厂大门外，驾辕黑马耳朵上挂着两朵白花儿，表示白事。出殡了。随着杠房汉子一声"起灵"号子，平时"摇大轮"的八个学徒挺起肩膀扛起四条杠子，嘿哟嘿哟抬起棺材走向那辆马车。

三条石大街上突然驶来几辆屁股冒烟的摩托车，跳下十几个身穿黄呢军服的日本宪兵，设立路卡搜查过往车辆和行人。摆烟摊的干瘦老头儿立即横过马路走进华昌机器厂大门，手里举着一盒烟卷儿交给身穿灰布大褂儿的李亦墩，说红炮台改成粉锡包，您抽烟换牌子吧。

王金炳扯着老头儿袖口说李先生不会抽烟啊。干瘦老头儿耷拉着脑袋走了，那一双耳朵好像卖给了酱肉铺子。

八个小伙计抬着棺材走出华昌机器厂大门,那辆马车却被日本宪兵扣押,不让装载。杠房汉子急了眼,说棺材抬起中途落地,万事不吉啊。

戴着白色臂章的日本宪兵拦住棺材,用日语说检查。八个伙计抬着棺材不敢落地。他们平时"摇大轮"颇有几分气力,此时还是憋出满脸大汗珠子。

看门人急得甩手,说要是少东家回来多好,他会说一口东洋话啊。

什么少东家,我没有这个儿子!白鸣岐喝了一肚子棒子粥,听到"少东家"还是火冒三丈,亲自出马跟日本宪兵交涉,说给死人出殡我们不犯歹啊。

统统地检查。设置路卡的日本宪兵端起刺刀说着半生半熟的汉语。

八个抬杠子的伙计登时泄气,腿脚一软腰杆一松,那只黑漆棺材便撂下了。账房先生看到棺材落地有些慌张,东瞅西瞧似乎盼望天兵援救。

白鸣岐看到棺材中途落地跳着脚说,李先生找翻译官使钱吧,使钱买路赶紧把棺材送到坟地去!

李亦墩解开大襟掏钱,那样子好像从胃口往外抽钞票。一位腰挎军刀的日本军曹操着半生半熟的汉语说你们支那人就懂得行贿,说着挥手打落钞票。

一口黑漆棺材摆在华昌机器厂大门口,进退两难陷入僵局。白鸣岐火了,大声命令伙计们把棺材抬回厂里,今天这殡不出啦。

不出殡的,也要检查。日本宪兵军曹抽出军刀敲击着棺材说,前几天有人把烟土藏在棺材里,被我们查获了。

气氛更加紧张,大有开棺暴尸的趋势。王金炳突然勇敢地冲着日本宪兵说,我们老东家是良民,你们不信开棺检查保准没有烟土!

李亦墩伸手推开王金炳说,开什么棺?检什么查?我们没有走私烟土!

一个日本宪兵抬手抽了李亦墩一记耳光。范金斗和梁三升冲上来护卫着嘴角流血的账房先生。白鸣岐一屁股坐在棺材前面打了一个不合时宜的喷嚏。

喷嚏引来一串车铃声。一辆胶皮人力车沿着三条石大街经过华昌机器厂。坐在车里的青年男子看到摆在工厂门口的棺材,喊了一声停车。

看门人跳脚拍手喊道,是少东家!是少东家!

儿子意外出现,白鸣岐当即从地上爬起。李亦墩警惕地看着从天而降的白小林。这位西装革履少东家长得很像老东家——只是爹很胖,儿子很瘦。肉,成了父与子的最大区别。

一片安静。中国人白小林暨日本人小林白走近日本宪兵的刺刀,操着纯正的东京口音说了几句什么。北海道口音的日本军曹听到如此高贵的母语，颇为礼貌地介绍着情况。

表情略显傲慢的小林白静静听着，转身指着摆在华昌机器厂门口的棺材，叽叽嘎嘎咿咿呀呀说出一串日语。军曹听罢军刀入鞘，挥手招唤宪兵们撤走了。

日本人小林白暨中国人白小林重新坐进胶皮人力车里，朝着华昌机器厂老东家说了一句中国话——你们出殡吧。

白小林说罢这句中国话，乘坐胶皮人力车离去了。

儿子几句话退了日本兵，白鸣岐反而愈发恼怒。望着远去的胶皮人力车说，哼！你小子会说两句东洋话就长精啦。

只得丧事从俭。拿钱把吹鼓手们打发了。马车拉着那口棺材离开华昌机器厂驶向西营门外乱葬岗子。一路上账房先生抚摸着棺盖自言自语，占有全部剩余价值之后，这是假慈悲。

尚未接触革命道理的王金炳问道，慈悲还有假的吗？

李亦墩自知失口，变更话题说，你不要跟我们去坟地了，回去预备火盆吧。

王金炳接受李亦墩指派的任务，跳下马车望着远去的送葬队伍，心里还是惦记着死者。昨夜梦里，瘦猴儿没有睡棺材里啊。

本埠风俗，出殡从坟地回来的人是要迈火盆的。由于鬼魂怕火，迈过火盆鬼魂就不会附体了。

王金炳徒步返回华昌机器厂。看门人一把拉住王金炳说，你看少东家多大能耐，叽里呱啦一番东洋话退了日本兵，胜过《大明英烈传》里巧嘴儿滑云龙。咱们老东家有这样的儿子，大福分啊。

王金炳大模大样地告诫看门人闭嘴，说老东家不许提少东家这三个字，然后径直奔向长满杂草的工厂后院。

工厂后院一派荒凉。王金炳一边行走一边往怀里收拢着去年死去的蒿草，这就是火盆的燃料。心里又想起瘦猴儿，脚下踩到一堆枯草，他猫腰扒开枯草看到一片新土。好像有人在这里挖了一个大坑，填埋之后留下新土痕迹。

兴许有人埋了私孩子，前几年村里张寡妇把婴儿溺死偷偷埋了。也兴许有土匪抢来金银财宝悄悄藏在这里。这样胡思乱想着，王金炳抱着一捆蒿草寻找火盆去了。此时，他仿佛看到一双双大脚从火盆上迈过去，把瘦猴儿的魂灵丢在后面。想到佟小喜从此成了孤魂野鬼，王金炳嘤嘤哭了。

2. 脚趾与眼睛

瘦得皮包骨头，而且脸色焦黄，尽显出两只大眼珠子。这种体格本埠方言叫"怜巴"，就是可怜巴巴的意思。此时的牟棉花发了愁，我这么怜巴怎么去东洋纱厂考工呢，就是胡吃海塞三天五晌也胖不起来的。

奶奶献计献策说，你打肿脸充胖子。自己抽自己嘴巴子瘦脸就成胖脸了。

十六岁的牟棉花说了声好，抬手要抽自己嘴巴了。不等奶奶阻拦她自己先住了手。我才舍不得打自己呢。一句话，听命由天。

牟棉花只睡了半宿，凌晨时分跑去排队。天气贼冷，地面冻出一道道裂纹，还结了一层白霜，使人以为做梦进了盐滩，嗓子跟着咸。身穿小花棉袄的牟棉花领到三十五号，排在队伍里。脚冷。单鞋不挡寒。她从兜儿里掏出一只毽子蹦蹦跳跳踢了起来，好似一只小母鸡。人家的毽子都是公鸡翎子做的，她的是一团线绳。身边几个姑娘为了暖脚凑过来一起踢毽子，于是一只小母鸡变成一群小母鸡。天亮时分，已然发出三百八十多号。等待考工的女人们伸长脖子期待着东洋纱厂考工场开门。那一只只伸长的脖子瘦得青筋毕露，成了景致。

有人说这是沙里淘金，也有人说这是海底捞针，还有人说这是做梦捡了狗头金，空欢喜一场。总而言之，日本工厂的饭碗，不是好端的。

上午八点钟，考工场吱扭一声开了门。堂堂东洋纱厂的考工场，简陋得甚至不如临时避难所：青砖漫地凹凸不平，铁皮墙挂了一层霜，石棉瓦房顶露了窟窿，麻袋片儿缝制的门帘好似片儿汤。开了门，空气愈发沉重。有低声祷告观音菩萨保佑的，也有祷告王母娘娘保佑的，还有信洋教的教民祷告上帝保佑。

人群里唯独牟棉花不祷告,她认为中国的观音菩萨和王母娘娘外加洋人的上帝,统统管不了日本工厂的事儿。要是管得了,中国人怎么当了亡国奴呢。

是时候了。牟棉花悄悄从贴近乳房的地方掏出一只菜饼子,就着自己体温吃了。平常在家吃早饭只喝一碗菜糊糊,跑一趟茅房肚子就瘪了。为了考工,奶奶特意给她蒸了菜饼子,也算开斋了。

考工场是前门进,后门出,这跟吃饭拉屎一个道理。听说前面的十六号一进考场吓尿裤子,哇哇大哭径直出了后门,好似屈死鬼儿逃出阎王殿。

终于听到喊叫三十五号,牟棉花大模大样走进。应当本埠"生瓜蛋子充熟的"那句俗语。迎面坐着考官穿着又肥又大的黑色棉袍,是一个满脸横肉的老娘儿们。她嘴上叼着一颗烟卷儿却不点燃,冒出一股股哈气。这模样使人想起《西游记》里老妖精。迎着老妖精的提问,牟棉花踮起脚尖儿挺高胸脯回答说十八了。

牟棉花的个子不矮,尖脸盘细眼睛,梳着又细又黄的两条辫子,平板儿胸脯,细胳膊细腿,一看就是营养不良的小穷丫头。

《西游记》里的老妖精嘴里冒着哈气说,你跟我实话实说吧,今年十几啦?

我跟您实话实说吧,我今年十八,明年十九,后年二十啦。

满脸横肉的女考官从嘴里取下烟卷儿,审视着牟棉花。什么十八十九二十,你跑幼稚园里数数儿来啦,告诉我你哪年来的月经啊?

牟棉花慌了,颇为羞涩地说了实话,今年来的。

满脸横肉的女考官眯缝着眼睛说,好吧,你现在低头猫腰撅屁股,伸出右手捏住了左边耳朵,就这样猫腰撅腚从左往右转,一口气转六圈儿。

你耍猴儿啊?我是考日商东洋纱厂,不是考杂耍班子。牟棉花一把没摁住天不怕地不怕的脾气,露出倔强性格的苗头。

你还敢跟我犟嘴,你从小没亲妈吧?

牟棉花笑了,说您老人家会相面啊。我三岁死了亲娘,八岁后娘也死了,我没哥没姐没弟没妹,从小跟奶奶长大的。

你命硬,逮谁克谁。我可不敢收你这个小妖人精。你过来给我点着烟卷儿,点着烟卷儿就滚蛋吧。女考官板着面孔说。

听说让自己滚蛋,牟棉花反而镇定下来。你日本人的东洋纱厂不录用,我去考英国人的南洋纱厂,英国人的南洋纱厂不录用,我去考中国人的北洋纱厂,不就是半夜起来排队嘛,我还能吃上菜饼子呢。

她大步走上前去从女考官桌上抄起一盒洋火，麻利地推开火柴匣捏出一根火柴棍儿，甩手就要擦亮。女考官抖动着满脸横肉一把攥住她手腕，嘿嘿冷笑说我不会抽烟。

你不会抽烟叼着一颗烟卷儿这算怎么档子事儿？牟棉花居然质问女考官。

我愿意，你管得着吗！女考官松开她手腕从办公桌上捏起一枚小铜牌使劲扔到门口。小死丫头，你去把它捡起来吧。

牟棉花咽下这口气，强压怒火转身去捡那枚小铜牌。这时候嘴里叼着烟卷儿的考官抄起蘸水笔在花名册上打了一个勾儿。

牟棉花猫腰捡起小铜牌，看见上面印着"丙9551"字样。小死丫头这是你的工号。明儿早午八点钟去生徒预备班报到。在生徒预备班受训五天，考试合格你就留下，考试不合格你照样滚蛋。我嘱咐你啊小死丫头，你要是进厂上班拿了工钱别忘了孝敬奶奶。她老人家爱吃鸡脖子你别买鸡爪子，爱吃腌鸭蛋你别买咸黄瓜。好啦你下去吧。

我过关啦！她连忙鞠躬说谢谢大管事。

你少给我戴高帽儿。我不是大管事。东洋纱厂的大管事都他妈的是日本人。小死丫头你进了东洋纱厂一定留神，当心日本大管事把你给操了。

女考官话锋一转说，小死丫头你给我记住了，进了东洋纱厂宁可当小樊梨花也不要当小黄爱玉。你听明白了吗？

虽然不知道黄爱玉是什么人，牟棉花还是感到心头一阵温暖。这位女考官说话粗鲁脏人耳朵，可是从来没人这样叮嘱过自己啊。为了报答女考官恩德，牟棉花突然低头猫腰撅屁股，伸出右手捏住左边耳朵，从左向右转悠起来。

一口气原地转了六圈儿，她挺身站直感到头晕目眩，几乎跌倒了。

好！我这捏耳朵猫腰撅腚转悠六圈儿的考试，考十个倒十个。小死丫头你年岁不大能耐不小，这一拨人里就你没有栽在我眼前。

请问您贵姓。牟棉花心里想着日后如何报答女考官，摇摇晃晃问道。

你不用跟我套近乎。告诉你吧小死丫头，人活一辈子能耐越大劳累越大。我看你就是一辈子劳累的命。

牟棉花笑了，我不怕一辈子劳累，人不劳累没饭吃啊。说罢又给这位说话粗野却心地善良的女考官鞠了一个大躬，转身走出考场。

手里捏着印有9551工号的小铜牌，谎报年龄的牟棉花昂首挺胸进了日商东洋纱厂生徒预备班，摇身一变添了两岁，十八了。

五天的生徒预备班，手工、口试，牟棉花两门合格。厂方开始指派名单了。东洋纱厂工序繁多，细纱、穿扣、整纱、浆纱、织布……牟棉花伸长脖子支起耳朵听着：于淑芬、冯玉玲、张宝琴、刘凤霞、齐金兰、李秀珍、吴翠荣……一口气宣读下来就是没有自己名字。她慌了，起身询问。

你是牟棉花啊？你的工号丙字 9551 到了梳棉工部，你快去报到吧。

哦。敢情我吃了小灶。牟棉花看到，别人去纱场的去纱场去布场的去布场，只有自己去了梳棉工部。

东洋纱厂很大，两千多号人，分为南院和北院，中间隔着一个大水坑。牟棉花出了南院进了北院，踏着大水坑冰面跑过去找到梳棉工部，冻得流着清鼻涕站在"梳棉管事室"门外，上气不接下气。

气儿喘匀了，她擦了鼻涕进了管事室。进门鞠躬，这是日本工厂的规矩。鞠了躬，她抬头看见一青年男子身穿日式长袍站在"日产进度表"墙壁前面，凝神思考着。他就是梳棉工部大管事？

这时青年男子缓缓转过身来。他白净脸孔，中等身材，戴黑框圆圈眼镜，显得文质彬彬。

牟棉花觉得这位五官端正的日本青年男子跟五官端正的中国青年男子相比没有什么两样。怪不得都说小日本儿祖先是中国人呢。牟棉花暗暗松了一口气，注视着那一副黑框圆圈眼镜。

对方目光透过镜片向她投来冰冷一瞥。这目光刺得牟棉花不舒服，连忙说我是来报到的。

你是丙字 9551 吗？日本大管事坐在写字台前翻开花名册，核实着工号。

这个日本人会说中国话。牟棉花平生首次跟日本人打交道，听到大管事说中国话好像老和尚念经，忍不住捂嘴笑了。

年轻的老和尚撇开花名册，表情迷惘地注视着中国女工。我问你是丙字 9551 吗，你为什么笑？

我是丙字 9551，我叫牟棉花。她说罢使劲咬住嘴唇，嘴唇一疼就不笑了。

你叫牟棉花，你知道棉花属于经济作物吗？

牟棉花一脸茫然。我姓牟叫棉花，我是人我不是经济作物。

我知道你不是经济作物。可是中国农民种植棉花却不知道它是经济作物，以为它只能做成棉袄棉裤棉帽子。这位日本大管事说着伸手按响电铃。踏着铃声跑来一个小伯役，进门躬身行礼。

默西！你现在把9551带到初条组，交给丙班带班长谷香。

小伯役十二三岁模样，半大小子嘴里缺少两颗门牙。他带领牟棉花离开管事室。牟棉花问他叫什么名字。他说日本话小伯役是下人的意思。牟棉花生气了，日本人叫你下人你就没有名字啦！

小伯役颇为感激地看了她一眼，低头说，我姓郝，小名二黑。

郝二黑！这名字不错。我告诉你做人要有志气，我要是没志气哪里考得进东洋纱厂啊。说着进了宽敞的梳棉工房，郝二黑向初条组走去。

几个女工拆解棉包，还有几个女工将原棉一片片填入机器里。机器嗡嗡山响，震得耳朵成了摆设。女工们一律哇啦哇啦大声说话，好像一群妯娌吵嘴。

哎，日本大管事说的默西是什么意思？牟棉花好奇地扯着郝二黑袖口。小伯役被她扯住，只好停住脚步说默西是日语打招呼"喂"的意思，默西默西就是"喂喂"的意思。

牟棉花立即尝试着说，默西！你引我去见初条组丙班带班长谷香吧。

郝二黑咧嘴笑了，说9551派头不小，你一默西就成了我上司。

一个身材高挑的女工扭腰摆臀走向二号梳棉机。郝二黑远远说她就是谷香。牟棉花看着蓝色背影，觉得这位带班长的屁股又圆又大。

等不及小伯役引荐，牟棉花噔噔跑过去站在谷香背后大声说，带班长，我是新来的牟棉花！谷香给吓了一跳，转身看了看牟棉花，又抬头看了看房顶，以为她是踏着五彩祥云下来的仙女。郝二黑介绍说这是新来的生徒9551。

哦。带班长打量着从天而降的牟棉花，认为来了一个小丫头片子。新来的生徒也打量着谷香，看到她腰间系着白色围裙显得胸脯很高。谷高牟矮，谷大牟小，谷肥牟瘦——两个女人互相打量着，好似一头奶牛遇到一只奶羊。

小伯役郝二黑完成了任务，朝牟棉花伸了伸舌头，做着鬼儿脸走了。

带班长谷香交给牟棉花一把扫帚说，初条组就是把片棉加工成为粗条棉，交给下一道工序加工成为细条棉。之后就离纺纱不远了。纺纱还分粗纺和细纺，看纺车换纱锭，那叫挡车工。你细胳膊细腿怎么不去纱场挡车呢？

是啊，我细胳膊细腿怎么不去纱场挡车呢？牟棉花抄起扫帚反问自己。

你不得吃不得喝，身子骨没长开。你妈妈要知道你在这儿吃苦受累还不得疼死啊。谷香眨着一双丹凤眼观察着说，你遇到女考官是靳大姑吧？你别看她一脸横肉那是东洋纱厂一把好手，纱场布场无论哪道工序没有她拿不起来的。要么日本人也不会让她当考官啊。考工场，那是肥差。

她叫靳大姑啊？我一份礼没送她就让我考进来了。牟棉花得意地说着跟随谷香去物品仓库领了一件白色围裙，上面印着"东洋纱厂"四个红字。她兴奋极了，当场就系在腰间。这一系围裙，她身段顿时显露出来，腰是好腰，屁股是好屁股，就是缺肉。

谷香惊讶地说，我看你天生做工的材料，一系围裙人模样就出来了。你要是吃上几天好伙食填起胸脯子，现成一个小妖精。

牟棉花又害羞又得意，腾地红了脸蛋儿。这时候她想起那位考官靳大姑"宁可当小樊梨花也不要当小黄爱玉"的叮嘱，立即郑重地说，什么小妖精呀，你是结了婚的小媳妇，人家还是大闺女呢。我什么都不懂你别拿我涮锅子。

你又没看我良民证怎么知道我嫁了人？谷香故意嗔着脸色说道。

我不用看你良民证，我会猜。你听我猜啊——我猜考工场的靳大姑没结过婚，对吧？牟棉花肆无忌惮地说着，渐渐露出敢想敢说敢干的本性。

谷香暗暗寻思，考工场靳大姑确实没结过婚，这小丫头真会猜啊。

日商东洋纱厂是三班轮作制，七天一个轮次。谷香的丙班这一轮上头班，即早晨七点钟上班，下午五点钟下班，十个钟头；再一轮上二班，即晚间九点钟上班，第二天早晨七点钟下班，十个钟头；第三轮上副班，即从下午五点钟到晚间九点钟，只有四个钟头。人们愿意天天上副班，就跟愿意天天过年一样。可惜全年只有一个正月初一。大年三十除夕夜照常上班。

牟棉花说日本人一年三百六十五天没年没节啊。谷香说不是日本人没年没节，是日本人不让中国人过年过节。梳棉车间只要上班机器就不能停，轮流吃饭限时半刻钟，就是七分三十秒。

还七分三十秒？凑成八分钟不结啦。牟棉花不满地嘟哝着。

八分钟可不行。七分三十秒就是七分三十秒。这是日本工厂。日本人做事特别精细。你看小林白吃饭的小碗儿就跟蛐蛐罐儿似的。小林白就是那个日本大管事，姓小林，名白。日本人都是复姓，俩字儿。日商东洋纱厂董事长姓小岛，名更三，全称小岛更三。

谷香说罢跑去操纵初条机。她弯腰扳动曲柄，费尽力气不见动弹，索性侧身甩胯摆动肥厚的大屁股嘭地一撞，曲柄转动了。牟棉花看到带班长大屁股的功能，嘻嘻笑了。

一连几天上头班，牟棉花看到中午轮到谁吃饭谁就解下围裙擦擦手，从兜子里拿出家里带来的饭菜，找个犄角旮旯儿坐下就吃。说是饭，大多是杂合面饽饽捧在手心里啃着；说是菜，大多是咸萝卜什么的。偶尔有人带来好吃的，一块玉米饼而已。中国人吃不上精米白面，很多年了。

轮到谷香吃饭。她解下围裙端着饭盒风风火火走了，好像去赶集。牟棉花将二号梳棉机打扫干净，给油盅注了油。看见带班长吃饭去了，她也饿了。午饭是一只菜饼子，包裹在手巾里。一屁股坐在机台上，吃一口菜饼子喝一口凉水。她没有解下围裙。一解下围裙就不显腰了。她臭美。

杂合面掺和马苋菜蒸成的菜饼子，凉了很硬，使劲儿嚼着心里很香甜。她考进了日商东洋纱厂，谢天谢地啊。从今往后只要认真学艺，两年出徒就能养活奶奶了。她细嚼慢咽吃完最后一口菜饼子，感觉半饱。半饱就知足了，在家只能喝菜糊糊。

小林白突然出现，沉着面孔一声不吭注视着丙字9551。牟棉花丢下水碗慌忙起立，一时束手无策。

牟，你到工房外面去，罚站。这位日本大管事一板一眼说。

你为什么罚我站？牟棉花反问着，企图讨一个明白。

你犯了两个错误。一，棉絮是原料。你坐着棉絮吃饭侵害原料，罚站两刻钟。二，围裙是工作服。你吃饭时间不解围裙违反规定，罚站两刻钟。两错相加总共罚站四刻钟。

家里穷得没有钟表，牟棉花还是懂得四刻钟就是一个钟头。

谷香一阵风跑回来，挟来一股饭菜香味。牟棉花暗暗猜测她饭盒里是虾酱炒什么东西。

小林白转身指责说，谷，9551中午吃饭犯了两个错误，罚站四刻钟。你是带班长对生徒管教不力，你罚站两倍时间八刻钟。

小林白先生，我错了。谷香顺从地鞠了躬，朝着9551使了一个眼色。牟棉花没给小林白鞠躬，低头跟随带班长去外面罚站了。

隆冬时节天上飘着小雪花。走出梳棉工房大门，看见一座土台上铺了一块钢板。谷香告诉她这是日本人专门设立的"罚站处"。这地方，夏天罚站头顶大太阳，晒热的钢板烫脚，人称日本烤肉；冬天罚站冷风搜身，冰镇的钢板冻脚，人称日本冻鱼；春天秋天不冷不热，却延长罚站时间晾着你，人称日本寿司。无论烤肉还是冻鱼，都不是什么好滋味。

雪前暖，雪后寒，落雪之时寒暖间。俩人并排站着，挨罚。带班长穿的是棉鞋。生徒穿的是单鞋。穿棉鞋的谷香告诉穿单鞋的牟棉花，去年三伏热天细纱工部有个女工罚站，中暑死了。

牟棉花惋惜地说好不容易考进东洋纱厂我可不能死啊。谷香冻得打着喷嚏说你死不了啊你死了谁吃苦谁受累呢。

沉默着。牟棉花突然问谷香，你饭盒里是虾酱炒豆腐吧？

你真会猜啊，馋猫儿。我没吃饭就来罚站了，肚儿里没食一会儿就得冻死。

你不能死，你死了谁吃虾酱炒豆腐啊。说着牟棉花解下围裙要给谷香当头巾围上。

我的小姑奶奶，你敢拿东洋纱厂的围裙当头巾，这辈子可光剩下罚站啦。你知道东洋纱厂围裙的样式是谁设计的吗？日本天皇的表弟！前年在蓟县让八路军给打死啦。

牟棉花赌气说，我这辈子就想去一趟日本国，亲眼看看他们纱厂里的日本女工罚站不罚站。

谷香冻得跺了跺脚说，我爷儿们跟我说，无论哪国的富人都是同样心肠，无论哪国的穷人也都是同样心肠。这叫阶级……

牟棉花追问说姐夫识文断字吧。谷香上牙打着下牙回答你姐夫是铁路信号工人，大老粗一个。不过他挺疼我，这虾酱炒豆腐是他亲手做的。遇到下雨刮风闹天气他还来工厂大门口接我呢。

铁路是铁饭碗，连穿衣服都不用自己花钱。你真有福气，嫁了个好爷儿们。你们小日子过得不错吧。

你姐夫跟我说，普天下受苦人齐心协力拧成一股绳，大家都会过上好日子。

你说什么叫好日子呢？牟棉花冻得发抖追问着。

好日子？谷香左寻思右琢磨说，就说小林白吧，这数九寒天他上班坐在管事室里喝热茶吃料理，多暖和啊。下班泡在热汤池里看报纸抽香烟，多舒服啊。你说他过的是好日子吧？

牟棉花摇摇头发表不同看法说，他大老远从日本跑到中国，抛家舍业清锅冷灶的，我看这不叫好日子。

也不知过了几刻钟。远处吮地传来一声脆响，好似庙里老和尚敲磬。小伯役郝二黑从梳棉工房跑出来，大声叫喊丙字9551。谷香捅了捅牟棉花说你罚站时辰够了，进去暖和暖和吧。

牟棉花被冻得麻木，双手搓着毫无知觉的脸蛋儿说，我再陪你一个钟头吧。

谷香冻得嘴唇僵硬含糊不清地说，你还愿意罚站啊傻丫头……

我怎么不觉得冷呢？我陪你罚站不能白陪，你得让我尝尝姐夫亲手给你做的虾酱炒豆腐！

谷香呜了一声。牟棉花说我给你讲个笑话吧。从前有个人忘性特别大，一觉醒来连自己姓什么都忘了……

又呜了一声，谷香缓缓瘫在牟棉花怀抱里，昏了过去。

你这是怎么啦？牟棉花摇摇晃晃抱住带班长，大声招呼郝二黑赶快救人。

从梳棉工房里跑出一群女工，有的抱胳膊有的抱大腿，抬起昏迷不醒的谷香走进梳棉工房。还有几个女工猫腰撅腚去抬牟棉花，她却东摇西晃站立起来。

小林白走出梳棉工房大门迎着冷风大声发问，谷香罚站不到八刻钟吧？

牟棉花气愤难忍伸手指着这位日本大管事说，默西，你非要谷香继续罚站，我替她！

我没有要求谷香继续罚站，我只是说她罚站还不到八刻钟。我说错了吗？小林白走上前来，冲着牟棉花高声责问。

浑身冻透的牟棉花哼了一声跑进梳棉工房大门，沿着冷却水管奔向冷却箱。她知道冷却箱里流动着暖水，抬起右脚踏在冷却箱上，吸收着热气。

心里还是惦记着谷香，她收回右脚换成左脚踏在冷却箱上，担心带班长死了。这时右脚觉得暖了几分，渐渐有了疼痛。她一屁股坐在原棉包上，脱了鞋子看到自己两只紫色的脚，一时吓得脸也紫了。

小伯役郝二黑跑过来焦急地说，哎呀9551你冻掉一根脚指头啊！

低头细看，自己右脚果然少了一根小脚趾，她捧起鞋子寻找丢失的零件儿，哇的一声哭了。

靳大姑来了。她端着一盆冷水叫牟棉花把双脚泡进去，说你再哭那九根脚指头全掉啦。牟棉花吓得住声不哭了。

靳大姑满脸横肉说，接着哭啊，你那贼胆子呢？

牟棉花连忙询问冻掉一根脚指头怎么办。靳大姑说少一根脚指头少一份烦恼，未必是坏事啊。

牟棉花急了，你冻掉一根脚指头给我看看！

靳大姑冷笑着抬腿脱去鞋袜，当众亮出一只伤残的脚丫子。牟棉花吓得不说话了。

小伯役郝二黑给牟棉花两只脚缠满白纱布，背起她去东洋纱厂急救所搽药。靳大姑猫腰捡起牟棉花冻僵的鞋子从里面捏出一根小脚指头，叹了一口气。

一会儿工夫，梳棉工房管事室贴出一张布告。中国女工识字不多，不知道出了什么事情。有人认出布告上有"谷香"和"牟棉花"的名字，人们猜测这不是好事。果然是坏消息，罢免了谷香带班长职务，开除了丙字9551牟棉花。

9551不服气，双脚裹着白纱布推门走进管事室当头质问日本人小林白。

你罚站冻掉我一根脚指头还没找你赔，你倒先把我开除啦！你们讲理吧？

你放肆！小林白没有料到丙字9551气焰如此嚣张，气得脸色泛白。我罚你站四刻钟，你偏偏延长时间。脚指头是你自己擅自冻掉的，开除你理所应当。

你赔我脚指头！牟棉花知道自己被彻底开除，斗志反而旺盛起来。小林白，你赔我脚指头！

9551你走吧，你这样无理取闹，我打电话叫警卫队处置你！

她发现小林白中国话说得流利，便惊讶地注视着他。这位日本大管事竟然怯了，低头挪开了目光。

牟棉花被两名警卫队员架走了。她大声喊叫着，谷香啊我被小林白开除了，我还没尝到你的虾酱炒豆腐呢！

小林白听到牟棉花的喊叫，猜不透这位丙字9551的心思——被开除了竟然惦记着虾酱炒豆腐。这个小丫头真是不可思议。

两名警卫队员架着牟棉花奔向东洋纱厂大门，一路行走好似押赴刑场。沿途女工看到这种阵势吓得东躲西闪，以为一会儿枪就响了。

漫天大雪。小伯役郝二黑追来塞给牟棉花一个菜饼子，转身跑回去了。

一派白茫茫颜色。两名警卫队员将牟棉花架出东洋纱厂大门一撒手扔在雪地上，扭头就走。她忍着脚伤挣扎站起，双眼噙住泪水。

一辆排子车驶过来，冒着大雪停下。拉车的男人五官端正中等身材，一手紧握车把一手扶住牟棉花，说上车吧我送你回家。

牟棉花不理睬，强忍脚痛在雪地里走了几步，跌倒了。那男人放下排子车拉她起来说，你是牟棉花吧？我是谷香的丈夫我叫勾华东，我送你回家吧。

勾大哥……牟棉花嘤嘤哭了起来。

勾华东拉起排子车载着牟棉花，顶着纷纷大雪朝着这座城市的棚铺区驶去。

牟棉花坐在车里破涕为笑，说勾大哥我还以为这辈子吃不上你做的虾酱炒豆腐啦。铁路信号工勾华东憨厚地笑了笑，往前奔去。

棚铺区的街道狭窄弯曲，宛若一条条溃疡的肠子。一座院落的一间小土屋里住着牟棉花和她的奶奶。排子车停在院门外，满身积雪的勾华东没头没脑说道，小牟啊，普天下的穷人一家亲！

牟棉花记住了这句话。这位铁路信号工人搀着她走进小土屋。奶奶坐在炕头缝补衣裳看见孙女回来了，连忙铺开被子。

奶奶，今天我去上班，小日本儿把我给开除啦！说着牟棉花终于流出眼泪。

当天夜里，一阵阵脚痛使得牟棉花蜷缩身子难以入睡。奶奶心疼孙女问她想吃什么。她知道家里只有菜糊糊，就说不饿。

凌晨时分，她听见窗外响起嘎吱嘎吱的踏雪声。奶奶起身下炕，以为有贼。屋外响起女人声音说开门吧我是谷香，我给牟棉花送虾酱炒豆腐来啦。

牟棉花一骨碌从炕上爬起来。谷姐姐，我还以为你冻死了！

奶奶点亮油灯去开门。谷香身穿蓝棉袄蓝棉裤走进屋来，显得鼓鼓囊囊的。她解开大襟从怀里掏出一只饭盒说，小牟你赶紧吃吧还没凉呢。

牟棉花小鸟儿抢食似的打开饭盒抓着虾酱炒豆腐就吃，之后喊了一声咸。

奶奶感动得老泪直流，你俩才认识几天就跟亲姊妹似的，这是义姐义妹的缘分啊，我看挑一个好日子你们结拜吧。

牟棉花放下饭盒一把搂住谷香的脖子说，好啊，你就是我亲姐姐！

谷香对奶奶说，您老人家也尝尝这虾酱炒豆腐吧。这是我爷儿们亲手做的。他叫勾华东是铁路信号工。您就当他是您孙女婿吧。

奶奶激动得双手合十，连连祷念着阿弥陀佛阿弥陀佛。牟棉花一旁笑嘻嘻说，您从天上掉下来一个孙女婿！

你的脚伤疼吧？那天罚站你要是穿棉鞋也不会冻掉脚指头啊。赶明儿我给你做一双棉鞋吧。谷香关切地说。

她从小逞强好胜，我给她做了两双棉鞋她不穿，说不冷。奶奶抱怨着。

我走啦我得上班去啦，去晚了又得罚站。谷香跟牟棉花拉了拉手又朝奶奶点了点头，匆匆走了。

奶奶追着送出大门拉着谷香的手说，你是天底下头一号好人啊。

普天下穷人一家亲！谷香说罢奔东洋纱厂上班去了。

牟棉花吃上了虾酱炒豆腐，一餐解了八辈子馋，满足了。

一连串的光景过去了，她喝着菜糊糊养好脚伤。右脚缺了一根小脚指头。穿鞋下地走了一圈好像并不碍事。

想起小林白，她心里就有气。想起谷香，她心里就欣慰。坐在桌前抚摸着谷香留下的饭盒，她犯了寻思。谷香姐姐你怎么一猛子扎下去不露面呢？莫非你把我给忘啦。

思念谷香，牟棉花双手托腮坐在屋里怀春似的。奶奶悄悄出去打听。老人家好不容易找到日商东洋纱厂。工厂大门口，下班的女工们不声不响排起长队等待搜身。两名身穿制服的女人猫腰摸一摸女工裤裆，抬手戳一戳女工脊背，一努嘴儿放行一个。

一张张女工面孔拉洋片似的从眼前一闪而过。奶奶叹了一口气说，这大姑娘啊小媳妇敢情天天让人家当贼审啊。这时一个女工却被逮着了——她腰间缠了好几圈白布，哭哭啼啼被警卫队押走了。

真不给中国人争气啊。奶奶撩起大襟擦了擦眼睛，突然看见谷香从大门里走出。老人家奔过去一把拉住谷香的手，落泪了。

谷香满脸憔悴，瘦了。她一头扑到奶奶怀里说，我家散啦！勾华东一句话没留就走啦！

奶奶以为勾华东死了，捶胸顿足号啕大哭。他走得太年轻啊！我还没认这个孙女婿他就走啦！老天爷不睁眼啊……

谷香不哭了，告诉奶奶勾华东那天下班穿着铁路制服就走了，托人偷偷带回口信说去了光明的地方。我也不敢打听那光明的地方到底在哪儿。

跟随奶奶回家，进了门谷香哭了。牟棉花反而变成大姐姐，安慰年长八岁的谷香说，三年五载之后勾大哥带着马弁坐着汽车回家接媳妇，他是薛平贵，你就是《大登殿》的王宝钏。

奶奶嗔怪说，胡说八道！王宝钏寒窑吃苦十八年，登基享福十八天。谷香姐姐是一辈子享福的命。

勾华东倒是说过，中国劳苦大众总会有享福的那一天。谷香擦去泪水说。

天气热了。牟棉花外出捡煤核儿坐在东洋纱厂大门外。遇见熟人问她坐在这儿干什么，她便说等着招工呢。我一定要杀回东洋纱厂，让小林白知道中国姑奶奶的本事。

一天下午。东洋纱厂大门外贴了一张告示。牟棉花不识字，别人告诉她这是招工启事。牟棉花乐得直蹦，好像东洋纱厂重新录用了她。

回到家里奶奶告诫说，小日本儿记仇，他们不会再招你的。

牟棉花打比方说宣统逊位不是照样去"满洲国"当皇上嘛。奶奶气得笑着说你小丫头片子敢跟大清皇上比，犯上作乱啊。

盼到考工的日子，牟棉花半夜跑去了。这次等候考工的人不多。人不多，她依然拿到第三十五号。我两次都拿到三十五号，无巧不成书啊。

天儿一热，考工场从冬天冰窖变成夏天蒸笼，人也从冰疙瘩变成热包子，一进去一身臭汗。好不容易轮到三十五号，牟棉花走进考工场抬头看见考官还是靳大姑，忍不住笑了。

满脸横肉的靳大姑好像不认识她，嘴里照旧叼着一颗永远也不点燃的烟卷儿沉着面孔问道，你看这屋里有苍蝇吗？

牟棉花说有。靳大姑说你怎么知道有苍蝇。牟棉花说有人的地方就有苍蝇。

小死丫头，你以前考过东洋纱厂吗？靳大姑冷冷问道。

考过呀，考进去没几天给开除了。那个日本大管事小林白真不是东西。

好马不吃回头草。你怎么又来考呢，二皮脸吧？

我不是马，我是人。反正我认准了日商东洋纱厂。英商南洋纱厂八抬大轿请我，姓牟的还不去呢。

你姓牟名棉花，这是谁给你取的名字？靳大姑换了话题。

听说是我爹给取的，我娘怀着大肚子给人家打短工把我生在棉花地里，弄红了一大堆棉花，赔人家三天工钱还不够呢。

这次东洋纱厂只招收勤杂工，打扫楼道拾掇厕所什么的，你愿意做吗？

我愿意做。只要能进东洋纱厂你把我变成小鬼儿都行。

靳大姑很有涵义地说，我看你前世就是一棵棉花，今生今世投胎在纱厂，你非得把自己纺成一团纱线不可啊。

你说得对！我今生今世投胎就是要进东洋纱厂。我进东洋纱厂就是要见识

见识那个小林白……

闭嘴！你以为这是饭馆点菜，你想见识谁就见识谁。这是日商东洋纱厂不是华商杂货铺子。靳大姑说着突然向她扔来一枚小铜牌。牟棉花一伸手攥住了，展开手心一看，又惊又喜。

9551。怎么阴魂附体又是这个工号啊？这四个数目字不吉不祥不顺不利，他妈的。牟棉花暗暗咒骂着。

两次都是报考日商东洋纱厂，两次都是半夜排队拿了第三十五号，两次都是女考官靳大姑，两次都是9551工号，莫非时光倒流了？她掐了掐大腿，疼。疼就不是做梦。

你非进东洋纱厂不可，那只有做勤杂工了。考官靳大姑挥挥手好像驱赶苍蝇。牟棉花环视四周，考工场里果然飞舞着一只麻头苍蝇。看来除了这只麻头苍蝇，这次夏天考工跟那次冬天考工丝毫没有两样。

没有两样就没有两样吧。牟棉花暗暗较劲，低头猫腰撅屁股，伸出右手捏住左边耳朵，从左向右转悠起来。

跟上次一样她一口气转了六圈儿。只觉得头昏脑涨两腿绵软，扑通一声跌倒地上。考官靳大姑嘿嘿笑着说，小死丫头逞能吧？这次我可没让你转呀。知道这次你为嘛跌倒吗？因为你少了一根脚指头。

对，我一定把这笔账记在小林白身上。善有善报，恶有恶报，不是不报，时辰不到。她咬紧牙关爬起来，小声嘟哝着。

你怎么认准了小林白啦？你他妈的一根筋啊！

她嬉皮笑脸说，您整天叼着一颗烟卷儿又不抽，您才一根筋呢。

靳大姑登时变了脸色，起身走过来压低声音说，小死丫头以后再敢这样跟我说话，我撕烂你的嘴！

她吓得伸了伸舌头，鞠躬下去了。

第二次考入东洋纱厂，进厂上班便遇见梳棉工房小伯役郝二黑。他满脸惊愕表情问道，我的姑奶奶呀，你怎么回来啦？

牟棉花自豪地说，你以为小林白一手捂天啊？姑奶奶我想回来就回来啦！

庶务课果然指派牟棉花去做勤杂工，清扫女厕所。东洋纱厂女工多，女厕所也多。牟棉花走马上任大动干戈，抡起扫帚清走陈积多年的门窗灰尘，抄起铁锹铲去肮脏不堪的污渍地面，不出几天光景，一座座难以下脚的厕所变得洁净起来。女工们纷纷说紫姑来了。中国民间传说一个名叫紫姑的女子被狠心妒妇害死厕所，被玉皇大帝封为厕神。

牟棉花得意地说，我把厕所弄得干干净净，对得起你们的大白屁股了。

可巧靳大姑蹲在粗纺工部女厕所里，她提起裤子说，你这小死丫头真愿意打扫一辈子厕所啊？

牟棉花不笑了，恭恭敬敬说靳大姑我想拜您为师学手艺。

靳大姑不理不睬系紧裤子走了。牟棉花扭脸看见厕所外边扔着一张大纸。她不识字不晓得这是一张抗日传单。她猫腰捡起，想到细纱工部女厕所窗户破了，苍蝇蚊子飞进飞出就跟走亲戚似的。

一路小跑来到细纱工部女厕所，把这张字张贴到窗户上。于是，这一张来历不明的"日本侵略者必败，中国人民必胜！"的抗日传单，公然出现于光天化日之下，无声地传播着革命道理。

糊了窗户，大字不识的牟棉花满意地笑了。这时候徐贰芬从这里经过，这位操着南方口音的女工看见这幅抗日标语，惊诧地瞥了牟棉花一眼，匆匆走了。

立秋之后，突然传来日本天皇宣布投降的消息。牟棉花将信将疑，扔下扫帚跑到梳棉工部问谷香。谷香也是将信将疑。牟棉花索性跑到东洋纱厂大门口，逢人便问。一个警卫队员脱掉制服扔在地上说日本人真的投降了。

牟棉花蒙了，一时不知所措。这时候一队学生高呼庆祝抗战胜利的口号从外面马路走来。牟棉花跳脚拍手说，小日本儿真的败啦！小日本儿真的败啦！

一个小贩举着"老鼠旗"吆喝着，说庆贺日本战败免费奉送"灭鼠灵"，一包耗子药毒死十个日本兵。

牟棉花乐了，伸手领了一包耗子药径直回家，告诉奶奶日本人败了。奶奶接过"灭鼠灵"满腹狐疑说，怎么没听见响动，你说是谁把日本人打败啦？

一句话问住了牟棉花。她也不知道是谁把日本人打败了。反正有人把日本人打败了。孙悟空，哪吒，二郎神，诸葛亮，武松，穆桂英，岳飞……咱们中国有人啊。您老人家甭操心了，赶紧蒸几个杂合面窝头别掺野菜了。我明天上班吃得饱饱的。吃饱了有力气骂小日本儿啊。

第二天一大早儿，她吃了一个杂合面窝头，一路小跑来到东洋纱厂。大门前看见警卫队照常站岗，就气哼哼走进去了。毕竟是日本工厂不见有人闹腾。她心里窝火只扫了两座女厕便不干了，来到水房洗手洗脸，之后拿出两个杂合面窝头提前吃了，浑身添了力气。

她选了一把白蜡杆扫帚直奔梳棉工部去了。迎面遇见谷香。谷香看着她的扫帚说，牟妹妹你不能一辈子打扫厕所，托人求情还是学一门手艺吧。

牟棉花知道谷香胆儿小，只得将计就计说我去找小林白求情。说着她举起白蜡杆扫帚推门走进梳棉工部管事室。

小林白站在"日产进度表"前面，凝思沉思。他上身穿着白色衬衣，下身穿着蓝色吊带西裤，一副文弱书生形象。扭脸看见牟棉花进来，他疑惑不解地问道，默西，你要干什么？

你知道你们日本投降了吧？牟棉花瞅着那只紫砂茶壶，问道。

小林白辩解说，我是企业管理人员，我跟战争没有关系。

你跟战争没有关系，那你赔我脚指头吧。牟棉花手里握着白蜡杆扫帚说。

小林白不解地反问，你擅自冻掉脚指头为什么找我赔呢？岂有此理。

你们天皇都降服了，你还这么霸道！牟棉花抓起紫砂茶壶朝着小林白掷去，击中他肩头。紫砂茶壶砰的一声摔成碎片儿。小林白气急败坏说，这是宜兴紫砂大师倪万全的作品，存世只有三件……

她二话不说举起扫帚向着小林白打去，就跟日本突袭美国珍珠港一样。由于提前吃了两个杂合面窝窝头，她浑身充满力气嘴里高喊打死小日本儿。小林白没有想到小女工如此凶猛。无路可退，他攀着窗子跳了出去。

一时间万般委屈涌上心头。牟棉花想起霍乱而死的父亲，又想起投河自尽的母亲，想起年老体弱的奶奶，她霎时疯狂起来，跳出窗子提着扫帚一路追击，不依不饶地撵上去。

小伯役拦住牟棉花说，你疯啦不怕日本人毙了你啊。

你放屁，今天我要毙了日本人！我操日本天皇八辈子祖宗……

谷香望着牟棉花背影喊道，牟妹妹牟妹妹，你千万不要闹出人命官司啊。

一路追赶，她听见人们高喊打死小日本儿，却不见有人参加进来。终于跑来两个细纱工部的女工，一人手里举着一只纱筒子，说日本人投降了我们不打白不打啊。看到来了援军牟棉花斗志猛增，绕过大水坑举着扫帚一直追到锅炉房后面，一路高呼打死小日本儿。

小林白害怕了，围绕着锅炉房后面的煤堆东奔西窜，宛若一只丧家之犬。两个女工抓起煤块连连投掷过去。小林白的衬衣变成黑色。牟棉花趁机扑上去，举起扫帚打在他的脸上。啊的一声大叫，小林白双手捂脸跌倒了。

小林白的眼镜被打破了，一块玻璃碎片扎进了左眼窝儿。

徐贰芬赶忙拉住牟棉花小声说，妹子，我们的斗争要有理有利有节。

牟棉花听不懂这种具有革命斗争内涵的话语，狠狠踢了小林白一脚说，小林白！你们小日本儿也有今天的下场啊。

说着，情绪冲动的牟棉花脸色惨白浑身颤抖，嘴里念叨着打死小日本儿。徐贰芬一把抱住牟棉花小声说，妹子，你赶快离开这儿！当心有坏人报复。

没有人知道徐贰芬是中共地下党员。更没有人知道她丈夫李亦墩是中共北开特委书记，以账房先生身份进入华昌机器厂开展地下工作，通过一个烟卷摊传递情报。他的任务就是把紧俏物资秘密运往冀中根据地。

李亦墩慎重选择押运人员，终于选中一个名叫勾华东的铁路信号工人。勾华东冒充死者瘦猴儿哥哥以护送棺材回乡下葬为由，前往冀中。那口棺材里没有尸体，装满了解放区急需的十几种药品，包括奎宁和盘尼西林。

小女工牟棉花打垮了小林白，扛着扫帚往回走。沿途厂房里涌出一拨拨女工给她鼓掌。她这才知道自己真的成了小樊梨花。

小闺女都动手打日本了，咱们别闲着啦。一群机修工部的男工挽起袖子冲进仓库，高喊着打倒小日本儿一哄而抢弄走了一百二十匹白布，直接送到朱记染坊卖了。

东洋纱厂连夜掀起痛打小日本儿高潮。日本人东躲西藏，成了过街老鼠。这可乐坏了朱记染坊的东家，伸长脖子站在东洋纱厂大门外等候着，一有白布他就低价买走，说这一回小日本儿算是倒了八辈子血霉啦。

一连几天全市沸腾，社会各界欢庆抗战胜利的活动达到高潮。北方剧社把牟棉花狠打小林白的事迹编成鼓曲《小女工痛揍日本人》四处传唱，将她塑造成为一个敢作敢为的姑娘。这时有人出来锦上添花说，早在日本投降之前牟棉花就在细纱工部女厕所窗户上贴出"日本侵略者必败，中国人民必胜！"的抗日标语，这是真正的巾帼不让须眉。人们纷纷向小女工牟棉花挑起大拇指，称赞她"牟大胆儿"。

自从得了"牟大胆儿"外号，牟棉花还是牟棉花。她工号也没有变，她小铜牌上还是9551。谁也没有想到这四个阿拉伯数字预示了女主人公的死期，尽管属于巧合。

这么一朵棉花，活过了一个甲子。

3. 孽海与爱河

光复了。从南边来了接收大员。摘掉旧牌匾，换成新字号——日本人的
"东洋纱厂"改为中国人的"中纺五厂"。工人还是工人，菜饼子还是菜饼子。

小日本儿滚蛋了，守着"活寡"的谷香愈发怀念铁路信号工人勾华东，愈
发怀念搂着丈夫睡觉的热被窝儿。光复了却不见丈夫踪影，谷香消沉了。

徐贰芬找到谷香谈心，鼓励她擦干眼泪挺起脊梁迎接新曙光。谷香不晓得
新曙光在哪里，东张西望。徐贰芬告诉她一定要分清敌我友。谷香只知道神仙
老虎狗。徐贰芬以小林白为例耐心讲解。谷香听着，暗暗吃惊。

厂道上遇到牟棉花。这小丫头抢先说道，小日本儿滚了勤杂工我是不做了，
要么进纱场要么进布场做挡车工，好好学一门技术！

你就是这样，云彩来了下雨，云彩走了晴天。谷香一把拉住牟棉花极其神
秘地说，被你打瞎一只眼睛的小林白敢情不是日本人！

他不是日本人？牟棉花不以为然地说，他不是日本人还是中国人啊。

他就是中国人啊！这是徐贰芬亲口告诉我的。谷香满脸焦急地说，他留学
东洋学会一嘴日本话，心里特别羡慕人家日本工业发达，暗暗发誓学习日本经
验。他跟别人说要想真正把日本经验学到手，首先自己变成日本人。这跟老虎
向猫学习爬树一样道理。老虎怎么没有学会爬树呀？老虎没把自己变成猫，最
后才没有学会爬树。

谷香喘了一口气说，你打瞎人家一只眼睛还不知道人家是哪国人。我告诉
你吧，小林白本名白小林，虚岁二十五，属鸡。

属鸡是中国人，要是日本人就属鸭了。牟棉花嘻嘻说道，原来我打瞎了一个中国人的眼睛？幸亏打瞎了左眼，留着右眼让他看东西。哼！

小林白不是日本人——这消息确实令牟棉花感到意外。闹了半天我牟大胆儿打的是一个中国人？她越想越泄气，恨不得马上揪住一个纯种日本人打瞎一只眼睛，左眼右眼都行。

中午打水，牟棉花看见戴着墨镜的白小林走过来，立即转身绕开好像理亏似的。躲到水房里她反问自己，我凭什么怕白小林啊？他冻掉我一根脚指头，我打瞎他一只眼睛，这事儿扯平了。

下班了，她换了干净衣裳走出工厂回家。纱厂停了生产，工人停了薪水，日子更难了。走在大街上，抗战胜利的巨大喜悦依然洋溢着，好像过年。一家酒馆门外摆着几张桌子，坐着十几个身穿白袄白裤的汉子。原来正是哄抢东洋纱厂仓库白布的一帮人。他们拿白布换白酒，一醉方休了。

不知为什么，牟棉花瞧不起这一群发国难财的老爷儿们，停住脚步故意问道，你们白袄白裤给谁穿孝呢？

一个喝得舌头僵硬的汉子说，七尺裤子八尺袄，日本仓库的纱布不穿白不穿！我媳妇还做了三条裤衩呢。

说着，这汉子端着酒盅过来要牟棉花喝酒。她伸手接过酒盅说，日本人在的时候你是三孙子，日本人一走你成英雄啦？

就是日本人回来，老子照样是英雄！这汉子脱掉白布褂子光着膀子撒起酒疯。老子敢抢日本人仓库就是头号大英雄……

牟棉花抬手把一盅白酒泼在汉子脸上说，我敬你一盅头号大英雄！

他妈的，你小丫头片子找倒霉啊！那汉子挽起袖子骂了粗口。

这时突然响起靳大姑的声音，这位爷儿们，你也想让她打瞎你一只眼啊？

她是牟大胆儿？假装疯魔的汉子犯怵了，转身回去继续喝酒。

牟棉花扭脸寻找着，看见靳大姑身穿青布大袄坐在酒馆角落里，右手捏着锡制酒壶左手端着白瓷酒盅，斟满一盅白酒，一扬脖儿饮了，马上斟满第二盅，一扬脖饮了。

牟棉花迈过酒馆门槛眨着一双细长眼睛说，您喝酒是庆贺东洋纱厂改名中纺五厂吧？

靳大姑喝得满脸横肉红里泛紫，嘴里叼着一根烟卷说，你得了牟大胆儿的外号，人人怕呢。我告诉你吧小死丫头，无论哪朝哪代哪个王八蛋坐江山，你在工厂都要凭技术吃饭。人的脑袋二寸地，不学技术是傻逼。你当工人没技术，连傻逼都不如。甭说接收大员，日本人坏不坏？你要是技术尖子他们照样高看你一眼。

我知道日本人高看您一眼。牟棉花抄起酒壶给醉意蒙眬的靳大姑斟满酒盅。

嘿嘿。小死丫头我知道你心思，如今满世界抓汉奸。你说日本人高看我一眼我就是汉奸啦？

白小林算是汉奸吧？牟棉花想起被自己打瞎一只眼睛的假日本鬼子，逮着机会便打听他的情况。

他根本算不上汉奸。你以为阿猫阿狗都是汉奸？不够格！靳大姑抿了一口酒，咬了一块咸萝卜说。

牟棉花探讨着说，他给日本人做事还不算汉奸啊？

靳大姑挺起胸脯长长呼出一口气说，他给日本人做事，你牟棉花打扫厕所不是给日本人做事？我靳大姑考工不是给日本人做事？照你这么说东洋纱厂两千多号工人全是汉奸？小死丫头我看你心思不善，一有风吹草动就想做恶人！

您说我是恶人？牟棉花恼羞成怒抄过酒壶扬起脖子就喝。锡制酒壶空了，她大张嘴巴只沾了两滴白酒，气得扭动着屁股摇得凳子吱吱响。

小死丫头你不愿意做恶人，好哇！那你一门心思学手艺吧。无论中央军的三民主义还是八路军的共产主义，你都甭相信那玩意儿。记着，无论东洋纱厂还是中纺五厂，什么时候也要靠技术说话。

她点头表示虚心接受靳大姑叮嘱。这时一个青年男子快步走进酒馆坐到远处角落里去了。

这是小林白吧？靳大姑喝得红头涨脑照样眼观六路耳听八方，女判官似的。牟棉花压低声音给她纠正错误，说他不叫小林白他叫白小林，假日本鬼子，二十五岁，属鸡。

嘿嘿，我知道他是假日本鬼子。你看这小子文质彬彬的模样，一准招大姑娘喜欢。可惜你打瞎了人家一只眼，独眼龙不值钱啦。

牟棉花心虚地辩解说，我要知道他是中国人就不打瞎他眼睛啦……

你不是牟大胆儿吗，去找他赔脚指头啊。不敢去？嘿嘿，做女人不光胆量大，还要心胸大。怎么叫心胸大？见得你爱的人，也见得你恨的人。只能应付爱不能应付恨，那是大傻逼。人世间有因爱生恨的，也有因恨生爱的。你一样样品尝去吧！说着，靳大姑掏出两张"法币"结账，摇摇晃晃走了。

靳大姑一番话说得牟棉花面红耳赤。平时遇到事情她不怵头，今天却被靳大姑施了"定身法"，脚下好像穿了铁鞋。这时听到那一群白衣白裤的汉子们小声议论着"牟大胆儿痛打小日本儿"，蓦然之间她增了劲头。我是牟大胆儿我怕谁啊。起身走向小酒馆角落里的白小林，一屁股坐在他对面。

身穿灰色长衫的白小林戴着一副双色镜片的眼镜，坐在那里显得单纯而沉郁，好似一个害羞的学生。

牟棉花盯着左边的墨色镜片，知道镜片后面的眼睛是被自己打瞎的，心里一虚，提醒自己不要忘记被白小林冻掉的脚趾，心思又强硬起来。

默西，我叫你小林白还是叫你白小林？牟棉花含有几分挑衅口吻。

哦，小林白是我日本名字，白小林是我中国名字。在中国，白是姓，小林是名；在日本，小林是姓，白是名。这两个名字属于两个不同的国家。

你到底是中国人还是日本人？牟棉花做出大模大样的气势，显得特别动人。

面对牟棉花义正词严的审问，他伸手朝鼻梁上推了推墨镜解释说，我只不过给自己取了一个日本名字而已。

你是中国人凭什么取日本名字！牟棉花怒目圆睁，啪地一拍桌子。

酒馆掌柜端来两碟小菜满脸堆笑说，这位姑奶奶我知道您是东洋纱厂的牟大胆儿，不光贴抗日标语还敢打日本人。可是敝店小本经营吃罪不起，您莫谈国事吧。

不等牟棉花说话，白小林又伸手朝鼻梁上推了推墨镜说，掌柜的，要是老百姓都敢谈论国事，中国就有希望赶上日本了。

牟棉花恼了。合着你还是向着日本人说话。你非说中国赶不上日本，那中国怎么把日本给打败啦？

酒馆掌柜一听，吓得转走了。

白小林心平气和说，我知道你打瞎我一只眼睛是因为你恨日本人。可是你不了解日本啊。我研究日本，这辈子也不会放弃的。一个人活着就要做自己愿意做的事情。是啊，中国把日本打败了，可是你知道当初日本怎么把中国打败了吗？从明治维新到甲午海战，一只小蚕跟一片桑叶结下孽缘。小蚕是日本，桑叶是中国。蚕吃桑叶，日本把中国研究透了。桑叶被蚕吃了，中国对日本却缺乏深入研究。如今中国胜了，桑叶还是桑叶。如今日本败了，那蚕变成蛾，那蛾产出卵，一旦开春那卵又变成蚕啦！它照样还要吃桑叶啊。

一口气说出一番话，从日本留学归来的白小林用一只眼睛注视着这位自以为是的中国女工。默西，我说的话你听得懂吗？

牟棉花果敢地摇了摇头，承认自己听不懂。听不懂就是听不懂，这就是牟大胆儿的性格。白小林的一番论述，她如听天书，仿佛在陌生世界里迷了路，不知东南西北。什么蚕啊桑叶啊蛾啊卵啊，只觉得一头雾水，情绪却平稳几分，隐约感到有些坚硬的东西开始融化，比如冰与水。

白小林继续说，日本人走了，东洋纱厂改为中纺五厂，这里仍然是我研究日本工厂的标本。无论日本胜了还是日本败了，我都要继续研究下去。谢谢你给我留了一只眼睛，我有一只眼睛研究日本足够用了。

你这是骂我吧？你们肚里有墨水儿的人就爱绕着圈儿说话。牟棉花的语气明显和缓。她感到奇怪。仇人见面，理应剑拔弩张。她拔剑出鞘，不见对方拿弩。剑拔弩不张，于是气氛松弛，世界仿佛和平了。

小酒馆里飞进两只觅食的麻雀，一转眼就飞走了。几个身穿白袄白裤的汉子满脸坏笑站在酒馆门口。哎哟，这两个冤家凑到一起，这是不打不成交啊。

牟棉花腾地红了脸。中间隔着一张桌子。白小林伸手往鼻梁上推了推墨镜，继续沉默着。

我猜你还没吃饭呢！白小林打破沉默递来一双筷子说，你吃吧，我走啦。

牟棉花勉强进攻说，这两碟小菜你没动就走哇，害怕我啦？

白小林一本正经说，我突然产生一个想法必须回去记录下来。我在写书呢，书名叫《中国日本之异同》。

说着白小林起身掏出一堆"联银券"，不声不响结账走了——好似一只飞去的大鸟。望着他的背影，牟棉花突然感到心头空空荡荡的。

摆在桌上的两碟小菜，一碟五香豆腐丝儿，一碟油炸蚂蚱。这座城市喜欢食用昆虫。秋后蚂蚱肥美，热油烹炸香味扑鼻，胜似鲜虾。牟棉花平时缺嘴儿，难得吃上这种好东西。她大大咧咧夹起一只炸得焦黄的泼了酱汁儿的大蚂蚱，放进一九四五年秋天的小嘴儿里，馋猫儿似的咀嚼起来。

酒馆掌柜小心翼翼凑过来说，姑奶奶您真威风，那位戴墨镜的太君见了您居然不敢动筷子，结了账走人。牟棉花又夹了一缕五香豆腐丝儿放进嘴里说，日本人走了哪里还有什么太君。我看你是让小日本儿吓出毛病了。

吃着小菜儿，牟棉花心里寻思着。白小林说他有一只眼睛研究日本足够用了？于是她闭上左眼，尝试着用一只右眼望着酒馆掌柜。酒馆掌柜看到她睁一只眼闭一只眼的奇怪模样，呵呵赔着笑脸。

一只眼睛哪有两只眼睛看东西方便啊。牟棉花并不认同白小林的说法。

突然想起白发苍苍的奶奶，她放下筷子从怀里掏出一块手巾，动手把两碟小菜儿包裹起来。她记起当初考工场靳大姑的叮嘱，一定要回家孝敬奶奶。

捧着手巾回家中途必须经过白河。以往为了省钱，上班下班都要徒步绕行下游浮桥。今天为了让奶奶尽早把油炸蚂蚱和五香豆腐丝儿吃到嘴里，她毅然决定花钱去过摆渡径直回家。

站在摆渡口等船，嗅着手巾里散发出油炸蚂蚱的香气，她想起谷香冒雪送来虾酱炒豆腐的情景，心头不由热乎起来。是啊，她同情谷香走失丈夫的不幸遭遇。俗话说，一日夫妻百日恩，百日恩情似海深。谷姐姐真可怜，没结婚吧想男人，结了婚吧靠男人，一旦没了男人就没了脊梁，成了一堆拆骨肉。

一路小跑儿进了家门，看见奶奶盘腿坐在炕头纳鞋底儿。天色黄昏她老人家舍不得掌灯就那么眯缝着眼睛做活儿，一派苦熬苦业的场面。牟棉花举着手巾叫唤着说奶奶我给您带来好菜了您快吃吧。

吃着油炸蚂蚱五香豆腐丝儿，奶奶幸福地笑了。这东西是谁给你买的呀？

白小林。牟棉花脱口说出那位被打瞎一只眼睛而且发誓一辈子研究日本的青年男子的名字。

白、小、林？我怎么没听你提过这个人呢。奶奶错动着吃惯咸菜的牙床，欣喜地咀嚼着。

不知什么缘由，牟棉花一下乱了心思。好像有人往她胸口塞进一团棉花，纱不纱线不线，无论如何也纺不清爽。

吃了晚饭躺下睡觉，她破天荒地失眠了。人生头一遭品尝睡不着的滋味，她又气又急使劲儿掐着自己大腿。这一掐，更睡不着了。

白——小——林。你为什么死心塌地研究日本呢？真傻呀。

黑暗里，响起奶奶轻微的鼾声。失眠的牟棉花眼巴巴望着屋顶。白小林，你冻掉我一根脚指头，我恨你。我打瞎了你一只眼，你却不恨我。天底下真有你这种不记前仇的男人？我可从来没有见过。这样思索着，文质彬彬的白小林在她眼前晃来晃去，就跟拉洋片似的。

竟然一宿没睡。窗外蒙蒙亮了，牟棉花披衣坐起抚摸着炕沿说，白小林啊白小林，你这冤家缠了我一宿你知道吗？

奶奶翻身坐起说，你一宿没睡那是你心里缠着人家，怪不得人家呢。

牟棉花扑哧一声笑了。奶奶你吃了汉奸的油炸蚂蚱就替汉奸说话啊，这真是吃了人家的嘴短。

我不知道谁是汉奸谁不是汉奸，反正你睡不着觉不能怪枕头。奶奶颇为公正地评判着。

依您这么说白小林是我的枕头啊。人家日本留学，我一个穷丫头可睡不起这么贵重的枕头。牟棉花咯咯笑了。

天色大亮，牟棉花却趴在炕头睡着了。奶奶拿出一条破夹被盖在孙女身上，然后压低嗓音说道，趁着厂子停产你睡吧，东洋纱厂不是改名中纺五厂嘛，一开工你就睡不成了。

趁着孙女睡了，奶奶悄悄拆开这一条夹被，从里面取出五张五圆面值的"联银券"，迈着一双小脚走出家门前往银行兑换"法币"。

一大早儿，中国银行大门外排起了长队，好似一字长蛇阵。等待兑换法币的人们怀里揣着"联银券"哼唱着新近流行的歌谣："孔子拜天坛，五圆变一圆。"

五圆面值的"联银券"，正面印着孔子画像，背面是天坛。日本投降"联银券"成了伪币。国民政府规定五比一，五圆联银券兑换一圆法币。一下苦了老百姓。听着人们表示不满的议论，奶奶心里算计着，我手里这二十五块钱一下缩成五块钱。

扭头看见谷香来了，奶奶大声招呼她。身穿青色大袄的谷香胸脯鼓鼓囊囊跑到奶奶面前。

你哪儿来这么多联银券？奶奶不解地盯着谷香见棱见角的胸脯。

一言难尽啊奶奶。谷香双手抱在胸前表情紧张地说，一会儿兑换了法币我把底细告诉您，谁让我跟棉花是好姐妹呢。

我先跟你打听一个人，白小林是干什么的？棉花念叨他大半宿！

她念叨白小林？谷香极其疑惑地说，白小林是梳棉工部大管事，他罚站冻掉棉花一根脚指头，日本投降了棉花打瞎他一只眼睛，一对冤家啊！

兑换的人多，队伍好像面条儿一样，越抻越长。临近晌午，奶奶和谷香终于把联银券兑换成为法币。五圆换一圆，大缩水。走出银行大门，谷香的胸脯变成了瘪柿子。

奶奶一把拉住谷香说道，人家白小林留学日本能看上我家棉花吗？

您说什么呢！他冻掉她一根脚指头，她打瞎他一只眼睛，仇人啊。您这是尿罐儿打酒——差了壶啊。

不是我差了壶，是我家棉花惦记人家！她瞪着两眼一宿不睡，不是动了心思是什么？

真的！谷香一把抓住奶奶的手说，你说牟妹妹心里惦记白小林？冰炭不同器水火不相容，您老人家糊涂了吧！

奶奶深沉地摇摇头说，我可不糊涂。你们少不更事，不知道就仇人跟仇人一定弄不成，错啦！我爹当年烧了孟财主家柴火垛。孟财主派人打折他一条腿。可是我十五岁那年孟家大少爷看上我，还偷偷派人送我一只银顶针儿呢。可惜第二年他得痨病死了。

您说孟家大少爷看上您，我信。您说白小林看上牟棉花，我可不信。谷香态度坚决地说。

不是人家白小林看上我家牟棉花，是我家牟棉花看上人家白小林。奶奶一板一眼更正着，嘿嘿笑了。

谷香抬头看了看天上云彩，低头看了看地面，之后满脸疑惑说，奶奶，牟棉花不是崔莺莺，白小林也不是张生啊。

奶奶突然想起一件大事，拉起谷香就往僻静地方走。我说谷香啊谷香，你怀里揣着那么多联银券来兑换法币，还没有告诉我它的来路呢。

哦……请您多多包涵。谷香猛然意识到不能说出这笔钱是勾华东临走之前留下的。她道歉似的向奶奶鞠了一躬，转身快步走了。

联银券兑法币，人心隔肚皮。奶奶望着谷香远去的背影，感到几分失望。

奶奶说人心隔肚皮，却没有在姊妹之间造成隔阂。谷香还是姐姐，牟棉花还是妹妹。一天晚晌谷香跑来了，告诉牟棉花中纺五厂复工的消息。牟妹妹留住谷姐姐，俩人钻了一个被窝儿，说明天一起进厂上班。

一个姑娘，一个少妇，身子挤着身子，脑袋挨着脑袋。牟棉花伸手捅了捅谷香的乳房问她为什么不生孩子。谷香掐了她一把说我一个人跟谁生孩子。

她问谷香有没有勾华东的消息。谷香迟疑地摇了摇头，然后咬着耳朵问她是不是看上白小林了。

黑暗里，牟棉花霍地撩起被子翻身坐起喘着粗气说，谷姐姐你要是我好姐姐，今生今世也不要向我打听这件事情！

谷香没有料到牟棉花反应如此激烈，一时不知如何是好。

谷姐姐，我说的话你记住了吗？黑暗里牟棉花大声追问着。

我记住了。谷香回答说，既然这样，今生今世你也不要向我打听联银券的来历。

联银券？我才不想知道它的来历呢。牟棉花不以为然地笑了。

好吧！一言为定。被窝儿里谷香跟牟棉花拉起小手指头——这是两个女人之间的永久契约。

谷香知道牟棉花有了心思，这种心思有时像一团火，有时像一角冰，有时像一根羽毛飞扬上天，有时好像一块顽石横在路上。

谷香固守着契约。从东洋纱厂改名中纺五厂恢复生产，一直到中国人民解放军攻城的炮声隆隆响起，几年之间她对牟棉花与白小林的关系一句不问。白小林担任中纺五厂的质量检验员。每次厂里相遇视而不见，好像世界上根本没有白小林这个独眼男人。

然而，白小林的存在却划定了牟棉花的心理禁区，闲人免进。多年以来谷姐姐恪守诺言不问一句，使得牟妹妹在自己心田伺养着一株私密之花。

这一株不曾开放也不曾凋零的私密之花独自占据着她的心田。牟棉花对白小林的这种极其复杂的情感，似乎属于前世注定的孽缘，弄得她心思愈来愈重。

终于到了一九四九年隆冬。"牟大胆儿"已经是中纺五厂织布工部的挡车工了。解放军对这座城市发起总攻前夜，她毅然参加工人护厂队，成为三十六名护厂队员里的唯一女子。

牟棉花穿着肥大的棉袄棉裤，单薄的身体被夸张得鼓鼓囊囊好像一只小狗熊，跟随护厂队守卫夜间的变电站。看到小伯役郝二黑也在队伍里，她悄悄说了"默西"。领头的工人外号"大老美"。大老美说国民党军队要破坏中纺五厂，咱们护厂就是护自己的饭碗。

跟随几个护厂队员踏着夜色进了变电站院子，她瞪大眼睛守卫现场。郝二黑找来电焊枪，噼噼啪啪将变电站的大铁门焊牢，活门成了死门。牟大胆儿果然大胆，独自一人手持木棒站在门外，首当其冲。

兵荒马乱的夜晚，牟棉花竟然想起白小林。其实平常见面只不过几句交谈而已，绝无深入交往。她对自己经常想起白小林感到奇怪。奇怪归奇怪，反正经常想起。想起就想起吧，这是没有办法的事情。

凌晨时分，驶来一辆大卡车停在距离变电站不远地方。牟棉花不由握紧手中木棒。从大卡车里跳下几个男人身影，朝着这里扑来。她大声质问。

我们奉命进入变电站。你他妈的闪开！一个身穿棉猴儿的首领狠声狠气说。

我告诉你们，谁敢动中纺五厂的一草一木没有好下场！牟棉花露出小母狮子的本相，破口大骂了。

牟棉花突然嗅到一股熟悉的气息。这气息在夜空里散发着，看不见摸不着却存在着。这是白小林来了吧？她伸出目光环视四周，在深沉如墨的夜色里寻找着。远处传来解放军攻城的隆隆炮声。

开足马力，撞开大门，冲进变电站去！黑夜里身穿棉猴儿的首领大声下达了命令。说罢，钻进大卡车坐在副驾驶的位置上，催促司机开车。汽车启动了，缓缓朝着变电站的两扇铁门驶来。

牟棉花挥动着木棒尖叫，你们要想进去先从我身上轧过去吧！说着横身躺在地上。两只手电筒照射在牟棉花身上好像瞄准目标。大卡车加速驶来。

牟棉花侧脸盯着愈驶愈近愈变愈大的车轮——距离只有几尺了。她知道自己就要死了，紧紧闭上眼睛。

嘎的一声刹车，大卡车轰然停住——距离牟棉花不足两尺地方。车轮卷起一阵尘土扑鼻而来。

大卡车上传来激烈的责骂声。白小林你刹车干吗？从她身上轧过去撞开变电站大门啊！

一个身影从驾驶室里跳下来。几支手电筒的光柱立即照亮这个身影。果然是白小林啊！牟棉花笑了。

穿棉猴儿的首领冲上来说，白小林，你的任务是开车撞开变电站的大门，你临阵逃脱啊！

白小林身穿黑色皮夹克，依然戴着一副墨镜。黑夜里他摘下白纱手套扔在地上，极为平静地对"棉猴儿"说，请你不要吼叫，开车轧人我是不干的。

你不干？这一群人只有你会开车，你不干谁干！穿棉猴儿的首领说着钻进驾驶室，手忙脚乱地鼓捣起来。

大卡车吭哧了一声颤抖起来。牟棉花急了，再次横身躺在地上喊叫说，你以为你穿了棉猴儿就是孙悟空呀？你要是破坏变电站，我们一人一口唾沫就淹死你！

大卡车被"棉猴儿"鼓捣得缓缓动弹了。白小林迎着车轮大喊停车。大卡车好像一个耳聋眼花的老人，慢慢吞吞朝前驶来。白小林脱下皮夹克朝着驾驶室抛去，横身仰卧跟牟棉花并肩躺在地上。

他穿着一件白衬衣躺在地上，这在夜色里十分显眼。他的肩膀与她的肩膀紧紧靠着，黑夜里听到她的呼吸。这时候她的心头蓦然一热，情不自禁地抓住他的手。这是牟棉花长大成人以来第一次抓住男人的手。白小林的手很软很凉，使人想起正在融化的河畔残冰。这残冰在她手里渐渐消融，流入心田浇灌着那一株私密之花。她与他就这样并排躺在冰凉的土地上，活像一对殉情的男女。

牟棉花并不知道，一个女人的命运里，有时伫立爱河畔，有时驻足孽海边。爱缘是缘，孽缘也是缘。爱河里有波，孽海里也有浪。爱河里有小鱼，孽海里也有小鱼，它们同样都会亲吻你的——只要你主动把脚丫儿伸进水里。

郝二黑挥动木棒冲上来，尖声喊叫着。大卡车吭吭哧哧，竟然停住了。牟棉花侧脸看到当年的小伯役如此勇敢，咯咯笑了。她的笑声激荡着夜色，给这个不凡之夜增添几分莫名其妙的内容。听到这种笑声，"棉猴儿"跳出驾驶室，丢弃了汽车带领一拨人马，扭头跑了。

中国人民解放军攻城的炮声愈来愈近，牟棉花与这个名叫白小林的男人并身齐肩躺在地上，好像凝固在漫漫长夜里。阴差阳错，这两个负有截然相反使命的人却共同阻止了一辆疯狂撞向变电站大门的大卡车。

多年之后牟棉花回忆这个令人不可思议的夜晚，仍然记得夜空闪烁的一颗颗星星，仍然记得自己轻轻问了白小林一句话，默西，你冷吗？

冷。甩掉皮夹克只穿了一件白衬衣的白小林躺在地上如实回答。

冷啊？那也冻掉你一根脚指头吧。牟棉花笑着挖苦说。

我不是存心冻掉你脚指头的。我那是执行日商东洋纱厂管理制度。你知道连蜜蜂采蜜都有严格管理制度，何况我们人呢。

徐贰芬赶来了，身穿棉袄腰间扎着一条皮带，英姿勃发的样子。她打开手电筒照耀着地上的皮夹克惊诧地说，你俩怎么躺到一起啦？快起来吧解放军开始攻城啦。

白小林捡起皮夹克穿在身上，伸手往鼻梁上推了推墨镜。徐贰芬当场发布命令说，牟棉花你带两个人留守变电站，白小林你开汽车拉着几个护厂队员去支援锅炉房。

白小林扭头看了看牟棉花，又往鼻梁上推了推墨镜。牟棉花说你去吧，那口吻就跟送战友上火线一样。

白小林钻进驾驶室，拉着护厂队员上路了。这位发奋研究日本的书呆子，阴差阳错地拥有了"新中国成立前夜弃暗投明毅然驾车参加护厂队"的革命经历。这段革命经历好似一首漫长乐曲里的一个短小乐句，使他在历次政治运动中饱经劫难却保全了性命。他不改初衷，用这条保全下来的性命继续研究他的日本。

4. 钢铁与馒头

一九四九年初冬子夜时分，一队国民党军警冲进华昌机器厂，抓捕以账房先生身份隐伏在这里的中共北开特委书记李亦墩。

李亦墩提前得到情报攀上工厂后墙逃跑，被塞满钞票的沉重书包拖住后腿。那钞票是为解放区购买药品的巨款，关系着一条条战士性命。

半夜，王金炳披着棉袄趿拉着棉鞋出来倒尿盆儿，远远瞧见工厂后墙头卡住一个人影儿，近看是李亦墩。他伸出右手托了这位账房先生屁股一把，听到李亦墩翻过墙头说了一声谢谢。

天亮之后得知半夜跑了"共产党嫌疑犯"李亦墩。王金炳担心吃官司。好在没人瞅见他托了李亦墩屁股，心里踏实下来。

收了网的鱼，跑了。国民党军警不肯罢休把白鸣岐带去审问。一连两天，王金炳盼望老东家平安归来。第二天傍晚，王金炳动了自首念头——我去把老东家赎回来。可巧听见看门人说放走共产党是死罪，他怯了。

第三天上午，白鸣岐瘟鸡似的回来了。几天不见好端端一个大胖子瘦了一圈儿变成二胖子。二胖子灰头土脸进门喝了一碗茶水倒头便睡。这一觉睡了两天。醒了，白鸣岐想起有一批玛钢阀门等待退火，起身跑到后院指挥工人装窑。

光天化日之下装满窑炉，老东家在窑前窑后分别插了一支"棒子"，用以观察火候。这一批阀门属于"黑心儿玛钢"，他悄悄往铁箱里装了铁屑，以便造成局部还原气氛，使铸件获得表面硬度，内部具有韧性。他亲自生火，使人觉得点窑很有学问，其实是假象。白鸣岐喝退众人独自围绕窑炉转悠，那机警的模样好似一只猎狗。这窑炉一烧就是五天。困乏了，他叫来王金炳陪着聊天。

王金炳以为老东家要传授玛钢退火绝活儿，兴奋了。白鸣岐鼓励几句说，李亦墩跑了我也不聘账房先生了，你跟我学记账吧。王金炳不想做账房先生，听罢连连摇脑袋。

老东家忧心忡忡说，你学会记账也算专长，改朝换代照样有饭吃。谁都知道解放军围了城，说不定哪天炮弹落在厂里，毁啦。我重金聘请的那几位大工匠要是有个三长两短的，这好比蜀国没了关羽张飞赵子龙啊。

王金炳觉得老东家特别爱惜工厂特别爱惜工匠，就跟好男人爱惜老婆孩子似的。他试探着问道，解放军攻城的炮弹万一把工厂炸平怎么办啊？

你咒我？白鸣岐不满地瞪着王金炳说，老的炸了我建新的，只要我活着就不能没有华昌机器厂。

您死了还有少东家呢。王金炳安慰着，一句话点燃了火药桶。

你再提"少东家"三个字我打断你的腿，这辈子我绝户了没有儿子！说着白鸣岐去看火了，吆喝伙计们出窑。

半夜三更，华昌机器厂后院热闹起来。白鸣岐指挥打开窑门，经过退火的玛钢铸件仿佛临产婴儿，出世了。眼瞅着火爆灼热的场面，王金炳心里说，我认老东家做干爹他也不把绝活传给我的。这绝活就是绝后啊。

风声愈来愈紧了，有人建议关门停产。白鸣岐摇头不同意。前几天东南城角居士林要铸一尊铁菩萨，派人送来画样子，四尺高，莲花座。铸造菩萨像是功德，他拍着胸脯应了，指派翻砂匠许瞎子十天交活。许瞎子一连三天吃素净身，光凭一张画样子抠出立体砂模，拌油砂打出芯子。干模儿干芯儿，平做立浇，严丝合缝扣了箱，一个水口两个冒口，只等开炉化铁浇铸了。

白鸣岐心情挺矛盾的。天黑开炉化铁有火光，攻城的解放军以为这是兵工厂必然炮轰，工厂就毁了。工厂讲究信誉，既然接了订单必须按时交活儿。腊月初八是佛祖得道日，人家居士林敬候开光呢。

几经犹豫还是开炉化铁，铸造菩萨佛像。下晚儿，"猴子炉"点火，一层焦炭一层铁条投进炉里，几个小伙计反复挤压气囊，往炉里鼓风。天冷火慢，最怕寒眼。小半夜时分，白亮亮的铁水终于下来了。大工匠小工匠嗷嗷叫唤着，纷纷端包浇铸。白鸣岐身穿皮袍观战，手里拎着一只沉甸甸的大蒲包儿。一圈儿水口同时注进铁水，没憋气没涨箱没跑火，一尊铁菩萨顺顺当当浇铸成功。

老东家把手里的大蒲包儿递给王金炳说大伙素净好几天了，一人一个酱猪蹄儿让他们啃去吧。

白鸣岐通知几位领班大工匠说，解放军的队伍说攻城就攻城，这几天谁也不许外出，一百只麻袋填土垒住临街大门，保护工厂。

说是不许外出。胆大的工匠憋不住色，翻墙溜号跑到"落马湖"逛窑子。胆小的工匠不敢外出，躲在厂里聚众赌博"斗根儿"，工房成了宝局。

眼瞅着这一帮闲人不干正事儿，白鸣岐指派范金斗和梁三升带领一群"摇大轮"的小伙计，抄锹动镐刨开冻土在工厂后院挖出一条长壕，说四尺宽三尺深，上面铺设木板，木板上培起土堆就是简易防空壕了。

晚晌了，白鸣岐坐在账房里打开手摇留声机，听了两张谭富英的唱片，有《摘缨会》，有《李陵碑》，还有《鱼肠剑》。听这种唱片，先是解乏提精神，一会儿就困了。王金炳端来洗脚水趁机询问说，这两年我识字打算盘，您还要教我什么本事啊？

嘿嘿，你小子一撅屁股我就知道你憋着屁呢。白鸣岐把双脚泡在热水里说，我实话跟你说，你天生就不是学手艺的材料干脆死了这条心吧。

王金炳埋头给老东家洗脚。这一双大脚皮糙茧厚，好像走了好几万里路，久经磨砺了。洗了脚，还要涂抹蛤蜊油。白鸣岐有冬天裂脚的毛病，抹了蛤蜊油还要烤火。端来火盆一烤，蛤蜊油吃进裂纹里，老东家就舒服了。

看到王金炳满脸委屈，白鸣岐一边烤脚一边说，解放军进了城共产党得了天下，他们也不能关闭华昌机器厂吧？那时候你就替我管账呗。

您想让我当账房先生？王金炳忐忑起来，一时不知是喜是忧。

两只脚烤得热烘烘，老东家深深呼出一口气说，你要是我儿子多好，过两年我把华昌机器厂交给你，自己享清福去了。

王金炳端着火盆走到工厂后院，一泡尿浇灭余火说，我可没有福分做您儿子，华昌机器厂您还是给白小林留着吧。

一天早晨，远处没了炮声。白鸣岐召集工人们训话打了两个喷嚏说，响水不开，开水不响，没了炮声兴许解放军半夜就攻城。你们赶紧给防空壕培土。培厚土浇透水，一上冻枪子儿打不透，人蹲在里面平安了。

临近傍晚，梁三升从防空壕里刨出一块四寸多宽一尺多长半寸多厚的铁牌，上面铸着五个字"佟小喜之墓"。这是谁啊？梁三升问范金斗。范金斗接过铁牌搓去泥土说佟小喜就是瘦猴儿啊。

范金斗跑去把铁牌交给老东家大声说瘦猴儿阴魂不散。白鸣岐伸出手指弹了弹铁牌听了听声响，认定这是一块玛钢。

天黑了，白鸣岐坐在账房里闭目养神说，李亦墩真是敢想敢干啊。

王金炳揣摸老东家把来历不明的铁牌跟越墙逃走的账房先生联系起来了，就咳了一声。白鸣岐睁开眼睛仿佛从一场大梦里走出。

饼子，那天半夜是你托了李亦墩屁股让他翻墙逃走的吧？

王金炳惊了。敢情您看见啦？那您怎么不把我供给军警呢？王金炳心有余悸问道。

我把你供出来咱厂就成了贼窝子。我出来，你进去，以后谁伺候我？你以为我傻呀。你快去打酒吧，告诉伙房炒两个好菜，今晚你陪我好好喝几盅。

听了这番话王金炳稀里糊涂笑了。我没酒量，我要是喝醉了谁服侍您啊。

你要是喝醉了，我服侍你。白鸣岐郑重其事说，这几年你没黑没白伺候我，解放军进了城你小子就熬出头啦。现在是有钱人坐大堂，没钱人不吃香，到时候是有钱人不吃香，没钱人坐大堂。刘伯温推背图说得明白，改朝换代啊。

打了一瓶高粱酒，炒了两个好菜，一个焦熘里脊一个油爆鱼片。白鸣岐让王金炳陪着。他没跟老东家同桌吃过饭，手脚挺拘束的。

白鸣岐呷了一口白酒说，吃饭有吃饭的规矩，一呢吃东西不许吧嗒嘴，二呢拿筷子不许敲碗边，三呢喝汤不许把调羹含在嘴里，四呢夹菜不许翻山越岭，五呢给长辈敬酒不许高擎酒盅……

六呢？王金炳一本正经问道，还有六呢。

六啊，你陪客人吃饭，客人不撂筷子，你不许撂筷子。要是客人没撂筷子你先撂了，人家还怎么吃啊？再吃不成贪嘴啦。

王金炳给老东家斟满酒盅说，我现在陪您吃饭，您说我撂不撂筷子呢？

嘿嘿。你小子把我给问住了。白鸣岐眯着眼睛说，好吧，我罚酒，我连干三盅！

王金炳抄起酒瓶给白鸣岐斟满酒盅说，要是改朝换代呢老东家？

即使改朝换代，为人处世的规矩也改不了。白鸣岐斩钉截铁说，七呢，就是吃多少饭盛多少饭，不许剩碗底子！

八呢？王金炳看到老东家喝多了，一边问一边扶他上床。

八？八八六十四……老东家迷迷糊糊躺下，睡着了。

当天夜里，解放军攻城了。白鸣岐满嘴酒气披衣起床招唤大伙钻防空壕。有人听话去钻了。有人不去钻，说防空壕里埋着瘦猴儿尸骨，有鬼气。

白鸣岐沿着工厂大墙巡视，连声说改朝换代了。枪声大作。一发炮弹落在远处炸了。王金炳劝老东家钻防空壕，保命要紧。

保命？工厂就是我的命，保命就是保住工厂。白鸣岐撩起皮袍坐"猴子炉"前面，借着酒劲儿打开话匣子。

这华昌机器厂是我多变卖田亩创建，开头叫白记铁铺，后来传给我。我应该传给我儿子吧？白小林不接。这样我就绝户了。工厂兴，兴在我手里，工厂败，也败在我手里。前无古人后无来者，绝了门。我认命了。你年纪轻轻犯不着舍命陪我，快去钻防空壕吧。明天一早儿改朝换代，你小子咸鱼翻身啦。

天色亮了，枪声炮声稀疏下去。白鸣岐跪地磕头谢天谢地谢祖宗，保佑华昌机器厂平安无事。他起身催促王金炳上街迎接解放军进城。王金炳却不动弹。

白鸣岐抬腿踹他一脚说，这都什么时候了，你愿意一辈子没出息啊！

伺候老东家几年从来没吃过拳脚。王金炳看出白鸣岐动火了。打开角门钻出华昌机器厂，穿得暖暖和和的王金炳上了大街。他的棉裤棉袄棉帽子都是老东家给买的，因此引起伙计们嫉妒，背地叫他"小公公"。小公公就是小太监。

空气里飘浮着浓烈的火药味道。炮声停了，枪声稀了。三条石大街上一家家工厂大门紧闭，不见人影。天色越来越亮。一只黑猫蹿过去，也不知道这只畜生属于哪路人马。一个老头儿手里举着几支纸糊的小红旗儿迎面走来，擦肩而过二话不说递来一支。接在手里王金炳看到小红旗儿上写着"欢迎解放军"，愈发觉得对方面熟，终于想起这就是摆摊卖烟卷的老头儿。

一群当兵的跑过来。一个戴狗皮帽子的黑脸军官叫了一声老乡，说我们是中国人民解放军前去窑洼执行任务。王金炳二话不说引领着他们奔向浮桥方向。他听见一个当兵的对黑脸军官说，勾连长，你家住在堤头你回家看看嫂子吧。

勾连长嗯了一声挥着短枪发布命令说，全体注意，目标窑洼，跑步前进。

来到河边，这位勾连长跟王金炳握手致谢，带领战士们匆匆过桥去了。对岸立即传来一阵枪声，又炸响了两颗手榴弹。

王金炳转身走向南北大街。一群大学生站在一家竹器店门前，有男有女高举"欢迎解放军进城"的布幅子，满脸兴奋表情。

只要见了大学生王金炳就自卑，怯生生不敢靠前。一个女学生跑过来说，你是三条石的学徒吧？工农商学一起欢迎解放军进城啊。说着，学生队伍走动起来，朝着金华酒楼方向涌去。王金炳挥着小红旗儿走着，一下振作了。

不知不觉，王金炳落在纱厂女工队伍里，踩了一个纱厂女工的脚。这纱厂女工回头说你踩得我好疼啊。王金炳看到一双又细又长的眼睛。还未张口道歉，人流涌动那双眼睛不见了。他记住了这双眼情。

解放军队伍浩浩荡荡开过来了。人们挥舞着小红旗儿欢呼着，跑上前去往战士们怀里塞花生塞鸡蛋，也有送热茶的。王金炳尴尬起来，人家欢迎解放军又送吃又送喝，我拎着十个手指头来了，太没脸了。

一个纱厂女工从王金炳身旁钻过去，冲到队伍前面把一个白面馒头塞到一个解放军手里。这个解放军身穿黄色棉衣腰系水牛皮带佩着一支短枪，一看就是军官。这军官满脸微笑推辞着。纱厂女工大声说人民的军队就要吃人民的馒头！

看着人民的军队和人民的馒头，王金炳啊地叫了一声。这军官不就是账房先生李亦墩吗？

他的叫声惊动了送馒头的纱厂女工。她回头，眨着一双又细又长的眼睛望着王金炳。他认出了这一双眼睛。

这是一双波光荡漾的眼睛。那波不是秋水是春水。秋水是收敛的，流向冰封季节。春水则在发力，流向大汗淋漓的盛夏。

王金炳顾不得这双眼睛，追着队伍寻找李亦墩去了。他担心李亦墩认不出自己，索性摘去棉帽子露出热气腾腾的脑袋。

一路奔跑，王金炳追上李亦墩叫了一声李先生。李亦墩一步跨出行列随手把纱厂女工的馒头塞给他，说金炳你好吧。王金炳握着馒头没头没脑说，我学会打算盘啦。

李亦墩拍着他肩膀说，工人阶级是国家主人翁，你学会打算盘可以管理工厂嘛。金炳，你危急时刻能够站稳阶级立场支持我，这很好嘛。新中国建设事业需要各方面人才，你要做好思想准备，今后承担更为重要的工作！

说罢，英姿勃勃的李亦墩追赶队伍去了。

敢情我学会打算盘就成了新中国建设人才？手里举着小红旗儿心里又惊又喜。这么说我伺候老东家没白吃苦没白受累，成人才。老东家教我识字，认识好几百个汉字了。老东家教我念《三字经》，"犬守夜，鸡司晨，苟不学，曷为人？蚕吐丝，蜂酿蜜，人不学，不如物"。老东家教我打算盘从"二二得四"一直打到"狮子滚绣球"。老东家还教我"苏州码子"，既能记账还能当"手语"在袖口里交易，特别实用。

看到手里白面馒头染着红点儿，想起过年敬神的供品。好久没有尝到白面馒头滋味了，他伸出舌头舔了舔，揣进怀里跑回华昌机器厂。

路过隆昌海货店看见伙计们搬出桌子摆上茶碗，斟满热茶，说是劳军。王金炳凑到桌前试探着端起一碗。几个伙计看见他手里举着小红旗儿，连连点头哈腰说，您喝吧我们也欢迎解放军进城呢。

热气腾腾的茶水里竟然放了白糖，很甜。他索性又喝了一碗充满感动说，解放军真好，一进城我就喝上不花钱的糖茶啦。

一连喝了三碗甜滋滋的热茶，他不好意思灌大肚儿，道了声谢谢。一个小伙计拉住他低声问道，先生，解放军好吧？

王金炳端起肩膀说，不是先生是同志！

同治？小伙计以为听到清朝皇帝年号，继续问解放军好不好。

嘿嘿，解放军当然好，我给一个勾连长带路去了窑洼。你知道原先账房先生李亦墩吗？他成了大军官一点架子都没有，这就是同志啊。王金炳得意扬扬说着，认为自己比别人提前跨进新时代。

走进三条石大街，仍然冷冷清清不见人影，他手里攥紧小红旗儿钻进华昌机器厂角门，快步来到账房。

白鸣岐坐着闭目养神。王金炳同志立即变成王金炳伙计，随手从炉盘上抄起热水壶给老东家沏了一碗茶水。

白鸣岐睁开眼睛，仿佛注视着一个陌生人。外边，挺好吧？

挺好，您猜我看见谁啦？李——亦——墩！

哦。他果然回来了。白鸣岐起身离开椅子说，李亦墩当大官儿了吧？

当啦！王金炳从怀里掏出那只染着红点儿的白面馒头说，这是纱厂女工劳军的，他又送给我啦。

好哇。白鸣岐盯着白面馒头说，解放军的馒头真白啊。李亦墩跟你说话啦？

说啦。我告诉他我学会打算盘，他说不光要学会打算盘还要学会管理工厂。

他嘱咐我做好思想准备，今后承担更为重要的工作！

白鸣岐若有所思说，共产党不光攻城拔寨夺天下，也讲人情事理。你不是帮着李亦墩翻越墙头嘛，我看他没有忘记这码事情。

我伸手托了他屁股一把，也没费多大力气。王金炳不以为然说。

嘿嘿，你小子托了共产党屁股一把，交了好运。你要是托了国民党屁股一把，就交了霉运。你放心吧，这几天李亦墩一定会来找你的。

李亦墩找我去伺候他啊？王金炳不解地问道。

白鸣岐拍着大腿说，你真愿意一辈子伺候人？如今改朝换代，你放下旧碗端新碗，改吃新社会的饭啦。

王金炳兴奋地说，我吃新社会的饭，您也吃啊。

我？我跟你不一样啊。白鸣岐脸色黯然，不言不语走出账房来到工厂后院。

大工匠许瞎子带领几个学徒给那尊铁菩萨清砂。清砂就是清除残砂和毛刺，干干净净交活儿。白鸣岐高声嘱咐说，你们可以不信佛，不可以不敬佛。今天给铁菩萨清砂，一不许张嘴说脏话，二不许掏出来就尿，三不许随便敲打佛头。记住了！这是铁佛不是秤砣，你们都给我敬重着。

一尊铁菩萨，清去残砂，剔掉毛刺，打磨得干干净净。白鸣岐担心热胀冷缩铁佛开裂，装进窑里退了火。出了窑，他亲手扫去煤烟子给铁观音擦了一遍油脂，光光亮亮披了一块红绸子，端端正正入了库房。

白鸣岐指派王金炳前往居士林，询问金林长铁菩萨宝座何时起驾。

自从解放军进城，您还没上街呢。外面改朝换代，我拉车您出去看看吧。

白鸣岐连连摆手说，我不出去看！我就不出去看！这样子很像一个躲避打针吃药的大男孩儿，看着挺可怜的。

王金炳去了一趟居士林。大门口卖糖葫芦的老头儿说金林长跑了。金林长为什么跑呢？老头儿说金林长一定是害怕共产党呗。

这句话启发了王金炳。哦，老东家不愿意上街也是害怕共产党吧。买了一只红彤彤的糖葫芦一路快走回到华昌机器厂。看门人嘻嘻笑着说，兵荒马乱的你还出去买糖葫芦，怪不得老东家喜欢你呢。

走进账房白鸣岐不在，王金炳断定在后院。他成年累月伺候着老东家，老东家成月累月被他伺候着，俩人形成默契。这种主仆默契，好比一锅一灶一锁一钥一刀一鞘，成了一双，合了一对，配了一套。

白鸣岐指挥工人们填埋防空壕。面黄肌瘦的范金斗手持铁锨说，老东家，这瘦猴儿的冤魂不散啊。

你闭嘴，哪儿有冤魂？白鸣岐指着范金斗鼻子说，解放军进了城你还留着防空壕做什么？你要是不愿意干，打铺盖卷儿走人，别在这儿给我胡咧！

范金斗不言语了。虎头虎脑的梁三升接茬儿说，解放啦，我要是在这儿挖出瘦猴儿尸骨就去报案！

你报什么案？瘦猴儿得病死了，你小子非要弄出一个杀人案啊。我看你是吃饱了，撑的！白鸣岐顺手把那块"佟小喜之墓"的铁牌扔进壕里，溅起一股尘土。

工人们不敢说话，抄起铁锨还土填壕。一会儿工夫，瘦猴儿墓牌就埋没了。

白鸣岐回头看见王金炳，二话不说接过糖葫芦咬了一只红果儿，嘎巴嘎巴大嚼起来。王金炳低声关照说，老东家，您当心把假牙粘下来。

梁三升停下铁锨挖苦说，嗨，你比亲儿子还孝顺，赶紧认老东家干爹吧！

白鸣岐手里举着红彤彤的糖葫芦转身奔向账房。王金炳在人们哄笑里跟随老东家走了。进了账房，老东家端起茶碗询问铁菩萨何时起驾。王金炳小声说金林长跑了。

不对呀！国民党三青团害怕共产党，吃斋念佛的人也害怕共产党？白鸣岐望着王金炳问道，你害怕共产党吗？

王金炳一愣。我？我不害怕……

不害怕就好。白鸣岐从皮袍里拽出一只信封说，李亦墩派来一个军人找你。我说你去居士林了。那当兵的留下这封信让你明天上午去报到。

报到？王金炳接过信封知恩地说，要不是您教我识字，我还是睁眼瞎呢。

白鸣岐欣慰地笑了。你小子命好，贵人相助前途无量啊。

这是一封内容简短的便函。李亦墩告诉王金炳新中国即将成立，工人阶级必然成为国家主人开创新生活："你马上离开那间小作坊，我调你去军工503厂工作，明天上午九点钟到城厢区十五号路市军事管制委员会工业组会面。"

王金炳照本宣科给老东家念了一遍。白鸣岐听罢腾地满脸涨红，嘟哝着。李亦墩也说我是小作坊？这解放军怎么跟白小林一个腔调啊？

你拾掇利索明天去报到吧。白鸣岐又恼又羞却没怒，安排着王金炳的日程。

我……王金炳伸手搔着鬓角说，我要是跟您学会玛钢退火的绝活，照样人前显贵啊。

白鸣岐啪地一拍桌子。你真是汤圆滚进门——浑蛋到家啦！我有玛钢手艺我就人前显贵啊？连儿子都瞧不起我，白小林宁死不做少东家。你放着前程不奔跟我学手艺？真他妈的没出息。你明天必须滚蛋！

天色暗了。王金炳收拾行李，从老家带来的蓝花粗瓷大碗也塞进包袱里。手巾里包着一只晾干的白面馒头，那红点儿已然褪了颜色。看见馒头他蓦然想起人群里纱厂女工一双又细又长的眼睛。

小时候歌谣这样唱道："男的想女的，媳妇给兄弟娶的，女的想男的，姐姐给妹妹瞒着。"这首童谣简明扼要，男的想女的，女的想男的——这就是人间的大道理了。

胖厨子跑来了，嘻嘻哈哈催促他去伙房吃晚饭。华昌机器厂的老规矩，送人离柜的这顿饭在伙房吃饺子，谓之"离伙"。

怀里揣着那只白面馒头，他趁着天黑跑到挖防空壕的地方，抄起一只破锹刨着冻土，自言自语。瘦猴儿啊我知道你叫佟小喜，明天我离开这里跟你道别啦。你年纪轻轻死了，我心里愧疚对不住你。我拿这个白面馒头祭祀你吧。

郑重其事将白面馒头埋葬，起身去了伙房。胖厨子端来一盘热气腾腾的黑面饺子说，我包饺子送走十几位，有账房先生有大工匠，自从解放军进城你是我送走的第一位。

吃了饺子回到老东家房间，给火炉续煤蹲上一壶水，之后动手给老东家铺被窝儿，还换了一块新洗的枕布。这是最后一次伺候老东家，有几分伤感。外面响起脚步声，白鸣岐回来了。

我出去听戏啦。白鸣岐兴致勃勃开了口。这是解放军文工团演的文明戏，有男有女，穿着平常衣裳，满口京腔，光说不唱就跟真事儿一样，这出戏叫《兄弟姐妹们站起来》。

看来老东家不害怕共产党了。王金炳感到欣慰，沏了一碗热茶。

这文明戏也叫话剧，真不错。听说解放军文工团里尽是大学生，有北洋的有南开的还有辅仁燕京的。白鸣岐喝了茶洗了脚抹了蛤蜊油，翘着双腿等待火盆烤脚。

这四年你给我烤了多少次脚啊。白鸣岐感慨不已。王金炳一字一句回答说，今天是第二百一十五次。

白鸣岐惊讶得晃动两只脚丫子说，四年光景你记得这么清楚，好脑子呀！

钻进被窝儿，余兴未尽的白鸣岐说，《兄弟姐妹们站起来》里胡记磨坊的大少爷把小丫儿给放了，小丫儿进城之后给同益面粉厂的大少爷当了女佣人。

小丫儿离开磨坊进了面粉厂，还是蹭了一身白面呀。王金炳对剧情一无所知，却认为小丫儿的命运没有改变。他走到外间屋，横身躺在床上。

哗啦一声身下床铺塌了。王金炳翻身爬起瞪着断腿的铺凳开裂的铺板，连连咂嘴说，这床铺我睡了四年，最后一宿它不让我睡了。

里间屋传出白鸣岐的声音说，这是天意。你抱着被褥进来咱俩打通腿儿吧。

打通腿儿这种睡法，就是俩人一张床，一个人头朝南脚朝北，另一个人头朝北脚朝南。各人睡各人的觉，各人做各人的梦。

从来没有睡在老东家身旁，他蜷着身子不敢动弹好像被绳索捆着。一想起明天离开这个地方，就想跟老东家说话。侧耳细听，老东家响起鼾声。

他想跟老东家说，您这二茬光棍儿还是填一房吧。三条石工厂的东家哪个不是又妻又妾，周记袜厂老东家连小姨子都娶进来了，还生了大胖小子。您万贯家财，娶十个八个的黄花大闺女有富余啊。

他还想跟老东家说，您不嫖不赌，就是把华昌机器厂当成老婆也不能跟机器过一辈子吧。您那一座玛钢退火窑无论多么热乎，也比不上洞房热被窝儿吧。

心里念叨渐渐进入梦乡。梦里的王金炳，哭了。

天亮了，王金炳猛然醒来，一看身旁没了老东家，赶紧起床。动手收拾被褥打成铺盖卷儿，结结实实捆得好似一只大粽子。一只铺盖卷儿，一只大包袱，还有几张钞票缝在衣裳里，这就是二十二岁的王金炳进城四年的全部家当。

站在账房门口，白鸣岐大声说，昨儿晚上吃了离伙饺子，今儿就不管早饭了，这是华昌多年的规矩。你扛上行李走人吧。

王金炳拿起一根扁担，一头挑起铺盖卷儿，一头挑起大包袱，不知如何跟老东家告别。

我送你一个小玩意儿。白鸣岐掏出一枚黑色戒指说，它不是金的不是银的不是铜的，是玛钢的！这种东西外表硬心儿里软，愈戴愈亮。你知道我摸索玛钢退火技术烧废多少窑吗？从脚底下码到脑袋上全是钞票啊。这枚戒指是我烧成的第一窑，给你留个念想吧。

谢谢您呐。王金炳给老东家鞠了一躬。白鸣岐扯起嗓子说，你命里有贵人相助，好好干吧傻小子。

王金炳放下扁担小声说，我劝您一句话，往后别拨钟表了，又搬凳子又踩桌子，一不留神闪了腰崴了脚，不值啊。

我也劝你一句话，往后把华昌机器厂忘得干干净净！白鸣岐拍了拍王金炳的肩膀却避开他的目光。

王金炳突然想起《兄弟姐妹们站起来》问道，小丫儿进城后来怎么样啦？

小丫儿？白鸣岐好像忘了昨晚看的话剧，一边回忆一边说，噢，小丫儿后来嫁了一个解放军连长。

这我就放心了。王金炳满足地说着，上路了。

一群工人聚拢过来，给王金炳送行。梁三升说，你在这儿混得不错干吗跳槽呢。你跪下磕三个响头认老东家当干爹，有朝一日你就是华昌机器厂的少东家，一辈子吃香喝辣穿绸裹缎。

范金斗说，亲儿子都不认老东家，还要干儿子干吗？走吧，大路通天呢。

挑着行李走出华昌机器厂，王金炳往东去了。身后突然传来一声"叫——小——番！"

这是老东家坐在账房里扯着嗓子唱起京戏《四郎探母》，急于奔往宋营的杨延辉的"嘎调"。

大街中央的三条青石在太阳的照耀下，闪动着幽暗的光。乳名"饼子"的王金炳同志迎着太阳走着，嘴里嘟嘟哝哝说着。

就因为我伸手托了李亦墩同志屁股一把？到底是他的屁股交了好运还是我的手交了好运呢……

5. 红烧与清蒸

中午开饭，503厂食堂人进人出好似一座大戏院。从小作坊来到大工厂，吃过午饭王金炳只觉得脚没处搁手没处放，一时闲得难受。

若在华昌机器厂，老东家一撂筷子他便递去一碗漱口水，紧接着热毛巾擦脸。此时这里嘴多脸多，却没有漱口擦脸的习惯。这里只有同志，没有老东家。

看到一只冒着热气的大铁壶。他立即拎在手里见了谁就往谁饭盒里斟水，恢复小伙计形象。503厂工人们望着这位新来的小伙子，好像一群大山羊看着一只小绵羊。

一个腰间扎着帆布围裙的麻脸师傅审视着大铁壶，问他从哪儿调来的。王金炳说华昌机器厂。麻脸师傅喝了一口热水说私营小作坊吧。

当天下午，一位南方口音的军代表分配王金炳去生产铝制行军锅的三车间。市里派驻503厂军管小组成员，姓张叫张代表姓王叫王代表。李亦墩是驻厂总代表，人称"李总"。据说"李总"到华北军区后勤部开会去了。

三车间有两座大型坩埚，烈火熊熊熔化铝水。一道道白亮亮的铝水奔流而出浇入砂模，铸出一口口行军锅。这种场面，很像华昌机器厂化铁。王金炳备感亲切，以为回到姥姥家，只是没有见到舅舅。

车间主任听说王金炳没有手艺，让他到小坩埚组配制中间合金。进了小坩埚组见到组长。组长自我介绍说在太行兵工厂铸造地雷做铁活儿，调进503厂改做铝活儿不过半年光景。王金炳问组长知道不知道玛钢。

玛钢啊！组长满脸敬畏说，它进窑之前是白口铁，又脆又硬没啥用场，退火之后变了，又有韧性又有强度成了宝贝疙瘩，以铁代钢。如今有谁掌握玛钢退火技术，一定是社会主义建设人才啊。

王金炳得意地笑了，心里暗暗为老东家感到自豪。

没有手艺，王金炳只得给组长打下手活。他拉着排子车去仓库领取焦炭。仓库大门上贴着"工人阶级团结紧，努力建设新中国"的红色标语，鼓舞着工人们的干劲。身后有人喊叫王金炳的名字。他停住车子，回头看见身穿黄色军装的李亦墩同志大步走来。

你怎么跑这儿化铝来啦！李亦墩既没有问候也没有寒暄，一见面大声责问。

他说是军代表分配的。李亦墩气哼哼说了一句"乱弹琴"，转身走了。

拉着一车焦炭回到小坩埚组，他渴了，拿出从老家带来的粗瓷青花大碗喝水，先斟了一碗给组长递过去。组长摆摆手说咱们是阶级弟兄，谁也不要伺候谁。

想起在华昌机器厂跟老东家念《幼学琼林》的句子，"天下无不是的父母，世间最难得者兄弟"，王金炳被组长感动了。

于是感动地喝下一大碗热水，心里舒舒坦坦。中午时分车间主任来了，要他马上去修械所报到。他抹了抹嘴把粗瓷青花大碗往胳肢窝一夹，拔腿就走。

503厂很大，逢人打听"修械所"，一路摇晃脑袋。王金炳纳闷，农村赶集大杨村打听小刘庄，无人不晓。这样一座大工厂反倒人生地不熟了。

终于在偏僻角落找到一座大院子。门外站岗的身穿黄色军装却没戴章帽徽，向他询问姓名。他说大号王金炳小名饼子。就让进去了。

一个腰间扎着帆布围裙的师傅站在院里。正是在食堂吃饭遇到的那位麻脸师傅。这位麻脸师傅年岁不大，只是满脸麻子增添了沧桑。

他对麻脸师傅说，三车间那边轰隆一声巨响冒出一股白烟，好像爆炸了。

你不懂军工厂规矩？这工段的不能到那工段去，那车间的不能到这车间来。你进了修械所就甭管外边事情了。

师傅您贵姓？还不知道师傅尊姓大名，他问道。

满脸沧桑的麻脸师傅说，免贵姓麻。

姓麻，而且满脸麻子。敢情天下还有这样巧合的事情。他跟随麻脸师傅走进工房，以为到了武器库。一张大案子摆着十几条步枪，两个工人埋头拆卸枪筒，一个工人修理扳机。麻脸师傅手里拎着一把三角锉刀说，我们这里主要是给武装民兵修理枪械。你以前在资本家小作坊学过钳工吧。

他连忙回答没有学过钳工。麻脸师傅疑惑地问他学过什么。他说算盘。

你学管账啊。麻脸师傅指着几支枪托说你用砂纸把它们打磨干净，染一层"地板黄"，再打磨干净，我教你给枪托儿刷漆。

这活儿并不生疏。去年有人送给老东家一根藤条手杖，就让他拿砂纸打磨毛刺儿，刷了三道永明漆。藤条手杖跟枪托儿相比性质不同，道理一样。打磨了两支枪托，手心扎了木刺儿，生疼。王金炳暗暗寻思，从资本家的小伙计变成军工厂的工人，日子就从这根木刺儿开始了。

临近下班来了两个战士，一高一矮，二话不说把王金炳带走了。麻脸师傅嘟嘟哝哝说，这修械所太小，你们调他去修理高射炮吧。

王金炳听说调自己去修理高射炮，顿时产生畏难情绪。两个战士带他走向三车间小坩埚组的爆炸事故现场。

现场乱七八糟：倒塌了一面墙，小坩埚裂成碎片，遍地铝锭子，角落里燃烧未尽的焦炭冒着一缕缕不死的青烟。车间主任哭丧着脸，却不见组长身影。

李亦墩同志神情凝重，脸色接近玛钢。他掂着手里的碎片对调查人员说，既然肯定是手榴弹爆炸，就顺藤摸瓜查出凶器来源吧。你们连夜调查现场有关人员，明天一早儿我看笔录。李亦墩转脸冲王金炳说，你调进503厂都干了什么事情，一件儿一件儿跟调查组说清楚吧。

李亦墩披起黄呢大衣走了。王金炳向调查组如实交代说，我进厂参加十天政治学习，懂了不少革命道理。之后参加三天军训，列队走步还喊革命口号。军代表分配我到三车间小坩埚组。今天上午组长派我去拉焦炭。吃了午饭我就被调到修械所去了。半路上听到轰隆一声巨响，我寻思是爆炸了。

你怎么知道是爆炸呢？调查组的军人突击问道。

王金炳不好意思地笑了笑，说解放军进城那天我给勾连长带路去窑洼，隔着河听见过爆炸声，轰隆轰隆的。

之后，王金炳补充了一个细节，他胳肢窝夹着青花大碗去修械所报到，看见组长抄起铁锹装满一筐焦炭续到炉里去了。

调查组的军人立即问道，那一筐焦炭是你从仓库拉来的吧？

王金炳思忖着说，我拉来一车焦炭哗啦啦卸在焦炭堆里，反正都是焦炭呗。好比一车大米哗啦啦卸在一座米仓里，反正都是大米呗。

反正有一颗手榴弹随着一筐焦炭续进炉里，一点火轰隆一声把杜大喜炸死了。

杜大喜！他想起这是组长的名字，大声问道，他死啦？

回答了一大堆问题，王金炳在笔录上按了手印儿，搌一把鼻涕回到宿舍睡觉了。躺在床上他伸出沾着红色印泥的手指，突然想起那染了红点儿的白面馒头。

我这个人怎么总跟人命官司打交道呢？在华昌机器厂死了一个佟小喜，到了军工503厂又死了一个杜大喜。一小喜一大喜，这两个案子要是都栽在我头上，阎王爷账簿里就是两条人命啊。

真是我拉的那一车焦炭里混进了一颗手榴弹？轰隆一声炸了。想起"但行好事，莫问前程，福祸无门，如影随形"四句话。这是老东家教我念《名贤集》的开篇，老东家说我有贵人相助，那贵人在哪儿啊。

一大早儿去食堂，吃集体伙食。他见人就招呼，看谁都像贵人。吃饱了便拎起大铁壶给别人饭盒里斟开水，一抬头竟然斟到李亦墩同志的饭盒里。

这位李总代表颔首微笑说，这里不兴斟茶倒水的风气，不过你这样做也很好，助人为乐嘛。昨天的爆炸事故查清了，那不是阶级敌人搞破坏。

听了这话王金炳得寸进尺，张口打听当年佟小喜尸体下落。李亦墩板着面孔说，从今往后你不要提起华昌机器厂了，更不要说起你识字是白鸣岐教的，他毕竟是资本家嘛。

李亦墩同志匆匆走了。王金炳心里说道，怪不得老东家嘱咐我把华昌机器厂忘得干干净净呢，敢情不是好买卖啊。

几天之后，职工食堂大门上贴出一张红纸表扬信，标题是"一壶开水见精神"，称赞王金炳为人服务的"大铁壶精神"。麻脸师傅哼了一声，好像并不买账。

十二支步枪修好了。最后工序是验枪。验枪就是实弹射击，不合格不能交付民兵使用。修械所人人报名参加验枪，很踊跃。王金炳踌躇了，在此之前他接触的最大武器是打鸟儿的弹弓，击毙的最大敌人是偷吃麦粒的老家雀。

李亦墩赶来做动员报告，用力挥动着大手慷慨激昂地讲着。我们为什么要验枪呢？一是通过实弹射击校验准星，是否三点一线；二是通过实弹射击检验撞针与子弹发火装置之间，是否存在间隙。三点不成一线，射击时容易失去精度；撞针与子弹发火装置之间存在间隙，射击时枪筒容易发生爆炸。你们知道吴运铎同志吧，他是我们军工战线的英雄人物。他明明知道试射枪榴弹容易发生爆炸，每次都抢在前面。不幸炸伤双眼，他毫不退缩继续试验，终于成功了。我们要学习吴运铎同志的革命英雄主义精神！

王金炳脸色苍白双唇颤抖，激动地攥紧拳头。佟小喜不明不白死了，杜大喜也不明不白死了，难道我还怕明明白白去死吗？他呼地站起扬着胳膊说，您把这个任务交给我吧，反正我没有什么手艺牺牲了工厂损失不大。

谁要你去死，这只是接受一次严峻考验！李亦墩发布命令说，我给你们分为两道工序，检验步枪撞针任务交给王金炳，校验步枪准星任务交给麻师傅。你们分头准备好啦。

一辆老牌道奇卡车戴着十二条步枪以及四个押枪的战士，摇摇晃晃驶往靶场。一路看到国民党军队残留的碉堡，他想起那位带兵打仗的解放军勾连长。

到达靶场，第一道工序是检验步枪撞针。麻脸师傅给一支步枪压上子弹小声叮嘱说，你是检验撞针不是校验准星，端枪射击就可以了。

听了麻脸师傅这番话心里热乎乎的，他咬了咬嘴唇，强迫自己冷静下来。

一辆美式挎斗摩托车赶来了。一个胸前挎着照相机的年轻记者从车里跳下来。现场空气紧张起来。

远处土堆立着一只靶子。王金炳端起第一支步枪，脑海一片空白。他对准靶子一扣扳机，砰的一声——远处草丛里扑扑棱棱发出几声响动。

值靶战士告诉他脱靶了。脱靶就是子弹没沾靶子，成了"飞子儿"。王金炳伸出步枪指着远处草丛说，脱靶？我一定打中什么东西啦！

另一个战士跑到草丛里拎出一只肥硕的野兔，说你打出的飞子儿可巧击中了这个倒霉鬼！几个押枪的战士哄堂大笑。

麻脸师傅摇头说，这是一只怀孕母兔。你一枪打死一窝兔子。好的，这第一支步枪撞针没有问题。

王金炳窘得红了脸，一时手脚无措。他从战士手里接过第二支步枪，突然猫腰趴在地上瞄准远处的靶心。

麻脸师傅一旁大声喊道，你起来！你卧姿瞄准，万一枪管儿炸了不是无谓牺牲吗？

王金炳砰地放了第二枪，还是脱靶。枪筒冒出一股淡淡青烟。麻脸师傅脸色铁青大声说，你还是端着打吧。

王金炳接过战士递来的第三支步枪，仍然卧倒瞄准，砰地放了第三枪。

终于击中靶子。王金炳朝着麻脸师傅龇牙一笑说，我打中了！枪管儿没炸！

记者小伙子受到现场紧张气氛感染，冲到王金炳面前拍了一张照片。他继续卧倒射击，吭吭吭检验了十二支步枪，撞针全部合格。记者小伙子请他手持步枪站在靶前，又拍了一张照片。

麻脸师傅呼出一口气，开始校验步枪准星。他以标准姿势卧倒以标准姿势瞄准以标准姿势击发，一枪一弹地射击着，弹弹射中靶心。

真是好枪法。押枪的战士们啪啪鼓掌。麻脸师傅的麻脸上露出几丝笑容说，我实话告诉你吧我这一脸麻子就是枪管爆炸留下的纪念品。

真的！王金炳拎起野兔递给麻脸师傅，您拿回家滋补身体吧。

你不知道我吃素哇？麻脸师傅好像遇到克星，躲闪着说我从来不吃肉的。

一个整天修理枪械的大男人食素不食荤。这让王金炳大长见识，看来谁都有禁忌，只是禁忌各不相同。白鸣岐的禁忌是不吃黄豆芽儿。

回到职工宿舍，王金炳蹲在院子里操刀开膛，从野兔肚子里掏出几只尚未成形的胚胎，顺手埋在树下。由此想起自己埋在华昌机器厂后院的白面馒头，他心头一沉。人活着遇到的事情，往往相似啊。

我怎么忘不掉过去的事情呢？他颇为苦恼地剥了毛茸茸的兔皮，将它紧紧绷在木板上晾着，寻思它够做一副手套。

传达室老头儿跑来说，晚饭之前赶到李亦墩同志家里。他问明地址，换了一身新洗的夹裤夹袄，拎着一具光鲜鲜的兔肉找到李亦墩的院子。

这里就是过去的"九州寮"啊。当年他拉着胶皮人力车载着老东家来找少东家。白小林就住在这座日式房子里。他看那棵属于"九州寮"时代的樱花树死了，变成枯木立在院里。

拎着一具兔肉径直走进前院，吓得小保姆迎面一声尖叫，以为他提来一具婴儿尸体。小保姆不敢接手，他只好亲自将兔肉放进厨房。他意外地发现李亦墩同志腰间扎着一条围裙坐在灶前腌制着一条大鱼。

坐在客厅里喝茶，这是王金炳极其熟悉的花茶，只不过那是华昌机器厂账房，这是李亦墩同志家里。

"九州寮"里榻榻米改为地板，散发着紫色油漆的剩余味道。身穿墨绿色列宁服的徐贰芬脚步噔噔走来，一看到王金炳便笑了，你是小王同志吧？我听老李说当年在华昌机器厂你半夜里协助他突围，很勇敢嘛。

平生首次有人叫自己小王同志，他不停地搓动双手，好像很痒的样子。

我是李亦墩的爱人，你就叫我老徐吧。徐贰芬坐在客厅沙发里，说小牟同志一会儿就到。

王金炳不知小牟同志是谁，就喝了一口茶水。花茶的香气带着往事的味道，被他咕咚一声咽到肚子里去了。

徐贰芬看见丈夫走进客厅当头就说，家里又不是没有保姆，你不要亲自烧菜了。李亦墩挓挲着沾满鱼鳞的双手说，保姆哪里会做我们家乡酸辣腌鱼呢。

说着，李亦墩一眼看见王金炳左手戴着玛钢戒指，脸色沉了下来。金炳，你是新中国工人阶级一员，手上戴着大戒指像什么样子！

徐贰芬同志和蔼地说，小王同志，旧社会老掌柜啊少东家啊，他们喜欢佩金戴银的，我们新中国工人阶级应当抵制这种低级趣味。

老徐同志，这不是金的不是银的，是玛钢的。王金炳一边解释一边将下这枚戒指，塞进衣兜儿里。

一阵旋风似的走进一个姑娘，上身穿着碎花布衫，下身穿着蓝布裤子，脚下穿一双偏带黑布鞋，两条小辫子一条搭在胸前一条甩在背后，咯咯笑着。她眨着一双明亮的眼睛说，李亦墩同志扎着围裙变成家庭妇女，我还以为这是排演话剧呢！

受到咯咯笑声震荡，王金炳以为来了什么大人物，慌忙起身等待接见。

徐贰芬同志主持大局说，我给你们介绍一下吧，这位是国棉十九厂织布车间先进生产者牟棉花同志，这位是503厂修械所的优秀青年工人王金炳同志。从今往后你们就算认识了，一个织布一个修枪，一个军工一个棉纺，互相帮助取长补短共同进步！

王金炳从牟棉花脸上看到一双似曾相识的眼睛，想起迎接解放军进城的那个白面馒头。心里将信将疑。这时牟棉花端起茶杯，咕咚咕咚喝了起来。

今天咱们吃老李腌制的酸辣腌鱼，我们结婚六年老李很少下厨呢。小王同志拿来新鲜兔肉，你们说怎么吃？徐贰芬同志极其民主地征求着意见。

李亦墩说清蒸。王金炳心里附和着清蒸。徐贰芬也倾向于清蒸，温和地说清蒸味道比较鲜美嘛。

不！清蒸没滋没味的，不好吃。红烧红烧红烧。牟棉花一口气说出三个红烧，无拘无束地否定了两位领导同志的清蒸方案。

小王同志，你还没发表意见呢。徐贰芬催促王金炳表态，要么清蒸要么红烧。

客随主便。既然男主人女主人均倾向清蒸，王金炳自然附和"清蒸"的，心里想着"清蒸"嘴里却说出"红烧"二字，神差鬼使一般。

他"红烧"一出口，局面顿时改观。牟棉花朝王金炳伸了伸舌头，笑了。

清蒸与红烧，二比二，我们尊重青年人的意见，清蒸改成红烧吧。徐贰芬大度地吩咐保姆对兔肉实施红烧方案。

还是我去做红烧兔肉吧。牟棉花起身，一阵旋风似的去了厨房。

我说小王同志，你看小牟这姑娘多有主见，说红烧就红烧，性格开朗思想坚定。她在国棉十九厂外号牟大胆儿，敢想敢干敢作敢为，你深入接触就了解啦。徐贰芬同志趁机向王金炳介绍牟棉花详细情况，好像推销优等棉纱。

王金炳试探着说，那天欢迎解放军进城，牟棉花塞给李亦墩同志白面馒头，还染着红点儿呢。

李亦墩解下腰间围裙表情迷惘地说，是吗？欢迎解放军进城人山人海，无论染没染红点儿，我也记不住一个白面馒头啊！

一大盘子红烧兔肉端上桌来，一时香气扑鼻。徐贰芬同志表扬牟棉花烧菜又好又快，我们应当以这种速度建设社会主义。李亦墩同志问牟棉花怎样学会的烧菜。徐贰芬代替牟棉花回答，说解放军进城号召恢复生产，小牟同志带头去食堂帮厨，半夜把饭菜送到机修工段第一线，她的猪肉炒香干儿大受欢迎呢。

王金炳抓住这个机会问道，那天欢迎解放军进城你塞给李亦墩同志一个染了红点的白面馒头，你还记得吧？

牟棉花停住筷子回忆着说，那么多解放军，那么多馒头……

王金炳提供细节说，那天还有人踩了你的脚呢。

牟棉花表情茫然，好像从来不曾经历似的。看来她是一个健忘的人。

王金炳寻思着，我怎么忘不掉过去的事情呢？伸筷子夹了一块酸辣腌鱼，他埋头吃饭，心里开始怀疑自己。不会是我记错了吧？记错了比记不住更糟糕。记不住就是忘了，等于没有。记错了就严重了，明明是东你记成西，明明追狗你记成攥鸡，这就完全颠倒了。

　　这样想着，他被吓出一头汗。牟棉花给他夹了一块红烧兔肉，随口做出自我批评说，我这人属耗子的，撂爪儿就忘，记性不好。小王同志你不要见怪。

　　王金炳觉得风风火火的牟棉花性格直来直去，挺可爱的。

　　这顿饭很快吃完了。徐贰芬同志把剩余的腌鱼和兔肉盛了满满一饭盒，让牟棉花带回家去吃。牟棉花也不推辞，大大方方拎在手里。

　　徐贰芬同志嘱咐王金炳送牟棉花回家，小声说男同志应当积极主动嘛。

　　天黑了。王金炳替牟棉花拎着饭盒，恢复了小伙计身份。牟棉花一路走着一路说，说她的工厂以前叫日商东洋纱厂，光复之后叫国纺五厂，新中国成立了叫国棉十九厂。新中国成立前我是扫厕所的清洁工，新中国成立了我在织布车间做挡车工，这几天正跟靳大姑学习接头儿技术。靳大姑的技术全厂独一份。

　　王金炳贡献出一双耳朵，一路听着。牟棉花继续说，新中国成立前纱厂是两班倒，工人累得臭死。新中国成立了工人翻身当家做主，现在是三班倒，还有四班三运转，等于一个星期休息两天呢。我明天上早班，早班是早晨六点半上班，过午两点半下班。我下了班不回家，打扫女厕所。我们国棉十九厂总共二十五座女厕所。我义务劳动干到傍晚五点半。谷香姐姐也参加义务劳动，没有我经常。

　　把牟棉花送到棚铺区小巷口。她突然说，我还忘了，你有手艺给我做两把扁铲，有了扁铲女厕所地面就戗干净了。

　　王金炳点头承应。牟棉花满意地从他手里接过饭盒说，那天解放军进城浩浩荡荡，多么伟大的场面，你非盯住一个白面馒头不放。我记不住一个馒头，可我记住了一筐馒头，嘻嘻。

　　说罢，她笑着跑进小巷深处。王金炳仿佛灌了一脑袋糨子，迷迷糊糊的。当初遇到的那一双春水荡漾的眼睛，也仿佛变成夜空里的星星，远不可及了。

　　一定是我记错了，这双眼睛不是那双眼睛，这个馒头不是那个馒头。王金炳这样想着心里反而没了负担。没了负担，心情松弛下来。他抬头仰望夜空，心里渐渐明白了。繁星满天，有谁记住其中一颗星星呢？没有。于是，心里那一双春水荡漾的眼睛也变成星星，高高挂在夜空里了。

　　转身离开小巷口，他荒腔野板地哼唱着京戏，犹入无人之境。这是偷偷跟老东家学的一句唱腔：骑马离了西凉界！

　　第二天《滨河日报》头版右下角登出一篇通讯，大字标题《勇士验枪记》，还配发王金炳手持步枪的照片。头版左下角是国棉十九厂召开女工忆苦思甜大会的报道，文中提到牟棉花"一根脚趾的控诉"。

　　王金炳出了名，《勇士验枪记》使他成为503厂的先进人物。国棉十九厂党委副书记徐贰芬同志邀请王金炳参加纺织女工座谈会，介绍验枪勇士的先进事迹。

　　走进国棉十九厂遇到牟棉花。她眨着一双又细又长眼睛小声说，我告诉你吧小王同志，就连我奶奶都说红烧比清蒸好吃！

　　你奶奶？王金炳一时忘了兔肉事情，只好敷衍着笑了笑。她乘机抓住把柄说，你一个白面馒头记得清清楚楚，一盘红烧兔肉倒忘得干干净净！

　　哦。终于想起红烧兔肉，他诚恳地笑了。看来谁都有记不住的事情，譬如白面馒头、红烧兔肉、一个人踩了另一个人的脚，还有那一双变成星星的眼睛。

　　这次座谈会开得很成功。王金炳与牟棉花的关系有了进展。他主动邀请她看电影，并且约定在和平电影院。然而时间一拖再拖，不是王金炳工厂加班，就是牟棉花工厂加点。

　　终于能够会师了。这天傍晚，王金炳提前来到和平电影院门前排队，掏钱买了两张电影票。售票员说可以自由选择座位。他选择了15排10和9号。

　　他穿了一件黄色军式上衣，很像光荣退伍的军人。新中国了，交朋友搞对象谈恋爱——革命军人配城市姑娘，成了一道普遍风景。只是这件黄色军式上衣有些长，透出几分衣裳大于人物的意味。

　　去小摊上买了一串糖葫芦，他郑重地举在手里，想起老东家也爱吃糖葫芦。这时电影院传出《中国人民解放军进行曲》的音乐，提示观众入场了。

　　牟棉花满头大汗跑来，身穿毛蓝大袄腰间系着"国棉十九厂"的围裙。他递过糖葫芦说咱们进去吧。她解下围裙拿在手里说来不及换衣服就跑来了。一前一后走进和平电影院，找到15排10和9号。牟棉花坐10号，王金炳坐9号。临近开演时间了，电影院关了大灯，只亮着一排小灯。这时候15排11号来了一个身穿黑色风衣的青年男子，不声不响坐下了。

　　一会儿看什么电影？坐在10号座位的牟棉花举着糖葫芦嘎吱咬了一颗红果儿，咀嚼着问。坐在左边9号座位的王金炳小声回答，说买票的时候忘了问啦。

　　是纪录片《日本投降》。坐在牟棉花右边11号座位的青年男子主动解答。

牟棉花觉得声音熟悉，扭脸看着右边 11 号座位说，默西，你是白小林啊！

坐在 11 号座位的白小林依然戴着一副墨色眼镜说，你也来看电影啊牟棉花？

听到白小林的名字，王金炳顿时一愣，随即侧身朝着右边投来一瞥。他看到白小林身穿一件寻常少见的黑色风衣，不由疑惑起来。本埠风俗大家子弟服丧期间身着黑衣。莫非白鸣岐他老人家……

牟棉花看了看左边王金炳，之后朝右边白小林问道，你不是戴着一黑一白的两色眼镜嘛，怎么换成墨镜啦。

白小林极其认真地解释说，我以前戴着两色眼镜，人家一看就知道我坏了一只眼睛，问这问那特别好奇，小学生以为我是负伤退伍的解放军战士，追着我讲革命战斗英雄的故事，弄得我尴尬极了。我就换成这种墨镜了，又几个小学生说我像国民党特务。

牟棉花咯咯笑了。电影还没开演。她的笑声惊动了观众，纷纷投来惊异目光。

牟棉花捂嘴不笑了，郑重其事坐在两个男人中间。王金炳再次将目光从左向右投向那位不愿接班的少东家。白小林不认识身穿黄色军式上衣的王金炳，只是礼节性点了点头。

你喜欢看纪录片啊白小林？这时电影院黑灯，银幕打出"欢迎光临"四个大字。紧接着打出一个"静"字。马上要开演了。

黑暗里牟棉花听到白小林说，这部电影记录了中国胜利日本失败的历史时刻。我要了解日本必须看这部片子。这是我第五次来看了。

听了这番话，牟棉花恼火了。你非要戴那顶日本特务嫌疑的帽子？你这样下去我保不了你的。

银幕上映出"日本投降"四个大字，纪录片开始了。黑暗里白小林聚精会神说，无论你保不保我都要研究日本的。你看日本人战败了傲气不减。我研究日本企业发展就是要从他们的面部表情开始……

日本日本日本，你怎么死不悔改呢？我可不愿意看你一辈子倒霉！牟棉花起身离开座位，沿着通道快步走出电影院。

一时弄不清黑暗里发生了什么事情，王金炳起身追去了。脸色煞白的牟棉花余怒未消地站在电影院大门外，手里举着糖葫芦嘎吱嘎吱咬着，分明是在斗气。王金炳快步走过来说你喜欢吃我再给你买一支。

一派小樊梨花形象的牟棉花，气得笑了。这树林子大了，什么鸟儿都有！

王金炳继续着电影院里的故事线索说，那位白小林是华昌机器厂大少爷，他不愿意接班当少东家，坚决脱离了家庭进了日本东洋纱厂。

你也认识白小林？牟棉花瞪大一双又细又长的眼睛，觉得世界太小了。

我认识他，他不认识我。我知道他，他不知道我。王金炳好像在说绕口令。

牟棉花轻轻叹气说，兴许白小林将来有所作为，可是有谁愿意一辈子保护这个书呆子呢？

看出牟棉花感伤，王金炳送她回家。乘坐有轨电车叮叮当当开了三站，下车步行。一路行走王金炳心里惦念着老东家。白小林身穿黑色风衣引发了王金炳的不安——他担心这是服丧。

牟棉花改变主意说，我饿了咱们去谷香家里混顿饭吧。她丈夫勾华东新中国成立前押运药品去了冀中根据地，如今当了军官呢。

谷香住在一座大杂院里。她挺着怀孕的身子迎出屋门。牟棉花把王金炳介绍给谷香，说我们还没吃饭呢。

谷香捂着大肚子说，我拿小虾皮炝锅给你们做㽒㽒汤，还有两个玉米面饼子。

王金炳颇有礼数地说，我看您身子不方便，您告诉我东西在哪儿，我做。

你大老爷儿们还会做饭？谷香惊奇地转向牟棉花说，牟妹妹你将来当了大干部，真得找一个能够操持家务的男同志做爱人。

说罢自觉失口，谷香扭身对王金炳说我看你也是当大干部的苗子。

捅开炉火坐上铁锅，王金炳站在小厨房里兑水和面。他听着谷姐姐与牟妹妹的对话，愈发认为牟棉花的性格简单明快——简单得好似一根纱线，明快得好似一把菜刀。

我姐夫一回家你就美了吧？久别夫妻胜新婚。当初人家勾华东投奔革命根据地你还哭哭啼啼，没觉悟！今天当了官儿太太。牟棉花嘻嘻哈哈说着。

你姐夫带着他一连人进城去窑洼家里看了看我。没想到犯了擅离职守的错误，从连长降成排长。降职之后准假探亲，回家屁股没坐热，又走了。

我姐夫屁股没坐热你就怀上啦？这革命军人真是百发百中啊！

一盆热气腾腾的㽒㽒汤端上桌子。谷香嗅着香气说，小王同志你真会做饭，我馋啦我也喝一碗，你给我放点儿醋。

牟棉花兴奋地说，俗话说酸儿辣女甜双双。你想吃酸的一定生儿子呀！

你一个大姑娘说话没边没沿，一会儿百发百中，一会儿酸儿辣女，我看你要成精了。谷香抿嘴嗔笑着。

谷姐姐，你不知道有一句顺口溜——色钢厂，浪棉纺。牟棉花凑到谷香耳边压低嗓音说，钢铁厂没有呆汉子，棉纺厂没有傻娘们儿。

你们赶紧吃饭吧。王金炳给谷香盛了一碗杂杂汤，又给牟棉花盛了一碗，放下马勺说你们先吃着我出去一趟一会儿回来。

牟棉花大大咧咧应了一声，抄筷子端碗吃了起来。

出了谷香的大杂院儿，王金炳一路快跑，过了窑洼浮桥往西奔向华昌机器厂。天黑人稀。他拐进三条石大街心里愈发紧张起来。父亲去世的时候他年纪小，不懂得忧伤。如今老东家无疑充当了父亲角色，他心里惦记。跑进三条石大街，觉得道路变窄了房屋变矮了，熟悉里包含着陌生。一口气跑到华昌机器厂大门前，他想起老东家的临别叮嘱："从今往后不要回来看我，从今往后你把华昌机器厂忘得干干净净！"

心里踌躇，可巧看见梁三升从华昌机器厂角门里钻出，黑咕隆咚叼着一根烟卷儿。王金炳呼呼喘着粗气好像一台小火车，一把抓住梁三升的胳膊。梁三升吓了一跳。饼子是你呀！你怎么跟警察逮臭贼似的？我听说你相片登上报纸啦。

三升啊，你快告诉我，老东家他怎么样啊？

老东家？他挺好的，这不是吃了晚饭出去听戏啦。你走了换成我伺候他了。老东家处处对我不满意，整天念叨你把你夸成一朵花啦！

王金炳一颗悬着的心儿嗒吧一声放下，上气不接下气地叮嘱梁三升，你千万不要告诉老东家我来过，说完转身就跑了。

梁三升冲着远去的背影小声说，风风火火跑来，没放几个屁，又风风火火跑去，操！饼子你脑子有毛病吧。

知道老东家平安无事，王金炳沿着原路返回汗水湿透衣裳。他脱下小褂儿拧了拧，走进谷香家里。

牟棉花满脸歉意说，你做的杂杂汤太好了，我和谷姐姐喝得精光。

一路狂奔摇晃得五脏六腑挪了位，王金炳没了食欲。他若无其事地说，我不饿，我有水喝就行了。

牟棉花乐了，说光喝水你是鱼啊，鱼也要吃食的。好啦，天不早了咱们走吧。

谷香小声批评说，牟妹妹你吃饱了一吮喝就走，人家一碗水还没喝呢。你要是这样跟人家搞对象，一准成不了。

嘻嘻。牟棉花冲着谷香挤眉弄眼说，成不了就不成呗。说着扯了扯王金炳袖子，脚步噔噔走了。

她在前，他在后，一前一后走出院落走出胡同走上大街。店铺打烊，行人稀少，大街上好像只有这一男一女。他注视着她的后背说，谷姐姐为什么说咱俩搞对象呢？

她停住脚步回头说，咱俩就是搞对象呀，谷姐姐说得没错。

王金炳笑了。敢情咱俩真的搞对象啊？我还以为你是为了完成徐贰芬同志下达的任务呢。

你也是为了完成李亦墩同志下达的任务吧？牟棉花伸手戳了戳王金炳脑门儿说，我没有任务，你也没有任务。

赶上最后一班电车。牟棉花坐在车厢里兴致勃勃讲起了谷香丈夫的故事：解放军打进城来，军官勾华东擅自回家看望媳妇，一下从连长降为排长，然后发誓在哪里跌倒了在哪里爬起来。他南下剿匪立了两次三等功，官复原职又成了连长。如今勾连长跟随部队渡过鸭绿江，抗美援朝去了。

王金炳疲乏地说，解放军进城那天我给一个姓勾的连长带路，那个勾连长兴许就是这个勾连长。

这时候电车从和平电影院门前驶过。牟棉花想起坐在电影院里左边是王金炳右边是白小林的场面，心底长叹一声。一边是"清蒸"一边是"红烧"，人生正是如此。有人说清蒸好有人说红烧好，都好，最后抱怨命运不好。

这样想着，又觉得怠慢了王金炳。一个大男人又买糖葫芦又做尜尜汤，挺不容易的。她望着车窗外渐渐远去的电影广告牌子说，金炳啊，咱俩一定要在和平电影院看上一场电影，无论什么片子都行。

这场电影挂在口头上，一拖又是很久。全民支援抗美援朝，军工503厂掀起大生产高潮。王金炳一天工作十八个小时，跟随麻脸师傅修理老式步枪。紧急装备六个武装民兵营。

一天傍晚，修械所的党支部书记跑来把满手油污的王金炳叫到一边，说你马上洗手洗脸到李亦墩同志家里去一趟。

于是洗手洗脸，身穿背带式工作服跑去了。徐贰芬同志身穿大红色毛衣坐在客厅沙发里，好像一团燃烧的火焰。她笑了笑说李亦墩同志去北京开会了。小保姆给客人端来一杯茶。王金炳从小保姆身上看到昔日自己伺候老东家的岁月，心里挺感慨的。

徐贰芬同志皱眉凝思，抬头注视着王金炳。小王同志啊，小牟跟我说你俩恋爱关系进展顺利，那就结婚吧。革命年代婚礼从简，你俩也给青年同志们树立一个榜样。

小牟同志真的愿意跟我结婚？王金炳半信半疑，不由想起佩戴墨镜的白小林。

徐贰芬同志笑着说，她不愿意跟你结婚她愿意跟谁结婚？你还犹豫什么！

公元一九五〇年十二月六日，中国人民志愿军解放朝鲜首都平壤。这天傍晚，王金炳与牟棉花在和平电影院门前集合，看了一场纪录电影《解放区的天》，就算结了婚。黑暗里，修枪的新郎与织布的新娘掰开一只冰凉的馒头，吃了。

牟棉花靠着王金炳肩膀说，你知道我为嘛急着跟你结婚吗？我外号牟大胆儿，我担心自己头脑一热干出意想不到的事情……

你担心自己头脑一热嫁给白小林啊？王金炳宽厚地说道。

咦？黑暗里牟棉花瞪大眼睛注视着新郎。你是我肚子里的蛔虫啊！

电影散场，新郎与新娘一起去给李亦墩和徐贰芬送喜糖。一进门便听到一个噩耗，谷香难产大出血，死啦！她抛下一个七斤半的大胖小子。

好似惊雷轰顶，牟棉花啊地叫了一声昏倒在徐贰芬同志面前。打电话给工厂保健站叫来医生。李亦墩同志表情严肃地告诉王金炳，组织上一直瞒着谷香，其实勾华东同志牺牲在朝鲜战场了。

牟棉花渐渐清醒过来。她瘫坐在沙发里伸手指着王金炳说，我明天就去医院把那孩子接回家，从今往后你王金炳是孩子亲爹，我牟棉花是孩子的亲娘。

王金炳点头说，咱们一辈子保密！这孩子就是咱们的亲生儿子。

第二天牟棉花去医院抱孩子，走出家门之前她对丈夫说，既然抱养了谷姐姐的孩子，咱们这辈子就不生养啦。

　　王金炳呜地应了一声，忙着去修械所上班了。

　　然而，后来还是生养了。人到晚年，牟棉花极为感慨地说，我这一辈子说话算话，只有生孩子食了言。

　　牟棉花抱养的男孩儿，乳名大朝学名王援朝，以此纪念他的亲生父母。

6. 怀孕与分娩

天气凉快了。牟棉花睁眼正是凌晨四点半钟。只要上早班她必定准时醒来，一分不差。然而她忘记自己怀了身孕，猛然爬起不由哎哟一声。肚里怀着第三胎，将近五个月了。自从抱养王援朝，她生了一闺女一小子，闺女王莹六岁，小子王建设四岁。肚里第三胎是男是女好比怀里抱着西瓜，不知什么瓤子。

王金炳也醒了，连忙起身搛着妻子说，棉花你起猛了，当心扭了腰。

你再睡一会儿吧。妻子轻描淡写说着，去洗脸漱口了。孩子们还睡着。她放轻脚步走进厨房，拿起饭盒装进布兜里。饭盒里装着白面馒头和煮鸡蛋，这是她昨晚专门为自己预备的"参赛选手营养早餐"。

全国掀起"大跃进"热浪，而且一浪高过一浪。全国纺织系统不甘落后，举办"接头、换梭、装纬、查布面、查经轴、走巡回"操作表演比赛，今天上午在国棉十九厂织布车间拉开帷幕。这次由纺织工业部主办的操作大赛，俗称全国纺织擂台赛。大江南北二十几名技术操作尖子云集这里。上海的许金娣来了，青岛的陆根萍也来了，还有北京、石家庄、西安、郑州、无锡等地一批高手，各怀绝技纷纷参赛，谁都想打破挡车工接头儿全国纪录，也放上一颗卫星。

这次比赛正赶上怀孕。厂里领导问牟棉花能不能参赛。她说既能上天也能入地。厂长乐了，放假十天让她做好参赛准备。她一天也没歇，说我还要保持产量冠军纪录呢，歇班就泡汤了。

为了掩饰肚子她特意穿了一身宽大衣裳，迎着秋风呼呼啦啦走出家门，好似一只大风筝。天色朦胧，她站在公共汽车站候车，感觉饿了。孕妇就是容易饿，俩人吃饭呢。打开布兜里的饭盒，她掰了半个白面馒头，嚼着。想起饭盒里的煮鸡蛋，没舍得吃。

天阴着，憋雨。首班公共汽车来了，有空座。四个多月身孕，显怀了。她挺直腰板坐着，忍不住从饭盒里掏出一只煮鸡蛋，悄悄剥皮儿吃了。她也说不清楚这是为了肚里胎儿还是为了自己参赛，反正增加了营养。路不近，她接连吃了两只煮鸡蛋，口干想喝水，那渴劲儿就像一条离了水的鱼儿。一路颠簸终于到站了。她起身下车。口渴，水迎面就来了——这是一场悄然而至的秋雨。她心里连呼倒霉。立即撑开红色油纸伞，挺胸拔腰走向国棉十九厂大门。

风很大，雨点斜刺里劈来，专门攻击下半身。进了厂她变成"半只落汤鸡"。走进车间遇到副厂长，全国擂台赛你浇病了怎么代表咱厂出马啊？

湿了两条腿的牟棉花一下露出性格棱角，笑眯眯冲着副厂长说，既然你怕我浇病了怎么不派小轿车去家里接我呢？你是副厂长还挡不住老天爷下雨呀！

副厂长被她噎住了，只好把这两句见角见棱的话咽进肚里，当早点吃了。

更衣室里喝了一杯水，打了两个喷嚏出了一个虚恭，好像有点感冒。牟棉花不担心感冒担心肚子。打开更衣箱她找出一大块细纱布，叠成一尺多宽四尺多长的样子，脱了裤子一圈儿两圈儿煞在腰上。微微隆起的小腹平坦了几分。

委屈你啦孩子。她深深吸了一口气，又煞了煞。太紧了不成。太紧肚里孩子有意见。她从更衣箱里拿出无檐工作帽、围裙，还有一双平底胶鞋，这是今天参赛的全部行头。她特意换了一条肥大的裤子，上身穿着花布小褂儿，后背贴着参赛号码"57"。看到这个号码她不由想起一九五七年也就是去年秋天，徐贰芬同志由于同情"右派"言论犯了错误，被免去国棉十九厂党委副书记职务，贬到市总工会劳保部去了。

一会儿出场了。少想败兴事儿，多想喜兴事儿。她告诫自己稳定情绪，别慌。

好像除了挡车织布没有喜兴事儿了。去年党校听讲课，老师说共产主义按需分配，劳动不再是谋生手段而是人类第一需求。那时候人类不劳动活着就没意思了。想到这里牟棉花暗暗笑了。我不用等到共产主义，现在不让我挡车织布我就活着没意思了。

临近八点钟，来自全国各地的操作能手集体出场。车间人山人海，参观者挤得水泄不通。技术监督宣布抽签结果，上海的许金娣第三个出场，青岛的陆根萍第六个出场，牟棉花第十五。她乐了，这样就有机会提前观看两位全国著名的特等劳模的挡车技术了。

纺织工业部规定，一名织布挡车工看车九台，一名操作能手每分钟接头二十一根。许金娣和陆根萍的接头速度，达到每分钟三十八根，被称为"金手指"。

一位领导同志宣布全国纺织系统操作表演比赛开始，九位评委入场。牟棉花在观众人群里发现了白小林——这位国棉十九厂的"另类分子"光天化日之下佩戴墨镜，因此目标很大。

从远处一手手传过来一架日式军用望远镜，三传五递到了郝二黑手里。这个当年的小伯役笑着交给牟棉花。她看到望远镜上贴着小纸条儿写了几个字：牟，注意看接头动作。

这是谁给我的？牟棉花四处张望。好啊，有了望远镜任何选手的接头儿动作便看得清清楚楚。一时顾不得多想，她举起望远镜将目光投向机台。

首先出场的无锡国棉一厂选手，人称"巧织女"，她的接头速度达到每分钟三十八根，与上海许金娣和青岛陆根萍并称"三驾马车"，共同保持最新全国纪录。

望远镜里，牟棉花看着"巧织女"灵巧的手指，好像不停翻飞的玉色蝴蝶，精巧轻盈，妙在其中。巧织女的操作表演，赢得一片喝彩。牟棉花知道这是偷艺的大好时机，左手举着望远镜，腾出右手偷偷模仿人家的接头动作。

第三位选手出场——大名鼎鼎的上海选手许金娣。这位创造了"分段分节换梭，合理计划巡回"操作法的著名劳动模范，一登场便显出大将风度。

她的巡回看车，步履轻盈；她换梭装纬，姿态优美；她的查看布面，身段潇洒；果然拥有"挡车芭蕾舞"的艺术魅力。牟棉花情不自禁叫了一声好，差点儿欢呼起来。许金娣的操作真美啊，一台台高速织机化作一件件舞台道具，一个挡车女工竟然把这种又苦又累的机器操作变成一种又轻又柔的艺术表演，令人心悦诚服。牟棉花紧紧握着望远镜，忘了肚里孩子忘了自己是参赛选手，完全沉浸在"挡车芭蕾舞"的艺术享受之中，久久不能自拔。

许金娣打破全国纪录，一分钟接头四十一根。现场掌声雷动。

牟棉花仿佛没有听到掌声。她全心全意回味着许金娣的接头动作，猛然悟出这位上海特等劳模创造的"五步工作法"的精髓：首先将两根线头拉在一起，对准之后完成绕头、掖头、拉实一系列动作，关键是一气呵成不容丝毫停顿。

好啊！有了醍醐灌顶般的体会，牟棉花满头大汗，两手冰凉——激动得几乎难以控制自己。这时场上再度响起热烈掌声，青岛选手陆根萍出场。

牟棉花静下心来，举起望远镜注视着陆根萍的操作表演。这时身后有人传来一张小纸条，分了牟棉花的心。她展开纸条看到一行字：应当清醒，日本纺织业即将使用第二代织机了。

字条儿没有落款，牟棉花估计这是白小林写的，因为国棉十九厂只有白小林研究日本企业管理而且头头是道。白小林不光研究日本，还娶了一个日本战争遗孤为妻。所以人们都说他走火入魔了。

她不认为日本第二代织机跟自己有什么关系，举起望远镜专心致志观察着陆根萍的操作。望远镜这东西真好，远处的景物一下变得近在咫尺。哦，这位来自青岛的陆根萍在上海许金娣"五步工作法"的基础上，接头动作有了令人难以察觉的改进。这改进的妙处，恐怕只有许金娣本人看得清楚。

牟棉花寻思着，既然陆根萍在许金娣的基础上做了改进，那么我要是把陆根萍的最后两个掖头和拉头动作由中指改为食指，两个动作合而为一同时完成，这样节省一个动作啊！

陆根萍的操作表演进行着。牟棉花双手收起望远镜，不由抬头注视着车间顶棚，好像从宇宙深处得到了启发。

我要是节省一个动作就缩短了操作环节，这样接头速度肯定提高。牟棉花的目光穿越迷雾看到真相，大脑处于真空状态。她双手将望远镜捧到胸前，闭目养神。脑海里放映着"电影"——无锡"巧织女"的接头动作，上海许金娣的接头动作，青岛陆根萍的接头动作，一幕幕重现，一幕幕回放，好像入定了。

不知过了多久，广播喇叭里宣布57号选手牟棉花出场。她打了一激灵，从一幕幕"电影"里走出来，仿佛一下增加了五百年阅历。

浑身一派轻松。牟棉花起身走向机台。她忘了现场评委，忘了现场观众，忘了肩负为国棉十九厂争光的使命，忘了这是"大跃进"擂台赛，忘了肚里孩子，忘了所有应当牢记的东西，只记得"把最后两个掖头和拉头动作由中指改为食指，这样节省一个动作"。

牟棉花不记得自己是怎样开始操作的，也不记得自己怎样换梭怎样装纬怎样查看布面，更不记得自己是怎样接头的。她只记得身边响起一片掌声，只记得喇叭里宣布"牟棉花同志打破全国接头纪录……"

幼儿园孩子们跑上来献花，牟棉花低头一看是女儿王莹。她懵懵懂懂对女儿说，今儿是谁给你梳的小辫儿这么漂亮啊。女儿龇牙一笑说我自己梳的。

之后是领导同志接见、合影留念、接受记者采访。回到更衣室牟棉花清醒了，悄悄解开细纱布，解放肚子。她长长呼出一口气，说了声谢谢孩子。

现场工作人员把那架望远镜给她送来，叮嘱她注意保管珍贵物品。她说了声谢谢，后询问每分钟接头多少根。

工作人员笑了说，你不知道自己创造全国纪录啦？四十五根！

我的天，这比我平时成绩提高一大截！牟棉花换了衣服心情趋于平静。她寻思今天要是没有这架望远镜，许金娣和陆根萍的接头动作我统统看不清楚。这望远镜是谁传过来的？拿出白小林写的"应当清醒，日本纺织业即将使用第二代织机了"的纸条跟贴在望远镜上的"牟，注意看接头动作"的字体对比，她笑了。字体完全相同。看来这架日本军用望远镜是白小林特意为我预备的。一股莫名的热流涌上心头。

国棉十九厂中午给牟棉花摆了庆功宴。你怀孕啦小牟？国棉十九厂党委副书记很有革命资历——延安大生产运动中摇纺车，人称"葛大姐"。

将近五个月。牟棉花拍着肚皮说，葛书记您知道我今天为什么赢了？娘儿俩参战啊！

好！今天擂台赛你放了一颗卫星，我祝你生个大胖小子，再放一颗卫星。

牟棉花抄起筷子说，我饿了，你们要是不吃我可吃啦！说着夹起一块回锅肉放进嘴里，从盘子里抓起一只白面馒头大吃起来。

葛书记，您说今天我是不是超水平发挥？一分钟接头四十五根，连我自己都不敢相信。

这位来自延安的老大姐说，这是"大跃进"的形势鼓舞你嘛。小牟，你知道市里要盖一座"劳模楼"吗？就坐落在"市长楼"后面，中间隔着一大片草地。

牟棉花乐了说，这又放了一颗大卫星，载着我们上天了。

天黑之后，牟棉花走进棚铺区那座低矮的小院，偷偷看望靳大姑。一间西屋亮着一盏小灯泡。靳大姑嘴上仍然叼着一根永远也不点燃的烟卷儿。

牟棉花从兜子里拿出两瓶直沽老白干，蹾在窗台上。靳大姑撇着嘴说，你这社会主义劳动模范看望我这个日伪时期的考工头儿，不怕受牵连啊！

我当然怕受牵连，所以偷偷摸摸来了。牟棉花毫不掩饰说，我获得全国挡车接头冠军了，感谢您把手艺传授给我。

嘿嘿，挡车这活计全凭悟性。你卖傻力气，没用。这是四两拨千斤的巧劲儿。靳大姑伸手把烟卷儿夹在耳朵上说，哎哟，你又怀上了？你生了一闺女一小子，怎么没完没了呢。

牟棉花连忙解释说，我忙，金炳也忙，十天半月不弄一次，可是弄一次就怀了，寸劲儿！生了这第三胎我一定去结扎，不受这份罪啦。

你抱养谷香儿子这些年没露馅儿吧？靳大姑关切地询问，打开老白干喝了一口说，我从小让人家抱养，后来养母一打我，我心里就说反正不是你亲生的，你打死我吧。

我对大朝比亲儿子还亲！含在嘴里怕化了，捧在手里怕掉了，没捅过一手指头！牟棉花挺身坐上炕沿打开话匣子说，白小林告诉我日本就要改用第二代织机了，这是什么意思呢？

你跟白小林还有来往？靳大姑古怪地笑了。操！这一换织机等于换一代人啊。

怎么换一代人？牟棉花警惕起来。

你怎么听不明白！早知道你这么笨不收你做徒弟。靳大姑撇了撇嘴说，小骚货。

您爱收不收！牟棉花反唇相讥说，徒弟笨，当师傅的光荣啊？您老骚货。

师傅被徒弟噎住，只得迂回进攻说，你知道猪姥姥怎么死的？笨死的！

哎！您老人家不是活得挺好吗？没死啊！牟棉花立即反攻，毫不吃亏。

两个人一捧一逗，好似说相声的。靳大姑给自己台阶下，说师傅不跟徒弟一般见识。牟棉花继续追问，你说一换织机等于换了一代人，为什么？

靳大姑拉开教课的架势。比如你是拿鞭子赶车的把式，有一天马车换成汽车，你能开吗？不能。那就换别人开呗。这不是换了一代人嘛。

噢。牟棉花低头寻思着。别说换了汽车，换了飞机我也敢开。只要我活着挡车工就缺不了我！

你不用跟我表决心。赶紧回家准备坐月子。靳大姑撑着牟棉花说，无论生闺女生小子，千万别随你这驴脾气，逮谁跟谁较劲。操！

抢白、嘲讽、揶揄、挖苦，从东洋纱厂到中纺五厂到国棉十九厂，十几年过去了，嬉笑怒骂维持了两个女人之间的极其特殊的师徒友谊。

肚里怀着孩子拿了全国接头冠军。牟棉花名气大了，成为尽人皆知的著名劳动模范，还被誉为"棉纺战线一面旗帜"。

肚子一天天膨胀起来，牟棉花坚持上班。怀孕到了八个月，依然不歇。她挺着大肚子挡车，一人照样看管十八台车，产量不减质量不差，成为全厂一道奇特风景。支班长找到她说，你预产期了，打算把孩子生在车间里啊？歇吧！

不歇！牟棉花犯了脾气，开始跟支班长较劲。

这是车间党支部让我找你谈话，你共产党员要听党的话吧？

不歇就是不歇。脸上出现蝴蝶斑的牟棉花咬定青山不放松。

支班长笑了，好啊，我现在给市总工会劳保部打电话，请教如何贯彻女工劳动保护条例……

果然，徐贰芬同志来了。做过"地下工作"的人就是意志坚强，当初贵为国棉十九厂党委副书记，由于同情"右派"言论被贬为市总工会劳保部一般干部，重返工厂从容不迫落落大方，一派不卑不亢的劲头。牟棉花从心里佩服，悄悄叫她徐大姐。

您身体还好吧？牟棉花反而率先慰问对方，说人活着总有山高水低的时候，您可千万不要委屈自己。

徐贰芬同志笑了。劳动模范是人，不是机器。咱们国家劳动保护条例对孕期育期女工做了具体规定，我们必须执行。你肚里怀的是社会主义新一代。你一天三顿饭全变成干劲儿，胎儿吃什么呀！我看你还是休息吧。

好，我听您的话，临近分娩我一定休息几天。牟棉花终于认了账。

怀孕进入九个月，车间领导安排一个年轻助手小丁协助牟棉花看车。这不是剥夺我劳动的权利吗？牟棉花嘟嘟哝哝，很像一只怀孕母兽——这十八台织机就是她的领地。怀孕母兽的领地外人不得入侵。

小丁找到支班长哭诉，牟师傅手脚比猴儿都灵活，无论换梭还是装纬，一把抢在前面，我根本插不上手……

支班长哈哈大笑说，你别看她挺着大肚子干活儿，照样是全国接头冠军！

到了该生的日子，就是不生。纺织女工们认为到了时辰赖着不出来，这么矫情一定是丫头片子。群众眼睛是雪亮的。一辆救护车将牟棉花送到中心妇产科医院，果然生了一个女孩儿。牟棉花给第二个女儿取名王凤，一是纪念母亲获得全国接头冠军，二是希望孩子长大成为一只金凤凰。

王凤一双小眼睛转动舒缓，哭声也不强烈。牟棉花顺口叫了一声傻凤。于是傻凤便成为王凤的乳名。徐贰芬同志拿着红糖和鸡蛋来到病房探视，说你参加全国擂台赛把细纱布勒在肚子上，孩子傻了也是你的责任！

不傻不傻，这孩子长大了跟我一样，特等劳动模范！牟棉花自信地说着，剥开煮鸡蛋就吃。

我奶水不多。这样我就把孩子送工厂幼儿园吧，中间只喂一次奶，还不耽误生产。牟棉花的心思已经飞回噪声隆隆的布场了。

我告诉你一个好消息，那座"劳模楼"盖到三层了，总共五层。徐贰芬继续说，我也有了好消息，被正式任命在市总工会劳保部女工科担任科长。只要是革命工作就没有高低贵贱之分。

牟棉花认为这是三喜临门。一是生了王凤，二是"劳模楼"动工，三是徐贰芬同志有了新的工作岗位。

想到徐贰芬同志不生养，牟棉花拉住老领导的手说，一旦王凤说话了，我就让她叫您姥姥！

不久，那座全市瞩目的"劳模楼"建成了。这给全市工人阶级带来极大鼓舞。"社会主义是桥梁，共产主义是天堂"鞭策着人们。

鞭炮响，锣鼓敲，各行各业的劳动模范们欢天喜地搬进了"劳模楼"，向人们展示着社会主义美好生活图景。光荣的劳动模范们首先实现了"楼上楼下，电灯电话"的家居梦想。

参加了"实行粮食定量供应紧急会议"之后，市委第一书记赶来为"劳模楼"剪彩，挨家挨户祝贺劳动模范乔迁之喜。

"劳模楼"是依照苏联专家图纸兴建的，据说在列宁格勒有几百座这样的五层楼房。坚固的"士敏土"地面和厚重的红松实木门窗，充分体现了"傻大笨粗"的俄罗斯风格。尤其它将厨房设计在朝阳方向，一年四季阳光明媚，令人怀念站在河岸上的姑娘喀秋莎。王金炳的新家很大。二楼，一厨一厕一阳台，三室一厅，还有一个纵深的玄关。

市委第一书记走进门来，首先跟牟棉花握手，称赞她是棉纺战线一面旗帜，然后指着王金炳说你就是那位"工业战线红管家"吧。

市委领导与这个劳模家庭合影留念。王金炳闪到一旁。只要妻子在场，丈夫甘心充当配角。一个鞋底，一个鞋帮。通常鞋底比鞋帮结实。创造全国挡车接头纪录的牟棉花，名气超过王金炳。

几年前，李亦墩调任宏光电器厂党委书记，便将王金炳带去担任仓库保管员。这位进城干部对工业管理有着独到见解，认为一座大工厂关键岗位很多，最为重要的还是仓库。工厂嘛，就是一进一出。进，通过仓库，出，也通过仓库。仓库是轴心。于是，王金炳跟白鸣岐学习珠算的"狮子滚绣球"和记账的"苏州码子"，竟然派上用场。做了仓库保管员，王金炳在仓库货架间钻来钻去，大到角钢铝锭，小到铁钉毡垫，一样样如数家珍。他当年被评为厂先进生产者，第二年获得市总工会"工业战线红管家"称号，之后被评为市级劳动模范。

乐乐呵呵搬进"劳模楼"，房子大了，孩子们欢天喜地成长起来，宛若一只只笋尖儿长成一株株青竹，看着令人欣喜不已。

家庭内部分配房间，王金炳牟棉花夫妻住一间；长子王援朝乳名"大朝"，次子王建设乳名"设子"，兄弟俩住一间；王莹乳名"灵莹"，王凤乳名"傻凤"，姐妹俩住一间。

然而，这个劳模家庭的母亲经常"缺席"，父亲也不是"全日制"。大女儿王莹渐渐成长起来，早慧早熟早当家。下厨房做饭，进卫生间洗衣裳，去粮站排队买粮，跑副食店凭票打油，里里外外一把手。

每天傍晚放学，小学生王莹胸前挂着一串钥匙，推开家门系上围裙走进厨房挽起袖口儿淘米洗菜，俨然小厨师。妈妈是"棉纺战线一面旗帜"，无暇分心家务。爸爸是"工业战线红管家"，经常加班加点。王莹学会炒饭烙饼烧菜炖汤，加速成长起来了。

一连三年的"节粮度荒"，中国人民遭受大饥馑。特等劳动模范牟棉花享受"特供"待遇。"特供"分"糖豆"和"肉蛋"两个档次。糖豆是限量供应红糖和黄豆，肉蛋是限量供应猪肉和鸡蛋。每月凭"蓝本子"额外购买营养品。

"肉蛋"不多，却弥足珍贵，帮助孩子们减去几分菜色。王凤自幼受到"特供"影响，对劳动模范的荣誉充满向往。她几次询问妈妈怎样当上劳动模范的，妈妈不理会。她只得转向爸爸。

我觉得您跟别人没什么两样，怎样当上劳动模范呢？小女孩王凤迫切问道。

是啊，爸爸跟别人没什么两样。王金炳平生首次阐释自己。我负责的仓库里东西特别多，全都装在心里。一张口说出它们的规格型号，一伸手指出它们的存放位置。嘿嘿，人家叫我一口清……

小女孩王凤从爸爸的语气里感受到工人阶级的自豪，好奇地问道，您怎么没有妈妈的"蓝本子"呢？

妈妈是特等劳动模范，爸爸不是特等劳动模范。王金炳如实说道。

小学三年级学生王莹做出这种价值判断：妈妈最忙，特等劳动模范天天不着家，吃上"特供"。爸爸比较忙，市级劳动模范可以抽出一点时间料理家务，吃不上"特供"。

天冷。农历腊月二十三适逢"工业战线红管家"的公休日。牟棉花上早班，走了。王金炳便带领孩子们开始迎春大扫除，从早晨干到下午，这个劳模家庭面貌焕然一新。

大女儿王莹与小女儿王凤暗暗商定，一定要给妈妈一个惊喜。黄昏时分，傻凤搬了一个小板凳坐在门口等待妈妈下班归来。妈妈经常自愿义务加班，经常很晚回家。天黑透了。牟棉花终于回来了。

妈妈走进家门就喊渴，王莹立即端来一杯白开水。妈妈咕咚咕咚喝了，猫腰低头脱了高勒棉鞋，说了一声"困"径直走进卧室睡觉去了。

一天的辛苦劳动换来整洁面貌，妈妈下班回家视而不见浑然不觉。一种巨大的失落感袭击了小姐妹。傻凤委屈地看着姐姐灵莹，王莹沮丧地看着妹妹傻凤，姐姐妹妹哇的一声哭了起来。

牟棉花听到两个女儿放声大哭，腰酸腿疼躺在床上问道，哭什么？你俩是不是考试都不及格啊……说罢翻身睡去了。

全家人你看我，我看你，一时寂静无语。

特等劳动模范牟棉花继续保持着全国接头冠军称号。她每分钟的接头速度已经高达五十根。国棉十九厂职工都知道，牟棉花看管的织机永远擦拭得干干净净，她周边的工作环境永远清扫得一尘不染，她身穿的工作围裙永远一天一洗，被评为全国棉纺行业文明作业标兵。

然而，牟棉花下班回家什么模样则无人知晓。尤其下了早班，超额完成生产任务的牟棉花走进家门连头巾也顾不得摘下，便走进卧室歇息了。

睡到晚饭时分她被厨房锅鸣铲响唤醒，起床走出卧室。饭菜香气扑面而来。牟棉花懒得洗手，抄起筷子端起饭碗张开嘴巴就吃。

王莹蒸了两屉发糕，做了一锅杂杂汤，把肉联厂的下脚料拾掇干净，白菜豆腐烩成"一锅香"。她大声督促说，妈妈饭前要洗手！

乳名"傻凤"的王凤眨着眼睛困惑地说，妈妈，您在工厂那么干净，回到家里这么腌臜，这可不像是一个妈妈啊。

是呀，我也觉得有两个妈妈。设子接过话题说，工厂里一个妈妈，家里一个妈妈。

你是说我分身有术啊？牟棉花伸出筷子夹起一块炒白菜放进嘴里说，工厂里一个妈妈，家里一个妈妈，这样我不成了《西游记》里的妖精啦。

小学六年级学生王援朝放学回来。他走进家门表示赞成妹妹们观点。妈妈，我也觉得您是两个人，工厂里一个，家里一个。您在工厂里是棉纺战线一面旗帜，特等劳动模范……

妈妈在家里呢？牟棉花一边吃一边问。

王援朝放下书包，摆出一副哲学家的样子说，您在家里主要是休息呗。

牟棉花听了儿子这几句话，咯咯咯笑起来，合着我在家里除了吃饭睡觉没别的事儿啊！

王莹平时特别崇拜哥哥王援朝。大朝哥哥说得对，您在家里除了吃饭睡觉确实没有别的事情，当然还要上厕所的。

牟棉花惊异地看了看王援朝，又惊异地看了看王莹，说大朝灵莹你们这两个小东西联合起来批判我啊。

王金炳下班走进家门，全家晚饭接近尾声。王莹从热锅里端出留给爸爸的饭菜，捧到桌前。

王莹延续着刚才的话题说，爸爸在家里在厂里表现一致，所以说我们有两个妈妈一个爸爸……

王金炳只听了这半截子话，停住筷子说，灵莹你不要乱讲，什么两个妈妈一个爸爸，咱们国家实行一夫一妻制……

牟棉花听罢，咯咯笑得直不起腰来。

我说金炳啊，你倒是想一夫两妻制呢，那是万恶旧社会……

曲轴卷

曲轴：把机器的往复运动变为回转运动，或把回转运动变为往复运动的轴。

——摘自《现代汉语词典》

7. 孵化与走失

收音机里整天播放《我们走在大路上》。哼唱着这支鼓舞人心的歌曲，王援朝从小学升入初中，进了红星中学；王莹读小学五年级；王建设读小学三年级；王凤是一年级小学生。

红星中学坐落在近郊，隶属北京军区，招收部队子弟。王建设问哥哥咱们不是军人家庭你怎么去读红星中学呢。

王金炳为了掩盖真相出面解释，说大朝去读红星中学是组织对劳模家庭的特殊照顾。你们不要议论这件事情了。

妈妈上中班，晚饭不在家。小学五年级学生王莹俨然家庭领导人，督促傻凤饭前洗手，吩咐设子拿筷子，还给爸爸挪了椅子。

王援朝放学走进家门，搁下书包去卫生间洗手。王莹端来一盆白菜汤，汤盆里漂着十个小丸子。一人两个啊。她说着给每人碗里盛了两个小丸子，却只给自己碗里盛了白菜。汤盆里，漂着应当属于王莹的两个小丸子。

主食是热气腾腾的玉米面窝头。王莹催促大家吃饭，伸出筷子从汤盆里夹出一个小丸子放进哥哥碗里。

王凤瞪大眼睛盯着漂在汤盆里的最后一个小丸子。王莹小声警告说傻凤你眼珠子掉进碗里了。王凤只得收回目光低头吃饭。这时王援朝洗了手走出卫生间坐到桌前，抄起筷子吃饭。这位对哲学颇有兴趣的中学生嘴唇上一层毛茸茸的胡须，大有破土成长的趋势。

王建设平时不爱说话，学习成绩中等。他看到姐姐悄悄夹给哥哥碗里一个中丸子，很想效仿。这时，王凤突然伸出筷子去夹汤盆里最后一个小丸子，啪的一声被姐姐的筷子中途拦截了。

姐妹的交锋惊动了陷入沉思的王援朝。他低头看着自己碗里的三个小丸子，扭脸向父亲问道，爸爸，您看我跟弟弟妹妹有什么不同吗？

王援朝说话喜欢使用书面语，显得郑重其事。王金炳搪塞说没有什么不同，低头喝了一口白菜汤。王莹为了掩盖真相，立即掰了一个窝头泡在自己碗里。

既然没有什么不同，为什么这样优待我呢？王援朝大声追问。

哥哥你在长身体，所以要增加营养的。王莹出面解释着，乘机将最后一个小丸子夹到自己碗里，企图缓解哥哥激动的情绪。

我长身体，你们不长身体？我需要增加营养，你们不需要增加营养？真是莫名其妙。王援朝放下筷子离开饭桌回到自己房间去了。

王援朝与弟弟王建设住一间屋子，两张睡觉的床铺，两张写作业的方桌，很像学校男生宿舍的格局。王援朝实在无法接受这个家庭的特殊关爱，一头扎进"男生宿舍"。

王莹不知道哥哥的真实身世，只是崇拜他的年少博学。大朝不吃饭，她心疼，轻轻推开房门伸进脑袋说，哥哥你别生气了去吃饭吧。

明明每人两个小丸子，你偏偏优待我三个，拿我当宠物饲养啊？王援朝情绪冲动说，灵莹，我书包里两块水果糖是你放的吧？你为什么这样做呢？

因为你是我哥哥，妹妹疼爱哥哥难道不对吗？王莹转身离开哥哥房间，穿过客厅躲到厨房去哭了。王建设跟进厨房小声安慰说，灵莹你别哭，往后我也学着做饭减轻你的家务负担！

饭不用你做，再说你也不会生炉子。你好好学习就是了，将来上大学当工程师。咱爸咱妈给你取名王建设就要你长大成才建设祖国的。我把白菜汤热一热，你给咱哥端到屋里让他吃吧。王莹说着抹了一把泪水。

王凤不愧"傻凤"，她吃饱喝足挺起小胸膛回屋去了。王建设遵照姐姐指示端着一碗白菜汤两个窝头走进房间说，哥哥你吃吧，灵莹都哭了。

王援朝不为所动，一手端着白菜汤一手抓着两个窝头，大步走进厨房。

苏联图纸的厨房很宽敞。小女生王莹梳着两条小辫儿穿着花布夹袄，腰间系着蓝布围裙，小大人儿似的拾掇着蜂窝煤炉子。跳跃的火苗儿映红她的脸颊，现出两只浅浅的酒窝儿，仿佛一颗熟透的西红柿。

灵莹……哥哥站在厨房门口望着妹妹，一时说不出话来。

王莹封住炉火撩起围裙擦了擦手，扭脸看见哥哥嗔怪地说，你怎么还不吃呢，绝食啦？

灵莹，你们为什么要把好吃的东西让给我呢？王援朝非常痛苦地问道。

你是男孩子，男孩子应当吃好喝好。我是女孩子，女孩子应当要吃苦耐劳。家家户户都这样啊。

王援朝强烈反驳道，你说得不对！咱家是爸爸辛苦操持家务，妈妈什么事儿都不管，你说这是为什么？

你吃饭吧，你吃完饭我告诉你。王莹说着拎起铁壶烧水——这是她给妈妈预备的热水。挡了一天车，妈妈下班回家是要热水烫脚的。

哦？王援朝听罢端起白菜汤就着窝头吃起来。好奇心驱使他快速进食。一眨眼，四个窝头三只小丸子一碗白菜汤，呼噜呼噜装进这个半大小伙子胃口里。

我吃完了。王援朝抹了抹嘴说，为什么咱家爸爸操持家务妈妈什么事儿都不管，你告诉我吧。

我告诉你什么？嘻嘻，我、也、不、知、道！说完，王莹一条小鱼儿似的从哥哥腋下钻过去，咯咯笑着跑回自己房间了。

你骗我！手里端着空碗王援朝脸上露出苦笑。他觉得妹妹乳名"灵莹"千真万确——又伶俐又晶莹，时时刻刻闪烁着可爱的光芒。

晚间，王建设写完作业，上床睡了。王援朝熄了灯，一手握着手电筒，一手握着笔，趴在被窝里写日记：

"这究竟是为什么呢？我在这个家庭里成为一个特殊人物。今年开学我外出参加军训想买一支手电筒，第二天爸爸下班就给我买了，还配了备用小灯泡。手电筒是奢侈品要花一块多钱呢。弟弟妹妹都很羡慕我。灵莹要买一支自动铅笔，央求半年爸爸才同意。设子喜欢机械要买一套'积铁'，至今爸爸也不点头。傻凤要买一个'转笔刀'，只给她买了一块带香味儿的橡皮。"

他轻轻叹气继续写道："傻凤报怨转笔刀这辈子也买不上了。爸爸妈妈为什么这样优待我呢？难道因为我是家里长子。傻凤是家里老小，为什么不优待她呢？我总觉得这里有着不为人知的缘由。是的，这种特殊待遇给我带来很大压力。我是顶天立地男子汉。我不能这样生活下去，我要离开这里……"

写完日记熄灭手电筒，他躺在黑暗里失眠了。想到妹妹王莹，心头一阵温暖。灵莹真是好女孩儿，热情开朗善解人意，性格清澈细腻，举止端庄大方，我将来选择终身伴侣就要寻找妹妹这样的好姑娘……

十一点多钟，门响了。妈妈下中班回来了。王援朝侧耳听着。爸爸轻手轻脚开门。妈妈说了一个"累"字，坐在客厅藤椅上。爸爸拎来一只暖水瓶哗哗倒进盆里。

弟弟呼呼睡着，王援朝起身推开一道门缝儿向外窥视。客厅亮起灯光，妈妈将两只脚伸进热水盆里。爸爸蹲着给妈妈洗脚。

水烫吗？爸爸轻声问道。妈妈满脸惬意嗯了一声，闭目养神。

热水洗脚，血脉流通特别好。王金炳一眼看到妻子缺少小脚趾的伤残左脚脱口问道，白小林下放锅炉房劳动，他妻子回日本了吧？

你怎么想起问白小林呢？他妻子回日本去了。牟棉花突然哼了一声说，他非娶一个日本战争遗孤，国棉十九厂那么多大姑娘没得娶啦？

王金炳哗哗撩水，不言不语给妻子洗脚。隔在卧室里窥视的王援朝惊讶极了。他知道妈妈的左脚只有四根脚趾，却不知道半夜下班回家爸爸亲手给妈妈洗脚。这夜深人静的意外场面令王援朝心跳不止。爸爸真是一个好丈夫啊。

金炳，你知道我为什么这样累吗？布场织机实现高速化，从180转增到230了。我呢，还要求扩台！速度越高我越扩台，从看九台车扩到看十八台车，这样产量提高百分之百呢！我正在总结"查纬纱、查梭子、查布面织口、查经轴、查皮结"的"五查操作法"，纺织工业部准备向全国推广呢。

金炳啊，从咱们结婚你就给我洗脚，这一洗就是十几年。牟棉花似乎动了感情，伸手抚摸着丈夫脑顶。陷入沉思的王金炳猛然醒悟，连忙从历史长河里爬出来，心儿湿漉漉地上了岸。

王援朝看到，爸爸拿来一块白色毛巾给妈妈擦脚，之后将洗脚水倒进卫生间抽水马桶里。妈妈歪坐在藤椅里闭目歇息。爸爸倒水回来侧身冲着妈妈蹲下去。坐在藤椅里的妈妈睁开眼睛，面含微笑伸出胳膊伏在爸爸脊背上。

爸爸嘿哟一声挺身站起，猫腰撅腚背负着妈妈朝着卧室走去。

爸爸对妈妈太好啦！透过门缝王援朝看见妈妈垂下的两只脚丫子在空中摇晃着，好像在给一场无声的小合唱打着节拍——而且是小夜曲。

王金炳将妻子放在床上，累得喘着粗气。牟棉花起身站在床前，扬起右手练习着挡车接头动作。多少年来牟棉花为了创造"牟棉花工作法"，一根根纱线缠绕手指尖，指甲都磨厚了。三十岁光景已经显出过度疲劳状态：骨刺、腰肌劳损，一身毛病。好在她属于乐观主义者，做梦唱歌也是"我们走在大路上，意气风发斗志昂扬，毛主席领导革命队伍，披荆斩棘奔向前方！"

练得累了，牟棉花趴在床上。王金炳拿来伤湿止贴在妻子腰部，轻轻按摩起来。牟棉花发出舒服的呻吟说，金炳啊，你知道纺织工业"上青天"吗？就是上海青岛天津，如今追赶我接头纪录的人太多啦！俗话说，逆水行舟，不进则退。我要想保持全国冠军称号，不能死守必须进攻。怎么进攻呢，那就是打破五十五根大关！哎呀累死我也要拿下来啊……

王金炳一边给妻子按摩一边说，当劳动模范就是累，领导让你脱产去当干部你不当，那就累呗。

我去当干部坐办公室？那更累！我在生产第一线创造全国接头速度第一，这比当干部光荣多啦！牟棉花趴在床上说。

王凤半夜起来撒尿，趿拉着鞋推门走进父母卧室。王金炳扭头说傻凤你睡迷糊啦！王凤睁眼看着父亲给母亲按摩，突然冒出一句话说，长大我也要当劳模，当了劳模回家有人伺候我，多舒坦啊。

你呀？牟棉花咯咯笑了。你快长大吧，妈妈等你接班呢。你接了班妈妈就松心啦。

傻凤龇牙笑了笑，扭身回屋继续睡觉了。

王金炳上床睡觉，不言不语将妻子揽在怀里。牟棉花抓着丈夫胳膊压低声音说，你使劲儿搂着我！你使劲儿搂着我！

年轻真好啊，等到老了我连搂你的劲儿都没有了。王金炳说着，紧紧将全国棉纺战线一面旗帜搂在怀里。

睡着了。他做了一个梦。梦里自己还是华昌机器厂小伙计，端着水盆走进账房给老东家洗脚。水有点儿烫，白鸣岐嘴里发出丝丝声响，舒心而惬意。

老东家嘿嘿笑着说，饼子啊，从今往后无论走到哪里你都要把华昌机器厂忘得干干净净，你心里总想着我，那就成了负担！人活着不能有负担，有负担走不快啊。听着老东家叮嘱，王金炳蹲在水盆前嗯了一声。

王援朝失眠了。目击爸爸给妈妈洗脚，他心里乱哄哄的，一时弄不清生活的真谛。妈妈是劳动模范，爸爸也是劳动模范。妈妈好像只是厂里的劳动模范，回到家里既不劳动也不模范。爸爸好像是家里的劳动模范，去到厂里照样劳动而且模范。爸爸是全能丈夫，当劳模，做家务，管理孩子，伺候妈妈，好像什么事情都会做。妈妈呢？妈妈只是棉纺战线的一面旗帜，呼啦啦迎风招展。

喜欢独立思考的王援朝就这样在独立思考中，渐渐睡着了。

一连几天，王援朝想跟王莹单独谈话总是没有机会。王莹承担烦琐的家务劳动，放学径直走进厨房生火做饭，还要管理妹妹傻凤。

王凤语文考试不及格，王莹一边择菜一边监督妹妹默写汉语拼音字母，十遍。小学生王凤默写八遍试图蒙混过关，吃了姐姐两巴掌——充当了晚饭。

晚饭之后，王援朝主动走进厨房刷锅洗碗，其实是为了跟王莹说话。王莹伸手制止哥哥说，这是傻凤的任务，女孩子从小就要干女孩子的活儿。

王援朝乘机小声问道，灵莹，你知道妈妈下班回家爸爸给她洗脚吗？

我知道……看到哥哥惆怅表情，王莹立即补充说，我长大成人无论嫁给什么人，我也不要他给我洗脚的。

那你给他洗脚吗？王援朝求知欲强烈，追问妹妹。

自己的脚自己洗嘛，为什么要别人伺候呢？王莹爽快地回答。

进入初中三年级，红星中学要求毕业班学生统一住校。王莹提前动手为哥哥准备生活用品，洗脸盆、肥皂盒、牙刷子、茶缸子、饭勺儿、针线包……心里却舍不得哥哥。

王建设噘着小嘴儿找到爸爸说，我哥哥住校去，天凉我就没被子盖了。

王金炳恍然大悟。这哥儿俩夏天一人睡一张单人床，只要季节转冷就将两张单人床拼成一张双人床，哥儿俩合盖一床棉被。王援朝住校带走这一床棉被，王建设只能晾着了。

王金炳决定给大朝做一床新棉被。可是前几天远房表弟娶媳妇添衣服添被褥，借走今年的布票和棉花票，明年归还。

牟棉花感慨道，我接连五年织布产量质量第一，给儿子做不成一床棉被！

你织了那么多布，那是公家的，给大朝做被子，这是私家的，你不能拿私家的事儿跟公家讲条件啊！

平日里唯唯诺诺的丈夫，一番话问住妻子。牟棉花软了，说咱俩分工吧，你去厂里找同事借布票，我去厂里找同事借棉花票，明年发了新的还给人家。

第二天上班，王金炳走进国营宏光电器厂，却不知道找谁去借布票。自从被评为劳动模范，同志之间没了油盐柴米的生活内容，光是比学赶帮争上游了。

走进中心仓库更衣室，接到紧急通知要求他去柴油机厂报到。自从跟随李亦墩同志调离503厂来到国营宏光电器厂，他从军工厂修理枪械的钳工变为地方企业的仓库保管员，十年以来保持着"工业战线红管家"的称号。他管理的宏光电器厂中心仓库连年被评为"红旗仓库"。如今忽然调离，他颇感意外。

物资科的胖科长喘着粗气跑来说有他的电话。王金炳去接了，电话里传出一个洪亮有力的声音：

你是金炳同志吗，我是李亦墩！我到任十天啦。你明天上午给我跑步到柴油机厂报到！这里是国家重点企业，仓库是企业的要害部门。你快来吧！今后我走到哪里，就把你调到哪里。我特别需要工业战线红管家为我掌管家当。

放下电话他告诉物资科长，李亦墩同志把我调走了。物资科长急了。你一调走，咱国营宏光电器厂就没有劳动模范啦。

王金炳想起那句顺口溜：我是革命一块砖，哪里需要哪里搬。怀着恋恋不舍的心情走进中心仓库深处，他摸摸这里看看那里，每个角落都留下他的足迹，每个货架都洒下他的汗水，尤其那一册册用"苏州码子"编写的账簿，更浸透了他的心血。我在这里当了十年仓库保管员，还跟朱德委员长握过手呢。想起当年情景，湿了眼角。

走到存放特殊物品的仓位，心头轰地一热。这十二箱进口绝缘材料是国家使用外汇购买的，具有反帝反修意义，领导指示必须妥善保管。于是，工业战线红管家王金炳认真守卫着，以仓库为家了。几年过去，如此贵重的物品存放着，迟迟不派用场，似乎成了多余的废物。无论废物不废物，王金炳照样精心保管着。那十二只印着外国字母的包装箱被他擦得一尘不染，胜过中国人民银行的保险柜。如今，他跟随李亦墩同志调到国营柴油机厂去了。也不知道这十二箱具有反帝反修意义的绝缘材料何时派上用场，这心情，就跟惦念亲人似的。

下班时候，他跟物资科长交了钥匙，特别指出那几册用"苏州码子"编写的账簿如果别人看不懂，可以随时打电话问他。物资科长拍着工业战线红管家的肩膀说放心吧你走了没人使用这种码子记账了。

听物资科长这样说，王金炳心里更加酸楚，好像自己断子绝孙了。这时候他已经知道，李亦墩同志调任柴油机厂厂长兼党委书记。那是一座拥有七千多名职工的国营大厂，属于第一机械工业部骨干企业。

95

回到家里他告诉妻子自己调到柴油机厂去了。我到新单位一个熟人没有，不能找李亦墩同志借布票吧。

牟棉花兴奋得抓住丈夫手说，我今天创造了新一轮万米无疵布的纪录！

王金炳说祝贺祝贺。然而，布票和棉花票的压力冲淡了创造万米无疵布纪录的喜庆气氛，好像一碗没放盐的鸡汤略显美中不足。

牟棉花说了声我要戒骄戒躁，咕咚咕咚喝了一碗白开水。她在厂里从来不喝水。这是多年练就的绝招儿。上班不喝水就不用上厕所，减少时间的浪费。只要上厕所就要别人替车，一替车质量便难以保证了。八小时里牟棉花除了吃饭不喝一口水，这是多年养成的习惯。工厂保健站大夫多次忠告这样对肾脏不利。肾脏不就是腰子嘛。牟棉花机器人儿似的一笑置之。

第二天一大早，王金炳拎着饭盒去柴油机厂上班。从住家到工厂不通公共汽车，他只能步行。步行费鞋，却省了车钱。

今天我就是柴油机厂的职工了。走出"劳模楼"，隔着一大片草地他看见前面"市长楼"停着一辆辆小轿车，有华沙，有吉尔，也有伏尔加。自从最后一位副市长搬走，这座名不副实的"市长楼"变成名副其实的"局长楼"。小轿车是来接局长们上班的。

机电工业局的高局长招手把王金炳叫进小轿车里，说捎他一程。老八路出身的高局长听说王金炳调到柴油机厂了，哈哈大笑说李亦墩就是喜欢聚敛人才，他恨不得把全市劳动模范都调到自己手下，这是水泊梁山的江湖思想！

王金炳替李亦墩辩解着说，管好工厂首先管好仓库，一进一出最重要。

高局长不以为然。这是典型的小农思想——春种出仓，冬藏入库。管好工厂最重要的是搞好均衡生产。现在柴油机厂的问题是总装车间上旬没活儿干，中旬不够干，下旬昼夜干不完。生产不均衡！我们派李亦墩去柴油机厂就是解决这个老大难问题的！

真是官儿越大越敢说话啊。王金炳听着高局长的高谈阔论，不敢吱声。

小轿车驶到柴油机厂。王金炳跟高局长道了再见拎着饭盒下了车。走进工厂大门，看到迎面挂出一条横幅标语"热烈欢迎工业战线红管家王金炳同志来到我厂工作！"

我又不是人家大庆的王铁人，配不上这么大场面啊。他有些自卑，快步走向门卫室。厂劳资科长迎上前来，说王副厂长专门迎候您呢。白白胖胖的王副厂长说，您是工业战线红管家，若不是李亦墩书记调您来，我们想都不敢想啊。

王金炳窘迫极了，搓着双手不知说什么好。王副厂长说李书记外出开会了，之后陪着王金炳前往仓库。

这是柴油机厂的"配套库"，规模很大，全厂十二个生产车间所有工艺流程的零件部件都在这里形成配套。时时有进的，时时有出的，来来往往好像一座车船大码头。国营宏光电器厂的中心库与柴油机厂配套库相比，可谓小巫见大巫了。

七位仓库保管员列队鼓掌欢迎著名劳动模范王金炳同志到来。这时他倏地想起给大朝借布票的事儿，心里犯了愁。

从副组长手里接管工作，王金炳担任这座大型仓库的组长。面对如此陌生的环境暗暗给自己打气，当年老东家口传心授的"童子功"记账法，我保证做到"一口清"。前年我给全国工业会议代表演示一口清功夫，指哪儿打哪儿，就跟打靶十环一样。

换上柴油机厂工作服，戴上工作帽戴上套袖，王金炳手持一沓沓卡片儿一头钻进一座座货架里，开始工作了。他时而踮起脚尖儿对号识货，时而猫腰寻找着牢记在心。他目光专注宛若新来的阿姨，努力认识着幼儿园的小朋友们。

他忘记了喝水忘记了吃饭更忘记了找别人借布票，甚至忘记了时间，完全融入这座仓库里——好比一条小鱼儿融入海洋。天色渐渐暗昏了。核对了几箱异型轴承的存放位置从仓库角落里钻出来，他发现同事们不声不响下班走了，偌大仓库里只剩下自己一个人。

敢情我忘记了吃午饭啊。腰酸腿痛口干目涩，他索性坐在一只铁桶上歇息。起身回到更衣室从饭盒里拿出忘了吃的午饭：两只窝头一根咸萝卜，就着白开水吃了下去。洗了洗手洗了洗脸，脱下工作时间穿的工作服，换上回家时间穿的工作服。工人就是这样。一辈子只有两套工作服，上班一套，下班一套。都是蓝色劳动布的。

收拾停当拎起空饭盒走出配套库，咣当一声锁了大门。这咣当一声也震动了王金炳的思想。我在宏光电器厂负责中心仓库，一个人。如今到了柴油机厂配套仓库，一群人。我一味加班加点大干苦干，别人心里怎么想呢？劳动模范处理不好班组关系，就梗了。今天他们不打招呼把我撂在仓库里下班走了，这就是矛盾的苗头吧。

　　天色暗了，一路行走看到金工车间亮着灯光，其余车间黑着。路过职工食堂闻到饭菜味道，竟然想起当年华昌机器厂账房先生李亦墩给伙房胖厨子支着儿，一盘棋为他赢来三只杂合面饼子的陈年旧事。唉，我怎么总也忘不掉过去的事情呢？

　　拎着空饭盒走到工厂大门口，传达室的门卫向他投来疑问目光。他主动自我介绍。门卫哦了一声立即敬礼说，您是著名劳模王金炳师傅。

　　走出工厂大门沿着河堤行走。柴油机厂在河北，"劳模楼"坐落河南。一河之隔无论上班下班必须经过马家渡口。他决定不乘摆渡，徒步绕行上游那座木桥，这样每天往返多走四十分钟路程，却能节省过摆渡的四分钱。走路费鞋，然而鞋子可以自家制作，钞票则由国家印制，不由人。他暗暗算了一笔账，不过摆渡一天节省四分钱，一年就能省十五块钱。这十五块钱是一个小学生从一年级到六年级的学杂费啊。

　　这时他又想起借布票的事儿，心理压力挺大。思着想着走过那座木桥，伴着桥下流水他决定舍近求远走三条石大街。好久没有从华昌机器厂门前经过，心里怀着几分念想。

　　天色渐渐黑了。他沿着具有百年历史的三条石大街走进当年的"华北机器工业摇篮"，看到一家锻造厂灯火通明，传出叮叮晃晃的锤击声。走到华昌机器厂大门口，他知道这里已经改名"通用机械附件厂"了。角门吱扭一响从里面走出一个人。光线昏暗，王金炳一眼认出这是白鸣岐。

　　他脱口叫一声老东家，然后便不知如何是好了。留着光头穿着灰色春绸裤褂的白鸣岐抬头看见昔日小伙计，愣住了。

　　你怎么还叫我老东家？这让别人听见就揭发你跟我划不清界限呢。白鸣岐走上前来仔细打量着说，饼子，你找我有事儿吧？

　　我一时失口。站在黑暗里王金炳小声解释说，我从这里路过可巧碰到您啦。

　　你调到柴油机厂上班啦？你跟牟棉花过得还好吧？拉扯四个孩子过日子有困难吗？白鸣岐一口气发问，那关切的表情好像老子多年不见儿子。

　　我今天刚到柴油机厂您就知道了？王金炳惊异地看着昔日老东家。白鸣岐也意识到自己失口，表情局促起来。

　　饼子，公私合营之后我吃股息了，当初政府说实行十五年赎买政策。我知道这座工厂不是我的了。可是我觉得工私合营以来，工厂反而没了主人。你说工人是企业主人，我看不像。你说厂长啊车间主任啊是企业主人，我看也不像。咱说那座退火窑吧，按照规矩早应当大修了，就是没人上心。工人在窑里拉屎撒尿，臭气冲天得罪太上老君啊！全厂无论工人还是干部，没有一个人像我当年那样心疼这座工厂啦！你说这到底是怎么回事儿呢……

工业战线红管家表情尴尬地望着这位资本家，一时语塞。白鸣岐再次追问昔日小伙计遇到什么难处了。王金炳不由自主说出布票二字，就收了口。

白鸣岐嗯了一声，转身走了。那噔噔步撵儿，说明身板儿很是硬朗。

这时"通用机械附件厂"大门敞开，灯光里梁三升和范金斗一人推着一辆自行车走出工厂。他俩看见王金炳，同时叫了一声劳模。

王金炳知道范金斗是厂工会主席，梁三升是副厂长，便说你们进步了厂里生产形势也很好啊。

范金斗接过话题说，绝对不能放松警惕，就说资本家白鸣岐，至今吃着股息这属于剥削啊。前几天他领着小孙女白瀛瀛进厂，围绕着那座退火窑东瞅西瞧好像这座工厂还是他家的。

我看他怀里揣着一本变天账。梁三升深沉地说，前两年蒋介石叫嚣反攻大陆，白鸣岐就跑到工厂后院转悠。你记得新中国成立前夕挖过一条防空壕吧？我估计白鸣岐一定是观察地形妄图复辟资本主义。

当时从防空壕挖出一块玛钢墓牌。范金斗若有所思说，佟小喜的尸骨至今下落不明，有朝一日总会水落石出的。

是啊是啊。王金炳不便参言，笑呵呵告辞走了。

一连几天过去了，布票成了一块石头压在王金炳心里。晚间上床歇息。已经入睡的牟棉花伸手抓着他的胳膊，让他搂着她。他说今天我没给你洗脚你就睡了，之后睁大眼睛注视着黑暗的天花板。她一头扎到他怀里含糊不清地说，今天我借到棉花票啦。

听说妻子借到棉花票，他心头压力陡然增大。思来想去竟然失眠了。妻子不失眠，歪头睡着了。

凌晨牟棉花起床，王金炳仍然醒着。妻子睡眼惺忪告诉丈夫，这几天进厂问谁借都说没有棉花票，可巧在厕所遇到靳大姑。我跟她说大朝住校没有棉被。她马上从裤衩里拆下一个小布包儿，说她把全部家当都缝在身上。果不其然从小布包儿里掏出两张棉花票，当场送给我说不用还啦。

王金炳受到感动，说解了燃眉之急感谢人家靳大姑吧。

牟棉花表情严肃地说，金炳，这件事情咱们保密，靳大姑是日伪时期东洋纱厂考官儿，成分不好。这要传扬出去别人会说我跟她划不清界限呢。

牟棉花上班去了。一夜未眠的王金炳却睡着了。六点半钟了，他仍然沉睡着。这是进入新中国以来他第一次睡过头。

王莹起床，以为爸爸妈妈上班走了，便走进厨房操持早饭。她知道哥哥晨跑去了。做好早饭她回到房间悄悄拿出那条包裹着五颗大红枣五块高粱饴软糖一撮花生米的白色手帕。这白色手帕上面绣着红五星。它不仅仅包裹着食品，还包着一颗少女的心。

哥哥晨跑回来了，洗脸漱口之后坐在桌前吃早饭。王莹趁着弟弟妹妹没有起床，伸手将绣着红五星的白色手帕塞给哥哥，说明天你参加学校田径集训，补充一下营养吧。

这是过春节的东西啊你一直保存着呢？灵莹你为什么这样自己不吃……

王莹低头摆弄着肩头小辫儿，终于说出埋藏已久的心里话。

哥哥，我爱你……

王援朝停止咀嚼，霍地站起连声说不可思议。灵莹你不要这样好不好？我是你哥哥，你是我妹妹！即使少女怀春你也不能胡思乱想信口开河啊……

面对怒气不已的哥哥，王莹低头哭泣着说，哥哥你不要误会，是我没有表达清楚。你是我哥哥，我是你妹妹，可是我真的非常崇拜你非常喜爱你……

王金炳被惊醒了。他翻身下床跑进客厅看见墙上挂钟，连连说起晚了。

父亲的突然出现，使这场发生在兄妹之间的不为人知的冲突，戛然而止。

腋下夹着饭盒，王金炳跑出"劳模楼"。经过"市长楼"他心里说今天高局长要是捎我一程多好啊。一路小跑，他不敢绕行上游那座木桥，在马家渡口花二分钱过摆渡。他没有手表，估计肯定迟到了。远远看见柴油机厂大门，他心里说我堂堂劳动模范上班迟到，影响多不好啊。

过了上班高峰时间，工厂大门冷冷清清。一个身穿黑色拷纱上衣的男人站在门口朝着王金炳挥手。

老东家！王金炳快步走上前去。一大早儿您怎么在这里呀？

我还以为你进去了，一直等到现在。白鸣岐从怀里掏出小纸包儿，伸手递给他。他接在手里，不知是什么东西。

白鸣岐突然说，你看好端端的玛钢，它怎么市场越来越小呢？有人说清华大学教授王遵明研制成功球墨铸铁，简称"球铁"，把玛钢给顶了。我不信！你说南方的水牛顶得了北方的黄牛吗？哼！

我一直想问您，佟小喜究竟埋在哪里啦？王金炳跳过玛钢，提出这个问题。

佟小喜是谁啊？白鸣岐满脸茫然望着这位劳动模范。

佟小喜就是瘦猴儿啊！一九四五年春天死了。李亦墩押着马车把棺材埋到西营门外乱葬岗子，新中国成立前夕在工厂后院挖防空壕挖出佟小喜墓牌，还是玛钢铸的呢！王金炳一字一句回忆着发生在日伪时期的那桩公案。

这件事情你得去问李亦墩，我想他心里清清楚楚！不过，我劝你不要招惹一身腥气。白鸣岐说罢匆匆走了。

打开小纸包儿，看到裹着两张布票，一张面额一丈的，一张面额五尺的，总共一丈五尺。他抬头望着老东家远去的背影，心情沉重起来。

连忙将裹着布票的小纸包儿装在贴身衣兜儿里，腋下夹着饭盒进厂了。多少年了，老东家的身影依然笼罩着自己，这辈子恐怕走不出了。

走进配套库，他找到负责考勤的副组长说，今天你给我划迟到吧，我晚了四十分钟。副组长干干巴巴笑着，您是著名劳动模范我可不敢管您的事儿。

王金炳一时不知怎么办。七位仓库保管员各司其职各就各位，有条不紊工作着。有进货的，有出货的，还有换货的。他终于明白，调到这座大仓库担任组长，自己成了无事可做的脱产干部。唯一能做的只是洒水扫地，他抄起扫帚进入"工业战线红管家"角色。一辆轻型插车开进仓库，副组长戴上手套引领装货去了。王金炳只好拿起一叠子卡片钻进货架里，继续熟悉物品存放位置。

我从宏光电器厂调到柴油机厂，从大忙人变成大闲人。中午吃饭他躲到一座货架后面，就着咸菜吃发糕，喝了一大碗白开水。俗话说人挪活树挪死。我一挪反而不成了？一种说不清楚道不明白的情绪笼罩心头，充满委屈。

厂党办秘书打来电话请王金炳去李亦墩书记办公室谈话。副组长接了电话终于在仓库深处找到这位特等劳动模范。

王金炳诚恳地说，也让我具体负责几个货位吧。

我是您副手，您有什么要求跟李书记提啊。副组长不冷不热说。

离开仓库前往厂党委书记办公室，一路上他摸着衣兜儿里的布票——这是一个不可告人的秘密。靳大姑送了棉花票，白鸣岐送了布票。恰恰这两个腐朽陈旧的人物给革命事业接班人王援朝拼凑了一床崭新的棉被。心里这样想着，王金炳苦笑了。

身穿白衬衣蓝裤子的李亦墩书记起身跟他握手。金炳，新的工作岗位你有什么困难吗？

从前是小仓库一个人，现在是大仓库一群人，一是不太适应，二是不太熟悉，三是不太胜任。

李亦墩给他斟了一杯茶水，大谈柴油机厂五年发展规划。王金炳认真听着，内心很受鼓舞。秘书走进来请李书记去会场给革新能手颁发奖状。李亦墩意犹未尽，问他还有什么问题。

王金炳咽下一口唾沫颇为艰难地说，我是仓库小组长，七位保管员各有分工，我也想具体管理几个货位……

李亦墩哈哈大笑说，你担任柴油机厂配套仓库小组长，他们的工作由你分派嘛。具体工作你一句话就解决了，还要我替你下达命令啊！

听了李亦墩同志这番话语一路回到配套仓库，王金炳思忖着。自从进了华昌机器厂就伺候老东家，让人家指使惯了。后来进了军工503厂修械所，还是听师傅的。后来管了仓库被称为"工业战线红管家"，主要是管物。论手艺吧，没手艺，论说话吧，没口才。如今被李亦墩同志调到柴油机厂担任仓库小组长，从管物变成管人。官儿不大，也是七个人的领导啊。我管物管惯了，根本不会管人。现在不是我掌权领导那七个人，是那七个人掌权领导我。看来，我只有领导自己的能力，干脆辞职吧。

下班回到家里。王莹做熟晚饭。晚间睡觉王金炳告诉妻子有人送了一丈五尺布票。牟棉花打着哈欠问谁送的。他犹犹豫豫说出老东家的名字。

咱家成什么啦！我那棉花票是一日伪工厂考工头儿送的，你这布票是一资本家送的，咱们用它买被里买被面买棉花做成棉被，偏偏盖在志愿军遗孤身上。你说这事儿让外人知道还不笑掉大牙？性格粗放的牟棉花歪在床上咯咯笑着，上气不接下气。

王金炳也意识到这床棉被与阶级立场有关。你把棉花票退给靳大姑，我把布票退给白鸣岐，行吗？

别人说靳大姑是坏人，我可没说啊。牟棉花止住笑声说，你退布票我退棉花票，咱们想把大朝冻死啊？睡吧睡吧，明天我上早班呢。

　　有了布票和棉花票，王莹主动领取采购任务。王金炳同意了。王莹去百货大楼买了被里被面和棉花套。可巧遇到几个男同学，嘻嘻哈哈叫她"小家庭妇女"。

　　当天晚上，王莹在客厅里铺了一张凉席，挑灯夜战。她盘脚坐着飞针走线给哥哥缝被子——那样子活脱脱一个支前小模范形象。能够亲手给哥哥缝被子，王莹感到莫大满足。找来一块红绸剪了四颗"红心"，她偷偷缝在棉被四角。

　　牟棉花下班回家径直走进卧室睡觉了。王莹抱着自己缝的被子追到床前盼望得到妈妈表扬。牟棉花嘻嘻笑着说，你就能耐吧，我看你长大成人也是劳累一辈子的命！

　　棉被的问题解决了。"工业战线红管家"王金炳还是难以进入"配套仓库一把手"的领导角色，他几次想找李亦墩同志提出辞职，担心对方骂自己没出息，忍在心里了。

　　王金炳面对那七个仓库保管员，真不知道如何领导他们。他们则各自为战地工作着，好像王金炳并不存在。他终于下定决心重新分工，找到副组长。副组长轻描淡写说，什么时候开会通知就是了，我们保证不迟到不早退踊跃参加。

　　碰了一个软钉子。内心苦闷想找人诉说，没有。王金炳恍然大悟，当了多年劳动模范自己根本没有知心朋友，人人都是见面点头的同事关系。

　　下班回家更是苦闷。他不想跟妻子诉说，说了牟棉花肯定骂他窝囊废。他也不想跟王援朝诉说，父亲的尊严肯定大打折扣。他更不能跟设子傻凤念叨，小毛孩子哪里懂得大人心思。

　　心事重重地想到王莹，父亲感到欣慰。灵莹这孩子懂事，年纪不大懂事不少，特别善解人意。

　　吃过晚饭，王莹指使傻凤刷锅洗碗，应邀陪同爸爸下楼散步。这个家庭从来没有饭后散步习惯。王莹感觉新奇。

　　走出"劳模楼"沿着草地边缘行走。王金炳吞吞吐吐的样子逗得女儿笑了。您有什么话就说，我替您保密。比如您给妈妈洗脚我就没跟别人说过。

　　你为嘛不跟别人说呢？王金炳问道。

　　王莹郑重表情说，这是您的秘密呀！不能随便讲给别人的。比如我的秘密，别人讲了我就不高兴。

　　草地边缘有几张公园椅，这是当年总工会为了劳模们户外休息特意安装的。王金炳看到女儿如此懂事，便坐下了。

灵莹啊，比如说你是小组长，你小组里有七个学生，原先他们各有分工，现在你要重新给他们分配任务，你怎么办呢？

小学五年级学生王莹眨着眼睛问道，您仓库里有七个人啊？

加上副组长七个，算上我八个。王金炳笨拙地表述着。

我在班里就是小组长，管着九个人比您多两个。我觉得当小组长就得说话，不说话没人听你的，说话了他们只好听你的。爸爸，您说了话他们就得听，不听不行。我以前说话他们不听，我就告到班主任那里。王莹滔滔不绝地说着，小领导人似的。

另外，您要给他们开会的，不开会是不行的。开会之前您要做到胸有成竹，比如分配张三做什么，分配李四做什么，把王五以前负责的工作派给赵六，把赵六现在负责的工作调给刘七。但是，您一定要熟悉情况，这样您说话就一针见血啦。

好！你按这思路替我写个发言稿，我提前背熟了，到时候哇啦哇啦一说，就成了。王金炳兴奋地拍大腿。

我写短点儿，写长了您背不下来，到时忘词儿就糟了，他们更瞧不起您啦。

灵莹，你不会笑话爸爸吧？这件事儿千万不要往外说啊。王金炳满脸忠厚里透出几分狡黠。

接受女儿建议，王金炳暗暗用功掌握了柴油机厂工艺流程和生产环节。实践出真知。他做到胸有成竹了。女儿写的发言稿，他背得滚瓜烂熟。

我呀新中国成立前依靠白鸣岐，新中国成立后依靠李亦墩，现在依靠王莹，我什么时候自己依靠自己啊。王金炳偷偷给自己鼓劲儿。不过，我依靠自己亲生女儿也不算什么错误！

开学了，王援朝住校了。他模仿解放军战士将那床崭新的棉被打成背包，轻轻哼唱着《我们走在大路上》，雄赳赳走出家门。

大朝威风凛凛的形象，进一步激发了父亲的斗志。他板着面孔找到副组长，说今天中午开会。副组长说咱们从来没有中午开会的习惯。

对方果然不买账。看来王莹的估计是对的。王金炳毫不退让地说，你上次跟我说什么时候开会通知就是了，你们保证不迟到不早退踊跃参加。现在我通知开会，你又说没有中午开会的习惯。谁给你们养成这种习惯啊？你有意见开会时候说。现在你去通知他们开会吧！

听到"工业战线红管家"这样说话，副组长嗯了一声转身走了。

王金炳对自己的表现感到意外。我说话真冲啊。仔细想想这冲劲儿是女儿给的。灵莹写的发言稿，精短有力，一句顶一句。

中午在更衣室里开会。七个人来了六个。王金炳望着副组长问道，你们不是保证不迟到不早退踊跃参加吗，怎么差一个？你这副组长是怎么当的！

副组长自知理亏，跑出去找人了。

人齐了，开会。王金炳几乎一字不差把肚里底稿背诵一遍。我担任配套仓库小组长，这是领导信任。我当小组长就要对领导负责，你们当保管员就要对我负责，这样大家目标就一致了。你们要是有这种习惯那种习惯，从今天开始就得去掉旧习惯养成新习惯。

王金炳继续背诵底稿说，配套仓库是一个整体，八个人一盘棋，不能各自为战。现在我重新划分保管员的分工，要求你们互相配合认真完成交接工作。

宣读了重新划分的仓库保管员责任区域。副组长首先举手反对说，你这样打乱了车间顺序，造成生产环节的混乱。

一点儿也不混乱。你们以前的分工是一车间二车间一个人管，三车间四车间一个人管，五车间六车间一个人管，好像按照生产环节走的，其实不然。就说工具车间和机修车间吧，这两个车间跟所有生产车间都有联系，你按照生产环节怎么衔接呢？就好比厨房墙上挂着一辫大蒜，你去揪一头他去揪一头，实际没人管理。现在仓库管理混乱就是这个原因造成的。这么长时间你们怎么没有发觉呢？我看你们什么都不缺就缺工人阶级主人翁精神！

保管员们你看我，我看他，他看你，没人说话。

我按照全厂生产工艺流程划分仓库保管员职责，这样就顺了。王金炳说着站起身来，你们回去按照我的思路每人写一份工作安排，明天上班交齐了。谁还想伸手往墙上揪大蒜，没门儿。好了散会吧。

散会了。王金炳独自走到仓库深处长长出了一口气。我从来没有这样长篇大套说过话呀，今儿哇啦哇啦成了话痨。他妈的，我可不像以前那么窝囊了，管人管物其实都一样，只要你手里有权力。他环视着这座大仓库轻轻说，你以为我有多大能耐？给你们开会都是我闺女出的主意。你们这一群大老爷儿们让一个黄毛丫头给整治啦。

副组长快步跑来说有您的电话。王金炳大模大样去接电话。这是红星中学教务处打来的，询问王援朝同学没有按时到校的原因。王金炳慌了，失手扔了电话筒。

大朝失踪了！他给国棉十九厂织布车间打电话。牟棉花听到消息请假跑回家里。这是新中国成立以来她第一次因为私事请假。想起勾连长和谷大姐，她深知大朝失踪这件事情的分量——天知地知，他是革命烈士遗孤啊。

其实，王援朝并未返回学校而是径直奔向郊区一个名叫金水村的地方。他表情严肃地站在金水村党支部书记面前，表示自己决心以实际行动学习侯隽和邢燕子，落户农村当一个社会主义新农民。

村支书吃惊地注视着这个初中三年级学生，说你还小哇，这社会主义新农民不是说当就能当的。

当天傍晚，金水村的村支书骑着自行车驮着王援朝，将这位热血小男儿送回家。王金炳连连拱手行礼表示感谢。自从离开华昌机器厂老东家参加革命工作，这是他首次使用旧式礼节表示谢意。

牟棉花看到儿子回家了，兴奋之余起身离家跑回工厂加夜班，说一定要把下午请假耽误的产量夺回来。

晚上，王金炳悄悄告诫王建设，只要大朝有动静一定及时报告。他悄悄锁了王援朝和王建设的卧室房门，放心睡觉去了。

转天清晨，牟棉花加夜班回家走到楼下抬头看见二楼窗口垂下一条绳子。上楼审问负责看守哥哥的王建设。王建设不但承认哥哥系着绳子爬出窗户攀着雨水管道从二楼溜到一楼跑了，还承认那条绳子是哥哥将床单撕成布条儿由弟弟亲手搓成绳子的。

设子，你是知情不举呢还协助外逃啊？父亲气得浑身发抖，抬手给了王建设一巴掌。这是新中国成立以来王金炳第一次动手打人。

牟棉花更是难以控制情绪，一屁股坐在地上拍着大腿哭号起来。勾连长啊谷大姐，大朝死心塌地要当社会主义新农民，我可是没有办法阻止他啦！

王莹站在一旁机警地问道，勾连长是谁啊？谷大姐又是谁啊？

傻凤出现了，伸手指着姐姐突然揭发说，妈妈，是灵莹把大朝给逼走啦，那天我听见她跟哥哥在厨房里争吵，哥哥气得连连说不可思议……

你们闭嘴！牟棉花撵小鸡似的将傻凤和灵莹撵走，说你们两个丫头片子别跟着添乱啦。说罢她走进卧室小声问丈夫说，金炳啊，我看大朝这孩子铁了心，你还有什么办法吗？

好吧，我去把他接回来。王金炳向妻子表了决心。

王金炳找到金水村，话说了一大筐，王援朝还是不回家。王金炳并不气馁，认为年轻人一阵两伙犯了犟脾气，过几天就好了。

过了几天，还是不见王援朝回家。牟棉花趁着公休日跑到金水村去做儿子的思想工作。王援朝照旧操着书面语说，平时你们对我太好了，好得让我觉得莫名其妙。四个孩子你们为什么偏偏对我特殊优待呢？只有俘虏才受优待呢。我忍受不了这种莫名其妙的生活。祖国好儿女志在四方，我就要落户农村做社会主义新农民。

牟棉花乘兴而去，失落而归。走进家门当头就说，金炳啊，大朝这孩子人不大，主意不小，真是勾连长的骨血。你还有什么好法子吗？

有哇！你给李亦墩同志打电话，替我请三天假！说着王金炳侧身躺在床上，伸手拉过一床棉被蒙在头上。

哎！这都什么时候啦你还睡觉？牟棉花没有看出这是"工业战线红管家"的最后绝招儿，嚷嚷起来。

捂在被窝里王金炳瓮声瓮气说，你去给大朝送信儿，就说他什么时候回来我什么时候起来，他这辈子不回来我这辈子不起来啦！

牟棉花咯咯笑了，嘿！结婚这么多年我不知道，你还有绝食这一招儿啊？

以守为攻。这是典型的王金炳式斗争策略。当年老东家要挟少东家就用过这一手儿。

王金炳就这样躺了一天，不言不语不挪不动，光喝水不吃东西。王凤蹑手蹑脚走到床前小声说，爸爸您这样不会饿死吧？

胡说！你哥哥这两天肯定回来的。牟棉花下班归来大声斥责女儿。

一连两天，不见王援朝归来。这位对自己身世一无所知的志愿军遗孤终于实现了做社会主义新农民的誓言，落户金水村了。他在日记里写道：我享受不了家庭给我的特殊待遇，我更害怕妹妹王莹纯洁而炽热的目光，我愿意在金水村扎根落户当一辈子农民，春种秋收开创自己的新生活！

第三天，王金炳终于起床了。他摇摇晃晃走出卧室坐在客厅藤椅上，深深叹了一口气。这次绝食斗争失败了，失败在儿子手里。当年老东家也败在儿子手里——少东家听说父亲绝食从东洋纱厂回来看了看，第二天又走了。

王金炳两眼失神说，我没有见过大朝这样的孩子！他怎么不怕老子饿死呢？

王建设走过来冒冒失失说，爸爸，我哥哥一定认为您是饿不死的。

你是说我假装绝食偷偷在被窝儿里吃东西？王金炳瞪大眼睛质问着。

王建设惊讶地反问，爸爸您真的在被窝儿里偷吃东西吗？

王金炳气急败坏地说，你们这一代孩子思想怎么这样复杂呢？唉！

王莹两只眼睛哭得跟烂桃似的，思念哥哥。她端来一碗鸡蛋汤面告诉爸爸，人饿久了只能先吃流食。

有人叩门。王莹跑去开门。王金炳看见副组长领着两个仓库保管员走进门来，手里拎着慰问病号的食品。

听说您病了，我们来看看您。副组长表情尴尬地将两盒藕粉放在桌上说，仓库的事情您不用惦念，我们按照新的分工搞了一份责任区域流程图，大家热情很高嘛。

王金炳暗暗笑了，心里说西方不亮东方亮，我败在大朝手里，配套仓库却被我捋顺了。

王金炳上班了。在家躺了三天体力大减。配套仓库工作却大有进展。他愈发觉得应当感谢女儿。中午他去工厂小卖部，掏钱给灵莹买了两根红色塑料头绳儿，还有一包女孩子爱吃的酸梅。

牟棉花下班看到丈夫给王莹买的礼物，笑话他财迷，说幸亏有一包酸梅，要是光买两根红头绳儿你就成杨白劳啦！

王金炳尴尬地笑了，说新社会哪有杨白劳啊，连黄世仁都被镇压啦。

这时候，王莹躲在房间里写日记："我万万没想到忠厚老实的爸爸居然绝食。他绝食这几天给家里省了好几斤粮食，同时我也看到爸爸性格的另一面。他不敢领导七个仓库保管员，却敢绝食。人啊，真不可捉摸。"

她还在日记里写道："我懂了，真的爱一个人就应当让他去做自己愿意做的事情。我尊重哥哥的选择，只是心里舍不得他离开啊。"

泪水模糊了王莹视线，末了她大胆写道："我爱哥哥，我很爱哥哥，我非常爱哥哥。哥哥是我的精神支柱，我真的不能失去哥哥……"

妹妹傻凤乘机偷吃着灵莹姐姐的酸梅，嘎吱嘎吱活像一只小田鼠。

8. 疵点与鲜花

织布车间大墙上，挂着"开展社会主义教育运动"的横幅标语，给夜班工人增添了一道红彤彤景致。牟棉花忙碌着。清晨六点半钟就要交班了。织布车间噪声隆隆，一切在噪声中滋长一切又在噪声中湮灭。噪声擂响耳鼓，世界在噪声里变得简简单单清清净净——此时有声宛若无声。牟棉花沿着织机操作。织机得寸进尺地织着，一经一纬都在发出呐喊。坯布如雪，噪声如海，即使近在咫尺也要扯着脖子喊叫。纺织女工响声大嗓儿，全国人民都知道。

女统计员怀里抱着表格来了，她脸色深重而且充满颗粒，外号"荔枝壳"。"荔枝壳"大步走到牟棉花身后高声说了一句话。她嗓音又尖又亮极具穿透力，因此被提拔为车间统计员。"荔枝壳"说给牟棉花的这句话，别人是听不到的。然而牟棉花认为全车间都听到了。

老牟啊，你今天的单班产量排在全厂第三，而且还出了疵布！女统计员"荔枝壳"又说了一遍。

什么？牟棉花懵懵懂懂看着这颗"荔枝壳"，双腿发软心儿疾跳。连续十五年保持质量无疵品纪录，连续十五年保持全国织布挡车工接头速度第一，连续十五年保持棉纺系统单班产量第一。我是棉纺战线一面旗帜啊。

今天单班产量排在全厂第三还出了疵点，你弄错了？她向"荔枝壳"走了几步。

没错！没错！没错！没错……

这一连串的声音撞击耳膜，只觉得脑海里泛起一堆泡沫。她想亲眼看看统计表，跟跟跄跄走了几步身体被愈堆愈多的泡沫吸起，升腾而去。

一只只梭子蓦然模糊了，一台台织机蓦然静止了，身体变成一只纸风筝渐渐飘扬起来。晕倒之前她内心竟然感到几分喜悦。这种喜悦的心情究竟为何而生？是解脱是逃避还是什么，她永远说不清楚。

牟棉花晕倒的时间是清晨六点十五分。"荔枝壳"发出一声恐怖的尖叫，这尖叫惊动了织布车间。无论下夜班的还是上早班的，都听到牟棉花晕倒了。

一辆白色救护车一路鸣笛将牟棉花送到工人医院。听说病人是全国著名劳动模范，曾经留学苏联的工人医院副院长披挂上阵。急症抢救室里，护士给牟棉花鼻孔插进氧气管。空气极其紧张。

徐贰芬同志现场指挥说，马上组织全市专家会诊，一个特等劳动模范怎么说昏倒就昏倒呢？我们没法向全国总工会和纺织工业部交代啊！

同情"右派"言论贬了官，徐贰芬秉性不改，说话直来直去依然具有冲击力。

全市专家会诊出具了一份书面报告。徐贰芬读不懂。主治医生耐心解释说，牟棉花晕倒的诱因是受到外界强烈刺激，导致牟棉花同志晕倒的主要原因则是过度疲劳。好比一台连续运转的机器必须按时检修。牟棉花是一台连续运转多年从不按时检修的机器。

您将一个人比喻为一台机器，这不太合适。以后不要这样讲了。前几年的反右运动大家都受到教育。徐贰芬表情严峻说，牟棉花同志是我们棉织战线一面旗帜。她疲劳过度晕倒，这是现象。他的身体是否受到损伤你们应当全面彻底检查啊。

徐贰芬紧急请示市总工会主席，第二天牟棉花从急症室转入高干病房。

王援朝得知母亲病倒，是国棉十九厂工会给金水村大队部打来电话通知的。他脑海里呈现的母亲形象，不是急匆匆走出家门去上班，就是慢腾腾走进家门下班了，化作遥远身影而已。

村支书陪同王援朝从郊区的金水村赶到市区的工人医院，骑着自行车走了三个钟头。经过农村生活的摔打王援朝成为一个目光炯炯肤色黢黑粗手大脚的小伙子。他的劳动者形象代表着革命时代美男子的风采。

一路骑行赶到工人医院。大墙上贴着一幅大红标语："移风易俗，提倡火葬！"医院门口可巧遇到王莹。她扎着两只羊角小辫子，蓝衣蓝裤白球鞋，胸前佩戴第一半工半读技术学校的校徽。

哥，你怎么在这儿啊？她的齐耳短发衬着粉红的脸蛋儿，表情又惊又喜。

灵莹！王援朝向妹妹问道，咱妈住在哪间病房啊？我找不到……

王莹掏出手绢猫腰为哥哥抽打着裤角泥土，说你这衣服该洗啦。王援朝满脸窘迫，连连躲闪着。

村支书手里托着烟袋一旁观察说，这是你妹妹啊援朝？

王莹转向村支书自我介绍说，大伯您好，我是援朝的大妹妹叫王莹，还有个小妹妹叫王凤，念小学三年级。

我还有个弟弟叫王建设，念小学五年级呢。社会主义新农民王援朝努力摆脱妹妹突然出现带来的窘境，大声说道。

哥，咱妈住在高干病房三楼五号，这是市领导特批的。

王援朝听了，表情愈发窘迫。似乎"市领导特批"不但没有给他带来荣誉反而增添了羞愧。村支书从帆布兜子里掏出几只新鲜玉米说，咱们赶紧去高干病房看望你妈，村里农活儿挺多，我们还急着返回呢。

三楼高干病区门口写着"未经许可不得入内"。一个护理员把守着说，为了保障首长休息，未到规定时间不得探视。

村支书怀里抱着玉米低声说，高干高干反而麻烦，我看还不如去住老百姓病房，移风易俗嘛。

王莹向把守楼道的护理员交涉说，三楼五号病房住着著名特等劳模牟棉花，她住进高干病房是市领导特批的，你非要我给市委办公厅打电话吗？

说着，王莹大步走过门口转身招呼说，哥，大伯，你俩进来啊！

村支书及时推了王援朝一把，俩人进去了。王莹指着胸前校徽对护理员说，你不要害怕，有事情我负全部责任！

大摇大摆走进高干病房区。王援朝心悦诚服地说，灵莹，你真行啊！

走进三楼五号病房，首先是一间会客室，红漆地板，四周摆着沙发，中间一张茶几，适合召开小型会议。这间会客室通往病房。王援朝快步穿过会客室走进病房。病房宽敞明亮。临窗的病床上躺着牟棉花。

妈妈！他大步跨到病床前，注视着身穿白色病号服的母亲，激动地说不出话来。牟棉花睁开眼睛看见儿子，努力地笑着。王援朝蓦然觉得母亲生疏了，好像从来不曾见过似的。

妈，我们村支书来看您了。王援朝闪身介绍着。鬓角添了几丝霜色的牟棉花强打精神说，谢谢老支书，你们要严格要求王援朝不要搞特殊化啊。

你放心，援朝是好样的。村支书说着捧出几只新鲜玉米递到床前。

王莹小声说我妈暂时吃不下东西输葡萄糖呢。她接过支书的新鲜玉米摆在窗台上。窗台上放着十几听罐头，有铁罐的也有玻璃瓶的，太阳照耀下闪烁着营养的光芒。

牟棉花有气无力地说，你爸在仓库加班，迎接中央领导视察。说罢转向村支书，您回吧老支书，村里工作不要耽误了。

老支书实实在在说，是啊，全国开展社会主义教育运动，一个文件接一个文件往村里传达，有时开会到半夜两点，转天照样起早下地干活儿。困啊，好多年轻人学会抽烟呢。我把援朝留下陪伴您，我返啦。

不行。牟棉花欠了欠身子说，开展社会主义教育运动谁都不能缺席，让援朝跟你一起回去接受锻炼！

王莹眨着眼睛看了看妈妈，又看了看村支书，心里特别希望哥哥留下。

灵莹，给你哥哥拿上几听罐头，让他跟老支书一起回去！牟棉花态度坚决。

我跟老支书一起回去。王援朝指着窗台说，村里五保户赵大爷一辈子没吃过肉罐头，我把那一听"红烧牛肉"给他拿去吧。

村支书极为感动地说，好啊！这次开展社会主义教育运动强调无产阶级立场，援朝关心老贫农这是活典型啊。

王莹拿过两听罐头塞给哥哥，低声说红烧牛肉的给赵大爷红烧猪肉的你自己留着吃吧。

王援朝对母亲说祝您早日康复，转身跟着村支书走了。王莹送他们走出病房，眼含泪水望着哥哥的背影走向楼道尽头。

一个护士怀里抱着一大束白色百合花走过去。王援朝回头看见护士走进母亲病房——也看见站在病房门外的妹妹目送自己。他朝王莹挥了挥手，心头热乎乎的。

回到病房，护士送来的一束鲜花引起王莹的好奇。妈妈，这是谁送给您的？

你去问护士啊。牟棉花不动声色说，管它谁送的，把它插到花瓶里灌上两杯水。

妈妈，您一定知道这花是谁送的！王莹凑到母亲面前——脸对脸追问着。

不——知——道。牟棉花嘴里这么说着，心里却另有想法。这鲜花百分之百是白小林送的。车间的姐妹们光懂得送罐头，实惠。只有白小林这种又穷又酸的知识分子懂得送鲜花。

这几年来她与白小林接触不多，心里却不曾疏忽对方。尤其全国擂台赛关键时刻他送来一架望远镜，功劳太大了。

王莹给花瓶灌了水，捧起这束百合花爱不释手。姑娘爱花，这是千古不变的道理。母亲拖着长腔说，灵莹，你这么喜欢干脆拿回家吧，摆在你屋里养着。

这鲜花是人家送给您的，我凭什么拿走？王莹将花瓶摆上窗台说，您为什么不珍惜这洁白的百合呢？将来要是有人送给我鲜花，我一定倍加珍惜的。

牟棉花望着天花板突然反问说，灵莹，你是不是遇到白瀛瀛啦？

是啊，今天早晨我在街上遇到她了，她向我打听大朝在农村的情况，我还跟她提起您住院的事儿呢。王莹惊诧地望着母亲。咦，您躺在病房里怎么知道我在外面遇见白瀛瀛呢，您能掐会算？

我当然能掐会算。牟棉花暗暗认定是白瀛瀛告诉白小林"高干病房"的，于是微笑着问女儿，你知道白瀛瀛的父亲是谁吗？

我不知道。王莹走到病床前说，不过我知道白瀛瀛追求我哥哥，她这是早恋。她早恋干吗牵扯我哥哥？哼！

我也听说白瀛瀛追求大朝呢。牟棉花忍不住说道，白瀛瀛的父亲名叫白小林。

白小林是谁？王莹拿来湿毛巾一边给妈妈擦脸一边问道。牟棉花咯咯笑了，说白小林就是白小林呗。

王莹又惊又喜说，妈妈这几天您可没这样笑过呀，病好啦？

我身体本来好好的，一时头晕罢了，过几天我出院回厂上班去！

吱的一声门响有人走进高干病房，怯声怯语叫了一声牟姐姐，手里捧着一个纸包儿走到病床前。

是你啊"荔枝壳"！牟棉花看到车间统计员来了表情随即紧张起来。王莹并不认识来者，很有礼貌地叫了一声阿姨。

"荔枝壳"脸色涨红，愈发印证着她的外号。她说牟姐姐我是来向您道歉的，那天我统计错了，我的工作失误给特等劳模造成难以挽回的恶劣影响，我后悔不及啊。

牟棉花惊异地欠起身子说，你是老统计员你真的弄错了？我不相信……

反正是我错了。领导把我调离统计员岗位去后勤处清扫女厕所了。

啊！牟棉花有气无力地叹了一口气说，当年我在东洋纱厂当清扫工，从初条车间到细纱车间一天要扫二十几座女厕所呢。

那是万恶的旧社会，受罪。我给社会主义工厂扫厕所，光荣！"荔枝壳"把手里的纸包儿捧给王莹说，这一包红糖给你妈补补身子吧。

牟棉花扬起胳膊急声制止，我又不是坐月子吃红糖干吗？你家里不富裕拿回去给孩子们沏水喝吧。

王莹把一包红糖塞回去。"荔枝壳"唯唯诺诺接在手里，走到病房门口转身说，牟姐姐，您千万别让厂里领导知道我来看您了，到时候他们又要说我存心惊吓特等劳模。

"荔枝壳"走了。棉纺战线一面旗帜——牟棉花躺在病床上陷入沉思。唉，二十年时光转了一大圈儿，转来转去转到"荔枝壳"去清扫女厕所了。天色渐渐暗了，心情复杂的牟棉花突然呜呜哭了。

王莹站在病床前注视着母亲。渐渐受到母亲感染，她也哭了。牟棉花止住哭声小声说，我哭有我哭的道理，你跟着凑什么热闹！

我好不容易逮着哭的机会，哭呗。王莹不甘示弱地抹了一把眼泪说，您哭有您的道理，我哭也有我的道理呢。

我知道你心思。白瀛瀛一追求大朝，你就受不了。哭吧，今儿你痛痛快快哭个够吧。

妈妈这么一说，王莹反而不哭了。她擦干泪水站到窗前，一声不吭望着外面黄昏景象。唉，妈妈毫无顾忌地戳向女儿内心痛处，女儿只得以沉默抗议了。人们都说妈妈是个粗线条女人，今天我领教了。妈妈的线条粗得就像马路人行横道线。粗线条的女人轻易不哭。妈妈为什么突然哭泣呢？是因那一束鲜花还是因为这一包红糖？是因为产量质量问题被更正了还是因为女统计员被调去清扫厕所了？

晚饭时间，住院部膳食员给高干病房送来晚餐，一菜一饭一汤，说是营养搭配科学进餐。牟棉花看着肉烧茄子大米饭西红柿鸡蛋汤说，你吃吧。我等你爸来给我送小米粥呢。

王莹说您不吃我也不饿，我爸加班辛苦这饭菜留给他吃吧。

人影儿一闪，王凤不声不响走进高干病房。她身穿小花袄胸前系着红领巾，手里拎着一只壶套，一进门就说妈妈小米粥来了。王莹迎上前去掀开壶套看到里面卧着一只小钢精锅，热热乎乎保着温。

傻凤你来送饭，咱爸呢？王莹端出小钢精锅把小米粥给妈妈盛在碗里。

小学三年级学生王凤盯着摆在桌上的肉烧茄子大米饭西红柿鸡蛋汤说，咱爸煮好小米粥又回厂了，说仓库连夜加班明天中央领导视察。

小护士走进病房和颜悦色地拔掉特等劳模胳膊上输液针头，摘去"棉纺战线一面旗帜"鼻孔里的输氧管，说了声体温正常便退了出去。

牟棉花获得自由了，从病床上缓缓坐起举着胳膊跟王莹说，你要是考卫生学校毕业当护士多好，非去念什么半工半读学机械制造。

王莹笑着说，您现在的任务是把这碗小米粥喝下去！说罢她扭脸追问妹妹，傻凤你今天算数测验得了多少分？

六十。王凤脸不变色心不跳，如实回答着。

你才得了六十分？差一分就不及格啦。王莹给母亲喂了一勺小米粥，说妈妈您看傻凤学习这么差以后怎么办啊。

王凤振振有词说，考六十跟考九十九一样，都是差一分。六十少一分不及格了，九十九多一分满分了。

牟棉花喝了两口小米粥，皱着眉头指着胸口说难受，侧身躺下不喝了。王凤乘机大声说，妈妈我饿了妈妈我饿了。

牟棉花指着小钢精锅说，傻凤你饿就把小米粥喝了吧，反正我不喝了。

王凤两眼盯着高干病房的一菜一饭一汤，得寸进尺说，我想吃大米饭！

你还想吃肉烧茄子和西红柿鸡蛋汤，对吧？王莹气愤地责问说，傻凤我告诉你，咱爸半夜加班回来饿了怎么办？这份饭菜是给咱爸留着的。你考六十还想吃饭？！

牟棉花躺在病床上发号施令说，灵莹，你就让傻凤吃了吧，你爸饿了让他喝我的小米粥。

王凤得到母亲批准，快步走到桌前抄起筷子夹了一块肉烧茄子放进嘴里，跟着喝了一口西红柿鸡蛋汤，之后端起大米饭吃了起来。

妈妈，您怎么一点儿都不疼我爸爸呢？！王莹气得不知如何是好，狠狠瞪了妹妹一眼。

为了安抚王莹的不满情绪，牟棉花望着狼吞虎咽的王凤说，傻凤你要好好学习啊，你不好好学习将来怎么办呢？

我将来当劳模啊！王凤吃得心情舒畅，一边咀嚼一边道出远大理想。我学习不好肯定考不上大学，所以我进工厂当劳模呗。

你小丫头片子是想气死我呀！牟棉花伸手指着王凤，哭笑不得。王凤将最后一口饭扒进嘴里说，妈妈您放心，我将来一定跟您一样当上特等劳模，病了也住高干病房！

傻凤，你吃饱了去水房洗碗！洗了碗擦桌子扫地，你跟我一块回家，回到家你马上给我写作业，不许听收音机！不许下军棋！王莹气哼哼指挥着妹妹，露出几分指挥若定的天赋。

旁观着大女儿有条有理有张有弛有礼有节地管理着小女儿，特等劳动模范牟棉花满足地笑了。灵莹真是好闺女，小小年纪替我挑起家务重担，顶起半边天。

拾掇干净了。王凤跑去从花瓶里掐了一朵百合花戴在头上，然后抱起壶套，准备出发。王莹则端起小钢精锅。姐妹异口同声向妈妈说了再见，一起离开病房回家了。

一前一后出了工人医院大门——王莹牵着王凤的小手儿走在华灯初上的大街上。妹妹哼哼叽叽要求乘坐电车回家，两张电车票四分钱。姐姐说你考了六十分还有脸坐电车，走吧！

一路行走，路灯照耀下拉出俩人倾斜的身影。经过人民印刷厂，里面正在排演现代评剧《红色交通站》，"一个马副官，两个臭婆娘，两个灌一个，这里有文章！"的唱腔从大门里传出，王凤提出看戏的要求。王莹说你考了六十分还有脸看戏啊，没出息。

王凤急了说，这也不行那也不行，我考了六十分你枪毙了我吧。

姐姐笑着说，我们中国人民解放军优待俘虏，不枪毙你！

经过一家昼夜二十四小时营业的利民食品店，姐姐进去花一分钱买了一块水果糖，剥去糖纸塞在妹妹嘴里大声说，记住，你存我这儿的五分钱剩下四分啦！

嘴里吸吮着水果糖，王凤从姐姐手里讨回糖纸，一口将水果糖吐在手心里用糖纸重新包裹，小心翼翼装进衣兜儿说，什么时候我考了一百分才吃呢。

王莹忍着不笑说，傻凤你这样要求自己，恐怕一辈子没有机会吃这块糖啦。

姐，你说话总像锥子一样，扎人啊！王凤不满地叫唤起来。

尽管如此，姐妹俩还是手牵手走进"劳模楼"。一进家门王莹马上变了脸色，大声命令王凤罚站。王凤极其熟练地面墙而立，象征性地哭了两声。

傻凤！知道我为什么罚你站吗？

知道，我把高干病房的饭菜给吃啦。小学生王凤一气呵成地认了错。

哼，肉烧茄子大米饭，外加西红柿鸡蛋汤，你见了好吃的就扑，小狗儿似的。你这德行还想当社会主义革命事业接班人？王莹气咻咻说，咱爸加班需要增加营养，你却跟他抢吃抢喝！损人利己……

王建设满脸油污从屋里跑出来说，你们嚷嚷什么！把我思路都干扰了……

你又修理那个破闹钟？王莹看着执迷不悟的弟弟说，设子，人家扔进垃圾堆的东西你捡回来，我看一辈子修理不好的。

那我就修理它一辈子呗。这位小学五年级男生扭头回屋了。

傻凤，罚站结束，你回屋写作业吧！技校女生王莹俨然班主任气派，主宰着这个全市著名的劳模家庭。

夜里，睡梦中王莹听见门响，起床穿衣跑出卧室看到身穿工作服的父亲加班回来了。她揉了揉眼睛叫了一声爸爸，噔噔跑进厨房去热小米粥。王金炳跟进厨房说，我不饿啊留着小米粥你们吃早饭吧。

王莹一听急了，扭头注视着"工业战线红管家"说，您现在也是特等劳动模范啦，怎么这样轻视自己？妈妈生病住进高干病房，换了您肯定搬回普通病房去住。您一碗小米粥都不喝，让我怎么办呢？

王金炳受到极大震动，低头避开女儿锋利的目光说，我喝我喝，灵莹你给我盛一碗吧。

王金炳双手捧着大碗坐在客厅里喝着小米粥，一股暖流徐徐深入胃脘，弥散开来温暖着五脏六腑，舒心而惬意。他一口接一口喝着，领受着女儿的孝心。王莹端着一盆热水走出厨房说，爸，喝了小米粥您烫烫脚。

王金炳眼窝儿一热，端起大碗遮住脸孔，咝咝喝粥。

爸爸，我妈妈到底得了什么病？要是小病小灾也不至于住进高干病房吧。王莹把水盆摆在父亲面前，小声问道。

唉，看来你妈妈需要长期治疗。王金炳放下大碗从衣兜里掏出一张叠得四四方方的纸片。我问了主治大夫，你妈妈身上毛病挺多。我一样一样念给你听。低血压、肝大、收缩期心脏杂音、浅表性萎缩性胃炎、肾小球肾炎、植物神经紊乱、腱鞘炎、腰椎增生、脚骨刺、风湿关节炎，还有妇科病我就不念了……

这么多毛病啊！王莹手里紧紧攥着毛巾说，大夫说没有生命危险吧？

主治大夫说一台机器不能单纯依靠大修，日常维护保养更重要。你妈妈好比一台既不维护也不保养的机器，应当大修了也不大修，年久失修很难恢复。王金炳脱鞋扒袜把双脚泡进热水盆里说，大夫建议转入工人疗养院，一边治一边养，争取早日恢复劳动能力。

我妈都丧失劳动能力啦？王莹瞪大眼睛说，她要知道自己丧失劳动能力了还不急死！

添病如山倒，去病如抽丝。人病了就得听大夫的。王金炳接过毛巾擦干双脚。

王莹猫腰端起水盆突然问道，爸爸，我妈说白瀛瀛的父亲叫白小林，他是干什么的？

王金炳趿拉着两只布鞋说，白小林的父亲白鸣岐是华昌机器厂资本家，白小林从日本留学回国，从东洋纱厂到中纺五厂到国棉十九厂，三朝元老。他是技术科资料员，有时下放锅炉拉煤，有时抽到局里当翻译，挺不稳定的。

哦。王莹放下水盆计算着说，白瀛瀛的爷爷白鸣岐是资本家，白瀛瀛的父亲白小林留学日本，这么说她出身不好啊。爸爸，白瀛瀛追求我哥呢，她一星期给我哥写三封信。去年我哥照片登在《中国青年报》上，她一口气买了五十份报纸四处散发，花了两块钱呢！我哥立志做一个社会主义新农民，白瀛瀛这是拉我哥后腿破坏我哥形象。

王金炳眉头紧锁说，灵莹，这事儿你妈妈知道吗？

知道啊。我妈反倒说我小心眼儿。我爱护我哥成了小心眼儿，您说我冤不冤啊。王莹眼含泪水大声控诉着。

父亲叹气，劝慰女儿回屋睡觉。他穿过厨房来到阳台，独自望着茫茫夜色。

我离开白鸣岐多少年，好像总有一个纠缠不清的线团儿，拉拉扯扯的；牟棉花跟白小林之间呢，你欠我一根脚趾，我欠你一只眼珠儿，成了一对说不清道不明的冤家；现在白瀛瀛又鳔上王援朝，这真是三代人一本账啊。

迎着夜色思绪翻滚，王金炳看到东方泛白露出几丝曙色。他呼吸着经过夜色过滤的新鲜空气终于明白了，不是这个世界太小，这个世界原本就不大。

天色大亮。一夜未睡的王金炳走出家门上班去。一个女学生骑着自行车驮着铺盖卷，迎面驶来。她梳着两只"小刷子"，一张团团脸，圆溜溜的眼睛，翘鼻子小嘴儿，小巧玲珑的样子。

王金炳一路走去，没有看到她就是美术学院附属中学女生白瀛瀛，也就不知道她此行前往金水村安家落户了。在这座城市里，白瀛瀛是继邢燕子和侯隽之后涌现出来又一位自觉自愿落户农村的女知识青年。

一路骑行，临近中午白瀛瀛大汗淋漓地推着自行车走进金水村大队部，抬头看到这里成了"四清工作队"驻地。工作队一位老大姐询问了她的来意。白瀛瀛主动向她汇报了家庭情况，说爷爷是旧社会资本家，父亲曾经在日本留学，如今是国棉十九厂的职员。

四清工作队老大姐说，家庭出身自己不能选择，人生道路自己能够选择，你今天的行为说明你接受思想改造的决心和信心，今后看你的表现啦。

村支书听说来了一个安家落户的女学生，派人去叫王援朝。王援朝带领几个年轻人在村边积肥，闻讯沾着两脚粪土跑来。白瀛瀛一眼看见王援朝，满面绯红低下头去。王援朝一眼看见白瀛瀛，惊得一时语塞。这一男一女的表情，村支书看得明明白白，哈哈笑了。

欢迎欢迎。这位女学生你暂时住在周寡妇家里。收你不收你，我要跟四清工作队研究一下。

傍晚时分，为了表示落户农村做社会主义新农民的决心，白瀛瀛调兑颜料抄起画笔在大队部墙上绘出一幅水彩画。画面左边是一座座棉花山，右边是一座座米粮仓，中间两个学生模样的年轻人，男的一手握着钢笔一手扛着锄头，女的一手拿着镰刀一手拿着《活页文选》。这幅宣传画下方写着一行大字：永远做社会主义新农民！

很快，白瀛瀛自愿去郊区金水村安家落户的消息传到工人医院，躺在三楼五号高干病房里的特等劳动模范牟棉花听罢，咯咯咯笑得流出眼泪。

我儿子王援朝不愧是革命军人后代，把白瀛瀛带到农村安家落户去了！白小林啊白小林，当初你不是崇拜日本吗？如今你女儿崇拜我儿子！

晚间时分，"工业战线红管家"王金炳拎着高腰提梁饭盒送鸡汤来了。牟棉花蓦然想起这只高腰提梁饭盒是铁路工人勾华东的遗物。勾华东死于抗美援朝战场谷香死于难产，这只具有纪念意义的铁路工人饭盒随同没出满月的王援朝来到牟棉花身边。睹物思人不禁伤感，牟棉花面对丈夫送来的鸡汤，没了胃口。

王金炳汇报说，一听说白瀛瀛去了金水村，灵莹急了，也闹着去安家落户。

我看灵莹魔怔了！牟棉花一拍大腿说，咱们工人之家都去当农民，以后谁接班呢？再说白瀛瀛的妈妈回日本了，她出身不好没有前途所以追着咱家大朝不放。灵莹出身劳模家庭前途光明，她整天跟白瀛瀛较什么劲，真丢人。

你也不要把人家白瀛瀛说得没有前途。王金炳捧着一碗鸡汤说。

牟棉花接过鸡汤得意扬扬说，白瀛瀛只有跟了咱家大朝，她才有光明前途！

王金炳据理力争说，白瀛瀛要是去日本找她妈妈呢？

牟棉花喝了一口鸡汤说，那算叛国投敌吧？

小护士走进病房从"棉纺战线一面旗帜"的腋下取走体温计，"工业战线红管家"追问了一句。小护士说三十七度三，走了。

这汤——公鸡母鸡？牟棉花呷了一小口鸡汤，低声询问具体内容。

公鸡。"工业战线红管家"慢条斯理汇报说，一个老中医告诉我，这种季节男人喝鸡汤煮老母鸡，女人喝鸡汤煮大公鸡。所以我让设子去黑市买了一只大公鸡，白色的。那两只鸡爪子傻凤给啃了。

高干病房窗台上，那只花瓶里插着无名氏送来的第二束鲜花——依然是洁白的百合花。王金炳心里说，这玩意儿既不解饱也不解渴，聋子耳朵——摆设。

第二天，牟棉花从工人医院高干病房转入市工人疗养院，住进丙楼单人房间，开始了漫长的疗养院生活。

9. 理智与情感

　　王莹下定决心追随哥哥去农村安家落户，心儿飞到金水村。她照着镜子悄悄对自己说，不是我不爱这个家庭了，是我更爱哥哥。我要追随哥哥去建设社会主义新农村，去做社会主义新农民。

　　星期六晚上，哼唱着《共青团员之歌》，王莹坐在灯下给傻凤缝补书包。妈妈住进工人疗养院，爸爸在厂里加班，弟弟妹妹都睡了。她悄悄收拾行装，包括写满六册的日记本和哥哥留给她的长篇小说《牛虻》和《斯巴达克斯》，还有《简·爱》。在此之前，她不动声色做好各项准备，还写了一首"离家诗"："父亲是从黄土地里走出来的，他用汗水湿润了这座城市，我是在这座城市出生的，我要用汗水灌溉父亲的黄土地，盛开丰收之花。"

　　她给爸爸留了一封信，说这个月油票花了，剩下的肥皂票、豆腐票以及鸡蛋票放在抽屉里，当心过期作废。她还告诉爸爸这月水费交了，电费没交。我每月替四楼张奶奶去买治疗老年瘙痒症的草药，这个任务交给设子。

　　写完这封信，她哭了。我为什么不留恋这个家庭呢？原因非常简单——我要阻止白瀛瀛得到大朝哥哥。

　　星期日清晨，爸爸加班没回家。王莹悄悄起床。洗了脸漱了口，还搽了雪花膏。平时她不喜欢打扮。今天为什么特意搽了雪花膏？她说不清楚。

　　弟弟王建设睡着，妹妹王凤也睡着，一切都在预计之中。溜进厨房，王莹悄悄吃了一块发糕。这种以玉米面为主以白面为辅颜色浅黄的蒸食，咬着很暄。

　　之后喝了一杯白开水，她将平时省吃俭用积攒的私房钱掖在贴身地方，总共三元五角八分。她穿了一身洗得泛白的"学生蓝"，拎起行李轻手轻脚走出家门。雪花膏特有的味道散发在空气里，为周围留下余香。

走出"劳模楼"，绕过容易遇到熟人的地方，一路疾走来到人民公园终点站，她心情紧张地踏上郊区三路公共汽车，抱着行李坐在前排。她一眼认出售票员是市级劳动模范田绍珍，便心怀崇敬地买了汽车票。田绍珍笑着说后排小姑娘的票也由你买吧？

王莹扭身回头看见王凤手里拿着一块发糕坐在后排。天啊！她抱着行李挪到后排压住火气小声质问妹妹，傻凤！你怎么跑这儿来啦！盯我梢儿啊？

满眼眵目糊的王凤咬了一口发糕说，我看出你要去金水村，一出家门就绕到前头上了汽车等着你。傻凤实话实说。

秘密谋划多日的行动居然被妹妹识破，王莹恼羞成怒。傻凤摆摆手说姐姐别生气我就想送你去金水村。

王莹转念一想，放缓语气问道，傻凤，你特别希望我去农村安家落户吧？

对！我特别希望你去农村安家落户，你走了我考试不及格就没人让我罚站啦。

王莹伸手刮了刮妹妹的鼻尖儿说，叫你傻凤，你一点儿不傻！

她知道妹妹是自己的尾巴，要想甩掉除非拿刀割了，只得掏钱补了一张车票。公共汽车开动起来。咽下最后一口发糕王凤身子一歪倒在姐姐怀里睡着了。

一路坑坑洼洼的公路，郊区三路公共汽车到达邓家店车站。王莹抱着行李拖着妹妹，下了车。她回头对售票员田绍珍说，我看过劳模光荣榜，你长得比照片好看！

春风迎面吹拂。十二华里土路走出二里王凤停下了，说脚疼。王莹说傻凤你不是发誓长大要做劳动模范吗？这么娇气。

王凤受到姐姐挖苦式的激励，只得起身继续赶路。走出三四里路后面来了一辆拉酒糟的马车。赶马车的把式大声询问她们搭不搭车。王莹看到马车上坐着一个衣冠楚楚的中年男人，便摆手谢绝了。

王凤急得一蹦老高，说姐姐你怎么不搭车呢，说罢小狗儿似的爬上马车，向王莹挥手说，姐姐我在村里等你啦。

这是我妹妹傻凤？她长了毛儿比猴还灵呢！王莹望着远去的马车苦笑了。

走近金水村头，看到一座秫秸扎的牌楼立在村口，上面的横幅标语是"艰苦奋斗建设社会主义新农村"。一个本村小伙子迎上前来接过王莹的行李说村支书派我来接你。王莹知道这是王凤报告的消息，跟随小伙子走进村子。

　　一条土路引向大队部，沿途有土房也有砖房，参差不齐。一家铁匠铺传出叮叮当当的锻打声，清脆而亲切。王莹觉得金水村比自己想象的规模要大。本村小伙子回头告诉她，白瀛瀛的父亲也来了。

　　白小林啊！王莹脑海里闪过这个名字。竟然在这里相遇，太巧了。

　　走进大队部，首先迎将出来的村支书。王莹在母亲的高干病房里见过这位农村干部，当头叫了一声大伯。四清工作队老大姐走上前来拉着王莹的手说，家里不放心派你们来看望哥哥呀。

　　不，我也是来安家落户的。王莹当即说明来意，从本村小伙子手里接过行李紧紧抱在怀里。

　　你也来安家落户？村支书愣愣看着王莹。王凤嘴里嚼着东西跑过来大声说，姐姐我吃的甜瓜是白瀛瀛给的！

　　谁给你东西你都吃，真没出息！王莹气得拧了拧妹妹耳朵。王凤咧了咧嘴角，继续咀嚼着嘴里残存的甜瓜。

　　在王凤的咀嚼声里，美院附中女学生白瀛瀛走进大队部。这姑娘跟王莹一样穿了一身洗得泛白的"学生蓝"，脚上却是一双崭新的白球鞋——这说明她来自一个生活富裕的家庭。

　　村支书指着白瀛瀛说，你长得瘦小单薄，这体格根本干不了农活儿。你安家的问题还没解决，王莹又来落户啦！

　　白瀛瀛低头辩解说，我有劲儿，我驮着行李骑了好几十里地。再说，我爸爸也同意我来农村安家落户……

　　村支书张开双臂轰鸡似的说，晌午了晌午了，先吃饭吧先吃饭吧。

　　吃饭的地方在村支书家里。一张矮脚饭桌摆在院子中央。一箩筐热气腾腾的玉米面饼子，一盆咸菜熬小鱼儿，真正的农家风味扑面而来。白瀛瀛坐在王莹对面。王凤坐在姐姐身旁，满怀羡慕地说白瀛瀛的白球鞋真好看啊。

　　王莹压低声音满脸微笑地对妹妹说，傻凤你给我闭嘴！

　　村支书亲手端来一盆玉米粥，说庄户人家的饭菜你们趁热吃吧。王凤立即抓起一块玉米面饼子，使劲儿咬了一口。

　　四清工作队老大姐也来吃饭了，坐在白瀛瀛身旁。王莹抬头望着村支书说，我哥哥呢?

村支书乐乐呵呵说,你哥哥下地干活儿,我派人去东开洼叫了,一会儿就回来啦。

四清工作队老大姐说,王莹啊,我知道你母亲是"棉纺战线一面旗帜",你父亲是"工业战线红管家",你爸你妈都是著名劳动模范。你应当接他们的班做社会主义新工人啊。

王莹冲着对方笑了笑,目光转向白瀛瀛发问道,你爸爸呢?你爸爸怎么不来吃饭呢?

他……白瀛瀛环视着左右,好像无法回答这个问题。

村支书对白瀛瀛说,噢,咱村有一台老世辈子的电滚子,一直没人认识洋文,荒了多年不会修理。你爸爸说那是日本金山株式会社产品,一个人正在农具仓库里翻译呢。

王莹稳操胜券地笑了,挺起胸脯大声说,你们知道白瀛瀛为什么长得瘦小单薄吗?因为她妈妈是日本人!

什么?四清工作队老大姐吃惊不小,白瀛瀛原来你有这种家庭背景啊!

我……白瀛瀛慌不择辞,满脸通红说不出话来。

王莹故作惊诧说,白瀛瀛你没把家庭背景跟四清工作队说清楚?这是不可以隐瞒的呀!

村支书蹲在矮脚饭桌旁边小声问道,白瀛瀛你妈妈真是日本人啊?

白瀛瀛双手捂脸轻轻哭泣起来。我妈妈是战争遗孤,回日本定居了……

王援朝手里提着一把铁锹跑进院子里,一眼看见白瀛瀛哭泣,当时愣住了。

哥哥!王莹起身,目光炽热地注视着王援朝。王凤伸出筷子夹了一条小鱼儿放进嘴里,含混不清地叫了一声哥哥。

你们怎么跑来啦?王援朝放下铁锹转向村支书问道,白瀛瀛哭什么呀?

四清工作队老大姐扯了扯王援朝的袖口说,你还是先吃饭吧。

王援朝顺势坐在白瀛瀛身旁,伸手拿起一块玉米饼子。王凤大声说,哥哥,你饭前不洗手!

村支书和工作队的四清老大姐同时笑了起来。

王莹注视着面孔晒得黢黑的哥哥,心头一阵伤感。哥哥怎么变成这样啦,脏乎乎的大手抄起饼子就吃,而且一直盯着白瀛瀛好像看不够似的。

　　村支书家的院子里，空气变得复杂起来。四清工作队老大姐起身离开饭桌走到院外，思考着如何对待白瀛瀛海外关系的问题。村支书起身跑到农具仓库去叫白小林来吃饭。王援朝看看白瀛瀛又看看王莹，跑进屋里洗手去了。

　　饭桌上只剩下三个女孩子。

　　白瀛瀛停止抽泣抬头对王莹说，我没有得罪你，为什么跟我过不去呢？我只想做一个社会主义新农民。我求你不要破坏我的事情好吗？

　　我没有破坏你的事情，我如实向组织反映你的家庭情况就是跟你过不去吗？王莹不急不躁说，你说你只想做一个社会主义新农民，我看你是来拉我哥哥后腿的，早恋！

　　我没有拉你哥哥后腿。性格软弱的白瀛瀛低声细语说，王莹，我只想做一个社会主义新农民，摆脱家庭出身海外关系给我带来的阴影……

　　看到双方出现对峙局面，王凤伸长脖子凑到王莹耳畔小声说，姐姐我跟你是一伙的。

　　沉默着。笸箩里的玉米饼子渐渐没了热气。盆里咸菜熬小鱼儿也渐渐凉了。

　　村支书引着一个人走进院子，是白瀛瀛的父亲白小林。王莹认出他是搭乘马车进村的中年男子。白小林头发乌黑，脸上戴着墨色眼镜，不高不矮不胖不瘦，上身穿着深蓝色夹克衫，敞怀露着白色衬衣，下身是浅驼色西裤，一双三接头式黑色皮鞋擦得锃光瓦亮。

　　白小林挨着自己女儿坐下，向着王莹王凤姊妹点头致意，表示友好。

　　王援朝介绍说，这是我的大妹妹王莹，这是我小妹妹王凤。

　　是吗？白小林隔着墨镜投来意外的目光说，王莹长得不太像你母亲……

　　王莹对视说道，白瀛瀛长得却很像你，这就是家庭烙印啊。

　　四清工作队老大姐回到饭桌前，颇为用心地看了看白小林又看了看白瀛瀛说，这真是家庭烙印，你们父女确实很像的。

　　王莹得胜地笑了。白瀛瀛望着王莹。这眼光里包含着哀怨，也包含着无奈，更包含着乞求休战的期待。

　　围桌而坐吃了顿沉闷的午饭。撂下筷子，四清工作队老大姐约请白氏父女去大队部谈话。院子里安静了。王援朝一副兄长做派，一边踱步一边批评王莹。

　　灵莹，我来金水村安家落户是要做一个社会主义新农民。你跑来干什么？谁都知道咱们是劳模家庭。你小小年纪就挑起家庭主妇的担子，成为全家离不开的人物。你走了全家瘫痪，爸爸的劳模当不好，妈妈的劳模也当不下去。弟弟妹妹更是没人照管。你就忍心放弃自己对这个家庭的责任？

王凤突然大声说，哥哥，你走来走去说话就跟电影里的列宁一样！

王莹忍不住扑哧一声笑了，眼睛里闪动着泪花。哥哥，你要求我承担这个家庭的责任，你们谁对这个家庭承担了责任呢？我从小学三年级脖子挂着一串钥匙，放学回家走进厨房，淘米洗菜生火做饭，星期天一盆一盆地给弟弟妹妹洗衣裳。我尽了妈妈没尽的家庭责任，我尽了爸爸没尽的家庭责任。升入初中你住校了，我更尽了你没尽的家庭责任。今天我选择自己的生活道路，你反而批评我放弃家庭责任！哥哥你是男子汉，你什么时候为我着想呢？

我……王援朝被迫停住脚步，哑口无言活像一座雕像。

村支书蹲在一旁吧嗒吧嗒抽着烟袋，缓缓起身说，清官难断家务事。我掺和几句吧。王莹我问你，你是因为家庭负担太重才跑到这里安家落户吗？

不是。我从小承担家务劳动，从来不懂逃避。王莹态度鲜明地说，我就想跟我哥哥在一起，一起成为社会主义新农民。

那你哥哥如今要是在煤矿里挖煤呢？村支书抽了一口旱烟问道。

王莹斩钉截铁回答道，我就跟哥哥一起成为社会主义新矿工。

我明白了，你是无论如何要跟你哥哥在一起。可是我告诉你，你哥哥将来必然成家立业，你将来必然出嫁结婚，你这辈子不能总跟哥哥在一起吧？

你怎么知道我将来必然出嫁结婚？王莹孤傲地笑了。大伯您是村支书，我跟您表明立场吧，只要你们收留白瀛瀛，你们就必须收留我！

王援朝终于说了话，灵莹！你这是无理取闹啊。

我没有无理取闹。王莹转脸对村支书说，我在半工半读技术学校学的钳工专业，我有技术。我来金水村安家落户能够发挥一技之长的。

王援朝诚恳地说，灵莹，你的最大特长是组织能力。我相信你将来能够领导万把人的队伍！因为你从小锻炼了这种本领。

王莹一时无法接受如此高的评价，颇为吃惊地注视着王援朝。哥哥，我就要跟你在一起做社会主义新农民！

村支书发话了。好吧，吃饱了喝足了，咱们现在去找四清工作队，看看怎么解决王莹和白瀛瀛的安家落户问题。

王凤拍手赞成说，好啊，我就喜欢看你们吵嘴！我就喜欢看你们吵嘴！

一行人来到大队部。四清工作队老大姐开诚布公说，如今提倡知识青年回乡参加劳动与广大贫下中农相结合，我们应当积极支持。但是白瀛瀛和王莹属于在校学生，事情就不好办了。这几天我们暂时收留了白瀛瀛。今天王莹又来了。我们认为首先要经过家长同意……

王凤当即举手表态说，我同意！我同意我姐姐来这里安家落户！

四清工作队老大姐觉得这丫头傻得可爱，就说你现在还没有公民权，你说话是不算数的。

白小林微微躬身说，我是白瀛瀛的家长，我女儿自觉自愿来到金水村安家落户做一个社会主义新农民，我举双手赞成。我今天就是来给她送生活用具的。

说罢，白小林往鼻梁上推了推下滑的墨镜，谦恭有礼确实很像一个日本人。

村支书随即问道，王莹，你父母同意你来我们金水村安家落户吗？

王援朝轻轻咳了一声说，王莹不会撒谎，我替她回答这个问题，我父母是不会同意她离开家庭的……

王莹说话了。豫剧《朝阳沟》里银环妈思想落后反对女儿去农村，银环照样去了。我是半工半读技术学校的学生，完全可以决定自己的选择。只要你们收留白瀛瀛，就必须收留我！

对，你们必须收留我姐姐！王凤叫唤起来，好像一只汪汪咬人的小花狗儿。

村支书看着王援朝，四清工作队老大姐也看着王援朝。三人同时叹了一口气。

王莹面色惨白地说，我再说一遍，只要你们收留了白瀛瀛，就不能剥夺我做一个社会主义新农民的权利！

王援朝觉得妹妹思想坚定思路清晰表达明确，确实很有前途。

四清工作队老大姐当机立断说，这样吧，既然关系到兴无灭资移风易俗的革命原则，我们晚晌召开党支部紧急扩大会议做出最后决定。

村支书连忙说，援朝你是预备党员，党支部紧急扩大会议你也参加吧。

身材高挑肩膀宽阔的王援朝与文弱娇小面孔苍白的白瀛瀛一前一后走出大队部。此时金水村笼罩在傍晚炊烟里，家家户户飘出玉米粥的香味。度过三年难关，农村渐渐摆脱了粮食匮乏困扰。庄户人家依然保留着勒紧裤带的生活习惯，晚饭以稀食为主，玉米粥便唱了主角。

站在村头。绿油油的田野被即将落山的夕阳镀了一层含蓄的金黄。美院附中学生白瀛瀛被这种城市里难以见到的美景感动了，伫立小河畔。

你看过车尔尼雪夫斯基的《怎么办》吗？王援朝小声问道。

白瀛瀛摇摇头说，我只知道车尔尼雪夫斯基的名言"美是生活"。

我给你讲一讲《怎么办》里主人公的故事吧。王援朝音色雄浑地说，拉赫梅托夫贵族出身，却是一个充满理想的俄国青年。他为了考验自己的革命意志，竟然躺在一张钉满了钉子的毡子上睡觉，扎得浑身鲜血淋淋。为了远大理想和事业，他成为一个生活俭朴而体贴百姓的人。后来他还断然拒绝了一个年轻漂亮寡妇的爱情……

白瀛瀛听着王援朝的激情讲述，目光火热地注视着自己心爱的人。

还有一个人物叫罗普霍夫。他发誓献身革命事业，得知革命同志吉尔沙诺夫深深爱着自己的女友薇拉，便悄悄制造一个自杀现场。让女友以为心爱的人死了。薇拉与吉尔沙诺夫结合了，罗普霍夫则远走国外。

你给我讲这个故事想说明什么呢？白瀛瀛品味着充满革命激情的爱情悲剧，愈发困惑不解。

我觉得无论拉赫梅托夫还是罗普霍夫都是我学习的榜样。至于薇拉，后来她开了两间缝纫工厂，生活也很幸福。王援朝充满崇敬地说着。

援朝，我不明白你意思……

我的意思是说我们应当把革命事业放在首位。譬如拉赫梅托夫，他的钢铁意志我要用一生时光去磨炼啊。

我来到农村跟你一起磨炼革命意志，你不欢迎吗？

我欢迎不欢迎，只是我个人态度，我们应当服从组织决定。晚晌召开支部紧急扩大会议，你耐心等待最后结论吧。

白瀛瀛眼泪汪汪说，要是没有王莹突然出现，我安家落户也不会遇到这么大麻烦。你妹妹好像把我当作敌人对待，我心里特别害怕她……

王援朝笑了。瀛瀛你不要害怕，到时候我会保护你的。

谢谢你！白瀛瀛破涕为笑——夕阳照耀下满脸金灿灿的表情。

咱们回去吧。我要去大队部开会了。说着，王援朝雄赳赳走在前面。白瀛瀛跟在后面柔声细语说，援朝，你走路的样子很像一个军人。

是啊，很多人不了解情况都以为我是部队子弟，可我百分之百工人家庭出身。

王凤返回大队部向姐姐通风报信，说大朝哥哥跟白瀛瀛出村谈恋爱了。王莹神色严肃，没吱声。她看到大队部院里蹲着一口水缸，伸手拉住妹妹说，闲着也是闲着，我给你洗洗头吧！说着去找肥皂和毛巾了。

王援朝回到大队部，瞅见王莹把傻凤的脑袋按在水盆里洗着。那种名叫"猪胰子"的肥皂泛起的泡沫包裹着小学三年级学生的脑袋，一团团一簇簇，仿佛一座袖珍雪山。看到王莹这种充分利用空闲时间的只争朝夕精神，哥哥心里感慨不已。泼辣勤快灵活实干，这就是王莹的一贯风格——无论走到哪里也不会发生丝毫改变的。

是啊，当年王莹在厨房里说了一声"哥哥我爱你"，我就批评她小资产阶级情调。她哭着反驳我说妹妹爱哥哥无可厚非。我知道她非常爱我，我是哥哥她是妹妹，这种情感只能是兄妹情感。与多愁善感的白瀛瀛相比，王莹性格坚忍作风顽强，很少感情用事。她到金水村安家落户绝不是心血来潮。

村支部紧急扩大会议总共九人参加，包括老铁匠、大队饲养员、军属嫂子，还有老贫农赵大爷。是否接收两位女学生安家落户的争论，持续了半个钟头。渐渐统一认识并且做出决议，一个也不收。如果她们坚决要求做社会主义新农民，只能等到毕业之后了。

预备党员王援朝举手表态说，我服从支部紧急扩大会议的决定。他的声音充满了发自肺腑的响亮。

散会了，点亮大队部院里的电灯。村支书板着面孔宣布支部紧急扩大会议的决定，既不拖泥也不带水——无论是白瀛瀛还是王莹，金水村一个不留。

啊！白瀛瀛与王莹，一时谁也说不出话来。她们像两只受伤的小动物，你看我，我看你，然后一起看着村支书。

为什么呢？王莹率先发问。村支书露出笑容说，我说得明明白白，你怎么还问为什么呢。干脆你找一本《十万个为什么》回家看去吧。

我的情况跟王莹不一样，我来了好几天，你们也收留了我，怎么又变卦呢？我不走，我已经是金水村的人了。美院附中学生白瀛瀛细声细语申诉着，那样子好像比窦娥还冤枉。

你们谁也不要喊冤，支部紧急扩大会议决定两个女学生一个不留。现在去吃饭，村里给你们包饺子！今儿在村里睡一宿，明儿一睁眼村里派一辆骡车送你们回家。

王莹认为，这是一场没有胜利者也没有失败者的平局，不言语了。

在大队部里吃晚饭。黑面饺子，没肉。灯光照耀下，王莹低头吃着，同时瞟着白瀛瀛。白瀛瀛无意之间与王莹对视，苦笑了。

吃完晚饭，王莹和王凤跟随四清工作队老大姐去了临时住处。王凤拢着半湿的头发问道，白瀛瀛怎么不跟我们住在一起啊？

你多嘴！王莹低头制止着妹妹，笑着跟工作队老大姐道了晚安。

村支书打着手电筒领着白小林去王援朝屋里睡觉。王援朝住房是一条大炕。平时做饭烧灶，只有炕头热乎。王援朝将村里送来的被褥铺在炕头，自己睡在炕尾。村支书说了声你们休息吧，转身走了。

屋里掌着一盏油灯，炕沿上放着一本打开的书——《绞刑架下的报告》。

没电啊？白小林脱下深蓝色夹克衫露出白色衬衣，小声问道。

今天赶上停电。只好点着油灯看书了。王援朝进一步解释说，四周郊区村庄都通了电，大队部里有广播喇叭，还有电话。我觉得城乡差别正在一步步缩小，广阔天地真的大有作为。

我们休息吧。白小林往鼻梁上推了推下滑的墨镜，试探说。

王援朝起身从柜子上拿出牙缸子和毛巾，去院里洗脸漱口。白小林从提包里取出洗漱用具，跟随主人来到漆黑的院里。看来王援朝依然保持着城市学生的卫生习惯，晚间刷牙。

院里有一口水井。黑暗里王援朝熟练地摇着辘轳汲了一桶水，从桶里舀水刷牙。白小林模仿着，把一口牙齿刷得山响。王援朝刷了牙，蹲在水桶前面双手捧水洗脸，说这样节省一个脸盆。白小林问冬天呢。王援朝说冬天照常这样。白小林想说日本陆军学校就是这样训练士官生的，没敢说。

你夜晚也戴着墨镜，不黑吗？

不黑。习惯了。比如养成晚间刷牙的习惯，不刷牙就睡不着觉。无论什么事情，总会养成习惯的。

回屋上炕睡觉，熄了灯。黑暗里王援朝问白小林懂不懂俄语。白小林说只懂日语。王援朝说初中学了两年俄语，手头有一本俄文原版《铁流》。白小林想说日本男作家小林多喜二，也想说日本女作家宫本百合子，都没敢说。

我知道你爸你妈都是著名劳动模范。你母亲还保持着全国织布挡车工接头速度第一吧？如果我没记错她一分钟接头突破五十大关了，神速。

你对我母亲熟悉吗？黑暗里王援朝的声音飘荡过来，沉降在白小林耳畔。他下意识地摘下墨镜放在枕边说，应当说比较熟悉，我也在国棉十九厂工作。

王援朝纵深询问道，我母亲生病住院是不是疲劳过度造成的？

沉默好似浓浓夜色，渐渐凝固在这间农村的土屋里。既然白小林默不作声，王援朝说了声对不起，便侧身去睡了。

终于响起白小林的声音，深沉而绵长。棉纺行业是劳力密集型作业，而且存在环境伤害，那就是噪声和棉尘。噪声影响人的神经系统，棉尘影响呼吸道和肺部。纺织女工如果超强度作业，过度疲劳在所难免。过度疲劳的最坏结果是过劳死。就说日本的挡车女工吧，她们都是穿着旱冰鞋穿梭往来的，好像一只只燕子。不过目前日本小岛家族正在研制射流织机，那是非常厉害的。

怎么厉害？王援朝很感兴趣。

白小林字斟句酌地说，以前啊，日本是把中国当作他们领土用战争方式加以占领的，今后呢，日本会把中国当作他们的市场用资本手段加以占领的。就说小岛家族吧，他们从来没有忘记当年东洋纱厂是日本产业……

我们是社会主义主权国家啊！王援朝吃惊地说，帝国主义任意欺侮我们的时代一去不复返了。你说小岛家族它只是一个家族而已，我们是拥有六亿五千万人口的中华人民共和国！你说将来日本资本会占领中国市场，我不敢苟同。

这是我个人的看法，你完全可以不同意。白小林说罢，不言语了。

半夜里，王援朝突然醒来了。他思忖着"半夜里我突然醒来"这句话的俄语怎么说，之后将目光投向炕头注视着黑暗里熟睡的白小林。这时候白小林轻轻说了两句梦话，不是汉语也不是俄语更不是英语，好像是日语。

王援朝无奈地笑了。说梦话也是日语，白小林都把自己研究成日本人了。

这时候有人轻轻叩击后窗。王援朝终于明白自己是被这种声音弄醒的。他起身凑近后窗低声问道，谁？

窗外一阵沉寂，之后轻轻响起白瀛瀛的声音。援朝，我只跟你说一句话，即使千难万险我也要跟你在一起。说罢，窗外的脚步声远去了。

唉，我何尝不喜欢你呢，这也是磨炼我的革命意志啊。王援朝叹了一口气，悄悄躺下了。

清晨起床。白小林随手戴上墨镜望着土炕不解地问道，王援朝你睡在炕席上不铺褥子啊？

你看过车尔尼雪夫斯基的《怎么办》吧，主人公拉赫梅托夫为了磨炼革命意志故意睡在钉满了钉子的毡子上。我跟他相比是小巫见大巫。说着，王援朝从板柜里找出一件白色线衣穿在身上——这是王莹拆了十九双劳保手套用课余时间给哥哥织成的，还在胸前用红线绣了"前进"二字。

沿着村道，王援朝引着白小林去村支书家。村里两个二流子蜷着身子蹲在墙根儿下晒太阳。看到白小林大戴着墨镜，一个二流子大声说，你是从城里面粉厂来的吧？

白小林停下脚步困惑不解地反问，您怎么认为我是城里面粉厂的呢？

另一个二流子嘿嘿笑着说，一看就知道！俺们村东头磨坊里的驴拉磨的时候也戴你那玩意儿……

白小林往鼻梁上推了推下滑的墨镜说，你这样比喻很不恰当！驴拉磨戴的是眼罩儿，我戴的是墨镜，这是两种完全不同的东西。说罢，就大步去追赶王援朝了。

两个二流子哈哈大笑。一个二流子说，还比喻不恰当？这城里人咋这么傻呢！

另一个二流子说，他兴许不是中国人，中国人没有这种戴墨镜的榆木脑袋。

王援朝走进村支书家的院子，满头大汗的王莹迎上前来兴奋地说，哥哥！我学会添柴火烧大灶贴饼子熬粥啦。

白瀛瀛袖手站在旁边，显然没有与农村生活打成一片。

吃罢早饭，一大群人聚在大队部门口，送行。广播站先播放了"戴花要戴大红花，骑马要骑千里马"，村支书说换一首。又播放了"我是公社小社员"，村支书笑着说播这首歌儿她们更不愿意走啦，干脆放一首歌颂工人阶级的让她们回城吧。

村里广播喇叭响了，放出一首歌颂钻井工人的歌曲："锦绣河山美如画，祖国建设跨骏马，我当个石油工人多荣耀啊，头戴铝盔走天涯！头顶天山鹅毛雪，脚踏戈壁大风沙……"

村支书对车把式大声说，这辆骡车拉三个人，有白瀛瀛的父亲，有王莹，有王凤，还有几件行李。

四清工作队老大姐从大队部里跑出来告诉王莹，柴油机厂打来电话说今天阿尔巴尼亚外宾参观，王金炳同志不能请假来接你们。你们知道阿尔巴尼亚吧？它是欧洲社会主义一盏明灯！

对，我爸爸肯定要给那一盏明灯表演一口清的绝活儿啦！王凤自豪地说。

王援朝一旁解释说，什么叫一口清绝活儿呢？就是偌大一座仓库无论你提问哪个零部件，我父亲都能一口气说出它的规格它的型号它的材质它的库存量以及具体存放位置。

村支书说，白瀛瀛你是骑自行车来的，还骑自行车回去吧。

王莹趁机走到白瀛瀛面前小声说，你没有留在这里，我也没有留在这里，咱们一比一打平了。

白瀛瀛推起自行车说，我不会跟你打成平局的，因为我从来不想跟你比赛！说罢，向送行人群挥手说了声再见，跨上自行车向着村西头骑驶而去。

好啊。村支书望着白瀛瀛出村的背影说，白瀛瀛思想通了！说着依次跟白小林和王莹握手道别，说欢迎你们常来金水村做客。

王援朝表情郑重地跟白小林握手，压低声音说，我认为今后日本的资本没有任何机会进入我们中国的。

车把式一甩鞭子，拉着客人们向着村口跑去了。

四清工作队老大姐朝着远去的骡车挥手致意，从衣兜儿里掏出一个白色信封递给王援朝说，白瀛瀛托我转给你一封信。

当场撕开信封，王援朝读着白瀛瀛的绝命书。

> 援朝：你给我讲过车尔尼雪夫斯基小说《怎么办》里的男主人公罗普霍夫，他为了告别爱情制造一个自杀假现场，投身革命去了。我不会制造自杀假现场的，我只会留给你一个自杀真现场——因为我发誓跟你在一起，所以我将自己的尸体留在金水村西那一口苦水井里……

啊！王援朝一声大叫，村西头菜园里有一口苦水井吧？白瀛瀛投井了……

四清工作队老大姐急忙问道，你怎么知道她投井啦？

这信里写得明明白白的！王援朝说着，朝村西菜园飞奔而去。他听村支书说过苦水井是"大跃进"那年凿的，当时就算放了一颗卫星。那井水苦得连牲口都不愿意喝。

　　冲出村口，远远看见井台旁边立着一辆自行车——这正是白瀛瀛的"飞鸽牌"。王援朝一路狂奔来到井前，看到井水动荡不定，猫腰抓住辘轳把的麻绳，顺着井壁降入井里。

　　瀛瀛！他喊叫一声。水很凉，双手抓着井筒，脚下触到一个绵软的物体。他一头扎向井水深处，屏住呼吸将白瀛瀛拖起，举出水面。这时井口传来村支书的声音，说这口水井淹不死人。

　　王援朝心头一喜，两脚撑住井壁两手攀住麻绳将白瀛瀛挂在汲水斗上。井口村支书亲手摇着辘轳，白瀛瀛的身体离开水面，缓缓升起了。

　　井口传来王莹的呼喊，哥哥！你一定坚持住啊……

　　水面齐胸，王援朝抬头望着愈升愈高的白瀛瀛，喘了一口气。只听嘭的一声闷响——麻绳断了。浑身湿透的白瀛瀛从空中落下，重重砸在王援朝头上。

　　王援朝缓缓沉下去。他挣扎着，企图举起双手托着白瀛瀛的身体。

　　村支书一看大事不好，疯了似的将井口辘轳掀翻，趴在井口大声呼喊着，我一定要把你们救上来！我一定要把你们救上来！

　　绳子断了，辘轳倒了，井筒又深又暗，人们束手无策。不知什么时候白小林冲上来。他弄来一根胳膊粗的竹竿将辘轳的铁钩儿拴在尖端，伸入井里。

　　白小林呼喊着女儿名字，一次次打捞着，好像有着使不完的气力。王莹跑来协助，被他的竹竿甩开了。只是一瞬之间，白小林迸发出惊人的力量，大喝一声将白瀛瀛从井里挑了上来——那场面就像从井里钓出一条大鱼。

　　白小林随手丢下竹竿，激动得五官变形脸孔扭曲，紧紧抱住湿漉漉的女儿，哇啦哇啦说着谁也听不懂的语言。

　　人们目击了一个世间罕见的父亲形象——极端亢奋的白小林情不自禁地讲出一大堆日语。

　　几个人抬起白瀛瀛，脑袋冲地两脚朝天，从肚子里往外控水。一股股浑水从她嘴里流了出来。王莹急了，从地上抄起那根竹竿大声说，还有我哥哥呢！还有我哥哥呢！

　　人们终于清醒了，涌到井台前。白小林抢过竹竿伸进井里，继续打捞着。

　　四清工作队老大姐哭着说，你能把你女儿钩上来，就能把王援朝钩上来！

　　王莹认为哥哥没救了，坐在辘轳旁边呜呜哭了起来。她看见几个人抬着白瀛瀛送往镇里卫生院，追过去大声说，你把我哥哥砸到井底，我饶不了你……

人们合力将王援朝从井里捞出来。王莹扑过去看到哥哥两眼紧闭脸色惨白，好像没了呼吸。她倏地冷静下来，想起在学校接受的急救训练，立即实施人工呼吸。她屈膝跪在哥哥面前，使劲儿掰开他紧咬的牙关，拉起他两条胳膊，一举一展一张一合地实施着战地紧急抢救。

哥哥你不能死，你死我也不活了。她一边做人工呼吸一边叫喊，疯了似的。

一辆驴车从村里赶来。人们将王援朝就近送往镇卫生院。王莹跳上驴车。驴车狭窄，胳膊施展不开，她索性嘴对嘴给哥哥做着人工呼吸。哥哥的嘴唇冰凉，使人想起青铜雕像。一呼一吸，一吸一呼，她竭尽全力挽留着哥哥的生命。

在镇卫生院打了强心针插上氧气管，一辆汽车载着生命垂危的王援朝前往城市铁路医院。王莹一路不停地做着人工呼吸。汗水湿透头发湿透衣裳湿透鞋袜，好像从水里打捞出来的不是哥哥而是她。

哥哥，我真的愿意替你去死。王莹站在城市铁路医院急救室门外祈祷着。

焦急的等待，煎熬着人们的心。从急救室里走出一位值班医生，他面无表情地问道，是谁一路不停给伤员做人工呼吸？

是我！王莹大步上前急声问道，我哥哥怎么样啦？值班医生意味深长地看着王莹说，幸亏有你这么一个妹妹，否则他没救啦。

王莹啊的一声尖叫跳了起来，一把抓住这位医生的手说，谢谢您！谢谢您啊！

请你不要激动。值班医生冷静地问道，你代表病人家属进来签字吧。

坐在医生办公室里，值班医生手持 X 光片子向王莹介绍病情。尽管从小学三年级开始操持家务，毕竟是孩子。如今挺身而出守护着哥哥的生命，王莹切实感到自己长大成人了。

走出医生办公室，王莹强作镇定告诉村支书，哥哥的颈椎受到严重损伤，即使积极治疗也要落下下肢瘫痪后遗症的。

啊！村支书失神落魄地说，咱们不能让援朝残疾啊！

王凤吓得哭了。王莹蹲下给妹妹擦眼泪说，妈妈身体不好住进疗养院了，咱哥的事儿不要让咱妈知道啊。

王凤使劲点头说，咱哥他死不了吧？

只要姐姐在，咱哥就死不了！咱哥要是残疾了，我伺候他一辈子！王莹握着拳头说道。

10. 母亲与女儿

　　工人疗养院是一座仿古园林式建筑，有假山有湖水，闹中取静，别有洞天。牟棉花从工人医院转到这里，与钢厂劳模孟繁奎、百货大楼纽扣柜台模范售货员赵秀玉、自来水公司抢修队"铁姑娘"朱依华三位劳动模范编为一组。她的任务是组织疗养员开展政治学习。

　　今天不是政治学习日，下午自由活动。牟棉花决定悄悄返回工厂，以实际行动证明自己能够重返生产第一线。吃过午饭，楼道里静悄悄。她躲在房间里脱掉疗养院的疗养员服，改成日常装束：一件蓝底白花儿的布褂子，一条灰色布裤子，一双偏带坡跟黑布鞋。这一身外出散步的打扮，不会引起别人注意的。

　　自从进了工人疗养院，时间咣当一下松弛下来。除了一星期的三次政治学习，便是保健治疗和健康讲座，学打太极拳什么的。从一天八小时的紧张忙碌变成一日三餐的休闲疗养，特等劳动模范牟棉花很不适应。有时半夜翻身醒来立即光脚下床，以为上班迟到了，闹了几次笑话。

　　牟棉花认为，紧张的工作能够使人产生强大的抗病能力。一旦清闲下来便不行了，食欲不振、大便干燥、神经衰弱、月经不调……清闲，是"母"毛病，很快生出一堆小毛病。

　　因此，她决定悄悄返回车间一试身手，证明自己照旧是"棉纺战线一面旗帜"，证明自己照旧保持着全国接头冠军的称号，证明今天的牟棉花照旧是昨天的牟棉花。

　　一身家常装束的牟棉花走出工人疗养院侧门，没有引起门卫注意。十二路公共汽车来了。牟棉花一阵心跳上了车。她知道这叫心悸。工人疗养院保健医生建议服用柏子养心丹。吃了十多盒，不见好。上了汽车坐在前排渐渐定住心神。

到站下车，她看见国棉十九厂大门口形成人流，心头热乎乎的。正是中班工人进厂高峰时间。牟棉花快步走进滚滚人流，不禁兴奋起来。是鱼，就得在水里；是猴，就得在山上；是牟棉花，就得在棉纺厂。这样想着，她笑了。一种小鸟归巢的感觉，油然而生。

走进织布车间更衣室，她打开离别多日的更衣箱，看到自己的套袖、工作帽、平底胶鞋，心头一阵激动——扑扑腾腾好像怀里揣了一只小兔子。拿起那件印有"国棉十九厂"字样的围裙系在腰间，走进织布车间。

正好下午两点钟。这符合她多年习惯，中班，两点半钟接班她总是两点钟到场，这是特等劳动模范的表率作用。织布车间景物依旧，噪音隆隆取缔了纺织女工的耳朵，她们眼睛却明亮起来。姊妹们看到牟棉花突然出现，一排排织机前响起惊喜的尖叫，这一声声尖叫淹没在噪音海洋里，上演一场无声电影。

牟棉花系上围裙走到织机前面，心儿疾跳仿佛见到久别的亲眷。上早班的小侯扑上来拥抱她说，牟姐姐你可回来了想死我们啦。

又白又胖的支班长跑来，她拉着牟棉花的手泪花滚滚。震耳欲聋的噪声里牟棉花跟支班长大声交谈着，俩人吼来吼去。她告诉支班长，今天回厂跟班作业就想证明自己能够重返生产第一线，不用疗养了。

早班交班，中班接班。小侯下班走了，中班接替小侯织机的是纺织技校毕业的小刘。看着青春年少的小刘，她不由想起当年的自己。

小刘激动地说，牟师傅您是棉纺战线一面旗帜。我下班回家就给我爸我妈说，我今天跟特等劳动模范牟棉花一起看车，太荣幸啦！

不知为什么，牟棉花感到织机陌生了几分，浑身大汗湿透衣裳。只觉得动作迟缓，脑子想到的，眼神达不到，眼神达到的，手脚做不到，好像一台机器掉了链子，左右失去平衡，前后难以衔接。一着急，心跳加快了。

小刘熟练地接头，一捏一挑一结，动作一气呵成。牟棉花知道自己遇到了新一代的挑战。

不要着急，拳不练手生，曲不唱口生。她告诫自己，跟小刘打了招呼，走向车间角落厕所。以往上班时间中途不去厕所，一口气八小时。如今憋不住了。

走进厕所她想起医生说的话，工作时间故意不喝水故意憋尿，所以你患了肾小球肾炎。

一个戴着大口罩的女工走进女厕所，抄起扫帚叫了一声牟姐姐，之后随手摘下大口罩——原来是"荔枝壳"。

你还在扫厕所呢？牟棉花突然觉得双眼发黑，脑袋嗡的一声大了，身体朝前扑去。"荔枝壳"一把将她抱在怀里大声喊叫起来。救命啊！特等劳模死在我怀里，我吃罪不起啊……

牟棉花感觉自己好似一块大石头，朝着水底沉去。她隐约听到"荔枝壳"的呼喊，那声音很遥远，仿佛来自天外云端……

醒来时候，她睁眼看到徐贰芬站在病床前，不知这是什么地方。市总工会劳保部女工科科长徐贰芬同志又气又恼说，你又吓了我们一大跳！真是无组织无纪律，你以为自己还是当年东洋纱厂小女工啊？你现在是特等劳动模范，你现在是棉纺战线一面旗帜！你身体没有复原偷偷跑来上班，要是出了人身事故让我们怎么跟上级领导交代啊！

徐贰芬同志身后闪出王金炳。他小声告诉妻子这里是国棉十九厂保健站。牟棉花环视着双层玻璃窗终于想起，这里当年是东洋纱厂的急救所，我冻掉一根脚指头小伯役郝二黑背着我来这里搽了冻疮膏。

从晕倒到苏醒，牟棉花觉得经历了漫长时光，她注视着丈夫突然张口问道，孩子们都好吧？我惦记我保持了六年的接头纪录。

王金炳笑了。你那接头纪录早晚得被别人打破。你惦记有什么用？有人打破你的纪录是好事儿，说明长江后浪推前浪，革命自有后来人。

"荔枝壳"跑来看望说，牟姐姐保重身体吧，我还指望你给我说几句好话让我调回织布车间呢。

救护车将牟棉花拉回工人疗养院。人们一拨拨跑来慰问，送糕点送罐头送橘子汁。牟棉花成了大熊猫式人物，重点保护起来。

输液、打针、吃药、针灸、推拿、拔罐子，治疗与保健结合，心理疗法与物理疗法兼顾，还增加了水疗。一时间，牟棉花偷偷回厂上班传为美谈——充分体现了工人阶级轻伤不下火线的大无畏精神。

一位老中医开了药方，告诉她做好长期服药的思想准备。回到房间她翻了翻《活页文选》又感到一阵眩晕，只得侧身靠在床头，哼哼叽叽忍耐着。

　　我身体真的垮了？我今年虚岁三十七就抱着药罐子啊。她想起二十年前的东洋纱厂考工场。靳大姑要我低头猫腰撅屁股，伸出右手捏住了左边耳朵，猫腰撅腚从左往右转，一口气转了六圈儿。如今添了头晕目眩的毛病，英雄不话当年勇啊。

　　午餐时间，牟棉花精神怠倦食欲不振。度过三年困难时期，工人疗养院餐桌上见到鱼肉禽蛋，一日三餐为劳动模范们提供着营养。

　　疗养院吃饭四人一桌，一桌四菜一汤。牟棉花与赵秀玉和朱依华同桌吃饭，赵秀玉站柜台天生饭量小，朱依华在抢修队多年露天作业患了胃病。钢厂劳模孟繁奎饭量很大，三女一男科学搭配，达到了均衡饭量的目的。

　　进了饭厅坐在四号桌。赵秀玉说牟大姐你儿子真有出息啊。朱依华也夸赞着牟棉花的儿子，还说祝王援朝早日康复。

　　你们说什么呀？牟棉花好像顶了一脑袋泡沫，不解地问道。

　　孟繁奎翻开报纸说，小牟你教子有方，你儿子成了新闻人物上了报纸头版！

　　什么？牟棉花伸手夺过报纸，一眼看到头版头条位置一行大字标题："又一曲社会主义新人赞歌"，下面一行副标题是——"王援朝深井勇救落水女学生"。

　　这事儿我怎么不知道啊！牟棉花满脸疑惑站起身来，不知所措地离开餐桌走出饭厅大门。

　　突然得知儿子负伤住院的消息，做母亲的哪有不受刺激的。赵秀玉端起一盘冒着热气的饺子说，我给牟大姐送到房间里去，她心里有事儿一饿就虚脱啦。

　　咱们一起去！孟繁奎端起饺子走出饭厅，看见牟棉花摇摇晃晃倒在六角亭前。

　　孟繁奎大步赶上来说，小牟你说昏倒就昏倒，这成了磕头虫啦！

　　回到房间打吊针，牟棉花强打精神对护士长说，我想见见我女儿王莹……

　　第二天过午，第一半工半读技术学校女学生王莹顶着大太阳来了。她依然扎两只羊角小辫子，一身洗得泛白的"学生蓝"。经历了生活之火的淬炼，脸黑了人瘦了，长大成人了——从一块普通内涵的铁炼成一块特殊性格的钢。

　　是啊，谁也不会想到哥哥成了下肢瘫痪的残疾人。妈妈虚弱的身体承受不了强烈的刺激。王莹不知如何向母亲汇报哥哥病情，轻轻叩门走进母亲房间。

　　灵莹！牟棉花躺在床上唤着女儿乳名。王莹快步走到床前，佯装笑脸。自从哥哥出事她学会了假笑。

母亲看着女儿，女儿看着母亲。母女就这样对视着。牟棉花虚弱地笑了笑，伸出双手说妈妈想摸摸你的脸。

仿佛电流通过全身。王莹束手无策望着母亲。落生十五天，妈妈便中断母乳挡车去了。童年记忆里没有妈妈的亲吻没有妈妈的抚摸，只有幼儿园阿姨的面孔。她从小认为妈妈既不属于家庭也不属于自己，只属于工厂。

灵莹……牟棉花慢慢收回双手。女儿猛然醒悟，伸长脖子将脸蛋儿凑到妈妈面前。母亲伸出双手默默抚摸着女儿的脸颊。

任凭母亲抚摸着，王莹渐渐冷静了。您放心吧大朝受了轻伤，住几天医院就会好的。

牟棉花捧着女儿的脸蛋儿说，你现在还骗不了妈妈。你越说大朝受了轻伤，我越知道他受了重伤。报纸上说你哥哥救一个女学生，是吧？

女学生就是白瀛瀛。王莹终于说出一句实话。

哦。你给市总工会劳保部徐大姐打电话，请她派汽车拉我去医院看你哥哥！

徐贰芬乘坐一辆吉普车赶到工人疗养院。她走进房间笑着说，大家瞒着你还不是因为你身体虚弱嘛。反正瞒不住了，我陪你去医院看望大朝吧。

前往铁路医院。牟棉花与徐贰芬坐在吉普车后排。徐大姐，我特别重视自己保持全国接头冠军的纪录，这也是国棉十九厂的荣誉。你千万不要以为我身体垮了。我一定重返生产岗位的。

你不要想得太多，别人打破了你保持的接头纪录也抹杀不了你的贡献！你照样还是特等劳模，你照样还是棉纺战线一面旗帜。

坐在吉普车前排的王莹不由想起下肢瘫痪的哥哥。谁来照顾这位社会主义新农民一辈子？只有我了。我不光要照顾他这一辈子，我还要照顾他下一辈子！

走进铁路医院住院部，徐贰芬一把拉住牟棉花说，大朝跳进井里救白瀛瀛，没想到绳子断了白瀛瀛掉下来砸在他头上，伤了颈椎。现在下肢行动不便，不过医生努力争取让大朝重新站立起来，你一定要挺住啊！

我明白了。牟棉花镇定地向徐贰芬说，你要是相信我就让我自己进去看望大朝，你看我能不能挺住！

徐贰芬眯起眼睛想了想，转身对王莹说，你把妈妈送到哥哥病房门口就回来，咱们在楼道里等着。

王莹挽着母亲的胳膊走到哥哥病房门口。牟棉花扭脸看见女儿头发上沾了一丝草叶儿，伸手摘下来说，灵莹，妈妈挺得住。

牟棉花走进病房。徐贰芬跟王莹并排坐在楼道椅子上等待着。王莹低头摆弄着衣角说，徐阿姨您对我妈妈太好了，有了事情总是跑前跑后，我心里特别感激您。

徐贰芬侧身搂着王莹的肩膀说，你哪里知道，我跟你妈妈从一九四五年就认识。那时候你妈妈跟你这般年纪，比你还瘦，比你还矮，可胆子比谁都大。新中国成立前夜国民党组织别动队破坏中纺五厂变电站，你妈妈硬是躺在汽车轮子前面把敌人挡住啦！

是吗？我怎么没听妈妈说过呢！王莹一下兴奋了，心里却愈发觉得妈妈陌生起来。

你妈妈苦练挡车接头技术，没黑天没白天地练，手指甲都磨厚了，好像魔怔了。你妈妈还特别谦虚，明明她创造了"牟棉花接头法"却不让报社记者宣传，她说那算不上什么。

王莹愈听愈陌生，好像徐阿姨在讲别人的事迹。王莹感慨地想到，这一桩桩事情不是妈妈不愿意给我讲，而是妈妈根本没有时间给我讲啊。

医院楼道里清清静静，空气暗暗有了斤量，吸进肺里沉甸甸的。王莹望着哥哥病房门口，想象着白瀛瀛给哥哥喂饭喂水洗手擦脸的场面，心里嫉妒起来。那是我的大朝哥哥凭什么交给你白瀛瀛呢？这样想着她对白瀛瀛的抵触心理越来越重，好似情敌一样。

徐贰芬看了看手表，说灵莹你还要赶回家做晚饭吧？王莹回答说，我让傻凤熬一锅小白菜儿，我提前烙好了银裹金的饼。

银裹金的饼？什么呀又是金又是银的！徐贰芬感到新奇，打听详细情况。

您问银裹金啊？王莹得意了，挺胸挥手拉开架式说，您说粮店每月只供应百分之三十的白面，那百分之七十的玉米面怎么吃？嘻嘻，就发明了银裹金的饼。我教给您吧徐阿姨，先压出一张玉米面的饼，然后擀出两张薄薄的白面饼。玉米面的饼是瓤儿，白面饼是皮儿，一包一裹一捏缝儿，就成了银裹金的饼了。烙熟了您看吧，外表香喷喷是白面饼，一咬，里头黄澄澄是玉米面。又好看，又好吃。我弟弟设子参加植树劳动我给他烙了银裹金的饼。同学们羡慕极了，说看人家王建设不愧是特等劳动模范的儿子，吃百分之百的白面！其实呢？那是银裹金！

徐贰芬一声不吭地听着，出神地注视着这位心灵手巧吃苦耐劳的小姑娘。

您怎么啦，徐阿姨？王莹被徐贰芬看蒙了，不知自己出了什么错。

哎呀，你这小丫头不得了！嘴一份手一份，既能说又能干。徐贰芬大发感慨说，我要是有儿子将来一定娶你做儿媳妇。可惜我不生养啊。

您说什么呀徐阿姨！王莹羞得红了脸，起身走向哥哥病房。徐贰芬一把拉住她说，你不了解你妈妈性格，她绝不让别人看见她掉眼泪。

这时，牟棉花走出儿子病房，表情恬静。王莹迎上前去搀住母亲。牟棉花闪开了，朝着徐贰芬微笑着。

大朝没有生命危险，我放心了。他脖子打着石膏两腿没有知觉，医生正在努力治疗。他坐几个月轮椅就好啦。牟棉花从从容容说着。

徐贰芬反而不放心了，小声试探着说，小牟，你没事儿吧？

牟棉花颇为轻松地说，我没事儿。这里有白瀛瀛陪伴大朝我更放心了。咱们回去吧。

一行人乘坐吉普车返回工人疗养院，路上王莹坐在前排几次回头观察母亲脸色。哥哥出了这么大的事情妈妈竟然如此镇定，王莹心里既惊异又佩服。

一路行驶着。她突然听见母亲小声对徐阿姨说，这几天我想让灵莹跟学校请假陪陪我，你看可以吗？

这很好嘛。你平时跟孩子们交流不多，这两天就让灵莹陪陪你吧。

吉普车驶进工人疗养院，停在甲楼花坛前面。王莹抢先下车去搀扶妈妈。牟棉花已经下了车，向车里说了一声徐大姐再见，快步向丙楼走去。

绕过甲楼，黄昏里王莹追上妈妈。牟棉花转身抓住女儿胳膊声音虚弱地说，灵莹，你搀着我啊……

她用力挽住母亲，发觉她浑身颤抖。扶着妈妈坐在六角亭里，王莹恍然大悟说，您一路上硬扛着啊？

牟棉花苦笑着说，傻闺女，我不想让徐大姐看到我是病秧子啊。

徐阿姨要是知道您这样子，您就不能重返生产岗位了？王莹小声问道。

妈妈要是不能重返生产岗位，活着还有什么意思？牟棉花伤感地说，妈妈要是不能重返生产岗位，还不如死了。

您除了重返生产岗位就没有别的念想？王莹不解地问道。

妈妈不言语，一动不动地坐着——暮色里好像添了一尊雕像。她听见这尊雕像迎着西沉夕阳说，灵莹，你晚上陪我住在疗养院，明天去学校请假。

王莹心头泛起一阵涟漪。这么多年了，妈妈风风火火嘻嘻哈哈大大咧咧好似铁质女人，偶尔头疼脑热，不打针不吃药睡一觉又去上班了，既不依赖家人也不让家人依赖。今天主动要求女儿请假陪伴——妈妈从来没有这样示弱啊。

咱们去吃晚饭。妈妈领着女儿径直走向饭厅。一进饭厅大门，牟棉花蓦然变了一个人——精神抖擞步伐轻快满面春风，嘻嘻哈哈跟别人打招呼。王莹惊愕地望着神话似的母亲，在四号桌落座了。

赵秀玉拉着王莹的手说，哎呀，这娘儿俩真像啊，一个模子刻出来的。

朱依华端详着王莹说，嗯，闺女长得比妈妈好看。这就叫青出于蓝而胜于蓝。要是一代比一代长得难看，还怎么接革命的班呀。

牟棉花笑着叫来饭厅服务员，说加一份饭菜另外付钱。赵秀玉立即制止，说钢厂老孟请假回家吃晚饭，不用加了，还是四人一桌。

我闺女吃人家老孟的饭菜，这不合适吧。牟棉花一丝不苟说，不行不行，我还是要交钱交粮票的。

有什么不合适？这是我们工人阶级的第二代嘛。吃！第二代吃第一代是应该的。赵秀玉笑眯眯递给王莹一块水果糖。

同桌吃饭的这两位劳动模范，只字不问牟棉花儿子的病情，好像故意回避着。

王莹悄悄看着赵秀玉阿姨，觉得这位百货大楼的模范售货员皮肤白皙眉清目秀，说话和声细语，跟自来水公司抢修队的"铁姑娘"朱依华阿姨完全不同。朱阿姨皮肤粗糙高声大嗓，很像男同志。

晚餐四菜一汤，主食是二米饭。二米饭就是大米掺小米的饭。四菜是三素一荤，还有一盆清汤。王莹主动给两位阿姨盛饭，当即受到赞扬。牟棉花吃了一大碗二米饭，显出很好的食欲。全桌人只有王莹心里明白，心绪不宁脾胃不和的妈妈，这是强吃强喝。

闺女，疗养院的饭菜好吃吗？朱依华一边吃一边问。

王莹小心翼翼评点着，炒肝尖儿不错，青椒炒土豆也好，粉丝熬菠菜比较差，过火了。清汤更不行了，喝着发涩。

你会做饭啊？赵秀玉颇为意外，给王莹夹了一块肝尖儿。

牟棉花颇为荣耀地说，她小学三年级就给全家做饭啦！四年级拆洗棉被，五年级学会了织线衣……

妈妈您别说了，您再说我也成特等劳动模范了。王莹给妈妈盛了一碗清汤。

吃完晚饭，王莹起身收拾桌子，说去洗碗。朱依华告诉她疗养院吃饭不用自己洗碗。赵秀玉感动地说，这闺女天生热爱劳动将来跟妈妈一样也是特等劳动模范。

王莹陪着母亲走出饭厅去小树林里散步。天黑透了，妈妈的体力随即衰败下来，全然没了大庭广众之下的精气神。女儿觉得妈妈这样活着太累——特等劳动模范的光荣称号，就像一顶铁帽子戴在妈妈头上。

黑暗里散步，女儿陪着母亲走进丙楼跟值班护士长打了招呼，回到房间去了。王莹知道妈妈有早睡的习惯，伸手拉上窗帘。

走进卫生间，由于没有自己专用的洗漱器具，她撩了几把清水洗了洗脸。

妈妈站在卫生间门外说灵莹你要是刷牙就用我的牙刷吧。王莹嗯了一声，从漱口盂里拿起妈妈的白色牙刷看了看，放弃了。无论妈妈的太平洋牌毛巾还是妈妈的绿宝牌香皂，对女儿来说都是别人的器具。

牟棉花去铺床了。这时王莹想起，妈妈上床睡觉爸爸要给她打水烫脚的。如今妈妈独自住在疗养院，没了爸爸那盆热气腾腾的洗脚水。

于是返回卫生间拧开热水龙头，王莹哗哗接了一盆水。伸手试了试，不太热。她拿来暖水瓶添了一股子热水，端到床前。

牟棉花铺了床单，将两只枕头并排摆放，跪在床上展开毛巾被，竟然累得气喘吁吁。她回头看见女儿端着一盆热水站在床前，愣住了。

牟棉花慌忙坐在床边。王莹猫腰将水盆放下，蹲在床前动手给妈妈洗脚。

我不用你洗，我不用你洗。牟棉花的双脚东躲西闪，好像盆里漂着一颗水雷。

王莹低头看到妈妈缺少一个小脚趾的伤残左脚，便不坚持了。女儿毕竟了解妈妈的性格——争强好胜，不会轻易接受女儿援助的。

熄了灯。月光渐渐镀亮窗台，也镀出人间的轮廓。一张双人床，妈妈睡一侧，女儿睡一侧，共同盖着一床毛巾被。懂事以来首次跟妈妈同床而眠，王莹不太适应。黑暗里母亲的声音趁着月色光泽，轻轻响在耳畔。

王莹告诉母亲，半工半读技校学制三年，半天在学校上课半天在车间劳动，理论与实践相结合。学生毕业掌握一门技术，大多分配到国营大工厂，挺好的。

妈妈满意地哦了一声，有技术就好。当初你爸在资本家厂里当伙计，白天扫地擦桌子，晚上打水端尿盆儿，没有机会学手艺，新中国成立后成了仓库保管员。

因为没有技术爸爸才去管仓库啊？王莹惊讶地问道。

那倒不是。你爸爸在 503 厂修械所当过钳工，修理了几十支步枪呢。

黑暗里，王莹望着天花板，想象着爸爸妈妈往昔的岁月。一个是私营工厂里的小伙计，一个是日本纱厂里的小女工，新中国双双成了特等劳动模范。

半夜王莹听到叹息声，原来妈妈也醒着。她翻过身去低声问道，妈妈您也失眠啊。

灵莹，我想跟你说说话。妈妈抓住女儿的手说，以后你毕业进厂当工人就是大人了，我提前跟你说说大人的道理吧。

你说吧，我听着。王莹闭着眼睛，等待母亲讲述大人的道理。

人的感情，那是很怪的。你不知道，当年我在日商东洋纱厂打瞎了一个工头儿的眼睛，因为他冻掉了我一只小脚趾。这是阶级仇民族仇吧？可是，后来我倒对他有了几分好感，甚至愿意跟他说话。这到底是什么心思，我自己都说不清楚。后来我寻思，可能他是知识分子吧，言谈举止引起我的好奇心。

王莹嗯了一声，静静听着。

你的心思，我看得清清楚楚。就说你跟大朝的感情吧，他是你亲哥哥，你是他亲妹妹，这不是明摆着的事情嘛，无论你对大朝感情多深，那也只能是兄妹感情。你要是连这点儿事情都弄不明白，那就自找苦吃了。

王莹又嗯了一声，继续静静听着。

白瀛瀛投了井，好啦！她为了你哥哥去投井，我敢说她跟你哥哥的婚姻铁定了。你想一想，一个女人为了跟一个男人在一起，她命都不要了，哪个男人不受感动？除非那男人是混账。如今白瀛瀛一天二十四小时陪伴你哥哥，即使没有感情也会日久生情的。我了解大朝的性格，外表冰冷生硬其实心里软着呢。白瀛瀛的性格好像绵绵软软的，嘿嘿，这叫卤水点豆腐，一物降一物。

只可惜白瀛瀛家庭成分太高出身不好，跟你哥哥不般配。没有听到女儿回应，牟棉花提高音量说，灵莹你睡着啦？

没睡着，我听着呢。黑夜里王莹的声音好像一只小鸟儿，轻轻扑打着翅膀。

是啊，你不应该睡着。妈妈嘱咐你一句话，你哥哥跟白瀛瀛的事儿，你就不要掺和啦。

黑夜的房间里，盛满了沉默。

灵莹，我的话你听明白了吗？牟棉花翻身坐起，焦急地问道。

黑夜凝固着，像一团黏稠的颜色。王莹的声音从黑夜缓缓流淌出来，黏稠而沉滞——妈妈，我听明白了。

你听明白了就好。我知道你的脾气禀性，特别随我，认准一条道不回头，自己跟自己较劲。当初我认准进东洋纱厂做工，九头牛也拉不回来。将来你技校毕业要是当了产业工人，前途光明啊。你一定要认准这条道走下去。以后你搞对象啊结婚啊，妈妈决不干涉你。

妈妈您睡吧，咱们不说话了。黑暗里传来王莹的声音。

第二天一早，王莹去第一半工半读技术学校教导处请假，说陪伴生病的妈妈。教导主任告诉她，和平小学打来电话通知你今晚六点准时到校参加家长会。

王莹跟教导主任解释说，我弟弟王建设是和平小学六年级学生，我是代表爸爸妈妈参加家长会的，已经好几年了。

教导主任笑着问道，那你的家长会谁来参加呢？

王莹开玩笑回答说，我的母亲是祖国，您能让祖国参加我的家长会吗？

离开学校回家，她旋风似的走进厨房从咸菜缸里捞出几只自家腌制咸萝卜，抄起菜刀当当当切出一盘子咸萝卜丝，然后淋了几滴香油。挑开炉火烧开一锅水，转身舀了一盆玉米面，添水和面——蒸了一锅窝头。

她拿起粉笔在厨房小黑板上写道，我在疗养院陪伴妈妈，你们的晚饭：窝头蒸好，咸菜切好，小白菜汤临时做吧。祝爸爸工作顺利，祝弟弟妹妹学习进步。

看看厅里钟表，知道过了午饭时间，她掏出手绢返回厨房包了两只窝头，匆匆走出家门。为了提早赶回工人疗养院，她决定乘坐九路公共汽车。如果在这一站上车，车票五分，如果步行朝前走一站上车，车票四分。她决定节省一分钱，大步走出一站地。

坐在公共汽车里掏出手绢，细嚼慢咽吃了两个玉米面窝头。下了九路汽车走进工人疗养院大门，远远看见妈妈坐在甲楼花坛前面。

灵莹！阳光下牟棉花起身迎上前来说，你还没吃午饭吧？说着递给女儿一块手绢，里面裹着两只白面包子。

妈妈，我吃过了。我回家做好了晚饭，他们一进家门吃现成的。王莹满头大汗把裹着两只白面包子的手绢递了回去。

今天晚上六点我要去和平小学参加设子的家长会。王莹挽着妈妈走向丙楼。

牟棉花一边走一边寻思说，灵莹，我好像从来没参加过设子呀傻凤呀的家长会，是吧？

您只参加过大朝一次家长会，那是他小学五年级的时候。我的家长会您从来没去过。有一次我在少年宫做"学习雷锋好榜样"的主题演讲，您答应我去听，厂里加班您还是没去。

走进丙楼，牟棉花突然拉住女儿说，灵莹，今儿晚上我跟你去参加设子的家长会！

你跟我去？嘻嘻，应当说我跟你去！你是妈妈，我是女儿啊。王莹笑着说。

是啊，我是妈妈，你是女儿。牟棉花走进房间，打开柜子拿出一双女式黑色条绒布鞋，递给女儿。

女儿吃惊地望着母亲说，您想去制鞋厂当厂长吧？

妈妈扑哧一声笑了，脸上透露出几分当年的活力。王莹也笑了，她觉得妈妈只有铿铿锵锵的时候才是妈妈。一萎，便不是妈妈了。

牟棉花又从柜子里拿出一双男式五眼黑布便鞋说，这是给你爸爸做的。你知道我为什么不停地做鞋？我这是偷偷苦练挡车工基本功呢。从打夹纸，剪样儿，粘底儿，搓线绳儿，纳底子，一直到锁口、搪底、绱鞋，哪道工序不是操练眼神儿啊？哪道工序不是操练手劲儿啊？嘿嘿，有朝一日我要重返生产岗位……

牟棉花说到这里话锋一转，我住在疗养院里消息闭塞，也不知道我保持的接头纪录是不是被别人打破了……

王莹小声安慰母亲说，您创造那纪录多不容易啊，不会轻而易举就被别人打破的。

有时候我担心它被打破，有时候又盼望它被打破，心情特别矛盾。你说怎样办啊灵莹？牟棉花小孩子似的问道。

晚间六点钟，王莹哼唱着："接过雷锋的枪，千万个雷锋在成长……"陪同妈妈准时走进和平小学六年四班的教室。班主任孙老师认识王莹却不认识牟棉花，便向"棉纺战线一面旗帜"投来疑惑目光。王莹正儿八经介绍说，孙老师，我母亲参加我弟弟的家长会来啦。

孙老师一愣，随即双手鼓掌说，哎哟！您是王建设的母亲？热烈欢迎特等劳动模范光临我们的家长会啊！

牟棉花红了脸，连连摆手。王莹从来没有见过母亲如此窘迫，好像做错了什么事情的小学生。

我跟大家一样是来参加学校家长会的……说完，牟棉花快步走到后排落座。

王莹坐在母亲旁边小声说，人家鼓掌欢迎您这是光荣啊。

唉，人家哪里知道我从来不参加孩子的家长会，人家哪里知道我脱离生产岗位，人家哪里知道我住进工人疗养院病秧子一个！这叫光荣啊？白吃国家粮食白拿国家工资白住国家疗养院……

妈妈，您总跟自己较劲，这样太累啦。王莹小声劝慰着母亲。

家长会结束了。王莹主动向班主任了解弟弟的情况。孙老师说王建设的学习成绩中等，主要原因是他特别喜欢机器，上课经常走神。前几天学校茶炉坏了请来师傅修理，他一旁看得入迷，结果旷了一节课。

多年不跟学校老师打交道，牟棉花似乎成了"编外家长"，想说话也插不上嘴，尴尬地站在一旁。

孙老师说，王莹，你从小学三年级就代表父母参加家长会，担当家务劳动，照顾弟弟妹妹，人小志大自强不息，我们决定聘请你担任校外辅导员，这很光荣啊。

牟棉花一时忘了自己身份，大声对孙老师说，是啊，不光生火做饭洗衣服，就连全家人的被褥都是王莹缝的……

孙老师笑眯眯地说，您的特等劳模奖章有王莹一半功劳啊。

突然一阵眩晕，特等劳动模范牟棉花伸手扶住女儿。

11. 地狱与天堂

　　素有"华北机器工业摇篮"之称的三条石大街，灯火通明。天气大热，人心比天气更热。这一条老街遍布工厂，一座工厂推出一台批斗会，好似唱起连台大戏。桅灯制造厂批斗一对坏分子，奸夫是副厂长，奸妇是出纳，一人脖子上挂着一只破鞋，双双低头交代着奸情，时有不堪入耳之细节。机械铸造厂批斗漏网中统特务，一只痰盂扣在老头儿脑袋上，只露着一张嘴，呼呼喘着秽气。一阵阵革命口号响起，将三条石大街变成巨型音箱，处处回荡着无产阶级"文化大革命"的声浪。

　　通用机械附件厂前身是华昌机器厂。它批斗会主角自然是反动资本家白鸣岐。天气热。热得灯光仿佛泻下一团团火光。一只只夏虫积极扑向灯火，有蛾子有蝲蝲蛄有油壳螂，主动申请着死亡。人们脚下踩着昆虫的尸体高呼打倒反动资本家白鸣岐。

　　白鸣岐低头站在台上，大热天被迫穿着黑色棉袄棉裤，好似铠甲。铠甲捂出的汗水立即被棉袄棉裤吸收，身体脱水呈现木乃伊趋势。"木乃伊"胸前挂着"反动资本家"的牌子，头戴"木壳帽子"——就是称量粮食的斗。

　　有人向白鸣岐投掷烂西红柿和臭鸡蛋。这"斗"竟然起着战场钢盔的作用。反动资本家暗暗庆幸，心里对"木壳帽子"充满感激。

　　造反派头头梁三升派出两路人马。一路去抓"走资本主义道路当权派"李亦墩；一路去抓"人造黑劳模"王金炳。

　　在此之前，柴油机厂召开了批斗大会，"走资派"李亦墩闭口不谈日伪时期从事"地下工作"的经历，包括把瘦猴儿佟小喜尸体悄悄埋在华昌机器厂后院，将根据地急需的药品装进棺材运往冀中的内幕。他站在台上说这是党的保密纪律，不能讲就是不能讲。

去抓李亦墩的一路人马空手而归，说"走资派"成了香饽饽，柴油机厂造反派攥在手里不肯放人，必须拿厅局级当权派跟他们交换。

去抓王金炳的一路人马凯旋归来。造反派头头梁三升当即给这位"工业战线红管家"挂上一块"人造黑劳模"的牌子，戴上一顶白纸糊的写着"资本家的孝子贤孙"尖顶帽子，噔噔噔押上批斗台。

人造黑劳模？人造还是黑的，发明这词儿的人太损了。白鸣岐心里颇为王金炳抱不平。我是旧社会资本家你们批斗我，王金炳是新中国劳动模范你们批斗他，这是大水冲了龙王庙——自家人不认自家人。

低头站在台上，王金炳想不通。十六年前我挑着行李去找李亦墩同志参加革命工作。离开华昌机器厂老东家嘱咐说，从今往后你千万不要回来。十六年兜了一个大圈子，我挂着"人造黑劳模"的牌子戴着"资本家的孝子贤孙"的帽子回来跟老东家并肩挨斗。真是山不转水转啊。

王金炳是吃晚饭的时候从家里揪来的。通用机械附件厂革命群众冲进家门，高喊"打倒资本家的黑伙计！打倒资本家孝子贤孙！"的口号。人们推着搡着骂着叫着，把王金炳押走了。王凤小鱼儿似的溜了。

造反派冲进卧室把正在修理闹钟的王建设搋在地上，一个大胡子说狗崽子屁眼儿里藏着金条，动手扒裤子搜身。王建设浑身颤抖好似虎口小白兔。

灯光照耀下，通用机械附件厂批斗会吸引了大批革命群众。一是由于王金炳的知名度，从"工业战线红管家"变成"人造黑劳模"，二是由于白鸣岐的特殊装束，人们毕竟没见过大热天身穿棉袄棉裤的。

一个农民打扮的老汉站在台下，声泪俱下控诉着，我是佟小喜的叔叔，新中国成立之后我们迁坟，找到西营门外义地刨开坟头找不到棺材，敢情是空坟啊。万恶的资本家白鸣岐，你把我侄子佟小喜的尸首弄到哪儿去啦？

梁三升上台掀去"木壳帽子"大声逼问，白鸣岐你把我们阶级弟兄佟小喜的尸首弄到哪儿去啦？

你们送殡去了坟地，我坐在家里怎么知道哇？白鸣岐低头辩解着。

打倒万恶资本家！几个小伙子冲上台来挥动皮带抽打着。失去"木壳帽子"

保护的白鸣岐双手抱头，东躲西闪。

你们不要打他……不知从哪儿借来胆量，王金炳喊了一嗓子。两个小伙子冲上来扳起王金炳胳膊往下狠狠一压，让他坐了一个"喷气式飞机"。胳膊很疼。肩膀很疼。腰很疼。腿很疼。从头疼到脚，然后从脚疼到头。王金炳患有腰椎增生和关节炎，咬牙扛着不敢挣扎。他知道挣扎必然挨打。

梁三升朝着台下大声说，革命群众你们看，一个是反动资本家，一个是人造黑劳模，两人一丘之貉！

台下响起打倒人造黑劳模的口号。坐了"喷气式飞机"的王金炳心里说，有人造革，有人造棉，有人造丝，还有人造劳模？

你老实交代！佟小喜尸首到底埋在什么地方？梁三升厉声问道。王金炳明白了，梁三升这是存心诬赖好人。

批斗会现场一派静寂。一个人大步咚咚走上台来说我要揭发。王金炳听出这是当年看门人的声音。

那时候我在华昌机器厂看大门，有一天半夜学徒大炕冒了烟，伙计们都跑了出来。我亲眼所见白鸣岐命令佟小喜爬到树上去给王金炳拿铺盖卷儿，夜风一拍受了凉，受凉发烧去摇大轮，没几天就死啦。这是一条人命啊！

这一番证词，腾地点燃了人们心头怒火，也改变了批斗会大方向，从追究瘦猴儿佟小喜的尸体下落转向追究佟小喜的死因。既然佟小喜是被万恶资本家弄病的，那么血债要用血来还。人们冲上台去，八条胳膊四双手，一起揪住反动资本家白鸣岐。

白鸣岐虚脱了，身子挺直昏倒台上。梁三升说资本家装死，一群人合力抬起身穿棉袄棉裤的白鸣岐嘿哟一声扔到台下，落地发出一声闷响。

顺着灯光，一群黑色油壳螂呼啦啦俯冲下去，爬满白鸣岐全身。顿时，反动资本家仿佛穿了黑亮亮的盔甲。王金炳以为白鸣岐摔死了——虫子来吃尸体。

台下有人拎来一桶凉水，哗地泼在白鸣岐身上。这水声诱导着王金炳——吓得尿了裤子。

梁三升将批斗会准星瞄向"人造黑劳模"说，王金炳！当年军工503厂发生爆炸死了一个叫杜大喜的，那颗手榴弹是你放进焦炭堆里的吧？

我的天，这梁三升怎么嘛事儿都知道哇。王金炳心惊肉跳地想着。佟小喜尸首还没找到，他又把杜大喜的人命往我身上栽。

王金炳不投降就叫他灭亡！台下革命群众义愤填膺。几个汉子挽起袖子上台，就要动手打人了。

要文斗不要武斗，你们不要打人！一队女学生突然进入批斗会场，一人手里拿着一册红皮《毛主席语录》。为首的女学生身穿绿军衣腰间扎着铜头皮带胳膊上戴着红卫兵袖章语气冲天地说，"无产阶级文化大革命"要触及人的灵魂，不要触及人的皮肉！谁是这里的负责人？

梁三升应答说，我！你们是什么人……

为首的女学生手里挥动铜头皮带朝梁三升说，我们是毛主席的红卫兵！你们擅自揪斗人造黑劳模，不触及灵魂只触及皮肉，这是破坏中央文革领导小组"十六条"的行为，我们要开会批斗你的！

梁三升一时不知如何应对红卫兵，往后退了两步。

把人造黑劳模押回去！一声令下，两个女红卫兵押着王金炳下台。会场出现一阵骚动。为首的女红卫兵指着梁三升说，把这个人也押回去，连夜审问他为什么破坏"十六条"！

梁三升隔着人群跳脚说，你们是红卫兵，我是革命造反派，咱们井水不犯河水！

为首的女红卫兵趾高气扬说，呸，你有什么资格跟我讲井水河水？我们晚上还有任务，明天再来找你们算账！

这一群女红卫兵押解着王金炳大步离开批斗会场。佟小喜的叔叔扬起胳膊好似落水者扑腾着说，你们把黑劳模带走了，我侄子的尸骨往哪儿找去啊？

路过桅灯制造厂的批斗会场，那一对奸夫奸妇下台了，换了一个鸡奸男童的老头儿上台，低头猫腰接受批斗。好奇的人流涌动着，一时道路堵塞。"人造黑劳模"成了无人搭理的盲点，丢在一旁。

王莹突然钻出人群一把抓住爸爸胳膊说，您跑吧您跑吧！您不跑，回到柴油机厂您照样挨斗啊……

王凤窜上前帮腔说，爸爸您先躲到工人疗养院去，您不跑白不跑，反正现在没人管您！

望着突然出现的两个女儿，王金炳双腿发颤身子摇摇晃晃说，我两条腿不听使唤，跑不了啊……

王莹推开妹妹说，您当年半夜协助李亦墩翻墙逃跑，那胆量呢！

一群人呼喊着涌上来，这是来自柴油机厂的革命造反派。他们如获至宝似的抓到"人造黑劳模"，押回工厂批斗。

落到革命造反派手里。王金炳嘴唇不抖了，腿脚不颤了，脸色渐渐复原了。他心安理得地向女儿投来一瞥，目光里居然流露出几分跳伞者安全着陆之后的神情。

眼巴巴看着父亲被押走了。王莹转身躲到暗处，双手捂脸大哭起来。王凤陪着姐姐悄悄落泪。

傻凤你哭什么！王莹气急败坏斥责着妹妹。

我知道你为什么哭！王凤挺起胸脯说，你看到咱爸是熊包，就哭啦。

王莹霍地站起瞪大眼睛注视着妹妹。王凤连忙说，咱爸主动回厂挨斗，这叫自愿！怪不得咱们啊。

王莹在前，王凤在后，回家去了。半路上看到身穿黑棉袄黑棉裤的白鸣岐跌跌撞撞拐进一条小巷，消失了。

姐妹俩疲惫不堪地走进家门。客厅里黑着灯，从弟弟房间里泄出一缕灯光。王莹迎着灯光推门看到王建设趴在床上哭泣。上前拉起弟弟却被他的大黑脸吓了一跳。

设子你怎么啦？这脸跟包公似的！

那拨造反派押着咱爸走了，又来一拨造反派，他们抓不到咱爸就说我是人造黑劳模的狗崽子，还说我爱好修理机器是走白专道路，给我抹了一个大黑脸……王建设双手捂脸哭着。

哥哥别哭了，你赶紧洗脸吧。王凤小大人儿似的劝慰着。王建设说已经洗了两遍，这是油墨洗不掉。

王莹从弟弟满脸怯懦的神色看到爸爸的影子，急声急语说，设子！一点油墨就把你吓住啦？你这样胆小怎么参加"无产阶级文化大革命"呀！你掉眼泪也冲不掉油墨，咱们动脑筋想办法嘛。

王莹指挥王凤说，你去楼下孟叔叔家讨一小碗白酒，兴许能擦掉油墨。

一会儿工夫王凤端着空碗回来了，说钢厂来了一群人把孟叔叔带走了，也说他是人造黑劳模。

坏了，都成了人造黑劳模，恐怕没有太平地方了。王莹拧着眉毛说，明天一早儿咱们去工人疗养院，千万不要告诉咱妈咱爸挨斗了……

姐，我存了一小瓶汽油。王建设小声汇报。

好啊，没有酒精就用汽油试试。王莹猫腰从床下找出一团棉花，准备蘸着汽油给弟弟擦脸。

一瓶汽油，一大团棉花，王莹把弟弟脸蛋儿基本擦干净了。王建设起身跑回屋里去了。

王凤在厨房里热了饭菜，小声告诉姐姐说，我听楼下邻居说头一拨人来抓咱爸，有一大胡子进屋扒掉设子裤子搜查，说他屁眼儿里藏着金条。

王莹听罢咬着嘴唇说，那大胡子太没人性了。说抄家就抄家说打人就打人，以后谁还敢当劳模呀。

我敢！王凤拍着胸口说，我的理想就是跟咱爸咱妈一样，长大以后无论如何我也要当特等劳动模范。

傻凤，你当劳模不怕挨斗呀？王莹试探着问道。

王凤笑了。当劳模还能一辈子挨斗哇？一定是光荣的时候多，倒霉的时候少。嘻嘻……

躺到床上睡觉，王莹回味着王凤的一番话。孩子嘴里吐真言。当劳模还能一辈子挨斗哇？人生在世，一定是好的时候多，不好的时候少。傻凤说得对，爸爸妈妈的倒霉光景一定会过去的。人活着，有逆风就有顺风……

又想起弟弟被造反派扒了裤子的遭遇。男孩子受得了这种刺激吗？唉！

不知不觉睡着了。睡梦里，王莹看见全家人围坐桌前欢欢喜喜吃着三鲜馅饺子，还有香醋和糖蒜。

一大早儿醒来，嘴里存留着梦里三鲜水饺的余香，乐观主义者王莹心情很好，起床去弄早饭了。推门走进厨房，傻凤已经煮了一锅玉米面粥，突突冒着热气。王莹满意地笑着说，傻凤啊你真是无产阶级革命事业接班人。

招呼弟弟吃早饭，没回应。王莹推门走进王建设房间。昨晚的大黑脸弟弟变成今早的小白脸弟弟。王建设揉着眼睛说，姐姐，我一宿没睡总算把射钉枪修好啦。这是我花两毛钱从破烂市买来的。

姐姐不敢问弟弟扒裤子的事儿，只得笑了笑说设子真是能工巧匠。

三个人一起喝粥吃早饭，想起今天是星期天不用跟学校请假。王建设嘟嘟哝哝说，我们学校全乱套了，找谁请假呀。有几个军队子弟带头造反，说资产阶级教育路线必须砸烂，还打了教导主任和历史老师……

王凤不解地问道，为什么打历史老师呢？

那几个军队子弟说从夏商周秦汉到唐宋元明清，中国历史都是毛主席带领工农红军创造的，所以专门打了历史老师。王建设认真介绍着。

王凤突然放下筷子说，也不知道咱爸什么时候才能回家？

不要害怕不要慌张不要着急，咱爸一定能平安回来的。王莹及时控制着悲伤气氛的漫延，大声说咱们准备出发吧。

走出"劳模楼"，王莹发现"市长楼"前面围了一群人。空气紧张起来。王凤小兔子似的跑过去，又小兔子似的跑回来，一气三喘地说，一摊血！化工局戴局长跳楼自杀啦……

王莹一把将妹妹搂在怀里抚摸着脑门儿说，傻凤不怕，傻凤不怕……

王建设凝神思索着说，人从高空坠落跟铁球从高空坠落一样，都是重力加速度九点八一秒方。当年伽利略在比萨斜塔上做过这种实验。

设子你别说了，人跟铁球是不一样的。咱们走吧。王莹知道"市长楼"如今成了"局长楼"，一把把烈火渐渐烧到"走资派"头上了。

特殊时期特殊情况特殊对待。王莹决定乘坐公共汽车前往工人疗养院看望妈妈。走到公共汽车站上了公共汽车买了三张车票，花了一毛二分钱。王莹小妇人似的计算着，一毛二分钱能买一斤半玉米面，一毛二分钱能买十斤西红柿，一毛二分钱能买四根油条，一毛二分钱能买一斤酱油，一毛二分钱能买十二块小豆腐……

到站下车。远远望着工人疗养院大墙上的一溜大标语，颇有岁月痕迹了。从"认真搞好社会主义教育运动"到"面向工矿、面向基层、面向农村、面向边疆"；从"兴无灭资、移风易俗"到"横扫一切牛鬼蛇神"，从"坚决砸烂封、资、修"到"打倒走资本主义道路当权派"……一层覆盖一层，日积月累，积薄成厚，砖墙竟然被糊成了"纸墙"。

走进工人疗养院大门，王莹领着弟弟妹妹绕过花草茂盛的甲楼花坛，看见丙楼前面站着一群人。一股不祥之感掠过心头，王莹快步跑上前去。

一大群纺织女工围成一个大圈子。一个女工又哭又叫控诉着。王莹踮起脚尖伸长目光，一眼看到妈妈低头垂手站着中央。这是现场批斗会啊。她转身向着设子傻凤摇摇头，暗示弟弟妹妹不要出声。

那位纺织女工指着牟棉花大声批判说，你算什么特等劳动模范？假的！今天我要揭穿你的老底。你明明出了疵布，我是统计员当然如实统计。你听说出了疵布当场昏倒装死。走资本主义道路当权派为了保住你，非说我统计错了，非要我向你道歉，非要我去扫女厕所！

王莹蓦然想起这位纺织女工是妈妈住院送来一包红糖的"荔枝壳"。哦，妈妈夜班出了疵布，工厂领导为了保护妈妈处罚了"荔枝壳"，让她去做清洁工……

"荔枝壳"继续控诉说，这是资产阶级反动路线保护人造黑劳模的铁证！走资派对革命职工实行管、卡、压，对人造黑劳模牟棉花包庇纵容，还把她送到工人疗养院养尊处优享受资产阶级生活……

王凤小狗儿似的钻过人墙，大喊大叫冲到"荔枝壳"面前。阿姨！你胡说八道，我妈妈是好人，不许你数落她……

说着，王凤哇的一声哭着扑到妈妈怀里。"荔枝壳"连连跺脚说，把小屁孩儿拉出去！把小屁孩儿拉出去！

住手！一声大喝吸引了人们目光。王莹伸长脖子寻找声音来源。

白瀛瀛推着一辆木制轮椅将人圈子冲开一个豁口，驶到牟棉花跟前。王莹看见轮椅里坐着一个头戴草帽的人。啊，哥哥来啦！她顿时有了主心骨。

王援朝完全农民化了，身穿一件粗布汗褡儿，露出坚硬的肩头。古铜色的皮肤好似一尊坐在轮椅里的移动雕像，散发着庄严的气息。

一个又黑又瘦的纺织女工冲到轮椅前面质问道，你是干什么的？你想破坏我们现场批斗会啊！

王援朝摘下草帽拿在手里不慌不忙说，我们不想破坏你们的批斗会，但是不许你们吓唬孩子，她是无产阶级革命事业接班人。说着，王援朝向妹妹招了招手。傻凤快步跑到哥哥身旁，一把抱住王援朝大腿。

站在圈子中央的牟棉花看着风尘仆仆的儿子，半张着嘴想要说话，又闭上了。王援朝挥动着草帽大声对"荔枝壳"说，你们的现场批斗会继续进行吧！

纺织女工们面面相觑。望着横空出世的王援朝，"荔枝壳"好像坐在一辆突然抛锚的汽车里，蒙了。

王莹率领着弟弟王建设挤进人圈子，一起站在王援朝轮椅前面。

"荔枝壳"急赤白脸说，你们一家子想干什么？这是"无产阶级文化大革命"，我们就是要砸烂资产阶级反动路线，就是要批倒批臭人造黑劳模！

王莹受到哥哥智慧的启发说，我们支持你们现场批斗会，你们继续批吧，你们继续斗吧。

那个又黑又瘦的纺织女工一看冷了场，带头高呼革命口号。打倒人造黑劳模！牟棉花必须低头认罪！

牟棉花蔫头蔫脑站在人圈中央，低头不语。王莹望着母亲，一股难以名状的情绪笼罩心头。妈妈是一个多么坚强的女人啊，现在萎了。

喊了一通革命口号，又黑又瘦的纺织女工指着牟棉花说，我们把你揪回国棉十九厂交给革命群众批斗！

白瀛瀛推动轮椅驶近"荔枝壳"。不行！王援朝表情庄重地说，你们开会批斗牟棉花是革命行动。但是不能把人造黑劳模攥在自己手里不让我们批斗吧？

什么！你们也要批斗牟棉花？"荔枝壳"瞪大眼睛好像看见外星人。

对，我们大义灭亲。你们革命我们也革命，你们革命不能阻止我们革命吧？

又黑又瘦的纺织女工跟"荔枝壳"嘀咕了几句，一时找不出反驳的理由。

王援朝突然大声命令说，王莹！王建设！你们把人造黑劳模牟棉花押回丙楼召开家庭批斗会！

王莹在左王建设在右，俩人架着牟棉花快步朝着丙楼方向走去。

"荔枝壳"气急败坏喊道，牟棉花，你躲得过初一躲不过十五，我们一定要把你揪回工厂交给广大革命群众批斗！

说罢，"荔枝壳"气哼哼地率领着纺织女工们撤走了。又黑又瘦的纺织女工走出几步回头指着坐在轮椅里的王援朝说，我知道你们是一伙"保皇派"！

纺织女工们走远了。王莹连忙搀着母亲走到哥哥轮椅跟前。牟棉花从"人造黑劳模"重返母亲角色，表情显得尴尬。

王建设从白瀛瀛手里接过轮椅，一边推行一边问道，哥哥，咱们真的要给咱妈开批斗会啊？

王援朝表情严肃地坐在轮椅里说，每个人都要经受"无产阶级文化大革命"的战斗洗礼啊。

走进疗养院丙楼，楼道里值班的护士长板着脸孔说，人人都做无产阶级革命派，从明天开始疗养员自己测量体温，自己打水取药，自己换洗卧具……

空气猛然黏稠了，人心沉甸甸的。王莹打断护士长话语，满脸微笑说，自己刷牙洗脸，自己吃饭睡觉……

王凤拦截姐姐话语抢着说道，自己放屁撒尿！

一句话轻松了空气，全家人进了母亲房间。值班的护士长气哼哼说，人造黑劳模还想骑在我们头上作威作福呀？没门儿！

进了屋，王凤扶着妈妈躺到床上休息。王莹抑制不住内心崇拜说，哥哥真机智！你一番话把她们打发了。要不"荔枝壳"真把咱妈揪走啦！

那个又黑又瘦的就是纺校毕业的小刘。我住进疗养院她接替我看车。这小丫头变得这么厉害呀！牟棉花躺在床上说。

王援朝坐在轮椅里小声问道，灵莹，咱爸情况怎么样？王莹满脸堆笑说咱爸情况很好。王建设一旁鹦鹉学舌说咱爸情况不错。

王援朝看着初学说谎的弟弟，笑了。这时牟棉花坐起来说，你们不用哄我，我成了人造黑劳模你爸爸处境也好不了。

为了避开妈妈话题，王莹高声问哥哥，你怎么跑到工人疗养院来啦？这木头轮椅一路走了几个钟头啊？

白瀛瀛代替王援朝回答说，你哥心里惦着爸爸妈妈，半夜动身了。我推着他走了半宿，天亮进了市区。路过黄家烧饼铺我说买两个黄家烧饼，人家说不叫黄家烧饼叫人民烧饼，因为烧饼是人民创造的。

王建设不解地说，人民烧饼？那谁还敢吃它，一张嘴把人民都吃到肚子里去了……

设子，你不要这样说话，当心别人抓住小辫子批斗你呢。白瀛瀛提醒着。

我们班同学昨天批斗我了，说是白专分子。王建设小声说。

王援朝转向母亲说，这一场"无产阶级文化大革命"是史无前例的。我们无论遇到什么情况，一是要相信群众，二是要相信党。一时一刻都不能丧失革命信念。我们村里开始批斗黑五类分子，很乱。人人都有可能受到革命洪流冲击。谁也不要产生抵触情绪，尤其是妈妈，您的名气最大荣誉最多地位最高，更要加强世界观改造，主动接受"无产阶级文化大革命"的考验。

牟棉花没有见过儿子这样教训母亲，一时不太适应。转念觉得大朝说得句句在理，于是点头表示接受。

王援朝继续说，妈妈，我想去一趟柴油机厂。运动来了，您看我爸不会产生抵触情绪吧？

王凤及时插嘴说，我姐半路上让咱爸跑，他两条腿都吓软了，自觉自愿回厂接受批斗去啦！

全家人一阵沉默。王援朝表情郑重说，我跟纺织女工们承诺大义灭亲召开家庭批斗会，咱们开始吧。

啊？王莹看着妈妈，王建设看着妈妈，王凤看着妈妈。谁也没有料到哥哥果真召开家庭批斗会。

白瀛瀛向着牟棉花解释说，您了解援朝的性格，他从来说话算话的。

好吧，我接受批斗！牟棉花一拍大腿，跨步站在房间中央。

人们目光一起投向王援朝。

我看别叫家庭批斗会，叫家庭批判会吧。王援朝目光投向母亲说，妈妈，我发言！我说了，你的名气最大荣誉最多地位最高，必须主动接受"无产阶级文化大革命"的洗礼！我再给你敲一敲警钟，那天夜班你是不是出了疵布？你的劳动模范称号是不是有水分？你是不是得到走资本主义道路当权派的庇护？你当劳模是不是产生了个人名利思想？这些都属于大是大非问题，你应当深刻反省，你应当勇于革命，你应当完全彻底放下多年形成的思想包袱，争取做一个无产阶级革命派。

王莹目不转睛注视着王援朝，心里愈发崇拜了。哥哥说得多好，开门见山，言之有物，一语中的。

牟棉花同志，我的批判发言你接受吗？王援朝突然提高音量大声发问。

听到哥哥叫妈妈同志，王凤倍觉新鲜，嘻嘻笑了。

我接受，我接受。牟棉花略加思索地说，不过，我认为我的劳动模范称号没有水分，那是一经一纬织出来的……

我发言吧。王莹举手说，既然是家庭批判会我就一针见血了，那天夜班你究竟出没出疵布，这是关键！如果资产阶级反动路线真的保护了你……

房间的门被推开。门外，值班护士长拿着钥匙，她身后站着几个身穿绿色军装的男子。

咦，你们也来参加家庭批斗会啊？王凤抢先迎到门口，小大人儿似的交涉着。

一个中年军人指着牟棉花对一个青年军人说，她就是牟棉花同志。

青年军人走进房间朝着牟棉花说，中央有紧急任务，请您收拾行装跟我们走吧。

解放军同志，你们是从哪儿来的？轮椅驶上前来王援朝问道。

中年军人走进房间说，你们都是牟棉花同志的子女？我是警备区政治部的钟参谋。他们是总后勤部的同志，从北京来的。

寡言少语的白瀛瀛说话了，一嘴学生腔。我们能知道你们把她带哪儿去吗？

牟棉花毕竟经验老到，微笑着冲军人们说，你们拿来组织手续了？我是党员我不能空口无凭跟你们走的。

钟参谋解释道，牟棉花同志，现在基层党组织受到严重冲击，我以警备区政治部名义调你，请积极配合吧。

母亲没了主意，看了看大儿子，看了看大女儿，神色不定。

王援朝毫不犹豫地说，妈妈您收拾行李吧。我去跟解放军同志谈一谈。

白瀛瀛推着木制轮椅载着王援朝，驶出房间。楼道里，值班护士长弄不清这是来抓牟棉花还是来请牟棉花，观望着。

工人疗养院丙楼前面停着两辆军用吉普车，气氛庄严。白瀛瀛推着轮椅来到吉普车旁边。钟参谋笑着对王援朝说，小伙子你不要问了，特等劳动模范牟棉花同志今天必须赶到北京报到。这是一项光荣艰巨的国际政治任务。

我明白了。王援朝坐在轮椅里跟钟参谋握了握手，表情振奋。他认定妈妈此番进京不是坏事，而是好事。

牟棉花拎着一只包袱走出丙楼。王莹后悔不迭地说，我应该给您买一只人造革手提包，可惜来不及啦。

一个青年军人说，所有生活用品我们统一配备，包括毛巾牙膏什么的。

特等劳模牟棉花没有跟儿女们告别，径直钻进一辆军用吉普车，不露头了。

王莹无奈地向吉普车内挥手。王凤急得围着吉普车转圈儿，王建设呆呆望着吉普车的后视镜。只有王援朝大声说道，妈妈，一定给我们写信哇！

白瀛瀛凑近车窗对车内说，您晕汽车有治晕车的药，您晕飞机有治晕机的药，部队有卫生员！

吉普车里，没有传出牟棉花的回应，这使人们产生错觉——她并没有坐在车里。只有王莹心里明白——妈妈重新硬朗起来。重新硬朗起来的妈妈，雄赳赳气昂昂，那是不相信眼泪的。

两辆军用吉普车，一前一后驶出工人疗养院大门，奔着北京方向去了。

王凤孩子气地说，嘻嘻，有人再想批斗咱妈，可找不着人啦！

王家的儿女们一起走到工人疗养院大门口。一辆大卡车疾驶而来，嘎地停住。王莹看见有人押着徐贰芬站在车厢里。一个大胡子男人喊道，你们去把牟棉花揪出来，跟徐贰芬一起批斗！

这太惊险了。咱妈前脚走，后脚来了批斗的。王莹小声对哥哥说。

王援朝不动声色说，地狱并不遥远，就在天堂隔壁啊。

说着，王援朝挥手向弟弟妹妹告别，抓紧时间返回金水村。白瀛瀛拧开疗养院门卫室外面的水龙头，哗哗灌了两瓶子自来水，推起轮椅走了。

这是一个简单的时代——邂逅没有惊喜的握手，离别没有难舍的拥抱。见了就见了，走了就走了。

望着哥哥坐在轮椅里的背影，王莹突然热泪盈眶。我什么时候才能跟哥哥在一起呢。

返回金水村中途到达邓家店，天色黑了。推着轮椅长途行走白瀛瀛两脚磨起血泡。路边，她停下轮椅给王援朝擦汗，之后去水渠边洗手巾。洗了手巾她脱掉鞋子，在渠水里涮了涮脚，感觉清凉几分。月亮升起来了，无意之间她侧脸看到水渠边躺着一个人，好像穿着黑色棉袄棉裤。趁着月光她看见这个人脸，尖叫一声跑了回去。

援朝，这个人我看着面熟！白瀛瀛扑到王援朝怀里说，好像是我爷爷……

资本家白鸣岐？王援朝镇定自若搂着白瀛瀛说，既然好像是你爷爷咱们把他救回家吧！

白瀛瀛颤抖着说，他是挨了批斗的反动资本家呀！我不敢……

你不敢？我敢！王援朝笑了。月光下他的笑容被镀了一层银色。

12. 喧嚣与宁静

牟棉花的第一封家信寄自阿富汗，是写给孩子们的。她的家信经过特殊邮路转递，牛皮纸信封右下角印着"北京六五三九信箱"红字，散发着神秘色彩。

接到母亲寄自阿富汗的平安家信，孩子们又蹦又跳又喊叫。原来妈妈代表中国工人阶级出国援外了，光荣啊。

家信开篇是一段出自《纪念白求恩》的毛主席语录："一个外国人，毫无利己的动机，把中国人民的解放事业当作他自己的事业，这是什么精神？这是国际主义的精神，这是共产主义的精神，每一个中国共产党员都要学习这种精神。"

抬头是大朝、灵莹、设子和傻凤，没有提到孩子们的爸爸。王莹读后断定，妈妈知道爸爸身在"牛棚"，有意回避了。

牟棉花的字体歪歪扭扭，概括了从北京到达阿富汗援建巴格拉密纺织厂历经的时光：

我们中国援阿二期专家小组十六人，离开北京到达阿富汗的巴格拉密。这是一座在牧场上建立起来的纺织厂。一期专家小组完成厂区基本建设回国了，我们二期专家小组担负设备安装和工人培训，据说一直工作到开车投产，我们的任务就完成了。

我是织布挡车工，来到这里成了织布专家，专门负责布场项目。设备到了，等着开箱呢。机械工程师告诉我这里安装的新式织机，我们国家自己都舍不得用。我怕自己不熟悉新式织机影响工作，弄不好让美帝和苏修看笑话。我们是代表毛主席来支援世界革命的，不能出现一丝一毫的闪失。三个月以后就要开展技术培训了，我担任布场首席技术顾问……

王莹跑到新华书店买了《世界地图册》，全家人聚在灯下寻找地处西亚的阿富汗王国，然后寻找一个名叫巴格拉密的地方。

怎么找不到巴格拉密呢？王凤以为从此妈妈消失了，小嘴儿一咧，哭了。

王莹心里起急，表面故作镇定。她不言不语拿着妈妈的家信和《世界地图册》，悄悄到金水村找哥哥去了。

初春节气大地光秃秃的，麦苗儿尚未返青。金水村却苏醒了，村头几棵梨树白花盛开，驱散着残冬的懒散。王莹蹦蹦跳跳走进村子，看到一家大门上写着"此户系地主"，继续朝前走去，看到又一家大门上写着"此户系国民党伪军"。拐过碾房，几个武装民兵押着一个人迎面走来，那人胸前挂着"地主兼资本家钱子柏"的木牌子。

王莹闪到路旁。一个武装民兵盯着她问道你进村找谁。王莹说出哥哥名字。对方嗯了一声，押着钱子柏走过去了。

白瀛瀛走出院子看到王莹，朝她无声地笑了笑。王莹径直走进哥哥住房。下肢瘫痪的王援朝半躺着看书，背后垫了两床棉被。灿烂的阳光扑到窗台上弄得哥哥好似镶在画框里的人物。王莹一眼认出那床紫色线绨被面的棉被正是当年自己亲手给哥哥缝制的。炕上摊着一堆书籍，有艾思奇的《大众哲学》和毛泽东的《矛盾论》，有斯大林的《论社会主义经济问题》，还有普列汉诺夫和费尔巴哈的哲学著作。

白瀛瀛连忙跃上炕头，伸出胳膊抱起哥哥坐在炕沿上，然后蹲下给他穿鞋。白瀛瀛弓身再次抱起哥哥，从炕沿挪到木制轮椅上。瘦弱的白瀛瀛具有这么大力气，王莹惊了。一瞬之间王莹产生了幻觉——哥哥是一个大孩子，一时一刻也离不开白瀛瀛呵护。

王援朝并不认为自己是大孩子，坐在轮椅里看着突然到来的王莹，之后低头看了看手里书本，似乎在妹妹与书本之间做着选择。灵莹，我正在看梁漱溟的著作，他当年深入山东河北搞基层乡村建设，大胆实验真不简单啊。可惜赶上七七事变，半途而废了。

红色岁月　红色历程　红色史诗　红色经典

王莹知道梁漱溟是大右派，然而阿富汗来信比右派著作更重要。她将妈妈来信递给哥哥。他惊喜地接过信封抻出信瓤埋头阅读起来。

哥哥阅读的表情，宛如一尊石雕。他突然拍着轮椅扶手激动地说，灵莹，敢情妈妈支援阿富汗人民建设去了，从全国纺织系统劳模队伍里选拔技术尖子，这是咱妈的光荣也是全家的光荣。

递上《世界地图册》王莹焦急地说，光荣是光荣，可是妈妈去了一个莫名其妙的地方，地图上根本找不到！

哥哥看了妹妹一眼，笑了。他打开《世界地图册》翻到"阿富汗王国"，仔细寻找着那个名叫"巴格拉密"的地方。

瀛瀛，你把眼镜递给我。王援朝特意戴上近视镜，目光在"阿富汗"上空搜寻着。

找不到吧？王莹催问说，我们在家里把阿富汗地图扫荡了好几遍，就是找不到妈妈说的巴格拉密。

我找到了，在这里。王援朝指着一个名叫"巴格兰"的地方说，Baghlan可以翻译为"巴格拉密"，也可以翻译为"巴格兰"。妈妈说的"巴格拉密"在《世界地图册》里被翻译为"巴格兰"。巴格拉密的具体位置在阿富汗首都喀布尔正北偏西大约二百四十公里，坐落在阿姆河上游东岸。

巴格兰就是巴格拉密呀！怪不得呢。王莹接过地图册忘情地注视着哥哥。白瀛瀛及时递给她一碗白水，但不是取自阿姆河东岸的。

哥哥，你没去过阿富汗怎么知道巴格拉密距离首都二百四十公里？王莹对哥哥佩服得五体投地，一时忘了地图上印有比例尺的常识。

我瞎猜的呗。哥哥为了保护妹妹的自尊心，故意这样回答。

白瀛瀛留王莹吃午饭。尽管对白瀛瀛心存妒意，王莹还是接受了。白瀛瀛毕竟是哥哥的未婚妻而且迟早会成为嫂嫂的。

王莹跟随白瀛瀛去做饭，发现房前屋后画满了水彩宣传画。烟熏火燎的灶间墙上画着一个男青年坐在轮椅上伸手指着广阔田野，表情很是豪迈。王莹伸长脖子看着男青年，原来是哥哥的形象。

这一定出自白瀛瀛的画笔，于是心里很不是滋味。归根结底王莹对白瀛瀛依然心存芥蒂——她毕竟抢走了亲爱的哥哥。

白瀛瀛夺走了我心爱的哥哥，就等于夺走了我内心炽爱。我的人生首次失败发生在这个名叫金水村的村庄。这里有田野，这里有炊烟，这里有苦水井，这里有骡车，这里有大队部和广播喇叭。白瀛瀛赢了，终于能够跟哥哥朝夕相处了。我败了，无论怎样我都要干出一番事业，败不气馁。

大灶返烟，灶间里宛若仙境。仙境里白瀛瀛还是坚持做熟了饭。她伸手从锅里拿了两个玉米面饼子又捏了一撮子雪里蕻放进大碗里，起身送到后院去了。

王莹好奇，不声不响跟去了。白瀛瀛走路很好看，摇动腰肢好似风摆柳条。王莹看到后院一间柴房里钻出一个脏兮兮的老头儿，从白瀛瀛手里接过大碗就返回柴房了。

这老头儿穿着黑夹袄黑夹裤，一副面孔似曾相识。王莹回忆着，从前在什么地方见过呢？一时想不起来。

吃了午饭，王莹想打听柴房老头儿的情况，白瀛瀛在场不便询问，就告辞了。

走到村头，迎面看到村支书拉着粪车去积肥。王莹看出他也成了"走资派"，靠边站了，便轻轻叫一声大伯。这位身处逆境的村支书仍然不忘发表感慨，白瀛瀛是好孩子，为了跟王援朝一起成为社会主义新农民，投了井！这是以死明志啊。她是我们金水村贫下中农的亲闺女！

听了这番话王莹心里很不是滋味。唉，我败就败在那口苦水井上啦。

八个月之后，收到阿富汗寄来第二封家信。此间王莹思念哥哥却没有理由前往。妈妈来信了，她兴高采烈踏进金水村。只要有接触哥哥的机会，王莹绝不放过。

正逢初冬季节。这时的金水村里规模最大的群众造反组织是"贫下中农战斗队"，简称"贫战队"，夺了权。他们推举王援朝掌管金水村。王援朝以下肢残疾为由婉言谢绝，坐在家里读《资本论》。看到妹妹进门，他放下《资本论》阅读妈妈第二封家信。

牟棉花的第二封家信介绍了巴格拉密纺织厂的建设进度，说：

> 眼下正在调试设备，必须确保试车成功。阿方厂长托菲基阁下是阿富汗王室成员，对中国专家很友好。托菲基厂长招募了一百名年轻力壮的小伙子，要我把他们培训成为挡车工。我的老天爷，这些小伙子都是游牧部落的后代，骑马放羊粗手大脚，怎么接纱头啊。

我告诉托菲基厂长，您得招募女工。那位翻译把脑袋摇得跟拨浪鼓似的，说伊斯兰国家妇女不出来工作，从来没有女工。果然，我在大街上见到当地妇女身穿黑袍蒙着脑袋，顶着水罐走回家去。

牟棉花在这封家信的末尾写道："我的援外任务两年，也可能延长到三年。你们就等待我胜利回国吧。王金炳同志好吗？"

王金炳同志好吗？妈妈为什么这样问呢……读了母亲远方来信，乡村知识分子王援朝陷入沉思。

王莹认为这是妈妈对关押在牛棚里的父亲的思念。革命者是不能说"我想你爸爸"的。

白瀛瀛下地干活儿去了。王莹猛然想起后院柴房里的老头儿，便跨出哥哥住房门槛。身后追上来哥哥声音，灵莹啊，你要去后院当心吓着瀛瀛的爷爷……

王莹转身回到哥哥屋里。原来柴房里老头儿是白瀛瀛的爷爷？我记得他是三条石工厂的资本家白鸣岐啊。

资本家也是人。王援朝让王莹坐下，端起粗瓷大碗喝了一口水说，十月革命之后，莫洛托夫乘坐装甲车去外高加索演说号召人们加入集体农庄。说是号召其实是强迫，于是出现了从肉体上消灭地主富农的过激事件。我们中国不能那样。咱们是平民百姓做不成国家大事，总做得成凡人小事吧？

哥哥，你是出于对白瀛瀛的感情才收留了她爷爷吧？王莹反问。

那天我们从市里返回金水村，白瀛瀛发现一人躺在水渠边，她说这个人看着面熟，其实是不敢认。我们找车把人弄到镇卫生院，抢救的时候白瀛瀛才认定这是她爷爷。这老头儿批斗会上摔折一只胳膊，逃了出来。

我知道哥哥富有同情心。不过这种事情要是被人发现了，那就不是收留而是窝藏啦。

王援朝笑了笑说，不管是收留还是窝藏，我是把白鸣岐当作一个研究标本的。《资本论》是死的，资本家是活的呀。

标本？在王莹思想里标本是泡在福尔马林药水里的。哥哥把资本家白鸣岐当作研究标本，她很不理解。

灵莹，当年白家也是地主。传到白鸣岐的父亲，他一口气卖掉全部土地，来到三条石开了一间铁铺，从铁铺到铁工厂，这当然是原始积累阶段。传到白鸣岐，他是货真价实的资本家了。我计算了一下，白家当年卖掉的田亩与白家后来拥有的工厂相比，资产翻了三番。这就是地主吃地租与资本家吃剩余价值的不同结果啊。

王莹睁大眼睛听着哥哥说话，满脸迷茫表情。王援朝继续说，假若以后有机会建立村办工厂，白鸣岐是有用之人。我看中国农业迟早要向工业转化的，尽管非常遥远。

他知道妹妹对政治经济学不甚了解，便拿起妈妈家信说，灵莹，既然咱妈在信里问到咱爸，我认为应当回信说明爸爸的现实处境，让妈妈通过外交部或者总后勤部把爸爸从"牛棚"里解放出来。

哥哥，你这样做就分了妈妈的心啊！王莹非常惊讶地说。

王援朝再次笑了。你以为咱妈现在就不分心吗？她更分心！咱妈出国援外，最惦记的就是咱爸何时走出"牛棚"，所以她在信里问"王金炳同志好吗？"如果咱们回信说咱爸出了"牛棚"，她肯定不信。咱们不如请咱妈出头营救咱爸。你知道吧，咱妈的性格就是做强者心里最踏实，做弱者心里最不踏实。如今能够营救别人就是强者，被别人营救的是弱者。你让咱妈做一次强者，她心里反而踏实了。

王莹激动地注视着哥哥，一句话也说不出来。哥哥太深刻了，哥哥太精辟了，哥哥太明辨了……她找不出更多词汇表达对哥哥的崇拜，只得兴奋地叹了一口气。

趁着白瀛瀛不在，王莹说出了心里话。哥哥，你起初立志做一个社会主义新农民，来到金水村安家落户，那很好。现在你下肢行动不便，继续留在农村没有实际意义了。你躺在哪里都是看书，既然这样为什么不回城市去呢？

灵莹，我要是躺在城市楼房里看书，那是空想社会主义者。你知道傅立叶和圣西门吧。我要是躺在农村土炕上看书就是实践了。梁漱溟当年在山东搞乡村建设失败了，如今成了反面人物。我天天思考，究竟怎么建设社会主义新农村？……

王莹随口说道，以粮为纲，全面发展。学习大寨经验，劈山造田，争取亩产上纲，要跨黄河过长江……

王援朝摇了摇头说，除了阶级斗争，光靠种地也不行。我在金水村调查了两户地主，田德茂是土里刨食的土财主，只有几十亩地多年没有大发展。钱子柏则不同，村里有地亩，常年吃租子，同时还在城里开工厂开店铺，做了资本家，亦农亦商财产连年增长。当年晋商票号都是地主出身，他们不甘于土地。我研究了附近村庄十几户地主发家史，很有收获。依我看来中国农村人多地薄，社会主义新农村光靠种庄稼肯定不行。一旦城市经济发展，农村劳动力便有了去向，当然这是很久以后的事情了。

这一番话，王莹听不大明白。王援朝及时变更话题说，你回去就给咱妈写信吧，让她通过有关领导争取早日让咱爸走出"牛棚"。

告别哥哥，王莹走到村口迎面遇到一群佩戴着红卫兵袖章的女学生。看样子她们是高中学生，显得成熟而稳重。一个中等身材面孔削瘦的女学生显然是首领，开口向王莹打听王援朝住在哪里。王莹警觉地打量着这一群来意不明的女学生。这位首领自我介绍名叫滕维丽，开门见山说她们是女四中的学生，决定步行去祖国边疆做社会主义新农民，临行之前特意向王援朝取经。

王莹放心了，详细向这位名叫滕维丽的女学生首领指点着王援朝家的方位。滕维丽走上前来将一枚毛主席像章别在王莹蓝布褂子的左胸前说这是革命留念，转身走了。

走出村子，身后突然跑来一群人，有男有女有老有少，还有胳膊上戴着"贫战队"红箍儿的持枪民兵。她站住看着这一群人奔向村西，听到人们吵吵嚷嚷说钱子柏死了。王莹一惊，钱子柏不就是胸前挂着"地主兼资本家"木牌子的老头儿吗？这时有人告诉她钱子柏投井死了，就是村西菜园的姑娘井。

姑娘井？王莹跟随人们跑向村西菜园。啊！这就是当年白瀛瀛投的那口苦水井啊！

是啊，当年白瀛瀛投井没死，村里就叫它姑娘井啦。人们解释着。

钱子柏的尸体被打捞上来摆在井台旁边，远远望着好像一条出水的鲨鱼。王莹不敢近看，心里想这口姑娘井没淹死姑娘，淹死一个老头儿。

村里这样动荡混乱，哥哥竟然专心致志躺在家里看《资本论》读"空想社会主义"，真是心有静气。从哥哥想到父亲，她心头一沉。尤其远远望着躺在井台旁边的溺水尸体，王莹心慌了。万一爸爸关在"牛棚"里寻了短见……

回到家里，王莹动笔给妈妈写信。

她说我国革命形势一派大好。敌人一天天烂下去，我们一天天好起来。开场白之后，她开始详细介绍家里情况，报了平安。她总共写了三页纸。末尾，绞尽脑汁想出一个含蓄而明了的句子："妈妈，请您跟有关领导呼吁一下让爸爸回家吧。"

到邮局买了一只印着毛主席语录"千万不要忘记阶级斗争"的信封，王莹把这封含着特殊使命的信函寄往"北京六五三九信箱"。

王莹惦念关押在"牛棚"里的父亲。她突发奇想，要是让父亲看到母亲的家信那该多好啊。既然敢想，王莹就敢干。她拿出母亲来信让王凤抄写一遍，寻思着如何送到父亲手里。

王凤抄写的家信，字体歪歪扭扭，有的地方涂涂抹抹，跟牟棉花的亲笔信相比，基本再现了原貌。因此她的抄写几次受到姐姐表扬，说你的错字别字特别像咱妈。傻凤不傻，一边抄写一边嘟嘟哝哝说，姐姐你别表扬了，你越表扬越说明我的字儿难看。等咱妈回国了我告诉她，你这叫拐着弯儿骂人。

我可不敢拐着弯儿骂你，咱妈去阿富汗是代表毛主席去支援世界革命的。咱妈来信说中国支援建设阿富汗王国巴格拉密纺织厂是毛主席他老人家亲自点头的，这是头号国际主义任务！王莹滔滔不绝说着。

王凤不说话了。她从小就服从姐姐的权威。即使到处高喊打倒"权威"的革命口号，王凤也不敢造姐姐的反。哥哥去农村了，姐姐便是家里的擎天柱。

王凤歪歪扭扭的抄写越来越像牟棉花——深得母亲笔体的精髓神韵。王莹甚至认为，父亲阅读妻子家书一定认为这就是来自阿富汗巴格拉密的原件。

听说姐姐为传递信件发愁，王建设找出射钉枪去小树林里做实验了。他满头大汗跑回来告诉姐姐，这把射钉枪是他在破烂市买的，经过大修有了射程。

他向姐姐解释说，我给射钉枪加了腔管儿，用弹簧代替气体动力，把咱妈的来信搓成纸卷儿塞进腔管儿，嘭的一声就能发射到"牛棚"窗外草堆里。

王莹不放心，第二天一大早儿跟弟弟一起去了。柴油机厂处于半停产状态，安静无声。只有关在"牛棚"里的"牛鬼蛇神"们按时出工，去废品仓库清理废旧钢铁。牛鬼蛇神是不允许家属探视的，过着与世隔绝的劳改生活。

出工之前，集体高唱那首"牛鬼蛇神之歌"：我们是牛鬼蛇神，反动透顶，腐朽至极，有着无比肮脏的灵魂！我们是牛鬼蛇神，恶贯满盈，血债累累，永生永世不得翻身！我们是牛鬼蛇神，头顶生疮，脚底流脓……

提前探明了，王金炳睡在"牛棚"临近第三个窗口的铺位。窗外不远便是工厂大墙。射钉枪的射程，恰恰就是从墙头到达"牛棚"的距离。

　　酷爱机器的王建设满脸兴奋表情，攀上柴油机厂墙头。只要咱爸一露面儿我就挥手指着窗外草堆，他就明白了。

　　说着，王建设对准第一排"牛棚"第三个窗口，满怀信心地发射了。王莹只听到一声闷响——那纸卷儿便飞到牛棚窗外的草堆里去了。可巧，爸爸推开窗子看到趴在墙头的女儿和儿子，愣了。王建设挥手指着窗外草堆。王莹看到父亲连连点头，表示明白。

　　这太好啦！激动的王莹捶了弟弟一拳头说，设子，你真棒呀！

　　溜下墙头，王建设伸手揉着右眼——射钉枪的弹簧蹦出腔管儿打伤了眼睑，视线一片模糊。

　　就这样，关押在"牛棚"里的王金炳收到妻子的两封远方家信，都是从窗外草堆里捡回的纸卷儿。他反复阅读之后撕成碎片吞下肚去，把妻子的话语留存心里，暖融融的。关在同号"牛棚"里的一个"历史反革命"上吊自杀了，却没有动摇内心怯懦的王金炳的生命信念。他的存活无疑与牟棉花来信有关。妻子的家书宛若一股清泉，滋润了王金炳龟裂的心田；妻子的家书好似一盏明灯，给漫漫长夜里的丈夫带来光亮。

　　吞到肚里的妻子家信，王金炳竟然能够通篇背诵，一字不差。身陷"牛棚"的"工业战线红管家"管理仓库的"一口清"技能，此时没了用场。于是他便将记忆力完全倾注在妻子家信上，字字烂熟于心，句句脱口成诵。

　　关押在"牛棚"里的王金炳认为自己跟墙头结下不解之缘。当年李亦墩同志半夜逃跑卡在华昌机器厂墙头上，是我跐起脚尖儿伸手托了他屁股一把。如今我的儿子趴在柴油机厂墙头上嘭的一声给我射来一封封家书。嘿嘿。墙头这地方，真好。

　　然而，王金炳也养成了"心病"，一有机会便将目光投向"牛棚"窗外的草堆里，寻找秘密家信。他的心弦绷得紧紧，随时都要断裂。他尽力装出一副若无其事的样子。这样的特殊生活，把王金炳折磨成为一个表面镇定自若、内心忐忑不安的男人。

　　终于，王莹收到母亲回信。这是她出国援外的第三封家信。捧在手里愈发有了分量。她小心翼翼拆开阿富汗来信，仿佛在拆卸雷管。信中，妈妈还是没有彻底克服错别字。她主要讲述巴格拉密纺织厂，语气流畅自然，就跟面对面说话似的：

> 阿富汗国王接见了我们。我没怯场，当面向国王建议招聘当地女工培训。翻译告诉我，国王问为什么男工不行。我说全世界我不知道，反正中国的挡车工百分之九十五是女工，男工特别少。为什么少呢？因为男工长得又高又壮，转身慢，步子沉，抬头低头都不容易。还有，男工手指粗大，装纬费劲，换梭费劲，接头更费劲，既影响产量又影响质量。大马拉小车，划不来呀。国王听了翻译之后，笑了。
>
> 过了几天阿方托菲基厂长对我说，国王同意招收少量女工培训，尝试一下。我一听乐得拍手，说先招十个吧。

不知为什么，王莹觉得妈妈说起巴格拉密纺织厂的事情，过于啰唆。她急于读到有关爸爸的内容，便伸长目光在字里行间寻找着。

没有。妈妈只字未提关于爸爸的事情。王莹疑惑了。难道妈妈没有看懂我的信？不会的。我请她通过外事部门呼吁爸爸回家，这也是解除出国援外人员的后顾之忧啊。假若爸爸在"牛棚"里寻了短见，那才是政治影响呢。

牟棉花在家信里写道：

> 我跟设备项目经理说，咱们先开动六台织机开展实际操作培训吧。培训了十五天，我选了五个男工五个女工，轮流上场，技术比赛。那天来了不少观众，还有王室成员。结果呢，装纬换梭，接头巡车，男工们满头大汗，手忙脚乱，转身猫腰都费劲。女工们脚快手巧眼神灵活，利利索索，脸不变色气不喘。我告诉托菲基厂长，不论中国还是阿富汗，女人都是天生织布纺线的好手，男人比不上的。
>
> 现在，他们打破妇女不进工厂的惯例，专门允许我招聘三百名阿富汗女工进入巴格拉密纺织厂。他们说我创造了阿富汗妇女的历史。

尽管这封信里没有提到爸爸，王莹还是命令妹妹傻凤立即抄写一份。当天晚上妹妹抄写完毕交给姐姐说，你们又不是不会写字怎么总让我抄写呀？哼，一定是害怕这事儿暴露了，追查的时候全是我的笔迹。

你小死丫头思想这么复杂！我可没想到追查笔迹的事儿……王莹惊得瞪大眼睛看着妹妹，气得胸脯一起一伏。

好吧，我也留下笔迹！说着王莹抄起钢笔在信件末尾添了一句话："爸爸，我是王莹，您千万不要想不开，我们天天盼望您平安回家。"

王莹余怒难消地说，现在好了吧？现在有了我的笔迹有了我的名字，到时候追查起来就没你事儿啦。

姐姐，我跟你开玩笑呢。王凤咧开缺了一颗门牙的嘴，笑了。

你以后少开这种玩笑！王莹指斥着王凤说，咱们革命家庭就是不许出现自私自利的风气。爸爸关押在"牛棚"里受罪，我们还担心追查笔迹？没羞！我们学校院里也有一座"牛棚"，校长和一大群老师关押在里面只能喝脏水……

说着，王莹突然呜咽了。有一天一个牛鬼蛇神扫厕所溅了我鞋上脏水，我张口骂他十恶不赦，还把扫帚丢到了楼下。骂出口我就后悔了。因为我想我爸爸也在工厂扫厕所啊。

王凤跑去拿来毛巾，给姐姐擦拭泪水。王莹继续说，其实咱们不用惦念妈妈，她出国援外受到王室尊重还创造了阿富汗妇女历史。咱爸太不容易了，窝窝囊囊一点脾气都没有，关押在"牛棚"里吃苦……

咱妈命好呗！国内一乱，她就被毛主席派到阿富汗去了，躲过多少倒霉事儿啊。王凤说着给王莹端来一杯水，姐姐，你命也不错，从小在家里当领导，我是你的兵。

王莹破涕为笑，觉得妹妹既可恨又可爱。她将傻凤抄好的信件交给设子，由弟弟"射"给父亲。

王建设领命，第二天一大早儿悄悄去了柴油机厂。这是妈妈的第三封家信。在此之前他已经将两封搓成纸卷儿的家信发射到"牛棚"窗外草堆里。他小毛贼似的趴上墙头举起射钉枪瞄准第一排"牛棚"的第三个窗口，准备发射了。

迎着晨曦，他看到远处变电站挂着一条陈旧的标语："严禁触摸电线，五万伏高压一触即死，违者批斗！"

王建设认为这条标语实在荒唐，一触就死了，违者你批斗谁啊，批斗死尸？

这种情绪影响了射钉枪，它突然出了故障，发射不成。王建设从墙头溜下来，坐在墙根排除故障。对酷爱机器的王建设来说，沐浴着晨光修理射钉枪，优哉游哉就是享受。他甚至不愿意很快修好射钉枪，就像饮者不愿意很快喝光一壶好酒。太阳升起，照耀着墙内"牛棚"也照耀着王建设的脸。修好了。他重新攀上墙头，举起射钉枪瞄准目标——只觉得右眼视力不强，第三窗口外面的草堆一派模糊，不如以往清晰了。这几年他总是半夜点燃一盏油灯偷偷摆弄齿轮发条什么的，伤了眼睛。

他嘭的一声发射出去了。与此同时，他看见爸爸的身影出现了——王金炳缩头缩脑被两个造反队员押解着，从东头拐过来沿着第一排"牛棚"向着第三个窗口走来。王建设吓得屏住呼吸，伏身观察着。

爸爸弓身哈腰走近第三个窗口，伸手指着窗外的草堆，好像低头交代着什么罪行。一个造反队员指着爸爸鼻子，不停地训斥着。另一个造反队员抬腿随意踢了一脚，望着草堆啊地叫了一声。

王建设知道自己刚刚发射的纸卷儿——妈妈的第三封家信被发现了，离开墙头拎起射钉枪，迎着晨风跑回家去。

回到家里，姐姐给弟弟做好了早点，馒头切片儿夹着白砂糖端上桌子，大有犒劳功臣前线归来的味道。其实王建设脸色并无异常，王莹断定出事了。她直觉的准确有时候连自己都感到惊讶。

督促弟弟洗了手，她盛了一碗米汤，坐在桌旁看着他吃着早点。王建设咬了一口馒头片儿抬头看了姐姐一眼。王莹心里咯噔一下明白了，弟弟百分之百遇到了意外情况。

看弟弟吃完早点，王莹坐在桌前收拾着碗筷说，设子，无论出了什么事情，你总得让姐姐有个思想准备吧？

王建设低下头去，细声细语说出事情经过，我要是提前一秒钟发现爸爸被押过来，也不会把纸卷儿发射出去的。

王莹手里捧着碗筷凝神思考说，这么说，咱妈的第三封家信落在造反派手里了……

起身回到自己房间，王莹坐在桌前提笔写信。她眉头紧皱，一边思索一边写着。我妈妈出国援助阿富汗人民，这是毛主席委派的，这是发扬国际主义精神。谁敢说她是人造黑劳模？谁敢说谁就是怀疑毛主席！谁敢追究她的家信问题？谁敢追究谁就是反对毛主席！

一连抛出一顶顶大帽子，她上纲上线写得风起云涌。这封信终于写完了，累得脸色泛白。找出一只信皮将信瓤封好，找到掸子拔了三根鸡毛粘在信封上。

王莹将妹妹叫到房间里，手持"鸡毛信"耳提面命，好一番叮嘱，反复说红卫兵团二十四小时住在我们学校里。

傻凤听罢并无惧色地说，人家海娃把鸡毛信夹在羊尾巴底下藏着，我藏哪儿呀？

现在又没有日本鬼子你藏什么羊尾巴？狗尾巴也用不着。王莹露出临危不乱的乐天性格，数落着妹妹。

黄昏时分，爸爸突然走进家门。王凤喊叫着扑上去，一头扎进爸爸怀里。王建设木头木脑叫了一声爸爸，没话了。

王莹又惊又喜从厨房跑出来，挓挲着沾着面粉的双手，眼睛里闪动着泪光。

手里拎着行李，王金炳不安地错动着双脚瞧瞧女儿瞅瞅儿子，一时无语。王莹上前接过爸爸的行李说，您去洗洗吧，换一身干净衣服，歇一会儿咱们吃饭。

王莹钻进厨房翻出全部"库存物资"，决定给爸爸炒了四个好菜：腌肉炒白菜，葱头烩猪血，油渣烧海带，咸鱼炖豆腐。主食是"银裹金"烙饼。

她干活儿十分利索，并行不悖做着三件事情。一边握刀切着海带丝，一边瞅着锅里煎的豆腐，同时腾出一只手搓洗着腌肉，厨房里刮起一阵青春旋风。

一只只小咸鱼投入锅里煮着，她眼睛盯着沸腾的酱汤暗暗想道，那第三封家信被造反派发现了，他们反而放了爸爸？这是欲擒故纵啊。

理不清头绪，心里愈发警惕了。她将妹妹叫进厨房重新叮嘱一番。傻凤眼巴巴看着炖在锅里的东西，咽下一团口水。

记住，我一递眼色你就溜走，不声不响下楼去。别忘了鸡毛信！我不是给了你一毛钱吗？你坐三路公共汽车，四站地就到了我们学校。

吃饭了。王金炳局促不安，看了看坐在左边的王建设，又看看坐在右边的王凤，堆出满脸谦卑的笑容。离开这张家庭饭桌一年多了，一切都显得生疏。随着拿起一双乌木筷子，上面刻着"保家卫国"的字样早已磨光了。他想起这是结婚时候李亦墩和徐贰芬送的礼物，说是添碗添筷子添人丁。

如今，李亦墩同志关进市直机关"牛棚"成了"走资本主义道路的当权派"。徐贰芬同志贬去茶淀农场，说是"右倾分子"。只有这一双磨秃的老筷子记载着昔日风光。

王莹捧着一摞"银裹金"热饼摆上饭桌，低声喝斥王凤说，咱爸一回家你怎么变成资产阶级大小姐啦？厨房端菜去！

王建设主动拿起一张热饼递给爸爸，说您吃您吃。王金炳接在手里说，设子，你长高啦。

爸爸，您瘦了也黑了。王建设实话实说，却不提拿射钉枪往草堆里发射妈妈家信的事情。

可能出于避讳的原因，家庭空气沉甸甸的。爸爸的归来没有带来多少喜庆色彩反而添了几分忧虑气氛。只有厨房里飘出饭菜香味，平添了一股家常味道。

终于，四个热菜全部端上桌子。王凤眼睛一亮随即伸出筷子奔向咸鱼炖豆腐。不幸中途被姐姐的筷子拦截。王莹笑眯眯说，傻凤，今天是给咱爸接风，不是让你撒风。抢！你不知道咱爸最爱吃豆腐咸鱼？

王金炳拿着一张烫手的"银裹金"烙饼，低头吃着。这时他想起自己乳名叫"饼子"，饼子吃饼，不由苦笑了。王莹看到爸爸光吃饼，就催促他吃菜。王金炳机械地举起筷子，却伸向平时并不爱吃的油渣烧海带。

王建设很快吃了两张饼，搁下筷子离开饭桌回自己房间了。王凤重点吃了腌肉炒白菜和葱头烩猪血，咀嚼着起身回自己房间了。王莹看着弟弟妹妹的离开，突然意识到这个家庭如今缺少几分温暖。

吃了咸鱼也吃了豆腐，王金炳充满歉意地说，好吃好吃。

爸爸……王莹不无哀伤地注视着心猿意马的父亲，印证着自己的内心判断。终于看到高压之下爸爸的怯懦，不由心头一痛。王莹只是一个缺乏社会经验的姑娘，却从爸爸游离不定的目光里强烈地感受到，惶惶不可终日的挤压，度日如年的煎熬，大水没顶的挣扎，悬崖失足的绝望……

晚饭之后，王金炳立即起身跑到厨房里刷锅洗碗，延伸着"牛棚"养成的劳动改造的习惯。王莹明明知道刷锅洗碗是王凤的任务，却没有阻止爸爸。爸爸愿意躲避就让他躲避吧。

就寝之前，王莹站在卫生间里搓洗爸爸替换下来的衣裳。啊，从那一片片污渍就可以想象"牛棚"的滋味。牛棚啊，使胆大的男人愈发胆小，使胆小的男人敢于自杀；使软弱的男人走向疯狂，使疯狂的男人变得温顺。

端着一盆湿衣裳走出卫生间去阳台，王莹看到爸爸独自坐在客厅里。灯影里父亲愈发显出木讷，似乎正在努力将自己变成一尊木雕。她轻轻叹了一口气，觉得生活除了凄苦，好像没有别的滋味。

晾了衣服，王莹打了一盆热水端到木雕面前说，爸爸您烫脚吧烫了脚就休息。

面对一盆热水，王金炳突然双手抱头伏在桌上，嘤嘤哭了起来。

王莹拿来一条毛巾放在桌上，躲进自己房间。她不愿意看到父亲的眼泪，尽管她知道父亲的软弱，也知道有时候眼泪是男人天空下的小阵雨。

过了一会儿，王莹听到父亲站在门外说，灵莹，你出来跟我说说话吧。

爸爸一定是有话要说的，一旦说出来心里就痛快了。这样想着她来到客厅里落座，跟父亲隔着一张桌子。苏联式的房子愈发空旷，空气却黏稠起来。

灵莹，前面那两封家信，我看完以后就撕碎嚼烂吞到肚里去了。王金炳低头说着。

好啊，这种事情是要保密的。您吞进肚里最安全。王莹劝慰着说。

可是，吞下肚去我心里倒盛不下了。心里总是嘀嘀咕咕的，管不住自己的眼珠，动不动就往窗户外面瞟，瞅瞅那草堆。有一次夜里做噩梦，梦见那草堆着火了，还燎了我头发。我啊地叫一声，醒了。

王莹看到父亲痛苦诉说的样子，起身斟了一杯白开水递给他说，爸爸，您这是吓的，越害怕心里越紧张。

是啊，睡在我旁边铺位的一个"三青团分子"看出苗头，就去揭发了，说我心神不定肚里有鬼。造反派连夜提审，啪啪拍着桌子说发现了我的罪证。我一害怕就招了。一大早儿他们押着我去现场。我心里想反正两封信都吞到肚里去了，查无实证……

可是您没想到一走进那草堆，人家就发现了第三封家信，这是设子刚刚发射的。是吧？王莹问道。

是啊。王金炳垂头丧气地说，他们押着我往草堆那里走，嘭地飞来一个纸卷儿。我知道这一定是设子射来的，恰恰落到他们手里了。后来我听这封信上还有你写给我的几句话，这事儿把你也牵扯进来了……

恐怕这件事情他们不会善罢甘休的。王莹思忖着说，一定是妈妈通过有关领导把您保出牛棚了，可巧这时他们发现了第三封家信就成了您的新罪证。他们只是象征性地把您放回来……

他们很快就会把我抓回去继续关在牛棚里吧？王金炳惊恐地说，灵莹，爸爸窝囊，爸爸胆小，爸爸没出息，可我还是要求你别把这事儿告诉你妈妈。

王莹点点头说，您别内疚了。多长的铁棍都能磨短，多硬的骨头都能煮软。无论怎样您永远是我爸爸呀！

灵莹，有你这句话我心里就踏实了。王金炳勉强地笑了笑，回屋睡觉了。

第二天一早，王莹起床在厨房给全家弄早饭。楼下响起一阵口号声。伸长脖子仔细听，呼喊的口号居然是"揪出内奸分子牟棉花！打倒泄露国家机密的王家小集团！"她趴上阳台探头看到楼下摆着好几只糨糊桶，一群人手持扫帚正往墙上刷大字报。

他们果然来啦！王莹离开阳台穿过厨房越过客厅跑进卧室，一把从床上拉起酣睡的妹妹说，傻凤！穿上衣服出发吧。我昨天跟你说的事情，乘三路公共汽车坐四站地就到了我们学校找红卫兵团……

睡眼惺忪的王凤抬头望着姐姐说，我知道你是让我送鸡毛信去！

嘭嘭嘭！有人狠力叩门了。王莹跑去开门。柴油机厂造反派凶神恶煞般涌进来，高喊揪出王家叛国小集团，打倒人造黑劳模。王凤趁机小鱼似的游出家门，下楼去了。

造反派押着王金炳和王莹下楼。王建设不知所措地跟在后面。姐姐扭头笑着对弟弟说，设子没你事儿，你该干什么干什么吧。

楼下，牟棉花的第三封家信已经被抄成大字报，刷在墙上公布于众了。王金炳听见有人高呼打倒叛国者打倒内奸分子的革命口号，双腿颤抖起来。王莹担心爸爸受到惊吓，扯了扯衣襟暗示他不要害怕。

然后，王莹以攻为守，一声尖叫扬手指着大字报说，这是谁贴的大字报？他妈的给我站出来！

一个柴油机厂造反派头头儿走过来说，小丫头片子你还会骂街，这大字报是我贴的你敢怎么样！来人啊，把她给我五花大绑了！

上来几个汉子推着搡着，七手八脚将王莹捆起来，好像一只大粽子。

王建设举着射钉枪冲上来说，不许欺负我姐姐！不许欺负我姐姐！

造反派头头儿乐了说，这小子拿凶器吓唬人，快缴他械！快缴他械！

几个汉子抢去射钉枪，把又踢又咬的王建设摁到旁边。被缚的王莹怒目圆睁，小母老虎似的吼叫着。谁要伤我弟弟一根毫毛，我跟谁没完！

父亲王金炳百分之百罪人形象，弓身垂头站着，好像没了魂魄。

王莹声嘶力竭叫着，我母亲出国援外是受到毛主席委派的。这是国家机密！你们贴大字报泄露国家机密，还诬赖我们是叛国小集团？你们一个个才是苏修美帝的内奸！我要到北京去告你们……

一个蓬头垢面的老婆儿嘴里叼着一颗不冒烟的烟卷儿，站在人群里看大字报。这大字报抄写的正是牟棉花泄露国家机密的罪证——那第三封家信。肮脏的老太婆嘴上叼着的烟卷儿并不点燃，好像一种象征。她眯着眼睛看着大字报，喃喃自语，操，敢情牟棉花出国援外了，怪不得没见批斗这娘们儿呢……

王莹你不要自找苦吃！我们现在就陪你去北京，我们还要把牟棉花从阿富汗揪回来呢！造反派头头儿指着王莹鼻子说。

你们放屁！我妈妈遵照毛主席指示出国援外，这是发扬国际共产主义精神……

那个嘴里叼着烟卷儿的老太婆冲出人群，伸手撕着墙上大字报，嘿嘿笑着嘴里念念有词：你们不要揪棉花，你们不要揪棉花……

王莹呆呆看着这个突然出现的老太婆，觉得她好像妈妈厂里的靳大姑。

你是什么人？你敢破坏革命大字报！两个造反队员扑过来揪住老太婆的头发，押向大卡车。

人们纷纷嚷叫起来。这疯婆子是国棉十九厂的，去年就疯了！

前推后搡扭胳膊摁肩膀，疯婆子依然结结实实叼着那一颗并不冒烟的烟卷儿，好像生长在嘴唇上。听到人们喊叫她是疯子，两个造反队员松了手。

一队红卫兵从远处跑来，足有好几百人，掠过"市长楼"踏着中央草地径直奔"劳模楼"来了。柴油机厂造反顿时紧张起来，一起投去目光。

王莹长长出了一口气。好啊，这是妹妹拿鸡毛信去学校搬来了救兵。

红卫兵的首领竟然是曾经去金水村向王援朝取经的滕维丽，而且送给王莹一枚毛主席像章。滕维丽走上前来慢条斯理说，牟棉花代表中国工人阶级援助阿富汗人民，这是党中央毛主席的委派，这是发扬国际共产主义精神，你们跑到这里贴大字报，究竟长谁的志气？究竟灭谁的威风？

滕维丽语气突然强硬起，你们是工人阶级造反派，你们更应当听毛主席的话。我要求你们马上给王莹松绑，不要做亲者痛仇者快的事情！

战场一片沉寂。柴油机厂造反派好像寻找着反击武器，心律出现间歇。

疯婆子悄悄溜到王莹面前，嘴里念念叨叨：你们要听毛主席的话，你们要听毛主席的话……

王莹注视着疯疯癫癫的靳大姑，从她的目光里看出几丝慈祥。

一个女人突然挤出人群，一拍大腿质问滕维丽，你说牟棉花代表中国工人阶级援助阿富汗去了，她一个黑劳模代表得了吗？你说牟棉花发扬国际共产主义精神去了，她一个黑劳模发扬得了吗？

这是"荔枝壳"啊。王莹看到"荔枝壳"身后站着十几个佩戴"红纺战斗队"袖标的纺织女工，吵吵嚷嚷着。

我们就是要把牟棉花打翻在地踏上一只脚，让她永世不得翻身！

滕维丽一挥手，外围待命的几百名红卫兵战士呼啦一声对现场形成一个包围圈。他们一手举起"红宝书"，一手举起"椅子腿"，节奏急促地高喊着：文攻武卫！文攻武卫！

你们要不悬崖勒马，我们红卫兵联合会就要采取革命行动啦！滕维丽大声发出警告。

"荔枝壳"冲上前来尖声喊道，谁敢保护人造黑劳模，我们就跟谁斗争到底！

她一句话，好似点燃了烈火，现场骤然升温，人们开始互相推搡了。王莹气愤地喊着，"荔枝壳"你公报私仇……

一群女红卫兵冲上去擒拿"荔枝壳"，跟纺织女工们扭打起来。

王凤窜到王莹面前，一边松绑一边说，姐姐，你快跑吧！你快跑吧！

王莹望着从文斗转向武斗的混乱场面，犹豫了。我跑？咱爸怎么办呀！

王凤转身飞快地窜到王金炳面前说，爸爸，趁着乱劲儿您快跑吧！快跑吧！

王金炳突然猫腰从地上捡起一块砖头，啪地拍在自己面门上，登时红汁流淌，脑袋成了一只血葫芦。

爸爸你疯啦！人家还没打你，你自己打自己啊……小女孩王凤尖叫着望着父亲，仿佛看到一只怪物。

王金炳浑身颤抖说，不用他们打我，我先把自己打了吧。

王莹跑过来哭着说，爸爸您这是干什么！自残啊……

我、我还是跟他们回牛棚去吧。回到牛棚我就踏实了。王金炳抹着满脸血迹说着，好像只有牛棚才是他的安全归宿。

链条卷

链条：机械上传动用的链子。

——摘自《现代汉语词典》

13. 扫帚与芒果

王援朝告诉王莹，咱家很快就会渡过难关一步步走向好转的。哥哥的判断果然灵验，两件喜事接踵而来。一是强调"三结合"爸爸被"解放"了，走出"牛棚"恢复工作，重新成为柴油机厂中心配套仓库保管员。二是王莹技校毕业了。由于半工半读毕业生没有上山下乡任务，她被分配到东方制冷设备厂成为工人阶级的光荣一员。

"牛棚"岁月将王金炳改造为一只惊弓之鸟，他表情紧张地嘱咐女儿进了工厂一定要虚心向工人阶级学习，首先是不怕不脏不怕累，别人不愿意干的工作，你一定要抢着干。再者是搞好团结，跟同志们打成一片……

灵莹，你给阿富汗写信告诉妈妈你参加工作了，让她高兴高兴。王金炳说着压低声音，大朝真的收留了白鸣岐？这是窝藏包庇反动资本家呀！

说着，王金炳转身走进卧室，好像害怕了。

一大早儿王莹前去报到。东方制冷设备厂坐落在市郊接合部，距离9路公共汽车终点站不远。工厂大墙上刷着一条"最高指示"的大标语："革命委员会好。"王莹拎着兜子走进工厂大门，主动跟传达室打招呼说是来报到的。传达室老头儿笑着说，总共十五个新工人，你是第五个报到的。

从"工人阶级必须领导一切！"的大标语前面走过，她找到政工组。办公室很简陋，两张办公桌，一只文件柜，迎面墙上贴着一条最高指示："要节约闹革命"。一位白白胖胖的中年男子埋头写着什么。王莹叫了一声师傅。

在社会上叫同志，在工厂里叫师傅，这是两种最为亲切的时代称谓。

她递上分配通知书说是来报到的。对方抬头朝她投来审视的目光，提笔批了一行字：请生产组安排该同志参加新工人进厂教育学习班，统一分配工种。

找到生产组办公室。女同志小杜让王莹填表，说填了表你去工具库接受七天进厂教育，然后分配工种。

第一课是"东方制冷设备厂的历史与现状"。主讲者正是那位白白胖胖的政工组长范金斗。王莹给自己的笔记本编了号码"1970A"，一丝不苟记录着工厂概况。

"咱们东方制冷设备厂归口第一机械工业部，生产各种类型的制冷设备，比如说本市食品二厂的三座冷库，就是我们厂生产安装的。前几年还生产了几套大型制冷设备，援助社会主义友好邻邦朝鲜和越南，受到外贸部长李强同志的好评。我们厂总共五个一线生产车间。你们这十五位新工人进厂，我们就有八百四十三名职工了。这是新鲜血液。毛主席说世界是你们的。希望你们能够接好革命班，迅速成长争取早日挑起大梁！"

王莹一边听一边记录，她在"朝鲜"二字下面画了一道杠杠，表示重点。范金斗的讲话使新工人们了解到工厂的基本情况。尤其讲到明年的生产任务援助阿尔巴尼亚的三套大型制冷设备，王莹激动了，心里哼唱起那首全国传唱的《北京——地拉那》。

北京，地拉那，中国，阿尔巴尼亚，英雄的城市，英雄的国家，中阿人民并肩前进，团结在马列主义旗帜下。万岁——毛泽东！万岁——恩维尔·霍查！万岁——光荣坚强的党，万岁——北京地拉那！

介绍工厂概况，范金斗谈到一线生产车间的十二个工种，着重提醒新工人们做好从事艰苦作业的思想准备，比如喷漆工序接触二甲苯就属于有毒有害作业。你们可能不知道，机械行业流传这么几句话："车钳铣，没法比；电气焊，凑合干；要翻砂，就回家。"还有"王八瞪蛋是冲工，大锤震耳是铆工，溜溜达达是电工，轻轻松松是化验工"。

坐在后排的一个浓眉大眼的男生举手说，还有，断子绝孙是老公！

人们哄堂大笑，好像是相声专场演出。大家为什么发笑，王莹却听不懂。

范金斗不急不躁说，老公？我们是社会主义工厂不是封建王朝皇宫，哪儿有什么太监啊!

王莹这时听明白了,老公原来就是太监啊。她意识到自己的单纯,社会上很多术语,自己是听不懂的。

范金斗表情和蔼地指着浓眉大眼的男生说,你叫什么名字?那位男生起立回答说,我姓董叫董泰建。

白白胖胖的政工组长范金斗不动声色说,董——泰——建。泰建?怪不得你对断子绝孙的事情特别明白呢。

人们再次哄堂大笑。王莹也跟着笑了。董泰建——董太监。她觉得工厂真是一块幽默宝地,就连这位从容稳重不苟言笑的政工组长范金斗说出话来也这么灵活机智令人回味。

董泰建满脸尴尬对身旁男生说,我叔我婶嘱咐我进了工厂别多嘴多舌,人家工人一句话能把你噎死,今天我算领教啦。

听了范金斗的报告,王莹对东方制冷设备厂有了了解,笔记本密密麻麻写满几页,心里十分充实。

董泰建凑到王莹面前自我介绍说,我是从第二半工半读技术学校分配来的。王莹敷衍说我是第一半工半读技术学校的。董泰建嬉皮笑脸说,你是第一半工半读,我是第二半工半读,我比你大一倍啊。

你再大也超不过《清宫秘史》的李莲英吧?一定是受到工人阶级幽默的感染,王莹说出这样一句话。

人们听了笑得前仰后合,当场给董泰建确定了绰号:董公公。

生产组小杜走来批评董泰建说,你这是偷鸡不成反蚀一把米。新工人进厂应当虚心学习工人阶级优良品质,不要学得油嘴滑舌一身社会习气。

董泰建只得自我解嘲说,他们叫我董公公,好哇!我是大公无私的公,我是公而忘私的公,我是公事公办的公……

你怎么不说你是公共厕所的公呢?小杜一句话堵了董泰建的嘴。

这就是工厂语言啊,小杜这样的女同志说出话来也是一口咬到骨髓里。王莹暗暗想到父亲母亲。妈妈说话爽爽快快,从来不拖泥带水,直来直去特别符合工厂风格。相比之下爸爸吭吭叽叽显得沉闷,好像一间没有天窗的屋子。这可能与他是仓库保管员有关吧。

中午时分,王莹走进职工食堂独自坐在角落里打开饭盒吃着"银裹金"烙饼。这种烙饼，看外表你在吃白面饼，只有自己知道咽下去的是玉米面。食堂中央摆着一个大铁桶，有人端着饭盒去舀汤，免费的。王莹端着饭盒走过去，舀了一勺倒进饭盒里，转身悄悄喝了一口，笑了。这清汤就是食堂刷锅水，加了一撮子食盐而已。她耐着性子喝得出汗，出了食堂沿着厂道走去。

午休时间，一个身穿草绿军装的年轻军人一手拎着小桶一手挥着板刷正往车间大墙上刷写标语。已经刷写了"抓革命，促生产"六个大字，王莹知道还有六个大字是"促工作，促战备"。

如今是标语时代。工人疗养院在刷写标语，柴油机厂在刷写标语，东方制冷设备厂在刷写标语，处处都在写标语。王莹迎着标语走去，看到这个年轻军人穿着两只衣兜儿的军衣，知道他是战士不是干部。干部四个兜儿。

过午的阳光照耀着年轻战士，汗水浸湿帽圈儿好像戴一道箍。他停下板刷回头操着南方口音说，你是新工人吧？别进车间啊，那里是军工保密产品。

你写的字不保密吧？王莹看到对方比自己大不了几岁，笑着问道。

啊？我的字当然不保密。年轻战士看了看王莹，伸出板刷蘸着白浆继续书写。王莹转身走开。他停止书写大声问道，喂，你叫什么名字？

王莹转身望着这个身材适中眉清目秀的南方口音的兵，说我叫王莹。对方立即自报姓名说，我叫冯五一。

你叫冯五一？那你一定是劳动节那天出生的！王莹惊奇不已。

年轻战士摇了摇头说，我也不知道我爸爸为啥给我取了这个名字。

王莹问道，你是解放军战士，你到东方制冷设备厂来干什么呀？

"三支两军"啊。冯五一冲着王莹大声说，你知道"三支两军"吗？

知道哇！三支是支左，支工，支农，两军是军管，军训。王莹对答如流。

冯五一突然不好意思了，低头说我们的主要任务是支左，过几天还要对你们这批新工人开展军训呢。

看到对方这种表情，王莹不明白他为什么窘了，说了声再见扭身走了。年轻的冯五一注视着王莹远去的背影，一时忘了继续书写大标语。

下班回家吃过晚饭，王莹坐在灯下写信。她是写给朝鲜民主主义共和国一个名叫崔莹的女孩子。

"崔莹你好，首先敬祝中国人民的伟大领袖毛主席万寿无疆！我叫王莹，我一九五二年三月十一日出生，那一天罗盛教烈士被授予'一级爱民模范'称号。

他为了救你，落入冰窟献出自己宝贵生命。为了纪念罗盛教叔叔，我出生那天我爸我妈一致同意给我取名王莹。这样，你和我就成了同名的人。"

"崔莹，今天我走进东方制冷设备厂报到，成为一名社会主义中国的新工人。我们这座工厂前几年还向你们国家出口制冷设备呢。我知道你们国家提倡千里马精神，我们国家提倡鼓足干劲力争上游多快好省建设社会主义的精神。你是崔莹，我是王莹，我提议，咱俩在不同的工作岗位上开展社会主义劳动竞赛。你说好吗？"

写了信，装进信封，王莹不知道怎样寄给远在朝鲜的崔莹，便小心翼翼放在抽屉里。王建设推门告诉姐姐，他组装矿石收音机出声音了。接过弟弟耗费半年心血攒成的矿石收音机，果然听到中央人民广播电台一组标题新闻。

"我国第一台具有先进水平的韶山型大功率半导体干线电力机车在湖南株洲机车车辆厂试制成功。"

"河南省红旗渠工程全部建成。该渠建成后，林县水浇地面积从不到一万亩扩大到六十万亩。"

"原国民党空军上尉黄天明、学员朱京蓉驾驶 T-33 喷气机起义，从台湾飞返大陆，在中南地区某机场安全降落。"

第二天，厂里专门召开忆苦思甜大会。十五名新工人参加，还有东方制冷设备的十八名武装基干民兵。说是大会，总共不过一个排的兵力。

会场前面摆了一张长桌子，算是主席台。会议由政工组长范金斗主持。他发言非常实在，说忆苦思甜大会主要是忆苦，甜还用思啊！你们生在新社会长在红旗下，本身就泡在蜜罐儿里。你要是感觉不到甜，那是忘本了。列宁说，忘记过去就意味着背叛。背叛不就成了《红灯记》的王连举啦？

范金斗做出准备鼓掌的姿势说，今天请来当年三条石华昌机器厂老工人、现任通用机械附件厂革委会副主任梁三升同志给我们做忆苦思甜的报告！大家鼓掌欢迎！

身穿劳动布工作服的梁三升大步走到前面，十分正规地给大家敬了一个军礼。董泰建恶习难改说着风凉话，你又不是军人给我们敬什么军礼呀。

王莹扭头制止说，人家敬军礼怎么啦？毛主席号召全民皆兵嘛。

全民皆兵？瞎子瘸子一起上阵啊，嘻嘻……

王莹心里为董泰建感到悲哀。小伙子五官端正身材匀称，可惜整天嘻嘻哈哈的，没正形。

梁三升落座，开始做报告。你们知道当年三条石工人的悲惨处境吗？我给你们哼唱一首歌谣吧："三条石，靠运河，棒子面，大粗箩，想抽烟，有锯末，要喝水，有臭河。"

王莹听着，冷静地将这首歌谣记在笔记本上。她依稀记得这位梁三升就是当年批斗父亲的主角，如今成了三条石老工人代表，到处忆苦思甜做报告。

这时候，梁三升讲到挂在华昌铁工厂账房墙上的"昧心表"。万恶的资本家啊！上班拨快一个钟头，下班拨慢一个钟头。这样工人一天就多干两个钟头，一个月就多干六十个钟头，一年就多干七百二十个钟头。他们压榨工人血汗不管工人死活，铁证如山。

昧心表。王莹认为这是华昌机器厂剥削工人的典型案例，便详细记录在笔记本上。父亲也是三条石工厂出身，可是从来没有给她讲过资本家疯狂剥削工人的故事。父亲工作太忙，根本没有时间给孩子们开展忆苦思甜的教育。王莹认为父亲是一株树，常年栽在工厂仓库里。母亲好似一朵棉花，早早将自己纺进棉纱里去了。

梁三升又哼唱了一首歌谣，说明当时工人的伙食："韭菜长吃，菠菜种吃，一年到头吃饺子！"

哼唱之后，梁三升解释说，韭菜长吃就是韭菜长到二尺多长，最后一茬跟草一样，给我们吃。菠菜种吃就是菠菜老得打了籽成了种子，给我们吃。一年到头除夕夜，才给我们一顿黑面饺子吃，牙碜得只好囫囵吞下肚子，不敢合牙！

听着黑面饺子的故事，王莹猛然想起今天下班回家做饭。工厂五点钟下班，走进家门六点钟。全家吃什么菜做什么饭呢？她走神了，耳朵离开水深火热的三条石工厂，心思走进自家的厨房。

焖一锅粳米饭，买二斤韭菜炒着吃吧。今天的新社会韭菜跟过去的三条石韭菜肯定不同。今天的新社会韭菜只有半尺多长，不老不嫩，小虾皮炒韭菜正合适。西红柿便宜，煮一锅汤，又红又酸又开胃。

坐在工具库里的小型家庭主妇构思着晚饭，王莹下意识地抬头寻找着钟表。工具库里没有钟表。她联想到三条石华昌机器厂的"昧心表"，便抬头注视着慷慨激昂的梁三升同志。

苦大仇深的梁三升口才很好，讲到一个名叫佟小喜的学徒，一九四五年死于资本家的虐待。佟小喜外号"瘦猴儿"，受了风寒，资本家不闻不问，一个人躺在炕上等死。后来果然死了，万恶的资本家假慈悲，把尸体装进棺材发丧。谁都认为佟小喜被埋在西营门外乱葬岗子，可是后来在工厂院子里挖出了他的墓牌。工人弟兄的尸骨何在，至今也是一个谜！

这个惊险故事再度吸引了王莹的思绪。她停止自家晚饭的谋划，捧起笔记本埋头写道：三条石学徒佟小喜，外号瘦猴儿，死后究竟埋在何处，至今仍然没有答案……

忆苦思甜报告会，拖的时间很长，字字血声声泪控诉着万恶的旧社会。武装基干民兵排长霍地站起，带领大家高呼革命口号，声声震荡着空旷的工具库。

不忘阶级苦，牢记血泪仇！加强纪律性，革命无不胜！工人阶级必须领导一切！誓将"无产阶级文化大革命"进行到底！

第四天，一位安全员讲课。他黑脸膛大嗓门，拉开丁字步环视着会场，首先念了一段毛主席语录："要奋斗就会有牺牲，死人的事情是经常发生的。"念罢这段语录话锋一转，他说毛主席他老人家讲的是革命战争年代的牺牲精神，我们为了解放全人类不惜赴汤蹈火不怕肝脑涂地。今天我们是和平年代经济建设，就必须做到安全生产了。

你们这一批新工人里的女同志请举手！安全员突然一声大喊。王莹立即举起手来，回头看一看，还有另外四名女同志举手。

安全员倒背双手一边溜达一边说，先说你们女同志进车间吧，必须佩戴工作帽而且要把发辫掖到帽子里。前几年第九机床厂一个女车工，身材苗条，脸蛋白净，一双大眼睛，两条黑油油的大辫子，走在大街上百分之百回头率。那天上早班迷迷糊糊忘戴工作帽，上了车床一抡摇把，大辫子绞进卡头，三绞五绞就把脑袋给削了，死啦！

这个女工故事听得王莹心里直冒冷气，合起笔记本不敢记录了。好在我梳着两条齐肩的短辫子，没有什么危险。

安全员清了清喉咙继续说，再说男同志吧，你小伙子年轻帅气，细皮嫩肉两只手，无论干什么活儿都戴着手套。可是安全操作规程明文规定，上钻床打眼儿不能戴手套。话说第二汽车配件厂一个钳工，小伙子平时喜欢乐器，业余时间练习小提琴，因此特别注意保养自己的一双手。

王莹心里想，这又是一起流血事故吧？

那天小伙子戴着手套上钻床打眼儿，一不留神手套绞进钻头，只是一眨眼工夫就绞住袖口，他穿了一件崭新的工作服，那袖口特别结实，手臂也绞进去了，残疾啦！

王莹情不自禁举手问道，那小伙子要是穿一件旧工作服呢？

你问得好！安全员喝了一口水说，首先，他要是不戴手套只绞一个手指头，他戴了手套就把一只手绞进去了。其次，旧工作服不结实呀，钻头一绞就烂了，兴许还有机会挣脱，新工作服绞不烂，他半条胳膊也搭进去了。

新工人听罢，你看我，我看你，显然给吓住了。

新工人同志们！机器是什么？你严格按照安全生产规程操作，它是你的好伙伴。你马马虎虎毛毛躁躁不遵守安全生产规程操作，它是一只吃人的铁老虎。铁老虎啊，就是武松转世也拿它没有办法。一句话，必须严格执行安全生产的各项规章制度，有了设备隐患，及时发现及时报告及时整改，不过夜！

绰号董公公的董泰建又开始嘟哝。这一上午我光听惊险故事了，敢情工业生产比抗美援朝伤亡都大啊？一会儿削了脑袋，一会儿绞了胳膊，这往后谁还敢当工人啊。

嘟嘟哝哝不过瘾，董泰建索性站起来说，毛主席教导我们，一不怕苦，二不怕死。毛主席还教导我们说，下定决心，不怕牺牲，排除万难，去争取胜利……

黑脸膛的安全员冲着董泰建嘿嘿笑着说，小伙子，我们提倡为革命而牺牲，坚决反对拿人命换产值！毛主席还教导我们说，宇宙间人是第一可宝贵的。你懂吗？

他懂，因为他姓董嘛。王莹为了让董泰建就坡下驴，笑着对安全员说。

生产组小杜走过来压低声音说，董泰建，你不要以为自己是革命烈士遗孤就可以随便说话，你要是违背了毛主席教导我们照样批判你！

董泰建做了一个鬼脸儿，不言不语坐下了。

敢情你是革命烈士遗孤啊？王莹回头看了看董泰建，对这个信口开河的小伙子有了新的认识。

董泰建挤眉弄眼说，我是革命烈士遗孤又怎么样？毛主席教导我们——不要吃老本，要立新功。

立新功？王莹一下想起远在农村的哥哥王援朝。她想象着哥哥坐在轮椅里的情景，伤感了。哥哥当初被评为"全国青年社会主义建设积极分子"，可是他下肢残疾了怎么立新功呢？

七天的新工人进厂教育，军训只有半天时间，主要项目是队列行走。年轻的解放军战士冯五一来了。他主动投来目光跟王莹打招呼。她朝冯五一点点头，表示回应。

十五个新工人，十男五女，分为两拨练习基本动作。身着国防绿军装，腰间扎着武装带的冯五一耐心做出示范。学员们一遍遍练习，人人练得满头大汗。进入列队行走练习，表情严肃的冯五一要求王莹出列，"立正、稍息、向右转、齐步走"，单独演示一番。

王莹个子不高却身材挺拔，行走起来体态庄重步姿标准。没人知道，她用白布将隆起的胸脯勒平，呼吸显得急促。

冯五一指着王莹对大家说，她的动作非常规范！你们照着她的样子做。

啊？王莹没想到自己一下成了样板，不好意思地笑了。

训练列队行走，冯五一带头高喊"提高警惕，保卫祖国，要准备打仗！"的口号，十分威武。王莹突然激动了。是啊，大家迈着统一步伐呼着统一口号向前走去，心头涌起一股强烈的归属感。这种归属感使她确认自己工人阶级一员的身份，充实着人生价值。

这样的往返列队行走，王莹并不觉得枯燥。她偷偷看着发号施令的冯五一，觉得这位拿起板刷能写大标语，喊起口号能训练队列的年轻战士，称得上文武双全了。

军训结束了。冯五一郑重其事地跟王莹握手告别，颇有几分意味深长的感觉。董泰建不合时宜地凑过来告诉王莹，咱们马上就要分配工种了。

分配工种照常在工具库开会。东方制冷设备厂又干净又轻松的工作岗位挺多，比如检验工化验工画线工，舒舒服服小干部似的。又脏又累的工种也不少，比如喷漆工电焊工司炉工，一天累得臭死还属于有毒有害作业，对象都不好搞。

宣读分配工种名单之前，政工组长范金斗讲话。他表情严肃地说，这次进厂的十五名新工人有一个清洁工名额，你们谁想去可以自愿报名。

会场里一片沉寂。王莹坐在中间，她朝左边看看，左边的新工人低着头；她往右边看看，右边的新工人也低着头。

清洁工？就是扫地刷厕所吧……有人小声问道。

范金斗点了点头说，主要负责清扫厂道，属于露天作业比较艰苦。

王莹想起母亲说过，当初她在日商东洋纱厂做清扫工，一天清扫十几座女厕所呢。如今妈妈照样是特等劳动模范而且出国援外了。是的，革命工作不分贵贱高低。心里这样想着，王莹缓缓举起手说，你说是清洁工啊？我报名吧。

十四个新工人齐刷刷将目光投向王莹，一下照亮了她的脸。一贯严肃的范金斗露出少见的笑容，冲着这位自愿报名当清洁工的姑娘点了点头。

还有报名的吗？范金斗清了清喉咙，面对鸦雀无声的会场开始宣读分配工种的名单。第一个便念到董泰建——工具库保管员。

董泰建站起身来环视着空空如也的工具库说，保管员？这里什么都没有，我怎么保管呀！

范金斗说，你先把自己保管好了，过几天工具一入库，你就有得管啦。

依次宣读名单：两名车工，两名磨工，两名刨工，三名装配钳工，一名天车工，一名幼儿园保育员，一名食堂炊事员，一名汽车队搬运工。

一共十四名。外加一名清扫工。总共十五个人，齐啦。范金斗宣读完毕说，希望新工人在新的工作岗位上，"斗私批修"反骄破满，不要吃老本要立新功。

嗡的一声散了会，新工人们欢欢喜喜去工作岗位报到了。生产组小杜告诉王莹清洁工属于后勤组。王莹就去后勤组报到了。填写劳保卡片，领取了工作服和劳动保护用品，有套袖、脚盖、护肩、高靿胶靴、乳胶手套、油布围裙以及防尘眼镜什么的，一共要发十几种劳保用品。

发放劳保用品的老头儿摘下老花镜望着王莹说，闺女，听说你是自愿报名当清洁工的？这活儿以前都是"牛鬼蛇神"干的……

听到"牛鬼蛇神"这四个字，王莹回味着。是啊，我为什么自愿报名当清洁工呢？思来想去自己也说不清楚。开弓没有回头箭，当了就当吧。

董泰建跑来了，笑嘻嘻问道，你真要当清洁工啊？

这是我自愿报名的，还有假吗？王莹略有迟疑地回答。

好！你要是赶上抗日战争，一定就是刘胡兰啊。董泰建嘻嘻笑着说。

当天下班回家，王莹在饭桌上宣布自己做了清洁工。王凤瞪大眼睛说姐姐你犯错误了吧？王建设反驳说姐姐是不会犯错误的，她一定是自愿的。

王莹期待着爸爸表态。王金炳只说了一句话，做什么都是革命工作，没有高低贵贱之分。

女儿以为自己做清洁工的选择给父亲带来了苦恼，等到弟弟妹妹吃饱离开饭桌，便悄悄询问父亲有什么想法。王金炳犹豫再三，终于向女儿道出内心苦闷。李亦墩同志调我去六九七五工程当仓库保管员，那是一座露天材料库啊。

王莹以为父亲不愿意管理露天仓库，便劝了几句。父亲摇摇头告诉女儿，不是不愿意管理露天仓库，是觉得自己成了李亦墩同志的尾巴。他到哪儿，我就随到哪儿。从华昌机器厂到了军工503厂，从军工503厂到了国营宏光电器厂，从国营宏光电器厂到了柴油机厂，如今从柴油机厂到了六九七五工程。还不知道下次跟随李亦墩同志调到什么地方去呢。

这都是革命工作需要。王莹这样劝慰父亲。王金炳愁眉不展说这十几年我调来调去成了万金油，涂抹到哪儿都行。李亦墩同志是六九七五工程的副总指挥。我明天就去他那里报到了。

清洁工王莹开始工作了。她身穿白色小帆布工作服，腰系油布围裙，脚踏高勒胶靴，雄赳赳气昂昂清扫着厂道。想起远在阿富汗的妈妈得知女儿做了清洁工一定会说，灵莹哟，想不到时隔二十多年你也做了清洁工，现在可不是东洋纱厂啦。新社会三百六十行，行行出状元。你好好干，人家著名劳动模范时传祥还是淘粪工人呢。

冯五一身穿军装腋下夹着一卷大批判材料沿着厂道走来，兴高采烈哼唱着革命歌曲。只听他啊地叫了一声，停住脚步注视着这位女清洁工。

你怎么？……冯五一根本没有想到王莹做了清洁工。你怎么扫了马路呀！听说你爸你妈以前都是特等劳动模范呢。

我爸我妈是特等劳动模范我就不能扫地啊？王莹抢起扫帚继续清扫厂道。

之后遇到了范金斗。这位政工组长感慨地说，你不愧劳动模范的后代，主动做了清洁工。你做得对，你做得好，你做得又对又好！

王莹并不知道这位政工组长与父亲当年都是华昌机器厂小伙计，只不过范金斗"摇大轮"充当电滚子，王金炳寸步不离伺候老东家，外号"小公公"。

清扫厂道，她渐渐熟悉了自己的领地，哪里有沟哪里有坎，全在心间。一条厂道几乎成了一册大书，她挥帚扫地好似挥笔写字。她还在更衣室门外设立了"失物招领箱"。扫地遇到有人遗失东西，拿回来放进箱子里。

王莹渐渐体会到清洁工的艰苦。冬天风吹，夏天日晒，往往被别人低看一眼，以为你犯了错误接受改造呢。董泰建确实不低看她，一有空闲就跑来搭讪。王莹冷脸，一声不吭地扫地。董泰建不怕冷脸，拉磨似的围绕着她。不知为什么，王莹觉得这个浓眉大眼的小伙子不错，就是稀汤寡水的不受别人待见。

下午，王莹完成清扫任务之后在水房洗脸，后勤组长跑来叫她去花房集合。厂里分配下来一张自行车购买证，后勤组十八个人做成十八个纸阄儿，全部到场轮流抓。王莹早就认为爸爸走路上班下班实在辛苦。可是家里孩子多积蓄少日子紧，他只能依靠步行。此时她盼望自己能够抓到那个写着"有"字的纸阄儿，给爸爸买一辆崭新的自行车。

王莹排队等待抓阄儿，位列十七。一二三四五，抓到的都是"没有"。轮到烧茶炉的刘姐第六个抓阄儿。她打开纸团啊地大叫一声"有"，那模样好似范进中举。人们得知自行车落到刘姐手里，嗡地散去了。没有给爸爸抓到自行车购买证，王莹心情有些失落。唉，看来爸爸的步行只好继续下去了。

离开花房，迎面看到董泰建驾驶电瓶车撞过来。她吓得一声尖叫，董泰建猛地刹车一本正经说，你真想买一辆自行车？我给你搞一张购买证吧！

说大话，你去哪儿去搞购买证？王莹撇了撇嘴，根本不相信。

董泰建从身后抽出一把小铲子说，这是我专门为你做的，遇到清扫不掉的脏东西，一铲子下去就干净了。

王莹心头腾地热了，接过这一把用不锈钢做成的小铲子。从小接过操持家务的担子，王莹习惯于关怀别人，极少受到别人关怀。今天终于有人关怀自己了。她满怀感激地说，董泰建啊董泰建。

下班回家下厨做饭，王莹脚手不闲，好比李铁梅"里里外外一把手"，完全充当了家庭主妇角色。吃过晚饭王金炳低声低语说，今年不是建国二十周年大庆嘛，我被选为机械行业工人代表去北京参加天安门国庆观礼，明天就集中了。

这是好事儿啊！王莹高兴地说，这么光荣的事情您怎么还犯愁呢？

当了这么多年的劳动模范又蹲了这么长时间的"牛棚"，我不愿意显山露水了。我最大的心愿是自己管理一个小仓库。

女儿只得劝慰父亲说，参加国庆观礼是政治任务，别人想去还去不成呢。

十月二号一大早儿，全厂青年工人紧急集合前往火车站迎接国庆赴京观礼代表团凯旋。男的身穿崭新的蓝色劳动布工作服，人人戴白色长檐工作帽；女的身穿白色小帆布工作服，人人戴蓝色无檐工作帽。手里都挥舞着小红旗。

火车站前人头攒动，旗帜飘舞。王莹跟随队伍走进站前广场，感觉一下淹没在浩瀚无边的大海里。随着队伍行走她感觉有人扯住自己袖口，便下意识地甩甩胳膊，回头一看是董泰建。

他急了。我是怕你挤丢了找不到队伍才拉你一把！你是金枝玉叶不让摸啊？

王莹看着急赤白脸的董泰建，扑哧笑了。我这金枝玉叶还没急，你太监倒急了。董泰建气咻咻反驳说，我这辈子兴许能当上太监，你这辈子肯定当不上金枝玉叶的。

我不当金枝玉叶，你去当太监吧。王莹继续逗乐儿，占了董泰建的便宜。

这时候，站前广场的大喇叭播音了。人群发出的嗡嗡声在空中回荡，千军万马似的。王莹扬起脑袋竖起耳朵仍然听不清楚。她只好大声询问董泰建。董泰建趁机紧紧抓住她的手，朝她投来火热的目光。王莹不知如何是好。为了避免难堪，她只得装作若无其事的样子，伸长脖子东瞅西瞧。

董泰建极其殷勤地说，广播里说伟大领袖毛主席送给我市工人阶级一颗什么果，一会儿火车就到了！

她担心董泰建的勾当被别人发现，狠狠瞪了对方一眼。外号"董公公"的小伙子愣了愣，终于撒了手。人群又是一涌。生产组小杜吆喝着大家别掉队。王莹和董泰建追随着"东方制冷设备厂"的旗帜，朝着出站口方向涌去。

广播喇叭传出播音员激越的声音，说是伟大领袖毛主席送给我市工人阶级的芒果到了！

站前广场轰地掀起一波声浪，扑面而来。播音员的声音被覆盖了。一波波声浪扑来，王莹感觉双脚腾空，朝前漂浮着。一种茫然无助的情绪笼罩心头，想哭。此时，她多么希望有人抓住自己的手，有力地握着。董泰建凑近耳畔大声说着什么，脸与脸贴得那么紧。她分明感受到男人的呼吸吹进耳孔，潮湿而急促。她懵懵懂懂保持着这种距离，嘴唇冰凉。平时在家里接触爸爸哥哥弟弟，他们都是男人，却从来没有今天这种难以言状的感觉。这种感觉使她确认了身为女性的身份，同时增添了几分迷茫。

不知道为什么，站前广场突然一静，她终于听到广播喇叭里说："手捧盛有金色芒果大步跨出车厢的是工人代表王金炳同志！"

是爸爸呀！王莹感觉醉了，内心幸福得一塌糊涂。人山人海，女儿根本看不到父亲们身影。欢迎仪式结束，铁路工作人员在站前广场捡到四百八十五只鞋子，各式各样满满装了十大筐。

王莹回家做好午饭，打卤捞面，还配了两样菜码。然而，爸爸午饭没有回来，晚饭也没有回来。一连三天，不见爸爸回来。终于，她从报纸上看到了父亲的行踪。

原来，伟大领袖毛主席几次在北京接见来自全国各地的工人阶级代表，特意把一个个外国领袖送给他老人家的金色芒果赠给全国各地的工人阶级。国庆观礼之后，本市工人阶级代表王金炳小心翼翼从北京捧回金色芒果，一下火车即受到本市二十万产业工人的夹道欢迎，盛况空前。为了及时把毛主席的恩情送到工人阶级心坎上，工人代表王金炳从火车站直奔钢厂，之后去了兴无化工厂和代代红毛纺厂，两天跑了四十二座工厂，二十八万革命职工瞻仰了毛主席送给工人阶级的金色芒果。

第三天中午时分，一辆佩戴红绸的大轿车驶到东方制冷设备厂大门口——毛主席的金色芒果来啦！喜讯传来，全厂职工列队迎送。广播喇叭介绍现场实况说："金色芒果光闪闪，毛主席恩情重如山。同志们，我市工人阶级代表王金炳同志手捧玻璃盒子走出大轿车！玻璃盒子里装着毛主席他老人家送给我们工人阶级的金色芒果！"

现场欢声雷动，高呼"毛主席万岁！"争相目睹金色芒果的风采。王莹挤在队列里急得又蹦又跳，这是爸爸的光辉时刻我不能看不见啊！

董泰建挤到王莹身后，猫腰一头扎进她两腿之间。王莹吓得叫了一声。董泰建猛然挺身站起，稳稳当当将她驮在肩膀上。一时间，王莹视野开阔，一眼看见爸爸手捧一只玻璃盒子大步走过，满脸微笑。很久没有见到爸爸这种笑容了，她激动得没了眼泪。

王金炳手捧芒果回到大轿车里了。董泰建缓缓蹲下身子，王莹双脚平稳落地。一群人围观着这种俗称"傻小子驮媳妇"的场面。有人起哄说，董公公，你快去追你媳妇呀！又有人挖苦说，太监哪有媳妇啊，废物一个！

我操你祖宗，以后谁要敢叫我太监我劈了谁！董泰建突然翻脸了，双手叉腰气势汹汹说。

王莹羞得红了脸，伸长脖子看着父亲乘坐大轿车离去，转身跑了。

王金炳一天要跑很多工厂，向工人阶级展示毛主席的金色芒果。人们听说他在北京跟毛主席握过手，所到之处大家便频频跟他握手。跟他握手等于跟毛主席握了手。

到了第八天，毛主席的金色芒果出现黑斑，开始腐烂了。金色芒果变成黑色芒果，不能展示了。

领导为他摆了庆功晚宴，四个凉菜四个热菜，鸡蛋汤白米饭，都是从市直机关食堂端来的。王金炳知道巡回展示金色芒果的任务圆满结束，心里居然有几分伤感。于是他破天荒喝了一杯啤酒，满嘴马尿味道。领导关怀地说，王师傅生活方面有什么困难尽管提出来。他想说需要一张自行车购买证，因为大女儿参加工作了。转念一想自己从来没有向领导提过任何要求，就没张嘴。

喝了啤酒晕晕乎乎回到房间，他一眼看到那个渗汤流汁的乌黑芒果，眼窝儿一热。从怀里掏出一条素白手绢将这个芒果包裹起来，好像包裹了一桩心事。

一夜未眠，他起早带着手绢包裹的芒果离开市委第三招待所，回家了。十天没回家，增添了几分陌生感。金色芒果变成乌黑芒果——这是绝对机密。他悄悄将它藏在自己卧室里。

这只芒果完全溃烂了，卧室里弥散着一种腐败的香气，味道怪怪的。傻凤跑进来询问什么味道，被他撵了出去。当天夜里他剔除腐烂果肉，剥出一个扁似牛舌的芒果核儿，摆上窗台晾干。他点燃一炷香，跪在芒果核前，一连磕了三个响头说，毛主席我对不起您，我让您老人家的芒果烂啦。

总是担心有人追究芒果下落，好像成了埋在家里的一颗定时炸弹，随时会发生爆响，于是惴惴不安，度日如年。王莹不了解爸爸的心事，使用一系列词汇形容忧心忡忡的父亲：如履薄冰，如坐针毡，如鲠在喉，如临大敌……

总而言之，女儿对父亲的畏缩表现深感失望。您都跟毛主席握了手，还有什么值得自卑的呢？

王金炳偷偷将那颗晾干的芒果核儿栽在一个花盆里，还浇了水。有时弄一只西红柿埋在土里，促进土壤酸性。他嘿嘿笑着说，我用西红柿喂养芒果呢。

第二年开春，竟然发芽了，从花盆土壤里钻出一棵油亮翠绿的幼苗儿，那叶子又细又长，好像妻子的两片眉毛。

活啦！毛主席的芒果活啦！王金炳悲欣交集，不觉流下泪水。

14. 初恋与情殇

　　王金炳在家只字不提往事，王莹自然不晓得范金斗与他的老关系。俩人都是资本家工厂的小伙计，如今渐行渐远。一天，王莹提着胶皮管子给一排冬青浇水，后勤组长通知她马上到厂部会议室参加重要会议。她顾不得脱下高勒胶靴就去了。脚步咚咚走进会议室看见坐着一群陌生人，她只认识政工组长范金斗。会场气氛庄严，她伸了伸舌头解下油布围裙顺势坐在角落里。

　　范金斗对上级领导汇报说，自从接到市里电话通知我们立即抽调六名骨干力量，作为第二批工人毛泽东思想宣传队随时待命。这次我担任工宣队长，工宣队员有苦大仇深的安师傅，有参加过中印边境自卫反击战的复员军人阙师傅，有学毛著积极分子薛师傅，还有锅炉工童师傅和新工人王莹同志。

　　听到自己的名字，王莹不知所措地站起朝着大家点头致意。范金斗趁机介绍情况说，她就是新工人王莹同志，她主动要求去做别人不愿意做的清洁工，任劳任怨扫马路，受到全厂职工一致好评！王莹同志技校毕业有文化，我看可以担任工宣队内勤工作。

　　这很好嘛！领导模样的同志拍板说，你们这一支工宣队人员构成合理，老中青三结合。王莹同志作为全厂青年工人代表入选工宣队，说明你们注意吸收新鲜血液。你们要认真学习毛主席关于工人阶级占领上层建筑的最高指示，要认真吃透工宣队肩负的历史使命和现实任务，随时待命进驻长征中学！

　　长征中学？就是我家设子读书的学校啊！王莹不由偷偷笑了。我进厂几天就成了工宣队员，一起去占领上层建筑了。

下班在工厂大门口遇到董泰建，她心血来潮邀请这位太监去家里吃饺子。他问了地址和时间，嘻嘻笑着说保证准时出席。

回到家里，王莹一头扎进厨房，右手握刀剁馅儿，左手掺水和面，左右开弓，齐头并进。她一会儿擀着饺子皮，一会儿包馅儿，脚手不停歇好像生了三头六臂。王凤放学回家看到厨房里的姐姐满头大汗，放下书包马上洗手，自觉加入包饺子的行列。

傻凤！你包的饺子小元宝似的，比我包的好看多啦。王莹惊喜地说。

王凤得意了，自我表扬说不光会煮饺子还会蒸包子。姐姐伸出手指戳着妹妹脑门儿，说你胖你就喘，说你白净你就觍脸，说你进步你就自满，说你……

姐姐，你在工厂学会说快板啦？王凤掐断王莹话流，笑了。

王金炳下班走进家门，摘下工作帽露出新剃的光头。王凤拿起掸子给爸爸扫着裤角浮土说今天咱家吃饺子，王金炳嗯了一声好像不为所动。王建设放学走进家门叫了一声爸爸，王金炳照样嗯了一声，抬手搔了搔光头。

晚间六点半钟，王莹开始煮饺子。那家伙怎么还不来呢？她暗暗反思着：我请董泰建来家里吃饺子是不是太唐突了？俗话说人逢喜事精神爽，我入选工宣队不要得意忘形啊。

饺子一锅锅煮熟了。王莹盛了四碟子，配上醋和蒜端上桌子。一人一碟埋头吃了起来。王莹拿起第五只碟子盛了八只饺子，还放了一双筷子。每次家里改善伙食王莹都给妈妈盛上一份摆在桌上，这样全家就团圆了。

设子，饺子好吃吧？王莹喜不自禁问道。

王建设一边咀嚼一边说，好吃是好吃，饺子什么馅儿的？

爸！你们叫我傻凤，现在设子都傻得不知道饺子什么馅儿啦……王凤委屈地控诉着，夹起一个饺子放进嘴里。

王莹突然问道，那你说饺子什么馅儿的？

王凤嘿嘿傻笑了，什么馅儿？我也不知道，光顾吃啦。

王莹暗暗等待董泰建的到来，趁着这个机会大声宣布自己入选工人毛泽东思想宣传队，过几天进驻长征中学。

王金炳停住筷子，脸上露出难得一见的笑容说，灵莹，六九七五工程指挥部也推选我去工宣队，说是进驻北开大学。我坚决不去，就让开吊车的老黄抢着去了。

这是光荣的政治任务，您怎么不去呢？抬头看到父亲面露怯色王莹问道。

灵莹，那一阵子我手捧芒果巡回展示出尽了风头，还是踏踏实实管理仓库吧。王金炳如实回答女儿说，我觉得最适合我的地方就是仓库。

王建设停住筷子恍然大悟，咦，长征中学就是我们学校啊！之后凝神思索说，姐姐你进步速度太快了，当工人才几天就变成工宣队了。

王凤颇为羡慕地说，哼，长大了我也当工宣队……

晚间八点钟，还不见董泰建露头。王莹感到几分失落，走进厨房把预留的饺子煮熟晾凉，数了三十个装进饭盒里。王凤溜进厨房小声问道，姐姐这饺子你给谁带去啊？王莹回答说一个同事。王凤问是男同事还是女同事。

你这是搞外调呢？王莹瞪了妹妹一眼。王凤一边撤退一边说，这么好的饺子你拿到厂里去，我看你是在搞对象！要不是搞对象你舍得把这么好的饺子给别人吃啊！

妹妹说完就跑了。王莹站在厨房里发愣。是啊，我为什么要把饺子带给董泰建呢？难道我真的跟他有了感情？

第二天上班，王莹端着盛满饺子的饭盒来到工具库，大声招唤出来董泰建。她故意轻描淡写地问他为什么没去家里吃晚饭。董泰建噢了一声抬手挠着头发说，你真请我去你家吃饭啊？我还以为是开玩笑呢。

我什么时候跟你开过这种玩笑！她把饭盒塞到他怀里，气哼哼走了。

下午，董泰建归还饭盒来了，迎头就说饺子味道不错。他递来饭盒之后把一支钢笔塞给她，说了声祝你进步，扭头走了。

这是新款英雄牌钢笔，特制铱金笔尖。她知道很贵的。董泰建赠送钢笔就跟战友离别似的。于是心里美滋滋的。

三天之后，王莹跟随工宣队在长征中学全体师生的夹道欢迎下走进这座有着几十年历史的著名学校。身穿工作服头戴工作帽的王莹手举红宝书在欢迎的人群里寻找着王建设，一直走进工宣队驻地就是学校从前的物理实验室，也没见到弟弟的身影。哼，这家伙是个落后分子，就连欢迎工宣队进驻学校的活动都不参加。

她回到家里郑重地告诫弟弟说，设子，你以后必须积极参加学校各项政治活动，公共场合见面不要叫我姐姐，我们工宣队员要公事公办。

王建设眉头紧锁不解地说，姐姐当了工人没几天，一下成了工宣队员管着学生，这就叫摇身一变吧？

设子你不要乱讲。我们都是小小螺丝钉，党把我们拧到哪里我们就在哪里发挥作用。

重返校园生活，从当学生到管学生，身份骤变。王莹也感到自己在加速飞翔，很高很快。她在工宣队里负责内勤工作，抄写文件接听电话，活动范围以室内为主。有时从操场走过，她身穿标志着工人阶级身份的蓝色劳动布工作服，步伐稳健表情凝重目光直视，透露出一种超越年龄的成熟。学生们私下叫她"小王师傅"。

表情木讷的王建设严格服从姐姐的嘱咐，即使迎面走过也不跟姐姐打招呼。他的这种冷漠表现顿时遭到同学们批判，纷纷指责他对工宣队员"小王师傅"缺乏无产阶级感情，狂妄自大。

王建设一时无所适从，回到家里冲姐姐说，非让我假装不认识你，我都快成地下工作者了……

仲春时节，这座城市的应届初中毕业生迎来一次选调机会。百分之一点五的比例留城，作为新鲜血液充实到工矿企业。其余百分之九十八点五的学生，依然上山下乡接受贫下中农再教育。二百个人里选调三人，这比例太小了。

性格内向的王建设躲在自己房间里喃喃自语，我要是留城当工人，天天修理机器多好啊！我要是留城当工人，天天修理机器多好啊！

王凤向姐姐报告说，设子兴许神经啦！两眼直勾勾看着我……

王莹推开弟弟屋门，看到目光呆滞的弟弟大虾米似的躺在床上，凝视着天花板，心头一痛。

好弟弟，无论留城不留城你都要一颗红心两种准备，即使上山下乡，你也可以修理电磨啊抽水机什么的。

哦。王建设缓缓将目光投向姐姐说，我特别喜欢工厂，我特别想当技术革新能手……

你从小就是这样，姐姐知道你的心思。

长征中学应届毕业生依照军事建制编为四个连十六个排，总共七百二十三名学生，按照百分之一点五比例计算，只有十点八人留城。经过四舍五入，核定名额十一人。进驻长征中学的工人毛泽东思想宣传队是最高领导机构，工宣队长范金斗主持会议，研究敲定这份沉甸甸的选调名单。

王莹负责这次会议记录。她手握英雄牌钢笔，埋头疾书着。这支钢笔是"董公公"送给她的礼物。想起董泰建嬉皮笑脸的样子，王莹心里挺温暖的。这家伙送我钢笔什么意思，他可能喜欢我吧？

收拢思绪，王莹暗暗红了脸。她知道自己走神了，便聚精会神开会。此时已经确定了十人留城名单，一个存疑。苦大仇深的安师傅提出三个候选人：八连三排的姜卫东、七连一排的米文革、六连五排柳向阳。请大家三中选一。

还有其他候选人吗？工宣队长范金斗沉稳地问道。然而没人言语。面对无人发言的局面，工宣队长范金斗准备拍板了。

有！"小王师傅"缓缓举起手来，这动作，就像她缓缓举手报名去做清洁工一样——迟缓而坚定。

我推荐一个候选人，就是六连二排的王建设，男生。

王建设？我们怎么没听说过这个名字？不是骨干吧。工宣队员们互相询问着，并不认为这是一个合适人选。

王莹继续说，我郑重推荐王建设留城，因为他是我弟弟。

小会议室里一片哗然。

你弟弟？这不行。我们是毛主席的工宣队，必须秉公办事！范金斗表情庄严地说道。

俗话说举贤不避亲。我弟弟天生喜欢机器，上小学偷偷把我妈妈的基洛夫牌手表给拆了……

参加过中印边境自卫反击战的复员军人阙师傅说，拆了就装不上了吧？这种淘气的孩子小学敢拆手表，中学就敢拆座钟！

对，上中学他把家里座钟拆了，擦了擦油泥重新装好，走得挺准时的。

苦大仇深的安师傅说，修理手表也好修理钟表也罢，这能说明什么问题呢？

说明工人家庭出身的孩子应当接班成为社会主义新工人。王莹从容不迫地说，你们现在去学校防空洞工地看一看，王建设帮着修理水泵呢。他天生就是当工人的材料……

范金斗站起快步走出会议室，径直奔向学校后院的防空洞工地。

一个蔫头蔫脑的男生迎面走来。范金斗叫了一声"王建设"，问他水泵修好了吗。

王建设停住脚步说，他们不懂行，把线头接反了所以电机不转。

范金斗板着面孔问王建设喜不喜欢工厂。王建设说喜欢机器。范金斗说你懂得钳工车工吗？

钳工怕打眼儿，车工怕削杆儿。王建设漫不经心答道。

电工呢？范金斗不无欣赏地望着王金炳的儿子，故意沉着脸色。

电工？四句方针，别拿钳子当榔头，别拿螺丝刀当锥子，别拿电线当腰带，别拿电工刀子切萝卜。

这四句话是什么意思？范金斗索性审问起来。

什么意思？凡是拿钳子当榔头的，拿螺丝刀当锥子的，拿电线当裤腰带的，拿电工刀子当菜刀的，那都不是真正电工。王建设对答如流，好像上辈子就是电工肚里一条蛔虫。

你愿意上山下乡做农民还是愿意留城进工厂做工人？

王建设鸣了一声说愿意做工人学技术，转身走了。范金斗从王建设身上看到当年王金炳的影子，笑了。

返回小会议室，工宣队长范金斗拍板决定，王建设选调留城了。

学毛著积极分子薛师傅说，我保留意见。王建设留城，我看这是王莹同志走后门儿！

王莹镇定自若说，薛师傅，我说过了，这是举贤不避亲，不是走后门儿。

第二天，长征中学贴出大红榜，十一人选调留城名单王建设身列其中。当时他蹲在学校食堂里给一辆平板车安装轴承。几个同学跑来报喜说王建设你留城当工人啦。

王建设修理着平板车自言自语说，最好的润滑油是四氯化钼。

性格内向的王建设喜怒不形于色，当天放学回家他还是突然拥抱了姐姐，说了声谢谢。王莹为了维护弟弟的自尊心说，你选调留城是组织决定，这跟我没有关系呀。

手持分配通知单，王建设走进华北电机厂报到。华北电机厂将王建设分配到机修车间，学徒。每月工资人民币十七元，外加二元五角福利费，三元交通补贴，总共二十二元五角。王建设觉得这是一笔令人头晕目眩的大数目。

上班的第三天赶上发薪日，王建设领到人生第一笔工资。下班回家路上走进一家小饭馆，憋足了劲头花掉一斤粮票九毛钱，吃了一斤猪肉包子，彻底解了馋。吃着包子，王建设心里纳闷，我一不是红卫兵二不是班级骨干，选调留城怎么轮到我头上呢？姐姐说这事儿跟她没关系，那跟谁有关系呢？

吃了包子，王建设跑到古旧书店买了一册《机械学原理》和一册《电工学》，耗资一元五角。走进百货大楼给爸爸买了一顶蓝呢帽子，给妈妈买了一条毛线围巾，给坐在农村木头轮椅上的哥哥王援朝买了一张海绵坐垫，给妹妹王凤买了一件花布小褂儿，唯独忘记给姐姐王莹买礼物。

王莹一点也不抱怨弟弟，反而叮嘱他一定走又红又专的道路，认真改造世界观，刻苦钻研技术，争取早日成为出类拔萃的好工人。

进工厂当工人修理机器，弟弟实现了凤愿。王莹长长出了一口气。这时她收到阿富汗来信，妈妈写了整整五页，着重介绍了巴格拉密纺织厂最新动态：

> 上次写信我说了，我培训三百名纺织女工的消息引起巨大震动。当地一家报纸说我开辟了阿富汗妇女走出家门迈向社会的新纪元。紧接着我向阿富汗王室提出第二条建设性意见，取消十二小时工作制，改为八小时工作制。原先他们的工矿企业都是十二小时工作制，加上路途时间，工人每天劳作高达十四小时，工人多累呀，肯定影响干劲儿。我建议改为八小时三班工作制。经过几次交涉，托菲基厂长同意了。工作时间缩短了，产量啊质量啊反而上去了。巴格拉密纺织厂一下出了名。工人们围着我唱歌跳舞，说我是真主派来的。阿富汗王国的首相接见我，他的名字我给忘了。得，首相挽留我在这里延期工作三年。

读着妈妈的来信，王莹笑了。她能够想象妈妈的得意心情。是啊，一个劳动模范以劳动为荣，这是最大幸福。一个劳动模范不能以劳动为荣，那是最大痛苦。爸爸蹲在"牛棚"里的时光，正是这样。

妈妈的来信进一步激发了王莹的责任感。王建设参加工作了，她担心弟弟钻牛角尖认死理，变成白专分子。一天上午她向学校工宣队长范金斗请假，前往华北电机厂。

华北电机厂当年属于苏联援建项目，规模很大。她从工厂大门走到机修车间，足足用了十五分钟。走进机修车间党支部办公室，她主动做了自我介绍。车间书记吃惊地看着她说，你是王建设的姐姐啊？你穿了一身工作服我还以为来了一个学工劳动的女学生呢！

我长得这么小吗？从小学到中学都是由我代替父母参加弟弟妹妹的学校家长会啊。王莹笑着对车间书记说，我想了解一下我弟弟进厂以来的表现。不过您不要告诉他我来了，那样会伤了他的自尊心。

车间书记很受感动说，你这当姐姐的真是操心的命。王建设这孩子挺不错的，外表稳稳当当，从不多言多语，对师傅也很尊重。他见了机器呀跟见了亲爹似的，围着转圈儿。我听说他偷偷自学《机械学原理》，有出息。那天他看见车间角落里摆着一台旧的三级减速箱，忍耐不住动手拆开了。他师傅火了，说你以为这是幼儿园搭积木啊？我处分你！结果呢，他依照原样又给安装好了。

王莹说，这等于犯了自由主义，您还得批评他呀！

他跟师傅解释说，就是想看看减速箱里是什么东西，所以给拆了。我看你弟弟是艺大胆儿。不过如今小青年有这种钻研精神也不是坏事儿。他师傅跟我说，这小子无师自通心灵手巧，将来是块好材料呢。

谢谢书记，以后对王建设您要严格要求。我们也是工人家庭，特别希望孩子们早日成为工人阶级合格的一员。

车间书记十分爽快地说，我知道，你父亲是劳动模范王金炳。前几年在民园体育场里召开万人批斗大会，我记得他左边站着一个"日本狗特务"，右边站着一个"走资本主义道路当权派"，你爸爸脖子上挂着"人造黑劳模"的牌子。当时我就想，人家是实打实干出来的劳动模范怎么是人造的呢？现在你爸爸挺好的吧？

我爸爸去年恢复工作了。谢谢您关心他。王莹起身告辞，车间书记哎了一声说，我想起来了，你弟弟从来不在车间澡堂洗澡，工人们都笑他是大姑娘，不好意思脱裤子……

是吗？王莹不好意思地笑着说，我弟弟性格腼腆，你们经常开导他吧。

走出车间书记办公室，王莹寻思着，当年设子被造反派扒了裤子，说是搜查黄金，这形成了心理阴影吧？

这样想着，她来到宽敞明亮的机修车间，远远地看见满脸油污的弟弟跟随师傅修理一台马达。多年以来承担着母亲角色的姐姐激动了。

设子啊设子，你不是从小就喜欢修理机器吗？这次姐姐让你遂了心愿。工宣队开会敲定留城名单，我说是举贤不避亲，可是符合留城条件的学生太多了，姐姐为你走了后门儿啊。设子你一定要给姐姐争气，你要是不给咱家争光可就伤了姐姐的心啊！这样想着王莹渐渐冷静下来。她知道自己其实肩负着一家之长的重任，为了弟弟妹妹随时挺身而出。

一心一意跟随师傅修理电机的王建设并不知道姐姐来访。他抬起手背蹭了蹭额头汗水，递给师傅一只扳手，然后低声请教着电机的线圈箍数。这个小学徒与大机器的终生恋爱，就这样开始了。

快步走出华北电机厂大门。王莹看到一百多人拉着一百多根绳子，嘿哟嘿哟拖着一辆"地牛"缓缓驶来。三十八只胶皮轮子的"地牛"上载着一台巨型锅炉。华北电机厂的大门楼太低了。几个工人手持焊枪正在切割，焊花儿好像一簇簇节日焰火。

这是蚂蚁啃骨头啊。王莹被工人阶级的力量感动了，跑上前去扯着绳子。这时候，她确实感到自己就是一台大机器上的一颗小螺丝钉。

中午时分赶回长征中学，简简单单吃了午饭，一块发糕一根咸萝卜，喝了一杯白开水。下午工宣队长范金斗找她谈话，头一句就说王莹你回厂吧。

什么，您让我回厂？王莹毫无思想准备，吃了一惊。

原来，长征中学工宣队里，苦大仇深的安师傅和复员军人阙师傅对王莹公然举荐弟弟王建设留城，很有意见。俩人联名给上级领导写信，强烈要求处分走后门儿的王莹，以达到惩前毖后治病救人的目的。一开始上级打算不了了之。安师傅和阙师傅出于高度革命责任感，连续向上反映情况。经过几次研究，上级领导认为公开处分王莹等于是给进驻上层建筑的工宣队抹黑。

那就让王莹同志回厂吧。上级领导一句话，范金斗只得让王莹离开长征中学工宣队，返回东方制冷设备厂。

王莹回厂了。一时间议论纷纷，有人说她犯了生活作风错误，有人说她经济方面出了问题，有人说她阶级立场不坚定，就是没人说她走后门儿让弟弟选调留城了。王莹觉得好笑，懂得了假作真时真亦假的道理。她继续做清洁工，抡起扫帚沿着厂道清扫着。

冯五一闻讯跑来询问原委，你怎么没有提干反而还做清洁工呢？

王莹扛着扫帚，笑而不答。冯五一告诉她，我脱下军装就地复员去华北电机厂报到，过几天就走了。

你也去了华北电机厂？王莹突然咯咯笑了。这笑声来自遗传，跟当年牟棉花面对白小林发出的笑声一样——就是觉得好笑而且发自肺腑。

冯五一显然不能适应这种笑声，感到莫名其妙。其实他是专门来向王莹表明心迹的。他事先背熟的台词是：王莹啊，从我第一次见到你就留下很好的印象。现在我复员地方了，希望你我以后保持联系。我还希望咱们在革命同志的基础上，进一步发展个人关系。

错过表明心迹的机会，冯五一怏怏而去。几天之后，解放军战士冯五一复员了。市荣复转退军人安置办公室果然将这位南方口音的复员军人分配到华北电机厂武装部，担任干事。冯五一与华北电机厂的缘分，从此开始了。

性格刚强的王莹继续做东方制冷设备厂的清洁工，天天抢着扫帚往地上"写大字儿"。她还负责给厂区小树浇水。遇见熟人，她既无愧色也无惧色，反而弄得对方特别不好意思，远远躲了。怎么董泰建那家伙也没露面啊？难道我真的成了瘟神。王莹心里空落落的。

妈妈当年在东洋纱厂做清洁工，只干了三个月日本就投降了。我要有做一辈子清洁工的思想准备。在哪里跌倒在哪里爬起来，我要以攻为守。

一天，她穿着高勒雨靴戴着橡胶手套，推门走进党支部郑重递交一份入党申请书，然后大声说我要入党。党支部书记表情窘迫说，你从学校工宣队回来群众议论很大，再说你没有入团就申请入党……

王莹表示决心说，有很多革命老前辈都是没入团直接入党的，我要向他们学习！

走出党支部王莹笑了。看党支部书记不知所措的样子，足以说明我王莹在东方制冷设备厂绝非等闲人物。好吧，咱扫地也要扫出大名堂。这时候，她特别想念大朝哥哥，恨不得扎在他怀里大哭一场。

公休日，王莹带着两封妈妈的来信，去金水村看望哥哥了。下了郊区公共汽车行走十二华里，一路快走进了哥哥的院子，听见屋里哗哗水响。白瀛瀛的声音传来。灵莹，我正给你哥洗澡呢，一会儿就好啦。

王莹坐在石磴上等着。这时她想起资本家白鸣岐，起身去了后院。后院柴房敞着门，花白头发的白鸣岐闭目养神，坐在屋里自言自语着：

大工厂啊，一弄就把市场全占了，那叫大资本主义。可是养活劳动力主要依靠小工厂啊，这叫小资本主义。大资本主义，太大了就容易死。小资本主义，反而容易活着……

王莹在技校学过政治经济学，知道"帝国主义是资本主义的垂死阶段"的名言。看来白鸣岐说的大资本主义就是垄断资本主义，便轻轻咳了一声。

白鸣岐被惊动了，缓缓睁开眼睛看着王莹，不浓不淡地笑了笑。

你知道我是谁吗？王莹站在柴房门口，仔细打量着这位资本家：眼睛不大，目光有神，光头方脸，大耳阔口，还有一双寿星眉。

白鸣岐抖动着寿星眉说，我知道，你是王援朝的妹妹王莹。

你说的大资本和小资本是什么意思啊？王莹追问。

什么意思？就是说小工厂比大工厂要好，小工厂养人啊。你在小工厂里上班比在大工厂里上班舒服，是吧？

我在大工厂里上班。王莹旗帜鲜明告诉对方东方制冷设备厂不是小工厂。

白鸣岐听罢似乎有些失望，起身走出柴房说，我在村里办了一座小玛钢厂，才八个人。

你在这儿办了小工厂？这是资本主义尾巴！王莹急赤白脸说，你这是给我哥哥添病啊。

这是你哥哥让我办的，你哥哥说不管出了什么事情他都兜着。白鸣岐振振有词说着并且对王援朝表示钦佩。你哥哥胆子真大，他若是出生在八国联军打中国的年代，一定是大英雄！

王莹回到前院，哥哥坐在轮椅里等待她了。她看到哥哥头发湿湿的便抄起毛巾包裹着他的额头说，小心感冒啊。

白瀛瀛诚惶诚恐给王莹端来一大碗白水。王莹接过大碗咕咚咕咚喝了，压低声音说哥哥你怎么敢在村里办小工厂呢，当心被人揭发啊。

哥哥古铜色脸庞，一双目光炯炯有神，当年文弱内向的大男生变成刚毅沉稳的社会主义新农民。他不慌不忙向妹妹解释着缘由。一是自行车零件厂闹派性，没人干活难以完成出口阿尔巴尼亚自行车的生产计划，只好将自行车曲柄的生产任务扩散出来，金水村趁机建起一座焖火窑，接过这批玛钢曲柄退火的任务；二是以村办小玛钢厂为活案例，从头到尾分析中国基层农村如何创造生产资料。

全国批判三自一包，我们拥护。毛主席还说以粮为纲全面发展嘛。我们金水村以粮为纲普遍种了冬小麦，那全面发展也应当包括副业吧？小玛钢厂就是我们金水村的副业。抓革命促生产，我们既有理论依据又有实践典型，是彻头彻尾的唯物主义者啊。

噢……王莹听罢，哑口无言望着坐在轮椅里的农村思想家。她不知道说什么，只是切切实实感受到哥哥的力量，这种力量是何等深沉何等强劲何等不同凡响啊。然而，哥哥这种生产资料理论与阶级斗争理论毕竟南辕北辙，心里暗暗捏了一把汗。

哥哥平静地读着妈妈来信，突然兴奋起来。他认为妈妈在巴格拉密纺织厂的工作，平凡而伟大。一是她招收了三百名纺织女工终止了阿富汗妇女居家不出的古老传统，二是建立八小时工作制废止十二小时工作制，这两点功绩绝对具有划时代意义，一定会进入阿富汗王国史册的。

王援朝坐在轮椅里激动地挥动着胳膊好似中国版本的列宁。灵莹啊，进入人类历史——我们做人就是要做这样的人！我们做事就是要做这样的事！你知道哥伦布发现新大陆吧？

妈妈敢情这么伟大，已经跟哥伦布摆一块啦。王莹完全被哥哥震住了，猛然感到一阵眩晕。这时候她突然想起，一向眩晕的妈妈自从到了阿富汗便没了眩晕，病好了。

她很想把自己的故事讲给哥哥听，从工厂清洁工到进驻上层建筑的工宣队员，从上层建筑工宣队员退回工厂继续做清洁工。一会儿是龙，一会儿是虫。然而她还是没有开口。面对哥哥，她有一种难以名状的感觉，渴望亲近又不敢亲近。

哥哥此时当上了金水村革委会主任，吃过饭要去大队部办公。王莹跟哥哥告别。白瀛瀛友好地送她走出院门。王莹回头注视着业余女画家问道，你怎么还不跟我哥哥结婚？面色苍白的白瀛瀛淡淡一笑，说这事儿你应当去问你哥哥呀。

别了白瀛瀛，王莹走到村头往东望去，果然看到远处冒出一股黑烟。那是哥哥冒险开办的小玛钢厂。不知为什么，她心目之中的哥哥倏地陌生了。熟悉的那个人没了，变成这个似曾相识的人。她若有所失地思忖着，心里莫名地痛苦起来。

回到东方制冷设备厂上班，王莹懵懵懂懂的好像在金水村喝了迷幻药，一时缓不过劲儿来。她也不知道自己到底出了什么问题，只是感觉哥哥变成另外一个人了。或许从前哥哥就是这样，我不了解而已。如今哥哥真是理想主义者，铤而走险做着凡人不敢做甚至不敢想的事业。就那样饲养着一个资本家作为研究标本，就那样建立一座村办小工厂作为实践基地，就那样尝试着走一条创建社会主义新农村的路子。哥哥胆量真大，可是随时都会被扣上一顶"和平演变"大帽子的。

抡着扫帚清扫厂道，她想起白鸣岐的言论，小工厂比大工厂好。她不同意这种说法，大工业就要大工厂，大工厂促进大工业。这时一个念头从心底升腾起来：我既然进工厂当工人就应当研究工厂这门学问吧？什么是工厂，什么是工人，工厂与工人是什么关系，机器与工人是什么关系……这一系列问题我不能稀里糊涂，必须搞清楚弄明白的。

董泰建终于出现了——这是王莹遭贬回厂以来这家伙首次露面。他留了两撇小胡子，好像故意将自己塑造成为国民党特务形象。王莹为了避免尴尬开口就问，我的自行车购买证你还没搞到啊。董泰建不以为意地说你真的搞不到一张购买证？我还以为你说着玩儿呢。

我告诉你，《滨河日报》的一位见习记者四处抓素材呢，我撺掇他来采访你。你做好思想准备啊。说完董泰建匆匆走了。

王莹永远不会忘记改变自己人生命运的那个下午，她左手拿着抹布，右手拎着不锈钢小铲子，擦洗厂道两侧的标语牌子。乍暖还寒，她的两只小手变成十根水灵灵的胡萝卜。《滨河日报》见习记者吉顺利远远观察着，对这位清洁女工任劳任怨的主人翁精神产生了敬意，举起照相机啪啪拍了几张照片，之后跟她攀谈起来。

王莹似乎意识到这是展示自己的大好时机，充满诗意地对见习记者吉顺利说，我认为做清洁工很有意义，深秋清扫落叶，内心充满对来年春天的期待。隆冬清扫积雪，内心希望理想像白雪一般纯洁。夏天清扫积水，内心对水流千里归大海的道理有了深刻认识。我做清洁工时间不太长，可是思想觉悟却有不小提高。一把扫帚，教给我实践出真知的道理。

见习记者吉顺利惊了，他被王莹诗一样的语言所吸引，尤其是"一把扫帚，教给我实践出真知的道理"这句话无疑构成一篇通讯的"文眼"。

临近三八国际劳动妇女节，来了一个老记者。他的举止稳重很像中学语文教员，漫不经心询问着王莹家庭情况。王莹说出爸爸妈妈的名字，这位老记者先是一愣，然后会心地笑了。

新中国成立初期的《群众日报》刊登大字新闻《勇士验枪记》，正是这位名叫罗成汉的记者给军工503厂修械所青年工人王金炳拍摄照片，发表在头版位置引起广泛关注。光阴荏苒似流水，小伙子变成老头儿，罗成汉却无巧不成书地采访了王金炳的女儿王莹。一个记者的镜头和笔尖，二十年间塑造了父女两代工人形象。

当年你爸爸的枪法很准，一枪就撂倒一只野兔子。缅怀往事的老记者嘟哝了一句。王莹听不懂。她不知道当年爸爸在靶场验枪歪打正着射中一只野兔，结果上了报纸；更不知道爸爸拎着这只野兔去李亦墩同志家里相亲，女方正是纺织女工牟棉花。

三八国际劳动妇女节那天，《滨河日报》在"纪念三八"专版右下角位置刊发来自工业战线的通讯《一把扫帚，教给我实践出真知的道理》，署名本报记者罗成汉、吉顺利，主人公正是东方制冷设备厂的女清洁工王莹。

那位老记者名叫罗成汉啊。王莹牢牢记住这个名字。董泰建跑来满脸坏笑说，看见报纸了吧? 祝贺你卷土重来! 祝贺你东山再起! 祝贺你复辟成功!

东方制冷设备厂轰动了。不认识王莹的人们特意跑来看看这位上了报纸的女清洁工，参观大熊猫似的。厂部会议室里，厂级领导们人手一份《滨河日报》，紧急开会研究如何对待王莹。一方意见是找到《滨河日报》，强调这篇通讯见报之前应当由厂方审稿，一方意见是既然已经见报应当因势利导培养爱护王莹这个青年女工的先进典型。

午休时间，王莹来到工具库对董泰建说了一声感谢。董泰建竟然羞涩了，低头说你不用感谢，这是你自己努力工作换来的荣誉。王莹没有想到董泰建如此腼腆，一下被感动了。

下班之后，王莹怀里揣着一份刊登着自己劳动照片的《滨河日报》，回家途中买了门票走进人民公园。她寻找到一个没人的角落坐下，失声痛哭。

这是一场淋漓尽致的泪水，这是一次畅快至极的释放。从小肩负家务劳动的王莹首次感受到哭泣对自己来说是多么舒心惬意。她尽情地哭着，从有声哭号转入无泪啜泣，渐渐感到浑身轻松。

安师傅，阙师傅，我为弟弟走后门儿进工厂，你们就要一棍子打倒我啊。可是我没倒，我扶着一把扫帚站了起来。告诉你们，我妈妈当年就是从一把扫帚开始的，如今我也是从一把扫帚重新开始……

我永远感谢老记者罗成汉，我永远感谢小记者吉顺利，我永远感谢《滨河日报》。她自言自语着，一直说到天黑。

几天之后，清洁工王莹被厂里推荐到市委党校"工人学哲学读书班"去了。毛主席说："让哲学从哲学家的书本里和课堂上解放出来，成为广大人民群众改造世界的武器。"

王莹学习十五天结业回厂，感觉收获不小。怪不得哥哥酷爱哲学，它既是显微镜又是望远镜，可以把世界看得很小也可以把世界看得很大，真是好武器。半个月的学习，她认识了同班的小伙子孔小围。

回厂没几天，王莹放下扫帚离开后勤组，调到"厂办"当干部，俗称"以工代干"。这个新的工作岗位是坐在办公室里给各式各样的人开具各式各样的介绍信，手里写字的铱金笔正是董泰建送给她的"英雄牌"。

走出人生谷底，王莹还是想借机将哥哥与白瀛瀛剥开。她几次给金水村打电话，请求下肢致残的哥哥回城休养一段时间。王援朝彻底谢绝了妹妹的好意。他立志做社会主义新农民的志向没有改变，他立志建设社会主义新农村的决心没有改变。王莹深知，自己对哥哥的爱慕既不能表达也不能实现，只能深深埋藏在心底。兄妹就是兄妹，这是铁定的血缘关系，这是今生今世根本无法逾越的珠穆朗玛峰。

一天下午，工具库出了工伤事故。王莹听说被砸伤的是董泰建，嗡的一声脑袋大了。一排货架突然倒塌一只锥形齿轮恰恰砸中董泰建后脑，已经送到医院去了。她马上跑到工具库看见满地血迹。你们告诉我，小董没有生命危险吧？

没人回答王莹的提问，只有沉闷的空气笼罩着事故现场。五脏六腑好像变成铅块。一个工人小声说，昨天公休我在黑市还看见董泰建花三十块钱买了一张自行车购买证呢。

赶到医院手术室。门前亮着"手术中"的红灯，安全科长告诉她董泰建还在抢救之中。楼道里椅子上堆着董泰建脱掉的血衣。王莹冲动起来，想哭。这时候她渐渐明白，自己心里其实挺喜欢这个外号"董公公"的小伙子。尤其他热情外向的性格，令人感到踏实。

安全科长从董泰建的上衣里掏出一个牛皮纸信封递给她。她看到信封上染有血迹，打开信封看到信纸里包裹着一张自行车购买证。

信纸上歪歪扭扭写着："王莹，有人送给我一张自行车购买证，我用不着它，送给你吧。怎么样？我说话算话吧。咱工人阶级就是说话算话。我觉得你当了办公室干部应该买一块手表，工作需要嘛。你要是没有手表购买证，我可以帮你搞一张的……"

王莹的泪水洒落在自行车购买证上，心里又酸又热。你这个倒霉鬼，你花三十块钱在黑市买了一张自行车购买证，还跟我说大话呢。

手术室门外的红灯熄灭了。一个男医生走出来毫无表情地说，人不行了，你们送太平间吧！

什么？王莹猛然冲上去指着男医生的鼻子说，你胡说八道！你胡说八道！

这位医生吓得倒退几步，想跑。王莹揪住他衣领声嘶力竭喊叫着，臭老九，你马上把小董给我救活！你马上把小董给我救活……

她的失态似乎说明，她彻底失去了自己并未察觉的人生初恋。

15. 都市与村庄

十七岁的王凤高中毕业，正值上山下乡运动进入尾声。尾声也是声，只是知识青年插队落户的去向由黑龙江内蒙古的远天远地，收缩到城市周边地区，近多了。不光近了，还有新政策，简称"看走看留"。比如家里有三个孩子，一个上山下乡走了，一个留了城，这叫走留相等，那么第三个孩子属于可走可留。比如家里有四个孩子，两走，一留，这叫走大于留，那么第四个孩子可以留城工作。还有一种情况叫留大于走，王家就是这样：王援朝走了，王莹和王建设留城，一走两留，一小于二，很显然王凤必须上山下乡。

这时候的王莹，已经担任东方制冷设备厂办公室副主任，而且光荣加入了中国共产党。由于厂办主任姓王，人称"老王主任"，王莹则被称为"小王主任"。她留着齐耳短发，身穿一件经过改裁略显腰身的绿色军装上衣，典型的女干部形象。这件军装是冯五一死乞白赖送给她的，追求之心溢于言表。王莹对冯五一不冷不热不远不近不卑不亢。傻凤对当了厂办副主任的姐姐钦佩不已。尤其对姐姐从哪里跌倒从哪里爬起的不服输劲头儿，更是崇拜。

王凤的个子高出姐姐半头，粗粗拉拉的性格，模样却出落得不错，眉端目正直鼻梁，外加一双毛坯型丹凤眼。她被分配到外县赤泥公社木塔村插队落户。该村十年五涝三旱一蝗灾，一个工分只有九分钱。王莹认为妹妹去那里接受贫下中农再教育，肚子都填不饱怎么做无产阶级革命事业接班人呢？

王莹思忖着，不由自主进入了"家长角色"。妈妈援外出国了。爸爸自从走出牛棚重新成为仓库保管员，早出晚归甚至早出晚不归。王莹自然成了这个家庭的真正女主人。妹妹王凤高中毕业上山下乡，这跟当年弟弟王建设初中毕业留城一样，面临人生十字路口。自幼操持家务的王莹一如既往地肩负起家长职责，劳心劳力为妹妹操持起来。大不相同的是如今的厂办小王主任比当年的工宣队小王师傅，社会关系多了，办事能力强了。

坐在办公室里，王莹拨通市知识青年安置办公室的电话找到熟人，她说本着"有亲投亲有友靠友，就近解决插队落户"的安置原则，我妹妹王凤要求去郊区金水村插队，因为我哥哥王援朝在那里安家落户了。

熟人好像找不出不同意的理由，要求递交一份经过学校加盖公章的书面申请，事情就成了。

一个电话便把问题给解决了。小王主任对自己的办事能力感到满意。是啊，我什么时候能够把复杂的事情弄得简单，再把简单的事情弄得复杂，就说明我真正成熟了。下班回家，她告诉傻凤把她从外县木塔村弄到近郊金水村了——投靠哥哥王援朝。妹妹啧啧称赞说，姐姐你本事真大，一个电话就把我从大队人马里择了出来。

王莹难以抑制得意的心情，撩了撩眉毛向妹妹自豪地宣布，傻凤，这不算高难度，当年设子留城那才是百里挑一呢。

你承认设子留城是你走了后门儿？王凤抓住漏洞突然攻击姐姐。

你不要瞎说啊，我走什么后门儿？天底下哪有妹妹往姐姐脸上抹黑的。

自从得知傻凤插队落户的消息，王建设忙悄悄为妹妹组装一辆自行车。他仍然不在工厂浴池洗澡，手却越来越巧了。他制出地模，用薄皮铁管滚沾硼砂焊接，做成自行车架。几次跑到废品公司仓库，买了两只旧车圈一个旧车把，经过矫正，送到乡镇电镀厂镀亮。其他零件有的购买现成的，比如辐条一分钱一根，链条是三轮运输社淘汰的，一毛钱；有的自己动手制作，比如车座便是旧弹簧改装的，挡板是马口铁做的。内胎外胎则是金牛牌的，货真价实。

一辆土造自行车，总共花了六十三块钱，便这样大模大样出现在人们面前。王莹又惊又喜望着弟弟说，设子啊，你小子天生就是能工巧匠！天底下要是有一百个王建设，那自行车厂就黄啦！

王建设小王莹两岁，受到姐姐表扬不好意思地笑了。尽管弟弟不知道当初姐姐为了他留城走后门儿，被迫退出长征中学工宣队回到工厂做清洁工，却从小目睹姐姐为了这个家庭付出多年艰辛。

这时候的王金炳跟随李亦墩同志从六九七五工程调到机车车辆配件厂,担任成品仓库管理员。他下班回家一眼看到儿子的杰作,绽开满脸笑容。

设子,如今有钱也搞不到自行车购买证。你这是自力更生啊。王金炳一手拎着车把一手提着车架,使劲儿掂了掂这辆自制的自行车说,越沉越结实,越沉越结实。

傻凤感动地说,谢谢设子哥哥,谢谢设子哥哥……

王建设说,爸爸,我也给您攒一辆吧。

王莹抬手阻拦说,不用你攒,我准备给咱爸买一辆零二型飞鸽牌自行车。

不用设子攒,也不用灵莹买,我多年走路上班下班习惯了,除了费鞋没有什么贬处。王金炳实实在在说着,谢绝了儿女的好意。

生活是简单的:一辆自制自行车,驮着一只自制木箱,自制木箱里装着傻凤的衣服鞋袜和被褥以及零用物品,这便是一个知识青年上山下乡的全部家当。

到了动身那天,王金炳一大早儿叮嘱了傻凤几句话,便上班去了。家里留下王莹和王建设。去往金水村的路程不太远,也不太近。王莹从厂里借了两辆自行车,打算一起骑车送傻凤去金水村插队落户。好在村里有大朝哥哥照应。

离家之前的早点是烧饼油条和豆浆,以壮行色。吃饱了,上路浑身都是力气。就在仨人推起自行车即将出发的节骨眼儿,一声鸣笛冯五一引来一辆绿色跃进牌卡车,疾速驶来嘎的一声停在“劳模楼”前面。

围观的人们看见卡车的车头上挂着一朵大红花,卡车两侧贴着红色大标语:“上山下乡光荣,插队落户革命!”卡车上还支着一面大鼓,两个小伙子手持鼓槌站在车厢里,随时准备敲锣打鼓。

傻凤一看自己排场大了,乐了。嘻嘻,这比我结婚还热闹呢。

王莹啼笑皆非说,傻凤!你说这话就跟你结过婚似的,傻不傻呀?

复员军人冯五一身着绿色军装,只是没了领章和帽徽。少剑波在革命样板戏《智取威虎山》里唱道:“一颗红星头上戴,革命红旗挂两边。”说的正是中国人民解放军的领章和帽徽。没了领章和帽徽的冯五一不改军人本色,站在卡车上发号施令说,王莹!上山下乡多光荣啊,你们怎么可以骑自行车去呢?

傻凤喜不自禁地问姐姐,这复员军人这么热情他是冲谁的面子啊?

王莹思索了一下说,他是华北电机厂武装部干事冯五一,设子厂里的同事。

听说冯五一是设子厂里的同事,傻凤转向王建设说,谢谢设子哥哥!谢谢设子哥哥为我弄出这么大场面。

王建设不知道妹妹为何感谢自己，也不知道冯五一为何开来卡车给傻凤送行。他向妹妹呜了一声，脑子里却寻思着电磁铁的原理。

锣鼓敲响了。王建设看着傻凤爬上卡车，一下明白了电与磁的关系。

哦，动电生磁，动磁生电。要么导体切割磁力线，要么磁力线切割导体。有电就有磁，有磁就有电。王建设喃喃自语，好像念经的和尚。

王建设神情恍惚爬上卡车，啊了一声随即转身爬下来，跑到驾驶室前面大声对王莹说，我去拿一组矽钢片试试！一试就明白了。姐姐，我就不去送傻凤啦！

站在卡车上的傻凤一听，立即哭了。王建设不知如何安慰妹妹，快速眨动着眼睛说，傻凤别哭傻凤别哭，这又不是你结婚出嫁我不去送你……

王莹看到弟弟说话如此着三不着两，推门跳出驾驶室咯咯咯笑了。她的笑声震荡着四周，极富穿透力。冯五一手持铜锣站在车上，忘情地注视着这位梦中情人。傻凤不傻，一眼看出这位复员军人的心思全在姐姐身上，不哭了。

卡车开动了，离开这座大名鼎鼎的"劳模楼"，驶上五一大街，拐上劳动路朝着郊区方向开去。冯五一站在车厢里一声吆喝，两个小伙子一个擂鼓一个敲锣，一路咚咚锵锵驶向郊区金水村。

傻凤听着热热闹闹的锣鼓，觉得冯五一这人不错。他一心追求姐姐，不知姐姐中不中意他。冯五一是华北电机厂武装部干事，我姐是东方制冷设备厂办公室副主任，两人都是全民企业干部，大脚配长鞋，铁板配烙铁，挺合适的。

村民们涌到村头迎接了。王莹向着菜园苦水井方向投去一瞥，推开车门跳出驾驶室。村支书带头喊起"热烈欢迎知识青年插队落户"的口号。

村支书老了，抖动着花白头发跟王莹热烈握手说，你上技校时我就看出你有大出息，当了大工厂办公室副主任了吧？你还得进步呀！

白瀛瀛推着轮椅走上前来。王莹注视着坐在轮椅里的哥哥，真想跟他拥抱。她知道这不是社会主义新农村的礼节，便克制地跟哥哥握了握手，然后冲着白瀛瀛点头致意。白瀛瀛瘦了，带有几分憔悴。这几年白瀛瀛创作了不少农民画，其中人物画像《大队记工员》参加中国美术馆举办的"全国工农兵画展"，受到文化部好评。

白瀛瀛，你一定好好照顾我哥哥，别把心思全放在画画儿上。王莹向白瀛瀛说着，不经意间流露出"小王主任"的女强人味道。

王凤扑上来搂住王援朝，大声说大朝哥哥我来跟你在一起啦。王援朝笑了，不言不语。王凤打量着哥哥突然冒出一句话说，让设子给你攒一辆铁管轮椅吧，你坐这辆木头轮椅就跟小人书里的诸葛亮似的！

村支书哈哈大笑说，傻凤说得对，援朝就是我们村里的诸葛亮！他给乡亲们出点子，那叫符合实际，那叫立竿见影。就说科学养猪吧……

坐在轮椅里的王援朝终于说了话，老支书啊，您让大伙回村说话吧。

老支书扬手招呼大伙说，回村说话吧！回村说话吧！

老支书转脸对王莹说，你哥现在是村支书啦！接了我的班。如今金水村大变样，办起了副业队搞起了小工厂，村里的老娘儿们编结麦秸秆儿提篮出口小日本，前几天外贸公司还补助我们二百公升柴油指标呢！

看到哥哥在金水村拥有一言九鼎的威望，王莹幸福地笑了。白瀛瀛凑过来给王援朝戴上一顶草帽，那意思是防晒。又递来一块白手巾，让他擦脸。王瀛瀛对王援朝的关爱，一下刺激了王莹，她从白瀛瀛手里抢过轮椅，推着。

一群人敲锣打鼓来到大队部。王凤一把拉住姐姐胳膊兴高采烈说，原来咱哥当了村支书啊！嘻嘻，以后没人敢欺负我啦！

你不要以为这样就可以在村里搞特殊化，咱哥从来都是按原则办事的。

你也是按原则办事，为什么走后门儿让设子留城进工厂呢？王凤锁定目光等待姐姐回答。

王莹被妹妹问住了，咽了一口唾沫说，咱哥跟我不一样，咱哥是一个完全彻底的理想主义者。

这么说你是现实主义者？妹妹紧紧追问不放松。王莹苦笑着说，以前叫你傻凤真是错了，敢情你什么都明白啊！

这时候王莹终于想起冯五一，四处寻找着。此时冯五一站在大队部外边，活像一个掉队士兵。王莹问冯五一为什么不进去。他沉着面孔不说话。她笑着向他道歉说一进村就把你给忘了。冯五一反唇相讥说你没进村就把我给忘了。

她使劲拉着冯五一袖口，走进大队部来到哥哥轮椅前面，大声介绍说这是冯五一同志，华北电机厂武装部的干事。

王援朝跟冯五一握手，满脸微笑说冯干事您要多多帮助我弟弟王建设。王莹一旁看着，觉得哥哥的言谈举止很有几分乡村领袖的风度。

王援朝跟冯五一聊天儿，不失时机打听冯五一南方家乡农村的情况，充实自己关于中国农村调查的资料。看见两个男人谈得投机，王莹推起妹妹的自行车，跟随人们陪同王凤去了"知青点"。

"知青点"里住了一个女知青，插队四年了还满嘴普通话。王凤看到村里有当支书的哥哥撑腰，吃饭睡觉有这位女知青做伴，好像一步迈入共产主义社会，咧嘴乐了。

王莹主动跟这位女知青寒暄着——绝对一副女干部形象。这位女知青自报姓焦名慧珠。焦慧珠心直口快说，你哥哥跟白瀛瀛怎么还不结婚呢？你们全家人应当操持操持啊！

王莹审视着焦慧珠，说国家提倡晚婚嘛。王凤愣头愣脑说，对！还提倡晚恋呢，我就要晚恋！

人们哄的一声笑了。笑声里王莹说，是啊，你不当上劳动模范不谈恋爱，不当上特等劳动模范不结婚。

咦！姐姐你怎么知道我心里的想法？傻凤惊讶地追问，好像自己的心思就是高度国家机密。

在"知青点"安顿了妹妹，王莹一行人去大队部吃午饭。这几年金水村形成惯例，知识青年插队落户第一顿吃忆苦饭，忆旧社会之苦，思新社会之甜。因此大队部院子里特意垒了一口大灶。忆苦饭的材料是豆腐渣、野菜叶、麸子，加上少许高粱面儿，蒸出一锅窝头儿。

人们蹲在大灶周围，一人手里捧着一只松散松散的大窝头，包括敲鼓打锣的两个小伙子和卡车司机，一律只争朝夕地吃着这顿代表万恶旧社会的饭食。由于逢年过节经常忆苦思甜，人们对此很有经验——快速吃进肚里。一犹豫就凉了。凉了，吃起来难度更大。

吃了忆苦饭，王莹一行人要返回市里了。哥哥王援朝让妹妹王莹推着轮椅走出大队部院子，漫无主题地说了几句话。

灵莹啊，冯五一这人不错，农民家庭出身，当兵入伍在解放军这座大熔炉里锻炼几年，既有动口能力也有动手能力，我看大有前途的。

哦。王莹明白了哥哥的心思，嗯嗯应承，不愿纵深讨论。她话锋一转说，哥哥，你跟白瀛瀛的婚姻问题什么时候解决啊？

咱们国家这几年可能会出现大变化，所以我不急于解决婚姻问题。

你的想法我完全同意，我们国家前景尚未明朗，不要急于解决个人问题。王莹郑重地表态。

灵莹，你是能够做出一番事业的人。王援朝坐在轮椅里几次挺直腰板，似乎想要站立起来。咱妈出国援外，咱爸一心扑在仓库里，如今你当了厂办副主任，家里外面负担增加，你要保重啊。

她控制不住自己了——站在轮椅后面伸手抚摸着哥哥的头发，呜咽着。王援朝任凭妹妹抚摸，轻轻说，灵莹我们回去吧。

哥哥，我要去看看村外那口苦水井。王莹固执地说，当年要是没有那口苦水井，你下肢就不会瘫痪啊！

你不要去了。王援朝轻声安慰着妹妹说，你为什么抱怨苦水井呢？毛主席诗词里说"牢骚太盛防肠断"，我们都不要意气用事。

王莹渐渐冷静下来，调转方向推着轮椅返回大队部。远处小工厂腾起一股青烟。王莹压低声音问道，全国农业学大寨，你的小玛钢厂犯忌啊。

王援朝坐在轮椅里从容说道，以粮为纲，全面发展。什么叫全面呢，就是不能片面。什么叫片面呢，光种粮食就是片面。金水村妇女们用麦秸秆编结菜篮子出口，既为国家创造外汇还充分提高了农村麦秸秆的附加价值，这是什么？这就是一分为二的唯物辩证法。

哥哥的本质没有发生丝毫变化，说出话来依然充满哲学家味道。农民光靠种庄稼，打煤油买针线的零钱都是卖鸡蛋换来的，这叫鸡屁股银行。旧社会为什么有的地主进城办工厂？就是为了加快积累加大积累，从此成了地主兼资本家。土财主一辈子省吃俭用，以为地里能够长出金条，从二顷地熬成三顷地，这样的积累过程太漫长了……王援朝滔滔不绝地说着。

推着轮椅走近村头。大槐树下身穿绿色军衣的冯五一哨兵似的张望着，大声吆喝着，王莹王莹，你妹妹安排好了，咱们返回啦！

回到大队部，王莹跟老支书告别。她突然想起当年那位四清工作队的老大姐，就打听。老支书叹着气说，她是玻璃研究所的干部，前几年挨了革命群众批斗，一时想不开喝敌敌畏自杀啦！

临别之际听到这样的坏消息，王莹心情受挫。尽管情绪低落她还是向白瀛瀛道别，拜托她精心照顾哥哥。之后王莹转向王援朝说，哥哥，傻凤我交给你了。这孩子一门心思想当劳动模范，可惜生不逢时啊。

抓革命，促生产，我倒认为傻凤不是生不逢时，恰恰是生逢其时。坐在轮椅里王援朝俨然以哲学家口吻评点着傻凤的前途，兼有预言家色彩。

一听自己前途有望，傻凤乐了。她目送姐姐拉开车门坐进驾驶室，咧嘴哭了。卡车开动了，傻凤追上去大声哭号说，姐！我从小跟你在一起，你走了我怎么办啊？

王莹从车窗探出身子说，我又没死，你哭什么！有事儿问咱哥哥，实在不行就给我打电话……

冯五一站在车厢里扯着嗓子喊道，王凤，你有事儿给我打电话也行！

汽车里，王莹坐在副驾驶位置流下眼泪。妹妹从幼儿园到小学，从小学到中学，自幼跟随姐姐长大。如今姊妹分离，姐姐心里沉甸甸的。妈妈出国援外一年年被挽留，一年年推迟归期。妈妈在巴格拉密成为全城皆知的大名人，走车间进班组经常引起纺织女工欢呼。她在阿富汗为中华人民共和国增光添彩，却成了这个中国家庭的"境外母亲"。

清静了。王凤在金水村开始了她的知识青年生活。知青点里，一条大炕睡两个人，先来的焦慧珠占了炕头，后来的王凤睡在炕尾。占了炕头的焦慧珠比王凤大三岁，是从通辽奈曼旗转到这里的老知青。从远天远地的内蒙古转到城市远郊，自然要有几分门路。焦慧珠中等身材小眼睛大嘴巴，最显著的特点是下乡几年皮肤晒不黑，令人羡慕。很快，王凤便不羡慕焦慧珠了。焦慧珠皮肤晒不黑是因为她很少下地干活儿。平日里王凤下地干活儿挣工分，焦慧珠懒虫似的躺在知青点里吃零食，嘴里嗒吧嗒吧嚼得山响使人想起田鼠。

全国掀起"农业学大寨"的热潮，形势一派大好，实现农业八字宪法，亩产上纲，要过黄河，跨长江。王凤滚一身泥巴炼一颗红心，想当劳动模范的念头越来越强烈。尽管在农村同样能够成为劳动模范，她还是盼望在工厂胸前佩戴大红花的幸福时刻。她找了一只小木桶，过一天日子就往里头扔一颗高粱米，记时。嘻嘻，什么时候这只木桶盛满了，我就能离开农村去工厂了。

焦慧珠在临村认识一个名叫丁巧良的男知青。他比焦慧珠小两岁，因此被称为小丁。小丁不高不矮不胖不瘦不黑不白，挺精致的。他骑着一辆半旧的永久牌自行车。只要路过金水村就进来看望焦慧珠，于是也认识了王凤。

丁巧良手巧得很。他会裁衣服，会织毛衣，而且是"阿尔巴尼亚针"，还会理发什么的，很多女人会做的活计，除了生孩子他都做。细细致致的丁巧良认识焦慧珠，就是经人介绍来给她剪头发的。那是“铁姑娘”发型。丁巧良听说王凤从小住在“劳模楼”，立即抖擞精神说“劳模楼”名气很大，那座苏式建筑无人不晓。

丁巧良常来常往。焦慧珠瞅见王凤跟丁巧良聊得热闹，小嘴儿一噘不高兴了。小丁你以后少往我们女知青点跑好不好？别忘了你是来接受贫下中农再教育的，不是赶庙会聊大天儿的！

噢，那你俩聊吧，王凤知趣地走出知青点。她身后焦慧珠轻轻哼了一声，含着几分骄狂。王凤暗暗笑了，我哥哥是村支书我谁都不怕。你表舅是市里的大官啊，他鞭子再长也抽不到村里的耕牛。

初春天气里，炊烟四起，一股燃烧秸秆儿的味道笼罩着金水村。王凤从村东走到村西，来到王援朝的院外隔着篱笆喊了一声哥哥。白瀛瀛走出屋子打开柴门引着傻凤进院，说妹妹你来吃饭吧。王凤说今天知青点轮到焦慧珠做饭，丁巧良来看她我就躲出来了。

走进王援朝居住的北房。哥哥的大炕上堆放着各类书籍，精装的简装的线装的，居然还有俄文版的《列宁选集》和《欧根·奥涅金》。哥哥除了吃饭睡觉，几乎成了看书的雕像。

屋里光线不强，王凤看见哥哥坐在轮椅里双手捧着一本书全神贯注读着，双脚泡在一盆热水里——好像一株正在吸取养分的植物。

哥，你别看书行吗？我有件事儿问你。王凤央求着。王援朝合起书本向妹妹问道，傻凤，你跟焦慧珠闹意见啦？

你怎么知道？王凤惊讶说你坐在轮椅里真是能掐会算的诸葛亮啊！

一块儿吃晚饭吧。白瀛瀛端着一笸箩玉米饼子走进来。王凤看见笸箩里有两个白面卷子，断定这是白瀛瀛给哥哥吃的。村里人都知道，只要有白面，白瀛瀛绝对不让王援朝吃粗粮。自从苦水井事件造成王援朝下肢瘫痪，白瀛瀛内心万分愧疚，抱定为王援朝奉献青春的决心，其实是赎罪心理。

晚饭是玉米面饼子就咸菜疙瘩，喝水。这便是农村好饭食。王援朝把两个白面卷子让给妹妹。王凤转让给白瀛瀛。白瀛瀛目光低垂嘴里嚼着玉米饼子。

吃罢晚饭，白瀛瀛拾掇利落了，摘下围裙回去了。农村毕竟思想保守，未婚男女不可同居。这些年白瀛瀛独自住在旁院里。她房间里挂了一只小铜铃，一根细铁丝绳通过小滑轮进入另院王援朝住房里。无论昼夜，只要王援朝伸手扯动铁丝，那边铜铃响起白瀛瀛便跑来了。

看到白瀛瀛回避了，王凤说话随便了。她将焦慧珠因为自己跟丁巧良经常聊天而吃醋的事情说了，向哥哥请教对策。

我问你两个问题：一、焦慧珠跟丁巧良有没有确立恋爱关系？二、你跟丁巧良是什么关系呢？

王凤想了想，说焦慧珠跟丁巧良是革命同志关系，我跟丁巧良也是革命同志关系。

既然这样，你心里怎么想的就怎么做，表里如一嘛。既然是革命同志关系，就应当自然相处。王援朝大度地说，这种事情，谁小里小气谁被动，谁大大方方谁主动。

什么？王凤以为哥哥一定讲出一番严肃道理，比如加强团结尊重同志避免矛盾什么的。没想到哥哥如此清爽洒脱，一下感染了妹妹。

对，丁巧良从来没有追过焦慧珠，焦慧珠也从来没有爱过丁巧良，他俩就是革命同志关系。我也不能把焦慧珠吃的醋装到瓶子里去。王凤说着笑了，露出一颗小虎牙。她觉得哥哥真是高人，说出话来永远与众不同。

进入"三夏"，夏收夏种夏藏，正是农民最苦最累的季节。夏天的太阳光芒好似刀枪，一不小心皮肤便晒起一层水泡。为了躲开大太阳暴晒，起早割麦子，贪黑割麦子，特别辛苦。然而无论起早还是贪黑，两个人的"知青点"轮流值班做饭，焦慧珠做一天，王凤做一天。收了新麦子，于是焦慧珠建议这几天把全年积攒的老白面吃了，腾出瓦缸迎接新白面。王凤认为这个建议很好。她哪里知道，这是焦慧珠即将离村返城的信号。

没有面肥，蒸不成馒头。轮到王凤做饭她就烧灶烙饼。晚晌的白面烙饼散发着香气在黑暗里弥散着，直入脾胃令人馋涎欲滴。

平时吃不上白面，面对热腾腾香喷喷的大饼，双方竞争气氛浓烈起来。你吃一张饼，我吃一张饼，一边丝丝吸着凉气一边快速咀嚼着，好似风卷残荷雨打落叶，十张大饼眨眼之间吃得精光。平分秋色难分伯仲的平局，使得紧张空气松弛下来。

焦慧珠咀嚼着最后一口胜利果实说，王凤啊，你好好在这儿干吧，我认为只要坚持下去就会迎来胜利曙光。革命样板戏《沙家浜》里新四军指导员郭建光念了《论持久战》中的一段话，"往往有这种情形，有利的情况和主动的恢复，产生于'再坚持一下'的努力之中"。

王凤端起茶缸子喝水，没往心里去。焦慧珠继续开导说，王凤啊，你是工人家庭出身，父亲母亲从前都是劳动模范，这是政治资本。你哥哥虽然坐着轮椅可是手里有权啊。以后遇到选调工矿企业的机会，他还能错过你啊？

你什么意思呀！王凤停止咀嚼打量着喜不自禁的焦慧珠说，听这苗头儿你要回城啦？我怎么没听说来了选调任务呢……

嘻嘻，这是戴帽儿下达，你懂吗？焦慧珠说出这句走后门儿的专业术语，得意地眨着一双小眼睛。

你表舅出来工作啦？王凤起身松了松裤带，合理安排着胃里的五张大饼。

批林批孔以后，我表舅恢复原有待遇，派到市生产指挥部当主任，行政十一级呢。

你睡吧，我去一趟茅房。王凤不紧不慢走出知青点，蹿出院子奔跑起来。一路疯跑来到哥哥院前，扯起嗓子喊哥哥，没有应承，跑到旁院喊白瀛瀛，也没有应承。哥哥一定去麦田慰问夜间割麦子的农民了。

王凤深一脚浅一脚跑出村子，奔向开洼。经过那口"姑娘井"她心底腾起一股怨气。为了抢救白瀛瀛我哥落了下肢瘫痪的毛病，白瀛瀛你欠我哥的债一辈子还不清。远远看见麦田里火把晃动，王凤大声喊叫着哥哥。有人告诉王凤支书送了绿豆汤坐着轮椅回村去了。王凤匆匆赶回村里，看见小玛钢厂红了半边天，奔了过去。

小玛钢厂院子里，人们正在浇铸。白亮亮的铁水从炉眼里奔流而出，注入一只只长柄端包里。一个个小伙子抄起长柄端包接满铁水。铁水遇到水汽，迸出噗噗声响。小伙子们啊啊叫着将铁水浇进砂模里。一瞬之间凝成铸件。

王凤看见哥哥坐在轮椅里，身后立着白瀛瀛。轮椅旁边立着一只铁桶，王凤猜测那是绿豆汤。很快，炉里铁水出尽了，热火朝天的浇铸战役告一段落。小伙子们来到铁桶前面，白瀛瀛一碗接一碗递去绿豆汤。

院子东面是一座焖火窑。一个老头儿出现了，指挥几个小伙子往铁箱里码放铸件，不时大声呵斥着，说出一堆行业术语。王凤听不懂行业术语却知道这老头儿是白瀛瀛的爷爷白鸣岐。

人们抄起铁钩子从砂型里扒出一只只暗红的铸件，咋咋呼呼的。王凤一串小步跑到哥哥面前，张口询问什么是戴帽儿下达。白瀛瀛听了一惊，以为戴帽儿下达现行反革命指标。王援朝听罢妹妹讲述，说焦慧珠的情况我知道，昨天接到了公社革委会主任电话，指名道姓要把她调选回城。这就叫戴帽儿下达指标。

那不行！焦慧珠躺在知青点屋里不干活儿，整天吃零食跟耗子似的。凭什么选调她不选调我？凭什么她当工人我不当工人？我从小发誓进工厂当劳模，昨天夜里还梦见自己胸前戴着大红花呢！哥哥，我非当工人不可……

王凤说着一屁股坐在地上，哇哇哭了起来。伸手拉起哭泣的王凤，白瀛瀛发现这闺女乳名傻凤，说起话来语言恰当逻辑清楚词句有力，一点也不傻。

没出息！王援朝一声怒吼，吓得王凤止了声。王援朝低声说傻凤咱们回去谈吧。白瀛瀛猫腰拎起没了绿豆汤的铁桶。王凤主动推起轮椅说，哥哥，焦慧珠选调回城当工人，我也要选调回城当工人。

王援朝侧脸对白瀛瀛说，敢情傻凤的性格跟灵莹一模一样，也是动不动就跟别人较劲。白瀛瀛接过话题对王凤说，傻凤你跟焦慧珠较什么劲？她表舅吴玉旗是市生产指挥部的主任，如今老干部走后门儿谁也挡不住的。

王凤停住轮椅说，我哥哥就能挡住，我哥哥要是挡不住谁还挡得住啊？马列著作白看啦……

白瀛瀛平静地评判说，其实你们王家兄弟姐妹性格都一样，不是跟别人较劲就是跟自己较劲，反正必须较劲。这也是人生动力吧。

你这是表扬还是批评啊？王援朝笑着反问白瀛瀛。王凤知道哥哥平时笑容很少，此时的笑容不知是凶是吉。

傻凤，你跟焦慧珠较劲属于竞争行为，这不算什么坏事儿。你回去睡觉吧，什么话也不要说了。王援朝语气和缓劝说着妹妹。

这事儿就完啦？王凤非常失望，心里空空旷旷回到知青点，看到焦慧珠躺在炕头睡了。她悄悄躺在炕尾，一宿没合眼。哼，焦慧珠不好好劳动反而戴帽儿选调了，天下还有没有公理？就是打到党中央见到毛主席我也不服气。

天一亮，王凤偷偷跑到大队部，从窗户爬进去给姐姐打电话。东方制冷设备厂的交换台告诉她，现在清早六点钟小王主任还没上班呢。

心急火燎。等到七点半钟终于接通姐姐电话。小王主任听了妹妹哭诉，说了声我知道了就撂断电话。

临近中午，一辆深绿色吉普车驶进村子吱的一声停在大队部院门外，身穿蓝色干部服的王莹推门走下车来。退位的老支书快步迎出大队部说,好闺女你当了大干部坐上小汽车啦。

王莹抿了抿齐耳短发说,老支书您好,我去富庄搞外调顺路进咱村看看。

老支书转身招呼王援朝。王莹进屋推起哥哥轮椅,说去知青点看看傻凤。王援朝恍然大悟,傻凤搬来救兵了。

王凤是我亲妹妹,我不救她难道还要白瀛瀛同志越俎代庖吗?王莹又露出跟别人较劲的苗头,说话咄咄逼人。

昨天我还跟傻凤讨论咱们兄弟姐妹的性格问题——特别喜欢较劲。你呀这么多年一直跟白瀛瀛较劲,现在傻凤也学你的样子跟人家焦慧珠较劲。

王莹接过话头发问,那你在农村整天跟谁较劲呢?

灵莹,我对你实话实说吧——我也整天跟自己较劲。王援朝低头说着,一丝悲凉从目光里溢出,飘散在空气里了。

你看,把金水村建成一个革命化村庄,我做得到。但是把金水村建成一个既革命又富裕的村庄,太难啦。

我们是工业学大庆。你们是农业学大寨。大干苦干加巧干呗。王莹不以为然。

你不懂啊。穷,这也是一座必须搬走的大山。我们不能越革命越穷吧?金水村老农民一辈子没穿过棉裤一辈子没用过手纸一辈子没喝过开水的,大有人在。你在城市工厂里是不会有这种切身体验的……

哥哥,我不是来跟你探讨中国农村问题的,王莹主动切换话题说,焦慧珠走后门儿选调了,傻凤怎么办?我不能眼巴巴看着妹妹遭受这样的打击……

王援朝凝神看着东方制冷设备厂办公室副主任说,灵莹,你变得尖刻了。我记得以前你不是这样的。

王莹围绕着王凤的话题不松口。哥哥你要是不愿意出头,这事儿干脆交给我去办吧。

王援朝慢条斯理说,焦慧珠选调了就走呗,傻凤留在金水村继续劳动,这很正常。我们没有必要把这件事情看得这么严重。

王莹一下失态了,双手推着轮椅脸色苍白声音颤抖说,哥!我不能让傻凤踏进社会第一步就遭受这种失败!你知道这种失败对傻凤来说意味着什么吗?一生的阴影!

灵莹！王援朝吃惊地转动着轮椅凑近妹妹说，你小题大做了吧？

王莹背过身去，不让哥哥看见泪水。哥哥，我心里就有一个失败的阴影，这个阴影今生今世恐怕很难消除了。我不能让傻凤重蹈覆辙留下心灵创伤！

我没想到你受了这么大刺激……王援朝颇为意外地说，不知怎样安慰妹妹。

老支书慌慌张张跑进来说，援朝，我找遍全村也不见王凤，焦慧珠也不知道她去了什么地方。五保户瞎奶奶说一大早儿王凤跟她告别，说这辈子再也照顾不了您老人家啦！

什么！王莹一拍桌子，傻凤也要走白瀛瀛那条路，寻死觅活呀？说着她冲出大队部，朝着村口奔去。

一贯稳如泰山的王援朝也慌了，请老支书发动基干民兵四处寻找。说罢打开扩音器，准备广播寻人。白瀛瀛捂住麦克风小声说，援朝，这要是传出去影响不好吧？女知青寻短见……

王援朝抹了一把额头汗水说，万一傻凤有个三长两短，我怎么向父母交代啊！

白瀛瀛思索着说，我有一次自杀经历，我觉得傻凤不会寻短见的……

王援朝急了，你就是气象专家也不敢保证老天爷不下雨呀！走，你推着我去找傻凤，幸亏那口苦水井淤浅了。

王莹一路奔跑，在村西一片小树林里看到妹妹身影。傻凤！你不要想不开呀！看到姐姐声嘶力竭的样子，傻凤一伸舌头冲姐姐做了一个鬼脸儿说，姐，我等候你多时啦！说着王凤拿起破麻绳挂在自己脖子上，说要勒出一道血痕。

天啊！王莹仔细打量着妹妹说，小死丫头，你这是制造假自杀现场？

对！王凤使劲扯了扯破麻绳说，你以为我真自杀？没门儿！我还没当劳动模范呢。我就是拿自杀吓一吓咱哥，逼他找一个戴帽儿下达的指标。姐，你一定给我保密啊！

说着，王凤抡起胳膊将一条破麻绳挂上树杈伸长脖子说，姐，你快去给咱哥报信儿，说我自杀啦！咱哥不是有本事吗？我看他这次怎么对待我！

王莹双腿一软坐在地上，连连摇头说，你不是傻凤，你是精凤啊！

当天晚上，王援朝坐在大队部沉思。白瀛瀛送来晚饭说，傻凤情绪稳定了，今晚睡在五保户瞎奶奶家里。

王援朝连连叹气说，要不是麻绳断了，傻凤就没命啦！看来她以死相拼非得选调回城不可啦。

傻凤来咱村插队落户是想当劳动模范的，一看理想无法实现，就跟焦慧珠攀比了。这种攀比心理很沉重很危险，女孩子往往容易走上绝路。

我看这事儿就怨你。是你给傻凤树立了自杀榜样，你跳井，她上吊，都属于意志薄弱的表现。这叫自杀未遂，假若上纲上线就是自绝于党自绝于人民！

白瀛瀛补充说道，王莹临走时跟我说无论如何也要保证傻凤的生命安全，一定二十四小时派人盯着她……

这几天你在瞎奶奶家陪着傻凤。她说不选调回城就不活了，看来是钻了牛角尖儿。唉，这件事情只能由我亲自出马啦。

一大早儿，王援朝自己摇着轮椅来到大队部，趁着电话线路不忙，抓紧拨打本市查号台，终于查到市生产指挥部办公室的电话号码。

他镇定心神，按照电话号码径直打过去。接电话的男同志自称康秘书。王援朝说找生产指挥部吴玉旗主任听电话。康秘书盘问了几句，说吴主任正在开会。

请你转告吴主任，我是西郊区金水村党支部书记王援朝，我有非常重要的事情向他汇报。康秘书帮我约一个时间好吗？

你的事情可以向基层党组织汇报嘛。再说你一个农村支部书记的事情跟吴主任有什么关系。康秘书不解地说。

吴主任的外甥女焦慧珠同志在我村插队落户，目前面临选调回城……

好吧，您不要讲了。康秘书打断王援朝说，我马上请示一下吧。

几分钟之后，电话里再度响起康秘书的声音，这位农村支部书记同志，吴主任不能接你电话，以后你也不要再打电话了。

这是我给吴主任一个机会，他放弃了。既然他放弃，我也没有别的办法了。王援朝啪地挂断电话，无声地冷笑了。

第二天上午八点钟，市委大门口出现一辆木头轮椅，轮椅里坐着面容沉静身穿蓝色中山装的王援朝。他身后站着白瀛瀛。

王援朝举起一卷白布，白瀛瀛徐徐拉开——这白布条幅上写着十个黑体大字：吴玉旗，请你不要走后门儿。

呼啦一声围了一群人。王援朝和白瀛瀛不言不语，合力拉开这幅大标语，尽力展示着。市委大楼窗户纷纷打开，人们伸头探脑解读着这条标语的含义。

这几年上访者都是要求恢复名誉落实政策的，矛头指向某某某尚属首次。

《滨河日报》机动记者吉顺利路经此地，举起相机拍下"吴玉旗，请你不要走后门儿"白布黑字大标语。

来了几个身穿便衣的保卫干部，不声不响收缴了大标语，不声不响将王援朝和白瀛瀛带走了。

木头轮椅被推进市委大楼旁边小院里，停在大树下。坐在轮椅里的王援朝指着一个保卫干部说，请你去给我端一杯白开水。

保卫干部冷笑说，你跑到市委捣乱还想喝水啊？你抗旱吧！

白瀛瀛挺身反驳说，喝水是我们的正当要求，你们不给水喝才是捣乱呢。

王援朝极为和气地说，就你们这种政治思想水平还来保卫这座大楼？真是岂有此理。

一个干部模样的男子跑进院子，拿出工作证递给那几个保卫干部说，我是市生产指挥部吴主任的秘书姓康，我有事情跟你们解释一下。

几个保卫干部跟着康秘书走进办公室。几分钟之后，为首的保卫干部走出来对王援朝说，你跟吴主任之间的私事，跑到市委大楼打标语干什么？真是混淆视听！走吧走吧走吧。

请你去给我端一杯白开水。王援朝指着那个保卫干部说，你听见了吗？

康秘书劝解说，村支书同志，你到吴主任办公室去喝茶好啦！

王援朝不予理睬，目光径直射向那个保卫干部说，你的听力好像出了问题？耳聋的人是不能担任保卫干部的。

那个保卫干部无可奈何地撇了撇嘴，嘟嘟哝哝进屋打水去了。

王援朝是在一间小会议室里喝上龙井茶的。不等康秘书说话，他先开了腔。我知道你马上就要告诉我吴主任在开会，今天没有时间见我。其实我也没有时间见他。请你转告他，身为老干部应当给我们年轻干部树立表率，否则怎么继续革命呢？你还要转告他，不要上嘴唇一碰下嘴唇就下达什么戴帽儿选调指标。他这样做在我们基层农村影响很坏，这是行不通的……

你有什么具体要求？我会转告吴主任的。康秘书意味深长地说。

请你不要随便打断我说话，你为什么说我跟吴主任之间是私事呢？你们为了维护自己面子，真是处心积虑啊。

白瀛瀛小声说，我们写的白布大标语，现场记者已经拍照了。

瀛瀛，吴主任不怕记者拍照，他一句话就会摆平的。但是，吴主任一百句话也摆不平我们农村基层党支部。王援朝说着转向康秘书，目光炯炯。

康秘书放下架子小心翼翼问道，王支书，您乘坐轮椅这么远跑来，我一定把您的要求转告吴主任的。

抿了一口龙井茶，王援朝不紧不慢说，我们金水村只有两个插队落户女知青，吴主任戴帽儿下达指标弄走一个，剩下一个昨天上吊啦！万幸的是麻绳断了，否则这起知青自杀事件给党的上山下乡政策带来极坏影响。我们不能给吴主任扣帽子，但是这起自杀事件绝对是他戴帽儿下达选调指标引起的。吴主任能够摆平报社记者，摆不平我们金水村广大贫下中农！我的话你听懂了吗？

其实多拿出一个选调指标，矛盾全解决了。白瀛瀛画龙点睛说。

你们的意思我明白。康秘书匆匆走了。

午饭时间，女服务员送来四菜一汤。王援朝动手盛了两碗米饭苦笑着对白瀛瀛说，吃吧吃吧，咱俩是代表金水村贫下中农吃这顿饭的。

吃过午饭，康秘书出现了。王支书，你的问题解决了。我派了一辆小卡车送你们，就不用坐轮椅走路啦。

王援朝板着面孔说，你说问题解决了，这让我怎么理解呢？

我一看就知道你是读了很多书的农村基层干部。这种事情还用我解释吗？我希望回去之后你不要多言多语。总而言之，你的问题解决了。

一切尽在不言中。王援朝大度地笑了。白瀛瀛崇拜地望着王援朝，拿出手帕擦着他额头汗水。

康秘书把卷成一团的白布标语递给白瀛瀛，也掏出手帕擦汗说，我从来没有见过你这样敢于冒险的农村基层干部。

乘坐小卡车回到金水村，得胜归来的王援朝闷闷不乐。毕竟共同生活多年，白瀛瀛知道他闷闷不乐的原因。晚间歇息，白瀛瀛打来一盆热水给他洗脚，小声劝慰着，援朝，我们不能一味生活在理想王国里，有时候必须面对现实啊。

我身为人兄啊。王援朝轻轻叹气说，今天咱俩演了一出双簧，威胁恫吓就像两个乡村无赖，跟他们做了一笔肮脏交易。

这笔交易他们不会变卦吧？白瀛瀛小心翼翼问道。

王援朝思索着说，要是新提拔的干部就不好说了，这种蹲过牛棚的老干部不会变卦的。

这一夜，王援朝失眠了。他躺在大炕上注视着黑乎乎的屋顶，自言自语。

我做了一笔无耻的交易，公然要挟老干部，充当小丑儿角色。为了妹妹我只能这样做。生活真是一个大酱缸，萝卜茄子一起腌啦……

一连两天，王援朝手里拿着一册涅克拉索夫的诗集轻声朗诵着。白瀛瀛深知爱人内心痛苦，拿着梳子给他梳理着头发。

援朝，你白头发越来越多了。白瀛瀛小声说，咱们只是普通老百姓，国家大事用不着咱们去操心。你探索社会主义新农村道路也不能毁了自己啊。

唉，老百姓的生活太苦了，我们共产党闹革命是为了让老百姓过上好日子。我想找到一条既革命又富裕的农村道路怎么这样难呢……

这恐怕办不到吧？白瀛瀛轻轻拔掉王援朝一根白头发。

一天过午，王援朝坐在大队部里接到公社副书记打来电话。你们村那两个女知青，一个叫什么焦慧珠，一个叫什么王凤，她俩一块选调。明天到区里体检后天调档，马上走人！

从来不苟言笑的王援朝突然来了一个恶作剧——您什么时候戴帽儿下达指标，把我和白瀛瀛也选调回去吧！

公社副书记哈哈大笑说，你是我们这儿的宝贝，就是选调你去党中央国务院，我们也不放人！哎，昨天市生产指挥部有人打来电话了解你的情况呢。

王援朝不以为然说，好啊，这是要选调我呢。

王援朝立即给王莹打电话，说傻凤的选调问题解决了。小王主任在电话里追问怎么解决的。金水村党支部书记王援朝说，我们应当相信群众，我们应当相信党。这是两条基本原理……

哥哥，你背诵的是《毛主席语录》啊。王莹在电话里咯咯笑了起来。

灵莹，你一定要保持这种笑声。这是你的真正性格。什么时候这种笑声消失了，你的性格也就消失了。王援朝故作平淡地说着，其实是叮嘱。

别人都说我的笑声很像咱妈。王莹在电话里丝毫没有察觉哥哥的内心苦闷。哥，有一件事情我只能告诉你，昨天咱妈突然回国直接住进工人疗养院，绝对不允许家属探视。

哦？王援朝手持电话听筒神色镇定地说，看来妈妈出了什么问题，否则不会突然回国直接住进工人疗养院的。

从一封封家信看，妈妈在巴格拉密纺织厂取得了很大成绩而且受到外方高度评价。难道她犯错误了？王莹在电话里分析说，假若咱妈犯了严重错误，应当直接送到军队农场不会送回工人疗养院的。如今全国重新批判唯生产力论，矛头对准只低头拉车不抬头看路的错误思想。咱妈出国援外属于外事活动，我估计一定是受到什么大人物牵连了。

灵莹，你的分析，我同意。这里面肯定有文章。咱们等着吧，一旦形势松动，自然烟消云散。

哥，咱妈太可怜了，援外八年，她没有功劳也有苦功吧，不但没有受到表彰反而不明不白送进工人疗养院隔离了。看来澄清一缸水，需要好几年啊。

这件事情必须严格保密，只有你知我知。王援朝叮嘱妹妹说，就连咱爸也不要告诉。这次傻凤选调回城就算献给咱妈一份厚礼吧。咱妈性格乐观，她一定会扛过来的。

放下电话，王援朝自言自语说，妈妈援外八年，突然回国隔离了。你知道什么叫荒唐吗？这就叫荒唐。

白瀛瀛走进大队部，王援朝停止自言自语提高音量对未婚妻说，傻凤选调啦，我这个小丑儿总算谢幕了！说罢啪地抽了自己一记耳光。

白瀛瀛扭过脸去，不声不响流下泪水。她悄悄走出大队部跑到知青点，把这好消息告诉王凤。

喜从天降。王凤扑上前来搂住白瀛瀛脖子，竟然叫了一声嫂子。白瀛瀛羞得满脸绯红，说还没结婚呢不要这么叫嘛。

王凤小马驹似的跑到村外小树林里，哇哇哭了一场。哭痛快了，她自言自语说，假自杀真是好武器，哥哥果然把我的事情办成啦！还嘱咐我保密。

体检，填表，调档。焦慧珠并不知道王援朝的上访插曲。她心里纳闷问王凤说，你怎么跟我一起选调啦？

王凤笑了笑，一副忠厚老实的表情说，是啊，你怎么跟我一块选调啦。

村里召开欢送会。依照惯例，临别吃的还是忆苦饭。王凤抱着小木桶来了，哗地将半桶高粱米倒入大锅里，一起煮了野菜粥。

说是盛满一桶，没想到半桶我就选调了，提前啦。王凤心里美滋滋的。

老支书送给两位女知青一人一罐金水村泥土，说是终身纪念。白瀛瀛研墨铺纸，作画留念。她首先给焦慧珠画了一幅墨荷，取出污泥而不染之意。王援朝挥毫给焦慧珠的墨荷题了四个隶书小字：不进则退。

白瀛瀛给王凤画了一只凤凰，凤头为工笔，其余写意了。焦慧珠酸溜溜说，给我画黑乎乎的荷花，给她画带彩的凤凰……

老支书笑笑说，人家是姑嫂，你是外人挑什么理儿啊。

看着凤凰跃然纸上，王凤欢欢喜喜问道，哥，你给我题什么字呢？

白瀛瀛站在一旁小声建议说，不鸣则已。

好！王援朝由衷地欣赏白瀛瀛的建议，一挥而就，写出四个颜体小字。

老支书赞叹道，一个会写一个会画，援朝瀛瀛真是天生一对地设一双啊。

就这样，乳名"傻凤"的王凤跟有着高官表舅的焦慧珠打起铺盖卷，一同乘坐拖拉机离开插队落户的金水村，选调回城了。

王凤与焦慧珠一同分配到纺织工业局，从纺织工业局一同分配到针织工业公司，从针织工业公司一同分配到第五针织运动衣厂，第五针织运动衣厂劳资科将她两一同分配到成衣车间缝纫工段。

焦慧珠奇怪地说，王凤你又不是我的影子，怎么一直跟着我呀？

是呀，我怎么一直跟着你呀？从纺织工业局一直跟到第五针织运动衣厂成衣车间缝纫工段！王凤颇为厚道地说，这就叫有缘千里不分散吧？

是啊。焦慧珠居然受到一丝感动，表示相信缘分了。

上班没几天便领到当月工资，称为"上打薪"。王凤手里攥着十九块七角五分钱，担心人民币展翅飞了。她是躲到女厕所去哭泣的，尽管味道不太好。她的哭泣可巧被焦慧珠撞见，她发现焦慧珠也是躲到女厕所来哭的——姑娘见姑娘，两眼泪汪汪。

成衣车间的主任是个五十多岁老娘儿们，由于结过两次婚人送外号"双枪老太婆"。她找到王凤和焦慧珠谈话，说你俩展开"一帮一，一对红"的社会主义劳动竞赛吧，争取早日加入中国共产主义青年团。

我还是争取直接入党吧。王凤满怀豪情地说。焦慧珠暗暗发笑，认为王凤确实很傻。

王凤好奇地问焦慧珠，喂，你有好表舅怎么安排你做缝纫工呢，又苦又累的。

你不要小看缝纫工！焦慧珠义正词严地说，我们是产业工人，非常光荣的。

你这种思想还想直接入党？我看你团都入不成！

你的意思是让我重新加入少先队吧？王凤故作诚恳地说，样子更傻了。

王凤暗暗发誓说，你以为我傻呀？我一定要当上特等劳动模范，跟妈妈一样。

16. 归去与归来

黄昏时分，王莹独自走进工人疗养院，绕过人工湖穿过一片桃园，看到高干疗养楼被一圈篱笆隔开，小竹亭里一个解放军战士站岗值勤，说不许探视。王莹故意犯了脾气，大步闯进楼里。

一位军官模样的男子张开双臂阻拦说，闲人免进，你马上退出去！

我妈妈出国援外八年，劳苦功高，你们凭什么不让探视！我妈妈犯了什么错误？王莹试探着说。

我只负责这里的保卫工作，你的问题一概不能回答。军官不卑不亢说。

王莹企图激怒对方放开嗓音说，把你们领导叫出来，我要当面问问他！你们懂得革命人道主义吗？你们的阶级立场哪里去啦？你们要是讲不出道理，我去党中央找毛主席说理……

你要去党中央找毛主席说理，那是你自己的事情。你在这里无理取闹，我们会采取措施的。

王莹立即软了，掏出当初董泰建赠送的英雄牌钢笔说，我给您留一个电话号码，什么时候允许探视了通知我好吗？

军官模样的男子摆摆手说，这座楼里不光住着一个人，请你马上离开吧。

王莹心里明白了。妈妈这次住进工人疗养院，果然背景非同寻常。面对如此严密的管理，她能够掂出其中斤两。

走出高干疗养楼，她好像冲刺的短跑运动员奔向对面那座小假山，从怀里抽出一面小红旗，一边呼啦啦挥舞一边高声喊道，妈妈，我是灵莹，我代表全家看您来啦！妈妈您一定坚持下去，坚持下去就是胜利……

高干楼三楼的一个窗口里人影一闪，随即消失了。王莹认为这就是妈妈，咧嘴哭了。妈妈，我记得您爱吃炖猪蹄儿，我一定给您送来！

喊得嗓子哑了，王莹走下假山坐在湖边号啕大哭。这时候她才明白，无论自己多么强大，心里也需要一个妈妈。

一天天过去了，终于盼来允许家属探视的消息。打来电话的居然是徐贰芬。王莹又惊又喜说徐阿姨您恢复工作啦。

王莹啊，警备区政治部负责牟棉花同志的护理工作，她住在高干疗养楼期间，一日三餐，每天洗澡，听收音机看报纸，身体很好。今天她搬回工人疗养院丙楼恢复疗养员正常生活，交给我们市总工会管理了。徐贰芬用公事公办的口气说，特殊时期结束了，所以允许家属星期天探视了。

徐阿姨，我妈妈被隔离这么久，她究竟出了什么问题？王莹追问着。

具体情况我不清楚。我可以给你打个比方，一个人被一件事情牵连，可能这个人跟这件事情没有什么关系，然而澄清起来需要时间。时间不到，着急也没有用的。所以说时间是最公正的裁判。我的话你懂吗？

谢谢徐阿姨。放下电话王莹在办公室里走来走去，兴奋得不知如何是好。终于可以见到妈妈啦！八年时光仿佛隔了一个世纪。

王莹拉开办公桌抽屉，看到一把不锈钢小铲子。这是董泰建给我做的，我永远不会忘记那家伙嬉皮笑脸的样子。翻开日记本，看到一张自行车购买证，这是董泰建留下的纪念。董是我的初恋吗？尽管后来她在党校学习认识了孔小围，"董公公"却好似片底板留存在记忆深处。

星期天去工人疗养院看望妈妈，一定要带上炖猪蹄儿的。王莹想起国营副食店买不到这种东西，打电话求助冯五一。冯的老战友在农场管事儿，几乎成了他的"司务长"。

下班回家，王莹看到父亲在厨房里做饭，立即换鞋洗手准备接替爸爸。王金炳摆摆手表示饭熟了，转身把醋瓶子递给女儿。

这时候有人叩门，她开门看见一只血淋淋的猪头，吓得一声尖叫。王建设闻声从卧室跑出来，以为姐姐遇见阶级敌人。

冯五一双手捧着一只猪头，站在门外气喘不迭说，猪蹄儿有什么好吃的，我从农场弄一只大猪头给你，全家炖着吃！

王莹哭笑不得。我让你买猪蹄儿你就买猪蹄儿，谁让你擅自做主弄来一只大猪头啊！

冯五一尴尬地解释说，猪头比猪蹄儿好啊，这是农场战友特意送来的。

王金炳走出厨房替冯五一解围说，灵莹，既然人家小冯送来了还是收下吧，咱们如数交钱就是了。

我可没有闲钱买猪头。冯五一，你把它退回去换成六只猪蹄儿！

好吧。冯五一双手捧着猪头挺直腰板迈开大步，噔噔噔下楼去了。

唉——。王金炳一声低叹，走进厨房继续做饭了。王建设目不转睛注视着姐姐，突然无声地笑了。

姐，冯五一在厂里威风凛凛，派头特大，见了你怎么变成面团儿啦？

王凤上中班，不在家。晚饭家里只有仨人。王金炳从厨房里端出一盘茴香馅饼递给女儿，灵莹啊，你的脾气秉性很像你妈妈，好强好胜不会拐弯儿。冯五一好心好意送来猪头，你一句话给人家撞了回去……

爸爸，我炖猪蹄儿是为了星期天去……王莹张口解释却被父亲打断了。

我知道，你炖猪蹄儿是去看望妈妈。我早知道你妈援外回国直接住进工人疗养院，人家不让扩散消息。王金炳略显伤感地说，好啦，现在允许探视了……

王建设坐在餐桌前摆弄着一只小变压器，接过父亲递来的一盘子馅饼，小声问道，妈妈真的回来啦？我都忘了咱妈长什么样儿了……

是啊，星期天咱们去工人疗养院，全家总算团圆啦！王金炳回到厨房去了。

晚间，缝纫女工王凤下中班走进家门，一头扎进卧室，睡着了。这间卧室历来号称"女生宿舍"。小时候家里穷，冬天姐俩合盖一条棉被。后来傻凤长高了，姐俩经常伙穿一件花布小褂儿，一双皮鞋也是俩人倒替着穿。你中有我，我中有你，成为多年姐妹生活写照。站在床前看着呼呼睡去的傻凤，王莹想起小时候母亲下班走进家门也是这样，疲劳过度上床就睡了。如今缝纫工妹妹重复着挡车工妈妈的生活道路，好像一个模子复制出来的。

她拿来毛巾给熟睡的妹妹擦脸擦手，嘴里轻声念叨着，傻凤，星期天咱们去工人疗养院看望妈妈，全家团圆啦……

傻凤猛地睁开眼睛。什么！咱妈回来啦？说着瞪大眼睛四处寻找着。

你睡吧，星期天你歇班，咱们全家一起吃团圆饭。姐姐抚摸着妹妹的头发，心疼极了。妹妹为了超产，天天累成这种样子。

傻凤又睡着了。王莹坐在床前，莫名地伤感了。过了八年没有母亲的生活，似乎习惯了。如今妈妈归来，她反而忐忑了。

笃、笃、笃……有人叩门，这声响不轻不重，好像黑夜里挤出的私语，时隐时显。王莹披衣走出卧室靠近单元门充满警惕地问道，谁呀？

单元门外响起南方口音说猪蹄儿买来啦。噢！冯五一这家伙雷厉风行，竟然夜半返回了。她轻轻开门。冯五一双手捧着六只猪蹄儿走进门来说，这是后蹄儿，后蹄儿比前蹄儿好吃。

王莹看他满头大汗，斟了一杯白水递去。冯五一接过水杯咕咚咕咚喝了，扬起胳膊用袖口抹了抹额头汗水，说了声再见扭身就走。

这大半夜的，你辛苦啦。王莹心里过意不去，送他出门。楼道里很黑，她说了一声谢谢。她听见自己的声音飘浮着，轻柔而温馨。冯五一似乎凝固了，不说话。他与她就这样面对面站在毫无光亮的楼道里，只听到男女混合的呼吸声。

谢谢你没拿我当外人，无论大事小事都招呼我……冯五一声音颤抖着。

她连声表示谢意，好像一尊外冷内热的雕像。黑暗里他摸索着下楼去了。王莹心里说，我一有难题就找人家冯五一，又不正儿八经跟他谈恋爱，唉！

星期天是公休日，王凤歇班在家睡懒觉。女缝纫工很累的，腰酸腿疼，脖子僵直。王凤满勤满点，平时睡眠不足，好不容易歇班，睡不醒了。

站在厨房里手持镊子拔着猪蹄上残存的猪毛，王莹的神情好像民间雕刻家。锅里烧开水，她焯了猪蹄儿，然后炒色。素常家里很少炖肉，一是太贵；二是凭票供应，炖一小锅肉就要用去全家三个月的肉票；三是炖肉需要时间，家里没有闲人。主持家务王莹坚持细水长流的原则。说起炖肉她有一套独特保藏法：即夏季每天将熟肉沸煮十分钟，其间绝对不许掀开锅盖，保证十日不坏。

过午时分，王凤起床走进厨房。看到姐姐忙得满头大汗，妹妹不好意思地笑了。王莹说全家去工人疗养院吃团圆饭，庆祝妈妈援外归来。王凤拍手说总算能见咱妈了，这比见毛主席还难呢。

你不要乱讲。王莹盯着妹妹说，你现在是工人阶级一员，必须给自己嘴头挂一把锁，有时候一句话毁人一生啊。

王凤心悦诚服地嗯了一声，说饿了。姐姐给妹妹盛了一小碗烧辣豆儿，让她就着馒头吃午饭。傻凤一边嚼着辣豆儿一边说，八年了，咱妈可能都不认识我啦！

不过，你这馋劲儿咱妈一辈子忘不了。王莹一边拾掇调料一边告诉妹妹，咱妈回国有一段时间了，大概受了什么牵连，现在经过组织甄别，没事儿啦。

王凤对政治不大敏感，听了姐姐这番话，她既无惊讶也无感慨，嗯嗯呀呀应承，嚼着白面馒头。

下午四点钟，经过简单打扮姐妹走出家门。王莹穿着灰色上衣，三翻式直腰，蓝裤子。王凤穿着蓝色上衣，男女不分的制服式样，灰裤子。姐姐妹妹并肩走着——上灰下蓝与上蓝下灰，活像两个对偶的色块儿。一路上，两个色块儿犯了难，谁也说不出究竟应该给妈妈买什么礼物。

距离公共汽车站不远的地方，有一家水果店，门口摆着一箱箱青苹果，说是出口转内销的。一眨眼之间排起长队。

这东西挺实惠的。王凤跑去"加塞儿"花一块二毛五买了五斤苹果拎在手里，满脸喜悦地说，总算把给咱妈买东西的任务完成了。出口转内销的苹果万岁！

傻凤，除了喊毛主席万岁不许乱喊万岁。姐姐以高度的政治觉悟告诫妹妹。傻凤唰地向姐姐敬了一个民间军礼，表示认错。

走进工人疗养院大门，王凤一手拎着一兜子白面馒头一手拎着一兜子青苹果，蹦蹦跳跳说好几年了这里没变样儿。迎面是甲楼花坛，绕过甲楼花坛是六角亭，正是当年牟棉花晕倒的地方。过了六角亭就是丙楼。王莹认为从高干楼重返丙楼意味着妈妈重返正常生活，不清不楚不明不白的日子过去了。

跨进丙楼，一个小护士圆圆的脸蛋儿亮晶晶的眼睛翘翘的鼻子，迎面打着招呼。王莹觉得小护士挺可爱，问她贵姓。小护士笑眯眯说我叫舒芸。

这时王凤站在妈妈房间门外，却不敢伸手叩门。王莹嗔笑了，弓起手指叩门，房间里传出一个遥远而熟悉的声音说，进来吧。

这是妈妈的声音！王莹心跳加快了，回身拉起妹妹的手。王凤本能地朝后退着。王莹急得压低嗓音说，这是去见咱妈又不是去见老马猴，你怕什么呀！

王凤轻声辩解说，我不怕见老马猴，我怕见咱妈……

推门走进妈妈房间。房间很大，首先给人距离感。房间中央摆着一张八仙桌子，一看就知是临时借来的。靠墙立着两只老式文件柜，显然是退役的。临窗摆放着一张大床。母亲牟棉花端坐床前,远远地冲着女儿们笑。

王莹放下饭盒快步走上前去,一把拉住妈妈的手。妈妈的手冰凉。王莹下意识地松了手,竟然想哭。牟棉花的目光越过大女儿投向小女儿。王凤站在姐姐身后,低低叫了一声妈妈。

看到小女儿躲躲闪闪的,母亲哈哈大笑说,哎哟!傻凤长这么大了?俊啦。说着又将目光转回王莹,近距离打量着大女儿。

一看你就是个女干部。牟棉花起身奔向老式文件柜,从里面拿出两双布鞋。一双女式黑色条绒偏带布鞋,递给小女儿。一双黑色平绒偏带布鞋,递给大女儿。这两双布鞋都是麻线纳的千层底,一敲梆梆响。

王莹看见母亲鬓角斑白,脱口说道,妈妈您又做鞋呢,您忘了前些年造反派说您躲在疗养院里养尊处优。

牟棉花果然还是牟棉花,脸上透露出几分当年的活力,操着多年不改的高腔大嗓说,我在巴格拉密纺织厂多忙啊,也没忘了给你们做鞋。你看,我用当地的薄皮子给你爸你哥你弟做了皮袜子,老爷儿们冬天穿上特别挡寒!他奶奶的,造反派说我做鞋是养尊处优?那人家制鞋厂怎么办?全部枪毙啊!

王凤突然说了话,妈妈,我爸说您当年做梦都在苦练基本功。那纪录别人轻而易举就能打破啊?打不破的。

牟棉花欣慰地笑了。有时候我担心它被人打破,有时候又盼望它被人打破,心情矛盾就跟小孩子似的。你说我怎么啦灵莹?

王莹向妈妈点点头,没说话。八年过去了,援外归来的妈妈仍然在跟自己较劲,念念不忘当年创造的全国接头纪录。其实我的性格很像妈妈,也爱跟自己较劲。一个人的性格恐怕很难改变了。

咣当一声门响,王金炳左手提着一只饭盒右手拎着一只饭盒"破门而入"。他张口对妻子说,你中午说的小鱼炖豆腐和酱烧鸡爪,没了。我在食堂买了猪血炖豆腐和红烧鱼头。

敢情爸爸中午就来了。王莹小声提醒妹妹,你快把苹果拿到水房洗洗吧。之后转向母亲说,傻凤参加工作有了工资,她特意给您买了五斤苹果,还是出口转内销的呢。

牟棉花立即满脸笑颜。太好啦,就连傻凤都当上工人了,咱们百分之百工人家庭啊。对啦,我从阿富汗给你们带回五公斤沙耶枣,他奶奶的机场不让过关。我心疼东西，打开提包可劲儿吃，没吃几颗胃口就顶啦。全给机场扣啦！

扣了多亏呀！我要是在机场保证帮着您把沙耶枣全吃啦。王凤惋惜地说着，伸手递给妈妈一个挂着水珠儿的青苹果。

门儿轻轻推开了，小护士舒芸探头，小圆脸儿一闪缩了回去。紧跟着王建设身穿汗渍斑斑的工作服走进房间。看见儿子脸有油污，牟棉花伸出双手激动地说，设子，你也长这么高啦！你是保全工吧？我一看就知道你修理机器下班没洗脸就跑来看妈妈，真是好孩子！

妈妈……王建设憋得吭吭哧哧说，我、我好多年没见您了，您都快不认识我了吧。我的情况您知道吧？从闸口小学升入长征中学，然后……

王凤抢过话题说，然后你选调留城进了华北电机厂机修车间，三年出师一级工，一年之后转为二级工。对吧？

王建设松弛下来，略显羞涩继续说，技术考核让我锉了一个六方内孔，我得了优秀。从一级工的三十五块五涨到二级工的四十一块六毛四……

牟棉花拍了拍手说，好啊！你爸爸看了大半辈子仓库，没有手艺。你学了技术有了手艺，就又红又专啦。

听了儿子流水账似的汇报，母亲欢欢喜喜打开柜子。柜子里存着十几双手工布鞋，样式有男有女，类型有单有棉，面料有平绒有灯芯绒呢。

取出一双男式五眼黑布便鞋递给王建设说，我估计这几年你脚长了，就按照四十二号尺码做的。

一旁仔细观察母亲，王莹心里又悲又喜。悲的是妈妈援外回国，稀里糊涂被隔离了，最终不了了之；喜的是妈妈获得正常生活居然没有半句牢骚，乐乐呵呵跟没事儿一样。这正是老劳动模范的本色。

小护士舒芸送来一瓶葡萄酒，说是丙楼全体医护人员的心意，之后冲着王建设嫣然一笑，告退了。

咦？王莹看着满脸窘色的弟弟，心里打了问号。她动手把从家里带来的炖猪蹄儿和烧辣豆儿摆出来。王凤也将爸爸拎来的猪血炖豆腐和红烧鱼头端上桌。一堆筷子和一摞碗都是临时从食堂借的。一盆苹果一盆馒头。八仙桌上初步显现家庭晚宴的气氛。

我还从疗养院伙房叫了四个菜呢。牟棉花兴奋地说，今晚全家胜利会师。

大朝和瀛瀛还没来呀？就差他俩了。王金炳小声嘟哝着，摆放着碗筷。

王凤补充最新情况说，我哥哥现在是村支书，出市进市都是小拖拉机接送，带着轮椅。

王建设在卫生间洗净脸上油污，走出一个亮亮堂堂的小伙子。王莹趁机压低声音向弟弟打听小护士舒芸的情况。王建设拧开葡萄酒瓶告诉姐姐，自己跟舒芸是中学同学，她选调进了护士学校。王莹看到弟弟红了脸，心里有了底数。

笃笃响起敲门声。推门走进风尘仆仆的白瀛瀛。王莹没有看到轮椅，惊诧了。

白瀛瀛扔了手里的大草帽，双手捂脸哭泣起来。王凤立即递来手巾。

牟棉花端坐床前大声说，你是白瀛瀛吧？八年不见我都认不出了。你别哭，告诉我大朝出了什么事情！

一大早儿援朝被公社叫去了，说是进了学习班让我去送铺盖卷儿。他们说王援朝私自开办小玛钢厂，带头走上唯生产力论的道路，以生产压制革命，以发展副业代替阶级斗争，打成复辟资本主义黑典型了……

牟棉花走上前来一把搂住白瀛瀛说，好闺女，别害怕，有风刮风，有雨下雨。有涝就有旱，有阴就有晴，有饥就有饱，我在阿富汗八年都过来了，我看过几天大朝就回来啦！

白瀛瀛继续抽泣说，工作组查封了小玛钢厂，我怀疑这是有人打击报复。当初为了傻凤选调回城，我推着轮椅送援朝去市里告了生产指挥部吴主任，他吃了哑巴亏耿耿于怀，这次工作组里就有康秘书！

啊？傻凤手里拿着苹果呆呆望着白瀛瀛。怪不得我选调进了工厂，敢情哥哥为我去市里上访啦！

王建设突然插话说，不光我哥为傻凤选调出头上访，我进工厂也是我姐出了力！因为这事儿工宣队把我姐清退了，让她回工厂继续扫马路……

这一番话犹如导火索，猛地引爆了。白瀛瀛和王凤，几乎同时放声大哭。王建设无声地抹着眼泪，站在一旁。

王莹眼窝儿湿了，转身走到窗前极力控制着泪水溢出。父亲王金炳围绕着八仙桌子走来走去，一时不知如何劝慰儿女们。

牟棉花突然拍响双手朗声大笑说，大朝为了傻凤选调上访，灵莹为了设子留城出力，我听了心里特别高兴！这是咱们工人家庭兄弟姐妹的情分啊。金炳，今天我要挨个儿给孩子们敬酒！

四只小碗，斟满了红色葡萄酒。牟棉花起身给自己斟了一大碗，首先注视着白瀛瀛说，你代表大朝吧，反正你早晚是他媳妇。不要哭哭啼啼的，只要坚持就有胜利那一天！

一只大碗与一只小碗咣地一碰。白瀛瀛仰脸喝了酒抬手抹着嘴角说，听您这句话我就宽心了。

灵莹，我该敬你啦。牟棉花端着大碗举给大女儿说，《红灯记》里唱的穷人孩子早当家。我出国援外八年，油盐柴米酱醋茶，家里家外全凭你支撑着，妈妈对不起你呀。

王莹从母亲眼睛里看到泪光。从小到大，没有听过妈妈的哭声，也没有见过妈妈的泪水。此时的泪光无疑来自妈妈心田深处。女儿被深深感动了。

女儿的小碗与母亲的大碗轻轻一碰，发出沉闷声响。王莹小声说谢谢妈妈，一饮而尽。牟棉花压低声音问道，灵莹，你怎么没请冯五一来呢。

人家现在是华北电机厂的武装部长。王莹故意正面回答，其实是搪塞。母亲放声说他就是当了全世界的武装部长，你配他也绰绰有余。

牟棉花斟满大碗转脸向儿子说，设子，你从小老实巴交，今儿喝醉了吧！

这时，突然响起敲门声，打断母子碰杯。傻凤跑去开门。一个戴墨镜的中年男子手捧一束纸花问道，请问这是牟棉花同志房间吗？

傻凤觉得来者面熟。电影里凡是佩戴墨镜的，不是特务就是汉奸。这时白瀛瀛惊讶地叫了一声，爸爸，您怎么来啦？

噢，是白小林来啦。牟棉花说着放下大碗离开桌子，快步迎上前来。

很多年没见了，你好吗白小林？牟棉花望着鬓发斑白的老相识，热情说道。

白小林伸手将一束红彤彤的纸花递给牟棉花说，不好意思，如今买不到鲜花，只好以纸花代替了。

谢谢你呀！牟棉花接过这束纸花说，一起吃晚饭吧，我们刚刚开始。

不打扰了。你八年援外归来，我跑来看看就是了。白小林说着就要告退。

白瀛瀛一把拉住父亲胳膊说，您别走，您知道我爷爷在哪儿吗？他离开金水村小玛钢厂就没了音讯！

你爷爷还是抱着玛钢不放手啊。如今在内蒙古发现了稀土矿，咱们国家推行球墨铸铁，高碳低硅大孕育量！白小林抬手往鼻梁上推了推墨镜说，他老人家恨我，多年没有往来，我也不知道他躲到什么地方去了。

白小林抬手往鼻梁上推墨镜的习惯动作，一下打动了牟棉花。几十年过去了，白小林一如既往地重复着这个标志性动作，好像他一如既往地研究着日本。往事如烟雾散去，只有鼻梁上的墨镜存在着。

瀛瀛，别让你爸爸走！牟棉花发号施令说，白小林，我家大朝跟你家瀛瀛是未婚夫妻，咱们也算亲家了。既然是亲家就留下吃晚饭吧！瀛瀛，快给你爸爸斟酒！

家庭晚宴增添外人白小林，气氛多了几分拘束。只有王凤不管不顾，想吃什么夹什么，丝毫不影响状态。牟棉花让白小林喝酒。他遵命喝下一小碗葡萄酒，脸色变成关云长。

王金炳伸出筷子给白小林夹了一块炖猪蹄儿，中途脱落砸在猪血炖豆腐上，汤汁四溅好像投下深水炸弹，一下进到牟棉花脸上。她叫了一声说，白小林你自己夹，省得王金炳笨手笨脚照顾你弄得满世界汤水！

听了这话，王莹抬头看了母亲一眼，心里很不满意。白小林毕竟是外人，妈妈当着外人挖苦爸爸，这很不妥当。这时王金炳嘿嘿笑着给白瀛瀛夹了一块猪蹄儿。白瀛瀛表情紧张地说，谢谢您，我从来不吃动物四肢的。

王莹走神了，想起大朝哥哥。进学习班等于关拘留所，失去自由同样难熬。她起身离开饭桌快步走进卫生间。卫生间很宽敞，她站在镜子面前打量着自己面容——那一小碗葡萄酒使得东方制冷设备厂办公室小王主任面若桃花。

她对着镜子里的桃花自言自语，哥哥，自从你兴办小玛钢厂请来白鸣岐做技术顾问，我就担心有人扣你一顶走资本主义道路的帽子。现在开展批判"右倾翻案风"运动，你果然成了活靶子。你不知道我心里多惦记你啊……

走出卫生间，家庭宴会进入尾声。白瀛瀛坐在桌旁小口咬着馒头，象征性地吃着。王建设摆弄着手里的筷子，若有所思。王金炳不愧模范仓库保管员，动手收拾杯盘狼藉的桌子，一丝不苟的表情。

只有妈妈在跟白小林聊天，兴致很高。白小林遗憾地说，可惜我没有出国考察的机会，只能依靠书本了解外面世界，弄得眼界越来越小思路越来越窄，你给我讲讲巴格拉密纺织厂的情况，它也属于阿富汗的国有企业吧。

牟棉花久经政治风雨，闭口不谈阿富汗，转换话题说起保持多年的接头纪录。

白小林认为牟棉花创造的接头纪录永远无人打破了。牟棉花面露喜色，急于知道永远无人打破的原因。

日本工业的更新速度很快。据说我们国家也将更新织机。那么挡车技术指标全变了，接头速度失去可比性，就好比一辆马车创造的速度是不能拿一辆汽车相比的。你创造的接头纪录成了历史，永远陈列在光荣榜上。

王莹看到母亲渐渐变了脸色——从惊喜变为沮丧，之后转为无奈的平静。

白小林不懂得看脸色行事，继续若无其事地说，你总结创造的"牟棉花工作法"也没了用场。织机提速，节奏动作全变了……

唉——牟棉花极其失落地说，我出国八年落了伍，只能在疗养院里做鞋啦。

王莹不忍看到妈妈受到这种精神打击，一边收拾桌子一边向白小林说，要是按照您的这种观点，咱们国家几百万纺织工人面临淘汰啊？

对！每一次科技浪潮兴起，必然伴随一批牺牲者。日本经济起飞，一大批人难以适应电子工业时代，失业了。

科技浪潮？王建设受到新鲜词汇的吸引，瞪大眼睛望着白小林。您说的电子工业，就是晶体管代替电子管吧？

嘿嘿。白小林兴致高涨地说，我看了日文资料，很厉害的。现在的电子计算机一间屋子摆不下，将来能够缩小到一只火柴盒！你年轻努力钻研吧，有朝一日中国跨进电子时代，你就走在前面了。

说罢，白小林起身问白瀛瀛，你妈妈从日本来信了吗？

白瀛瀛摇了摇头，说没有。白小林起身告辞，说是去工厂值夜班。王建设对白小林的电子工业时代产生了极大兴趣，亦步亦趋跟着白小林走了，那样子好像徒弟跟着师傅。

白瀛瀛不无忧虑地对牟棉花说，我爸爸几句话就把设子给迷住了，他千万不要走上白专道路啊。

牟棉花不动声色说，你爸爸是白专道路，我儿子是红专道路。

王莹与王凤动手拆了八仙桌子，姐姐抱着桌面儿，妹妹抱着桌腿儿，送回食堂。走出丙楼绕过六角亭，王莹一眼看见灯影里王建设匆匆向身穿白大褂的护士舒芸挥手告别，转身大步追赶白小林去了。

王凤放下桌腿儿小声说，姐姐，设子搞对象了！

你什么都懂，一点儿也不傻。王莹望着弟弟的背影说，我看白小林更有吸引力，设子扔下舒芸追他去了。

哼，你们都搞对象了。王凤颇为清高地说，大朝哥哥跟白瀛瀛，设子哥哥跟舒芸，你跟冯五一，凑成三对儿。全家就我立场坚定，这辈子不当上劳动模范，我坚决不谈恋爱不结婚！

王莹扑哧一声笑了。傻凤，说到做到，不放空炮。我时时刻刻监督着你。

送还八仙桌子，姐妹俩回到妈妈房间，王金炳对女儿们说，你妈妈出国八年，头晕的老毛病没打针没吃药，好啦。

太好啦！妈妈既发扬了国际主义风格又治了自己的老毛病，一举两得。王莹说着露出"小王主任"面目，统筹安排说，爸爸今晚您住下吧，老夫老妻八年没说话，照着一宿聊吧。白瀛瀛跟我和傻凤回家去住，我们还要商量探视哥哥的事情呢。

牟棉花眯着眼睛看着大女儿，颇为欣赏地颔首微笑。行！灵莹比妈妈强多了。我活了大半辈子只会挡车接头，你年纪轻轻就会调动人马啦！

王凤趁机从桌上抓了一个苹果装进衣兜里。牟棉花递过两个苹果说，一人一个！回家吃。早睡早起，按时上班。傻凤想当劳动模范，这辈子也不能迟到……

王凤几乎叫嚣着说，您别说这辈子，我下辈子也不会迟到！

三个姑娘走了，屋里只剩下老夫老妻。王金炳走进卫生间洗了手，甩着水珠儿走出来。他抬头看了看妻子，说了声你胖了。

我胖啦？牟棉花走上前来，一把拉住丈夫的手。这八年吃的是牛羊肉，我都快变成阿拉伯人了……

李亦墩同志调到建筑工程机械厂担任党委书记，他调我去管仓库，这是他第七次调我啦。王金炳突然提起这个话题，多少包含着几分委屈。

这也是领导对你的信任啊。牟棉花并不理解丈夫的心思，随口说道。

唉！王金炳小心翼翼将妻子搂在怀里。渐渐，他心跳加快，热血上涌，目力模糊，呼吸急促……一种久违的感觉笼罩着这个男人。他闭住双眼开始用力，紧紧搂住妻子，唯恐失去似的。

突然听到妻子扑哧一声笑了。王金炳好像听到上班铃声，头脑蓦然清醒了。

嘿嘿，白小林真会吓唬人，他以为织机提速我就成废物啦？牟棉花从丈夫怀里摆脱出来，嘻嘻哈哈说起这个话题。

王金炳白白激动了一场，表情尴尬地站起身来。

金炳啊，我告诉你一个秘密，我们在巴格拉密纺织厂安装了新型织机，比国内领先一步。牟棉花很是得意，好像嘴里含了一颗糖果衣兜儿里又装了两颗糖果的小姑娘。所以说，新型织机根本难不住我牟棉花！

棉花，你出国援外辛辛苦苦，末了不明不白送进疗养院……王金炳欲言又止。

你有话就说嘛，窝窝囊囊的老毛病还没改啊？牟棉花性急地说。

我是想说，你受尽委屈一点怨气都没有，这真不容易啊。

嗨！这么多年咱们什么风雨没经历？有的事情你不要弄得太明白。八年援外，我不求有功，但求无过。你蹲了一年零九个月牛棚，最后不也没有变成牛嘛。知足吧，我们做劳模就是要知足常乐……

说着，牟棉花踮起脚尖儿抚摸着丈夫的鬓角说，我在巴格拉密纺织厂为祖国增了光添了彩！人一辈子有这样八年时光，没白活啊。说着，她得意地搂住王金炳的脖子，好像兜儿里又添了一颗糖果。

丈夫拨开妻子的胳膊说，松手吧，这老胳膊老腿的当心扭了腰啊。你那头晕的老毛病，这一回国千万别犯了……

犯不了。咱们洗洗躺下吧，你把这些年咱家的事情好好跟我念叨念叨。牟棉花走进卫生间洗漱去了。王金炳不言不语，动手铺床。

八年了，王金炳没有这样铺床。八年了，王金炳失去夫妻生活，过着光棍的日子。铺开床单，摆开枕头，拉开被子，他的心儿再次激荡起来，双手有些颤抖。他伸手掐了掐大腿，似乎在警告自己不要冲动。他感到心里空空荡荡，甚至感到几分委屈。多少年了，他不曾体验这种委屈的心理，此时嗡地一下涌上心头。我有什么委屈呢？他暗暗质问自己。蹲牛棚的时候我都没有感到委屈，今天这是怎么啦？没出息……

牟棉花身穿短裤和小背心走出卫生间，浑身散出着雪花膏的味道。王金炳回头望着妻子，感觉自己的身体好像一座正在融化的冰山。

金炳啊，这八年委屈你啦！牟棉花倏地动了情，一头扑到丈夫怀里。王金炳笨手笨脚抱起妻子，仿佛将一颗炸弹搬到床上。牟棉花吃吃笑着说，你往仓库里运货呢。

他急促地喘息着，渐渐唤醒了男人意识。他感到四肢僵硬，身体却好似一只气球，渐渐鼓胀起来。

当，当，当。有人敲门了。王金炳慌了，松手把牟棉花"卸"在床上。牟棉花倚着床沿大声发问，谁呀？这么晚了还敲门！

门外响起一个轻柔的女声。我是舒芸。王建设特意托付我，临睡之前给您量一次血压……

设子真是孝子啊。牟棉花趿拉着一双布鞋，跑去开门了。小护士舒芸手里捧着血压计甜甜地说，打扰您了。您以前血压正常吗？

舒芸给牟棉花量了血压，说偏低。之后转向王金炳，说给您也量一量吧。王金炳没有思想准备，愣了。舒芸轻轻将气囊缠在他胳膊上。他木头人似的坐在床前，表情窘迫。

哟，您的血压高啊。舒芸抬头说，可能是精神紧张造成的，明天我再量吧。

关了门。牟棉花坐在床前无声地笑着。金炳，我看你是精神紧张，这还没办事儿血压就上来啦！就跟什么都没见过似的……

我哪儿精神紧张啦？血压高那是护士量错了。王金炳反驳着妻子，想给自己找回几分颜面。

牟棉花双手捂脸躺在床上吃吃笑着，天啊，素了八年，今儿晚上算是老和尚遇见老尼姑啦！

从来不开玩笑的王金炳站在床前说，你怎么嘻嘻哈哈笑成这样儿？我告诉你公安局在外面逮人呢，说是要抓嬉皮笑脸犯……

哎，我想起来了，我给你做的那两双鞋合脚吗？牟棉花翻身坐起，思路又跑了题。

于是，老夫老妻半夜忙着试鞋。可惜，一双鞋大了，一双鞋小了，都不合脚。

没事儿，鞋大了我穿一双厚袜子就行了。王金炳安慰着妻子。

牟棉花突然落泪了，紧紧靠着丈夫肩头说，你呀，一定是上辈子欠我的……

你不欠我的，我也不欠你的。王金炳再次搂紧妻子说，咱们只欠党和人民的。

我还欠孩子们的……牟棉花心头一阵酸楚，歪在丈夫怀里。

王金炳安慰着妻子，起身走进卫生间打了一盆热水端到床前轻轻说，八年了，我给你洗洗脚吧……

牟棉花苦笑着说，这么多年我是国棉十九厂专业挡车工，是孩子们的编外妈妈，是你的业余妻子……

说着，牟棉花号啕大哭。

17. 已知与未知

打倒"四人帮"，金水村党支部书记王援朝平反了。他开办小玛钢厂被定为走资本主义道路的黑典型，白瀛瀛忠贞不弃，受到村民们好评。这场姻缘是铁定了。秋去春来，王莹在办公室接到白瀛瀛打来电话，说星期六举行婚礼。

搁下电话，王莹还是受了刺激，好像永远失去了什么。是啊，一旦结了婚，哥哥便百分之百属于白瀛瀛了。唉，我为什么是王援朝的亲妹妹呢？这就是命运。我若不是王援朝的亲妹妹，这场婚姻绝对轮不上白瀛瀛的。

下班路上，王莹买了两斤螃蟹，拎了一串回家。爸爸说从来不吃这种东西。王莹说煮熟了送到工人疗养院给妈妈吃。一大意，跑了一只母的。全家动员实行大搜捕，从厨房到卧室，从客厅到阳台，硬是不见踪影。王建设若有所思说，找一只螃蟹这么难，找一个人更不容易啊。

你想找什么人啊？馋嘴的傻凤做出吃螃蟹的准备，问道。

这是王建设的内心秘密。既然打倒"四人帮"，拨乱反正就应当找到给他造成心理伤害的大胡子——那个当年扒掉他裤子从肛门里搜查金条的"造反派"。找到那家伙我一定要狠狠瞪他一眼。这便是性情和善的王建设——瞪对方一眼便是最大的暴力还击了。

煮熟螃蟹，王莹派傻凤送到工人疗养院让妈妈尝尝鲜，顺便告诉她老人家，星期六大朝哥哥跟白瀛瀛举行婚礼。

革命时代的婚礼，简单而朴素。结婚贺礼曾经风行送《毛选》四卷和毛主席像章，后来渐渐恢复生活气息，一般送礼是脸盆暖瓶枕套之类，重礼也有半导体收音机和座钟什么的。然而结婚无论多么简朴，洞房里四床被子必不可少。依照本埠习俗四床被子婆家承担，两床红色两床绿色，谓之"红官儿绿娘子"，结婚前夜送入洞房，压床。

于是，王莹连忙打电话到第五针织运动衣厂成衣车间，想约王凤下班一起去百货大楼采购。成衣车间接电话的是个女的，大声说不能占用工作时间接电话，啪地撂了。王莹犯了"小王主任"的脾气，重新拨通妹妹车间电话，责问对方，我是王凤的姐姐，你说不能占用工作时间接电话，家里有急事怎么办？

对方哈哈大笑说，你是王凤的姐姐？你是她姥姥也没用！王凤专门嘱咐我，为了保证产量工作时间绝对不接电话。你妹妹为了超产都玩了命啦。

哦，看来傻凤真想当劳模啊。王莹暗暗发笑，并不认为妹妹的不懈努力能够取得什么成果。傻凤傻凤嘛，一只傻乎乎的凤鸟而已。

下班回家，晚饭变成家庭会议。一人手里拿着一个大包子，素馅，一边吃一边讨论王援朝的婚事。王金炳说了句兴无灭资移风易俗，便不说话了。

王建设表态，说亲手做一件礼物送给哥哥作为结婚纪念。傻凤问他做什么，设子闭口不语，好像决不招供的革命者。

设子，我听说冯五一调到你们车间当书记啦？王莹想起这件事，问道。

是啊，冯五一上任召开全车间大会，还表扬了我。散会之后我师傅问我，新来的冯书记是你未来的姐夫吧。我说不知道这码事。

全家默然，集体专心吃着素包子。王莹心里说，这是谁造的舆论，我成了冯五一的未婚妻。

王金炳抄起马勺盛了一碗玉米粥，说家有千口主事一人，大朝的婚事灵莹你就拿主意吧。

好吧，您去工人疗养院跟我妈打个招呼，到时候你们二老出席婚礼。王莹不知不觉进入"小王主任"角色，当场拍板决定说，傻凤，明天你请半天假我也请半天假，咱俩去百货大楼买被里被面被套，缝出四床被子，那工作量也不小啊，咱们一定准时送到哥哥新房里。

我不想请假……傻凤停止咀嚼，低头说道。

自己的权威受到怠慢，王莹不高兴了。你明天不想请假后天不想请假，咱哥的婚礼你不能不参加吧？

我就是不能请假。我要是请了假，焦慧珠的产量肯定超过我……

大朝哥哥的婚礼，我一定要参加的。王建设关键时刻说了话。

王凤嬉皮笑脸说，设子，你参加哥哥婚礼是增长见识，到时候你跟舒芸结婚就有经验啦。

王莹瞟了瞟傻凤说，你不愿意请假就别请假，不要逮谁掐谁。

姐，你参加咱哥的婚礼吗？傻凤居然反问了，一下击中王莹要害。

王莹只得搪塞说，我的首要任务是给咱哥做好四床被子。婚礼嘛，咱爸咱妈肯定要参加的。

第二天，王莹一大早赶到厂里去车队订了一辆212型吉普车，说是星期六去金水村。调度车辆，这是小王主任的权力。王莹坐在办公室里给妈妈打电话，说找厂里要了车星期六送你们去金水村参加婚礼。牟棉花坚决反对使用公家汽车。王莹说我不占公家便宜我交汽油费的。电话里牟棉花问你怎么不去参加婚礼呢？王莹停顿了一下，说那天厂里有重要会议我不能请假的。

这时，党办主任打来电话通知她马上到孔书记办公室，谈话。

党委书记孔满囤同志是厂里一把手，平时不苟言笑很有威望。看到王莹走进来，心宽体胖的孔书记露出少有的微笑。小王啊，你进入青年干部梯队名单，好几年了。经过厂党委研究报局党委批准，决定提拔你担任厂党委副书记，你自己有什么想法啊？

我……王莹没有想到提拔如此迅速，不知应当表示谦虚还是应当表示感谢，只得低下头去。

我平时与你接触不多，但是对你的情况有所了解。你出身劳模家庭，是青年干部梯队里的佼佼者，另外，我儿子孔小围多次跟我提起你呢。好吧，星期六上午八点钟召开全厂中层干部大会，我要在会上宣读关于你的任命。小王你今年二十几岁啦？

二十四岁半。王莹极其精确地回答，颇为感激地望着孔书记。

啊，我儿子孔小围比你大两岁，今年二十六了。他选调北京钢铁学院读书，明年毕业。孔满囤意味深长地说，你们相处得不错吧？

王莹脸色绯红说，我们是党校工人哲学班的同学，后来一起参加批儒评法学习班。孔小围评论《盐铁论》的文章写得很好，钢笔字也不错呢。

孔书记听罢深感欣慰地说，经常通信只知道他的字写得不错，经常见面就会知道他的人也不错啊。

王莹点头嗯了一声，似乎承诺着什么，又似乎回避着什么。

离开孔书记办公室，王莹躲到无人地方稳定自己的情绪。敢情我的提拔沾了孔小围的光！我并没有跟他明确恋爱关系啊。

情绪稳定下来，想到妹妹傻凤不肯请假，只好从厂里搬救兵了。王莹依次找到生产科小杜、工会小尹、团委小郑，约定下午两点钟集合在家里缝被子。

怀里揣着布票棉花票和工业券，临近中午时分王莹赶到百货大楼。经过二楼纽扣柜台一眼看到模范售货员赵秀玉，过去打招呼。赵秀玉显老了，认不出王莹是谁。王莹说我是牟棉花女儿王莹。

王莹！赵秀玉笑容僵住，凝固了满脸皱纹。你妈妈好吗？你还记得跟我们一块疗养的朱依华吧？自来水公司的特等劳模，人称铁姑娘，她死啦！

赵秀玉双唇颤抖地说，如今打倒"四人帮"，我们劳模有了盼头，你回去告诉你妈妈无论遇到什么事情都不要想不开，一定要活着啊。我们是党培养的红劳模不是人造黑劳模！

王莹去棉布柜台买了四床被里，一律什锦白；买了四床线绨被面，两床红的两床绿的；买了四床棉絮被套，两床厚的两床薄的。

双手拎着东西，王莹好像一只笨重的狗熊，一路喘着赶回家去。小杜、小尹、小郑这三位援军已在门前等候。王莹连声抱歉，掏出钥匙进了家门。

找出两床凉席铺在客厅地上，摆开两只针线笸箩。生产科小杜跟王莹一拨，工会小尹跟团委小郑一拨，展开被里摆好被套附上被面，一叠，动手引线了。中间引出两趟线，最见手工。小杜好奇地问，家里家外，你妈妈真的什么都不管啊？怎么哥哥结婚还得妹妹亲手操持啊。

王莹笑着回答说，我从小学三年级就当家了。然后飞针走线引出一趟直线。她缝的红色被子是哥哥的。小郑跟小尹缝的是绿色的被子，是白瀛瀛的。

团委小郑感慨地说，王莹你天生操心受累的命，能者多劳呗。听小道消息你要高升啊？

咱是革命一块砖，党往哪搬就哪搬。王莹故作轻松地说着，心里还是想着孔满囤意味深长的话语。是的，我跟你儿子孔小围有交往，但这并不等于我是你孔家未来儿媳妇啊。我要是这样被提拔了，别人一定会说是裙带关系。

包起四个被角，团委小郑说新婚缝被子好像应当往被角里放四片菊叶。工会小尹说菊花也叫九花，封建迷信思想讲究长长久久。生产科小杜缝着红色被角说那就祝你哥你嫂长长久久。王莹强作笑颜表示感谢。

四床被子缝好了，两红两绿很是体面。王莹心猿意马地挽留同事们吃晚饭。她们谢绝了，说你结婚的时候我们也来给你缝被子。

同事们走了。王莹抚摸着四床被子。我为什么爱上亲哥哥呢？真是遭罪啊。这时咣当一声门响，她连忙擦干眼泪，装成没事儿人。

上早班的傻凤回来了。平时她下班从不回家，盯着哪台缝纫机闲着，一屁股坐下就干活儿，给自己增加产量。

王凤瞅见四床棉被摆在那里，心里愧疚却嘻嘻哈哈说，什么季节结婚要做棉被啊，赶上热天小两口非捂出一身痱子不可。

你倒想捂一身痱子呢！王莹赌气地找出两条旧床单，分别包裹了四床棉被，使劲儿系成两个大包袱。她一手拎起一个大包袱，鼓鼓囊囊下了楼。王凤追到楼下，眼巴巴看着姐姐将两只大包袱压扁，赌气似的捆在自行车后架上。

我知道，咱哥结婚你心里不好受。这么远的路程你非骑自行车去送，这不是存心受罪吗？王凤小声劝着姐姐。

我就是存心受罪。你不是想当劳模吗？去当吧。王莹推起自行车一阵风地骑走了。望着姐姐背影，王凤嘟嘟哝哝，你们进了工厂，有口才的当了干部，懂技术的做了师傅，我没口才没技术只能拼命。水往低处流，人往高处走。我想当劳模难道不对吗？

王莹骑着自行车出了市区，天黑了。过了邓家店便是黄土路。一路颠簸，她停下自行车靠在一棵大树旁边，径直走到水渠边。她不知道这里正是当年白瀛瀛发现白鸣岐的地方。白瀛瀛救起爷爷送往镇卫生院，使得这个反动资本家存活下来——成为长寿老人。

看看四外没人，她褪下裤子露出屁股解了手，慌忙起身跑回大树下。天黑，她一看自行车没了，急忙四处寻找，发现一个人影儿推着自行车驮着两只大包袱跑了。她不声不响追赶上去。那人好像不会骑车，推着自行车一跑一趔趄。王莹追了十几步，伸手紧紧抓住自行车后椅架。

这是一个农村汉子。他弓着身子拼命向前推着自行车。王莹紧紧抓住后椅架，竭力朝后拖着。女人没有男人力量大，就这样走出二十多步，脚下拖出一道浅沟。那男人停住脚步转身挥起拳头，狠狠砸在王莹手上。她一疼，松了手。那男人推车子朝前跑了。

推了十几步那汉子回头叫了一声。他再次看到她双手紧紧抓住自行车，身子如一条拖出水的大鱼。这汉子不肯失去抢到的东西，再次转身挥拳狠狠捶打她。她一声不吭，就是不撒手。

远处突突驶来一辆拖拉机，不时闪起车灯。这汉子吼叫说，俺没见你这么犟的女人！说着丢下自行车狠狠踢了王莹两脚，转身跑进庄稼地里，没了踪影。

王莹呻吟着爬起来，拍打着浑身泥土。她渐渐镇定下来，走到水渠边撩水洗脸，又开五指拢了拢散乱的头发，将自己拾掇得利利落落。我犟？这是我哥哥结婚入洞房的喜被，我不犟你就得逞！

那辆拖拉机驶近了，停下来看着王莹。有人抢你东西啊？

你们这儿阶级斗争太复杂，胆敢动手抢工人阶级的东西。王莹说着捆紧两只大包袱跨上自行车，朝着金水村方向骑去。

进了金水村，王莹寻找着路径。黑夜跟白天不同，白天很容易找到哥哥住处，黑夜却代表着迷失。

白瀛瀛迎将出来，穿过院子引着王莹进了新婚洞房。洞房布置得朴素大方。大炕还是大炕，铺着褥子。土墙壁新糊了报纸，有《人民日报》，有《参考消息》，使人觉得这是一座文字仓库。迎面墙上贴了一幅毛主席像，侧面墙上挂着白瀛瀛的油画《广阔天地大有作为》。纸窗户上贴了一个大红的喜字。

哥哥瘦了，头发很长，更像一位困顿潦倒的乡村知识分子了。依照本地风俗，王莹脱鞋上炕，解开包袱将四床棉被摆在大炕角落里，两红两绿。这时她眼窝儿里突然涌满泪水，滴落在那床红色棉被上。白瀛瀛端来茶缸子，请她喝水。她接过茶缸子喝水，便掩盖了眼泪。

哥哥，我要了一辆吉普车，星期六咱妈咱爸咱弟咱妹都来参加婚礼。那天我厂里有重要会议不能请假，不来了。

王援朝宽厚地笑了笑说，咱们国家从大乱走向大治，工人阶级是国家脊梁，你们愈忙说明形势愈好。星期六的婚礼，新事新办，移风易俗，喝一盅喜酒吃一碗喜面就是了。灵莹，你工作忙不要来啦。

王莹郑重其事跟哥哥握了握手，表示新婚祝福。这是通行于革命同志之间的礼节，这也是有生以来妹妹首次跟哥哥革命同志式的握手。

告了别，王援朝让白瀛瀛送王莹出村。她谢绝了，推着自行车扭头对白瀛瀛说，你一定要好好照顾我哥哥。黑暗里白瀛瀛微笑着说，你放心吧，我跟援

红色岁月 红色历程 红色史诗 红色经典

朝毕竟是夫妻啊。

是啊，人家毕竟是夫妻。王莹受了这句话的刺激，天黑路颠，她一口气骑到那棵大树下，停下车子朝着茫茫田野大声喊叫起来。

抢我自行车的那个混蛋，你他妈的滚出来！这是工人阶级的天下，姑奶奶就要管教管教你！你是"四人帮"的残渣余孽，挨千刀的……

她破口大骂，极力发泄着。她尖厉的声音好似一把杀人刀子在夜里闪烁着寒光，吓得满天星星眨眼，震慑着立在田野里的庄稼。

星期六一大早儿，东方制冷设备厂的212型吉普车来了。王凤很早起床满脸愧色说，姐，我不能参加哥哥婚礼，我上班去了……

王金炳换了一身蓝色中山装，脚穿一双新布鞋，显得特别庄重。当年登上天安门侧观礼台就是这身打扮，还捧回了毛主席送给全市工人阶级的金色芒果。谁也不知道他将那颗芒果核儿培育出新苗儿，经过几年盆养竟然长成一株小树，移栽到楼前草地里了。

王建设穿了一身洗得干干净净的劳动布工作服。工作服是工人阶级身份的象征。印在胸前的"北方电机"四个字说明你是著名国营大工厂的工人，走在大街上也是一份荣耀。王建设怀里抱着一个纸盒子，里面装着他为哥哥结婚制作的礼物。这是一册不锈钢大书，封面上刻着两句话：难行万里路，可读万卷书。

王莹看了这册不锈钢大书说，设子，内秀啊！这两句话说得特别贴切。哥哥行动不便，不能行万里路，却能读万卷书啊。

姐，你知道不锈钢的主要成分吗？是镍铬合金。这种合金液态的流动性不好，冷却之后有韧性有强度……王建设又红又专地说着。

吉普车载着王家父子，去工人疗养院接上牟棉花，一起前往金水村出席王援朝与白瀛瀛的婚礼。

于是，王莹抓紧时间清洗厕所。自从女儿长大有了例假，父亲便不使用家里厕所了。不论刮风下雨他都走出家门去公共厕所。想到这里王莹感动了，认为自己有个好父亲。

拾掇利索了，王莹走出家门去东方制冷设备厂上班。工厂大门口遇到范金斗，她叫了一声范主任。范金斗离开党办主任位置多年，在家病休。他说王莹你的情况我知道了，以后肩上担子更重啦。

王莹望着脸色黯淡的范金斗说，这都是当年您给打下的基础，您是工宣队长，我是工宣队员……

上午八点钟，东方制冷设备厂党委书记孔满囤端着水杯走进小礼堂。他身后是领导班子成员，依次走上主席台。

厂党委组织部长宣读了关于王莹同志的任命决定。王莹坐在后排看到中层干部们交头接耳，好像对这项任命决定感到突然。孔满囤挪过话筒说请王莹同志上主席台跟大家见面。会场里一阵骚动。新任党委副书记王莹起身走向主席台。

领导班子成员们带头鼓掌，请王莹讲几句话。会场蓦然变得鸦雀无声。

王莹冷静地说，我是三门干部——家门校门办公室门，既缺乏基层工作锻炼也缺乏领导工作经验，希望今后能够得到领导和同志们的帮助。

这几句开场白，王莹说的是心里话。孔书记很满意，请王莹就座，之后简单向大家介绍着她的基本情况，几次使用"年轻有为""表现突出"这样的字眼，既是鼓励又是表扬。

之后，孔书记铺开发言稿，开始做全厂第一季度工作报告。一位女中层干部突然举手说道，我想请新任党委副书记王莹同志回答一个问题。

会场气氛紧张起来。已经落座的王莹重新站起，认出台下这位女中层干部正是供应科副科长韩卫红。

王莹同志，你主动承认自己是三门干部，既缺乏基层工作锻炼又缺乏领导工作经验，请问你如何弥补这些不足呢？另外，你认为咱厂生产方面存在的主要问题是什么？韩卫红站在台下大声问道。

韩科长，您说请我回答一个问题却提了两个，我回答哪个问题呢？王莹笑着反问。

身体微胖的韩卫红一愣，说那就请你回答生产方面存在的主要问题吧。

我不懂生产，你既然问了我只能大胆回答。我认为咱厂生产存在的主要问题是生产与计划互相背离，比如要我回答一个问题你却提出两个问题，这样必然造成混乱。

会场嗡地发出一阵笑声。韩卫红窘得脸色泛白，不言不语坐下了。

王莹继续说，生产与计划互相背离，势必造成目前生产不均衡的局面。生产不能按照计划进行，就乱了。上游工序无所谓，造成下游工序上旬没活儿干，中旬等活儿干，下旬加班加点突击战。所以我们要实现按计划生产，结果是计划赶不上变化，难以达到均衡生产的状态。所谓计划赶不上变化，还是我们生产调度不当造成的。我认为，首先是生产计划得当，其次是生产调度合理，最后是有一套行之有效的补救措施。我们必须提高应变能力，及时抓住主要矛盾，这样才能随时掌握生产主动权！

会场响起一阵不大不小的掌声。孔满囤对准话筒说，王莹同志自称三门干部，却对咱厂生产方面存在的问题提出自己的见解，这很好嘛。

散会了。王莹在小礼堂门外追上韩卫红说，韩科长请你多提宝贵意见啊。

韩卫红哼了一声说，你以为我是针对你啊？我是针对姓孔的……

当天下午，王莹搬进"党委副书记办公室"，她看着崭新的办公桌、崭新的电话机、崭新的暖水瓶、崭新的文件柜……心头一阵激动，我是工人的女儿，我的根在工厂。环视着自己的办公室，她觉得这里正是自己的归宿。

这位新任厂党委副书记坐在办公室里，不知不觉到了下班时间。她想象着今天哥哥结婚的场景，心头五味俱全。

办公桌上的电话机响了。她抓起话筒喂了一声，却听到冯五一的声音。

真是巧合，你升任厂党委副书记，我也进入青年干部梯队名单，派到机修车间当支部书记，接受锻炼和考验。我看这是缘分！咱们一定努力工作，争取更大进步。说着冯五一换了话题，王建设跟我请假说今天去金水村参加婚礼，既然你哥哥结了婚，你就死心了吧？

死心？你这话什么意思！自己的隐私被别人看穿了，王莹不满地反问。

我知道你爱王援朝，他是你亲哥哥啊。爱情不是海市蜃楼，你必须面对现实。想当初我是驻厂军代表，你是进厂新工人。如今我们应当明确恋爱关系了，你为什么迟迟不表态呢？

放下电话，王莹想起一个死去的人——董泰建。其实董泰建生前并未与她确立恋爱关系，然而每每回忆却常有几分情窦初开的感觉。人就是这样，逝去的时光经过浓缩渐渐炼成黄金。于是董泰建不再是董泰建，却成为一个模糊而理想的初恋符号。

下班遇到孔满囤，这位党委书记站在小轿车旁边说，王莹，今后上班下班搭我的车吧。明年孔小围毕业，你们好好处一处。

王莹不知如何答复，满脸窘色。骑上自行车回家心里乱哄哄的。走进家门空空荡荡。全家人出席哥哥婚礼还没有回来。走进厨房准备做饭，居然变得笨手笨脚，先是碰歪了咸菜缸子，然后裤角挂倒醋瓶子。她生自己气了，即使孔满囤是混世魔王，我也不至于手慌脚乱啊！

有人咚咚咚叩门，很有气势。冯五一身穿绿色军装站在门外说，王莹，我祝贺你提拔，请你出去吃饭！

好啊。不知为什么王莹突然渴望解脱，首先是渴望解脱厨房劳作，然后渴望解脱生活拖累，继而渴望解脱内心苦恼。冯五一的突然出现好像猛然推开一扇门，一股新鲜空气扑面而来。

不行，我还要做饭呢。转念王莹踟蹰了。冯五一豪爽地说，我请你们全家人吃饭好啦！

楼梯一阵脚步声，王建设跑进家门脸色苍白气喘吁吁，姐！我告诉你一件事情……看到冯五一在场，弟弟止声，拉着姐姐走进自己房间，嘭的一声关了门。

姐，大朝哥哥原来不是咱爸咱妈的亲生儿子！这是婚礼上老支书说的……

只觉得嗡的一声，王莹感到头重脚轻，身体似乎蒸发了。设子，你快告诉姐姐，老支书他怎么说的？

王建设皱紧眉头说，老支书主持婚礼介绍大朝哥哥身世，说他亲生父亲勾华东牺牲在抗美援朝战场，他亲生母亲谷香出身贫苦是纱厂女工，难产死了。老支书的意思是大喜日子公开大朝哥哥真实身份，让他知道自己是革命烈士遗孤，继续进步争取更大光荣……

王莹浑身颤抖起来，伸手扶往墙壁支撑着身体说，怪不得咱爸咱妈从小对大朝那么好，原来他不是亲生自养的……

姐，你怎么啦？王建设担心姐姐晕倒，起身搀扶着她。

设子，姐姐没事儿……说着王莹走出王建设房间，迎面看见父亲站在客厅里，那表情好像重新进了牛棚。

爸，您回来啦，我妈呢？王莹强作镇定，脸色好似一张白纸。

灵莹，你……王金炳揪心地注视着女儿。吉普车直接送你妈回工人疗养院了。你哥哥结婚她特别高兴，中午还喝了两盅果子酒呢。

王金炳不合时宜地转播着结婚现场实况。冯五一站在客厅里，好像一个多余的值勤战士。

一股浓浓的绝望情绪笼罩在王莹心头。爸爸,大朝不是你们的亲生儿子,你和妈妈为什么不告诉我呢?一瞒这么多年……

王金炳低头错动着双脚。当初啊,我跟你妈发誓保密,对待抱养的儿子一定要比对待亲生的儿子还要亲!所以不能让大朝知道自己是孤儿,这一瞒就是二十六年……

王莹轻轻说了一声荒谬,转身走进自己房间,不慌不忙换衣裳。她打开柜子找出一双黑色半跟皮鞋,还特意佩戴了红色发卡,站在镜子前面梳理头发。她历来干练敏捷,此时却动作迟缓,对着镜子自言自语,我要知道大朝跟我毫无血缘关系,绝对不会让他娶白瀛瀛的。这就是命运啊!这么多年了,我一直为别人活着。

王莹打扮完毕走出自己房间,向着爸爸微笑说,爸爸,你们的晚饭我不管做了,我和小冯出去吃饭。

跟随冯五一下楼。她身穿白底蓝花短袖衫灰色涤卡裤子。冯五一身穿绿色军装。这是典型的本地姑娘配外地复员军人的样板形象,绝对恋人关系。

她特意穿了半高跟皮鞋,身姿挺拔腰肢摇摆,平添女性味道。走出"劳模楼",钢厂劳模老孟迎面走来,望着这一对拥军爱民的最佳组合,呵呵笑着表示赞赏。快步走过"市长楼"横过马路,冯五一轻轻拢着她的肩头。王莹并未躲闪,望着大街对面的大众菜馆。

冯五一,你真的爱我吗?王莹侧身突然问道。一辆无轨电车开了过去。

冯五一愣了,从王莹的眼睛里看到蒙蒙细雨。我当然爱你!从我进军宣队到现在,整整追了你七年,你还怀疑我对你的感情?

那你什么时候娶我呢?王莹咄咄逼人问道。

冯五一疑惑地说,王莹,你不会是破罐儿破摔吧?

王莹苦笑说,是啊,孔满囤的儿子孔小围也惦着我这只破罐儿呢。你回答呀,你什么时候娶我?

冯五一使劲跺了跺脚,操着江西口音说,你讲什么时候我娶你,我就什么时候娶你!

不久,在"揭批查"运动中,东方制冷设备厂党委书记孔满囤被划为"帮派人物"降职调走了。还一度传出王莹是"坐火箭上来的双突干部",是"孔满囤未来儿媳妇"的说法,然而,王莹紧急刹车没有成为孔满囤的儿媳妇,于是上级党委没有将她"拿下"。柳暗花明又一村。王莹不但没有被"拿下",反而以党委副书记的身份主持东方制冷设备厂工作。

王莹成为东方制冷设备厂的临时"一把手"后,随即在全厂发起"开展社会主义义务劳动竞赛"的号召,一下成为新闻热点。

工人们平时加班,是不发加班费的,发加班券。所谓加班券便是加班凭证,印成一张张纸卡,盖有车间主任的印章。假若工人有事请假,歇一天班交一张加班券便抵销了,视为出勤。在"把'四人帮'造成的损失夺回来"的声浪里,王莹带头提出"捐献加班券",东方制冷设备厂职工们积极响应,很快捐献五千七百八十二张加班券。这极大地激发了全厂职工的干劲,被当地报纸连续报道,一下出了名。记者吉顺利采写的长篇通讯《我们是社会主义主人翁》在广播电台连续播出,引起强烈反响。

出了名,王莹被任命为东方制冷设备厂以党委副书记名义兼任厂长,一夜之间成了女强人了。

她以东方制冷设备厂党委副书记兼厂长的身份来到金水村看望哥哥,她说,为了纪念你牺牲在朝鲜战场的亲生父亲勾华东,你应当恢复本名勾援朝。

王援朝说,无论姓王还是姓勾,我永远是你亲哥哥。

你本来就不是我亲哥哥,你应当姓勾,不应当姓王。王莹坚持着。

我明白你的意思,不过这辈子咱们的兄妹关系是不可改变了。王援朝阻击着。

王莹古怪地笑了。我告诉你,一切都可以改变的。你相信吗?

唯一不可以改变的是时间。凡是过去的事情,都成为定局。王援朝说。

是啊,时间本身不可以改变,但是时间可以改变一切。只要我们活着,就存在改变的可能。王莹雄辩地说着,用目光打败了这个原本姓勾的哥哥。

到了国庆节,王莹与冯五一结婚了。转年她生了一个大胖小子,取名冯器。与周继红、马文革、庞卫东这一类充满时代气息的名字相比,冯器是一个冷僻而生涩的名字。

18. 缱绻与决绝

　　自从做了成衣车间缝纫工，王凤欢欢喜喜。工厂多好啊。清晨上班把自己的饭盒放到蒸箱里去干活儿，中午打开蒸箱，一个个饭盒散发着各种各样的香味，你中有我，我中有他，他中有你，融洽极了。下班洗澡，赤身裸体站在热水喷头下，理直气壮冲洗着。结伴乘坐公共汽车回家，一路乐乐呵呵使你觉得社会主义处处有亲人。当了工人，王凤终于体验到追求人生幸福的含义。

　　起早贪黑苦练基本功，人累得瘦了一圈儿——从中号变成小号，人却秀丽了几分。为了尽快提高缝纫技术，王凤做梦竟然手摁缝纫机扳柄，脚踩缝纫机踏板。一觉睡醒了，床单蹬破了。

　　王莹看到妹妹如此执着，说傻凤魔怔了。王凤振振有词说咱爸跟我说过当年咱妈苦练挡车接头技术，去厕所还练习结扣呢。

　　自从王援朝跟白瀛瀛结了婚，王凤感觉姐姐大变了。尤其得知王援朝不是亲生哥哥后，姐姐好像受到很大刺激，闪电似的嫁给冯五一。姐姐出嫁，多年的"女生宿舍"成了王凤的闺房。从小受到姐姐呵护，王凤难以承受孤独的冷清。以前姐姐管得严，该起床叫她起床，该吃饭叫她吃饭，她觉得很不自由。如今姐姐搬走她没了管束，心里却失落了。王凤特意买了一个闹钟。

　　做了三年缝纫工，王凤连年被评为先进生产者。她的竞争对手焦慧珠不甘落后，被纺织局团委评为五四青年突击手。两个姑娘之间的劳动竞赛好似一场马拉松，你追我赶在通往荣誉的道路上奔跑着。全国工业战线拨乱反正，一度改称"学大庆标兵"的劳动模范恢复原本称号。这个消息令王凤激动无比，认为有了盼头。

成衣车间缝纫工段，王凤的缝纫机紧挨着焦慧珠的缝纫机——好像汪洋里的两条小船。她俩工序相同定额相同，都是流水作业给运动衣上袖子，可比性很强。缝纫女工的职业病是腱鞘炎和静脉曲张。王凤不怕职业病，她只怕自己这辈子当不成劳动模范。

无论早班还是中班，吃饭休息半小时。王凤从不停车，一边咀嚼一边干活儿。人们都说她是塑料人儿。她有两手绝技令焦慧珠难以追赶。一是吃饭速度奇快，最多两三分钟。二是憋尿，八小时工作时间绝对不去厕所，不知吃了什么仙丹妙药。王凤爽快地告诉焦慧珠，当年我妈妈做挡车工就是八小时不喝一口水，八小时不去一趟厕所。焦慧珠不无羡慕地说，王凤摊上个好妈妈，把不喝不尿的基因遗传给了她。

于是，焦慧珠在胃口与膀胱这两条战线上，处于先天生理劣势。

这天早班，坐在缝纫机前的王凤与焦慧珠埋头工作着。这一批运动衣是红色的，映得红了半边天。临近午休时分，车间主任"双枪老太婆"领着一个五官端正皮肤白净的小伙子走进缝纫工段。第五针织运动衣厂职工百分之九十是女性，几乎"女儿国"，缺少细皮嫩肉的"唐僧"。女工们以为"唐僧"来了，齐刷刷的目光照亮了这位尚未西天取经的"和尚"。这个小伙子正是丁巧良。

王凤抬头啊地叫了一声。焦慧珠头也不抬喊道，王凤，有人踩你脖子啦？

全国掀起知青返城大热潮，丁巧良搭乘"病退"快车，离开农村返回城市，进了第五针织运动衣厂成衣车间，学做保全工。他走进成衣车间大步来到王凤和焦慧珠前面，指着快速走针的两姐妹对"双枪老太婆"说，我要跟她们一样做缝纫工！我要跟她们一样做缝纫工！

"双枪老太婆"嘿嘿笑着说，小伙子愿意干老娘们儿的活儿，我头一遭见到你这样的鸟儿！

王凤一旁插嘴说，他还会织毛衣呢，阿尔巴尼亚针！

焦慧珠抬头瞅见丁巧良，天啊！山不转水转，咱仨又凑一锅啦。

丁巧良笑了，说了两句毛主席引用过的诗词，海内存知己，天涯若比邻。

王凤小声问焦慧珠，他这话什么意思啊？

焦慧珠得意地说，这话是说给我的，跟你没关系……

一男两女——三个返城知青终于在缝纫机喧嚣声里，意外"会师"了。王凤暗暗告诫自己，当初在知青点焦慧珠喜欢吃醋，如今又跟丁巧良相处，一定多加小心，免得焦慧珠整天酸溜溜的好像吃了杨梅。

厂里规定，缝纫工上岗经过十天技术培训，之后试工三个月转入熟练工。丁巧良不愧是丁巧良，技术培训第三天即达到产量。"双枪老太婆"惊诧不已，逢人便说缝纫工段来了一个百年不遇的奇才，这小伙子要去唱戏肯定是梅兰芳啊。

王凤慌了。以前焦慧珠是竞争对手，又来一个百年不遇的丁巧良，天天超产超额。其时，王凤日产量从405件跃到597件了，领先焦慧珠12件。丁巧良反而领先王凤6件。王凤发了愁，我的理想是当冠军，跟我妈妈一样当全国冠军。如今丁巧良好比一座大山立在面前，我可怎么跨越啊。

心里苦恼，王凤指望姐姐给她出个好主意，大幅度超越焦慧珠和丁巧良，一路领先当上劳动模范。她下了早班挤上公共汽车去看姐姐。大街上的标语更换了内容，主要是强调解放思想什么的。她心里说解放思想就是解放生产力，我思想解放啦怎么生产力不提高呢？真急人。

走进东方制冷设备厂，门卫问她找谁。王凤报出姐姐名字，门卫立即拨通"简报办"电话。

简报办？王凤疑惑地接起电话筒。门卫解释说，简报办就是党办。它天天发简报就叫简报办了。

电话里传出一个女声，音色优美却操着审问语气。王凤突然恶作剧地说，我跟王莹是自幼失散的姐妹，求你让我们见面吧。

女声极其惊诧地说，请你先到党办，我马上向王莹书记汇报。

手里捏着入门证，王凤暗暗笑着走向办公楼。沿途，她看到一条大道扫得干干净净，就跟医院似的。经过几年企业整顿，很多工厂依然"脏乱差"。看到东方制冷设备厂如此整洁，王凤心里好生惊奇。沿着工厂大道路经一个小广场，她看到这里矗着一座"奖惩台"。左边牌子上贴满红色的表扬信和奖励通知，右边的牌子上贴着一份份白色检讨书和惩罚告。王凤觉得这是一处景致，便凑上去观赏。

她选中一份工人检讨书，认真阅读起来。原来这个工人在锅炉房值夜班睡觉被查处，罚款十元。尽管这个工人家庭生活困难却心悦诚服接受这笔罚款："这是领导对我的挽救，我一定遵守劳动纪律，以后无论夜班白班绝不睡觉了。"

姐姐管理工厂真严格，锅炉房夜班睡觉，这在我们第五针织运动衣厂根本没人管，更甭说罚款了。王凤颇为感慨，心里暗暗佩服起来。

奖惩台上方挂着一条大标语："一奖一惩，自浊自清；严管狠抓，公私分明！"

这时候，快步走过去两个男工，一边走一边小声发牢骚。

操，咱厂现在是裙子队当家，她们天天送简报印简报发简报，一群娘儿们登了天，一份简报治天下！

干脆咱把自己劁了，没了那二两肉儿保准吃得开。王莹成了铁腕人物，党政大权一手抓，我看咱厂回到母系社会啦。

大道上出现了一个个身穿白衬衫蓝裙子的女子，有的匆匆地走进车间，有的忙忙地奔出办公楼。总而言之随处可见如此装束的"半边天"。

她们就是裙子队吧？王凤思忖着找到办公楼里"党委办公室"的牌子，正要伸手敲门，门却开了。一个皮肤黢黑面貌俊秀的女同志审视着说，我是"党办"主任滕维丽。你真是王莹书记失散多年的妹妹？

王凤一本正经点头承应说，党办也叫简报办，为什么呀？

滕维丽不接这个话题。王莹书记在三楼会议室出席我厂与金水村实业有限公司的签约仪式，你稍候吧。

姐姐的工厂跟哥哥的农村签约？这倒挺有意思的。王凤按捺不住好奇心，悄悄溜出"党办"兼"简报办"，来到三楼会议室门外。她从门缝里看到会议室墙上挂着横标：东方制冷设备厂与金水村实业有限公司合作建厂签约仪式。会议室中央一张大桌子上摆着四份等待签字的合同。

会议室里，王莹手持讲稿发言，她身旁的电镀轮椅里坐着身穿白衬衣蓝裤子的王援朝，这装束很像一位因病致残的大学生。是啊，国家恢复高考了，哥哥热爱读书为什么不去考大学呢。哥哥要是大学毕业一定成为大学问家。

会议室响起一阵掌声。王凤听到姐姐说话的声音："工农联盟这句口号我们喊了多年，广大农村贫困面貌还是没有得到改变。今天我们双方签署合作建厂的合同书，只是一个开始。有人说我们这样做是错误的，违背了以粮为纲的指导思想，我认为这是胡说八道。农村发展副业有什么不对？我决定从下月开始将我厂的十六种配套零件扩散到金水村去生产！我们还要帮助金水村建立通风除尘设备厂和换热器厂！《人民日报》发表文章说，实践是检验真理的唯一标准。我们这样做好不好，检验一下好啦！"

一只大手拍了拍王凤肩膀，这力量很厚重，王凤回头看到滕维丽。这位"简报办"主任表情严肃说，我们东方制冷设备厂在王莹书记领导下，解放思想，勇于探索大胆实践，引起社会广泛关注。一会儿有记者采访王莹书记，她很忙的。

王凤只得回到"党办"。她看见一堆堆纸张，认为这里确实应当称为"简报办"。临近下班时间，一个个身穿白衬衫蓝裙子的"裙子队"进进出出。滕维丽主动向王凤介绍说，统一着装的人员是各车间各科室的"简报员"，每天下班之前必须将当日情况送到"党办"，统一汇总打印成册，报送王莹书记。

哦，原来工人们说的"裙子队"就是这一群简报员，看来姐姐真成铁腕人物了。王凤随手拿起一张《东方职工报》，这张企业内部报纸的头版位置发表王莹署名文章《干得好，就是要发奖金》，副标题是"驳物质刺激论"。头版右下角刊登一幅《王莹书记深入班组调查研究》的照片。王凤端详着照片里头戴安全帽的姐姐，那形象仿佛多年不见的亲人，生疏了。当初妈妈援外八年，陌生了，如今又添了一个陌生的姐姐。

王凤不知道，姐姐管理工厂主要依靠"半边天"，无论车间科室一把手多为女同志。王莹认为女性比男性更忠诚。她着手建立的简报制度，属于信息快速通道。基层简报员递交简报，被滕维丽汇总分为"正事"和"闲文"两类。王莹对"闲文"最感兴趣，往往从中发现问题。譬如企业整顿优化组合，一线职工思想波动，她从"闲文"里发现问题，当即采取措施给老工人们吃了定心丸。

王凤拿起另一张《东方职工报》，头版套红通栏标题：热烈庆祝我厂4Fv7k制冷压缩机荣获机械部质量银质奖章！左下角是王莹写的文章《反骄破满，企业更上一层楼》。王凤认真阅读姐姐的文章："列宁同志在《严整组织和专政》一文中指出：'任何大机器工业——即社会主义的物质的、生产的泉源和基础——都要求无条件的最严格的统一意志，以指导几百人、几千人以至几万人的共同工作。这一必要性无论从技术上、经济上或历史上来看，都是很明显的……'"

哎哟，姐姐很懂马列，一引用一大段，好厉害。姐姐就是有水平，否则年纪轻轻不能当上党委副书记兼厂长啊。

突然之间，鸦雀无声。王凤抬头看到王莹快步走进来，简报员们纷纷起立，表示恭敬。王莹同样身穿白衬衫蓝裙子，一派精明强干的气质里透出几分毋庸置疑的权威。她抬手指着妹妹说，王凤你存心添乱，什么失散多年的姐妹必须见面，有事情回家去说！

看到王莹生了气，王凤知趣地笑了笑说，你真忙啊姐姐。

王莹转向滕维丽说，近来社会上有人看到我们东方制冷设备厂经济效益好，眼红了。新闻报道严重失实，以后这种不怀好意的记者，我一律不见！你马上召集各车间简报员到会议室集合，我去讲话。

王凤觉得姐姐变成一个铮铮作响的铁女人，便起身伸了伸舌头说，我去家里等你，行吗？

好吧。王莹从抽屉里拿出一个塑料袋说，同事出差从上海带回来的大白兔奶糖，你拿去吃吧！

手里捧着一袋"大白兔"奶糖，王凤兴高采烈地走了。嘻嘻，姐姐掌管这座工厂，居然有一个"简报办"，居然有一个"裙子队"，居然把生产任务扩散到农村去了……心里装着一大堆新鲜风景，王凤走到工厂大门口。

这里聚着很多人，有男有女有老有少，一个个伸长脖子好像等待着什么，期待之中略有几分紧张气氛。一个记者正在现场采访一个老汉。老汉满脸喜悦说，东方制冷设备厂发放奖金出了名，每月十五号下班我都来接我女儿，她身上有钱我担心半路不安全啊。

你不认为这是奖金挂主帅物质刺激吗？记者大声问道。

一个中年妇女挤上来说，奖惩分明有什么不对？先进生产者的奖金一发就是三四十元。完不成生产任务的落后分子，必须缴纳罚金。我儿子月月超产，拿奖金心安理得！谁说王莹书记不好？她顶着上级压力为职工们谋福利，我们拥护她……

一个身穿白衬衫蓝裙子的姑娘阻拦说，你是记者可以向上级机关了解情况，不要存心诱导职工家属嘛。

王凤看明白了，今天是发放奖金的日子，职工家属担心半路钱财有失，纷纷前来充当保镖。东方制冷设备厂奖金发放日已经成为这座城市的独特景观。

这时，一辆电镀轮椅载着王援朝从东方制冷设备厂驶出。王凤快步迎上前去叫了一声哥哥。王援朝看到王凤开口就说，灵莹对我支持太大啦，我们刚刚签订了合作协定书。金水村要办十家工厂，傻凤你到我们服装厂担任技术顾问，我高薪聘你！

王凤瞪大眼睛说，我是国营企业工人，随便跑到你们那里是要受处分的。

这就要看你的胆量了。解放思想迈大步，很难；僵化思想不迈步，很容易。我当然不会勉强你的。王援朝坐在轮椅里，手里好像只缺一柄羽毛扇了。

推轮椅的是一个小伙子。王凤问嫂子呢。王援朝说有人攻击金水村实业有限公司是夫妻店，为了避嫌我让瀛瀛画画儿去了。她的《金秋十月好风光》，中国美术馆收藏啦。

一辆蓝色小卡车开过来，小伙子猫腰将王援朝抱进驾驶室，那辆轮椅也被司机放进车槽里。哥哥从车窗里伸出手来向妹妹道别。王凤突然看到车厢侧面挂着一条横幅，上面印着一行大字：金水村诚意招聘各类技术工人。

前几年你开办玛钢厂不是聘过白鸣岐吗？王凤扒着车窗问哥哥。

是啊，不过白鸣岐的最大理想是重新拥有自己的工厂，这是资本家情结。我们是乡村企业，所以他走了。我招聘技术人才的原则，无论白猫黑猫抓住耗子就是好猫！

望着远去的蓝色小卡车，王凤嘟哝着，你们想解放思想就解放吧，反正我既不想考大学也不想当干部，就想在生产第一线当劳动模范。

王凤饿着肚子赶到姐姐家里。鸟儿还要归巢呢。你女强人在厂里忙得四脚朝天总要回家吧。王凤寻思着找到姐姐家。开门的是姐夫冯五一，他嘴里叼着一支铅笔，手里捧着一本书，呆头呆脑看着王凤。

姐夫，你是想参加高考吧？王凤走进姐姐家，这是一套三室一厅单元房。

现在时兴减去十岁嘛，我也减了。冯五一充满自信，好像愈活愈年轻了。

王凤看到客厅地上摊着一堆书，有企业管理的，有运筹学的，还有一册许国璋英语。

拨乱反正，抓纲治国，时代大变，我们不学习是不行的。冯五一极有心得地说，以后光搞政治不行，还要懂得业务，提倡四化干部嘛。

我四化不了，一沾书本就头疼，从小考试不及格，所以家里叫我傻凤。

找你姐姐有事儿？那就耐心等待吧。她经常三天两宿不回家，女强人啊。所以我必须发愤学习，赶过她！说着冯五一将手里书本递给王凤说，你帮我复习一下，从第三单元开始，你问我答。

《日本的企业管理》？王凤看着书名蓦然想起白瀛瀛的父亲白小林。哎，姐夫你要是学习日本企业管理，白小林就是活教材啊。他大半辈子研究日本工业，打成日本特务都不悔改啊。

白小林？好啊。我看如今中国成了日本的大市场，日立牌电视机、东芝牌录音机、三洋牌洗衣机，还有象球牌杀虫剂和太阳牌啤酒，大量进口！冯五一兴高采烈地说，学习日语很重要。

王凤跟冯五一聊着。楼下传来汽车声，冯五一跑去开门说，东方制冷设备厂的"女独裁者"回来啦！

果然，被姐夫称为"女独裁者"的王莹气宇轩昂走进家门。王凤看到姐姐也是白衬衫蓝裙子，一双黑色皮凉鞋，心里说这是裙子队的"总舵主"啊。

咦，傻凤你怎么来啦？王莹走进卧室换衣服去了。王凤追进卧室说，你告诉我有事儿回家谈，你怎么忘啦？

出去出去，王莹不愿意让妹妹目睹自己换衣服的场景，小声驱赶着王凤。

哼，当年睡一个被窝儿，谁避讳谁呀？我还记得你左边乳房有个痦子呢。王凤瞥了一眼姐姐的红色胸罩，气咻咻回到客厅里。尽管生了气，姐姐的红色胸罩还是令妹妹感到新奇，它真像两只小红碗，引人遐想。

王莹换了一件宽松的橘色连衣裙走了出来，透出几分少见的柔美。王凤呆呆注视着党委书记兼厂长的姐姐说，你在家里好漂亮啊。

我在厂里不漂亮吗？王莹端了一杯白开水，并没有递给妹妹而是自己喝了。

你在厂里不漂亮。王凤坚定不移地说，你在厂里板着面孔好像慈禧太后！

我像慈禧太后？王莹笑得喷了水。冯五一走过来说，这有什么可笑的？人家王凤说得非常形象。

我只是一个小厂长，人家慈禧太后是国家级干部！王莹忍住笑声反驳着丈夫。这时王凤也笑了，她终于看到昔日姐姐的影子。想说就说想笑就笑，这才是真正的王莹。可惜如今不是当初了。

王凤随即想起一件事情，凑上前去压低声音说，姐，舒芸心里挺痛苦的，她说结婚以来设子睡觉从来不脱裤子……

什么？这可不是好兆。王莹惊了，这是心理问题还是生理问题啊？

我一个大姑娘怎么懂得这种事儿啊！王凤红了脸。

好吧，舒芸不是工人疗养院的护士吗？你告诉咱妈找她谈谈，看看设子到底出了什么问题。王莹快刀斩乱麻地说，傻凤你有什么问题，快说吧。我七点钟还要去市里汇报工作呢。

冯五一端来一盘包子说，王书记兼王厂长，您吃晚饭吧。

老冯，你怎么总是阴阳怪气的？王莹抄起筷子夹起一个包子，不失时机地批评着丈夫。

王凤心里说，姐姐，以前这包子你肯定让给我吃，现在你自己吃了也不问我饿不饿。王莹同志你变修了。

她知道姐姐时间紧迫，便简明扼要说出自己的苦恼。王莹一边吃着包子一边说，你跟焦慧珠是平等竞争，都是女的。丁巧良是男的，这竞争就复杂了。不是我给你泼冷水，傻凤你恐怕很难战胜丁巧良。他是男的还会织毛衣？天啊，男同志一旦具有女同志天赋，那就成精了。同样道理，女同志要是具有男同志的天赋，也成精了。

你厂的滕维丽就具有男同志的天赋吧？王凤突然发问。

啊？王莹停止咀嚼注视着妹妹。你不记得滕维丽啊？那年就是她带着一群女红卫兵给咱家解了围，后来她到金水村向大朝哥哥取经，一群女生步行去边疆插队落户，她还送给我一枚毛主席像章做纪念呢……

说着，王莹看了看挂钟说了声车来了，丢下筷子跑进卧室换衣服。很快，脱去橘色连衣裙的王莹重新穿上白衬衫蓝裙子跑出卧室，换上一双平底皮鞋，拎起提包噔噔下楼去了。

你姐姐就是这样。冯五一摊开双手无奈地说着，突然话题一转，哎，王凤你也知道滕维丽啊？

我看她忙前忙后的，一定是我姐的左膀右臂吧？王凤试探问道，她好像比我姐大四五岁呢。

这个滕维丽是返城老知青，招工进了东方制冷设备厂做喷漆工，你姐姐发现她懂点历史懂点哲学还懂点政治经济学，有思想有口才，就以工代干提拔了，据说她现在是你姐的亲密战友啊。

王凤没有追问亲密战友的含义，反而想起舒芸。设子哥哥睡觉不脱裤子，这是什么毛病呢。

走出姐姐家门，王凤觉得毫无收获。天黑了，她无精打采走向公共汽车站。姐姐忙，今后只能依靠自己了。一个竞争对手焦慧珠，一个竞争对手丁巧良，我是腹背受敌。这几天焦慧珠逢人便讲插队落户期间丁巧良向她提出恋爱要求遭到拒绝的往事，以此抬高自己身价。丁巧良呢？不言不语承受全厂舆论的压力。王凤愈发觉得小丁是好男人，好男人是不应当蒙受这种冤屈的。

坐上公共汽车王凤突然笑了。一个念头犹如一道闪电照亮心田。好啊！这是一个好办法，这是一个好办法……

丁巧良啊丁巧良，此时我要是提出跟你搞对象，你不会拒绝吧？我要是跟你谈恋爱，你就不会跟我竞争了吧？我不但要跟你搞对象谈恋爱，我还要跟你结婚呢。我不但要跟你结婚，我还要跟你居家过日子呢。

第二天上班，王凤找到丁巧良悄悄说，喂，今天下班咱俩去看电影吧，和平电影院上演《神女峰迷雾》，特别好看呢。

丁巧良惊讶地看着面带羞涩的王凤，不由点了点头。傍晚时分，王凤与丁巧良并肩走进和平电影院。这里，正是当年王金炳约请牟棉花看电影而且邂逅白小林的地方。多年之后，新一代的恋爱在这里启动了。

开演了。黑暗里看着风景优美的神女峰，王凤塞给丁巧良一个大苹果。这是她狠心花五角钱买的。丁巧良迟疑了一下，还是接受了"五角钱"。

黑暗里，丁巧良掏出小刀削着苹果皮。

事不宜迟。王凤咬了咬牙，硬着脸皮低声问道，小丁啊，我对你印象不错，你对我印象呢？

丁巧良哎呀一声，好像削了手指头。王凤一把抓住他的手。光线太暗，她俯身看着，丁巧良的手很细很白，手指并没有被小刀削破。王凤索性抢过小刀，摸着黑削着苹果皮。然后，她切了一块苹果塞到他嘴里继续追问说，你对我印象到底怎么样啊？你说话呀！

我对你印象挺好的。丁巧良终于咽下一口苹果说，在农村插队的时候我就这样认为。

一场电影王凤没看一眼，她隔一会儿便将一块苹果塞进丁巧良嘴里，好像在喂养一只可爱的大公鸡。

小丁啊，咱俩在同事基础上成为好朋友，你看行吗？王凤趁热打铁问道。

嗯。黑暗里丁巧良咀嚼着苹果，点了点头。

你嗯什么，说话呀。王凤不甘心地追问着。

嗯，咱们是好朋友。丁巧良终于说出这句婚姻预言。

王凤乐了，说从今往后咱们互相关心互相爱护，一帮一，一对红。

嗯，一帮一，一对红。丁巧良重复着。

　　拉钩上吊，一百年不许变！说罢王凤心里美滋滋的。爸爸妈妈哥哥姐姐，你们不应当叫我傻凤。嘻嘻……

　　自从与丁巧良恋爱，王凤便将竞争对手远远甩在后边。只要王凤的缝纫机出了故障等待检修，丁巧良立即将机器让给她，自己承受减产的损失。这样，焦慧珠便成了没有援兵的孤军，独自奋战。俗话说，一人难敌四拳。丧失竞争优势的焦慧珠只得躲到女厕所里落泪，后悔自己没有主动找丁巧良谈恋爱，将优势拱手让给王凤。

　　好似一朵含苞待放的鲜花，焦慧珠决不甘心中途凋谢。她给自己选择了一条道路，请假复习功课准备参加高考。有人跑来劝说王凤也参加高考，实现人生理想。王凤笑了，我从小学就是差生，不是语文考五十分就是算术不及格。想起上学就头疼。俗话说条条大道通北京，我就是要当劳动模范，像爸爸一样去天安门观礼！

　　焦慧珠努力考大学，两次落榜。她灰心了，回到车间继续缝纫女工生涯，沉默寡言。她的身体好像垮了，一休病假便是十天半月，沦为可有可无的人。

　　轻装上阵的王凤风光无限，她产量猛增，被誉为"走在时间前面的人"。够了结婚年龄，她嫁给丁巧良并且生了一个大胖小子，毅然给取名丁苹果。她坚决认为电影院里的那个苹果至关重要，而且永远也不会腐烂。

齿轮卷

齿轮：机器上有齿的轮状机件。通常是成对啮合，其中一个转动，另一个被带动。作用是改变传动方向、转动方向、转动速度、力矩等。

——摘自《现代汉语词典》

19. 黄昏与破晓

挺着五个月的大肚子，王凤照常上班。她说当年妈妈肚子里怀着我，八个月还上班呢，我一定继承劳模传统争取更大光荣。

有时，乘坐公共汽车没有"雷锋"让座儿，丁巧良只得抢先上车替她占位，避免站立之苦。有一次站到中途，王凤感到难以坚持便对一个小伙子说，我花五毛钱买您的座儿吧？小伙子只得起身让了。这就是傻凤的幽默。落了座她大大咧咧说，我替肚里孩子谢谢叔叔了。

上班坐在缝纫机前面，她依然保持着行业生产纪录，日产八百五十七件"丛中笑"牌短袖运动衣，连年超额完成生产计划百分之二百零九。这个纪录使她被誉为"走在时间前面的人"并且获得劳动模范称号。然而，王凤的心思不在北京的香山而在西藏的珠穆朗玛峰。她暗暗发誓，跟时针赛跑争取提前跨入二十一世纪。

王凤结婚之前，一心想当劳动模范。结婚之后，无论洗衣做饭还是烧煤买菜，举凡家庭事务她全部扔给丈夫。为了确保劳模荣誉，不理家政的妻子很快塑造了居家丈夫——丁巧良竟然成为"再版的王金炳"。

身为人妇，王凤几乎没有动手洗过自己的衣裳，包括内衣内裤。每逢例假她更不必担心，丈夫肯定备下卫生纸了。与父亲王金炳伺候母亲牟棉花相比，丈夫丁巧良只差一盆洗脚水了。母女的人生经历惊人地相似甚至相同。王凤完全成为牟棉花的当代翻板——吃咸不管酸，穿单不管棉，一门心思扑在工作上。

一切生活琐事王凤不用操心不用受累，她几乎高呼丈夫万岁了。当初与丁巧良谈恋爱，她怀着减去一个竞争对手的私心。如今解决了婚姻大事她也被评为令人羡慕的市级劳动模范，同时还收获了一个任劳任怨的模范丈夫，真是既称心又如意。世界上这样的好丈夫比大熊猫还少，就让她赶上一个。于是，王凤得意地给丈夫取了一个爱称：巧巧。

嘿嘿。丁巧良也不反对，就巧巧了。

出嫁之前，王凤暗暗发誓不当上劳动模范不结婚。结了婚，她暗暗发誓不当上劳模不生小孩儿。当上劳动模范王凤有了更高的追求，暗暗发誓不当上特等劳动模范不怀孕。百密一疏，她竟然怀了孕。起初没来例假，她以为劳累过度紊乱了，一门心思钻研自己的"三针两圈，四快一稳"工作法。就这样大大咧咧拖着。到了恍然大悟的时候已然四个多月了。她气得跺脚说，怪不得我爸我妈叫我傻凤呢，这事儿我傻透了。

丁巧良的母亲坚决不同意儿媳妇人工流产，还替王凤申请了生育指标。由于担心王凤铤而走险去做"人流"，丁巧良形影不离妻子左右，既是保护也是监视，成了一条尾巴。

下了早班，王凤腆着大肚子踱出车间，走向工厂门口。丁巧良手里拎着一个装有二斤挂面一斤猪肝半斤鸡蛋的菜篮子，好像警卫员随在身后。

前几天全市劳模座谈会上，王凤悄悄告诉母亲自己怀孕了，还抹了眼泪。牟棉花教导女儿，你是人家媳妇就得给人家生儿育女，这是人间大道理。你要是连生小孩儿的困难都克服不了还想当特等劳模啊。我要是只当劳模不生孩子，今天有你吗？

王凤理屈了，只得同意保胎。她一边保胎一边偷偷总结"三针两圈，四快一稳"的"王凤工作法"，挺着大肚子向特等劳动模范的高峰攀登。

保卫科长亲自驾驶一辆吉普来了。如今满世界都是吉普车，这是全民军事化的残留影响。车里坐着厂工会主席，请王凤上车。丁巧良不明底细，追了几步。王凤坐在车里看着丈夫，觉得他走路姿势愈来愈像父亲王金炳了。为了打消丈夫顾虑，她说去金水村看哥哥。你回家给我做晚饭吧，我想吃熘肝尖儿和鸡蛋羹，外加凉拌西红柿。

丁巧良满脸疑惑望着远去的吉普车，匆匆回家准备晚饭去了。

一路驶向金水村，车里谁也不说话。领导要求此行严格保密，认尸之前不许走漏消息。坐在吉普车里王凤感觉胸口坠了一块大石头，几乎窒息。当年，为了回城自己曾经"自杀",那毕竟是假装的。今天有人真正自杀了,王凤受到强烈震撼。她暗暗祷告,希望从那口"姑娘井"打捞上来的女尸不是焦慧珠。

吉普车径直驶向金水村。王凤看到黄土路改成柏油路,几座厂房矗立在田野里:异型钢材厂、工程塑料厂、有机化工厂、电子器件厂、通风除尘设备厂。有冒白烟的有冒黑烟的,一派工业区景象。远处的村落立起一片"小二楼",阳光下"马赛克"闪烁着中国特色的光芒。

王凤知道,这几年金水村崛起完全是大朝哥哥的功劳。俗话说,撑死胆大的饿死胆小的。哥哥不愧志愿军遗孤,胆大心细,处处抢得先机,人称敢吃螃蟹第一人。别的乡镇不敢办工厂,他敢;别的乡镇不敢跟外国人做生意,他敢;别的乡镇不敢私人雇工,他敢,还说根据《资本论》计算,雇工不超过七个不算剥削。哥哥在金水村实业公司的基础上从银行贷款,注册成立金水联合销售公司,进入流通领域,什么赚钱倒腾什么,包括广东水货。如今,就连港台商人也知道中国北方金水村有一个"轮椅书记"。

吉普车停在西菜园,几个人下车走向苦水井。几个警察站在那里,等待认尸。看到王凤挺着大肚子来了,警察以为她是死者亲属,立即撩开蒙着尸体的白布,请她认领。

一眼看见小腿上的青记,王凤就哭了。当年知青点里无数次看到焦慧珠这块青记,她还说它像一片桑叶。如今,这片桑叶飘零了,永远落入无边的沉寂。保卫科长搀起大哭不止的王凤,说保重身子。工会主席撩开尸布看着死者面孔,确认就是焦慧珠。一个警察说既然确认就通知死者家属吧。

坐在吉普车里王凤抽泣着,焦慧珠啊焦慧珠,即使没有获得劳模称号,即使没有考上大学,即使身体有病,你也不应该自杀啊。从知青插队到选调回城,从缝纫女工到苦水井尸体,王凤不敢想了。当初要是知道焦慧珠走这一步,我宁愿把劳模称号让给她。

坐在吉普车里保卫科长抚摸方向盘说,警察发现焦慧珠临死前在井台上写了一行字,是"一步赶不上,步步赶不上,后悔错过丁巧良……"。

啊!王凤望着车外静止的风景,心儿疾跳。这时工会主席拉开车门坐进车里说,敢情焦慧珠一直爱着丁巧良啊,痴情。

王凤觉得心脏就要爆炸了。她推开车门下了车说,你们走吧我去村里看望哥哥。说罢,挺着大肚子企鹅似的走向金水村。

泪水，再次斟满眼窝儿——她朝苦水井方向祭祀着。焦慧珠啊焦慧珠，你责怪我夺走你的爱情吧，你责怪我夺走你的劳模荣誉吧，你错就错在放弃了丁巧良，这就是你的悲剧根源啊。

几个身穿米黄色工作服小伙子骑着自行车下班归来，主动跟这位孕妇打招呼。你找援朝书记吧？他去了小孤庄。

我哥不是当了董事长吗？王凤感到意外，你们怎么还叫他书记啊。

一个小伙子笑着说，无论他当不当书记，永远是我们当家人。我们金水村没有王援朝，还是一个土窝窝儿呢。

老支书的儿子小支书迎面跑来。王凤说你还认识我吗。小支书说您是援朝书记亲妹妹，好比皇亲国戚谁不认识啊。

小支书叫来一辆"拉达"轿车，说援朝书记在小孤庄抢地呢。

抢地？动刀动枪啊。王凤坐在车里以为两村之间发生了械斗。小支书介绍情况说，动刀动枪那是没文化的粗人，援朝书记说要想征得小孤庄土地，只能智取不能强攻，还举了杨子荣智取威虎山的例子。

王凤不解，金水村那么多田地怎么还要别人的地皮呢。

小支书纵深介绍，援朝书记给全村讲话，说美国地下石油很多，光开采别人的。我们金水村盖工厂不能糟蹋自己的耕地。别看如今一窝蜂占用农田建造厂房，有一天他们总要后悔的。工业用地一租五十年，我们盖工厂就要占用外村土地！谁让他们比我们傻呢。……

坐在车里王凤不无担忧地说，你们把厂房盖在人家土地上，这不牢靠啊。

起初大家也担心花钱替别人置了产业。援朝书记说，当年日本人把工厂盖在中国，现在不是又回来啦。反正我们都信服援朝书记。眼下好几家公司抢购小孤庄地皮，援朝书记亲自出马就是要跟他们较量一番……

你们种菜、养猪、搞副业，挺好的，为什么非得建厂房搞工业呢？弄得我哥哥前几年撤了职罢了官。

援朝书记研究农村问题二十多年，手里掌握三十五户地主发家史，包括我们村的钱家和田家。他说农民要想发家致富，光靠种地不行，必须有人离开黄土地搞实业去！

一路说着，小轿车停在小孤庄大堤上。下了车王凤看见哥哥，笑了。

王援朝剃了光头，下巴颏留着一撮胡子，古铜色中式对襟棉袄系着两排瘩疙襻儿，藏青色裤子扎着裤角，脚踏一双青色骆驼鞍鞋，坐在轮椅里跟小孤庄书记攀谈着。

这形象着实令王凤感到意外。从小到大没见过王援朝如此装束——好像是在拍电影。这是我大朝哥哥吗？她满心疑惑走上前去。

王援朝迎着王凤招招手，继续他的谈判。王凤不远不近地听着。

小孤庄书记笑着说，俗话说远亲不如近邻，近邻不如对门。按道理我们这块地应当先给你们金水村使用，可是好几家公司都表态了，有一家公司总经理据说还是副市长的外甥呢。

王援朝说，好几家公司都表态，就等于都没表态。你们没有签订意向合同吧？无效嘛。什么副市长的外甥？高干子弟占地不给钱，别人躲都躲不及，你们这是存心把自己往火炕里送啊。

王援朝讲到这里挥了手说，好啦，我这人既相信马列也相信风水，左青龙右白虎前朱雀后玄武，我必须从天上观看地势，这马虎不得啊。

王援朝指着写在纸扇上的电话号码对小支书说，你给空军刘政委打电话，我花两万块钱租了一架直升机，请他们马上飞过来。

援朝书记花两万块钱租直升机看风水？小孤庄书记瞪大一双斗鸡眼说，你不是开玩笑吧？

我不能眼睁睁看着你们往火炕里跳，好啦！我到你们村委会去等候直升机吧。说着王援朝捋了捋胡子，命令一小伙子推着轮椅走了。

王凤小时候看过京戏《借东风》，此时觉得哥哥好像诸葛亮转世。她从哥哥身上发现一种前所未有的气质，这气质是属于男人的，与权力有关也与金钱有关，总而言之合为一股力量，有些豪迈，又有些霸气。

坐在小孤庄大队部里喝着热茶。"轮椅书记"跟妹妹聊了起来。王凤悲伤地说起焦慧珠的自杀，王援朝表情淡然说，自杀的人未必是失败者，活着的人未必取得最后胜利。一张人生考勤卡，有人迟到，焦慧珠只是早退而已。

这时小孤庄的领导班子成员窃窃私语，一致认为王援朝张口就租用直升机观看风水，财大气粗值得合作。

小支书满脸汗水跑来报告，说直升机已经起飞，保证准时到达。

果然，一会儿天上传来隆隆声响。小孤庄书记说，我们相信您的经济实力，这两万块钱还是省下吧，无论高干子弟还是低干子弟，这块地皮我们谁也不给自己留用啦!

"轮椅书记"哈哈大笑说,既然直升机来了就不要空载,我带我妹妹上天飞几圈儿,让她肚里孩子提前欣赏祖国大好风光!

直升机落在打麦场上。两个身穿飞行服的军人向王援朝敬了军礼,合力将他抬进直升机。一瞬间,王凤产生了幻觉——以为一个重伤员离开战场前往后方医院抢救。这时她心头一酸。哥哥啊你是残疾人,这是跟谁较劲呢。

直升机的强烈震动使得王凤浑身颤抖。哥哥大声喊道,傻凤你有什么事情就说吧!你在天上说话,神仙们都能听到。

王凤紧紧搂着哥哥肩膀凑近耳畔大声说,舒芸找我哭了好几次,说结婚以来设子睡觉不脱裤子,国家安定团结,家庭也不能动乱啊。设子天生就是当技术标兵的材料,这问题不解决舒芸就要离婚啦!

王凤扯起嗓子喊着,王援朝毫无表情地听着。这时候直升机掠过金水村,画了一个圆圈儿朝着小孤庄飞去。她示意哥哥专心观看风水。王援朝连连摇头说,什么风水!我租直升机为了把小孤庄领导班子镇住。农民什么都不怕,就是怕你有上天入地的本事。说着,王援朝翘起胡子大笑不止。他的笑声被直升机噪音淹没,好像上演一场哑剧。

直升机围绕小孤庄飞了两圈,开始降落了。王援朝扯住妹妹耳朵将一串话语灌进她心里:傻凤,你们必须找到当年扒掉设子裤子的造反派大胡子,解铃还须系铃人啊。

平稳降落在打麦场上。王援朝伸出手指点着王凤脑门儿说,当劳动模范既是终点也是起点,人生道路很长,必须扮演各种角色。你就任劳任怨给丁家生一个大胖小子吧!

下了直升机。小孤庄领导班子成员站在打麦场上,点头哈腰对王援朝表示敬意。王凤心里说,一架直升机把他们吓成这样,我哥成了中央大首长。

一辆黑色小轿车疾速驶来,吱地停在打麦场上。小孤庄书记说康总来了。

被称为康总的中年男子走下轿车,满脸疑惑地望着暮色里的直升机。王援朝一眼认出来者正是当年市生产指挥部的康秘书,便笑了。

康先生,山不转水转,您也下海做生意啦。王援朝驱动轮椅迎上去,用手唰的一声打开墨色纸扇。

是你呀?西服革履的康总打量着坐在轮椅里的王援朝,表情僵住了。

小孤庄书记胆小怕事，连忙对康总说这块土地本村使用，不转让了。康总脸色阴沉大声说不行。小孤庄书记一看大事不好，转身想溜。

"轮椅书记"缓缓驶向康总。小孤庄的土地小孤庄做主，你凭什么说不行？姓康的我实话告诉你，这块土地我们金水集团征用了。你要想拿到这块土地使用权，我可以高价转让给你。

你太猖狂了，你知道我是什么背景吗？康总露出满脸秘书相。

王援朝谦和地笑了，这次你要敢滥用权力，我就敢坐着轮椅去中南海告你。你害怕党中央吧？我这辈子就是要跟你们这一群以权谋私的官商官倒唱对台戏！你有本事先买一枚飞毛腿导弹把我这一架直升机打下来。没火气了吧？

康总气得脸色惨白，浑身颤抖指了指王援朝，一跺脚钻进小轿车，轰地开走了。王凤腆着大肚子看了一出好戏，笑了。

王援朝表情郑重说，傻凤，进什么山唱什么歌，见什么人说什么话。我们对付小官僚不能软弱，他们最怕硬的！好啦，天黑了我派车送你回去吧。说着，哥哥塞给王凤五百块钱，请她转交设子改善生活。

王凤很为哥哥感到得意，"轮椅书记"权力真大，天上的直升机一张口就租，地上的汽车一张口就派。这种乡镇企业家比国营企业家气派多了。

坐进哥哥派的汽车里，心里寻思着哥哥的变化。有时他咄咄逼人，顶得那位康总恼怒而去；有时他高深莫测，弄得小孤庄书记俯首帖耳；有时他略显油滑，好像拿什么都不当一回事儿；有时他慷慨激昂，对社会不良风气充满忧愤……总之，单纯的书生哥哥变了，变成复杂的江湖哥哥。

王凤叫司机直接开到东方制冷设备厂。她知道姐姐经常睡在办公室，很少回家。一路上司机不停赞颂着援朝书记，好像士兵崇拜将军。"士兵"拉着"将军"的妹妹驶进东方制冷设备厂，一派灯火通明。一幅大标语挂在门楼上："苦干实干加巧干，誓夺利润一千万！"

汽车径直开到办公楼前，王凤下车，让司机回去。她腆着肚子上楼来到党委书记办公室门前，听到里面传出高声争论。我姐姐是一把手，谁敢与她争吵啊？

王莹的声音：你知道我为什么非要完成一千万利润吗？这样咱们就跨进机电系统十强行列了，就可以申请国家拨款进行全厂技术改造了，就成为名副其实的国营大企业了！明天机电工业局唐局长主动来厂商谈全面技术改造项目，我们不创出千万元利润，他才不理我们呢。有人说我王莹把东方制冷设备厂搞成独立王国，我不怕！

滕维丽的声音：你不怕？我怕！我认为创千万元利润属于过激行为。这几年咱厂利润都在四百万左右，这真实地反映了我们的生产能力。你硬把明明完不成的利润指标压给车间科室，迫使下面弄虚作假！你知道配套库为了完成你下达的利润指标把大五金小五金都买了吗？你知道财务科为了凑足数字把应当付给外协单位的加工费扣着不给吗？还把去年余款打成今年的利润……

王莹的声音：我把你从喷漆工段提拔上来，认为你是知音，你倒跟我唱起对台戏！我申报项目你说我好大喜功，我看你是胡说八道！全国很快实行"拨改贷"，咱厂必须搭上国家拨款最后一班车，我有什么不对？

滕维丽的声音：你创下千万元利润，企业元气大伤，患了浮肿症！一旦消肿就成了瘦小枯干的困难企业……

浮肿？王凤站在门外听出这是两个女强人的争论，公事。她推门就进，屋里的争论戛然而止。

姐姐的办公室十分简朴。一张办公桌两个文件柜，一盆君子兰两张沙发，还有一张单人床。王莹对妹妹的突然出现感到意外，却不动声色。滕维丽端详着王凤的大肚子说，我看你怀的是男孩儿。

你怎么知道是男孩儿？预言家啊。王莹平静地反问，这表情丝毫看不出方才发生一场面红耳赤的争论。

我插队落户当过赤脚医生，给十几个产妇接生。孕妇怀男怀女，走路姿势不一样的。滕维丽说着起身走出王莹办公室。

王凤立即试探说，姐，我看你跟滕维丽关系很不一般，怪不得外面传说你俩同性恋呢。

你住口！王莹啪地一拍桌子，顿时摆出国营企业领导者的派头。

外面还传说，你把东方制冷设备厂搞成女儿国，总工程师是女的，总会计师是女的，技术科长是女的，党办主任是女的，家属工厂厂长是女的……

王莹盛气凌人说，女儿国有什么不好？阴盛阳衰，男人窝囊所以妇女顶起半边天！我告诉你就连烧茶炉的都是女的。她开水烧得就是比男的好！我们厂创一千万元利润，说明妇女不光能顶半边天，还能顶三分之二的天！

王凤告诉姐姐说，我挺着大肚子不是来听你做报告的，焦慧珠自杀了，死在苦水井里啦。王莹说罢恍然大悟，焦慧珠活够了，你挺着大肚子来报丧啊。

听姐姐说话，王凤心里别扭了。那边哥哥听了焦慧珠死讯，挺平静的，这边姐姐听了焦慧珠死讯，也挺平静的。这人要是成了企业家心就硬了，一点同情心没有。

姐姐似乎意识到自己的生硬，缓和语气说傻凤你好好保胎，女人不生孩子不是完整的女人。我掌管这座大工厂照样给冯家生孩子，我把儿子寄养在江西奶奶家里，可怜冯器从小得不到母爱……

王凤的语气也缓和下来，一五一十将舒芸的委屈告诉姐姐。王莹凝神沉思说，大朝哥哥不生养，要是设子也不生养，咱们劳模世家断了香火啊！

我能生养啊，咱家香火断不了！王凤拍着自己肚子说。

你是真傻假傻？你生的孩子姓丁，我生的孩子姓冯，都是外姓人。只有大朝和设子的孩子才是正宗王家香火。王莹催促说，傻凤你赶快回家吧，丁巧良一定等急了。

王凤耍赖说，我的亲姐姐，我挺着大肚子多不容易，你派车送我回家！

王莹沉着面孔说公车不能私用。王凤一扭屁股坐在沙发里假哭起来。王莹立即伸手搀扶妹妹，说，好啦，我跟车送你回家好吗？王凤登时变成笑脸，咯咯乐了。从小到大，妹妹首次让姐姐服从，心里很有成就感。

坐进小轿车，王莹命令司机沿着厂区兜一圈儿，让妹妹欣赏自己工厂的灯火夜景。她告诉王凤，白天工厂好似一个血气方刚的小伙子，活力无限。晚间工厂更像一位安稳的少妇，稳健而从容。妹妹以为这是读诗，突然意识到姐姐肩头扛着一座大工厂，好辛苦。我坐在缝纫机前只是一门心思，姐姐领导一座工厂创造千万元利润，何止八门心思。于是她小声劝慰姐姐不要用力过猛。

王莹爽快地笑了。大朝哥哥说过，一个人一生总要有一次高高的起跳。那高度可能超出你的能力，你使尽浑身解数也要跳过去的。金水村就是这样起步的。一方面集资去做水货电器生意，积累利润；一方面派人承包几家即将破关的小企业，然后逐步吞并。当时，大朝哥哥做的都是超出自身能力的事情，最终跃过龙门，给金水村掘得第一桶金。

小轿车行驶着。王莹不由自主靠在妹妹肩头小憩，好像疲倦的女学生。为创下千万元利润，姐姐几乎熬尽心血。自从姐妹先后出嫁，妹妹便没了与姐姐亲密接触机会，此时她心头暖暖的。人为什么长大呢？姐姐不当厂长，我不当劳模，我们姐妹永远睡在一个被窝儿里多好啊。

王凤住在平房区。汽车驶到胡同口，王莹扶着妹妹下车。丁巧良迎上前来叫了一声凤儿。看到这对恩爱夫妻，王莹放心了。叮嘱丁巧良几句，她钻进小轿车走了。

丁巧良挽着妻子胳膊走进院子，说吃饭吧，熘肝尖炒好了鸡蛋羹蒸好了。王凤一阵伤心，告诉丈夫焦慧珠投井自杀了。丁巧良停住脚步望着妻子，好像火星人看着水星人。王凤一边抹泪一边说，巧良，焦慧珠在井台留了遗书，她特别后悔当初没有跟你搞对象……

丁巧良转身跑进小厨房，锅碗瓢盆的声响掩盖了一个男子汉的哭声。

乘车远去的王莹当然听不到妹妹与妹夫的哭声。天黑了。驶进那片被称为工人新村的平房区。方才王凤一番话使得姐姐心痛，是啊，我当了工厂领导却冷落了亲弟弟。内心愧疚，她饿着肚子前来看望王建设了。

工人新村人口稠密，住房狭窄，甚至老少三辈共居一室。没有厨房，每逢夏天一家一户屋檐下蹲着一个煤球炉子，那火苗好似小鬼儿的舌头。每逢冬天无论多冷人们也要去公共厕所，排队方便。这工人新村分明成了工人旧村。

设子结婚的时候王莹送来四床棉被，两红两绿，跟当年送给大朝哥哥的一样。她记得弟弟住在十五段七排，一间十二平方米北屋，门前一株香椿树。

远远下车，她步行寻找那株香椿树。黑暗里她看到通道窄仄，香椿树长得又细又高，越过房脊寻求着更大发展空间。可巧舒芸推门出来给炉子续煤，叫了一声姐，便抹了一把泪水。王莹劝慰说不要悲观有困难咱们解决嘛。

舒芸引着王莹进屋，抄起冷水瓶给姐姐斟了一杯白开水。这冷水瓶其实是医用量杯，无言地说明着舒芸的护士身份。

建设加班去了。他们车间一到月底就加班，吃不得吃睡不得睡，人都累瘦了。舒芸小声说着。

王莹放下水杯打量着这间十二平方米的屋子：红砖地面擦得光光亮亮，床上被子叠得规规整整，角落里码放着锅碗饮具，洗得一尘不染。再看弟媳舒芸，身穿工人疗养院的白色护理服，显得俭朴文静，一看就是合格的家庭主妇。

拉着弟媳的手坐在床前，王莹说我是专门来看你的，有什么难处你都说出来，千万不要自己扛着。

舒芸似有难言之隐，猫腰从双人床下拉出一只木箱子，抽泣着说建设就是喜欢收集这些螺丝钉，心肝宝贝儿似的。王莹伸手打开木箱子，看到里面盛着各式各样的螺丝钉，有烧蓝的有镀锌的，有钢质的有铜质的，有粗丝的有细丝的，统统被主人擦得明光锃亮，活像一颗颗珍藏多年的小宝贝。

舒芸一旁介绍说，这些螺丝钉啊，有苏联的有日本的有美国的有德国的，都是建设一颗颗收集的。我听说有收集邮票的收集火花的收集烟标的，还没听说有收集螺丝钉的……

萝卜白菜，各有所爱嘛。王莹看到弟弟有着如此收藏癖好，暗暗吃惊。

是啊。我知道建设是大好人，不抽烟不喝酒光知道钻研技术，所以嫁了他。可是结婚之后他从不脱裤子睡觉，你说是我有毛病还是他有毛病啊！

难道你们没有夫妻生活吗？王莹同情地看着舒芸，轻声问道。

好歹有过几次，他不愿意脱裤子，就跟有人捉奸似的。睡着了我听他说梦话，总是捂着屁股说大胡子追来，扒裤子搜查金条……

好妹妹，真是委屈你了。设子是我亲弟弟，你就是我亲妹妹。我觉得他不是生理问题，这都怪当年抄家受到惊吓留下心理创伤。王莹越说越激动，挥动着胳膊好像大会演讲。好妹妹你相信姐姐，咱们没有过不去的火焰山！

舒芸觉得这件事情难度很大，低头说，姐，我偷偷请教了大夫，他们认为建设心理阴影太重，必须消除情绪记忆实施心理脱敏……

心理脱敏？你给我详细说说，只要我弄明白了，一定能够帮助设子闯过心理难关，让你们夫妻过上美满生活！

你看看吧。舒芸从抽屉里找出一个小本子说，这是我们工人疗养院心理医生的治疗方案，我看就像排一场话剧，实施起来难度不小……

看来首先要找到那个大胡子充当道具，你知道线索吗？

舒芸机敏地说，我调查了，大胡子名叫胡学东，现在不留胡子了，开了一家名叫"咱家厨房"的小饭馆……

院子里传来一阵响动。舒芸随手将小本子塞给王莹，小声说建设回来了。果然，身穿蓝色夹克式工作服的王建设拉门走进屋里，脸上戴着一副墨镜手里提着一只帆布兜子。他看见姐姐在座似乎感到意外，被动地咧嘴笑了笑。

看到墨镜，王莹不由想起白小林。设子，这黑灯瞎火的你还戴墨镜啊？

王建设满头大汗说，那天烧电焊灼了眼，大夫开病假我没歇。厂里大修，一个萝卜一个坑。

舒芸递去毛巾让丈夫擦汗，顺手接过帆布兜子，绝对贤妻良母形象。

王莹夸赞弟弟，设子穿着工作服显得一表人才。王建设再次咧嘴笑了笑，说工人穿工作服，本色呗。前几年陈永贵当国务院副总理还扎着白手巾呢。

设子，你们厂形势不错吧？产值利润都能完成吧？群众对冯五一评价怎么样？王莹一口气说着，好像听取基层工作汇报。

我姐夫这次担任技术改造办公室主任，为争取大项目东奔西跑特别忙。听说还要引进日本生产线什么的，他报考函授大学钻研企业管理呢……

是吗？以后你姐夫有动态你及时告诉我，他读函授大学我一点都不知道。

舒芸惊诧不止，你和姐夫不在一起啊？

王莹不以为然说，没离婚也没分居，我忙他也忙，往往几天见不上。设子，你的情况怎么样啊？

王建设略带羞涩说，经过厂里选拔比赛我得了冠军，厂领导让我代表全厂参加全市机械行业技术比武，有车工钳工焊工那样的专业选手比赛，也有综合类全能选手比赛，我参加五项全能比赛……

王建设喝了一口水告诉姐姐，五项全能比赛就是拿一个工件儿要你按时完成。这工件儿包含多种技术，有车工有钳工还有钣金工和烘装什么的，有时是制造一个工件，有时是修复一个工件，考验你的综合技术能力。嘿嘿，哪一座工厂都有几个这样的全能选手……

看到弟弟长了出息，王莹特别高兴。好啊，姐姐没白疼你！从小就看出你是能工巧匠的好材料。你调到姐姐厂里吧，我让你当技师！

姐，这辈子我不打算离开北方电机厂，除非它不要我了。王建设说罢抬头看着姐姐说，这阵子我跟白小林学日语呢……

你学日语干吗？王莹颇为惊异。白小林从来不得志，你拜他学日语千万不要走偏啊。

你看，咱们从日本进口的东西越来越多，不光家用电器，好多工厂都从日本引进生产线呢。我学日语就想看懂他们的机器说明书，将来会有用的。

王莹认为弟弟很有心路，满意地笑了。舒芸挽留姐姐吃晚饭。她说回厂值班，起身告辞了。

送到门口王建设突然说，姐，我听别人说你党政大权一把抓，职工代表大会成了摆设，依靠裙子队发简报治理工厂，你要注意影响啊。

姐姐有姐姐的难处，一方面实行厂长责任制度，一方面强调职工代表大会制度，一个是实的，一个是虚的。这种情况我要是实行民主管理，鸡一嘴鸭一嘴很容易乱套。这是目前国有企业普遍存在的问题。

舒芸小声说，如今工厂时兴承包制度，是跟农村学的。农村种庄稼跟工厂开机器不一样。我看有人承包小工厂对待工人比资本家还狠，延长工作时间，免除劳保用品，动不动就罚款，工人哪还有主人翁地位啊。

王莹惊异地看着弟媳，觉得她挺有思想。走出狭窄通道，王莹突然扭脸注视着弟媳说，舒芸，你和建设是恩爱夫妻，我一定把你们问题解决了！

一路上，王莹坐在车里翻看着舒芸的小本子，上面写着心理拯救计划。首先让王建设见到大胡子，消除惧怕心理，然后设法使胡学东成为一个狼狈不堪的角色，让王建设目击现场从而令胡学东形象破损丧去威力，促使王建设彻底消除心理阴影达到健全自我人格的目的。

好吧，我把这个行动计划交给滕维丽实施，天下没有比她更认真更负责更有办事能力的人了。所以有人私下议论我跟滕维丽是同性恋，纯粹胡说八道！

一路回到厂里，天黑透了，王莹也饿透了。她给食堂主任打电话要了一份捞面。滕维丽看到办公室亮起灯光便来叩门汇报工作。维丽啊，我正要找你呢！王莹说着将寻找胡学东救治王建设心理疾病的任务交给滕维丽。

你弟弟太可怜了，这属于"文革"后遗症啊。表情严峻的滕维丽充满正义感。

有人咚咚敲门，滕维丽觉得这种声音既生硬又生疏，越俎代庖问了一声谁呀。王莹脸上闪过一丝不易察觉的不悦之色，随即补充一句说进来吧。

首先进来一只大托盘：一钵热气腾腾的三鲜卤，四碟菜码儿是黄瓜丝、青豆儿、芹菜叶、红粉丝。随后进来第二只托盘上是两只碗，大海碗里盛着白亮亮的面条儿。小海碗里盛着热气腾腾的面汤。

面对如此轰轰烈烈的场面，不明底里的滕维丽伸手阻拦说，两位师傅，大晚晌的你们干什么？

王莹捂着嘴笑着说，食堂主任真会巴结领导，我要了一份普通捞面，他弄成老佛爷进膳啦！好啦，咱俩吃吧。

老佛爷进膳，我可担当不起！性情耿介的滕维丽嘟哝着，对这种公开巴结领导的行为很是不满。

两位送饭的厨师走了。王莹用央求的口吻说，维丽，你不要绷着阶级斗争面孔好吗？你的最大优点就是不会溜须拍马。我吃饭交饭票这也不算搞特权啊！

你交饭票不假，但是你开了食堂给厂领导送饭的先例。滕维丽毫不妥协地说，上行下效，你看吧，很快食堂就会给车间领导送饭。这种恶例不可开啊！

第二天上午，滕维丽走进党委书记办公室说，一大早儿我在菜市场找到胡学东，把情况跟他讲了。我说治疗一个人的心理创伤就跟演一个小品似的，必须有规定情景和规定情节，只要他配合还有酬金。他当场拒绝，说响应毛主席伟大号召积极参加无产阶级"文化大革命"没有错误，谁有创伤只能自认倒霉……

王莹杏眼圆睁问道，胡学东还说什么？

他特别嚣张，说从今往后不刮胡子恢复当年模样，还说工人阶级有骨气，金钱面前不动摇。

王莹好似一头愤怒的小母狮子，啪啪拍着桌子说，他算什么工人阶级？他有什么资格讲骨气？他是败类他是残渣余孽！他给我弟弟造成心理阴影，弄得夫妻生活不和，他还敢重新留起大胡子？我看他是敬酒不吃吃罚酒……

滕维丽第一次看到王莹如此失态，只得保持镇定地说，那咱们就罚酒啦？

罚酒？美死他啦，我要罚他喝农药！王莹继续说，我弟弟是什么人？他是劳动模范的儿子，他是技术革新能手！我从小把他带大不伤一根毫毛，却遭了他胡学东的罪，我饶不了这个罪魁祸首！

王莹你冷静一下，一会儿机电工业局唐局长进厂视察，你要陪同呢。滕维丽不卑不亢给王莹斟了一杯水。

我是家事国事天下事，事事忧心啊！王莹感到一阵委屈，突然觉得自己并不是一个幸福的女人。

我一定要把设子调到厂里放在自己眼皮底下，就算我对弟弟关照不周的补偿吧。这个念头瞬间强烈起来，她吩咐滕维丽立即操办。

滕维丽迟疑地说，王建设为人老实却很有个性，他愿意在你羽翼下生活吗？

什么羽翼不羽翼的！我从小学三年级主持家务，当年设子留城就是我走的后门儿，谁不知道我是王家的擎天柱！王莹又气又恼说。

你这种姑奶奶思想，王建设恐怕难以接受。你在厂里说一不二，你在家里不能搞一言堂啊……

你不要说了！王莹再次失态，粗暴地指责滕维丽说，你给我出去……

此时正是清晨，滕维丽觉得王莹肩头披满暮色，仿佛独自站在黄昏里。

临近中午时分，两位厨师端着托盘走进王莹办公室。她呆呆望着托盘里的四菜一汤，哭笑不得。滕维丽说我开了恶例，一语中的啊。

一个清洁女工挥动拖布擦拭楼道地板，从厂党委书记办公室门外经过。王莹交了饭票对两位厨师说，你们把四菜一汤送到她休息室吧。回去告诉你们食堂主任，再敢给我送饭，我马上撤他职！

清洁女工不知如何是好，叫了一声王莹书记。王莹站在办公室门口大声说，知道我为什么请你吃饭吗？当年我也是清洁工。这四个菜你吃不掉不要浪费，下班带回家去！

下午王凤打来电话忧心忡忡说，姐，我要是不跟丁巧良搞对象，我要是不评为市级劳动模范，焦慧珠也不至于投井自杀吧？昨天小丁哭了半宿，好像焦慧珠是我害死的。

你光明正大跟丁巧良谈恋爱，你勤勤恳恳当上劳动模范，不偷不抢不奸不滑，一辈子心安理得。焦慧珠年纪轻轻自杀，令人同情。可是没人逼她走这一步啊！你无缘无故把死亡责任揽到自己身上，傻凤你脑子进水啦？

其实我跟小丁挺美满的，焦慧珠自杀好像朝我们生活里扔了一块大石头，全乱啦。王凤对姐姐充满依赖说，你说我怎么办啊？

傻凤，大石头扔进水里咣地溅起一团浪花。这块大石头沉到湖底，渐渐淤没了。你们的水面恢复平静，你们的生活照常进行。

王凤的情绪明显好转，姐，你这么说我就宽心了。我最怕失去后勤部长丁巧良！没有丁巧良，我这劳动模范就当不下去了。

20. 故人与黄花

　　自从"四化干部"吃香，冯五一下定决心从"万金油干部"向业务领域迈进。人啊，就要随着社会潮流变化。当初参加"三支两军"，人们喊他"冯代表"，复员到北方电机厂机修车间人们喊他"冯书记"，如今他更希望人们喊他"冯工"，可惜自己没有工程师职称。担任北方电机厂技术改造办公室主任，他攻读函授大学并且向白小林学习日语，悄悄进步着。

　　北方电机厂系苏联援建的一百五十七座大型项目之一。多少年过去了，设备老化，工艺落后，生产能力难以提高，七千人的企业处于受缚状态。于是，急于突围的北方电机厂向国家申请全面技术改造项目，资金总额达到一千二百万元人民币。这样一个鼓舞人心的大项目，工程量大、涉及部门广，协作关系繁多，近乎一场持久战。中国人就是不怕持久战。冯五一在这场持久战中渐渐摸索出一门"项目学"。他深知，争取项目的核心就是争取国家拨款，这是大学问。比如，国家规定凡是项目总额超过一千万元人民币的大项目，必须报请国务院备案。这多了一个"婆婆"。"婆婆"越多事情越难办。企业向国家申请拨款项目，就是"小媳妇"与"婆婆"之间的博弈。

　　有消息说既然企业"利改税"，那么申请项目也"拨改贷"了。也就是说今后企业申请项目，从国家拨款改为银行贷款。这是新生事物，企业弄不好就成了"杨白劳"。因此，华北电机厂全面技术改造项目必须今年立项。

　　担心项目难以过关。北方电机厂召开领导班子会议，冯五一列席会议。看到如此重要的会议出现冷场，他举手要求发言，冒冒失失说出一番话：各位领

290

导，我谈一点个人想法。我们是不是考虑把项目总投资从一千二百万元改为九百八十万元，余下的二百二十万元，放在第二年申请追加投资。

北方电机厂老厂长是一位三八式老干部，威望很高。他猛然站起瞪大一双金鱼眼睛盯着这位操着南方口音的年轻干部。会议室气氛猛然紧张起来。人人知道老厂长的口头禅是："我处分你！"看来，口无遮拦的冯五一撞上枪口了。

一时间，冯五一后悔了，后悔自己吐露真言。大胖子伪装小瘦子，长袍乔装短袄，这是地方企业向国家"钓鱼"的秘密手段，一旦暴露后果不堪设想。

小冯，你能把一千二百万的项目裁改成为九百八十万吗？老厂长发问。

我……脸色惨白的冯五一不知晓老厂长的真正意图，语塞了。

黎总会计师举手表示不赞成，我们国营企业申报项目应当实事求是，不应当裁改，更不应当放长线向中央"钓鱼"！

童总工程师更是旗帜鲜明说，小冯同志啊，你的想法要不得！我们这样做是欺骗国家拨款，谁愿意做这样的骗子呢？

老厂长嘿嘿笑了。我们当然不能欺骗国家！不过，有时候我们要把复杂的事情简单化，有时候我们也要把简单的事情复杂化嘛。

领导班子成员面面相觑，一时不能领会老厂长的心思。老厂长大手一挥说，散会吧，小冯你留下！

会议室里只剩下一老一少。老厂长倒背双手不停地踱步，仿佛临战之前的大将军。冯五一忐忑不安地坐着，活像一个等待军事法庭判决的小士兵。

小冯，如今我们北方电机厂处于生死之间，假如拿不到大项目我们就面临淘汰。这样一座大工厂不能枯萎在我们手里。因此，无论是正面进攻还是两翼迂回，你必须给我攻克这个山头，我给你配备一个尖刀班！

我？冯五一军人出身却听不懂老厂长这几句军事术语，您的意思是……

你脑袋生虫子啦！我为什么把你留下呢？就是因为你在会上发言很好嘛。你不是技术改造办公室主任吗？你马上挑选几个人成立秘密工作小组，争取用最短时间把一千二百万的方案改为九百八十万，余下二百二十万的追加投资方案，你也同时拿出来！

厂长，这等于把一件大号毛衣伪装成为中号的，既不能少了袖子也不能缺了领子，难度很大啊。

对！我看你具有这个能力。老厂长拍着冯五一肩膀说，你办好这件事儿，我奖励你一个二胎指标!

冯五一下意识朝老厂长敬个军礼说,我不想违犯党的独生子女政策,您还是不要奖励我吧。

好吧,你不要二胎我提拔你担任副厂长,召开常委会通过就是了。

肩头一下压了副厂长重担,冯五一兴奋不已。这是老厂长对自己的特殊信任,从中层干部到副厂长是一个大台阶。绝大多数人是迈不上去的。天赐良机,吉人天相,冯五一站在新高度了。

下班回家,很晚了。冷锅冷灶。冯器托养给江西老家的母亲。王莹工作繁忙不着家,家便成为空巢。冯五一躺在床上,紧急受命的兴奋渐渐转换为婚姻不和的沮丧。冯五一快快走出家门去找吃饭的地方。

他心里清楚,自己苦苦追求王莹多年,她心灰意懒就嫁了,其实缺乏婚姻基础。结婚之后丈夫意识到妻子有着极其矛盾的两面性格:一方面有着合格家庭主妇的天性,另一方面有着典型职业女性的特点,令人难以把握。譬如为了穿着合身,她无论多忙也要亲手给丈夫织毛衣,然而为了工作,她几天不回家睡在办公室里。冯五一喜欢吃妻子炒的菜,却很久不知其味。有时冯五一极端地认为,吃不着见不上睡不了,这就不是自己妻子了。

天色已晚,他饥肠辘辘朝前溜达着,猛然想起"咱家厨房"。那里馄饨不错,馅儿鲜汤浓,老板娘半老徐娘风韵犹存,佐料似的。

走进"咱家厨房",冯五一看见店堂里只有两个顾客,一个是戴墨镜的白小林,一个是戴墨镜的王建设。他知道内弟拜白小林为师学习日语。

姐夫与内弟,关系微妙,冯五一主动坐到远处。落了座,老板娘过来打招呼,满脸职业微笑。哎哟!我知道你夫人是大名鼎鼎的王莹,如今风头正劲。当年提拔她担任厂党委副书记,我还当场举手提问呢。世事难料命运不同,人家当了大厂长,我开了小饭馆,一天一地啊。

这位老板娘竟然是当初东方制冷设备厂供销科副科长韩卫红,站在冯五一面前侃侃而谈。

只要有人当面夸赞妻子,冯五一往往笑而无言。做女强人的丈夫,闭嘴不语是最佳选择。他要了四两包子一碗馄饨,候着。

远远望着一师一徒,冯五一暗暗笑了。我拜白小林为师是学日语,王建设拜白小林为师,不光学日语还学会戴墨镜啦。

冯五一朝着白小林挥挥手，等于打了招呼。这时老板娘端着包子来了。韩卫红比当年胖了，瓜子脸变成磨盘脸，杨柳细腰变成水桶粗腰，然而大炮筒子脾气丝毫没有改变。

你回家告诉王莹，我的经济问题放到今天根本不算问题，辞了职我也不后悔。我们这间饭馆是夫妻店。丈夫管伙房，我管店堂，毛主席说自己动手丰衣足食嘛。说着，她扭脸冲着操作间喊道，哎，当家的你出来跟客人见见面！

一个身穿白色罩衫的中年男子从操作间走出，光头，四方大脸。韩卫红大声介绍说，他叫胡学东，在家吃劳保呢。

坐在远处的王建设听到胡学东的名字，霍地站起，隔着墨镜注视着这个中年男人。胡学东并不知道这位顾客的特殊身份，顺手抄起抹布擦着桌子。白小林更是不知内情，催促王建设落座默写日语片假名。

王建设不坐，伸手缓缓摘下墨镜，目光如炬注视着胡学东。胡学东无意之间遇到这两道目光，满脸迷惑表情。他与这位顾客对视一个瞬间，便挪开目光。

冯五一低头咬了一口包子，太咸，转而吃馄饨。韩卫红聊兴甚浓，索性落座说，老冯，你知道当年孔满囤为什么提拔王莹吗？其实应当提拔我！

韩卫红谈兴大发，双手托脸架在桌上好似突突发射的机关枪。老冯，事过多年不用隐瞒了。孔满囤是好色之徒，他占了便宜许诺提拔我。后来因为他儿子跟王莹搞对象，就提拔了未来的儿媳妇。结果呢？鸡飞蛋打！

望着性格粗放的韩卫红，冯五一心里说，改革开放总有人成为牺牲品的，韩卫红遭到时代淘汰心里憋闷无处发泄，于是逢人便讲自己当年秘史。这种女人胸无城府口无遮拦，往往容易坏事的。

冯五一警惕地看着厨房方向。韩卫红笑了，你放心吧，胡学东听见又怎么样？反正我一朵鲜花插在牛粪上啦！

被电焊灼伤眼睛的王建设重新戴上墨镜，恭恭敬敬对白小林说，白老师，今天我收获很大，不光跟您学了日语平假名片假名，我对自己心理素质也有重大发现。人生道路上的关关卡卡，其实没有迈不过去的……

吃饱了，冯五一起身凑到白小林桌前说，您又收学生啦？这样王建设既是我内弟又是我学弟，亲上加亲了。

白小林沉吟说道，当今改革开放日本企业涌入中国，小岛家族也卷土重来。你们学习日语很有用处的。

　　这时，一群身穿制服的人涌进小饭馆，有工商的，有税务的，有城建管理的，有卫生防疫的，好像各路人马大会师。胡学东走出操作间，叼着烟卷迎上去。

　　工商局的冲着胡学东发问，你开饭馆有营业执照吗？

　　卫生防疫的对胡学东说，你做饭时间抽烟违规，有健康证明吗？

　　我身体结结实实就是健康证明，你们到底要干什么？胡学东毫不示弱。

　　冯五一看到饭馆门口滕维丽身影一闪，消失了。他知道这个女人是王莹的心腹，她的神秘出现必然与王莹有关，于是顿生疑窦。

　　果然，卫生防疫的人对胡学东说，你白色罩衫合格，工作裤脏兮兮的，你脱下来我们要检查的！

　　韩卫红扑上来护着丈夫说，他没有传染病你们检查裤子干什么？你们这是无理刁难！

　　我们这是联合执法大检查，没有传染病不要怕卫生防疫检查嘛，你们要是无理抵制，我们就吊销你的卫生许可证！

　　胡学东下意识地垂手摸索腰带，不由流露几分怯色。韩卫红看见丈夫这种模样，拍着大腿喊叫起来，胡学东你怕啦？他们这么欺负人你也不敢哼一声，我怎么嫁了你这么一个软蛋啊……

　　王建设起身绕过两张桌子指责这群身穿制服的人说，我看你们这样做太过分啦！执法人员逼着人家脱裤子，这不是卫生检查是人格污辱。

　　胡学东又惊又怕看着慷慨激昂的王建设，脸色酱紫，说不出话来。王建设伸手拉起白小林说，白老师，咱们走吧！

　　冯五一认为是非之地不可久留，起身跟随走出饭馆。看到王建设陪着白小林走远了，他大声说王建设你很有正义感啊。

　　远处街口，滕维丽向身穿浅蓝色风衣的王莹汇报着，你弟弟真是大好人！当年自己受了姓胡的欺负，就忍耐着。今天看见姓胡的受欺负，就仗义执言。我精心安排这场活报剧让他现场心理脱敏，没想到演砸啦！

　　王莹颇为伤感地说，我弟弟心太软，同情仇人！明天我就把他调到咱厂，看谁敢欺负他。我还要送他去参加全国机械行业技术比武，让他得金牌！

　　冯五一走到街口看到妻子，颇感意外，王莹，你们好像谋划什么事情呢？

　　王莹笑而不答。于是，这对殊途同归的夫妻沿着大街并肩走去。走过五根路灯杆，没话。又走了五根路灯杆，冯五一忍耐不住，主动谈起北方电机厂的全面技术改造项目，还提到自己临危受命担任北方电机厂副厂长。

你们厂的大项目占在盘子里，别的厂没戏了吧？王莹试探着问道。

冯五一实话实说道，如果我们厂项目上去了，咱们这座城市肯定不会有第二个企业了。中央只能雪中送炭不能肥内添膘啊。不过，我们必须裁成九百八十万元，这样就不必报送国务院了。

你们耍这种小手段对不起国家啊，那人民币可不是大风刮来的。

反正肉熟在锅里，人民币还是人民的。咱们回家吧，我还要连夜修改项目报告书呢。

王莹觉得丈夫成了"话痨"，一口气泄露了企业机密。冯五一，副厂长要有副厂长的素质。去年我出国参观罗马尼亚工厂，人家保密措施极其严格，一粒砂子也不让你带走。

冯五一尴尬地笑了，你是我老婆我提防什么呀，我跟外人是不会说的。

一进家门，冯五一突然抱住妻子，冲动地喘着粗气。王莹心里叹了一口气。男人掌握了权力，马上就有了性欲，一个大项目压在肩头居然有心思做爱。男人啊就是灵肉分离的动物。

身为人妻很久没有满足丈夫了，自觉理亏便顺势歪在他怀里，一派出工不出力的样子。不知为什么，她竟然想起《东方制冷设备厂全面技术改造实施方案》，心里乱七八糟的。

冯五一急匆匆跑进卫生间洗澡去了。听着哗哗水响王莹坐在客厅里，想到为弟弟精心导演的"心理脱敏"活报剧没有成功，不由生出几分怨气。

设子啊设子，姐姐为了清除你心理阴霾，派滕维丽联络工商税务卫生防疫一群人，多不容易啊。这样想着她随手拿起冯五一扔在沙发上的《北方电机厂全面技术改造项目计划书》，翻阅着。

一个念头好似一股清风掠过水面，荡起一片不易察觉的涟漪。她被自己这个突发念头吓了一跳。天啊，争取一个项目难度很大，败坏一个项目很容易啊。

丈夫甩着水珠儿走出卫生间。王莹心思停留在《北方电机厂全面技术改造项目计划书》里若有所思说，一个城市向国家申请项目，同时容不下两个啊。

冯五一以为王莹提议夫妻共浴，兴奋异常地说，容得下两个！容得下两个！

她摇了摇头。冯五一披着毛巾被跑进卧室了。王莹走进卫生间打开热水器，温水喷涌而出。她自言自语说，社会主义市场经济说是摸着石头过河，有时站在河边却不许你去摸石头。看来，企业发展还要跟上级领导机关斗智斗勇啊。

走进卧室，王莹躺在床上木然接受丈夫抚爱。冯五一爬上来不停地亲吻她，她想起恩格斯名言：没有爱情的婚姻是不道德的。是啊，革命导师说得不错。可是我们年轻时代根本没有爱情，更谈不上道德不道德了。

冯五一发力做着，充分享受着来之不易的性爱。他呼呼喘气摇动着床铺，似乎开着一辆破旧不堪的小拖拉机一路驶向高潮。中途王莹突然问"小拖拉机"，哎，你们的项目计划书报送国家计委了吗？

"小拖拉机"戛然停住——好像车胎瘪了。黑暗里丈夫苦笑说，我要是向别人介绍你的先进事迹，一定说你做爱都想着革命工作。

王莹由衷地说了一声对不起，起身披衣回自己卧室去了。她赤身坐在床边扑哧一声笑了。我的先进事迹是做爱都想着革命工作？于是一发而不可收地大笑起来。她咯咯笑得流出眼泪，笑得上气不接下气，笑得肚子阵阵绞痛，笑得大脑缺氧头晕目眩，笑得浑身瘫软无力……

冯五一埋头坐在客厅里，嘴角叼着一支香烟。自从接受项目"瘦身"任务，他开始吸烟了。听见妻子卧室里传出难以遏制的笑声，震落了指间烟灰。

王莹，你再笑就变成江青啦！他大声发泄着做爱之后的不满情绪。

清早上班，王莹坐在办公室里翻开《东方制冷设备厂全面技术改造实施方案》，思忖着。自从创造利润一千万元奇迹，市里局里对东方制冷设备厂另眼相看。唐局长转达局长办公会精神，准备将东方制冷设备厂全面技术改造项目上报国家计委。

滕维丽推门走进党委书记兼厂长办公室。全厂一千六百名职工只有她可以径直走进王莹办公室。王莹头也不抬说道，唐局长老奸巨猾，申报国家项目北方电机厂排第一位，他催促咱们申报材料这不是鸡孵鸭子白忙活嘛。

这么说你打算放弃啦？滕维丽吃惊地问道。

放弃？除非我改名李莹张莹刘莹赵莹，我不但不放弃还要争取成功。说着，王莹话题一转问道，心理脱敏计划没有成功，怎么办呢？

滕维丽解释说，心理脱敏疗法有科学道理，但是不会人人有效。设子心地善良品格端正，我认为应当依靠他自身力量清除心理阴影。

王莹在一份材料上签字说，你去劳资科开一张商调函，去北方电机厂把王建设调来！至于安排在哪个车间让他自己挑选好啦。

王建设本人同意吗？滕维丽似乎抱有不同看法。

你去办理调动手续吧！王莹板着面孔说，我是党委书记兼厂长，设子当然愿意调到姐姐厂里工作嘛。我不打招是想给他一个意外惊喜。

滕维丽走了。王莹坐在办公室里心头充满姐姐关爱弟弟的自豪感。是的，倘若没有胡学东给设子造成心理创伤，我也想不到把弟弟调到自己眼皮底下。设子是技术尖子，举贤不避亲嘛。转念想到妹妹，王莹自责了。哎呀，这几年我对傻凤关心不够，她怀了孕，一旦生了孩子增加家务负担，会给她保持劳动模范称号带来很大困难啊。

电话响了。王莹办公桌上摆着两部电话机，一部红色一部黑色，颜色搭配很是和谐。她抄起红色电话筒，听到机电工业局规划处姜处长的声音。好啊！她呼地一下站起，连声说谢谢姜处长。放下电话难以控制激动心情，她不停地走来走去。

这太好了！没想到申报项目进展神速，国家计委明天派员进厂考察，看来我们大有希望啊。

立即打电话叫来滕维丽，王莹高兴得活像小姑娘，维丽，这次咱厂项目很有可能进入中央大盘子。你还跟我争论不休！要不是创出利润一千万元的奇迹，国家能够这样重视我们吗？人没有业绩，得不到提拔，企业没有业绩，得不到重视。只要我们进入中央大盘子就有希望搭上国家拨款末班车。以后企业申请技术改造只能向银行贷款了，那还本付息的日子不好过啊。

滕维丽表情郑重说，我还是保留自己观点，大项目必须大胃口，我们应当首先考虑自己的消化能力。

好啦，明天国家计委两位同志进厂考察，级别不高却是实权人物，一定搞好接待工作。但是，接待工作不要弄巧成拙。第三机床厂去年给市经委送礼就全市通报啦。

临近中午，劳资科邴科长满脸焦急跑了进来，王莹书记，你弟弟不愿意报到非要回到北方电机厂去……

胡闹！王莹把手里英雄牌钢笔往桌上一摔说，你叫王建设到我办公室来。

不等邴科长去叫，王建设推门走进姐姐办公室。邴科长立即回避了。王莹抬头望着身穿北方电机厂天蓝色工作服的弟弟，表情和缓下来。

设子，你坐啊。王莹笑吟吟给弟弟沏了一杯热茶。我把你的调动手续办好了，你怎么不肯报到呢？傻小子！东方制冷设备厂发奖金出了名，你是技术尖子肯定能拿一线奖金，明年厂里分房你把那间平房交了，姐姐分你一套一室一厅的楼房。你要是不听姐姐的话就太没良心了……

王建设把茶杯放在办公桌上说，我从小不喝茶水的，你怎么忘啦。

你把姐姐气糊涂了。王莹给弟弟换了白开水。出嫁多年，她对弟弟妹妹生疏许多，譬如忘了设子不喝茶水，譬如忘了傻凤衣服尺码。

车间主任告诉我你姐姐把你调走了，我不相信就去问我姐夫，他说是真的。姐姐，我不想离开北方电机厂，你让我回去吧。

设子！你怎么不理解我一片苦心呢？姐姐就想治好你的心理创伤，过上正常生活。咱妈从来不管家务，姐姐管啊。我从小学三年级脖子挂着钥匙，同学们嘲笑我是小家庭妇女！今天姐姐把你调来是疼你呀！姐姐不怕顶着随意安排亲属的名声，姐姐就是要让你跟舒芸过上幸福美满生活……

姐，你说你疼我，你不征求我意见就把我调来，这不尊重我啊。你还记得李亦墩叔叔吧，这么多年他把咱爸调来调去从不考虑咱爸的心理感受……

听到弟弟举出父亲的例子，王莹没话了，她知道父亲被调来调去的苦处。

设子，你听说风动工具厂改成自行车零件厂了吧？你也听说低压开关厂改成电冰箱厂分厂了吧？如今企业变化多大呀。只有咱们东方制冷设备厂固若金汤，既是市优又是部优，企业稳定市场广阔。你这样的技术尖子大有用武之地。再者说，我堂堂企业一把手，今天把你调来，明天你就回去，我就威信扫地了。

噢，我真的影响你的威信啊？王建设听罢，极其认真地问道。

王莹知道自己射中靶心了。是啊，为了维护姐姐的威信你也要在东方制冷设备厂工作一段时间吧？

老实巴交的王建设把姐姐的威信看得极重，他无可奈何地说，那我暂时不回北方电机厂了……

看到弟弟应允，王莹欣慰地笑了，设子，你愿意去哪个车间就去哪个车间，不过我还是建议你去机修车间，你大有用武之地的。

姐，过一阵子对你威信没有影响了，我调回北方电机厂行吗？

你先安心工作吧，我相信到时候你就不愿意回去了。王莹坚定不移地说。

　　王建设不知所措地望着姐姐，嗯了一声起身离去。王莹送出办公室，目送弟弟下楼。她心头猛然一颤，弟弟走路姿势很像父亲啊。不知为什么她心绪乱了，隐隐感到伤感。我强行把弟弟调来，难道错了吗？

　　下午，劳资科邴科长打来电话说，王莹书记，王建设要求去食堂维修组，我只好尊重他本人意愿了。

　　这确实令王莹感到意外。设子这家伙是怎么搞的，跑到食堂维修组做什么？喜欢锔锅补灶啊！

　　临近下班，机电工业局总工办打来电话吹风说，这次国家计委派员到我市考察项目，主要去两个工厂，一个是北方电机厂，一个是东方制冷设备厂。至于是先去北方还是先去东方，你们等候通知吧。

　　好啊，这次东方制冷设备厂跟北方电机厂争盘子，我跟冯五一成了对立面。这叫不是冤家不聚头。我就喜欢跟自己人较劲。王莹不由想起"文革"期间的独特风景：夫妻二人观点不同立场对立，一回家就辩论，一见面就争吵，吃饭不同桌，睡觉不同床，一时成为货真价实的冤家。如今"文革"一去不复返，却再度出现"夫妻冤家"。为了争夺项目，经济领域爆发一场没有硝烟的战争。过去是赌场无父子，今日是项目战场无夫妻。嘻嘻，好在冯五一蒙头睡大觉——丝毫没有敌情观念呢。

　　清晨小雨，国家计委的"京官"到达，提出首先考察东方制冷设备厂。消息传来王莹认为这是好兆头。滕维丽持不同观点，说国际体操比赛首先出场的往往被打低分。王莹一急说了粗口，他妈的这不是国际体操比赛啊。

　　一个年轻的女强人说了粗口，却显出几分异样的美丽。滕维丽只得笑了。

　　京官们到达东方制冷设备厂，市里局里公司里陪了一群人。小雨未停，一辆辆汽车停稳，十几把雨伞竞相开放，遮得人们没了面目。王莹站在办公楼前迎候，浑身沐雨煞是醒目。滕维丽塞来一把雨伞，王莹压低声音说你弱智啊。

　　众人进了会议室。王莹拿毛巾擦干头发，人也显出几分湿润。她没有想到这两位国家计委干部，一位是蔡工，另一位竟然是孔小围。毕竟当年曾经有所交往而且还被传为"孔家未来的儿媳妇"，王莹不知如何是好。孔小围却显得极其成熟，做出素不相识的样子。

　　王莹暗暗佩服孔小围的表现，心里踏实了。项目考察汇报会由唐局长主持。孔小围是这次项目考察组的组长。王莹介绍了东方制冷设备厂的基本情况。其间，蔡工两次打断王莹，询问了几个关键数字。王莹对答如流。她看到孔小围沉静似水，一派置身世外的模样。

重头戏是下午的项目实施方案汇报，上午会议内容比较轻松。王莹几次将目光投向孔小围，寻求对视。当年她将初吻给他，此时她坚信能够从孔小围目光里读出东方制冷设备厂的前途。然而，孔小围要么低头做着记录，要么将目光移向窗外，从来不把目光投送过来。王莹蓦然感到失落。

午餐设在警备区招待所，工作餐分为主辅两桌。局里唐局长、公司高经理以及市里的几位处长陪同孔小围主桌落座。王莹和几位副厂长陪同蔡工落座辅桌。滕维丽穿梭于两桌之间，应酬着。

孔小围朝着王莹投来目光说，王莹书记，你是一厂之主请坐这桌嘛。王莹立即起身回答说，孔组长，我陪蔡工吧，一会儿过去以茶代酒，敬您。

这位蔡工东北口音，喜说好讲，没有国家机关干部的矜持，几分钟便熟络起来。王莹压低声音说了一声蔡工拜托了。蔡工同样压低声音说孔小围是考察组组长，他还是钻石王老王呢。

王莹心里一惊，屈指一算自己今年三十三，孔小围分明三十五了。这么多年过去了孔小围单身未娶，说明他对爱情颇为苛求，没有随波逐流成家立业过日子。这样一想，王莹自惭形秽，认为自己是俗人。

蔡工，孔组长一表人才怎么会是钻石王老五呢？王莹撂下项目大事小声打听着孔小围的婚姻详情。

据说，孔小围念念不忘当年女友，就守身如玉了。蔡工说罢蔫蔫地一笑，颇有几分幸灾乐祸的意味。

第二天是考察项目用地。东方制冷设备厂东侧有一家老字号糕点厂，坐落在项目扩建范围里。王莹向孔小围介绍说，如果市计委和规划局实施土地置换，另批一块地皮给糕点厂，问题就解决了。

孔小围看了王莹一眼说，哎哟，市里的事情你就做主了，很有魅力嘛。

唐局长以为京官不高兴了，连忙解释说这只是厂里的初步想法，我们知道距离实施方案还有十万八千里呢。

孙悟空一个筋斗就是十万八千里嘛。孔小围颇有含义地说着，从食堂门前走过。这时身穿工作服的王建设拖着一根三角铁走来，看见孔小围不由啊了一声。当年孔小围与王莹交往，去过家里几次，还送给王建设《毛选》五卷做礼物。此时孔小围向王建设挥了挥手，一切尽在不言中了。

一群人并没察觉孔小围与这座工厂存在关联，一起走向金工车间。王莹陪同孔小围走在最后。她压低声音说，您父亲身体好吧，请代我问候他老人家。

孔小围笑了笑说，他老人家身体很好，有时候提起往事还谈到你呢。

尽管孔满囤被划为"帮派人物"，毕竟提拔了我啊。没有那次关键的提拔，便没有今天的我。一种羞愧袭上心头，王莹觉得对不起孔家，尤其自己后来闪电般嫁给冯五一。财是债，情也是债。回忆当年王莹心里打翻了五味瓶。

当天晚上是厂方送别宴会。两位京官在东方制冷设备厂考察两天，工作圆满结束，转往北方电机厂继续考察。送别晚宴，王莹陪坐孔小围身旁。

不知是惜别还是怀旧，王莹心头泛起阵阵惆怅。她记得孔小围在钢铁学院读书的时候最喜欢吃红烧鸭脖，提前叮嘱厨师精心烧制了一盘。

红烧鸭脖端上桌子。孔小围目光一亮。他并不侧脸去看王莹，而是沉浸其间喃喃自语，我很久没见这道菜了，难得啊。

孔小围向手捧酒瓶的滕维丽说，既然见到红烧鸭脖，今天我喝一盅白酒留作纪念吧。

滕维丽不了解孔小围与王莹的旧情，高兴地斟了一盅白酒。孔小围端起酒盅注视着王莹说，你厂的项目我认为很有希望啊。

王莹突然湿了眼角，抄起酒瓶往一只玻璃杯里斟满白酒。她与孔小围默默对视，然后扬脸伸颈一饮而尽。

孔小围摇了摇头说，王莹书记你不要过饮，我认为一切都会好起来的。

一大杯白酒下肚，王莹面若桃花。酒的力量在她体内弥散开来，四肢轻飘飘的。哦，当年妈妈昏倒在织机车间就是这种感觉吧。这样想着王莹侧脸注视孔小围，猛然觉得他距离自己很远很远，微笑着。孔小围的微笑从来都是很迷人的，包括在钢铁学院校园里的初吻。

与孔小围握别，王莹好似腾云驾雾的仙女被滕维丽扶走了。滕维丽问她回家还是回厂，王莹却说去工人疗养院看望妈妈。天晚了，滕维丽认为她说的是酒话，决定派车送她回家。

王莹潸然泪下指着滕维丽说，你不听命令我撤了你，我告诉你，酒后得真知！一个人活到八十八岁还是有妈妈好啊！我要去工人疗养院……

滕维丽也哭了。王莹，我知道你心里特别苦！疼了弟弟疼妹妹，疼了哥哥疼父亲，疼了家里疼厂里，就是没人疼你！好吧，我现在送你去工人疗养院。

王莹好强，骑着自行车去工人疗养院。滕维丽等人不敢阻拦，一路开车悄悄跟在后面。看到这位孤独的女强人骑进工人疗养院大门，放心回转了。

当天晚上王莹住在工人疗养院母亲房间。夜半时分，她酒醒了。牟棉花笑着说，灵莹，你是喝的敌敌畏啊还是喝的白酒啊？

无论什么时候母亲总是嘻嘻哈哈的。多年的劳模生活把她历练得刀枪不入了。

妈，您还记得孔小围吧？女儿躺在床上眨着一双大眼睛问母亲。

记得！他爸叫孔满囤。你跟孔小围搞对象，搞到半截子突然不搞啦！我做了一双布鞋也没来得及送给人家。灵莹，要说你也够没良心的……

妈！我不是让您来给我开批判会的。您给孔小围做的鞋还在吗？

在！一只不少。说起鞋子，特等劳模牟棉花抖起精气神儿，起身掏出钥匙，打开老式文件柜。

文件柜三层隔板，满满腾腾盛的全是布鞋。有单的，有棉的，还男式的，有女式的。最高一层隔板上贴着一张纸条，上面写着七个大字：送给总工会领导。中间一层隔板上写着：送给老山前线。下面一层写着：送给全市劳动模范。王莹惊呆了，一把抓住妈妈的手说，这些年合着您光干这种活计啦！

牟棉花支应着说，有多少热，发多少光。我做鞋这是苦练基本功，有朝一日重返生产第一线，还要做好传帮带呢！

如今换了第三代高速织机，您的基本功恐怕……王莹说着止了声，不愿意打碎这位老劳模的美丽梦想。她催促母亲把当初给孔小围做的布鞋找出来，心里说我要抓紧时间给他送到宾馆去。

灵莹，你当初要是嫁给孔小围，兴许被当成"双突干部"拿下啦。俗语说，有得就有失。牟棉花找出那双多年没有派上用场的布鞋抚摸着逝去的时光说，人生在世，谁也弄不清楚哪块云彩下雨啊……

母女结束半夜对话。王莹一觉睡到第二天上午九点钟，起床了。她匆匆洗漱跟妈妈打了招呼，早点不吃就走了。丙楼外面，王莹看到停放着十几辆自行车，却怎么也找不到自己那辆。

我的自行车丢啦！王莹喊叫着跑回丙楼，只得给厂里打电话派车来接了。楼道里迎面遇到弟媳舒芸。

大姐，一大早儿我看见咱妈拎了一桶水给你擦车呢。她还说你这辆自行车尘土二寸厚，足有一百年没擦洗啦。

牟棉花捧着那双布鞋沿着楼道走过来说，灵莹，给小孔的鞋你忘了拿啦！

王莹接过布鞋说，妈，我自行车丢了，我得打电话让厂里派车来接我！

牟棉花听了嘿嘿笑着说，丢了就丢吧，旧的不去新的不来嘛。

舒芸拉着王莹跑到那十几辆自行车近前，猫腰观看。姐，这辆擦得锃光闪亮的黑色飞鸽牌自行车就是你的吧？

王莹拍了拍脑门儿，转身对母亲说，妈，你把我的自行车擦得露出本来面目，我反而不认识它了，还以为丢了呢。

老牌劳模牟棉花不以为然地说，当年我跟你一样，一年三百六十五天不拾闲儿，忙得顾脸不顾腚的。别说自行车，我袜子破了大窟窿都没时间补上。

每次都是我给您补袜子呢。您什么家务活儿都不会干！王莹抢先说着一步迈进回忆的长河里。

牟棉花哈哈大笑，对啊，今天我给你擦自行车算是回报。你把冯器从江西老家接回来，反正我闲着没事儿干给你带孩子吧！

多少年了，牟棉花终于有了几分家庭主妇的味道。王莹颇为知足地望着母亲说，明年我把冯器接回来上小学。

骑着自行车进厂，没到办公楼就听到一阵锣鼓声。几个身穿白色工作服的食堂大师傅敲锣打鼓前来报捷。大红捷报上写着大功率搅馅机研制成功，今天投入使用。从今往后全厂职工吃饺子吃包子不用人工剁馅，一按电钮就行了。

王莹带头鼓掌庆贺说，古语说兵马未动，粮草先行。你们食堂工作非常重要。我要为你们的小改小革请功，这台机器是谁带头研制的？

一个大师傅抢先回答说，我们研制了三个月被一个难题卡住了，新调来的王建设鼓捣了半个钟头就解决啦。

另一个不知内情的大师傅说，王莹书记，王建设真有两下子，他还要动手制作消毒箱呢。这搅馅机是他的开门红！

王莹毫不掩饰地笑了，只是心里默默说道，你们不知道，我们劳模家庭的子女，一个个都是真材实料好样的。

送走报捷的厨师们，王莹坐在办公室里给后勤科长打电话，说食堂掀起技术革新热潮，你不要犯了官僚主义啊。电话里后勤科长表示马上去现场慰问有关人员，发现先进典型人物立即上报厂部。

设子啊设子，你进厂就打响头一炮，真给姐姐争气！从小我就看出你有大出息。但愿你跟舒芸明年生个大胖小子！沉浸在喜悦里的王莹不由自主哼起《红梅赞》。这是她自幼喜欢的歌曲，因为是江姐唱的。

当天晚上，王莹骑着被母亲擦得干干净净的自行车，来到警备区招待所。举凡这种独来独往的事情，她是从来不坐厂里汽车的。

她穿了一件黑色连衣裙，白色高跟凉鞋。手提塑料袋里装着那双妈妈保存多年的孔小围的布鞋。她知道蔡工住在 703 室，便径直走向 705 房间，伸手按响门铃。

门开了。孔小围身穿一套紫色睡衣，满脸惊讶表情。

这是我妈妈当年的一点心意，可惜迟到了。王莹拿出那双四十二号尺码的布鞋说，你不请我进去坐一坐吗？

身材高大的孔小围侧开身子说，热烈欢迎。

她矮，他高。她侧身走进房间从他胸前掠过，心头一颤。当年她依偎在他肩头的情景，蓦然重现。

这么多年了你为什么还没有结婚呢？她突然问孔小围。

孔小围注视着她说，既然这么多年都过去了，我为什么非要结婚呢？一个人守着内心的一片故土生活，很好嘛。

那我更应当把这双布鞋送给你了。王莹与孔小围对视着，脸色绯红。

王莹勇敢地说，小围，当年是我对不起你，今天你能原谅我吗？

孔小围听罢扭过脸去，不让王莹看到他的眼睛。

21. 女人与女人

　　工人王建设性格内向，从来不肯将内心苦闷说给妻子。护士舒芸则认为丈夫调到姐姐厂里乃是天大好事，因为，她意外有了身孕。

　　先去医院验尿，说怀孕了。她没有声张，拖了几天再去检查，确定无疑了。舒芸也不知道丈夫是如何走出心理阴影的。反正他结束了睡觉不脱裤子的历史，开始了男人的正常生活。妻子不敢询问，担心伤了丈夫自尊心他又把裤子穿上。于是壮胆打电话向王莹报喜。

　　舒芸在电话里羞涩地说，姐，还不知道是儿是女呢。

　　舒芸，无论生儿生女都是咱王家的伟大胜利！无论生儿生女你都是咱王家的大功臣。设子调进我们厂工作，为职工食堂搞了好几项技术革新，被评为厂级先进生产者，他给我争了光他为我露了脸，这是双喜临门啊！

　　舒芸激动地说，姐，今后我们有好日子过啦……

　　是啊，我们厂全面技术改造项目一旦得到批准，必然引进国外先进设备，那时设子更有用武之地了。

　　放下电话，她不知道如何庆祝这件事情。很想打电话叫一碗喜面，又怕食堂主任趁机谄媚弄一桌满汉全席，便拿着饭盒奔了食堂。沿途遇到工人们，纷纷打招呼叫着王莹书记。她心里感到亲切，认为自己还是拥有群众基础的。

　　来到职工食堂后门，王建设满脸油污走来。设子，我是来吃喜面的，舒芸怀孕你知道吗？

　　王建设先是惊异，之后低头不好意思地说，噢，怪不得舒芸这几天美得唱歌呢，敢情有了……

咱们全家庆贺啊，摆一桌酒席！王莹热烈说着，好像弟弟打了大胜仗。

哪儿有不见产品就报捷的。王建设既憨厚又窘迫说，姐，我还是想调回北方电机厂去……

你还不踏实！王莹当头否决了弟弟的要求。你在这里大有用武之地，今年你是厂级先进生产者，明年争取评为局级先进生产者。人家傻凤都当上市级劳模了，你不比她差呀！

我还是想调回北方电机厂。王建设愈发固执起来。当初姐姐强行将他调出北方电机厂，为了维护姐姐的威信暂时留在东方制冷设备厂。他为职工食堂搞了几项炊事机械技术革新，仍然有人说他是沾了姐姐的光。这让他愈发坚定离开东方制冷设备厂的决心。

设子，你一门心思留在这里吧！半年之后你就当爸爸了。王莹拍拍弟弟肩膀，匆匆走进食堂后门。

一个老工人迎在小食堂门口，叫了一声王莹书记。王莹认出是大五金仓库保管员。她对父亲的同行特别敬重，停下脚步笑了笑。

老保管员从她笑容里获得勇气。王莹书记，我儿子对象逼着结婚，再拖就散啦。我想找厂里借一间小房把喜事办了，出了蜜月就腾房……

好借好还，再借不难。您写一份申请交给滕维丽，我告诉她想办法解决就是了。王莹说着走进小食堂吃捞面去了。

老保管员鸡啄米似的点头，追了几步连声致谢说，王莹书记你不愧是特等劳模的女儿，说话办事，最有人情味儿……

东方制冷设备厂领导班子成员，吃小食堂。三位副厂长的饭桌上一盆熏鸡蛋几只酱猪蹄儿，胆固醇挺高。看到王莹进来他们立即闭嘴，表情很是紧张。她断定他们又在抱怨手里没有实权，虚职空架子。端了一碗面条，王莹走近饭桌望着熏鸡蛋说，你们男人不坐月子吃这么多鸡蛋干吗？浪费能源啊。

许副厂长说，这年头女人就是吃香，我恨不能变成女人坐月子，天天吃鸡蛋，可惜投错胎啦。

王莹知道许副厂长为人平庸气量狭小，贪权而且无能。他分管能源科和维修车间，工作很不得力。王莹绵里藏针说，老许啊，这年头女人吃香你就想变成女人，到时候男人吃香你可变不回来啦！人生在世不能患得患失哟。

端着饭盒走出小食堂，滕维丽追上前来直言相劝，王莹，你说话锋芒太露，办事不留余地，总是给别人带来压力，这样下去就成了孤家寡人！

王莹嘴里嚼着面条说，孤家就孤家，寡人就寡人，有你做助手足够了。我告诉你吧，舒芸怀孕啦！

这说明王建设正常啦？滕维丽由衷地说，这个大难题解决了，你也不用劳心费神了。

一个五短身材的工人穿着拖鞋走出工具库，是钳工林和平。滕维丽上前制止说工作时间不能穿拖鞋。林和平大声嚷嚷你们裙子队横行霸道仗势欺人。

王莹十分气愤，裙子队是你给取的外号！她们都是模范简报员。你违反厂规接受罚款吧！

我知道你是裙子队总后台，你上班下班坐小轿车，你吃饭厨师给你送，你大权独揽安插亲信包括你弟弟，我看应当罚你款！死鬼董泰建怎么看上你啦……

心情一下变坏了。王莹盯着钳工林和平说，你不要无理取闹，我会叫劳资科扣你奖金的。

你有种把我开除了，我男子汉大丈夫不在你女儿国混啦！林和平叫嚣着。

王莹伸手将饭盒里的面条倒入路边垃圾桶，快步走了。这个混账钳工张口就提董泰建，他是存心揭我伤疤还是脱口而出呢？

坐在办公桌前王莹拉开抽屉，看到董泰建为她制作的不锈钢小铲子，此时闪动着滞重而幽暗的光芒。多少年过去了，记忆的底片不但没有褪色，反而浓重不减。王莹信奉辩证唯物主义，不认为人间存在鬼神。她却认为自己与董泰建之间存在某种神秘约定。董在虚幻世界里没有忘记她，她在现实世界里也没有忘记董。

翻开抽屉里的日记本，里面夹着一张自行车购买证。这是董泰建花三十块钱从黑市买来送她的。她永远难忘董泰建笑嘻嘻的表情：王莹啊，这自行车购买证是别人送给我的，你用吧。

王莹愿意将这张自行车购买证保存一辈子。她曾在日记里这样写道，我怎么忘不掉董泰建呢？我并没有跟他谈恋爱，他却成了我内心的初恋。

心情愈发郁闷，舒芸怀孕带来的喜悦，被冲淡了。王莹打电话叫来生产科长听了生产进度汇报，之后起身走出办公室。女强人排遣内心烦恼的方法很简单，那就是让自己变得更忙。一忙添三乱，一忙也解三烦。

国家劳保条例规定哺乳期女工当班享受三十分钟喂奶时间。王莹特意修建一间喂奶室。前几天落成了，她要亲眼看看。

猛然想起自己的哺乳期，感觉十分遥远。为了工作毅然中断哺乳让孩子改吃奶粉，送到婆婆家寄养。唉，当年妈妈一心棉纺不管家务，如今我也成了缺乏母性的女人吧？想起远在江西山村的儿子冯器，王莹承认自己亏待了孩子。

喂奶室里，三个女工在给孩子喂奶。看到这里清静整洁，王莹放心了。她问那三个孩子的名字。一个女工回答叫高杰，另一个女工回答说叫古晓勇，第三个回答姓谢，说请人取了十几个名字都不满意，还没上户口呢。

姓谢？那就叫谢东方吧！王莹随口给这个女孩儿取了名字说，咱厂经济效益好，奖金高，劳保待遇不错，明年又要分房子，你们不感谢东方制冷设备厂还有良心吗？

哎？王莹书记取名有道理，我回去跟孩儿她爸爸说一声干脆就叫谢东方吧！那女工手捧硕大的乳房说。

要是咱厂技术改造项目上马，那形势更好啦！王莹高兴地离开喂奶室，路过晒图组看见两个女工忙着装订工程图纸，动作拖泥带水，身旁积压了一大摞。王莹走过去，动手捡页、折叠、裁直，然后抄起订书机叮叮咣咣装订起来。

你们知道猪姥姥是怎么死的？笨死的！王莹笑着说。这两个女工听罢无地自容，低头寻找着地缝儿。

王莹书记能干，手一份口一份。这是全厂职工共识。在她眼里别人做事总是慢半拍。然而，她抓住毛病绝不放过的强硬性格，往往令人难以接受。久而久之形成一股隐隐的怨气，弥漫开去。

当天晚上，领导班子成员轮到王莹住厂值班。其实不值班她也经常睡在办公室里，几乎以厂为家了。每逢王莹住厂值班她都叫来滕维丽陪着。

关了灯，两个女人坐在黑暗里聊天别有情趣，谁也看不清谁的面容，却心心相印。王莹喜欢滕维丽的才干，更喜欢她的坦诚。黑暗里，她谈到董泰建，还有那张令人感动的自行车购买证；她还谈到孔小围，并且主动承认前几天悄悄去了北京，俩人在天坛公园坐到天黑……

滕维丽突然打断她的倾诉，问道，王莹，你去北京看望孔小围，是重述旧情呢还是争取项目呢？

王莹顿时语塞了，好像无法回答这个问题，黑暗里沉默着。沉默里演化着两个女人的真情倾诉。

喂，你跟孔小围这是工作呢还是私情？你为了咱厂项目付出代价太大了。黑暗里滕维丽动情地说，我知道，那天晚上你去了孔小围的宾馆房间。女人嘛，动什么也别动感情，谁动了感情谁没有好下场……

怪不得有人说咱俩是同性恋，只有你理解我！王莹被感动了，一把抓住滕维丽的手说，我要是拿不下这个大项目，真对不起自己啊。这么多年只有你晓得我的苦处。在厂里，我是孤家寡人；在家里，我是同床异梦。其实我只活了一个风风光光的外表……

没有灯光干扰，两个女人同时抽泣起来。一个是女强人，一个是女强人的亲密助手。她们淋漓尽致地哭着，越哭心里越敞亮，好像给自己松了绑。

袒露了隐私，王莹赢得了轻松。维丽，你说孔小围究竟怎样对待咱厂的项目呢？我心里没底。

人的感情最脆弱，有时不如一张薄纸。假若孔小围因爱生恨，关键时刻从中作梗，形势就急转直下了……

王莹按亮台灯，起身绕过办公桌走向这位老姑娘。你看问题入木三分，我怎么没有想到这种逆反心理呢？

当年上山下乡我趴在油灯下读过几本心理学著作。你想啊，一个男人把自己弄成钻石王老五，谁也不敢保证他没有心理变态的倾向。滕维丽颇有见地说，这种因爱生恨的例子不少，最为典型的是英国作家王尔德根据《圣经》故事创作的《莎乐美》。莎乐美疯狂地爱着施洗者约翰，可是人家不理她。有一天希律王不惜以半壁江山求她跳舞。莎乐美却说，我不要你的半壁江山我要施洗者约翰的人头。这是典型的因爱生恨报复心理啊。

王莹瞪大眼睛注视着滕维丽，好像有几分惊异又有几分伤感。她轻轻叹了一口气问道，维丽，你至今独身生活不会心理变态吧？

滕维丽被问得满脸涨红说，这么多年没人这样问过我。咱们相处时间不短了，你说我心理变态吗？

我观察了，你从来不在工厂浴池洗澡，夏天也不穿裙子……王莹小心翼翼说道，唯恐伤害了亲密助手。

请原谅，我不能向你解释原因，因为这是我的隐私……滕维丽满脸歉意。

没有人知道，这位博览群书的党办主任双腿上文了字，那是当年狂热青春的痕迹。她左腿刻着"扎根边疆"，右腿刻着"永不变心"，八个楷体大字。随着狂热年代的逝去，滕维丽食言了。她没有扎根边疆而且变了心。放弃诺言返城之后，每逢遇到生活挫折她便认为这是天谴。因为毕竟有人恪守诺言扎根边疆了，譬如为金训华守墓的陈健。其实知识青年放弃诺言返城的，全国不下几百万人，只有滕维丽认为自己理亏。她刻于双腿的八个大字犹如一副对联，横批则写在心头：性格悲剧。

空气黏稠了。电话适时响了，空气重新流动起来。这么晚了是谁打来电话啊。王莹抄起听筒，表情立即灿烂了。看到王莹表情如此灿烂，滕维丽断定电话里是男性，便起身告退。王莹示意滕维丽落座，手持电话筒聊了起来。

电话里，孔小围信马由缰聊着，似乎漫无主题。王莹盼望对方口中说出"项目"二字，心弦绷紧了。

对于王莹来说，东方制冷设备厂全面技术改造项目既是一次辉煌的怀孕也是一次宏伟的分娩，她最怕胎死腹中。孔小围打来长途电话却只字不提项目之事。王莹心里七上八下，于是只得叮嘱孔小围保护肠胃不要着凉。

聊着聊着，王莹听到电话里有人喊"孔科长"。孔小围解释说住在宾馆研究"盘子"呢，随即道了再见。

研究盘子？放下电话，王莹望着滕维丽。孔小围不喜欢聊天，当年我们外出散步他就很少说话。这么晚了打来长途电话什么意思呢？

滕维丽颇有信心说，他还跟你说了什么话？咱们分析分析吧。

他好像没有固定话题，天上一句地下一句，最后嘱咐我抓紧时间调养身体，十几天之后就忙碌起来了，一旦忙碌就不得闲了。

好哇！滕维丽激动了。孔小围说一旦忙碌起来就不得闲了？他的潜台词是十几天之后项目下达，你就忙得没有时间调养身体啦！

真的？王莹小心翼翼拍了拍手，好像彩民并不相信自己中了大奖。

滕维丽自负地说，每个人讲话都是有心理背景的，孔小围也不例外。咱厂项目前景非常乐观啊！

王莹哇地蹦了起来，小女生似的说，你分析得有道理，咱们应当庆祝一下吧？

俩人并肩走出黑暗的办公楼。王莹手里拎着一只提包，既紧张又兴奋还有几分不知所措的焦虑。她突然想起往事便牵住滕维丽的手说，记得那年我哥哥结婚我去送棉被，走黑路遇到一个劫道的，我牢牢抓住自行车不撒手……

是啊，如今你牢牢抓住大项目不撒手，人的性格是改变不了的。

维丽，你说实话咱厂项目真的有戏吗？王莹突然弱了，再次求证着。

滕维丽觉得此时王莹特别真实特别可爱特别动人，便开导说，谋事在人，成事在天。你为了东方制冷设备厂费尽心血，只要问心无愧就是了。

远处，几个中班女工拎着毛巾香皂洗头膏嘻嘻哈哈走过来，抬头看见王莹在此，她们吓得扭身就跑。工厂规定工作时间洗澡罚款二十元。王莹伸手数着黑暗里越跑越远的女工们，笑着说七个人逃了一百四十元人民币。

滕维丽主动变换话题说，这次职代会上有人提出咱厂中层干部只有百分之三十二是男的，说你是不是犯了女权主义？

胡说八道！王莹爽快地反驳说，女人就是比男人强，你看逃跑的那几个女工，我看就比男的聪明！要是男的就被我逮住啦。

我还是劝你宽以待人。这意见我也提了几次，你不听。有时一块小石头也能绊人一个大筋斗的。

你去昼夜小卖部买些花生米榨菜丝什么的，我去咱厂招待所开房间，还是二〇二房间啊，咱们喝茅台庆贺！

喝茅台庆贺什么啊？滕维丽故意发问，闪现出几分压抑很久的活泼。

王莹也故意回答说，喝茅台庆贺那七个女工逃跑！

去小卖部买了酒菜，滕维丽叩开招待所二〇二房间，惊了。给她开门的是一位身穿紫色连衣裙烫着大波浪卷儿发型的女郎，一双白色高跟鞋哒哒作响。

平时穿惯了"裙子队"的统一服装，千人一面。此时王莹的崭新形象弄得滕维丽难以置信，以为遇到了神话故事。她伸手摸着紫色连衣裙面料说，王莹，你是短发呀怎么一眨眼就披肩啦？

这是发套！王莹得意地说，我哥哥去俄罗斯谈生意给我捎来的礼物。他通过这件礼物告诉我，一个人在社会上要有几副面孔。上次去北京见孔小围我戴了这只发套，增添几分女人味儿吧？

滕维丽目光里闪烁着悲悯神色说，女为悦己者容，人之常情。婚姻跟爱情不一样，婚姻是实体摆在那里，爱情比较微妙，好像多年不熄的炭火……

今夜咱俩一醉方休吧！王莹摘下烫着大波浪卷儿的发套说，我跟你掏心窝儿说，接到孔小围打来的长途电话，我心里很热乎！

滕维丽表示自己没有酒量，只好舍命陪君子。两个女人隔着桌子相视而坐，手里端着杯子。她们的日常生活好比一台不停运转的机器，于是酒精偶尔充当润滑剂，一路杀入心田将一池水变成一团火。

王莹高高举起杯子说，一是庆贺咱厂项目前景光明，二是庆贺我弟媳舒芸怀孕，干杯！

滕维丽毫不犹豫喝了一大口，呛得满眼泪水。不知为什么这位老姑娘突然很想喝醉，便主动喝了第二口。

时间模糊了，滕维丽视线也模糊了——好像看见王莹不停地喝酒。朦胧之间她想告诉这位女强人，你不是在喝酒你是在跟自己较劲。舌头沉甸甸好似一床厚棉被，抬不起来。

窗外天色明亮起来。滕维丽躺在一张床上，不省人事。王莹颇为慈祥给她盖好被子，一头栽在另外一张床上。

今天，我要跟外界断绝联系彻底放松……王莹躺在床上，哭了。

做女人真没意思，从小家务劳动不停闲，长大之后还要嫁人，嫁人之后还要生孩子，这一辈子还要爱别人，还要让别人爱……

早晨上班，厂办主任老彭便接到市政府办公厅打来电话，说今天下午两点钟主管工业的曲副市长进厂听取东方制冷设备厂全面技术改造项目的汇报。老彭放下电话立即向党委书记兼厂长王莹报告，却四处寻找不到王莹踪影。他知道滕维丽是王莹的影子，便四处找寻滕维丽，影子同样不知去向。

她们上天啦还是入地啦？男子汉老彭急得搓手跺脚。为了争取这个项目费尽心血，今天曲副市长终于来了，关键时刻王莹书记不在场，没人能够代替啊。

老彭给王莹的亲属打电话，父亲母亲哥哥妹妹均不晓得女强人下落。老彭知道王莹夫妻感情冷淡，还是拨通冯五一电话。冯副厂长很是冷淡地说老婆好几天没回家了。这时老彭绝望了。

招待所房间里，醉酒的王莹不停地诉说着，尽情宣泄内心委屈。这种声音唤醒了滕维丽。她蓦然清醒，缓缓起身扶着墙壁挪到门前。王莹听到门响大声斥责说，滕维丽，我不许你出去……

滕维丽不睬，摇摇晃晃走出房间。酒精好似一只只小虫爬进大脑，麻痹着神经。我必须给厂里打个电话，万一有急事我们下落不明啊。

一个服务员跑过来，滕维丽只说出"给厂里打个电话……"，便迷糊了。服务员以为人死了，登时吓得一声尖叫。

厂办主任老彭赶到厂招待所，走进房间感觉这里酷似自杀现场，尤其那个茅台酒瓶躺在地上，令人想起杀虫剂。老彭站在床前大声说，王莹书记，今天下午两点钟曲副市长进厂听取项目汇报。处于半昏迷状态的王莹嗯了一声，说项目果然下达了。

下午，东方制冷设备厂会议室里高挂"热烈欢迎市领导莅临我厂指导工作"的横标。三位副厂长一位总工程师一位总会计师以及技术改造项目筹备小组全体成员，正襟危坐等候曲副市长的到来。

总工程师低声问一位副厂长，王莹书记怎么喝得酩酊大醉呢？以前她是滴酒不沾的。喝酒误事啊。

另一位副厂长叮嘱总会计师说，消息一旦传播出去，王莹就成了女酒鬼。一会儿曲副市长到了，咱们统一口径说她出差了，一时赶不回来。

会议室里人们窃窃私语，好像一群参加高考准备作弊的不法考生。

厂办主任老彭跑进会议室报告说，现在一点五十分，你们赶紧决定由谁向曲副市长汇报项目情况啊。

总工程师面有难色地说，这个项目前期工作都是王莹书记亲手抓的，谁也不了解具体情况啊。

一位副厂长说，王莹既是运动员又是教练员，我们拿她没有办法。

是啊，咱们是聋子耳朵——摆设。一位副厂长说。

话音没落，党委书记兼厂长王莹大步走进会议室。她跟往常一样身穿"裙子队"统一服装——白衬衫蓝裙子，只是两眼稍稍浮肿，似乎睡眠不足。

人们惊得起立，注视着这位据说大醉不醒的党委书记兼厂长。王莹手里捧着文件夹说，你们背地里说我坏话啦？

几位副厂长互相交换着眼色，表情很是尴尬。

王莹笑着说，谁是聋子耳朵，我给谁免费安装一只助听器！好啦，大家跟我下楼迎接曲副市长吧。

看到大醉不醒的王莹如此神速地恢复元气而且说话咄咄逼人，厂办主任老彭咧嘴笑了。我的天，王莹书记不是凡人啊。

下午两点钟的项目汇报会准时召开。王莹大唱独角戏，滔滔不绝向曲副市长汇报着东方制冷设备厂全面技术改造方案的详细内容，企业自筹五十万，局拨款一百二十万，市拨款一百五十万，申请国家拨款五百五十万，总资金八百七十万元人民币。

王莹口若悬河，根本不看手里准备的材料，一组组数字脱口而出，一道道设计方案如数家珍。其间曲副市长两次打断王莹，很有兴趣地向她询问有关治理氟12以及对联合国对臭氧层的保护公约，那样子俨然国际制冷专家。王莹笑着告诉曲副市长，这次八百七十万元的项目主要是上能力。至于CFC研制，包括五十万螺杆制冷机的开发，只能二期项目上水平了。

曲副市长兴致勃勃说，王莹你有能力创出一千万元利润，就有能力拿下CFC嘛。现在联合国教科文组织提供项目资金，从十二工位提高到二十二工位。世界银行的无息贷款，高达三百八十万美元啊。

谢谢曲副市长对我们企业的信任。王莹微笑着说，饭嘛，还是要一口一口吃的。我们主要精力放在八百七十万元大项目上，同时动手准备CFC工程。

好啊，今天我进厂就是要告诉你，市里拨款的一百五十万元存在五十万缺口，只能你们自己承担啦。

王莹的微笑变成苦笑，转向陪坐曲副市长身旁的唐局长说，局里拨款的一百二十万，前几天告诉我已经缩水成为一百万了。这样加起来我们企业就要多拿七十万元啊！尽管这不是一个大数目……

厂总工程师突然插言说，去年我们厂搞了一个全年创千万元利润活动，把企业自有资金榨干了，如今又添了七十万，加起来企业自筹一百二十万元。我看将来项目上去了，企业也贫血了……

王莹打断厂总工程师话语，径直向曲副市长叫板，这个项目究竟给不给我们？我们接受这七十万元缺口资金也没有实际意义啊。

只要你们自己解决资金缺口，项目很快下达！曲副市长迫不及待地说。

我明白了，中央已经批准我们厂的项目，市里局里趁机榨我们的油水啊。王莹露出天不怕地不怕的性格，大声说道。

你们可以放弃嘛，只要你们放弃我就把这笔资金转到北方电机厂去。曲副市长不冷不热地说，其实以前北方电机厂排在东方制冷设备厂前边，不知什么原因国家计委把你们排到前面了。

听到"北方电机厂"，王莹心虚了。她故作强硬说，曲副市长您不要吓唬我，我知道既然国家计委把项目下达给东方制冷设备厂，谁也改不成北方电机厂。既然如此，我请各级领导放心，我们接受这七十万元资金缺口……

一位副厂长呼地站起说，王莹书记，你在东方制冷设备厂一言九鼎，绝对权威。不过我希望你认真考虑企业承受力，不要把咱厂拖得筋疲力尽吐了血……

王莹笑着对这位副厂长说，你们没看出咱厂项目国家计委已经下达？如今咱们就是不想上项目也得上啦！吐血怕什么，补血呗。

唐局长与曲副市长相视一笑，好像双方都达到了目的。

曲副市长站起身来说，我宣布，东方制冷设备厂全面技术改造项目扩大初步设计获得批准，你们按照任务书实施吧！

尽管预感项目前景乐观，一旦真正落到肩上王莹还是激动了。她终于迎来这一天——东方制冷设备厂从中型企业向大型企业迈进了。

会议结束。王莹送曲副市长上车。他小声赞扬几句，问她哪所大学毕业的。王莹回答半工半读技校。曲副市长颇感意外地钻进灰色小轿车，走了。

厂总工程师走过来极为感慨地说，王莹书记，今天听了你向曲副市长的汇报，我认为你达到了专家水平，不能说你是外行领导内行了。

王莹抬头看着德高望重的总工程说，您过奖了，我看过您写的书……

说罢，王莹脸色惨白仿佛一具纸人儿，摇摇晃晃站立不稳。厂办主任老彭跑过来说，王莹书记虚脱啦！王莹书记虚脱啦！

那三位有职无权副厂长冷漠地站在旁边，象征性地呼喊着保健站大夫。

315

22. 充实与空虚

　　王莹一头扎进八百七十万元的技术改造项目里，现场调度，跟班劳动，一天工作十六个小时，摸爬滚打成为全厂头号"工作狂"。她既忘记了别人也忘记了自己，脑子里只有"八个月项目竣工"这句口号。然而，这句口号遭到几位副厂长一致反对："这是搞工程不是搞运动，搞工程强调精心施工，搞运动提倡大轰大嗡，不能以搞工程的方式搞运动，更不能以搞运动的方式搞工程。"

　　王莹不无鄙夷地说，你们跟我说绕口令呢？咱厂项目必须八个月完成。只要八个月完成，我就敢向上级张嘴申请CFC项目，包括建立主机性能实验室。一家生产制冷设备的企业没有主机性能实验室，就是小作坊！你们知道建立主机性能实验室需要多少投资吗？四百八十万美元！

　　副厂长们以沉默的方式对这位党委书记兼厂长表示抗议。不消几天，关于王莹好大喜功的议论传扬开去，车间工人们听到这样的议论：王莹不惜饮鸩也要追求自己政绩，早晚弄垮了东方制冷设备厂。

　　冯五一打来电话说，这次北方电机厂申请项目失败，老厂长引咎辞职了。放下电话王莹静静坐着，任凭时间凝固在自己周围。其实时间是流淌的，仿佛一滴滴水珠溅落在她的心头。

　　你们北方电机厂任命冯五一担任副厂长，已经输在起跑线上了。我是智者，冯五一是愚者，狭路相逢智者胜愚者败。这就是优胜劣汰。这怪不得我。她自言自语辩解着，情绪渐渐稳定下来。

　　拨通王援朝打电话，哥，我提出八个月竣工口号遭到众人反对，就连滕维丽也认为操之过急。你的意见呢?

王援朝简明扼要回答,你做到八个月完成,你就是对的。你做不到八个月完成,你就是错的。

哥哥的回答充满哲理却缺乏实用性,王莹挂了电话。没人逼迫我八个月完成项目,我这是自己跟自己较劲。一个人的性格难以改变啊。

王莹下班回家泡了一碗方便面,权作晚餐。夜里失眠,她翻来覆去拷问自己,王莹啊王莹,你的人生目标到底是什么呢?

子夜时分,咣当一声门响,王莹断定冯五一回来了。当初身材单薄的冯五一增肥增重,如今走进家门好像从动物园里跑来一只狗熊。今天狗熊不同以往,身上带来一股酒味儿。

王莹不由紧张起来。平时滴酒不沾的冯五一,还是比较斯文的,一旦饮了酒,那就没有把握了。她悄悄起身下床,踮着脚尖儿凑到卧室门前。

卧室的门呼地被拉开——身穿睡衣的王莹好像被镶在一张空旷的画框里的人物,暴露无遗。她本能抱着胳膊挡住胸部,望着满嘴酒气的冯五一。

你……为什么喝酒啊?王莹张口责问,停留在党委书记兼厂长角色里。

冯五一猛然伸出双手扳住妻子的肩头,两眼透着血丝说,我为什么不喝酒?酒能浇愁,酒能壮胆,酒能助阳……

没出息!王莹挣扎着企图摆脱丈夫双手的控制,却无法摆脱。冯五一蛮力十足说,我们厂项目完蛋啦,我们厂项目完蛋啦!

冯五一显然醉得不轻。王莹被丈夫一揉仰面朝天倒在床上。他露出满是赘肉的肚皮。王莹翻身坐起,骂他浑蛋。冯五一啪地打了妻子一巴掌,打破了家庭暴力的零纪录。

你滚开……王莹咬了他手腕一口。他不顾疼痛挥拳打在她脸上。她被打得松懈了,哭泣起来。一种从未体验的惨遭强暴的感觉好像大幕急速落下,笼罩着天地。冯五一挥起巴掌不停抽打着。

就这样抽打累了。冯五一伏在妻子身上不动了。王莹一动不动,唯恐激起丈夫第二轮攻击。这时她听到冯五一的哭泣。

我们彻底失败了,我们彻底失败了。冯五一翻身离开,摇摇晃晃回自己卧室去了。

王莹躺在床上,好似木头人儿。一种深深的悲哀袭上心头弥散全身,使她忘记了肉体疼痛。她蓦然想起孔小围，我把自己全部身心贡献给东方制冷设备厂，包括我与昔日恋人的缠绵悱恻……

从丈夫房间里传出如雷的鼾声，撒过酒疯的冯副厂长睡去了。一贯弱势的男人竟然如此强硬了。俗话说酒壮熊人胆，冯五一成了这条俗语的实践者。

清早起床，神情恍惚的王莹走进卫生间洗脸漱口，看见镜子里的女强人脸上残存着软组织挫伤的痕迹，透出乌青颜色。今天约好去局里见唐局长，这种形象肯定有碍观瞻。越想心里越恨，她拎着毛巾径直走进丈夫卧室，气哼哼站在床前。冯五一翻身坐起瞪大眼睛望着妻子颇有新意的面孔。

哎哟！这是谁把你打成这样儿？你告诉我谁打的，我现在就去找他！

王莹无奈地笑了，一时难以判断冯五一是真孙子还是装孙子，她手里绞着毛巾说，我也不知道打我的人是谁，反正是一个大浑蛋呗！

不行，俗话说打人不打脸。我要让那个大浑蛋给你赔礼道歉。冯五一义愤填膺说，你去公安局报案吧。

这几年夫妻接触不多，彼此生疏了。王莹感觉冯五一变化很大，可惜从外表看不到内里，好比眼镜片上蒙了一层雾气。

你还记得昨晚的事情吗？王莹仔细观察着丈夫面部表情变化。

冯五一注视着天花板，一边回忆一边说，昨晚我们喝酒了。项目没被批准，我们领导班子喝了一顿自我安慰酒。老厂长掉眼泪了，说项目没有争取下来他也到了退休年龄，只好把北方电机厂这个烂摊子交给我们了。大家都哭了，我替老厂长喝了几杯白酒，心里特别难过……

听到丈夫这番话，王莹心虚了，主动安慰冯五一。你们厂的项目今年不行，明年争取嘛。北方电机厂是国家重点企业，比我们东方制冷设备厂强多了。

冯五一连连摇头说，你们厂重要啊，没有你们老百姓吃不上雪糕喝不到冰镇啤酒，那样就会影响安定团结的。再说明年就拨改贷了，我们厂掉队了。

王莹回避项目二字说，老冯你是企业领导，无论顺境逆境都要正确对待。你当副厂长有反对派吗？

冯五一得意地笑了，你是一把手，树大招风。我是小草儿，没人忌恨我。

王莹换了一身职业装，拎起皮包快步走出家门去局里汇报项目进度。冯五一坐在客厅里寻思着，莫非昨晚是我打了她？我喝的酒里掺了豹子胆啦！

上午八点钟，王莹按时走进唐局长办公室，里面坐着六七个人都是局里的处长。唐局长认识王莹十几年了叫她小王。这是一种历史见证人的亲切称呼。

小王，怎么光来你一个人啊？唐局长惊异地问道。

规划处长显然了解东方制冷设备厂"一人天下"的情况，笑着说，女将出马，一个顶仨嘛。

好啊，能者多劳。八百七十万的项目还是要依靠集体力量嘛。唐局长说着，戴上老花镜问道，小王，你还要加快工期是吧？

王莹表示必须八个月完成项目。她全面介绍了自己的想法，如何实行双层交叉技术改造，如何采取单行道施工法，如何调整工艺流程。胸有成竹，如数家珍。

唐局长说，只要你做到八个月竣工，我就请世界银行派员进厂考察，不光CFC，还要把环保型五十万螺杆制冷机的无息贷款项目拿下来！哎，小王你脸怎么啦？

人们听到唐局长提示，一起注视这位女强人的脸——确实青痕隐隐，被一层粉底遮掩着。

王莹嫣然一笑。我夜里做梦，梦见我们厂项目任务不能按期完成，心里着急呀，就打了自己一巴掌。醒来一照镜子想起两句宋词，青山遮不住，毕竟东流去！

人们哄地笑了。有人是信以为真的笑，有人是将信将疑的笑，有人是佩服王莹机智的笑。局总工办主任极不知趣地说，我给冯五一打电话一问就清楚了。

是啊。王莹趁机叹了一口气说，这次北方电机厂的项目怎么没上去呢？

知识分子出身的唐局长实话实说，其实局里保了北方电机厂，不知什么原因国家计委还是把项目给了你们厂，我们只能服从大局啦。

唐局长，我保证八个月项目竣工！下一步只要市里局里支持，只要世界银行放款，无论CFC还是SIA，我什么项目都敢接！

唐局长目不转睛注视着王莹说，我很欣赏你的勇气，咱们一不搞"大跃进"，二不搞一言堂。

散了会，为了更多接触局机关干部，王莹故意留在食堂吃午饭。没有遇到大领导，却在院子里遇到白小林。这位身材消瘦腰板挺直的老者依然戴着一副墨镜，腋下夹着一个纸包。

毕竟白小林是王援朝的岳父，王莹主动跟他打招呼。白小林扶了扶墨镜说，你是王援朝的妹妹？我知道你当了大厂长。

王莹谦逊地笑着问白小林来局里做什么。白小林取出腋下纸包说找王局长要求出书。王局长办公室里来了一位高龄上访者把时间全占了。

这是我研究日本的最新成果《日本的经验值得注意》，四十万字，二十九幅插图，它对中国企业管理人员很有帮助！出版社要我自费出版，我哪里有钱，就找王局长请求支援。

白瀛瀛在日本卖画赚了钱，您怎么不向她求援呢？王莹好奇地盯着对方墨镜。她不知道墨镜后面的那只眼睛正是当年母亲亲手打瞎的。

白瀛瀛有钱，是她自己的。我跟女儿绝无经济往来。当年我跟我父亲就是这样。他老人家供我赴日留学之后，我没花家里一分钱。

这时机电工业局机关食堂的饭菜香味飘过来。白小林咽了一团口水说，你知道从前的东洋纱厂吗？那是日本小岛家族企业。如今小岛家族重新进入中国转入机械制造行业投资了……

王莹打断他的话问道，出版社找你要多少钱？

编辑费、排版费、印刷费，杂七杂八总共一万五千块钱。白小林申辩说，他山之石，可以攻玉。这本书价值何止一万多块钱，它让我们发现日本企业内幕，发人深思啊。

好吧，你明天去东方制冷设备厂财务科取支票吧。王莹说着将沉甸甸的书稿还给白小林，转身走向局机关食堂。白小林望着王莹背影莫名其妙地笑了。

食堂里，王莹主动跟局办公室柴主任打招呼，为了避免无话可说的尴尬场面，她即兴利用从白小林那里获取的信息资源说，听说来了一位高龄上访者，今天上午王局长好辛苦啊。

中年谢顶的柴主任好像发现了知音立即抱怨起来。最辛苦的是我！那位上访的老先生八十多岁了，早年是咱们机械系统一家工厂的资本家，姓白。他怀里抱着一大堆样品说要复兴玛钢生产，死活缠着王局长不放。王局长金蝉脱壳把他交给了我，这位白老先生到了中午还不走。这不，我还得给他打饭！

这位高龄上访者名叫白鸣岐吧？你赶紧到院里找他儿子白小林，这样你就解脱啦。王莹献计献策说。

柴主任听罢如获福音，放下饭盒跑出食堂满院子寻找白小林。王莹笑了，白鸣岐占了白小林的上访时间，这父子俩真是一对冤家啊。

有人喊"王莹书记"。王莹知道只有官场上的人这样称呼自己，回头看见局组织部郑佳兰。王莹私下叫她郑姐姐，很亲密的。郑姐姐走过来寒暄几句，看到王莹脸上青痕，知趣地不问。俩人坐到角落里，低声聊了起来。

王莹啊，又有好几封匿名信寄到局里，反映你的问题。有两封刚刚批到我手里，那字儿写得很漂亮，办公体。老练的小郑表情淡漠却说着极其重要的话。

这是故伎重演呗。王莹故作轻松地说，以前有几封匿名信，要么反映我跟滕维丽关系不正常，要么反映我把外加工的任务发给乡镇企业。这次匿名信又有什么新的内容啊？

小郑摇了摇头说有新内容，反映你不发挥领导班子积极性，大搞一言堂治厂，强烈要求局组织部派员进厂调查，尽快实现党政分设，建立健全东方制冷设备厂领导班子，早日结束延续多年的不民主局面。

倾听着郑姐姐叙述，王莹闭目思索好像回味一部老电影。小郑趁机起身买饭去了。

小郑介绍的匿名信内容，对王莹打击很大。她不怕有人写信攻击她跟滕维丽是同性恋关系，也不怕有人写信揭发她财务账目不清，更不怕有人写信攻击她任人唯亲结党营私。清者自清，浊者自浊。王莹最担心有人写信指责她造成东方制冷设备厂一手遮天的局面。她心里承认，自己党政领导一肩挑，并不正常。然而正是由于这种一言堂的局面消除了障碍、减轻了阻力、统一了意志，使她甩开膀子大干一番事业，赢得了全面技术改造项目。一旦形成所谓集体领导，不是喝茶聊天就是扯皮捣蛋，一群和尚不如一个和尚，那样工厂就完了。

越想越生气，王莹鼻尖沁出汗珠儿。她抑制着委屈情绪在食堂里重新找到小郑，坐在桌前压低嗓音说上次我跟你说了，我很想欣赏匿名信的书法艺术。现在这种想法更强烈了，我一定要知道暗箭是从哪里射出来的。

你给我出了个大难题。组织部的工作原则你不是不懂，刘书记批示近期找你谈话，老头子非常重视东方制冷设备厂领导班子问题。你的性格我了解，就是听不得不同意见。我看你不要冒这种风险啦。小郑委婉拒绝了王莹的要求。

王莹继续说，我肩膀上扛着一个八百七十万人民币的大项目。我实话告诉你，我创下一千万元利润掏空了企业。这次又找银行借了一百二十万元打到项目里去，压力太大啦。

小郑安慰说，你的缺点就是不容人，如今国有企业一把手都有这种毛病，你怕什么。

郑姐姐，咱脚正不怕鞋歪。可是那明枪易躲暗箭难防。哪怕犯天大的错误我也要见到匿名信字迹！王莹咬紧牙关脸色铁青说。

你当了这么多年一把手，就是改不掉自己跟自己较劲的老毛病。小郑同情地说，请你容我几天时间吧。

没心思吃午饭，王莹走出机关食堂。既然暗箭齐发，我为什么不出击呢？这时有人打招呼，原来是宣传部杨大姐。王莹一把拉住她说有急事找"老头子"。杨大姐神秘地说，刘书记有午睡习惯，你有事儿赶紧去，一会儿他打呼噜啦！

轻轻叩响刘书记办公室，没人应声。王莹执着地叩着，充满韧性。一个打字员悄悄走过认出王莹，小声提示说午休时间老头子脾气大啊。

王莹笑了笑继续轻轻叩门。她心里说我拼死拼活给局里创出一千万元利润，老头子凭什么不见我？这样想着，手重了。

局党委书记办公室的门吱呀一声开了。被称为老头子的刘书记板着面孔打量着王莹说，我在里面替你数着呢，你一共敲了二十七下！别人叩门最多九下就不敢敲了，你胆子真大！

我胆子大也是被别人挤对的。去年我完成一千万元利润，今年拿到八百七十万元大项目，不知道得罪了什么人，一个劲儿写信告我的状。干脆我辞职来局里管茶炉，我保证全天让您喝上我烧的开水！

这位掌握实权的党委书记态度强硬地说，小王，你这是跟别人较劲还是跟自己较劲？东方制冷设备厂形势这么好，你不要自毁江山！

王莹低头了。您为了保住东方制冷设备厂大好形势就把我免了吧。地球离开谁都转，东方制冷设备厂离开谁项目都能完成。

我听说你喊出八个月项目竣工的口号，你真能实现吗？刘书记问道。

我不光八个月竣工，竣工之后我还要争取世界银行贷款，上马 CFC 项目。如今全世界嚷嚷保护臭氧层，南半球还破了一个大窟窿，非氟环保型制冷机前途光明，咱不能坐失良机啊！

刘书记目光定定注视着王莹说，如此看来你在厂里大搞一言堂还有理啦？

我当然有理！王莹悄然进攻说，这是工厂不是党校，到了年底您找谁要产值要利润？当然找我要。他们说我一手遮天，我还说他们平庸无能混光景呢。

刘书记，要么您把我调走，要么您把反对我的人调走，二者必居其一，您当机立断吧。

刘书记嘿嘿笑了。你敢跟我叫板，很有勇气啊。好啦，你走吧，我要午睡了！

您午睡，我还饿着肚子呢。我遇到这么大阻力您不能拖延不管！王莹大声说着，走出刘书记办公室下楼去了。

离开机电工业局大楼，王莹不由自主走进附近一家进口化妆品专卖店。售货员笑脸相迎向她介绍一款高档粉底。这时她猛然想起冯五一打人的罪证，抄起柜台上的小镜子照了照自己的脸。唉，没人相信东方制冷设备厂党委书记兼厂长在家挨丈夫的打，可是偏偏就挨了。

一赌气买了一块粉底，转身走出化妆品专卖店。一位身材精瘦的老先生迎面走来。他白发白眉白胡须，一身银灰色中山装，手里拎着装着金属管件的网袋，叮当作响。

多年不见，王莹依然认出白鸣岐。她上前叫了一声白老先生。这位高龄上访者目光炯炯，好像并不认识她。

您在金水村玛钢厂做过技术顾问，我哥哥名叫王援朝。

你也知道玛钢？那位王局长还不如你呢。提起玛钢，白鸣岐兴奋不已抖动着眉毛胡子说，我建议恢复玛钢生产，我手里有绝活儿，我可以亲自挂帅上阵。

尽管不了解玛钢的生产周期和市场用量，王莹还是佩服白鸣岐老骥伏枥的精神。白老先生您何必上访找王局长呢，如今允许注册私人企业啦。

八十多岁的白鸣岐小孩子似的笑着说，我不是没钱嘛，我要是资金充足明天就恢复华昌机器厂，接着做老东家！

您融资吧，您以您的技术做资本，走合伙人走股份制的路子，都行。这样一个钱变成两个钱，两个钱变成十个钱。王莹开导着对方。

丫头，你比你爸强百倍！我要是融了资开了工厂，请你去当顾问。如今开工厂跟当年大不相同，我知道自己过了时。过了时我心不死，我一定要恢复华昌机器厂，我当老东家让我儿子当少东家。现在我去市科委上访！白鸣岐毕竟老了，一边诉说一边走开了。

望着老者远去的背影，王莹很是感慨。一个人抱定理想不变，一辈子就会咬定青山不放松。仔细想一想，其实咬定青山不放松的人，很多。妈妈从不放弃重返生产第一线的念头，爸爸从不放弃管理仓库的"小六九"和"苏州码子"，傻凤从不放弃当特等劳动模范的念头，设子从不放弃做技术标兵的目标，还有我，从不放弃东方制冷设备厂的前途。

路过一家婴儿用品专卖店，王莹走进去买了两套小衣服。舒芸临近产期住进医院，一旦分娩无论生男生女都要隆重庆贺一番的。

付了款走出商店，王莹看见厂里的"蓝鸟儿"停在路旁。司机小郭是二十郎当岁儿的小伙子，钻出汽车叫了一声"王莹书记"。

八百七十万元的大项目，配给一辆进口轿车指标，于是买了这辆"蓝鸟儿"。王莹深知司机属于关键岗位特殊人物，便选用了四肢发达头脑简单的小郭开车。

你怎么来啦？王莹机警地问小郭。自从出现匿名信，她对外界提高了警惕。

小郭机械地答道，滕主任说您上午来局里开会，乘坐公共汽车很辛苦就派我来接您了。

滕维丽毕竟是滕维丽。王莹坐进车里睡着了。小郭从反光镜里看到王莹书记额头青痕，不由放缓车速。一减速她醒了，小声嘟哝说我可坐不惯牛车。小郭只好加速驶向东方制冷设备厂。

小郭你径直开到食堂给我买两个糖馒头，我早点没吃午饭也没吃，亏了两顿啦。

嚼着糖馒头坐在办公室里。滕维丽抱着一摞简报走进来说，今天是项目开工第十五天，金属结构车间搬进临时工房生产，锅炉房工地实现三通一平，总装车间加固完毕，电器车间地面全部破开，总而言之工程进展顺利……

王莹咽下一口馒头说，你把简报放下吧。我得到情报有人给局里写匿名信告我，说我不发挥领导班子成员积极性，大搞一言堂治厂，要求尽快健全东方制冷设备厂党政领导班子，早日结束不民主局面。

滕维丽不苟言笑说，你身兼党政两职一言堂治厂，这情况基本属实啊。

王莹气得笑了。你怎么帮着别人说话呢！我要你帮我分析分析，这次匿名信是谁写的。

我写的啊。滕维丽怀里抱着一摞简报迎头回答，笑了。

电话铃响了。王莹瞪了亲密助手一眼说，你写的？你也学会开玩笑啦，一点儿都不幽默！

王莹抄起电话筒随即发出惊喜的尖叫。舒芸生了一个大胖小子！七斤八两呢。党委书记兼厂长激动地站起，不知如何表达心头喜悦。维丽，从今天开始简报员小结会我不去讲话了，你去！以免别人说我抓着权力不放……

滕维丽不由笑了。她觉得这位女强人有时极其深沉令人生畏，有时特别稚嫩显得可爱。王莹，你把给简报员开小结会的权力下放给我，这就说明你不搞一言堂啦？

我不跟你胡扯。你说给那七斤八两的大胖小子取什么名字？我在喂奶室给女工小孩子取名出口成章，怎么轮到我弟弟的小孩儿就不灵啦！

滕维丽建议说，你们是劳模世家，你弟弟叫王建设是第二代人，那么第三代应该叫王继承吧。

好！这名字取得贴切，我看就叫王继承。王莹手里举着半个糖馒头说，孩子百岁儿那天我们全家聚餐请你参加！不过这名字就算我给取的，你只能做无名英雄。你快去给简报员们讲话吧。

支走滕维丽，王莹动手拨叫北京长途电话。不知为什么她很想跟孔小围通话，告诉他厂里项目进展顺利，告诉他弟媳生了大胖小子，告诉他……

一连拨叫七八遍，叫不通。她猛然放下电话暗暗庆幸没有拨通，毕竟属于昔日恋人，不能失态的。

一天天过去了。王莹发现自己活得非常充实。是啊，人是亲情动物，弟弟的喜事不亚于创下一千万元利润。这时，局组织部小郑打来电话悄悄说，局党委决定调整东方制冷设备厂领导班子，一位副厂长调任外厂担任工会主席，另一位副厂长去一家连年亏损的小厂担任正职。

这太好了，老头子支持我啦！王莹兴奋地走出办公室，乘坐"蓝鸟儿"驶出工厂，嘴里哼唱着"红梅花儿开"。

今天是王继承的"百岁儿"，王莹去国风大酒楼订餐，翻开菜谱一样样儿点菜。司机小郭说，王莹书记，无论大事小事您都亲自操办，累不累啊。

假若这句话从那几位副厂长嘴里说出来，王莹肯定认为属于不满情绪。这句话从司机小郭嘴里说出来，却引发了王莹伤感。是啊，我天生操心受累的命，一辈子不得消停的。

风风光光点了一桌菜，八凉八热。交罢订金和递送费，她要求傍晚六点钟准时送达，还亲笔写下地址：市工人疗养院丙楼 101 房间。

离开国风大酒楼，王莹指示小郭驶向郊外方向。通车不久的外环路车少人稀，给人以大道通天的感觉。那两位副厂长调走，弟弟喜得贵子，可谓双喜临门。这时想起那两封匿名信，她内心产生一股强烈的反作用力。我不怕有人恨我，就怕不知道恨我的人是谁。我要尽快挖出隐藏在厂里的赫鲁晓夫式的人物，保持安定团结的大好局面。

这车你敢开到多少迈啊？王莹大声问小郭。小郭立即提速沿着全程封闭的外环路飞驰而去。

一百五十迈！小郭大声向领导报告。王莹笑了，她大声喊叫着《海燕》里的名句：让暴风雨来得更猛烈些吧！

小郭不知道这是高尔基说的话，弄不懂大晴天哪儿来的暴风雨。一辆黑色吉普呼地超车蹿到前面去了。王莹急了，说追它追它。

小郭提到最高时速，紧紧咬在黑色吉普后面。王莹说超它超它。紧紧咬了五公里，距离渐渐拉开了。王莹还在喊超车。小郭说人家是美国福特，咱超不了它。果然，前面的美国福特渐渐远去。

小郭气馁说，王莹书记您有本事弄一辆好车，我保证逮谁超谁！

一辆交警的摩托车追来，示意小郭停在路旁。中年交警敬礼说，你超速行驶违犯交通规则，请接受处罚吧。王莹摇下车窗玻璃问罚多少钱。中年交警对坐在车里的王莹说，看样子您是领导，就是总理也不能公路飙车啊。

小郭不甘心地说，前面那辆美国福特你怎么不罚呢？一碗水端平嘛。我告诉你它牌照最后四位数是5858。

我追不上5858！你知道谁坐在那辆吉普车里吗？金水集团董事长王援朝！他逢年过节慰问交警，我们几位局长亲自迎接呢。

王莹递出一张钞票注视着中年交警胸前警号说，你不要拿金水集团说事儿。是我让司机开快车的，你罚我吧。

中年交警递过罚款收据说，好！掏自己腰包不用公款报销，您要是男的一定是焦裕禄同志的继承者！

我现在就给你们局长打电话，说54627602交警执法不公，软的欺，硬的怕，严重损害了人民公安的形象！

中年交警一时不知如何应对，蒙头蒙脑望着这位女领导。女领导目光似刀说，我今天心情很好，让你给搅了。

小郭借机告诉中年交警，你说的金水集团董事长王援朝是我们王莹书记哥哥。当初金水村穷得要命，是我们厂把十三种零件扩散给他们村办工厂的！

中年交警不知所措地说，你说的王援朝就是那个农民企业家吧？

什么农民企业家？王援朝先生是货真价实的知识分子！王莹依然保持着少女时代心理，绝不容忍任何人贬低大朝哥哥。

王莹催促开车。小郭挂挡提速然后好奇地问道，那交警说的焦裕禄是谁啊？

你们年轻人只知道金庸和琼瑶。我们中国有很多英雄人物，安业民、欧阳海、王杰、蔡永祥、刘英俊、门合……

司机小郭抢答，还有《红岩》里的江姐和许云峰，《英雄儿女》里的王成！

我说的都是真人，你说的都是艺术形象，两码事儿！王莹没了说话兴趣，坐在车里闭目养神。

我一定要查出给局里写匿名信的人，不排除定时炸弹就没有安宁之日。写匿名信的家伙究竟是谁呢？一定是那两个落荒而走的副厂长……

下午四点钟，王莹乘坐"蓝鸟儿"驶进工人疗养院。护士长满脸堆笑说，王莹啊，这十几年我看着你进步，从技校学生到青年工人，从普通干部到企业一把手，一步一个脚印走过来。如今坐上小轿车前途无限啊。

王莹不好意思地说，护士长，当工人当干部都是为人民服务。

护士长毫无顾忌说，我看当劳模不如当领导。你妈妈是特等劳动模范，不过公费住在这里而已，你爸爸也是特等劳动模范，上下班照样挤公共汽车，一辈子光吃苦啦！

王莹不知如何反驳护士长。如果滕维丽在场那肯定是引经据典的，包括《家庭、私有制与国家的起源》什么的。王莹最佩服滕维丽的知识广博。老知青在农村读了很多书，上通天文，下晓地理，谈天说地访古论今。然而肚里东西太多，也就嫁不出去了。

尽管不同意护士长的说法，内心还是感到荣耀。如今时兴学历文凭，我一个技校毕业生成了国有企业一把手，当然值得自豪。

绕过甲楼沿着小路走向丙楼，一个路牌指向远处：水疗开放，药浴优惠。盲人按摩，刮痧拔罐。远处的饭厅则挂出一条横标：酒席包桌，快餐盒饭。

看来工人疗养院也创收了，全面开放。以前，住进工人疗养院是身价的象征，非劳动模范莫属。如今只要有钱随意进出。据说，乙楼住进一个大款就是为了圆劳模梦的。他每天清晨穿着一身工作服湖边散步，还协助保洁员清扫楼道洗刷厕所，后来被税务局请去谈话了。

看到工人疗养院的变化，王莹内心感慨不已。这些年社会生活确实发生了很大波动，许多国营企业的公费医疗无以为继，有的劳动模范大病住院工厂没钱，家属只得东拼西凑勉强支撑，哪里还住得起工人疗养院。只有牟棉花例外，她作为市总工会特殊疗养员，成为这里的"三朝元老"。

走过六角亭，想起当年母亲从阿富汗援外归来全家聚餐的情景，恍如隔世。身后传来一阵稀里哗啦响声，王莹回头望去忍不住笑了。王金炳骑着一辆破旧不堪的自行车，叮叮咣咣驶来。

爸！您什么时候学会骑车啦？王莹小孩子似的跳起，拦住爸爸。

灵莹，你妈妈做鞋入迷，我三天两晌去市场买布头买麻线，我要不学会骑车，你妈做的鞋还不够我跑路穿呢！王金炳近乎控诉地说着。

王莹止住笑声，注视着父亲。她发现爸爸挺幽默的，多年以来他的幽默被遮挡了，人们光知道工业战线红管家，忘了他是男子汉。

爸爸，是谁教您骑车子啊？多年步行上班的人悄然骑上自行车——王莹惊喜地发现自己拥有了全新版本的父亲。

不用别人教，改革开放讲究自学成才。我花三十块钱买了这辆旧车，在工厂废品库后院摔打几天，摔打成才了。

王莹咯咯笑得流出眼泪，爸爸，您变得这么会说话，逗死我啦。

王金炳故意板着面孔说，我没变，就多了一辆破车呗。

这辆自行车您买谁的？文物啊。女儿接过父亲的自行车推了几步停在丙楼前面。这辆"中"字牌自行车很旧，好像陈列博物馆里的"老爷车"。

我买白鸣岐的。我以为他死了，谁料想还活着！他说需要钱，大量变卖家当。这辆破车是国民党时期产品，他卖二十，我给了三十。他说重新注册华昌机器厂，注册资金不能低于五十万元。他还说当年资本家挂牌子挨批斗一分钱不值，如今五十万元就可以注册工厂当资本家，赶上好世道了。

爸，那叫民营企业家不叫资本家。王莹替父亲纠正着。

一样！他雇人干活儿，工人挣小钱儿，民营企业家挣大钱，这跟资本家有什么两样？所以白鸣岐非要重新注册华昌机器厂，死不瞑目啊！

王莹望着一口气说了一大堆话的父亲，既为爸爸感到惊奇也为白鸣岐感到惊奇。白鸣岐人生之路走了一个大圆圈，趔趔趄趄跟跟跄跄返回原点，非要恢复原状不可。这个世界太令人惊奇了。

灵莹，人活一口气！比如你玩儿命争取大项目，比如我死活不愿意离开仓库，比如你妈妈着了魔似的做鞋，比如傻凤做梦都想提高产量，比如设子钻研技术要当尖子，比如大朝跟别人竞争地皮倒腾钢材指标，其实就是一个心气儿。你看那花朵儿，无论如何都争着开放，老天爷也拦不住的！

父亲真的变了。以前说话吞吞吐吐，如今说话清清楚楚，让人听得明明白白。女儿陪着父亲走进丙楼推开妈妈的房门，一进屋就被堆得小山儿似的鞋子惊呆了。

这场面令人想起解放战争年代的支前模范。牟棉花戴着老花镜盘腿坐在床上，飞针走线纳着鞋底儿。听到门响，她的目光越过老花镜投射过来，那样子既像贫农老大妈又像地主老太婆。王莹觉得阶级阵线混淆了，咯咯笑了，妈妈，志愿军从朝鲜回国三十多年，您还做鞋干什么呀！

牟棉花头也不抬地说，这九十九双军鞋，我要寄给驻守老山前线的战士们，你知道猫耳洞吧？他们为了保卫祖国藏在里头……

王莹走到床前注视着妈妈的花白头发。中越关系缓解，边境开始排雷，猫耳洞早就撤啦。

真的？这么说我犯了主观主义错误……牟棉花陷入反思。

王金炳不慌不忙说，既然做了就别浪费，等到中国宇宙飞船上天，你把这九十九双军鞋捐给空军吧。

父亲变得健谈，母亲反而不说话了。王莹动手收拾鞋子，发现母亲房间里增添了两个立式柜子，统统用来保存鞋子。她看到一个柜子侧面贴着一张发黄的索引纸，上面写着一堆小字儿："冶金系统查抄物资，38 号。"

查抄物资？王莹心儿一动。这是多年之前流行如今变得生疏的词语，已经被人忘却了。然而，资本家这个词语渐渐浮出水面，重新回到人们嘴头。私营企业老板被工人们称为"资本家"，建筑施工队头头儿被工人们称为"资本家"，就连摆摊叫卖服装的个体户也被称为"小业主"，还有那个梦寐以求重返资本家身份的白鸣岐。由此看来，我们朝着资本时代走去了。

怀里抱着几双布鞋，王莹思索了。假如资本时代到来，我们国有企业命运怎样呢？她从小就认为企业是国家的，职工也是国家的。在党校听课老师讲到什么是资本主义国家的"有限公司"，什么是"现代企业制度"与"产权股份制"。如果与西方私有制相比，我们的国营企业恰恰没有主人。所谓国营只是概念而已。厂长不是主人却行使着主人的权力，工人是主人却被所谓公仆管束着。

这样想着王莹心里乱纷纷的，仿佛飘来漫天雪片。这时吱呀一声舒芸推门走了进来，说大朝哥哥来了。

王莹想到哥哥腿脚不便，放下鞋子跑去迎接。

一辆黑色轿车停在工人疗养院的甲楼前边。车身很长，黄昏里仿佛来了一只庞然大物。王莹的"蓝鸟儿"停在旁边显得寒酸。这是哥哥的"坐骑"，名曰加长型"凯迪拉克"。

凯迪拉克的车门敞开了，两条铝合金轨道缓缓伸出，宛若一头巨兽吐出两根獠牙。一辆轮椅沿着两根"獠牙"滑出车外。王莹终于看到这个本名勾援朝如今却叫王援朝的风云人物。

王援朝留着小平头，下巴颏蓄着一缕胡须，脸上戴了一副老式粗框眼镜，不知道是近视还是远视。他身穿圆领儿古铜色布衫，款式别致。这种打扮既像识字的老农又像怀才不遇的画家，就是不像堂堂金水集团董事长。漫漫时光将一个知识青年打磨成为这种深不可测的样子，王莹心里难以评价。

然而，她内心还是深深爱着哥哥。一个人自幼生成的情感犹如一棵愈长愈粗的大树，尽管屡遭砍伐但它的根子依然存在。

白瀛瀛怎么没来？王莹伸手去推轮椅，没想到这辆电动轮椅自动驶去了。看来随着祖国四个现代化的进程，哥哥首先实现了自动化。

王援朝回头对妹妹说，白瀛瀛回来住了几天，拿了三十八幅画又回日本了，说是东京举办什么战争遗孤省亲画展。

如今出国成风，中国人都想往外国跑，既然白瀛瀛有日本血统，认祖归宗就是了，还省什么亲呢。王莹试探着说。

护士长跑来惊异地盯着凯迪拉克说，哎哟，父亲骑着一辆破自行车，不值几十块钱，儿子坐着一辆高级轿车，兴许一两百万吧？父子父子，这算不算两个阶级啊？

王援朝不睬护士长，一按电钮轮椅朝前驶去。王莹笑着为护士长解围说，什么阶级不阶级，说是让一部分人先富起来嘛。

一部分人先富起来？王援朝停住电动轮椅用背影对妹妹说，我担心这一部分人为富不仁，慢慢拉大中国的贫富差距。

王莹笑着问道，你属于那一部分先富起来的人，你也为富不仁嘛。

王援朝点点头。这几天金水村的外来工要求增加工资，派出五个人代表三千八百人的利益跟我谈判。我派副手接待，谈不拢。我跟五个代表见了面，告诉他们不能增加工资。他们罢工了。弄得金水村垃圾都没人清运了。

这就是为富不仁吧。王援朝平静地说，我当场辞退全部外来工，没想到他们立即分化了。

王莹感慨地说，人一旦富了，心就变。金水村一旦富了，就成了孤岛。孤岛四面环海，哪儿是大陆啊！

你说得好！人无远虑，必有近忧。我在考虑金水村和金水集团该走向何方啊！如此下去，危机潜伏总要爆发的。

哥哥的话打动了妹妹，她想起自己的东方制冷设备厂——处于远虑与近忧之间，那情形宛若一座烟雾缭绕的山坳，颇有云深不知处的感慨。

王援朝操纵着电动轮椅驶进丙楼101房间，先叫了一声爸爸，再叫了一声妈妈。王金炳乐乐呵呵注视着养子，反而不说话了。

牟棉花快人快语，大朝，你这一身打扮是唱京戏还是演话剧呢？你留胡子做什么？

王援朝避开胡子问题说，妈妈，阿富汗被苏联军队占领十年，王国改为共和国，一个名叫卡尔迈勒的人当了政府总理。您老人家援建的巴格拉密棉纺厂的厂长托菲基先生是王室成员吧？王室流亡国外啦。

什么？托菲基先生人品不错，对中国专家特别友好。那座棉纺厂有咱们中国专家多少心血呀……牟棉花好似怀念远方亲人说。

舒芸拎着暖瓶走进来，依次跟爸爸妈妈哥哥姐姐打招呼，面含羞涩地给大家沏茶。王莹接过茶杯说，舒芸啊，一会儿把王继承抱来让大家看看呀！

温柔贤惠的舒芸立场坚定说，不叫王继承叫王舒。建设姓王，我姓舒，取名王舒多好啊。

失去给孩子取名的权威地位，王莹很失望，只得低声询问奶水如何。舒芸点头说奶水很足，转身出去了。

王援朝轮椅里的大哥大响了。牟棉花用目光四处寻找着，弄不清这是什么在叫唤。她看见儿子抄起大砖头似的手提电话喂了一声，便笑了。

冲着电话发布了一连串指示，王援朝放下大哥大说，我们金水集团下属几家工厂急需技术工人，高薪聘请呢。干脆让设子去我们那儿，国营企业有什么值得留恋……

哥哥，你不要一概而论。王莹喝了一口茶水说，国营企业确实遇到了困难，有倒闭的有转产的，也有蒸蒸日上的，我们厂就是例子。如果我们八个月完成技术改造项目，再接再厉拿出新型环保制冷机投放市场，既保护臭氧层又赢得经济效益，你能说我们厂没前途吗？

灵莹，除了铁路电力石油航天之类的垄断行业，多如牛毛的中小企业最终不会存活的。你应当未雨绸缪，提前谋划出路。

王莹乐于跟哥哥争论，兴奋起来说，我们的出路就是上规模上水平！现在你瞧不起我们厂了，当初我们厂不把十三种配件加工任务扩散给你们村办企业，你怎么起步啊？

王援朝不慌不忙说，所以我成立金水销售公司主要销售你们生产的制冷设备嘛。当然也卖我们自己的产品。

王金炳一旁小声说，你俩就跟"文化大革命"大辩论似的……

王莹想起那辆黑色福特。哥哥，那天你在外环线飙车坐吉普，今天怎么换成凯迪拉克啦？

今天中午我跟港商谈生意。我谈生意要是不坐好车，对方以为我没有经济实力。王援朝翻腕亮出手表说，平时我不戴金壳劳力士，今天只能随俗了。

窗外有人高喊国风大酒楼送餐来了。屋里兄妹的争论戛然而止。王莹觉得跟哥哥争论非常惬意，恨不得继续下去。

王莹向舒芸说，你让护士长打开会议室，全家聚餐，宽宽敞敞豁豁亮亮的。

护士长打开会议室，招呼护士们摆放一张大圆桌。送餐的把八个凉菜八个热菜端上桌子。王莹掏出钱包结了账。舒芸局促不安地说，让您花了这么多钱。

你快把孩子抱来吧！咱们王家添了一个接班人，我花多少钱都高兴！

气氛被王莹鼓动得热烈起来。全家人落座。牟棉花坐主席，右侧是老伴儿王金炳。王援朝将轮椅停在母亲左侧。王莹坐在爸爸身旁。

王金炳不急不躁说，大朝今天来跟全家聚会，真是太好了。傻凤和巧良太远，一路要换乘两次公共汽车。设子下班就过来吧？

话音落地，一阵脚步声王凤走进会议室，当头就说今天公司组织部找我谈话，动员我脱产当干部。我表态不同意……

傻凤，你为什么当时就表态呢？王莹打断妹妹的话语，问道。

王凤咧嘴笑了，是啊，公司组织部的人也这样问我。我说咱天生就是干活儿的料，离开生产第一线还算什么劳动模范啊！

牟棉花伸手敲着桌面大声插话说，傻凤说得对！脱了产还算什么劳模？我住疗养院还给社会各界人士做鞋呢。咱是劳动模范不能脱产……

王援朝摇摇头说，您的观点不全面。您以为劳动模范都是动手干活儿的工人？如今很多劳模走上领导岗位。像我爸这样做一辈子仓库保管员的，不多。

王金炳嘿嘿笑了。前几天李亦墩同志的秘书给我打电话，特意嘱咐我不要办理退休手续，说市里成立了"大联化"调我去当仓库保管员呢。

是吗？我很羡慕你呀金炳！牟棉花一旁拍手说，我文化不高，永远记着吴运铎《把一切献给党》和陈学昭《工作着是美丽的》这两本书。人活着，就得工作啊。

爸爸，您跟李亦墩好像拴在一根绳儿上，他动弹您就动弹，走了十几家工厂了吧？王凤不知深浅，问道。

不算华昌机器厂，九家。王金炳不褒不贬不卑不亢，笑着说。

王凤又想起自己的事情，急了。你们七嘴八舌的，我到底当不当干部啊？

突然没人说话了，一时之间陷入集体沉默。王凤哼了一声伸手从碟子里捏起一只香酥鸡腿说，我明白啦！当初我跟丁巧良搞对象就是自己决定的，结果呢？我既当上劳动模范又嫁了好丈夫。这次，我还得自己拿主意。

说着，王凤张嘴啃起香酥鸡腿，一派舒心惬意的样子。王莹向妹妹打听丁巧良为什么没来。王凤吮着手指余香说，他在家看孩子呗。

王莹突然有些羡慕妹妹了。傻凤的人生理想就是当劳动模范。这很幸福。除此之外傻凤好像没有别的追求，这就更幸福了。

吃了香酥鸡腿，王凤伸手去捏油焖大虾。牟棉花伸出筷子击打着女儿的手背说，你怎么一点规矩没有，你这德性还提拔你当干部啊。

王金炳小声嘟哝说设子大概又加班了，给他打个电话吧。听了父亲建议，王莹瞥了一眼王援朝的大哥大。牟棉花随即说，灵莹你别不好意思，拿大朝的电话打吧！

母亲一句话击中要害，王莹腾地红了脸。她身为一厂之长那是有尊严的。然而国营企业财务管理制度严格，不能配备大哥大。因此这种象征身份的手提电话便普遍成为民营企业家的标志。

王援朝主动递过大哥大说，灵莹你打吧，我的电话费金水集团报销。

接过手提电话，王莹坏了情绪。从小到大，哥哥嘴里说出的话语，要么是优美浪漫的诗句，有歌德有拜伦有普希金；要么是深含哲理的名言，有亚里士多德有黑格尔有车尔尼雪夫斯基；一次次感动着少女时代的王莹。如今，王莹成了中年妇女，却从哥哥嘴里听到"我的电话费金水集团报销"这样极具实际意义的话语。她的心儿也随之沧桑了。

既然沧桑了，接过沉甸甸的大哥大拨通党委办公室问滕维丽食堂维修组有人加班吗。电话里滕维丽支支吾吾，好像嘴里含了一块热豆腐。

你牙疼啊？王莹预感弟弟出了事，追问着。

滕维丽扛不住追问，说了实话。来了一辆警车把王建设抓了，说他以前打伤一个人，胳膊折了……

王莹毕竟是一厂之长，镇静自若。她不慌不忙走出会议室对大哥大里的滕维丽说，你不要声张，我们给孩子过百岁儿呢，你赶紧寻找关系把人保出来，我弟弟老实巴交一定是公安局抓错人啦。

关闭大哥大，王莹返回桌前笑着说，食堂鼓风机坏了，中班工人吃不上饭啊。设子参加抢修回不来，咱们开始吧！

王凤大大咧咧说我肚子早饿瘪了。这时舒芸抱着大胖小子走进来，引起一阵欢呼。尽管不是第一次见到隔辈人，牟棉花还是撩起大襟擦了擦眼泪。

王莹接过孩子亲了一口说，好小子，长大成人也当劳动模范，继承全家光荣传统啊！

王援朝接过孩子哈哈大笑说，长得很像设子，将来也是个能工巧匠啊。

人们流轮抱着孩子，好像接力赛。王凤问叫什么名字，舒芸小声说叫王舒。

不行！就叫王继承。王莹毫不妥协地说，这名字最好，谁也不要争论了。

舒芸不说话了，接过孩子抱在怀里好像担心被谁抢走似的。王援朝带头端起斟满红葡萄酒的玻璃杯说，今天全家聚会庆贺，无论孩子叫什么名字都是咱王家后代……

牟棉花捅了捅老伴儿说，金炳你是一家之主，你发表社论吧！

我又不是两报一刊。王金炳举起酒杯说，我素常不喝酒，今天是我孙子百岁儿，叫王继承也好叫王舒也好，大家举杯吧！我当了大半辈子劳动模范，其实没什么本事。今天看到儿女们都有出息，心里特别高兴。大朝是乡镇企业家，灵莹是国企女强人，就连傻凤也要当干部了，设子是普通工人，我看将来也有出息，不在你们之下！

父亲的一番话，说得儿女们感动不已，空气反而显得沉重了。

舒芸受到激励，觉得嫁给王建设做媳妇，值。她抱着孩子小声说，爸爸，谢谢您！我一定把您的话告诉建设。

王莹说，爸爸您好口才，以前我们以为您笨嘴拙舌呢……

牟棉花端起酒杯说，今天人人都要说几句吉利话儿，喜喜兴兴的。老头子说得挺好，我补充几句，一呢我要祝我孙子茁壮成长，二呢我要祝阿富汗巴格拉密棉纺厂和托菲基厂长平安无事，大家干杯行吗？

儿女们知道，妈妈的大半生荣耀，一是保持着全国接头冠军纪录，二是援建了那座遥远的棉纺厂。于是，纷纷举杯维护着她老人家的大半生荣耀。

我也说几句祝酒词吧！王凤抄起酒瓶说，我不祝别的，祝我当了干部还能保持劳动模范称号！

王凤的样子，活像一个紧握手榴弹誓死保卫阵地的孤胆勇士，引得人们哈哈大笑，就继续喝酒了。

王莹兴致高涨，给爸爸敬了酒，跟妈妈干了杯，然后转向王援朝。哥，平时跟你接触的机会不多，喝酒的机会更少，今天我敬你三杯！

说着，她一连喝了三杯红葡萄酒，满面透红。她显然有了酒意，目光炽热笼罩着王援朝，内心延续着多年的情感。她心里大声说，从小我就爱王援朝，这难以更改啊。

王援朝不与王莹对视，目光投向满桌饭菜，好像考虑如何收拾局面。舒芸把孩子交给婆婆抱着，起身给大家敬酒。她依次跟爸爸妈妈哥哥姐姐妹妹碰了杯，突然泪眼汪汪。桌面气氛暧昧起来，好像包藏着什么隐情。

王凤停住酒杯说，舒芸你怎么了，角膜炎啊？

一定是建设出了事儿，你还假装快乐瞒着我！舒芸掩面抽泣说，灵莹姐，我听见你打电话说公安局警车抓人什么的……

牟棉花与王金炳面面相觑。王凤急不可耐问道，设子真的出事儿啦？

王莹缓缓放下筷子，故意笑了，设子是给警察带走了，这肯定是错案啊！设子从小连蚂蚁都不踩，他怎么会惹事儿呢？我让滕维丽找公安局，今天就把他保出来！

舒芸哇的一声哭了。我就觉得建设要出事儿啊！多少年他从来不失眠，这几天兴奋得睡不着觉……

牟棉花环视着儿女们说，咱们没事不惹事，有事不怕事，反正不能让设子受了委屈！

舒芸你不要哭了。王援朝挪了挪轮椅从屁股旁边抄起"大哥大"拨通电话，操着命令口吻说，你马上给公安局刘政委打电话，东方制冷设备厂有一个名叫王建设的工人被他们带走了，这到底是怎么回事儿？十分钟给我回话！

王金炳惊奇地注视着大儿子，好像老农意外发现了一块高产田。王凤却不高兴了，炮火直射王援朝。哥！你怎么不说王建设是你弟弟呢？没劲！看来不是亲哥哥就是不贴心……

牟棉花打断傻凤说，什么贴心不贴心，大朝就是你亲哥哥！

王援朝笑了。傻凤，你一张嘴就是大批判文章。我要是跟公安局说王建设是我弟弟，那一大帮警察明天就来找我办事儿，这个安排子女上班那个要求亲戚调动。你是不当家不知当家难啊。

王莹再度举杯说，舒芸不要哭了，别说设子没事儿，就是有事儿我保证他明天回家。咱们大家干杯，先祝国家繁荣昌盛，再祝家庭平安幸福！

酒杯碰到嘴唇，大哥大叮铃叮铃叫唤起来。果然不出十分钟便有了回音，这证明了王援朝的权威。舒芸瞪大眼睛，期待着。

王援朝将了将胡须，随手抄起手提电话。他嗯嗯呀呀听着电话里传来的声音，毫无表情。

放下大哥大，王援朝摇摇头说，前些天设子把人家胳膊打断了，侦察了好一阵子，刑警队找到目击证人。设子今天放不出来了，明天我继续找关系吧。

舒芸忍着泪水说，大朝哥哥，您把情况给我详细说说，行吗？

王援朝不紧不慢讲着：那条小街没有路灯，那天晚上设子遇到一个名叫胡学东的人，就动手打了，还把他裤子扒下挂在树上。胡学东光着屁股追，设子绊倒了他，把姓胡的胳膊摔折啦。

王莹呼地站起啪啪鼓掌说，挨打的是胡学东？这太好啦！我提议大家举杯，庆祝王建设彻底战胜了自己！

牟棉花与王金炳互相看着，不明白王莹喜从何来。

王莹独自干了杯，指着舒芸说，你给我满上！今天我要痛饮三杯，庆祝我弟弟挺直腰板成为真正的男子汉！

王援朝颇为理解地说，好事变坏事，坏事变好事。这就是唯物辩证法。不过，把人家胳膊打断总是不对的。我们赔偿姓胡的经济损失，托人把设子保出来就是了。这笔钱，我出。

我出！王莹争强好胜地说。饱经风霜的牟棉花瞥了女儿一眼说，灵莹，你就别跟自己较劲啦，人家乡镇企业就是比你国营企业好办事儿，你还没有大哥大呢！

妈妈，您什么时候变得瞧不起国营企业啦？王莹气咻咻坐下，不服气。

母亲向女儿解释说，灵莹你别生气，我出身国营企业怎么会瞧不起国营企业呢？我是告诉你别跟自己较劲……

好吧，那么我派滕维丽去找胡学东，让他开出价钱来。不过这种人一定借机敲竹杠的。

王凤嘟嘟哝哝说，设子真笨啊，打了人还被人家给认出来啦……

你才笨呢，我看设子打胡学东就是为了让那小子知道他是谁。你忘了《水浒传》里武松杀人之后在墙上写了杀人者打虎武松也？你妇道人家不理解男子汉的心理！王莹抨击着妹妹。

王凤不甘示弱反击说，你不是妇道人家？你什么时候变成男的啦？

王莹笑了笑说，我要是变成男的肯定不娶你这样的傻媳妇。

王凤摇头晃脑说傻人有傻福。牟棉花大幅度摆手说你们不要掐了，菜都凉了。

一下安静下来。王金炳突然自我批判说，就冲设子敢打胡学东，他比我强一百倍！

喝了很多红葡萄酒的王莹注视着临近退休的父亲，满心欢喜地说爸爸真变了，变得敢说心里话啦。

舒芸忧心忡忡地给王援朝斟了酒，压低声音说，大朝哥哥，您一定说话算话把设子保出来啊。

王莹听到这句话伸出筷子指着舒芸说，你的任务是带好孩子，别的事情用不着你操心。

家庭晚宴就这样收了尾。牟棉花端起酒杯试探着说，我提议干杯，你们同意吗？

众人们纷纷点头，表示赞同。

我只有一句祝酒词，祝坏事变好事！牟棉花硬硬朗朗说着，一口气喝干了杯子。

那个既叫王继承也叫王舒的大胖小子，哇地哭了。

23. 海水与火焰

过午的阳光爬进窗户，送来秋意。被称为"裙子队"的简报员们换为白衬衣蓝裤子，走出车间走进科室，忙忙碌碌行走在厂道上。王莹由衷地认为工厂就是自己的家。工人离开工厂就会成为无枝可依的小鸟儿。

小鸟儿离不开大树。这次大朝哥哥充当了大树，庇护着王建设这只小鸟儿。王援朝掏腰包赔偿伤者，叮嘱弟弟在拘留所蹲足十五天，事情就摆平了。王建设是东方制冷设备厂职工，拘留期满王莹派滕维丽去拘留所领人。

滕维丽前脚走，后脚跑来厂办主任老彭，满脸焦急报告有人在工厂大门口贴了大字报，引起路人围观。

说我是工厂女皇，是吧？王莹镇定自若说，这都什么年代了还贴大字报？这些人真弱智。

老彭简明扼要介绍着大字报内容，一说你弟弟仗势欺人打人致伤，关进拘留所；二说你创出一千万元利润是虚假繁荣，榨干企业骨髓；三说你上马项目是假，追求个人政绩是真……

王莹指示老彭说，你派人把大字报清除干净，我看贴大字报跟写匿名信是一伙人。

老彭中肯地说，我认为不是一伙人。

你知道这么清楚，那就是你写的！王莹气咻咻说。

王莹书记，这种玩笑开不得！老彭吓得连连摆手脸色煞白。

吓走了老彭，王莹独自坐在办公室里，偷着乐。男人就是这德行，遇事三慌。面对突发事件脸不变色心不跳，只有江姐和刘胡兰。

随手拿起《企业管理》杂志，她想起以毕生精力研究日本的老头儿，立即拨通财务科长的电话。有个叫白小林的先生来过吗？我说好给他一张支票的。

财务科长声音颤抖说，没没没来过，真真真的没来过。

你干嘛这么紧张，财务出了问题？王莹颇为不解地问道。

财务科长结结巴巴说，没没没出问题，王王王莹书记。

放下电话，王莹心里盛着两个惊讶，一是惊讶白小林有知识分子骨气，不来取支票；二是惊讶财务科长语无伦次，好像腰里被人捆了炸药。怪不得都说中层干部怕我呢，敢情我成了母夜叉。

下午两点钟，王莹来到三楼小会议室，主持 CFC 项目的第三次论证会。她开门见山告诉大家，现在全厂两条战线作战，一条战线是八百七十万元的技术改造项目，确保八个月竣工。另一条战线是提前介入 CFC 项目的先期工作。

自从调走两位副厂长，更加确立王莹一个声音喊遍全厂的局面。新调来的洪总工程师思想活跃，认为生产非氟环保型制冷机乃是中国企业走向世界的大好机遇，特别支持王莹。

前两次论证会上有人提出环保型制冷机市场前景问题，引发一部分人共鸣。王莹及时掌握会议动向，提出"企业不但适应市场还要培育市场"的大胆想法，并且以 BP 机与手机为例，说明任何新生产品的市场都要经历培育用户的过程，又譬如逐渐被广大市民接受的早餐巴氏奶。她的比喻生动贴切，压倒了不同声音。

这次 CFC 项目论证会顺利进行着，没了反对派。滕维丽站在会议室门外打着手势把王莹叫了出去。

你把设子接回来啦？王莹走出会议室，急切地问道。

滕维丽递过牛皮纸信封说，王建设出了拘留所大门，走了，他说你看了这封信就明白了。

他不回厂跑到什么地方去了？王莹伸手接过牛皮纸信封问道。

滕维丽为难地说，他说去滨海开发区打工……

CFC 项目论证会结束，王莹回到办公室看了弟弟的信，气得拍了桌子。女强人的小手指不强，拍击过猛，肿了。

设子你这没良心的东西，放弃国企，漂向社会，不走正道啊！

莹姐：你好！

首先我要感谢你对我关照。有时候我回忆童年，妈妈留给我的印象很浅，她上班匆匆走出家门，下班回家疲劳不堪进屋睡了。留给我印象最深的不是妈妈是姐姐。你从小学三年级下厨房烧饭做菜，还学会缝补衣裳。记得那年暑假学校开了游泳课，你用了妈妈一条旧围裙染成红色给我缝了一条泳裤。从小到大，我几乎没有得到母爱，却在你身上得到补偿。所以，你是我的好姐姐，我一辈子感激你。

你把我调到你厂里。我知道你是为了照顾我。但是我不能接受你的好意。我要求回到北方电机厂，你坚决不同意说影响了你的威信。为了你的威信我留下来，搞了几项小改小革就算对你的交代吧。你还是不让我离开。我呢，北方电机厂回不去，东方制冷设备厂不愿待，成了一棵无根小树儿。小树儿无根，多可怜啊。

前些天可巧遇到胡学东，他借酒撒疯骂人，我把他打了。我进了拘留所。即将离开拘留所一刹那，我想明白了。

我打胡学东被拘留，肯定给你带来不好影响。我就借这机会离开东方制冷设备厂吧。你放心，我有一身好技术，想走向社会闯一闯。改革开放不是解放生产力吗？我属于生产力一分子，应当解放自己去寻找新的位置。

我在国营企业长大，太熟悉了，却不晓得在外资企业、在合资企业、在私营企业当工人是什么滋味，所以我要尝试。因为在这个世界上除了国营企业毕竟还有其他工厂。我没有经历旧社会，我很想知道如今的私营企业主究竟如何对待工人。听说国营第三电镀厂被金水集团兼并之后，主人变成外号胡胖子的承包商，经常打骂工人。我想，工人没有变，工厂变了。

我离开东方制冷设备厂，很对不起你的。这几天我就让舒芸到厂里把我的劳保用品交回去。职工储金会里有我九十块钱，我会让同事取出买营养品给胡学东送去。我要是亲自看望胡学东，他肯定躲在病房里不敢见我。那天晚上他向我求饶，声音是颤抖的。黑暗里我听到他骨折的声响。我没有想到我会成为一个让胡学东害怕的人。

姐，请你不要找我，也不要派滕维丽劝说我。我不光是你弟弟，我还是男子汉。我是不会轻易改变主意的。

你永远是我的好姐姐。因此我要劝说你一句话：东方制冷设备厂不是你的，也不是别人的，它跟北方电机厂一样，好像有人遗忘在这里的一堆东西，也不知道主人何时回来。你只是暂时替别人看管这堆东西而已。所以你不要用力过猛。用力过猛容易伤着自己。

再见。弟弟祝姐姐好运！

下班回到家里，王莹身穿睡衣躺在卧室床上第二次阅读着弟弟留下的这封信。灯光下她惊异了。原来设子文笔这么好，尤其他把国营企业比喻为有人遗忘在这里的一堆东西，真是既新颖又奇特，发人深省。那么这一堆东西命运如何呢？可能物归原主，可能被别人窃取，可能无人问津渐渐生锈……

设子劝我不要用力过猛，用力过猛容易伤着自己？王莹开始重视弟弟的忠告，暗暗思忖着。是啊，我拍桌子就属于用力过猛，伤了小手指头。

尽管对王建设的文笔称赞有加，王莹还是认为弟弟的离厂出走是自己的一次重大失败。在此之前她对自己的凝聚力非常自信，如今连弟弟都凝聚不住，这既动摇了她的威信也引发了她的反思。

半夜饿了。她跑进厨房找东西吃，竟然发现一张纸条贴在墙上。出于条件反射，她看到纸条首先想起匿名信，苦笑了。他妈的，我中了魔怔啦！

这是冯五一留给她的便条，内容简单：王莹同志，我回江西老家接孩子，最多五六天便返回。

这时她想起远在江西余江县的冯器——自己的亲生儿子。母亲忘记儿子，这是罪过。她怀着负罪心理打开冰箱看到一派苍茫景象，没了食欲。

既然失眠，她索性穿衣走出家门，骑上自行车去厂里了。全厂技术改造项目热火朝天，挑灯夜战不休息。骑车半路上，一辆进城送菜的马车爆了轮胎。她嗅到满车黄瓜散发着清香，便想买两筐慰劳夜班工人。押车的摇头不卖。她听出是金水村一带的口音，就问对方认识王援朝吗。黑暗里她听到押车的狠狠地说，操，王援朝算什么东西！

这是有史以来王莹听到对哥哥的最为恶毒的评价。她只得放弃黄瓜骑车走了。看来无论哪里只要当权就有仇敌，只要行使权力就会得罪人，得罪人就要受到攻击。这样想着，冲淡了心中匿名信带来的烦恼。

加工车间灯火通明。几个工人正在调试一台异型车床，争论得脸红脖子粗。一个老工人大声说，你们谁也不服谁，我明天把王建设叫来，以他为准！

王莹站在远处，悄悄听着，弟弟出走留下的伤痛袭上心头。工人们还不知道王建设离开东方制冷设备厂了，仍然信奉他为技术尖子。

她快快回到办公室躺在沙发里。她意识到无论分享成功的喜悦还是分担失败的痛苦，自己都是一个孤独的女人。

第二天一大早儿电话铃响了。她睡眼惺忪抓起电话筒听到传来小郑神秘的声音。

王莹啊，我私自向你提供笔迹是违背组织工作原则的。我思想斗争很多天，希望你能够理解我。

王莹认为小郑卖关子。局机关干部就是这样，首先铺垫，之后说明，最终切入正题。

郑姐姐，这件事情真是为难你了。我永远不会忘记你关键时刻对我的帮助。这次就算咱俩玩一次鸡毛信游戏，你看好吗？

小郑在电话里顿了顿说，好吧，我把鸡毛信粘结实了，你派人来取吧。

这既是暗语也是玩笑话。王莹派司机小郭开车去取。临近中午，小郭取回来一只中号牛皮纸信封。王莹剪开，里面是一只小号牛皮纸信封。王莹想象着小郑当时的模样——绝对地下工作者。

剪开小号牛皮纸信封，从所谓鸡毛信里拽出一页复印纸，还有小郑附信。王莹首先读信。

小郑这样写道："王莹同志，我从两封匿名信里摘取五十个汉字，互不连贯，没有具体意义。这样既维护了组织工作原则，也没有辜负你的托付。我选的五十个汉字，有左右结构的也有上下结构的，基本能够反映一个人的书写风格和特点。有一点我必须强调，无论你认定这个人是谁都不许打击报复人家。一个大厂长应当具有这种风度。最后我要向你说明，我认为这两封匿名信并没有对你进行人身攻击和谩骂。为了搞好东方制冷设备厂，很多观点出以公心。"

郑姐姐真是好人。王莹无奈地笑了。写匿名信告我出以公心？索性署名好啦。我们东方制冷设备厂真是盛产活雷锋啊。

拿起那一页复印纸，王莹只看了十几个汉字便屏住呼吸。这字体太熟悉了，一时却又想不起来是谁。她克制着急躁情绪揣摩着，愈发觉得十分眼熟。

嗡的一声，她觉得脑袋大了，变成了一个旋转的地球。这地球越来越重压得她难以支撑，双手托腮气喘吁吁。

他妈的,你怎么会写匿名信告我呢?这真是不可思议……王莹浑身瘫软,心理即将崩溃。她端起茶杯喝了一口水,却呛了。这时候电话响了,催命似的。

她不接,任凭电话机无耻地叫唤着。此时,她认为一切都是无耻的,包括小郑复印的五十个汉字。伸手拉开办公桌抽屉,她从里面拿出一只硬壳日记本。这是当年滕维丽赠她的礼物。日记本扉页上有滕维丽的题词:"王莹,我要感谢你的知遇之恩,我不是什么宝珠,倘若没有你的发现,我将一辈子黯淡无光。"

手捧老式日记本,王莹逐字对照着时隔多年的笔体,心里宣判着友谊的死刑。滕维丽啊滕维丽,我真不明白你为什么这样做。难道这是老姑娘嫁不出去的变态心理?

有人笃笃笃叩门。全厂只有滕维丽无须叩门径直走进党委书记办公室。王莹断定这不是叛徒敲门,收起小郑的来信和日记本,说了一声进来。

厂党委组织部的简部长推门走进来。这位简大姐平时少言寡语,不谈工作她是不说话的。当初王莹正是通过简大姐与机电工业局组织部的小郑认识并且成为密友的,因此她对简大姐另眼相看。

王莹书记,咱厂科协主席职位空缺很久,局里几次催促安排人选。你看咱们是继续拖呢还是着手安排呢。简大姐一板一眼说道。

在这位组织部长心目中,工厂科协主席属于虚职,没钱没权没分量,中层干部队伍里没人愿意赴任。一贯服从领导指示——这使简大姐赢得了王莹信任。

王莹振振有词地说,我看这事儿不能拖了。我们企业发展首先依靠科技进步。这次咱厂项目得到国家计委批准,主要因为科技含量。我们论证的 CFC 项目世界银行愿意提供贷款,也是因为科技含量。所以说科协工作非常重要。我们必须委派有文化有魄力的优秀干部担任厂科协主席,你看滕维丽合适吧?

简大姐愣了。厂党委办公室主任调任厂科协主席——这出乎组织部长意料,甚至完全颠覆了她从事组织工作几十年的经验。

哦,应当先找滕维丽同志谈谈吗?简大姐问道。

王莹不冷不热说,我知道这是组织工作程序。你通知滕维丽吧,一定告诉她这是组织对她的信任,希望她正确对待这次工作调动。

第二天全厂召开第三季度工作总结大会,同时表彰全厂技术改造项目先进人物。八个月的工程,已经完成三分之二,形势喜人。会场悬挂横幅标语,写着:"赢得大机遇,力争大发展,做出大贡献!"。

这十五个字是王莹与滕维丽反复切磋确定的口号。面临国有企业陷入困境的年代，王莹领导的东方制冷设备厂理所当然成为一面迎风招展的旗帜。

王援朝乘坐轮椅来了。大名鼎鼎的金水集团董事长的出现，吸引现场记者争先恐后地拍照。电视台女主持人伸过话筒采访。王援朝大人物似的摆了摆手说，我是来向东方制冷设备厂学习的，你们应当采访王莹啊。

王莹对哥哥的到来心怀感激。她认为自己与哥哥心灵相通。哥哥往往在她最需要支持的时候，突然出场送来意外惊喜。

王莹接受了记者采访。她的开场白非常精彩："我可以告诉你们，我们国有企业不但能够走出困境而且能够创造胜景！"

滕维丽忙前忙后不停闲，她并不知道自己的职位好似一块浮冰，已经漂移了。王莹接受记者采访的时候，滕维丽站在身旁做出保驾护航的样子。

中午，食堂吃捞面。这是继打倒"四人帮"以来，时隔多年东方制冷设备厂再次免费向全体职工供应三鲜打卤面，包括大蒜。

然而，任何喜悦也不能冲淡密友背叛带来的痛苦。毕竟王援朝明察秋毫，他跟妹妹握手告别的时候画龙点睛说，灵莹，你必须把自己变成一块花岗岩，这样才能经受别的石头的撞击。

你说什么样的石头最伤人心呢？王莹装作漫不经心的样子，问道。

王援朝轻声轻语说，当然是自己人，譬如我，譬如设子，譬如傻凤……

王莹一下受到感动，紧紧握住哥哥的手说，你的比喻非常残酷。不过你们永远不会伤害我的，即使伤害了也是无意的。

当天晚上，王莹将自己反锁在卧室里，怀里抱着一只小绒熊大哭——向这只毫无生命的玩具倾诉着内心哀伤。

滕维丽的无耻背叛，动摇了王莹的生活信念。在此之前，她相信人间友谊的存在，尤其是同性之间的亲密友谊。如今，那两封匿名信宣告友谊的死刑。所谓友谊不过是欺骗的别称罢了。王莹幻灭了，任凭泪水冲刷着心中的石头。

半夜里，冯五一拎着旅行包走进家门，身后跟随着九岁男孩儿冯器。他听到卧室里传出妻子的哭声，以为有人死了。冯器听到陌生的母亲发出陌生的哭声，怯生生躲到父亲身后，好像一头可怜的小鹿。

冯五一咚咚敲门说，王莹啊，你不要哭了，要奋斗就会有牺牲，死人的事情是经常发生的……

卧室里传出王莹的声音，你懂得哀莫大于心死吗？不是她人死了，是我心死啦。

王莹你开门吧，我从江西把冯器接回来啦……

王莹卧室的门猛然打开。冯器看到一个身穿睡袍满脸泪痕的女人冲出来，吓得转身跑进厨房。王莹不顾儿子惧怕追进厨房大声说，冯器，妈妈想死你啦。

冯器躲到冰箱旁边，忐忑不安地望着母亲。

情急之下王莹顺手打开冰箱问儿子想吃什么。冯器连连摇头，好像要躲到冰箱里面去。王莹失意地抹着泪水，不知如何是好。

冯五一看着母子相逢的场面无可奈何地说，女强人被儿子打败了，母性真是一种弱点啊。

王莹行动起来。跑进卫生间按亮电热水器烧水，准备给儿子洗澡，之后返回厨房，找出一瓶橙汁两块巧克力一筒薯片，递给儿子。

冯器不言不语注视着陌生的妈妈，目光里充满冷漠与惶恐。这种目光对王莹挫伤很大，转身跑到自己卧室。

她的电话机装在自己卧室里。她焦急地拨通工厂党办夜间电话，传来滕维丽的声音。此时，儿子的回归使王莹完全忘记了滕维丽的背叛，只记得她在厂里值班。

我告诉你，我儿子从江西回来了，明天我要带他上街买东西，你通知有关部门明天项目碰头会挪到下午两点钟，我一定按时赶到厂里的……

恐怕不行了。今天上午简大姐找我谈话，中午我就交接了党办和简报办的工作。明天上午八点钟简大姐送我去厂科协报到，在分厂那边挺远的。电话里滕维丽不卑不亢说，新任党办主任是张贡菊，要不要我把这个任务转告她？

犹如一盆冷水泼在头上，王莹猛然醒悟。啊，我撤了她的职怎么给忘啦。放下电话，这位党委书记兼厂长难以克制悲哀情绪。我对滕维丽的感情确实难以割舍，她对我的无耻背叛又确实难以原谅。

王莹寻思道，咦，电话里滕维丽怎么不向我申辩呢？电影里的叛徒几乎都在狡辩啊。犟——这正是滕维丽的性格特点吧。

走出卧室，王莹看到冯器躲到冯五一卧室里，她笑眯眯说，冯器你怎么不说话呢？妈妈好几年没听到你的声音了。

她听到儿子操着江西口音不耐烦地说，对不起，我要睡觉啦！

第二天一大早，王莹破天荒把厂里工作撇在一旁，带着儿子上街购物。冯器的情绪趋于稳定，表情淡漠地跟随母亲走进一家快餐店。母亲问儿子想吃什么早点。儿子说稀饭就辣椒。王莹蓦地明白了冯器是江西乡下孩子，面对大城市的繁华生活属于外来人。

只好走进一家粥店要了一碗稀饭一只烧饼，还有腌椒。冯器操着江西口音小声说北方辣椒是假的，不辣。王莹只好跑到附近便利店买了两瓶红油辣酱，说回家给你吃吧。冯器的面孔由于辣酱的到来而现出几分血色。

王莹足有几年没有逛街了，一派生疏景象，此时她意识到自己距离生活其实很远。身为女人，我没有胸针没有耳佩没有发饰甚至没有纱巾，几乎丧失了所有小情小趣，只有一座东方制冷设备厂。

好啊，这样我也满足了。王莹安慰着自己，牵起冯器的手走进一座服装商厦，来到运动服装柜台。她四处寻找着本市第五针织运动衣厂"丛中笑"牌运动衣，记得十年前它被评为"部优产品"。柜台里售货员笑了，说那种牌子没人认，现今热销的都是南方民营企业产品，有广东的有浙江的，北方的东西根本卖不出去。

哦，改朝换代了，王凤的第五针织运动衣厂同样面临生存危机。王莹心里不是滋味，领着冯器去买旅游鞋。穿过商厦大厅她看到一个熟悉的身影。

设子！她大声喊道。那身影拎着工具包匆匆进了电梯，高升而去了。她知道弟弟故意躲着自己。站在电梯间外面她心情极其失落。设子宁可漂泊打工也不肯留在我厂里，我是瘟神啊。

心情变得一团糟。低头看看儿子冯器，大眼睛直鼻梁黑发茂密，面庞清秀身材匀称，多体面的一个男孩儿啊。只有在这种时候王莹才感受到孩子永远是母亲的开心果。工厂呢，有时则是厂长的堵心丸。

给冯器买了穿的戴的，然后去吃麦当劳，要了麦香鱼、麦乐鸡、薯条可乐什么的。王莹悄悄打开一瓶辣酱递过去，满脸讨好的微笑。冯器毫无表情地瞥了一眼辣酱，吃着。王莹觉得冯器陌生起来，似乎这个儿子是塑料做的，跟自己毫无血缘关系。她意识到这种情绪很危险，便咬了咬嘴唇暗暗批判自己。你把儿子送到江西农村，你逃避做母亲的职责当然受到亲情的惩罚。如果你不接受这种惩罚就等于失去儿子……

下午赶回工厂参加项目碰头会，王莹嗅出自己手上残存的辣酱味道。这是儿子的味道啊。于是心头热乎乎的，尽情享受着身为人母的欢愉。抬头看见新任党办主任张贡菊，王莹想起滕维丽。无论如何还是要跟叛徒谈一次的，正式终止个人关系。这样想着她随即付诸行动，拿笔给厂办主任老彭写了一个纸条：请通知滕维丽下班之后到我办公室谈话。

项目碰头会上，党委书记兼厂长首先讲话。她说全厂技术改造项目进展顺利，八个月竣工绝无问题。形势大好。我们应当抓住时机打响第二战役——CFC项目。如今，氟12对大气层的危害受到联合国教科文组织关注，国家环保总局将环保型制冷机列为重点开发产品，世界银行给予贷款。大家都知道，从计划经济向市场经济全面转化，谁搭上"政策的车"谁获益。如果我们开发生产国家大力推广的新型环保制冷机，必然获益的。

参加碰头会的中层干部们表情惊讶，却没人当场提出反对意见。

王莹环视着会场问道，你们有什么不同看法吗？如果有就摆到桌面上，不要在下面搞小动作。如果没有不同看法，我就宣读CFC项目领导小组名单了。

依然没有人说话，于是形成货真价实的一言堂局面。

王莹自我解嘲说，有人攻击我独断专行，写了匿名信告状。可是你们不发言怎么形成群言堂呢。我为什么强调CFC项目，这是天赐良机啊。我们错过这个机会，它就被别人拿去啦！

洪总工程师发言说，抓住机遇趁势而上，我同意王莹书记的工作安排。

新任党办主任张贡菊说，我不是专业干部，不懂技术。听了王莹书记讲话我深受鼓舞。我们应当以大决战的速度紧紧抓住这次难得的机遇！

设备科长也表示赞同说，确保八个月完成全厂技术改造，同时打响CFC环保品牌战役，我们必须树立大局观念！

王莹笑了，宣读CFC项目领导小组名单。她要求十天之内拿出可行性报告，一方面给国家环保总局打报告，同时接触世界银行。

散了会。她回到办公室等候滕维丽。从前，王莹没有时间概念，无论早晚都泡在厂里。吃饭有职工食堂，睡觉有办公室沙发。如今有了冯器，心境大不相同，既有了后顾之喜也有了后顾之忧。

晚间六点钟，仍然不见滕维丽露面。王莹担心儿子饿饭，焦急地拨通家里电话。冯五一接电话说，厂里项目泡汤我清闲了，在家给冯器做饭呢。

王莹放下电话，一阵心慌意乱。真是应当感谢孔小围，让北方电机厂的项目泡了汤，东方制冷设备厂成了幸运儿。这是天壤之别。

坐在办公桌前随手翻了翻台历——九月十七日。今天好像不是寻常日子。她寻思着，一个人影浮现脑海——哦，今天是董泰建的忌日。这么多年过去了，她还是能够想起那个嬉皮笑脸的小伙子。

活着的人，岁数年年增长，从青年而中年。死去的人，永远定格了，成为一张镶在镜框里的老照片。回想当初跟董泰建打交道的年代，王莹感到一阵莫名的空虚。这时有人笃笃敲门，她说了声请进。

滕维丽走进来，满头大汗解释说，对不起让你久等了，我从分厂骑车过来车胎爆了，一路推着走。

那么我们就做一次简单的谈话吧。王莹请对方落座当头问道，滕维丽，你知道我为什么突然调离你吗？

滕维丽点点头说，一定是有人把我写给机电工业局党委书记的两封信给你看了。

你很坦率。那么请你告诉我，你为什么写这两封匿名信呢？王莹眯起双眼，好像一个学生思考着一道难解的数学题。

我平时多次给你提意见，你不听。我认为这样下去你面临深渊，东方制冷设备厂也面临深渊。我只能采用这种极端的方式请上级领导机关解决你独断专行的问题。否则你就毁啦。

我毁啦？你什么意思！王莹渐渐愤怒起来。

是啊，从表面看你取得了很大成绩，但同时酿造着更大危机。你知道现在谁是东方制冷设备厂的主人吗？广大职工不是主人，因为他们没有任何权力决定企业前途；你也不是主人，尽管你手握大权却听命于上级领导机关……

这种言论我听多了，你也不要讲了。王莹打断对方说，我知道你是一个坦诚的人，你为什么匿名写信呢？

滕维丽无奈地笑了。起初我是署名的，经过思想斗争改为匿名，因为我认为署名对你更为不利。谁都知道咱俩关系极好，甚至有人传言你我同性恋。记得厂办主任老彭说过，假如王莹只剩下一个朋友那就是滕维丽。既然这样我要是署了名，只能说明你众叛亲离成了孤家寡人。我不想让你承担这种名声，所以匿名了。

沉默了。王莹起身踱步围绕着滕维丽说，这么说我还要感谢你？感谢你没有署名。

我不要你感谢。反正我不能看着你走向失败吧，那样就不是真正的朋友了。

我的天，现在咱们不是真正的朋友是真正的冤家。王莹双手颤抖说，依照你的逻辑你写匿名信出于良心，否则你就署名了？

是的。我是上山下乡的老知青，当初我发誓扎根边疆永不动摇，后来返城了。这是我一生的最大食言。除此我问心无愧。滕维丽从容不迫说，我是一个追求完美的人。如果你认为我在为自己狡辩，今天我就给局党委书记写一封署名信，继续反映你一言堂治厂的问题。

你的心理好像出了问题。王莹站起说，从今往后你我之间多年的私人友谊，结束了。咱们握手告别吧。

滕维丽跟王莹握了握手。俩人对视着。滕维丽中肯地说，我送你一句话，一个争强好胜的女人，有时候最虚荣。她的失败，往往出于这种虚荣。

这句话你去送给别人吧。我从小操持家务，什么粗活儿脏活儿都干过，我不用香水不涂唇膏不穿漂亮衣服，我是一个没有多少虚荣心的女人。

滕维丽笑了。但是我有虚荣心，所以我换房搬到劳模楼住了，才三天。就在你父亲隔壁，四单元三楼五号。

如今人们都住新楼，你怎么往旧楼里搬啊？王莹不解地问道。

虚荣心啊。我从小向往劳动模范可惜当不成劳动模范，就搬到劳模楼去住吧。滕维丽一本正经说着，起身走了。

王莹独自坐在办公室里。很晚了，她不开灯，任凭黑暗抚摸着自己。黑暗里她感觉空气黏稠，一呼一吸很费力量。人在困境之中，往往发力。一个女人失去一个男人的爱，未必是坏事。一个女人失去一个女人的爱，便不得而知了。

一路上嚼了几块饼干，王莹乘坐"蓝鸟儿"回到家里。冯五一听到门响走出卧室，告诉她给冯器联系了学校，明天上午去五马路小学报到。

冯器睡了。王莹走进自己卧室换了睡衣，准备洗澡。冯五一指着摆在客厅茶几上的几页文件说，你看看吧，看完了咱们谈谈。

她猫腰看了看，吃了一惊。离婚协议书？她扭脸看着冯五一，一股从来不曾体验的失落感袭上心头。你打算跟我离婚？

冯五一点点头，那样子很像意志坚定的革命志士。是的，为了维护你的威信，我决定跟你协议离婚。这样不经过法院裁决，不声不响没人知道。如果你同意这种方式，咱们坐下来商量一下如何分割财产……

你真的要跟我离婚？王莹问道。这时候女人的虚荣心主宰着这位党委书记兼厂长，依照她的逻辑离婚二字不应当是冯五一首先提出的，而应当是她。

我跟你离婚有四大理由，导火索是我前几天接到一个电话。打电话的人告诉我，是你揭发了我们北方电机厂的"钓鱼项目"，结果国家项目拨款被你们东方制冷设备厂拿到了。你为了自己的工厂出卖了自己的丈夫，所以，我必须跟你离婚。

坐在客厅沙发里，王莹古怪地笑了，说冯五一你有香烟吧给我一支。

女强人也有意志薄弱的时候。冯五一得意地说，我有海洛因你吸吗？

好吧，我同意离婚。王莹从茶几上拿起塑料笔在离婚协议书上签了字，说财产分割好商量，要么你搬出去住，要么我搬出去住。

你不要挪窝，我搬出去住就是了。冯五一大度地表了态。

不过，我有一个要求，你必须告诉我，那个电话到底是谁打给你的……

我不会告诉你的。冯五一摇摇头说，你也不要打听了，一旦真相大白对你打击太大了。

给你打电话的是滕维丽！对不对？王莹脸色惨白盯着即将成为前夫的丈夫。

你跟滕维丽亲密无间，有人还说你们同性恋。冯五一惊异地反问，她对你那么忠诚你怎么怀疑她呢？我看你心理出了问题！

你还想保护滕维丽？嘿嘿，你越保护她越说明她出卖了我！她是大叛徒大内奸……王莹尖叫着，似乎失去自我控制能力。

王莹冲进厨房，拎出一瓶白酒拧开盖子咕咚喝了一口。滕维丽太卑鄙了，我饶不了这个下贱的女人……

一连喝了几口白酒，王莹两眼布满血丝。冯五一！滕维丽竟然打电话向你告密，你俩什么关系？

冯五一呆呆看着疯狂的王莹，好像看着电影里即将发疯的女主人公。他担心这位即将成为前妻的妻子精神崩溃，心里怵了。

冯五一，我承认我出卖了你们厂的项目，因为我要捍卫我们厂的项目。滕维丽为什么把我出卖给你，你必须跟我说清楚！说着，王莹狠狠将酒瓶摔在地上，酒液伴着玻璃碎片，四处飞溅。

哇的一声……卧室里传出冯器惊恐的哭声。儿子的哭声并没阻止母亲的疯狂，她扑向冯五一揪住他的衣领，喷着浓烈的酒气说，你必须跟我坦白，你跟滕维丽究竟什么关系！

天上掉下个滕维丽——冯五一没有料到事态发展到如此境地，他跑进卧室里安慰着哭泣的冯器。王莹满脸透红站在卧室门口——好像刽子手等待着犯人的口供。

疯狂的刽子手使得冯五一心理崩溃了。他走出卧室对王莹说，你不要哭了不要闹了更不要喝酒了。我把事情真相告诉你吧。

王莹瞪大眼睛望着他说，你要是敢欺骗我，我就杀了你……

我跟你实话实说吧，这件事情跟滕维丽毫无关系，给我打电话的是孔小围！

孔小围？王莹望着即将离婚的丈夫，表情僵硬地笑了。冯五一，你敢对天发誓没有欺骗我吗？

冯五一啪啪拍着胸脯发誓，我要是欺骗你，出门遇到车祸！

缓了一口气，冯五一说，那天孔小围从北京打来长途电话揭发你。我不相信，他在电话发誓，他要是欺骗我，出门遇到车祸。

王莹仿佛遭受电击，浑身颤抖起来。冯五一慌了，连忙解释说，孔小围为什么捅出这个秘密，我也琢磨不透啊。

这是因爱生恨啊。王莹倒退两步坐在沙发里，脸色苍白好像下了地狱。

冯五一颇有绅士风度说，你放心，我不会把这件事情说出去。你为了工厂项目跟孔小围鸳梦重温，也算是舍己为公。只可惜孔小围后发制人，在你后院里放了一把火。

王莹起身说渴。冯五一给她斟了一杯水说，咱们夫妻一场我要站好最后一班岗啊。

我跟孔小围是一场孽缘。当初我抛弃了他。如今他给了我项目，最终还是报复了我，一拳出手砸毁了我的家庭。男人，跟女人就是不一样。

24. 凹凸与舒卷

"大联化"工程名声很响，是国家投资建设的重点企业。王金炳被李亦墩调来，管理基建工地仓库。这位工业战线老领导是"大联化"工程总指挥。他拍着王金炳的肩膀说，一辈子有幸经历这个大工程，光荣啊。

迎来"大联化"开工投产，王金炳调任特殊原料仓库管理员。他依然像一颗永不生锈的螺丝钉，紧紧拧在这里。

李亦墩同志功成身退，调任市人大常委会副主任。离厂那天他特意前来看望老伙计，身旁陪着一大群企业干部。他赠送一个半导体收音机说，金炳啊，你不要退休，中华劳动模范基金会评选"新中国十大劳动模范"，前提条件是在职在岗，你要是退了休就没有资格参选了。

王金炳嘿嘿笑着，没说话。他心里说退休不退休还不是领导决定，我这一辈子没有自己做过主啊。

李亦墩同志被簇拥着走了。王金炳抄起仓库保管室的电话打到工人疗养院，告诉牟棉花评选新中国十大劳模的消息。电话里他听到老伴儿叹了一口气说，你努力吧，可惜我不在岗啦。

听了牟棉花的感慨，王金炳愈发珍惜自己的岗位。是啊，工作一天，光荣一天。工作一辈子，光荣一辈子。

此时王金炳并不知道，为了确保王金炳"工业战线红管家"这面旗帜，新任市人大常委会副主任的李亦墩特意给市委书记章德浩写信，提议将该同志退休年龄推迟五年。章德浩书记批示说："我们必须为王金炳同志创造有利条件保留工作岗位，争取荣获'新中国十大劳动模范'称号。"

特殊原料仓库规模不大，每天进料出料要求佩戴海绵口罩，俗称"猪嘴巴"。库房里安装了旋风式除尘器，偶尔出现故障便是粉尘飞扬。那种白色粉尘吸进喉咙，又苦又涩。前任仓库管理员交接工作的时候说，您这么大年岁还不退休？这里不是适合人类生存的地方。

王金炳认为这人思想落后，没吭声。"工业战线红管家"接过特殊原料仓库的钥匙，继续着仓库管理员的生涯。

这座仓库管理制度严格，化学粉料损耗率只有千分之零点三。那种代号575的化学进口粉料，价格极贵。这位工业战线红管家精打细算，很快摸索出一套减少损耗的办法。那就是进料出料的时候，尽量不启动除尘器。一旦除尘，工作环境粉尘浓度小了，却有一部分粉料被除尘器排掉。王金炳宁可被化学粉尘呛着，也不愿浪费国家财产。至今他还记得三十多年前《人民日报》发表了一篇《发扬一厘钱精神》的评论员文章。多少年过去了他依然赞成这样的口号，可惜现今马路边一毛钱也没人猫腰去捡了——说是经济效益太低。

地处工厂偏僻角落的特殊原料仓库，平时工作量不大，王金炳便悄悄打开李亦墩同志送给他的半导体收音机听。多少年来，他对自己的生活基本满意，同时隐约感到缺少几分滋味。至于缺少什么滋味呢，他懵懵懂懂说不清。

他不喜欢听音乐，也不喜欢听戏曲，只喜欢听本市广播电台的"早间快报"和"午间新闻"。听新闻节目，长见识。

儿女们工作忙，平时很少见面。有时在广播电台新闻节目里听到有关儿女们的消息，王金炳小孩子似的高兴。譬如广播里报道，近年金水村走集体富裕的道路，土地由村委会统一对外租赁耕种，本村农业劳力全部转入金水集团所属企业，全面实行公费医疗制和养老制。村民福利待遇明显增加，去年全部搬入三室一厅楼房居住，并且免费配备电视、电话和煤气罐。人称"中国北方第一村"的金水村发展成为拥有二十八家企业，年产值八亿的中国大型综合企业集团。集团董事长王援朝表示，明年全村将实行入托、入学集体负担制，对考入名牌大学的子弟每年奖励十万元。

听着广播喝着白开水，王金炳嘿嘿笑着说，大朝这孩子真有本事，不愧是志愿军烈士后代，硬是把金水村弄成全国闻名。这次大朝去德国治病，要是能够治好双腿自己走路就好啦。

一天中午，王金炳从广播新闻里听到东方制冷设备厂开发环保型 CFC 制冷机获得国家环保总局批准的消息。那位男播音员说，市委书记章德浩深入企业召开现场办公会，提出"一条龙"示范工程方案。

什么是"一条龙"呢？这肯定跟麻将牌无关。王金炳侧耳听到很多新鲜词语，比如"整合"和"盘活存量"什么的，他只好打电话向住在工人疗养院里的老伴儿请教。

电话里牟棉花告诉他，这几天报纸上说的"一条龙"就是利用行业龙头企业的巨大拉动作用，带活身边一群困难小企业。

哦，咱们灵莹真不简单把企业弄成龙头了。王金炳高兴得好像拾了金元宝。至于王莹跟冯五一离婚，老两口一无所知。由于外孙冯器的守口如瓶，二位老人仍然认为北方电机厂的冯副厂长是自家姑爷。冯五一也不愿意刺激这两位老人，只好继续扮演着乘龙快婿的角色。

半导体收音机成了父亲了解儿女们近况的传声筒。王金炳经常纳闷，怎么听不到二丫头的情况呢？咱家傻凤也是特等劳动模范啊。

"工业战线红管家"不知道，此时的第五针织运动衣厂处于半停产状态，面临工艺陈旧产品老化市场衰退的严峻局面，"丛中笑"商标成了落伍品牌，昔日辉煌随着西边的太阳落山了。

牟棉花打来电话，说收音机里报道冯五一代表北方电机厂跟什么阿尔贝托公司谈判，要成为我市第一家中法合资企业。昨天，白小林打来电话跟我聊天儿，我向他打听阿尔贝托公司。敢情天底下没有白小林不知道的事情。他说这家法国公司跟日本小岛家族有关联交易。小岛家族在中国投资兴建了纺织机械厂生产新型织机。你知道吧，小岛家族就是当年东洋纱厂的东家。这么说他们回来啦！

王金炳开导电话里的老伴说，兴咱家大朝去人家德国治腿，就不兴人家小日本儿来中国投资啊？咱们中国是一座大茶楼，谁来喝茶都欢迎，嘿嘿……

老夫老妻通电话，有好消息也有不好消息。牟棉花告诉王金炳，工人疗养院大量裁人，舒芸下岗回家了。

是啊，如今国有企业面临困境，我们只能挺住。你还记得当年节粮度荒吧？多饿呀！全家不是挺过来啦。

长期住在工人疗养院的老牌劳动模范，只剩三人，据说属于"特殊照顾"。

国有企业不景气，有的老劳模连医药都难以报销，莫说疗养了。牟棉花认为自己给组织增添负担，心里不是滋味。于是，互相回忆，互相感叹，互相安慰，互相激励，渐渐成为老夫老妻通话的主要内容。

一连串日子过去了。王金炳接管特殊原料仓库半年时光，发觉自己胸脯渐高，他认为这样下去不利于劳动模范保持谦虚谨慎的工作作风，便戒骄戒躁驼背行走。一天下班洗澡，他低头看到自己乳房突起，颇有女性化趋势，穿起衣裳跑出职工浴池。

幸亏学会骑自行车，他惊慌不已骑车回家一头扎进卧室里，脱掉上衣仔细观察着。两个乳房明显增大，跟老娘儿们似的。怪事，我当了一辈子男人怎么老了倒变成女的啦？

当天夜里，他躺在床上双手捂着乳房寻思。各级领导都要求我继续保持工业战线红管家光荣称号，即使乳房大了我也要坚持下去的。

既然乳房大了，就要管束。第二天是公休日，王金炳出了家门。他知道郊区还残存着几家供销社，远离市区不会遇到熟人。

中午时分，郊区供销社顾客稀少，他气喘吁吁站在柜台前面说买胸兜。一个大老头子跑来买胸兜，怪事。年轻的女售货员羞得红了脸，随手拿了一个白色中号老式胸兜。王金炳举着钞票说我要十个，好像抢购紧俏商品。交了钱把十个白色胸兜一股脑塞进帆布提兜里转身就走，还忘了找钱。

跑出农村供销社蹬上自行车一口气骑出三里地，他钻进一片小树林里，上气不接下气地打开帆布提兜。这种老式胸兜俗称"勒子"，起束胸作用。他瞪大眼睛盯着十个白色的"勒子"满脸欣慰地说，它们足够我戴到死啦。

一路骑行回到市区，他走进化工染料店买了一包红色染料。第二天上班趁着中午休息反锁仓库大门，他偷偷摸摸生火煮了一锅红汤，把十个白色"勒子"一股脑染成大红颜色。嘿嘿，红色不怕脏，禁髒。

他一边染色一边哼唱着那首老歌："戴花要戴大红花，骑马要骑千里马，唱歌要唱跃进歌，听话要听党的话！"

他悄悄佩戴红色胸兜上班，感觉贴身戴了一朵大红花，胸部勒成平板了。噢，怪不得前任保管员说这里不适合人类生存呢，敢情长奶啊。

我老了，什么都不怕，胸脯高了就是胖了呗。王金炳给自己做着思想工作。每当进料出料，为了节约粉料照旧关闭旋风式除尘器，佩戴着"猪嘴巴"在粉尘飞扬的仓库里工作。那红色胸兜管束着两只乳房，也包裹着一颗老劳动模范的苦心。

王金炳永远也不会知道，那代号575的粉尘里含有雄性激素。他的乳房突起正是由于"长期吸入外源性雄性激素粉尘，其在体内代谢为雌性激素，从而导致男性出现女性化特征即双侧乳房发育"。这一串儿聱牙拗口的句子只能出现在职业病防治所的病历里。然而王金炳从来不去医院看病。他只懂得去郊区供销社购买十个"勒子"掩盖身体变化的秘密。

住在工人疗养院的牟棉花，渐渐察觉报纸上广播里宣扬普通人的消息越来越少，报道有钱人的消息越来越多，譬如一个大款给农村老娘买了一架直升机，农忙播种洒农药，农闲载着老太太上天兜风看云彩玩儿。牟棉花并不认为人们都富了，譬如从收音机里听到下岗女工为了供养两个孩子上学，偷偷卖肾。买飞机的、卖肾的，什么消息都有就是没有评选十大劳模的消息。

自从得知评选新中国十大劳动模范，她便有了心思。自己不在岗位，她特别盼望老伴儿当选。担心评不上，便心存顾忌，想问又不敢问。每逢公休日王金炳来工人疗养院探视，也回避着这个话题。

牟棉花准备写书了。她认为自己是棉纺战线一面旗帜，一辈子的东西应当留给后人，不能淹没了，比如接头技术，比如"牟棉花工作法"，即使织机换代，中国棉纺女工的奋斗历史不能忘记。

听说牟棉花写书，中风偏瘫躺在高干病房里的徐贰芬大姐打来电话预祝牟棉花写书成功。牟棉花在电话里向这位革命老大姐表决心说，您放心吧，我一定多快好省写完这本书。

她写书的高级参谋是靳大姑。这位七十三岁的"老棉纺"历经沧桑，修炼成为人世罕见的老妖婆。她老人家耳不聋眼不花，腰不弯背不驼，走路一阵风，说话如敲钟，依旧满嘴粗话。

听了牟棉花的豪言壮语，靳大姑撇了撇嘴说，扯你娘的蛋，什么多快好省？你写书也搞"大跃进"啊？你他妈的不要命了，我还想多活几年呢。

牟棉花不敢惹靳大姑，说只争朝夕嘛。靳大姑说你争来争去也只能活一辈子。你这辈子是国棉十九厂挡车工，你下辈子还是啊？

对，我下辈子还是国棉十九厂挡车工！牟棉花不服气，反驳靳大姑。

靳大姑掏出烟卷儿叼着，依旧不点燃说，你住在疗养院里什么都不知道，咱国棉十九厂南院黄了，剩下北院几个车间维持生产。等到你下辈子投胎转世再当棉纺女工，北院也黄了八期啦！

真的？牟棉花极其失望地看着手里鞋楦子说，挺好的国营企业怎么黄啦？

你知道合成化学厂吗？你知道耐火器材厂吗？你知道风动工具厂吗？你知道医疗器械厂吗？你知道低压开关厂吗？靳大姑一口气说着，好像相声《报菜名》里的"贯口"。

都黄啦？牟棉花仿佛不忍心打听遇难亲人的下落，小声问道。

看到牟棉花动了感情，靳大姑反而安慰说，也有好企业，就说东方制冷设备厂吧，龙头，电视里你闺女大出风头。国营企业走出困境兴许就从灵莹这儿开始呢。

借您的吉言。牟棉花送走靳大姑，马上给王金炳打电话。她跟老伴儿约定星期天上午去看望国棉十九厂。从她说话语气里王金炳感觉到国棉十九厂不是一个厂而是一个人。

星期天歇班，王金炳骑着一辆红色小三轮车来了。牟棉花站在工人疗养院门口候着，远远望去老伴儿好像骑着一团火焰。

这辆小三轮车是王建设为父亲制作的，说是送给爸爸的退休礼物。儿子并不知道父亲推迟退休。他利用几个公休日去废品公司买钢管，跑汽车修理厂寻轴承，到车具市场购置零件，在橡胶制品商店配轮胎，只花了五十二元钱就做成了这辆小三轮车，还特意喷成天蓝色。王建设是穷工人，送小三轮车给老爹就等于大款送给老爹"奔驰"。

王金炳连连摇头，执意要红色的。那时他胸部尚未突起，也没有偷偷佩戴红色"勒子"，然而他还是喜欢红色，他认为自己这辈子与红色息息相关。外孙冯器知道姥爷脾气，操着难以改变的江西口音告诉他老人家，红色的英语单词是"瑞德"。于是王建设只好"瑞德"。

小三轮车改变颜色，需要重新喷漆，家里既没有喷枪也没有气泵，英雄无用武之器。活人不能让尿憋死。王建设弄了一罐红漆找来喷枪，拉来一根胶管连接喷枪，在"劳模楼"前面拉开"喷漆工"的架势。王金炳惊诧地说没有气泵你怎么喷漆啊。

在王建设眼里这世界就是一座大工厂，材料取之不尽，工具用之不竭。他借来一个拖拉机内胎，拿出脚踏打气筒吭哧吭哧撅气。撅了半个钟头——干瘪的拖拉机内胎涨得粗似牛腰，居然变成一台具有压缩空气功能的"气泵"。拧开节门噗噗喷了起来，不消片刻就给小三轮车喷了一层红漆，"瑞德"了。

王金炳极为感慨地说，设子啊，你生不逢时，工厂不景气你这样的技术尖子没了用武之地。

王建设从容地摇了摇头，低声说山不转水转。那语气里充满一个普通工人的自信。

特意给车厢里铺了棉垫，王金炳扶着牟棉花上车。牟棉花甩手不让他扶，气哼哼说你恨我不老哇。尽管工人疗养院两年没有安排疗养员全面体检，牟棉花坚决认为自己身体运转正常。机器是老了，却没有毛病。

乘坐小三轮车前往国棉十九厂，牟棉花特意穿了那件蓝色毛哔叽上衣。这是当年国家发给赴阿富汗援外人员的礼服，代表中国专家形象。一路上，王金炳为了掩饰胸部，缩肩收腹骑行着。一辆辆汽车从身旁驶过，这辆红色小三轮成了一道弱小的风景。

国棉十九厂鼎盛时期，职工近万人，正是当年牟棉花得到外号"牟大胆儿"的地方。此时，南院关闭，生着一丈多高的蒿草。北大门照常通行。门卫拦住这辆红色小三轮车。王金炳解释说牟棉花是这里的老职工，今天回厂看一看。门卫认为坐在车里的老婆子是来讨账的退休职工，摆手拒绝进厂。

你们的医药费厂里分期分批解决，催也白催！门卫大声解释。

一辆切诺基吉普车从厂里驶出，门卫立正敬礼。一个花白头发男子从车窗里伸出脑袋对门卫说，请牟大姐进去吧，她是咱厂的特等劳模！

牟棉花见有人认识自己，下了小三轮车朝着切诺基大声反问说，你是谁啊？认识我？

花白头发男子推门下车说，牟大姐，我是郝伯生。您不认识我啦？就是郝二黑啊。

郝二黑？牟棉花寻思着，渐渐想起日伪时期东洋纱厂梳棉工房小伯役，之后想起国民党时期中纺五厂的小护厂队员，终于想起国棉十九厂青年突击手。她一把拉着对方的手说，是你呀郝二黑！你一九七〇年支援大西北，什么时候调回来的？

我在新疆伊犁毛纺厂工作二十多年，去年调回来担任国棉二厂厂长，现在着手筹建金纺集团呢。国棉十九厂南院明年拆迁，北院也要走土地置换的路子。

您别看棉纺行业不景气，当年地处郊区的国棉六厂国棉九厂还有北大桥仓库，随着城市扩大变成甲等地段啦，地价大涨可值钱呢。

牟棉花并不晓得郝伯生"以土地换生存，以生存求发展"的战略思路，只是泛泛地笑着说，郝二黑，我盼着你振兴咱们棉纺工业呢！

这一阵子我忙，五一节我去看望您，咱们探讨如何重振棉纺工业雄风，好好聊一聊。郝伯生挥手说了声再见，拉开车门钻进吉普车。

牟棉花突然大声喊道，默西！默西！你穿多少码的鞋呀？

郝伯生扭身返回，满脸惊诧地望着这位出身日本东洋纱厂的特等劳动模范。

牟棉花略显顽皮地说，我想考一考你的记性。你没忘了这句日本话啊？我记得"文革"把你打成小汉奸，说你给日本人当伯役是卖国贼。

我哪有权力卖国啊。不过如今我有权力卖厂啦。现在我去拜访香港房地产大亨，洽谈迁厂的事情。郝伯生笑着回答说四十二码的，猫腰钻进美国出产的吉普车，开走了。

王金炳知道凡是牟棉花看重的人，她都要做一双鞋子。上至党的高级领导干部，下至普通劳动者，这成了一种金钱难买的特殊待遇。

牟棉花重新坐在小三轮车里问门卫，这位郝伯生同志现在什么职位？

门卫恭敬地回答说，他是金纺集团总经理，就等于是过去纺织局的局长。

于是，"工业战线红管家"骑着红色小三轮车载着"棉纺战线一面旗帜"，驶进国棉十九厂北院。工厂大道上，人来车往都是陌生面孔。工厂大道两旁，都是陌生景致。牟棉花恍然大悟：打从工人疗养院前往阿富汗援建巴格拉密棉纺厂，我离开国棉十九厂将近三十年，似乎是上辈子的经历了。

蹬着小三轮车，王金炳念叨着，棉纺行业大变样！一是这几年棉花紧张，全国各地棉纺厂都去产地抢购原棉，供不应求就涨价，涨了价还往棉包里掺沙子压分量。二是这几年企业没有资金购买原棉，趴着不能生产。三是这几年国营企业被条条框框捆着手脚，没办法跟乡镇企业和私营企业竞争……

咦，你怎么知道这些事情？牟棉花坐在小三轮车里，觉得老伴儿突然变成一个"万事通"。

我听广播啊。秀才不出门，便知天下事。我呢，仓库听广播，保管知天下。王金炳乐乐呵呵用力朝前蹬去。

望着陌生的厂区呼吸着陌生的空气，牟棉花顿时觉得老伴儿也陌生了。说是老夫老妻，这大半辈子都来不及端详对方，忙啊。这样想着心头一阵悲凉。

南院与北院之间的大水坑，填平了。当年牟棉花去梳棉工房报到就是踏着冰面跑过来的。大水坑变成一个小广场。小广场门楼上的残存标语写着"建设四个现代化"。过了小广场便是停产多日的南院。牟棉花叫王金炳停车，环视着一派荒芜的景象。

东边的锅炉房只剩下半截烟囱，那是她打瞎白小林一只眼睛的地方。那时白小林叫小林白，一派日本人打扮。西边的变电站是当年护厂队把守的地方。新中国成立前夜白小林跟她并肩躺在大卡车前面。关键时刻白小林站在了人民一边。

这就是我十六岁考进来的工厂啊。望着被一条条木板钉死的车间大门，牟棉花眼窝一酸，坐在小三轮车里呜呜哭了。

稳若泰山的王金炳说，旧的不去，新的不来！我劝你多想高兴的事儿，心里就不难过了。你看远处织布车间，当年纺织工业部主办全国纺织擂台赛，上海许金娣青岛陆根萍还有北京石家庄西安郑州无锡一大批技术尖子，都来了。偏偏是你牟棉花一鸣惊人打破挡车接头全国纪录，一直保持到今天啊。

听了王金炳讲述，牟棉花破涕为笑。以前三棍子打不出一个屁，现在你学会说话啦？

王金炳低头踏着小三轮车说，改革开放，我是跟收音机里单田芳学的。

一辆白色豪华面包车驶进小广场缓缓停下，一群西装革履的男人下车，打量着周边厂房，一个翻译哇啦哇啦说着外国话热情地介绍着情况。

王金炳远远望着说，这是日本考察团，那翻译是白小林。

一群日本人。牟棉花眯着眼睛说，他们是来开工厂的还是来买地皮的？告诉郝二黑一定不要贱卖啊！

驶出国棉十九厂大门，门卫抬手给这辆小三轮车敬礼。牟棉花笑着说，看来还是有人敬重劳动模范的，这小子不光给小轿车敬礼呢。

一路上，情绪波动的牟棉花不停向王金炳发问，好像怀里抱着一本《汉语九百句》。

金炳啊，你跟收音机里单田芳学会说话了，那你告诉我纺织行业还能振兴吗？不光国棉十九厂，还有傻凤的第五针织运动衣厂，还有大姑爷的北方电机厂，怎么越弄越不行呢？人家灵莹怎么把厂子弄得那么好呢？你要是见到李亦墩同志，一定问问国有企业怎么走出困境啊！

你不说我还忘了，市人大办公厅打来电话，明天下午李亦墩同志叫我谈话，我说大半辈子上班没请过假，人家说通知"大联化"党办了，派车送我。

牟棉花乐了。你明天替我问一问李亦墩同志，咱国有企业到底怎么办。

第二天吃过午饭，王金炳锁了仓库大门拎着一桶热水走进更衣室。他脱光衣裳摘下红色"勒子"，洗澡。他认为自己胸部突起属于个人隐私，但是传扬出去对企业影响不好。一个老头子看管一座仓库，长出老娘儿们胸脯，这肯定传为笑话。一传十十传百，败坏了国家重点企业"大联化"的名声。王金炳深知"大联化"是自己的最后一座工厂，愈发珍惜晚节。

洗了澡，把该洗的胸兜扔进水盆，换上新的"勒子"。他念叨着顺口溜：戴上勒子，胸脯平坦，不戴勒子，两座小山。

动手清洗泡在水盆里的"勒子"。白盆清水，水里仿佛盛开两朵大红花。他注视着这两朵大红花，浸得渐呈酱紫色，嘴里念叨着冯器教的英语"瑞德"。嘿嘿，瑞雪兆丰年的瑞，道德的德。

清洗了"勒子"，他打开更衣箱把这个湿乎乎的胸兜挂在里面。为了保守身体机密，他不敢把胸兜晒在光天化日之下。只要洗了"勒子"便直接挂进更衣箱里，鬼鬼祟祟地晾着。因此他在更衣箱里安了一只大灯泡。大灯泡成了小太阳。"小太阳"偷偷烘烤着他的人生秘密——那一只湿漉漉的"勒子"。

"工业战线红管家"一贯爱厂如家，这只耗电的大灯泡是他一生之中的最大浪费了。

晾好胸兜，好像完成战争年代的坚壁清野。我去见李亦墩同志应当注意仪表。他拿起一面小镜子鉴定着自己的形象。镜子里的王金炳面容光亮，一张国字脸，两只小眼睛，光头大耳，直鼻阔口，五短身材，一派和蔼老头儿形象。

换了一身干干净净的工作服，穿上老伴儿亲手做的尖口布鞋，他站在仓库大门外候车。大门两侧矗立标语牌子，左边写着"特殊材料仓库，非公莫入"，右边写着"爱惜国家财产，安全第一"。他很想在这里拍一张照片，为自己这段特殊人生经历留一个纪念。

驶来一辆深蓝色小轿车，司机摇下车窗玻璃问是仓库王师傅吗，他点头说是。很久没坐小轿车，他显得很拘谨。一路疾驶到达市人大办公楼。他坐在车里不知如何开门，显得手足无措。

就是不如骑小三轮车方便。他嘟嘟哝哝表达对小轿车的不满。这几年他的性格有了些许变化，以前遇到不满意的事情，嗫嚅而已，如今敢小声表态了。

走进市人大接待室。接待员起身引领来访者乘坐电梯到达九楼。908 室是一间铺着猩红地毯的小会客厅，茶几上摆着一盘苹果。他坐沙发里等着，伸手摸了摸苹果。

塑料的。他笑了。当年在国营宏光电器厂当仓库保管员大量接触塑料制品，一摸就知道真假。那时塑料属于新兴工业材料，特别金贵。

李亦墩同志走进小会客厅，脸色晦暗。王金炳起身迎接，吃了一惊。这位老领导去年离开"大联化"，不到一年时光竟然体弱不堪。这时服务员捧来两块热毛巾端来两杯热茶，撤走那一盘假苹果。

金炳，你好吧？李亦墩气喘吁吁说，你有什么想法大胆谈嘛，不必拘束。

我？我什么想法也没有，您叫我来，我就来了……

既然你没有什么想法，我开门见山吧。李亦墩略显难堪说，去年我不让你退休是为了参加新中国十大劳模评选，为此我还给市委书记写了报告。假若你当选，也是我们这座城市的光荣嘛，但是……

老首长，您不用做我思想工作，我差距很大。评不上我不会有情绪，我要站好最后一班岗。

李亦墩禁不住笑了。金炳，这次评选范围不包括去世的，也不包括走上领导岗位的，主要面对多年坚守生产一线的劳动模范。所以我认为你很有希望入选。不过，这次评选活动取消了……

取消了？王金炳望着老领导，感到几分意外。

其实早就取消了，我老了记性差，忘了告诉你。咱们国家的事情有时候变化很大。取消的原因我也不太清楚。我相信你是能够正确对待的。

我能够正确对待！王金炳不由站起，猛然感觉"勒子"紧绷，胸口好像包裹一层黏稠的红色。李亦墩看到他有几分异样，目光里充满疑问。

为了掩饰胸部不适，王金炳立即问道，牟棉花让我问您，咱们国有企业到底怎样走出困境啊？

噢？牟棉花真是好同志。国有企业怎样走出困境，这个问题复杂得很。一个国家面临时代巨变总要有所牺牲。当年红军长征携带辎重血染湘江，不得不抛弃重物轻装前进。我们前进路上不扔掉包袱，怎么求得生存呢？

王金炳表情惊恐。您是说国有企业成了国家前进的包袱，只好抛弃啦?

我不是说国有企业成了包袱，我是说国有企业应当扔掉包袱，轻装上阵。

东方制冷设备厂吸收几座小企业成了龙头，这是轻装上阵吗?

李亦墩连连摇头说，我很欣赏王莹的干才。这次全市搞龙头企业，是自上而下的不是自下而上的。究竟是一手高棋还是一手昏着，我们拭目以待吧。

看着老领导疲惫不堪的样子，王金炳主动告辞。李亦墩突然拉住他的手，两眼闪烁泪光说，金炳，你一定要保重身体。这大半辈子我把你调来调去的，你任劳任怨从无二话，我很感动啊。

王金炳紧紧握着老领导的手，一个尘封已久的念头倏地掠过脑海。他鼓起勇气大声问道，有件事情您实话告诉我，当年瘦猴儿的尸体到底埋在哪儿啦?

李亦墩瞪大眼睛说，哎呀! 这么多年了你总是打听这件跟你毫无瓜葛的事情。你真是一根筋的好人啊!

说着，李亦墩抚着额头回忆道，为了腾空棺材装运药品去解放区，我就把那具尸体拖到华昌机器厂后院埋了。"文化大革命"造反派批斗我，我保守机密闭口不讲。还有护送药品的铁路工人勾华东同志后来在朝鲜战场牺牲了。我要把这段经历详细写进回忆录里。

获知事情真相，王金炳感到特别满足，好像终于还清一笔旧债，无愧于死者了。其实历史就是拾物招领处，有人认领的即有了家园，没人认领的永远是野生的。

告别时分，李亦墩激动地拥抱了这位"工业战线红管家"。王金炳一时忘记自己胸部秘密，与老领导紧紧相拥。他感到李亦墩同志身躯瘦小虚弱，内心依然如火。遥想当年华昌机器厂的账房先生，几十年的风雨泥泞经历，终归平淡了。

第二天上班，"大联化"工会主席来到特殊原料仓库，大声叫着"王师傅"。王金炳满身粉尘打开仓库大门。他灰头土脸的形象，吓了对方一跳。

年轻的工会主席很是意外。王师傅，您平时就在这种环境里工作?

这都怪我没开除尘器。王金炳解释着，满脸认错抱歉的表情。

面对飞扬的粉尘，工会主席后退两步说，我代表全厂职工向您表示感谢。您为了工人阶级的荣誉坚守岗位不退休，是我们学习的榜样。今天接到上级指示，可以为您办理退休手续了。我专门安排一个报告会，请您给全厂青年工人做报告，讲一讲老劳动模范艰苦奋斗的优良传统……

懵懵懂懂听着，王金炳知道自己的劳动生涯走到了尽头。他独自坐在仓库大门外，寻思着。为了能够参加新中国十大劳模评选，上级领导命令我延期退休。如今不评选了，当然要我退休了。

起身回到更衣室打开更衣箱，动手拾掇东西。他关了那只大灯泡，摘下半湿的红色"勒子"。

今后，无论是谁接管这座特殊原料仓库都不要再受伤害了。节约一公斤粉料，长出一对奶子，这可不是好事情。王金炳找出一截子红色粉笔在白墙上写了一行大字：进料出料，必须开动除尘器！不开除尘器，人要受害的！

一旦真正告别工厂，心里还是空落落的。他宽慰自己说，退就退吧，我从十八岁进华昌机器厂，没年没节一直工作到今天。人家老红军老八路都歇了，我也歇吧。反正苏州码子和狮子滚绣球没了用场，人脑改成电脑啦。

收拾停当，他给牟棉花打电话说评选新中国十大劳模活动取消了。电话里她啊地叫了一声，好像很失望。他说不评就不评，咱们这辈子荣誉不少啦。

电话里牟棉花长吁短叹，金炳你是大好人啊！领导让你往东你绝不往西，领导让你打狗你绝不撵鸡。从听领导的话开始，到听领导的话结束，没错！

放下电话，王金炳嘿嘿笑了。我工作了一辈子居然没有犯过错误，都快成圣人啦。

装配线卷

装配线：在流水作业法的生产过程中，按次序在不同的工作区把各个零件或部件装配成整体，这种工作组织叫装配线。

——摘自《现代汉语词典》

25. 理想与现实

  厂里给职工下达任务，每人推销两千件"丛中笑"牌棉毛衫，不完成任务不发工资。于是"走在时间前面的人"王凤彻底摆脱"产量"二字带来的沉重压力，从缝纫女工变成推销员。多年养成的争分夺秒的习惯，一旦清闲下来好像机器生了锈。人，跟机器一样，一闲就锈了，一锈就死了。王凤当然不愿意生锈。丁巧良在家看孩子，她东奔西走，忙于推销。十天只卖了一百五十件。

  只好给大朝哥哥打电话请求购买。金水集团办公室主任说王援朝董事长去德国治腿了，疗程一百天。大财神不在，王凤撂下电话，乘坐公共汽车去了北方电机厂。

  自从申请项目吃了败仗，北方电机厂老厂长退位，冯五一代理厂长职务。王凤猜测姐姐婚姻已经破裂，还是硬着头皮找到这位"姐夫"，推销她的棉毛衫。

  冯代理厂长哭穷，三角债缠身银根吃紧，莫说棉毛衫，袜子也买不起。他表示自掏腰包买两件。王凤笑了，把带来的样品送给了他。

  冯五一说，现今机械行业只有东方制冷设备厂一枝独秀，可是起了内讧。上面派来一位郑书记，偷偷召开几次座谈会，指责王莹接受世界银行贷款的CFC项目是决策失误，批评王莹八个月完成全厂技术改造项目是激进冒险，挖苦王莹成立龙头企业是好大喜功，总而言之把你姐姐全盘否定了。

  这事儿我姐知道吗？王凤听说姐姐处境危险，急了。冯五一暧昧地说，大路通天，各走一边。我跟你姐姐井水不犯河水。

王凤转身就走，这位徒步推销棉毛衫的劳动模范竟然拦了一辆出租车赶往姐姐工厂。只要把情报及时告诉姐姐，我花多少钱打车都值得了。

王凤并不知道，机电工业局领导几经犹豫终于拍了板。"老头子"找王莹谈话，问她愿意担任书记还是愿意担任厂长。改革开放以经济建设为中心，企业实行厂长负责制。王莹认为担任厂长更有作为，便表了态。拱手交出厂党委书记职位，肩头的两副担子减为一副，王莹被削了权。

行政机关面临改制，机电工业局改为机电控股集团，统管机电行业国有资产。最令王莹感到意外的是，新任厂党委书记是郑佳兰。她被提拔为局组织部副部长，不久便被派下来担任东方制冷设备厂党委书记。

适逢机关精简分流，郑佳兰接收十几位干部来到东方制冷设备厂担任中层职务，享受原有级别不变。这种做法赢得了亲信，并且壮大了麾下人马。派性出现了。王莹的势力，远远不如郑佳兰了。

郑佳兰的到来，令王莹不知如何相处。以前局里的"暗线"郑姐姐，一下变成自己厂里的郑书记。这好像猪八戒照镜子，里外都觉得别扭。尤其她与小郑在"匿名信"上的秘密勾当，显然成为彼此内心的最大尴尬。果然，这种尴尬心理很快造成互相猜忌，一下结成疙瘩。渐渐，人们察觉到在郑佳兰书记与王莹厂长之间，出现严重隔阂。首先是郑书记撤销了"简报办"，多年形成的"裙子队"风景线在东方制冷设备厂里消失了。

经营多年的"半边天"垮了，失去工厂毛细血管，这是动脉不能容忍的。王莹当即成立统计办公室，简称"统计办"，将各车间各科室的"简报员"改编为"统计员"，继续着血液循环。

"统计办"运行了，却找不到合适人选担任"统计办"主任，暂时让厂办主任老彭兼着。这时候，王莹内心特别怀念友谊时代的滕维丽。

走进东方制冷设备厂，王凤说找王莹。门卫漫不经心鸣了一声挥手让她进去。王凤看到这里增添了几座高大厂房，却没了以往生气。哼，没有我姐就没有东方制冷设备厂，我姐使得企业兴旺发达，谁让你们削她权呢。

推门走进党委书记办公室，看到滕维丽正跟郑佳兰谈话。噢，我姐不是党委书记了。王凤痛恨自己没有记性，转身退出寻找厂长办公室去了。

滕维丽继续与党委书记郑佳兰谈话，主动要求调到家属工厂担任厂长。郑书记听罢很不理解。我知道王莹调你担任厂科协主席是打击报复，可是你为什么愿意去家属工厂收拾烂摊子呢?

我只想换一个工作环境。你安排老同志担任厂科协主席吧,我愿意去生产第一线做一些实际工作。

好吧,你肚子里有多少苦水都倒出来,我是党委书记一定给你做主的。

我肚子里没有苦水。当初我反映王莹的问题是看到很多国有企业领导人实行一支笔签字、一个声音说话、一个人独断专行。我以东方制冷设备厂为例子给局党委书记写信,反映普遍存在的问题。我跟王莹之间不存在个人恩怨。滕维丽态度诚恳说。

你什么时候有苦水就什么时候找我倾诉。这位党委书记沉吟片刻说,要是王莹厂长不同意你去家属工厂,我也没有办法啊。

滕维丽另辟话题说,家属工厂属于分厂建制,多年以来发挥不出积极性。我要求给我独立法人的自主权,独立核算的经营权,独立产品的开发权。我搞了调研,我们这座城市采暖率不高,我准备开发一种民用产品家庭燃煤取暖炉。三年之内市场不会疲软。只要有了这个家底,我争取做大做强。一旦龙头企业遇到困难,我也会支撑一下的。

好啊,我说服王莹给你拨几十万元启动金,你轰轰烈烈干吧!郑佳兰送滕维丽走出办公室,内里感叹不已,连滕维丽这样耿直的人都找我了,王莹你真的成了孤家寡人。

王凤退出党委书记办公室,东询西问终于在三楼找到厂长办公室。好似探马急报,她满头大汗走到桌前抄起水杯就喝。姐,你办公室没安窃听器吧?

你这是怎么啦?王莹忍不住笑了,觉得妹妹神秘兮兮的样子特别可爱。

姐,都说你们当官儿的钩心斗角,我担心你吃大亏啊!缝纫女工气喘吁吁把紧急情况告诉姐姐,说害怕耽误时间专程打出租车来的。

王莹一把抓住王凤的手。王凤看到姐姐湿了眼窝儿,喉咙发酸说,姐,这些年你多不容易啊!把儿子扔给农村婆婆,把工厂当作日子过,把床铺搭在办公室里,把婚姻都毁了,我要去联合国替你鸣冤叫屈……

姐姐扑哧一声笑了。傻凤,你真是我好妹妹!我有什么冤有什么屈?你看咱妈援外八年劳苦功高,就那么不明不白回来了,一声不吭啊。再看咱爸,这些年被领导调来调去就跟棋子似的,也一声不吭啊。姐姐不冤不屈,你闹什么!

你辛辛苦苦把厂子弄成龙头企业，让他们捡了便宜柴火！王凤好像随时准备吃人的小母老虎，而且绝不吐骨头。

你带来的情况其实我都知道。傻凤你放心吧，姐姐不贪污不受贿不会被他们扳倒的。

你不知道！我看见滕维丽跟郑佳兰谈心呢。她是你的人啊，怎么反水啦？

傻凤，你一会窃听器一会反水，电视剧看多啦？你不是去找冯五一推销棉毛衫吗？好啦，姐姐买一千件！月底给职工发奖品。

我一件也不卖给你！马上就有人攻击你，说姐姐公款买妹妹一千件棉毛衫。我不替他们给你积攒罪状。身负推销任务的王凤大义凛然，端起水杯一饮而尽，抬腿就走。

傻凤，姐知道你平时舍不得花钱打车，我派车送你回去！王莹追出办公室。

王凤故意高声说道，你成了孤家寡人也是我亲姐姐！你不怕小人们说你公车私用啊？

鸡毛蒜皮的小事儿，我存心给他们拼凑罪状呢。王莹无所忌惮地笑了。

看到姐姐如此硬朗，王凤眉头舒展了，觉得姐姐丝毫没有改变——越是较劲越不服输，越是不服输越较劲。

派遣"蓝鸟儿"送妹妹回家。王莹突发奇想，这次大朝哥哥在德国要是治愈下肢多好啊，我很久没有看到双腿走路的王援朝了。

返回办公室看见滕维丽站在楼道里。她依然穿着"裙子队"时代的白色衬衫，说王莹厂长我有事情找您谈谈。

一前一后走进厂长办公室，王莹给昔日密友沏了一杯茶。滕维丽谢绝厂长好意说，你忘了我从来不喝茶的。

王莹脸上掠过一丝尴尬表情很快恢复平静。不喝茶也好，你有什么事情吗？

有，我请求你同意调我去家属工厂当厂长。我腾出厂科协主席的位置安排老同志。我找郑书记谈，她同意了。

你为什么愿意去家属工厂啊？只要你跟我实话实说，我当然会认真考虑你的要求的。王莹不急不躁说。

我不知道怎样跟你解释，你知道我是理想主义者，有时自视甚高，有时又怀疑自己眼高手低……

王莹注视滕维丽说，我猜出你葫芦里卖的什么药了，你想在家属工厂尝试自己的企业改革设想，对不对？

滕维丽点头承认说，还是你了解我的性格。我打算实行职工股份合作制，使工厂初步拥有主人，之后我以融资形成企业社会化，扩大关联交易。总而言之，我想以家属工厂为实验基地，闯一闯。

王莹灿烂地笑了。我喜欢你这种争强好胜性格。不过，正确的想法未必产生良好的结果，这方面我很有失败的教训。人事难测啊。

其实我的性格跟你一样。只是你树敌太多，所以你的争强好胜被说成专横跋扈，你的积极进取被说成好大喜功。滕维丽一针见血说。

你要是打出家属工厂独立核算的旗号，马上就成为众矢之的。别看现在郑佳兰全力支持你，只要你取得成绩她就会扼杀你的。平庸的狗尾草不能容忍身边长出一株钻天杨。王莹似有几分伤感说，你去尝试吧，只要你尝试成功我就拜你为师，在全厂推广你的经验。

滕维丽突然激昂地说，王莹，只要我做大做强了，有朝一日就去兼并你的龙头企业！

坦诚相见，两个女人不知不觉重返友谊时代，无拘无束交谈着。这时，王莹蓦然意识到自己其实是离不开滕维丽的，尽管她背叛了自己。滕维丽似乎也察觉自己进入"时光隧道"，一时不能自拔了。

王莹大度地笑了。个人恩怨终归个人恩怨，既然交谈了，就开诚布公吧。市领导决定把咱厂弄成龙头企业，掀起救活濒危中小企业的高潮。我认为咱厂有责任有义务有能力带活几个处境困难的小厂，比如通用机械附件厂和林业工具厂，还有空气压缩机厂和第三水泵厂，我们毕竟还是社会主义市场经济嘛。所以我积极响应了。

滕维丽不假思索说，什么事情都有两面。龙头企业可能带活几个小厂，同时龙头企业也可能被几个小厂拖死。捆绑不是夫妻嘛。市领导搞龙头企业工程还是沿用计划经济的思路，搞的是政治不是经济。很可能龙头企业被拖垮了，那几个小企业也没救活。

喘了两口气滕维丽继续说，王莹，壁虎危急时刻甩掉尾巴，求生啊，不甩掉尾巴就被拖死了。如果危急时刻反而添了一条尾巴，下场可想而知。

王莹不高兴了。我愿意成为龙头企业是出于社会责任感。假若人人各扫门前雪，莫管他家瓦上霜，还有谁关键时刻敢于挺身而出呢？东方制冷设备厂既沾了计划经济的光，也吃了计划经济的亏，是凤凰就要涅槃啊。你老知青出身是理想主义者，没想到你也反对咱厂成为龙头企业。壁虎是虫，我们是龙啊！

滕维丽动了感情。王莹，我相信你说的是心里话。时代不同了，如今官员们以成败论英雄，而且官位越高越注重成败。所以，你的悲壮心理他们永远不会理解的。

说着，滕维丽低头挽起裤管，露出当年亲手文刻在大腿上的豪言壮语"扎根边疆，永不变心"八个大字。你看，这就是我从来不进工厂浴池的原因。想当初我发誓扎根边疆不动摇，站在金训华墓前发了誓。上海知青陈健说话算话为金训华守墓没有返城，可是我返城了。

我发了誓却返城了。进了工厂，我内心感到理亏感到歉疚。工人们劝我不要谴责自己，可是我不能原谅自己，因此我选择了独身生活。

我的这种负罪心理有人不会理解的，你的理想主义有人也不会理解的。官员需要的是政绩，我们的英雄主义只能自己享用了……

王莹低下头去，好像疲乏了。片刻，她抬头注视滕维丽说，对于我来说你是叛徒，我们之间的私人友谊不存在了；对于企业来说你是忠臣，我们之间的工作关系还是存在的。

滕维丽感慨不已说，其实，工人永远是工人，变化的只是企业。

不，企业永远是企业，变化的只是工人。王莹提出相反见解。

这两个女人，一个离异一个未婚，一个女强人一个准女强人，重新回到原本状态。平和而互不妥协，坚持着自己的观点。于是，办公室里流动着真实的空气，直入心脾。

几天之后，电视台现场直播本市重点工程——电视塔落成典礼仪式。据说这是亚洲第三高塔，全市瞩目。正值工厂午休时间，党委书记郑佳兰要求各车间各科室组织职工收看，以日新月异的城市建设成就鼓舞全厂士气。

王莹坐在厂长办公室里观看电视直播。现场主持人说今天剪彩热点多多，包括八对新人的空中婚礼，然而引人瞩目的首推"九大螺栓的紧固"。

电视里主持人仔细讲解着。即将启用的电视塔全高四百一十五点二米，处于三百五十七米处的发射架基座由九个超大螺栓固定。"九大螺栓的紧固"系电视塔工程的最后工序，届时我们看到一名工人手持大号扳手高空作业，逐一对九个已经紧固的超大螺栓进行安全验收。如今这道工序已演化为象征性仪式，既表现了"百年大计，安全第一"一贯追求，又展示了工程建设者的勇敢精神。

哦。这属于高空展示啊。王莹听明白了。

这时，舒芸打来电话，提醒王莹观看城市频道的电视塔现场直播。她正要询问弟媳下岗之后的情况，对方匆匆挂断电话。王莹好生纳闷，今天舒芸这是怎么啦？

电视画面出现一个身穿杏黄色工作服头戴杏黄色安全帽腰间挂着大号扳手的工人，乘坐高速电梯直达三百三十五米平台。他脸部佩戴有机玻璃防护面罩，反射着阳光。离开平台缓缓钻入露天圆笼式阶梯，向着发射架基座一步步攀登而去。风很大，杏黄色工作服鼓胀起来，好似一只气球。

镜头推近。屏住呼吸王莹看到登攀者掏出电工刀在工作服上划开两道口子，"杏黄色气球"漏了风，顿时瘪了。这家伙真聪明！她不由叫了一声好，心儿咚咚跳着。这个工人将安全带挂在发射架底座上，稳稳举起大号扳手，开始紧固一个个超大螺栓。现场主持人的解说伴着风声，声嘶力竭了。

各位观众，我们看到这位勇士紧固了第三个超大螺栓。这不仅需要超常臂力更需要超常的胆识和超常的勇气！我们听到现场乐队高奏"咱们工人有力量"，人们随之高声歌唱。

王莹仿佛进入现场，一步迈到电视机近前，心儿揪紧了。

各位观众！现在推成第五个螺栓的特写镜头，请看请看，他的大号扳手紧紧咬住第五个螺母，啊，这个螺母向左旋转了三厘米！各位观众，这绝对不是象征性动作，第五个螺母确实被他紧固啦！在此之前，这个螺母并没有完全紧固到位……

高空风声骤紧。王莹双手捂住眼睛，不敢看了。现场主持人的声音穿透风声时隐时现。各位观众、各位观众，我们现在得到这位登高英雄的名字，他叫王——建——设！

王——建——设！王——建——设！王——建——设！声音回荡着，敲击着王莹耳鼓，震响内心深处。

设子！王莹撒开双手盯着电视画面。她看到，紧固了第九个螺栓的王建设撩开防护镜，那面孔被劲风吹得变形。他挣扎着从怀里抽出一条红色绸带，双手拉扯奋力展开。电视立即播出这个特定镜头——这条红色绸带上写着一行大字："死亡，不属于工人！"

"死亡，不属于工人！"王莹哭了，她知道这是苏联电影《列宁在一九一八》里的台词。

电视镜头推成王建设的面部特写。

设子！王莹扑到电视机前，伸出双手抚摸着屏幕里弟弟的脸庞，久久不肯放开。她声音颤抖地说，设子，好样的！姐姐没有白疼你……

26. 隐情与真相

　　东方制冷设备厂吸纳四个濒危小厂，成为"龙头企业"。锣鼓响，彩旗飘，鞭炮阵阵。被吸纳的四个小厂职工们群情振奋，自发吃了喜糖。他们认为企业归入东方制冷设备厂好比认了干爹，好日子不远了。

　　又是秋凉季节，东方制冷设备厂的CFC项目宣告完成，当天报纸头版头条给予报道。手捧报纸，王莹亦喜亦忧。喜自不必说，同时建成的主机性能实验室填补国内一项空白，令人扬眉吐气。忧呢，世界银行的贷款增加到九百六十万美元，沉甸甸压在肩上。

　　国家环保总局终于为东方制冷设备厂新型环保制冷机上市召开新闻发布会，将十大城市列为试点推广城市。这次新闻发布会的主题口号是"推广新型非氟制冷机，保护臭氧层！"

　　王莹总算松了一口气，我们"搭政策车"的战略，收到初步效果了。

　　然而，国家没有规定不使用环保制冷设备者必须承担法律责任，更没有出台限制使用氟利昂产品的强制性法规，因此，不环保的制冷设备依然大行其道，而且大搞业务回扣，扩大销售领域，形成市场强势力量。东方制冷集团的CFC环保制冷产品价格偏高利润偏低，销售商回避。任你大力宣传环保产品有利于保护地球臭氧层，还是无人喝彩。

　　随着十大试点推广城市总共十五项试点工程完结，CFC产品上市经历的短暂繁荣开始消退，产品新入缓销阶段。

　　传统产品市场竞争激烈，几近饱和，CFC环保新型产品没人买账。东方制冷设备厂进入半停产状态。当年为了争取全厂技术改造项目企业自筹资金，已然抽骨剥筋榨干全部积蓄。新增世界银行九百六十万美元贷款，企业不堪重负难以为继。

职工没了奖金，勉强维持基本工资发放，拖欠水费电费排污费，技术人员赋闲，职工食堂关门，汽车队停驶……一时间全厂怨气横生，纷纷指责领导盲目决策造成重大失误，毁了企业。

地球又不是你们家的，用得着你王莹保护臭氧层吗？

有市场的产品，不做，非做没市场的产品，这是自找倒霉！你王莹自找倒霉，害得全厂职工跟着你没饭吃。

尤其"以一个龙头企业带活一群企业"的指导方针，完全失败。龙头企业不但没有带活四家小企业，反而被龙尾巴拖得气力尽失。积重难返，在郑佳兰带动下，强烈要求王莹下台的呼声，越来越高。

王莹内心委屈极了。为了企业发展，我付出极大心血甚至与孔小围鸳梦重温。有人假公济私，我却假私济公，最后成了企业罪人。想起当初藤维丽的忠告，王莹一声叹息。

党委书记郑佳兰主持召开党委扩大会议，气势汹汹地列出一大堆问题，要求东方制冷设备厂厂长当场回答质问。

王莹吃惊地看到有百分之八十的中层干部举手支持郑佳兰，其中包括劳资科邴科长、宣传科倪科长、党办主任张贡菊，甚至还有厂办主任老彭。

我的天，敢情我平时得罪了这么多人。仿佛置身人民战争汪洋大海，女强人毫无思想准备，忙于应对中层干部们质询。

厂工会主席以前担任副厂长，被王莹拿下了。他首先向王莹发难。王莹厂长你毫无休止地向世界银行贷款，从德国进口数控机床就花了一百万美金，如此重大事项你为什么不通过职代会？现在十个环保城市的试点工作完成了。CFC环保型制冷机面临不被市场接受的局面，你身为厂长应当负什么责任？

王莹起身反问，你身为工会主席应当负什么责任？你号称工人领袖整天搓麻将喝大酒不干正事，有什么资格问我！CFC项目是国家从计划经济向市场经济过渡期间上马的，也就是通常所说的双轨制时期。如今市场不认可，这很不正常。这种局面，我们只能依靠自己培育市场，目前正在加大新产品宣传力度。

劳资科邴科长起身指责王莹把弟弟调进厂里属于权力腐败，后勤科长批评王莹让食堂送饭到办公室里是官僚作风。

鸡毛蒜皮的事情。王莹强抑怒火看到坐在角落里的新任家属工厂厂长。是啊，滕维丽的预言应验了，我沦为众矢之的啦。

环视着坐在会议室里的乌合之众，王莹想起王援朝关于会议的精辟论述："人多的会议不重要，重要的会议人不多；解决小问题开大会，解决大问题开小会；解决关键问题不开会，不解决问题老开会。"

这样想着，王莹笑了。这就是她的性格，天不怕地不怕，即使一个人面对一群人也绝不含糊。

会议从下午开到晚间，王莹看看手表大声说，应当散会啦！国家规定八小时工作制，你们明天接着开，我继续奉陪！

武装部长老吴是郑佳兰从局里调来的亲信，他要求继续开会，彻底揭开东方制冷设备厂的盖子。

王莹啪地一拍桌子说，你他妈的以为开我的批斗会呢？工厂陷入困境，你们袖手旁观毫无实际行动，反而往我身上泼污水！说着把水杯里的残茶往地上一泼，朝着郑佳兰哼了一声起身走出会议室，好像突出重围的穆桂英。

内外交困，腹背受敌，四面楚歌，山穷水尽……王莹终于品尝到这一组组词语的滋味，苦笑了。

打电话叫来生产调度室的几个人，研究恢复生产 BFB 系列非环保老产品。既然停了，恢复生产谈何容易。面对越来越多的民营企业竞争，王莹着手组建了四支推销小分队奔赴"三北地区"。她亲自上阵开拓本地市场，骑着自行车来到尚未开业的太平洋商厦。

没想到太平洋商厦总经理是当年百货大楼售货员赵秀玉。这位老牌劳动模范满头银发端坐办公室，好像某种老年品牌的形象代言人。

赵阿姨，您还没有退休啊？王莹回想赵秀玉与母亲一同疗养的日子，以为时间凝固了。已然过了退休年龄的赵总经理低声告诉她，七个人争夺总经理位子谁都没抢上，领导让我坐在这里贡献余热。我知道这日子不会长久，过渡性人物呗。

噢，这么说您是有权不用过期作废啦？王莹从皮包里掏出合同书，小孩子似的笑了。

你只要不让我卖国，凡是对人民群众有益的，我什么都敢卖。你只要不让我买毒品，凡是对人民群众有益的，我什么都敢买。赵秀玉一反当年逆来顺受的模范售货员性格，抚着办公桌得意地笑了。

我们这些老劳模死一个少一个。你知道钢厂劳模老孟吗？他拿退休金跟老伴儿过日子，舍不吃舍不得喝还给希望小学捐款呢。天下劳模是一家，你是牟棉花的亲闺女就是我的亲闺女！你有什么难处尽管说吧。

于是，王莹从太平洋商厦得到一张全套制冷工程订单，十二层楼的制冷面积。她眼含热泪走出这座全市最大的百货商厦，饿着肚子走进一家饭馆，面对两盘凉菜一瓶啤酒，心情很是复杂。

他妈的，保护大气臭氧层的产品没人搭理，破坏大气臭氧层的产品倒成了香饽饽！中国人只认钱不认科学，我们的 CFC 产品成了社会牺牲品……

一辆花花绿绿的"大篷车"停在饭馆门外，从车里跳下两个身披红色绶带的姑娘手持广播喇叭宣传着产品。王莹听到她们的广告语是"百姓牌家用取暖炉，送给百姓们一个温暖冬季！"隔着窗子王莹看到滕维丽从"大篷车"里跳下来，快步走进饭馆。

服务员，我买五斤包子！滕维丽扭脸看见王莹，径直走了过来。

自从家属工厂独立核算自主经营起，法人代表滕维丽大力开发家用燃煤取暖炉。这座城市集中供热率只有百分之三十五，绝大多数家庭冬季没有暖气，煤气中毒时有发生。于是俗称"土暖气"的家用燃煤取暖炉有了广阔市场。滕维丽领导的家属工厂更名东方小型锅炉厂，并且获得了生产低压压力容器的资质，一跃成为"新星企业"。有人传言，郑佳兰同意滕维丽独立就是为了削弱王莹的势力。一支箭射了两只鸟儿。

据说，东方小型锅炉厂独立核算以来，实行股份合作制，工人阶级变成工薪阶层了。滕维丽的职工成了股东，内部竞聘上岗，不达标下岗，每逢年底分红，俨然实行现代企业制度的样板。

滕维丽明显瘦了，坐在桌前对王莹说，我们占领了百分之三十八的市场份额，但是不敢掉以轻心！今年突然冒出两家竞争对手瓜分蛋糕，一个燃气的一个燃煤的，我们必须加大宣传力度抢在采暖期到来之前掀起促销热潮……

我跟你一样，东奔西走推销产品呢。太平洋商厦订了一套制冷设备，依靠我母亲的老劳模关系。王莹自嘲地说着。

包子来了，热气腾腾装满两袋子。滕维丽双手拎着说，其实我当厂长还是依照你的样子去做。比如职工病了，我一定亲自看望。再者我也实行一言堂了，不过我的一言堂跟你的一言堂完全不同。实行现代企业制度跟实行传统管理有着本质区别。所以，我能够理解你的独断专行了……

是啊，不当家不知当家难啊。王莹讪笑说，我听说郑佳兰很支持你的工作，你说渴她就让你喝水，你说难受她就给你吃药，借机给你更大的经营自主权，要是没有她的支持你也不敢做大做强啊。

滕维丽摊开双手说，我不想向你解释我跟郑佳兰的关系。我只想搞好一个企业。还记得以前我说过的话吧，有朝一日我的小厂要兼并你的大厂，咱们走着瞧吧。

说罢，滕维丽拎着五斤包子风风火火地慰问她的职工去了。王莹没有心思吃饭，手指蘸着啤酒在桌面上写字。她写出一连串的问号，心里乱糟糟的。

国有企业的路子越走越窄，人人都说私营企业不受条条框框限制，拿回扣送礼金，我看这都是表象。本质是什么呢？难道我们国家改革了，我们国有企业必然全面退出历史舞台？……

手里有了这份订单，却没有改变郁闷的心情。她结了账叫服务员把饭菜打包带走。

大街上，滕维丽嘴里嚼着包子向过往行人宣传新产品——她脸上没有窘色没有惧色没有愧色，充满力争上游的劲头。王莹一旁看着心头涌起一股热流。

这就是中国工人啊。跌倒了，站起来，就是不肯趴下。一步一步朝前走，尽管远处的目标显得朦朦胧胧的。

王莹走上前去拍着滕维丽肩膀说，你行！我从小就佩服比我强的人。我真盼着有朝一日你把我兼并了。

我小厂兼并你大厂恐怕需要很长时间，但愿那时我身体没垮，硬硬朗朗地跟你见面。

我就盼着别人把我打倒呢。一旦重新爬起来，我必然变成新的王莹了。

怀里揣着太平洋商厦制冷工程订单，王莹骑自行车回到厂里。传达室里聚着一群闲人，她停下车子大声说，你们就这样闲着？应当找事情做啊。

我们找什么事情做，去南极保护臭氧层？一个青年工人说。

一个门卫感慨地说，厂子兴旺你坐小轿车，厂子困难你骑自行车，晚啦！

王莹知道怨不得工人，骑着车子进了厂。她径直奔向生产科着手组织生产。

生产科长为难地说，一部分职工放假回家，车间缺乏生产骨干。既然放了羊，想招回来就难了。

她想起弟弟，王建设那样的技术尖子太少了。开工了，她到金属结构车间跟班劳动，跟了早班跟中班，一干十几个小时。她心里说我是工人出身，我什么都不怕!

一连几天，父亲踏着小三轮车进厂给她送饭。保温罐里的饭菜热乎乎香喷喷，一下引来泪水。爸爸多不容易啊，平时还要照顾两个外孙，一个冯器一个丁苹果。人老了，却享不得清福。

金属结构车间的钢材存放在露天仓库，生了很重的锈。王莹认为假若父亲管理这座仓库，那钢材绝对不会生锈的。她带领几个青年工人除锈。除锈的工具是钢刷和扁铲。她想起当年做清洁工的不锈钢小铲，跑回办公室打开柜子找到董泰建的遗物，派上了用场。

返回金属结构车间的路上遇到郑佳兰。王莹并不认为郑是坏人，却认为郑是庸人。庸人的最大特点是自己毫无建树却成为颇有建树者的绊脚石。

郑佳兰颇为真诚地说，王莹，咱厂成了这个样子真是让人意想不到啊。

这位党委书记的工作服上衣经过改裁，掐腰儿，头戴白色无檐工作帽，好像故意露出几片刘海，显得年轻。王莹打量着这位年长自己两岁的党委书记，发现她文了眉。那两道眉毛好似两片又细又长的柳叶儿，挺好看。哦，郑佳兰还佩戴耳饰，是那种不显山不露水的耳钉。不知为什么，面对女人味儿逐渐浓重的郑佳兰，王莹思绪乱了，颇有自叹弗如的心理。

多少年来，王莹第一次产生这种弱势心理，因为她从来不认为女人应当具有多么浓重的女人味道。于是她故意不以为然地说，咱厂确实面临困境，我们在哪里跌倒在哪里爬起来就是了。

我并没有跌倒，是你跌倒了。郑佳兰撩了撩美丽的眉毛说，我希望你振作精神放下包袱，尽快爬起来。不过，我担心你吃不消这桩案件的……

王莹仍然用一派冲锋陷阵的语气说，你有话就说，身为党委书记不要吞吞吐吐的。

那我就开门见山吧。前几年我们厂的一部分产品是由金水销售公司销售的吧? 现在金水销售公司更名为金水物流公司，主要做临港贸易。郑佳兰不待王莹回答继续说道，这个隐藏多年的问题是金水集团新任副董事长检查工作时

发现，东方制冷设备厂的产品竟然躺在他们仓库里睡大觉，包括三台大型制
冷机……

这怎么可能呢？金水销售公司年年跟我们结账，一分钱不欠的。他们的销
售业绩也是连年飘红嘛。王莹理直气壮地反驳着，没有一丝疑虑。

是啊，我们的产品没有卖出去，金水销售公司却年年跟我们结账，这就怪
了。难道咱厂出产的制冷机是黄金，他们存在仓库里等着升值？这种事情地球
人认为不可思议，除非你哥哥王援朝是火星人。

多年以来对哥哥的崇拜心理，使得王莹不能容忍任何人对王援朝不恭。她
顿时怒目圆睁再现小母狮子风采说，郑书记！有问题你谈问题，不许讽刺我哥
哥！今天念你初犯我不追究。下次我保证撕烂你的嘴！让你用鼻子喝粥做外
星人……

郑佳兰被小母狮子吓住了，脸色泛白倒退两步说，王莹你这么冲动啊，今
天我不跟你谈了，反正金水集团是不会放过这件事情的。

王莹逮理不让人说，你别吓唬我！你告诉我谁是火星人，今天不说出真章
你休想脱身！

王莹你真犟啊。党委书记毕竟能屈能伸，随即强作笑颜说，好吧，我郑佳
兰是火星人，行吗？

争强好胜的王莹听罢反而无话可说了。这犹如一名拳击手面对一团空气。
她气哼哼拎着不锈钢小铲子走了。

郑佳兰望着这位进取能力很强防守能力很差的女强人背影说，王莹同志，
你败就败在性格上，既不可爱又容易伤人。作为女人我比你幸福多了，我丈夫
爱我，每天晚上给我搽丰乳霜。你呢？没人疼没人爱没人搭理……

这样寻思着，郑佳兰以为挽回几分颜面，回到办公室给金水集团物流公司
新任总经理打电话。葛总，我们希望你们及时查清库存账目，东方制冷设备厂
一定积极配合你们行动。

电话里葛总哈哈大笑，无拘无束地说，你们国有企业就是钩心斗角，出了
乱子互相拆台。我们跟你们不一样，遇到麻烦一致对外，事情摆平之后才清理
门户呢，谁的责任谁扛着，明刀明枪明着干。

放下电话，郑佳兰自我解嘲说，国有企业名声这么不好哇？这都是计划经
济惹的祸。

　　王莹在金属结构车间跟班劳动。如今企业领导深入班组干活儿的，极少，大多集中精力转向宾馆里的合同谈判和酒楼应酬的杯盏之间。跟班干活儿，王莹发现工人技术水平出现滑坡，很多年不搞行业比武好像技术贬值了。一个青年下料居然画错了线，汽割下来一看，短了。短了就短了，换一块钢板就是了。

　　唉，技术骨干们走了，据说去了私营企业薪水很高。传来这么几句顺口溜："伺候国营厂，心里热爱共产党，工资就是不见长；伺候私营厂，心里仇恨资本家，月月高薪拿回家。"

　　中午休息，王莹端着饭盒回到办公室给金水集团打电话。接电话的小姐自称总裁助理，说王援朝先生不在这里办公了。王莹报出自己名字，对方笑了，说王援朝先生留了您的名字，您可以给他家里打电话。

　　给他家里打电话？王莹从总裁助理小姐口中得到一个新的电话号码，心里纳闷。白瀛瀛去日本定居，大朝哥哥从德国治腿回来住在金水集团总部大厦1298房间。今天哥哥怎么回到家里办公而且换了陌生电话号码？

　　她疑惑不解地拨通这个陌生电话号码，果然听到哥哥雄浑的声音。她当头就问哥哥是不是有了新家。王援朝回答说，不但有了新家，还有了新的生活。

　　王莹心头一紧，说有重要事情跟哥哥面谈。王援朝说出新家的地址，并且要求妹妹保密。王莹记下地址更为惊异，哥，这地方是简易平民小区啊。

　　我是简易平民我住在简易平民小区，这符合事物的基本逻辑啊。

　　哥哥好像变了。这种声音这种语气这种表达方式，使得王莹想起当年那个满怀理想刻苦读书的乡村知识分子。

　　晚间六点钟收工，王莹在金属结构车间吃了一碗方便面，跑到职工浴池洗澡。锅炉房煤源紧张，水温不高。她担心着凉感冒，匆匆冲洗穿衣离去。几个女工全身赤裸议论着，一致认为王莹辛辛苦苦十几年，这次走了麦城。

　　骑着自行车按照地址找到哥哥的楼幢，王莹暗暗吃惊。这果然是平民区。楼道里灯光昏暗，有一户人家门外码放一摞蜂窝煤，严阵以待寒冬的来临。空气里飘浮着油烟味道。靠墙停放着几辆破旧自行车。想起乘坐加长型凯迪拉克的金水集团董事长竟然入住这种地方，王莹难以置信。找到103单元，她拍打着防盗门。

　　小时候，性格刻板的哥哥偶尔弄出一次笑话，譬如把牙膏当作鞋油，引得全家爆笑他却无动于衷。这正是哥哥的可爱之处。王莹希望今天同样上演牙膏变鞋油的喜剧，再次拍打防盗门。

单元门开了，透过防盗门栏栅王莹看到哥哥。他剃了光头，下颏撅着一缕胡须，身穿蓝色制服坐在轮椅里打开防盗门说，灵莹，你是光临寒舍第一人。

从小到大，哥哥依然唤着妹妹乳名，令她感到亲情的温暖。这温暖驱赶着周身秋寒。她一步迈进哥哥新家，大声说你搞的什么名堂啊。

三房一厅的格局，不足七十平方米。老图纸，厅小，房大。走进朝阳的大间，她看到满墙书架。走进朝阴的小间，她又看到满墙书架。

哥，你是中国北方第一村的书记又是金水集团董事长，还有工夫看书啊。她大声发问着径直跨入哥哥卧室，看到一张大床和一排柜子。

灵莹，你怀疑柜子里藏着人，是吧？王援朝操纵着电动轮椅笑眯眯地说，倒是有一个大活人，正在厨房煲汤呢。

王莹立即奔向厨房，果然看到一个白发苍苍的老头儿正在做饭。咦，这是你请的家厨啊？

不等王援朝回答，那老头儿操着满嘴东北口音说，是啊，我是来做饭的……

跟随着王援朝的电动轮椅，王莹来到那间朝阳书房，一屁股坐在沙发里。无论什么时候，只要在哥哥面前，她便成了一个略显任性的女孩子，特别随便。

王援朝操纵手里遥控器，打开顶灯，关闭墙灯，之后合拢了薄纱窗帘。看着哥哥手里那只功能颇多的遥控器，王莹笑着说你高科技啦。

老头儿给她端来一杯热茶。王莹觉得老头儿不错，就问雇一个月多少钱。王援朝说保密，你跑来有什么事情，说吧。

你先说。王莹环视着哥哥新家说，你变化这么大，还是你先说吧。我大胆猜测啊，你一定跟白瀛瀛离婚了……

我还是先跟你说说辞职的经过吧。王援朝调整着轮椅靠背的角度说，我辞去金水董事长职务，你感到意外吧？

真的！王莹挺身站起。你一到关键时刻就弄出大响动，这到底出了什么事情？

这个星期一，我召集金水集团高层班子紧急会议，当场宣布辞职。他们蒙了，紧张得没人说话。我以为他们当面不便发表意见，就离开会议室让他们自由发言。结果呢，九个人在会议室里坐到中午，谁也不说话。原来他们担心这里有诈，以为我佯装辞职考验他们是否忠诚。

　　王莹好像在听单田芳评书，嘻嘻笑着说，他们拿你当了白脸曹操，一个个唯恐掉到你设的陷阱里。

　　王援朝受到妹妹情绪感染，得意地说，你的性格就是开朗，要是傻凤和设子听说我辞职，兴许不会笑的。

　　设子好像不太在乎权力什么的，一门心思钻研技术。傻凤比较看重人的社会荣誉，所以从小闹着当劳模。王莹说着感到跑了题，扯回来说哥哥你继续讲辞职的经过吧。

　　那老头儿走进书房说晚饭烧好了。王莹立即表态吃过了。王援朝指着电视机说，这样吧灵莹，我去厨房吃饭，你在这里看录像。我专门录了像，为了给自己留个纪念。我敢说，当今中国敢于这样做的掌权者，没有！

　　你把 DVD 调好再走！王莹说着转而指挥老头儿说，给我茶杯续点儿热水。

　　凡是在单位当领导的，言谈举止都是你这种样子。王援朝放好光盘按下键钮，把遥控器递给妹妹说，你知道我在金水村当年外号叫什么吗？小列宁！你知道我在金水村如今外号叫什么吗？小禹作敏！

　　你快去用膳吧，我看录像了。王莹坐在沙发里看着电视机里播出的 DVD 画面——王援朝身穿黑色中式夹袄，正襟危坐说话了。

　　"今天，我正式辞去金水集团董事长职务，权力交给由九个人组成的董事会，并且由董事会向全国乃至海外招聘执行总裁。同时，我还辞去金水村党支部书记职务。

　　这十几年来，从金水村支部书记到金水集团董事长，从来都是我说了算。我知道这样不好，曾经三次改革权力体制，都不成。为什么不成呢？首先村民们不答应。大家说，一个穷村发展成为中国北方第一村就是一个声音喊出来的。假若变成五个声音十个声音，就乱套了。一百只公鸡轮着打鸣，天就黑啦。我承认，在金水村的发展初期依靠个人权威，简便易行，切实有效。

　　当然，我们就这样发展起来了。当初金水村离开我，那是不行的。如今金水集团离开我，也是不行的。这十几年里我有几次重大失误，包括盲目发展工业造成环境污染。但是没人问责没人追究，于是形成一个古怪逻辑：王援朝犯了天大错误，也不为错误。

　　有人说，这种官本位现象广泛存在于中国，官场如此，商界如此，处处如此。我承认处处如此，但是我很想改变。"

电视画面里的王援朝端起茶杯喝了一口水，继续说着。电视机前王莹也跟随哥哥喝了一口水，继续听着。

"我读了很多书，从中国古代的王安石变法到日本明治维新，从以色列的恩盖迪基布兹农庄到日本的山岸会村落。我深刻意识到目前这种行之有效的体制，可以获益一时，却贻害长久。我插队落户金水村就开始研究中国农村问题，研究了梁漱溟也研究了毛泽东。如今，金水村不是一个村了，金水集团也不是一个集团了，它成了一个社会标本，无形之中引导着人们。如今人们还在说，不学习金水村怎么能够致富呀。其实，我们的第一桶金，既倒腾过走私电器也变卖过钢材指标，竟然被誉为思想解放的先驱。这是误导啊。

我们金水村和金水集团的体制，很不好。我决心以自身作为实验田——试一试我们究竟能不能真正实行体制改革。我辞去金水村支部书记职务，全村实行集体领导民主政治。我辞去金水集团董事长职务，全集团实行科学现代化管理。我的辞职就是这场实验的开始。

我知道，我的辞职肯定引发一场动荡，可能很多人指责我是一个幼稚的理想主义者，甚至指责我破坏了现有的权力秩序和现行的游戏规则。从这个意义讲，我的辞职已经不是我本人的利益得失了……"

王莹看到这里呼地站起，离开书房大步奔向厨房。哥！你这是放弃权力搞实验啊？我告诉你，金水集团走了一个独断专行的王援朝，马上出现一个专行独断的李援朝。你企图依靠自己辞职形成的小气候改变社会大环境，这是绝对不可能的！

王莹崇拜哥哥热爱哥哥甚至暗恋哥哥，因此也敢于批评甚至反对哥哥。王援朝同志，我以为你早从幼稚的理想主义者变成老谋深算的政治家了，没想到你骨子里还是书呆子啊！

王援朝手里捏着半个馒头。王莹伸手抢过来咬了一口说，小列宁同志，这都什么年代了你还犯左派幼稚病？

老头儿看到王援朝空了手，马上递来一个馒头。他接过馒头说，灵莹倒是读过几行马列主义著作，还懂得左派幼稚病啊。

老头儿满脸堆笑地对王莹说，您让他吃了饭再说，行吧？

王莹觉得这老头儿挺慈祥的，便向王援朝大声说，你快吃吧，我在书房等你辩论呢。

　　回到书房，电视机里正在播放最后一组画面，王援朝极富感情地说："如今很多人变了，有的化蝶为蛹，有的化蛹为蝶。我风风雨雨几十载，理想主义者的本质没有发生根本性变化，我愿做一条千里洄游的大鲟鱼，最终采取这种自我批判的方式完成最后一跃。这最后一跃象征着理想，也意味着悲壮，因此我愈发义无反顾。"

　　王莹被哥哥的诗情感动了。可是，哥哥这样做好比向大湖里投进一粒米，激不起任何浪花自己却被吞没了。

　　从哥哥想到自己，我也属于最后一批理想主义者。争取 CFC 项目，建立龙头企业，这都是冒险之举啊。现实主义者安步当车，一路走来毫无闪失；理想主义者一往无前，最终落得一身是非。

　　王援朝操纵着电动轮椅驶进书房。灵莹，你继续对我开展大批判吧。你说什么我都接受。

　　王莹朝着哥哥笑了。一个男人主动放弃权力，很不同寻常。我是女人我都不肯辞职，我真的很佩服你。不过，你以自己的辞职终结金水集团的封建管理体制恐怕没有效果。你的金水集团是一片麦田，怎么可能生出稻穗儿呢？

　　说得好！即使仍然生出麦穗儿，我也不感到遗憾，关键是我做了。一个男人做了他想做的事情，足矣。王援朝沉静如水，注视着妹妹。

　　全国闻名的金水村，资产雄厚的金水集团，你说辞就辞了，你果然做了一件别人想都不敢想的事情。王莹继续回味着，连连摇头。

　　是的，今天市委组织部副部长打来电话责问为什么擅自辞职。我说我的级别是村支部书记，根据干部管理权限，由乡党委负责，我根本无权向市委请辞。至于金水集团属于工商局注册的大型集体企业，上级无归属，产权不明晰，既是婆婆也是儿媳妇，既是独生子又是大孤儿，只好自己给自己当家做主，辞了。

　　市委组织部副部长说什么呢？王莹关切地询问，忘情地看着这位坐在轮椅里依然能够掀起一场特殊风暴的中年男子。

　　他要求我谢绝所有新闻媒体采访，他说立即向市委书记汇报。王援朝思忖着说，灵莹，我就是想通过自己辞职引发高层领导关注政治体制改革的问题。如今，金水集团尾大不掉，很可能变成一只巨型经济怪兽啊。你知道吧，我们金水村有了自己的警察自己的保安队，代表着高度富裕阶层的利益。金水村的社会正在走向私有化，很多事情令人始料不及。

听了哥哥这番话，王莹想到自己的东方制冷设备厂，感觉压力沉重。一个念头小鱼儿似的跃出水面，哗地在脑海里溅起一朵浪花——她猛然想起金水销售公司仓库里积压制冷设备的事情，便向哥哥核实。

王援朝笑了。我刚刚辞职，新的领导班子便查出问题了。这说明他们没有顾忌我的权威，有闯劲儿！我承认，金水销售公司仓库里积压着你们的产品，但是我年年命令他们跟你们厂结账，一分钱也不拖欠。

为什么呀？产品积压你们退货就是了，为嘛掏钱买单呢？

哥哥终于低下头，注视着搭在轮椅踏板上的双脚。妹妹看到哥哥穿着妈妈亲手做的布鞋，明缃，千层底儿，尖口儿——这是落伍的样式。

哥，你年年为我结账为我买单，这到底为什么呀？王莹催问着，目光里闪动着泪花。

灵莹，我这样做还不是为了支持你嘛。王援朝小声说着，好像理亏似的。

我从小争强好胜，你心里疼我爱我关心我，不忍心看到我失败，是吧？王莹追问着。

王援朝用力点了点头，终于承认了深埋内心多年的情感。

王莹双手捂脸，呜呜哭了。那老头儿悄悄走进来，轻轻递给她一块雪白的毛巾。她接过毛巾无遮拦地哭着，竟然体会到一种从来不曾体会过的快感。

晶莹的泪水浸透毛巾，湿润而厚重。她抬头注视着老伯说，请您给我换一块毛巾……

王援朝突然激动地说，灵莹，这位老伯就是我的生身之父勾华东啊！

啊！王莹感到一阵眩晕，这种眩晕带来一股莫名其妙的冲动，仿佛看到人生的曙光。

老头儿平静地说，我没死，被俘了，先关押在永济岛，后来去了台湾。四十多年过去，我还是回来啦……

王莹兴奋不已。哥，认祖归宗吧，你应当改名勾援朝！你必须改名勾援朝！

27. 谷底与峰巅

我二十多年没住家了，不能老死子啊工人疗养院吧？你选个黄道吉日接我回家，咱们好好过日子！电话里传来牟棉花乐观的声音。金炳啊，你伺候我大半辈子，这后半辈子由我伺候你！今世许愿，今世还报。当年我在巴格拉密学会烤羊肉，一定做给你吃！

听得王金炳心头热烘烘的。他举着电话筒说，棉花，咱们早睡早起，每天吃了早饭我蹬小三轮车拉着你，咱们不逛公园不逛商厦专门逛工厂，工厂才是最好景致呢！先逛我工作过的那几家工厂，再逛灵莹啊傻凤啊她们的工厂，反正不用花钱买门票呗！

牟棉花补充说，还有北方电机厂，听说冯五一跟法国人合资，有中国百分之五十一股份，控股啊。

你说选个黄道吉日，五一节！五一劳动节肯定是黄道吉日。那天咱们不要汽车，我骑小三轮车接你，更舒服。一言为定，保密啊，到时候给儿女们一个惊喜。王金炳动情了，仿佛即将迎娶媳妇入洞房的新郎官儿。

新郎官儿放下电话，犯了愁。老伴儿回家过日子，我大老爷儿们挺着大老娘儿们胸脯，多不好意思。伸手摸了摸胸脯，好像小多了。改革开放形势大好，他相信自己身体会复元的。

退了休，王金炳给全厂青年工人做了一场报告。他语速不快却鲜活生动，大白话里掺着俏皮话儿和顺口溜，令人耳目一新。进入信息时代，社会上出现了"股市反弹""预售楼花""汽车按揭""信息爆炸"等无数新生词汇，王金炳做报告依然引用"葫芦掉进井里——看着下去了其实漂着呢""借钱买藕吃——口口都是债窟窿""阴天半夜看勺子星——找不着北"这一系列老话儿，反而充满新意，当场赢得一次次热烈掌声。

老天爷，敢情我有口才啊。早年华昌机器厂伙计们都这样说话，看来工人语言依然充满跨越时空的生命力，感染着人间。

退休了他不放心，去了特殊原料仓库。接任者是中年男职工。他叮嘱说进料出料一定开动除尘器，防止粉尘害人。对方拿出"猪嘴巴"说，只要防护用品穿戴齐全开动除尘器，没事儿。

是啊，我为了节约粉料不开除尘器，受了病。只要不呼吸粉尘，一切都会正常的。他暗暗开展自我批评，认为责任不在工厂而在自己。

明天五一节。一大早儿王金炳找出一张大红纸和一瓶墨汁，指派外孙冯器和外孙丁苹果写出"欢迎回家"四个大字，贴在迎面墙上。冯器是王莹的儿子，丁苹果是王凤的儿子，这两个男孩子询问姥爷欢迎谁回家。王金炳板着面孔说出五个字：别问了，保密！

十三岁的丁苹果比十五岁的冯器还要聪明，抢答道，欢迎我姥姥回家呗！

对，欢迎你姥姥回家，我要弄一桌丰盛酒席，现在就去菜市场采购。

兴冲冲走出"劳模楼"。他上身穿着一件红色T裇衫，这是冯器丢弃不穿的衣裳，老人家变废为宝平添几分青春气息；他下身穿着的一条绿色运动裤是继承丁苹果的，依稀可见"第四中学"字样。于是，大外孙的红衫和二外孙的绿裤，这两种极不协调的颜色搭配起来，形成老骥伏枥的气势。红色T裇衫过长，绿色运动裤稍短——远远望去活像一位国营马戏团的道具管理员，慈祥里面透出几分滑稽。

道具管理员走到那株来历不凡的芒果树下，抬头望着枝繁叶茂的树冠喃喃不止，老伙计啊你也二十多岁了。南方种子在北方长得这么壮实，你全托毛主席的福啊。

记得那是林彪出事的第二年春天，他捧着花盆把这株生命力极强的芒果树苗儿移到室外——栽种在"劳模楼"前面的草坪边缘。春秋浇水，冬天包裹塑料布。就这样它默默成长着，只是从来不结果。北方人不认识芒果树，就打听，王金炳总是嘟嘟哝哝回答说，神树，神树。

五一节放假人们睡懒觉，清晨"劳模楼"反而显得清静。如今的"劳模楼"

名不符实了。有的劳模提拔成了领导干部，搬走了。有的劳模去世了，儿女住在这里，要么在市场里卖布头要么推车摊煎饼，前进在下岗再就业的道路上。总而言之，"劳模楼"失去昔日光环，成为普通居民住宅楼。前面的"市长楼"打从落成以来，由市长而局长，由局长而处长，一路走低，如今称其"科长楼"也勉为其难了。

名不副实的"劳模楼"与名不副实的"市长楼"之间夹着一块绿地，形成院落。此时大院门口聚了一群人，还架起一台水平仪，远远测量着前面那一座青砖红顶的"市长楼"。王金炳把这台仪器当作电视摄像机，以为这里正在拍摄电视连续剧。他看见远处几个身穿杏黄色信号服的人在绿地里围绕着"市长楼"插了一面面小红旗儿，还挂了一幅幅"工程重地，请勿靠近"的标语，好像外景地。王金炳扭头望着那一面面迎风也不招展的小红旗儿，愈发认为这是在拍摄电视连续剧。

去年冬天，一个名为《劳模家庭》的电视剧组叮咚叮咚按响了门铃，说是前来采访老牌劳动模范，为剧本补充素材。光头导演像模像样地在客厅里架起摄像机一口气给王金炳录了三个小时，请这位工业战线红管家从一九四九年说到一九五九年，又从一九五九年说到一九六九年，从一九六九年说到一九七九年，从一九七九年说到如今。三个钟头竟然讲了四十多年的故事。历史成了一块压缩饼干。王金炳很想谈谈将来，导演却没了兴趣，撤伙了。

骑着小三轮车驶进宏光菜市场。这里曾经是国营宏光电器厂，那座高大宽敞的中心仓库经过改建成为蔬菜水果区。当年王金炳荣获"工业战线红管家"称号，革命元勋朱德同志视察工厂，还在这里跟他握了手。

宏光电器厂仓库的痕迹，荡然无存。王金炳仿佛进了陌生世界。一排排标明号码的不锈钢摊位摆满各式各样的蔬菜，五颜六色，室内植物园似的。

他回忆当年这里存放的配件名称：触点、卡座、线圈、拨叉、端盖、支架、垫片、螺钉、丝锥……种类繁多，记录着计划经济的工业繁荣。如今，这里变成蔬菜摊位：黄瓜、西红柿、芹菜、辣椒、茄子、苦瓜、豇豆、胡萝卜、香葶、茼蒿……也是种类繁多，叙说着改革开放的大好形势。

放眼望去，轴承变为倭瓜，铜条变成蒜苗，金刚砂变成黄小米，铝线变成粉丝，砂纸变成紫菜，钢珠变成鹌鹑蛋、油毡变成海带……不光换了日月，而且换了人间。骑着小三轮车驶过几个摊位一眼瞧见冬瓜，停车询问价钱。摊主说一块钱一斤。他嗯了一声调动屁股离开车子，伸手将一只只冬瓜摸索了一遍，连连摇头抽身离去。摊主极其不满地说，老头儿你从前是地雷工厂质量检验员吧。

不理会摊主的挖苦，却考证出这堆冬瓜占据的正是当年存放漆包线的地方，后来改为存放矽钢片。这样思量着，鼻子嗅到了从前的味道。这时他突然抖了抖肩膀——似乎调整着肌肤与"勒子"的间隙。又驶过几个摊位，他认定来到当年存放铝箔的位置。他选中一只墨绿色冬瓜。双手捧着上秤一约，冬瓜摊主说六块钱，然后套上塑料兜儿递给他。他微笑着取出微型弹簧秤，当场复核斤两。摊主吃惊地望着微型弹簧秤，那表情好像看到了飞毛腿导弹。

五斤半。你应该收五块五，不应该收六块钱。王金炳吃力地指着悬挂在微型弹簧秤下的冬瓜说。冬瓜摊主不耐烦了，说这年头敢情还有您这么较真儿的人，好啦你说五块五就五块五吧。

不是我说五块五就五块五，五斤半冬瓜就应该五块五。王金炳表情随和语气舒缓，说得有板有眼有理有节。摊主理屈，也就词穷了。王金炳递去一张五十元面额的钞票。对方接过去随手找了钱——四十四元五角。

王金炳从菜篮子里取出袖珍验钞器，把摊主找回的四张十元面额钞票逐一插入袖珍验钞器，检验真伪。冬瓜摊主气得面孔变成一只巨大西红柿，之后从西红柿变成一只巨大白馒头。您是中国人民银行退休的行长吧？

驶过一个个摊位，买了油菜买了豌豆买了榨菜丝买了鸡胸肉买了羊腿，便去买海米了。平时他老人家的主要任务是饲养两个学生，严格遵循四菜一汤的基本原则，四菜是两荤两素，汤则随季节变更，主食大米饭。今天采购为了迎接老伴儿回家，所以添了羊腿。

找到海货摊位他看见三十几种海米，好像人们把大海晒干了。几经斟酌还是选了那种三十五块钱一斤的"金钩海米"，说买四两。海货摊主是一个皮肤白皙的中年妇女。满脸堆笑称了四两海米装进塑料袋。王金炳从菜篮子里取出微型弹簧秤，复秤。半斤？我要退给你一两的。

卖海米的中年妇女笑了，说我们厂长要像您这样实事求是多好。堂堂北方电机厂改名阿尔贝托电机制造公司，中方控股百分之五十一。动力车间大老刘会算命，说冯五一当厂长搞合资占百分之五十一股份，这是天数。可是外方连年增资，中方死要面子活受罪，没钱只好折股啊。眼看着外方从百分之四十九升到百分之七十一，人家控股了。我是工程师被裁了，跑这儿卖海米来啦。

听到这个消息，王金炳咯噔变了脸色好像死了亲人。不是中方控股吗？怎么掉到外国人手里了……

您还不相信？外国人控股马上裁员，一线生产工人降了百分之五的工资。工人不敢罢工，只能忍着。

王金炳眉头拧成一个肉疙瘩，上海馄饨似的。他转身去买了两斤喷了催熟剂的西红柿。他心里有详细分配方案：西红柿一斤给人吃，一斤"喂"树。那芒果树喜欢南方酸性土壤。多少年他一次次将西红柿埋在树下，一次次抵挡着盐碱土壤的侵害。二十年过去了。西红柿从五分钱一斤涨到一元钱一斤，他照样买来"喂"树。这一株从芒果核儿变成芒果树苗儿，终于长大的芒果树，俨然老汉的"宠物"。处处省吃俭用时时精打细算的王金炳，只有喂养这株堪称人间奇迹的芒果树时，绝不吝惜金钱。

完成采购任务回家，王金炳站在卫生间里打量自己。明天接棉花回家好比我们再次结婚，我应当穿得体体面面吧？这样想着，他决定花钱添置衣裳。

吃了午饭去自动提款机取款。退休金每月八百二十元，全国总工会劳模津贴每月一百元，市总工会劳模津贴每月八十元，三项相加王金炳月收入一千元。不是美金是人民币。人民就要花人民币。

取了款，王金炳乘坐巴士去服装城。红灯。他无意间看到路旁报刊亭前站着一位身穿银灰色中山装的老翁。老东家！他啊地叫了一声。到站停车，他下了巴士往回跑。二十多年没有见面，他老人家仍旧硬朗啊。

报刊亭前面空空荡荡，没人。他扒住报刊亭窗口大声问道，那位老先生呢？那位老先生呢？

小窗口里回答说，您就是老先生啊，怎么自己找自己呢。

王金炳哑口无言，环视四周看不到老东家身影。一定是我看花了眼。这么多年往事仿佛河水倒流，经常重现梦里——白鸣岐坐在华昌机器厂账房里，手里嘎啦嘎啦搓着山核桃说，饼子啊饼子。

怀里揣着一千元人民币，他看到"铁鸟服装专卖店"毫不犹豫走进去。售货小姐注视着这位身穿红色T恤衫绿、色运动裤的老汉，笑了。

王金炳沿着货架寻找属于自己的款式。给我拿一件衫衣，再配一条西裤。说罢坐在试衣间门口等待着。售货小姐拿来一条蓝色西裤。他想起幻觉里的老东家身穿灰色中山装，便说要灰色的。售货小姐立即夸奖他有眼力。

试衣间里，脱去邋邋遢遢的旧衣裳，换上舒舒展展的新服装。镜子里出现一个身穿白色衬衣灰色西裤的老头儿，挺精神的。多少年了，他从来没有穿戴得如此郑重其事。走出试衣间选了一条铁鸟牌皮带，系在腰间。交款时收银台小姐告诉他一共九百九十八元，打八五折。

啊？一贯精打细算的"工业战线红管家"被天文数字吓住，狠了狠心咬了咬牙讨价还价说，既然优惠就给我打九折吧。

银台小姐笑得捂着嘴说，老先生打九折比打八五折还贵呢。

交了款，把替换下来的红色 T 袖衫和绿色运动裤装进"铁鸟"的袋子里。我的八辈祖宗啊，我从来没给自己花过这么多钱，今天打破世界纪录了。

手里拎着过去的自己，他昂首阔步走出服装店。路经一家茶叶店时突然哎呀叫了一声，他猫腰捂着胸口。

我的勒子呢？我的勒子丢啦！他脸色苍白双唇颤抖，好像世界末日到了。

咦，我在试衣间里没看见胸兜，我从家里出来就没戴吧？他渐渐冷静了，伸手摸着胸脯——左右都比较平坦了。

好啊！这说明我不需要勒子了。他大步走近茶叶店玻璃窗打量着映像里的自己。白色衬衣灰色西裤黑色皮鞋，老汉一切正常。

真他妈的好啊！终于摆脱了胸兜桎梏，他兴奋地骂了一句粗话。好似当年欢迎解放军进城。消费了九百九十八元的老头儿，目光分外明亮，自豪地挺起胸膛，双脚充满弹性，大步向前走去。

当天晚上，王金炳收拾卧室将两张单人床合并起来，拼成双人床。铺床的时候他难过了，落下几滴眼泪。继而清洗厨房，之后拾掇厕所。他特意在抽水马桶里投放一块"蓝精灵"，显得很讲卫生。独自忙到半夜，依然兴奋不已。

清晨，阳光很好。今天五一劳动节。身穿九百九十八元好衣裳的王金炳走出"劳模楼"来到芒果树下擦拭小三轮车，那心情就是去接新娘子。牟棉花多年没有回家居住，今天非同寻常。出发之前，他特意给工人疗养院丙楼房间打电话，但没人接听。嘿嘿，棉花一准跟护士们告别去了。

骑上小三轮车，退休老劳模王金炳一路哼唱着现代京剧《红灯记》，个是李玉和是李奶奶，李奶奶是老旦。他有时也唱《沙家浜》的沙奶奶，沙奶奶也是老旦。此时的"李奶奶"没了胸部隐私，昂首骑行了。一方面告别勒子，一方面迎接老伴儿回家，他认为这是双喜临门。

驶进工人疗养院大门，正逢"三产"进货，一辆大卡车堵住通往丙楼的道路。身穿白色衬衣灰色西裤黑色皮鞋的王金炳绕路从假山后面骑过，直达丙楼。几个护士从丙楼里跑出来，表情紧张。靳大姑嘴里叼着烟卷儿走上前来，叫了一声金炳，无论遇到什么事情你都要挺住啊！

棉花怎么啦？衣着光鲜的王金炳丢下小三轮车，大声问道。

靳大姑毫无表情地说，这朵棉花终归纺到线里去了。她走啦，一个人坐在藤椅里走的。

王金炳古怪地笑了。我这不是来接她回家嘛，她不坐我三轮车往哪儿走啊？

说着，感到大事不好，他大步冲进楼道奔向牟棉花的房间。靳大姑大声招呼着护士们。你们拉住他！你们拉住他！

牟棉花身穿蓝白相间的疗养员服装安然坐在藤椅里。她戴着一副老花镜，左手握着一只鞋底儿，右手捏着一根细麻绳儿，身体微微侧倾脸庞低垂，好像在寻找掉在地上的顶针儿。

地上扔着一张报纸——《北方周末》。这是一份著名报纸，有深度有广度有速度。尤其"文化大视野"专版，经常刊登人们闻所未闻的事情。

值班医生满面愧色地说，我估计凌晨时分牟大姐突发大面积心梗，可惜我们没有及时发现……

王金炳缓缓蹲在藤椅前面，抬头注视着不辞而别的老伴儿，泪流满面。

棉花，今天五一劳动节啊！你让我接你回家过日子，你怎么说话不算话呢？王金炳伸手摸着牟棉花冰凉的脸庞，声音颤抖。

你住疗养院，我看管仓库，咱们几十年了。你让我骑三轮车拉你去逛工厂，你怎么自己走了呢……

两个护士过来搀住王金炳。他异常冷静地说，牟棉花是有组织的人，你们给市总工会打电话吧。我要把她的遗体接回家去！

靳大姑走进房间伏在他耳畔说，金炳，你看牟棉花纳鞋底儿的手法，两根手指头捏着一根细麻绳儿，这还是"牟棉花工作法"的接头儿技术啊。

王金炳看了看老伴儿留给人间的最后姿态，转身盯着靳大姑的眼睛说，是啊，这就叫一辈子！这就叫一辈子！

受到王金炳情绪感染，靳大姑望着遗体说，牟棉花你放心走吧！我一定替你把那本书弄出来……

王莹闻讯赶到母亲房间，从地上拾起《北方周末》这张报纸。她心里明白，母亲一定是子啊阅读一篇标题为《人言可畏的误读》的文章时，受到强烈刺激的。这篇文章谈到本市某集团董事长违背市场规律大搞"亲属交易"，以代销名义连年收购某国营企业产品，尽管积压仓库却照样结账，以此造成某国营企业尽产尽销的虚假繁荣。他为什么这样做呢？因为那家国营企业女厂长是这位集团董事长的妹妹。这种以亲情为纽带的交易现象被经济学家称为"近亲繁殖"，必然孕育出营销领域的"怪胎"。这"怪胎"反映了商品经济幼稚时期的"企业失重心态"。

然而，不知是大众误读还是有人误导，这起属于经济领域的虚假销售的案件竟然以讹专讹演化成为兄妹之间的丑闻："近亲繁殖——怪胎"。消息不胫而走，"兄妹乱伦"成为街头巷尾饭后茶余的热门话题。《北方周末》编者按指出，如此严重的误读发生在广大民间，足以说明大众心理的严重倾斜。兄妹乱伦这是多么刺激的话题！于是人们由误读到误传，齐心协力将一个扭曲的销售事件改造成为一对扭曲的男女关系，并且轰轰烈烈地上市了。

王莹猜测，母亲深夜做鞋疲累了，随手拿起这份报纸阅读，一眼看出这是发生在大朝与灵莹之间的一场风波。她老人家是否受到"兄妹乱伦"的刺激从而诱发大面积心梗，不得而知。王莹充满内疚地撰写着讣告。

说是卒年六十五岁，其实减去当年报考东洋纱厂的虚报年龄，牟棉花实足活了六十三年。靳大姑清清楚楚记得，黄毛丫头牟棉花的工号是丙字9551。谁也没有想到这四个阿拉伯数字预示了女主人公的死期——公元1995年5月1日病逝于工人疗养院丙楼。这么一朵棉花，纺来纺去活过一个甲子。

"工业战线红管家"兼唯物主义者王金炳坚决认为，这只是一个巧合。

丧事从简。牟棉花遗体告别仪式规模不大。李亦墩同志步履蹒跚地出席了。王莹扑到这位伯伯怀里抽泣说，妈妈发病我不在身边，我一辈子不能谅解自己！

灵莹不要难过。你把东方制冷设备厂办好，就是对你母亲最好的报答。李亦墩小声安慰着王莹。坐在轮椅里的王援朝已然泣不成声。

王凤伏在王援朝耳畔小声说，哥，你从来都是金水集团的铁腕人物，虽然辞了职也不要让人看出你有一副软心肠啊！

王援朝擦去眼泪，吃惊地望着乳名为傻凤的妹妹。全家极度悲伤之际，只有傻凤理性不减，头脑特别清醒。

李亦墩拍着王援朝肩膀劝他节哀，你去德国治腰治腿疗效怎么样？

马克思和恩格斯的故乡，治腰治腿都有疗效，说着王援朝抬手指着脑袋说，当然，这里的疗效最大。

你辞去金水集团董事长职务好像另有原因吧？李亦墩压低声音说，外界传说你在幕后照常掌握权力，以退为进这是高明之举啊。

王援朝并不承接李亦墩的话题，神色淡定地说，金水集团下属二十八家企业，有的属于乡镇企业还是属于民营企业？有的属于个体企业还是属于合伙企业？很混乱的。只要产权明晰了，我们的事情就好办了。

王凤拉着李亦墩的手说，我们厂拿到两份订单，这一批运动衣即使赔本也要做。您说国有企业到底怎么办啊！

我老啦，以后全靠你们支撑天下了……李亦墩呼吸急促地说着，退场了。

一个戴墨色眼镜穿银灰色衬衣藏蓝色裤子的人走进吊唁厅。王金炳一眼认出这是白小林。一辈子研究日本企业管理的白小林注视着躺在鲜花丛中"棉纺战线一面旗帜"，满脸泪水。

谢谢你啊棉花，没有你，新中国成立前夜我就不会参加护厂队行动，不参加护厂队行动，我就成了历史反革命，一解放肯定枪毙了……

跟死者家属握手，鬓发斑白的白小林依次对王莹和王凤说，以后你们的孩子要是去日本留学千万别上坏人的当，我的咨询公司专门接受国内企业和人士对日本方方面面的咨询。你们的事情，我免费！

白小林与王建设握手，说你是登高英雄三百三十五米。这位登高英雄趁机向"日本通"请教说，小岛株式会社出产的高速织机，它的配套电机是三井公司的吧？

咦，你怎么知道这些情况，可以直接阅读日文资料啦？白小林大为惊讶，往鼻梁上推了推下滑的墨镜。

王建设不动声色地说，一知半解……

走出吊唁厅，沉浸于往事里的王金炳突然想起老东家，便打听了一句。白小林表情平淡地说，我们的父子关系你最清楚。我从日本留学回来进了日商东洋纱厂，他对我不肯宽恕。新中国成立后我娶了日本遗孤，他更不愿意。"文革"结束落实政策，他老人家搬了家，从此失去联系。前几年我在大街上见到他，老爷子挤在人群里买彩票，说中了五百万头奖就去开工厂……

王金炳感慨不已地说，你们爷儿俩其实性格相同，都是一条道跑到黑的人，你迷上了研究日本，他老人家这辈子就想开工厂当东家手里有绝活儿。

白小林突然问道，金炳，你看我这辈子还有可能接替我父亲当少东家吗？

王凤插言制止道，今儿是我妈的追悼会，你别跟我爸闲聊好不好？这么大年纪改不掉书呆子毛病！

苍老的靳大姑没有来到吊唁厅，她步伐沉重径直走进火化操作间。操作员驱赶她说，工作重地闲人免进。靳大姑从怀里掏出一只油纸包缓缓打开，露出一小截儿形似腊肠的东西。她表情郑重地告诉操作员说，一起火化吧，这是死者的小脚趾，我保存将近五十年啦。操作员受到震撼，连连点头。

靳大姑朝着特等劳动模范的遗体大声说，牟棉花你整齐了，走吧。

遗体告别仪式之后，王金炳独自坐在殡葬馆院里，抬头望着那座大烟囱冒出一股股白烟，表情淡然。

棉花飞到天上去了，飞吧，你一辈子好强，飞到天上去吧。

一辆切诺基吉普车疾驶而来。被牟棉花生前称为郝二黑的郝伯生不等停稳，便推门下车快步跑到王金炳面前说，我下了飞机往这儿赶，还是没见到牟大姐最后一面！

王金炳指着大烟囱冒出的缕缕白烟说，二黑！你现在大声跟牟棉花说话，她还听得见呢。

郝伯生抬头望天眼含热泪高声喊道，牟大姐，我四处跑贷款赔笑脸，就是不愿意再给别人当小伯役啊！您放心走吧，我一定要让您在天堂看见咱们高新纺织科技园开工典礼的日子！

入冬不久，李亦墩发病住院。高干病房下达病危通知书。医院给王金炳打电话说老领导要见你。王金炳知道李亦墩没儿没女，徐贰芬几乎成了植物人。唉，我就算是他的家属了。

王金炳站在病床前面。李亦墩气息微弱地说，对不起啊。这一辈子把你调来调去的，你能原谅我吗？

王金炳连连点头，尽力安慰着这位改变自己人生道路的老领导。李亦墩苦着脸色说，我的心愿是建立一座劳动模范博物馆，让子孙后代看到你们留下的足迹，可惜没弄成啊。

王金炳哭了。您放心，只要我活着就一定要把咱们的足迹留给后代。我还记得您的象棋下得特别好，您给胖厨师支嘴赢了瘦厨师，让我吃上杂合面饼子。

李亦墩抖着满脸病容颇为尴尬地说，当年为了革命工作我把佟小喜尸体拖出棺材随便埋了，很不人道。我听说华昌机器厂旧址拆迁，你一定要找他的骨殖正式下葬啊。

人之将死，其言亦善。老领导留下这两句善言，几天之后撒手而去了。于是，人间没了王金炳的知情人。他们共同经历的往事宛若淡淡雾霭，朦胧里透出几分清晰，清晰里又显出几分朦胧。清晰与朦胧之间翻过一页页时光。

开春了，熏风吹绿那株芒果树。王金炳牢记老伴儿遗愿。他将牟棉花一寸底板放大成二十二寸照片镶进铝合金镜框，立在小三轮车厢里。照片放得太大，亡妻形象略显失真，反而衬出天国的遥远。

劳模楼下，遇到脸色苍白的滕维丽。她每天清晨环绕这座"劳模楼"行走五圈，几个月以来愈走愈瘦，减肥效果明显。

滕维丽叫一声王老先生，很亲切的样子。王金炳满脸堆着和蔼笑容，承应着。多年以来，首长接见叫他"金炳同志"，工厂里叫他"王师傅"，晚辈们叫他"王伯伯"，小孩子们叫他"王爷爷"，只有这位身穿黑色连衣裙的滕维丽称呼他"王老先生"。王老先生经常与这位女邻居聊天却从来不提王莹。他知道滕维丽曾经是王莹下属，早掰了。如今滕维丽是知名企业家，领导着东方小型锅炉厂。仿佛前世有缘，王金炳与滕维丽成了忘年交。

滕维丽看到牟棉花大幅遗像，恭敬地鞠了一躬，之后钻进接她上班的小轿车，走了。王金炳看看相片，望着远去的小轿车，蓦然觉得牟棉花的眉眼跟滕维丽颇有几分相似之处，不由笑了。此时的王金炳并没有察觉自己的深刻变化——老伴儿去世以来，他正在渐渐变成乐观主义者。

驶过"市长楼"，王金炳开始了陪同老伴儿参观工厂的历程。马路边一辆公交车进站。一群背着书包的学生一拥而上，争先恐后互不相让，局面混乱。王金炳瞅见外孙丁苹果伸出两只胳膊划水似的拨开人群，抢先上了车。

优胜的走了，剩下劣汰的，好似几棵豆芽菜栽在站台上，可怜巴巴地消耗着水分。王金炳发现一棵严重缺乏水分的豆芽菜正是大外孙冯器。

这都过去几趟车啦你怎么还没走？担心孩子上学迟到，王金炳上前询问。

冯器表情漠然，好像动画片里的一株沙漠植物。我爸我妈嘱咐我不要抢乘，有老人让老人，有孩子让孩子，先人后己就是先让别人上车自己末后。我只能这样了。要是在网络游戏里我肯定把别人挤掉，第一个上车。

又开来一辆公共汽车。站台上显得清静。冯器舔着干裂的嘴唇说了声姥爷再见，终于上了车。

望着红色公共汽车载着外孙驶去了，他的心情成了一锅夹生饭。是啊，遵循家长教导，冯器是好孩子。可是大清早不抢乘只好晾在站台上，上学迟到。这是一件矛盾的事情。

还是不要操心了，冯器肯定一天天长大。踏着小三轮车载着牟棉花大幅相片，王金炳朝着第五针织运动衣厂驶去。一对横过马路的恋人以为老头儿在给时代影楼做广告，小声议论说怎么选个老太婆做形象大使，夕阳红啊。

第五针织运动衣厂大门口，王凤身穿粉红色休闲装拎着手提包。王金炳跨下小三轮车大声说，傻凤，我陪你妈参观工厂，你这儿是第一站！

王凤告诉父亲她准备去广州服装订货会。我们为国际商标贴牌呢，特别想创出自己的品牌。

看到挂在小三轮车后面的母亲相片，王凤表情严肃地说，妈，您看这套中年女式休闲装有市场吗？这是我们全厂姐妹精心设计的，争取创出"卓茵卡"系列品牌……

仔细打量着女儿傻凤，王金炳代替牟棉花回答说，你要想占领中年妇女市场应当打出"一枝花"品牌，俗话说女人四十一枝花嘛。

王凤转身对同事们说，我老爸有水平吧？他老人家六十多年不露峥嵘，一句话给咱们定了品牌。好吧，咱们这样写广告词儿——女人四十豆腐渣，穿上它，女人四十一枝花。

王凤的同事们纷纷夸赞王老伯见多识广，一张嘴说到章程上，好点子。王凤小声告诉父亲，我姐当厂长跟党委书记有矛盾，特别忙啊。

跨上小三轮车，载着"老伴儿"前往大女儿工厂，王金炳心中充满惦念。

初秋时节，东方制冷设备厂一派欢天喜地的气氛。工人们满脸兴奋，三个一群五个一伙奔向远处食堂，说是工厂破产了免费供应喜面，表情很是喜悦。

驶过一座小楼，王金炳看到挂着"清产核资办公室"牌子，这是党委书记郑佳兰的驻地。听到远处噼噼啪啪放起鞭炮。他认为一准是灵莹带领企业走出困境了。只有喜事吃喜面嘛，破产，永远不是工人们的喜事。

小三轮车驶到办公楼前。父亲遇见了女儿。王莹满脸疲惫鬓角露出几丝白发。父亲当头就问女儿，这是恢复生产吧。

王莹告诉父亲东方制冷设备厂破产了，之后松了一口气说，三个月东奔西走终于盼到这一天了。

破产！破产怎么还吃喜面呢？王金炳双手将老伴儿的遗像抱在怀里，既疑惑又惊恐。

王莹望着父亲说，爸，如今很多国有企业关门停产，下岗职工生活没有着落，父母生病不敢吃药打针，孩子上学掏不起学费，这样下去怎么行呢？我们东方制冷设备厂产品滞销负债累累，走到头了。我们不能这样耗下去，长痛不如短痛，短痛不如新生。我反复研究了国家有关政策，只有争取政策性破产才是最佳选择。您不要以为所有困难企业都能享受破产待遇，这也要抓住机遇的。

抓住机遇？这机遇保一时，不保一世。王金炳伤感地说，工厂破产等于拔了工人的根，工人拔了根怎么活呢？

爸爸，您的心情我理解。经过这几年摔打，我懂了什么是勇敢。当初率领全厂职工创出一千万元利润是勇敢，如今面对困境承认失败也是勇敢。您不知道争取企业破产多难啊，跑了多少路求了多少情吃了多少闭门羹，女强人变成女弱人。我们申请的是政策性破产，政府出头了断债务，企业以资产抵债务，冲去六百万美元呢，其余政府征地抵贷；破产职工得到基本安置，领取破产补偿金，最高三万六呢。今天是全厂发放破产补偿金，所以职工们吃喜面庆贺。

看着女儿滔滔不绝，父亲心痛了。当初龙头企业女强人，如今破产企业清算者，一天一地。

工厂破产了你调到哪儿工作？父亲关心女儿的下场。

我主外，跑破产政策。郑佳兰主内，负责清产核资。一旦破产工作结束，我就下岗呗。王莹自嘲地笑了。我从头开始。您知道东方小型锅炉厂吧？昨天我给滕维丽打电话，说当年你是喷漆工我是厂长，我提拔了你。今天你是厂长，我去你厂里当喷漆工吧，从零做起。

滕维丽这人挺好，我跟她处得很不错呢。王金炳注视着生性好强的女儿。你从小不服输，如今能上能下能折能弯，很不容易。以前你在滕维丽之上，现在甘心去她手下打工，平常人受不得这种委屈啊！

王莹望着母亲遗像说，妈妈，你来参观我的工厂，它破产了，让您白跑一趟。您老人家放心，平常人承受不得的委屈，我能承受，总有一天我会请您参观我的新工厂。

看到女儿如此坚强，父亲心里宽敞几分。转念想起"兄妹乱伦"的误传，忧心再起。灵莹，外面给你跟大朝造谣太糟践人了，你不要心窄啊。

爸，这未必是坏事儿。王莹意味深长地笑着，给父亲衣兜里塞了一千块钱。这是冯器的生活费。

跟女儿告别，王金炳踏着小三轮车走了。一群工人蹲在厂道两旁端着饭盒吃着最后一顿喜面，呼噜呼噜满脸欢喜。工厂破产了工人们吃喜面，这是举世罕见的场面。王金炳停车问一位中年工人破产补偿金拿了多少。

三万五！不少哇。要是一分钱不给咱也没办法！我们感谢王莹厂长，她费尽九牛二虎之力把东方制冷设备厂弄成政策性破产，让我们软着陆啦。这三万五我让家属做小生意，我有技术去南方私营企业打工！

这就是工人，懂得什么是知足。三轮车驶出东方制冷设备厂，王金炳看到马路两侧摆开竞争的擂台。一边是敲锣打鼓宣传太阳神牌家用燃气取暖炉，另一边是模特走台宣传百姓牌家用燃煤取暖炉。这座城市只有百分之三十的暖气化，因此"土暖气"大有市场，竞争空前激烈。

驶近"市长楼"，王金炳发现这是一座空楼了。几个身穿杏黄色信号服的拉了一圈警戒线，好像准备施工。来到"劳模楼"前，他看到这里聚了一群陌生人，有老有少，有男有女，一人手里擎着一炷香，弄得青烟袅袅的。呼啦一声人们涌到芒果树下，扬起胳膊采摘树叶了。

你们知道这棵芒果树的来历吗？不要破坏绿化啊……王金炳大声制止。

一个老太婆表情亢奋地说，我知道！它是用毛主席的芒果核儿栽种的，所以是神树。它的叶子包治百病，高血压、高血脂、高血糖、高血酸，心绞痛、偏头痛、月经痛、风湿痛、坐骨神经痛，总而言之，一周见效！

一个年轻妇女抢着补充说，树枝舒筋活血通经络，还治白癜风和红斑狼疮，真是神树呢！

神树？……王金炳蒙了，以为这是拍摄电视剧《聊斋》。这时候，低端的树叶被捋光了。一个中年汉子扛来梯子大声嚷嚷着，如今假药太多，我们只能依靠毛主席老人家留下的神树为自己消灾祛病啦！

没错！芒果树在北方冬天活不成，所以说这是毛主席留下的神树！

对，他老人家在天之灵永远保佑我们下岗职工！

王金炳陷入众人指责之中，很是被动。突然响起一个女人声音，我打110报警啦！你们大搞封建迷信破坏国家树木，一会儿警车就到了……

可巧，一辆警车鸣笛从远处行驶过来。嗡的一声好似大海退潮，崇拜神树的人群四散而去。

遍地落叶。王金炳心疼地捡起一截儿树枝，抬头看着赶来给自己解围的滕维丽。小滕，你说这树是不是包治百病？

滕维丽悲悯地笑了，这是社会从众心理，一旦有人信了，就一传十十传百，星火燎原了。

我倒是希望这树治病，那样就节省下岗职工医药费了。王金炳话音未落，听到轰隆隆巨响。

地动山摇了。这是由金水集团粗暴实施的"定向爆破"。身价不非的"市长楼"坍塌了——好像一个巨人瘫坐下来。一股烟尘腾空而去。

铺天盖地的尘烟，震耳欲聋的声浪。滕维丽尖声喊道，虚假繁荣，畸形发展，疯狂开发，这又是一大堆房地产泡沫啊！

王金炳好似一尊灰头土脸的秦俑说，他们把"市长楼"给炸了，疯啦？

对！滕维丽气得脸色惨白，笔直的鼻梁上沁出细细汗珠儿说，金水集团抢购黄金地段，很快就要炸掉这座劳模楼啦。

28. 绚烂与淡定

　　自从担任家属工厂厂长，滕维丽受到党委书记郑佳兰全力支持。几经变化，家属工厂脱离母体改变性质终于挂上东方小型锅炉厂牌子，成为股份合作制企业。本厂职工持股百分之三十，企业持股百分之三十，机电控股集团持股百分之四十，天下三分了。

　　以生产百姓牌家用燃煤取暖炉起家，东方小型锅炉厂获得制造压力容器许可证，生产工业民用小型锅炉形成系列产品，经济效益很好。企业内部持股职工连续三年分红，高者达到万元。滕维丽威望大增，人们尊称"女老板"。女老板为了活跃职工金融生活，独出心裁将废弃不用的小会议室改为"企业内部股票交易所"，人称"小沪市"。每天中午定为股票交易时间。职工可以卖出，也可以买入，厂方收取低微管理费。

　　一时间"小沪市"成了新闻。当地报纸记者赶来采访，却被滕维丽拒之门外。成也记者，败也记者。党办主任出身的滕维丽深知此理。

　　东方制冷设备厂是娘老子，死了。它的遗腹子——东方小型锅炉厂却成长起来。这好像民间传说的母蝎产子。母蝎分娩即死，一群新蝎吃着母蝎尸体长大了。这就是母亲的最后贡献。

　　既然谈妥了来做喷漆工，"破产厂长"王莹来东方小型锅炉厂报到。那几位吃了滕维丽闭门羹的记者看到这位昔日女强人，竞相采访。王莹面对录音机简单谈了自己"从头开始"与"从零做起"的想法，转身跑进工厂大门。

　　又黑又瘦的滕维丽不温不火地说，王莹，不论当工人还是当厂长，咱们还是不出风头为好吧?

王莹满脸尴尬。滕维丽告诉她去人力资源部办理手续,态度不冷不热。

王莹穿过中低压车间,看到许多东方制冷设备厂的破产工人,有焊工有钳工有电工,汇集这里再就业了。这些熟悉的面孔远远望着"破产厂长",表情略显惊异。此情此景引起王莹伤感,好像存款丢失被别人捡走了。她当即告戒自己保持正常心态。你不是厂长了,既不要指点江山也不要激昂文字,只记住"粪土当年万户侯"就是了。

人力资源部长竟然是曾任东方制冷设备厂党委组织部长的简大姐。王莹环视着这间办公室,几乎产生了重返过去的幻觉。简大姐告诉王莹,自从退休"返聘"来到东方小型锅炉厂,就夕阳红了。

哦,东方小型锅炉厂成了东方制冷设备厂的翻板。王莹心里蓦然清晰了。

王莹被分配到集成车间做喷漆工。领取工作服时王莹想起当年做清扫工的情景,三十年恍惚如昨。她还是改不掉厂长脾气,不由自主地观察着厂情。溜达到空压机房附近看到两台设备停在路边,一台是剪板机一台冲压机都是八成新,机身印有"东方制冷设备厂"字样。工厂破产设备封存清产核算,它们怎么跑这儿来啦?

看守空压机房的师傅说,听说这是从东方制冷设备厂用废铁价格买来的,滕维丽捡了大便宜。

王莹明白了。这是郑佳兰抢在破产之前任意甩卖,造成国有企业资产严重流失。这两台设备是有形的,那么无形的呢?

她索性坐在冲压机旁边,生气了。东方制冷设备厂好比一棵轰然倒地的大树。它的养分滋生了一堆小蘑菇。小蘑菇长成大蘑菇。我不能说蘑菇不合理,只能说大树死了,蘑菇生了。这样想着,内心很是迷乱。难道国有企业就是一棵棵倒地而死的大树?难道这一棵棵大树只能成为滋生蘑菇的温床?

王莹,这可不是大树跟蘑菇的关系啊。滕维丽绕过冲压机走到王莹近前,脸上挂着少见的微笑。

咦,你怎么知道我心里想的?王莹惊诧地站起来。

滕维丽没了微笑。我听到你自言自语了,一会儿大树一会儿蘑菇的。

敢情我添了自言自语的毛病?王莹连连摇头苦笑说,这说明我老了,丧失自我控制能力了。

沿着厂道返回车间，一群人指着她的背影小声议论，当年大厂长变成小工人，这好比股票，有大涨就有大跌，弄不好就退市了。

王莹请了半天假，悄悄来到机电控股集团。这是当年的机电工业局，如今清静得很。接待王莹的机电控股集团董事长就是当年的唐局长。王莹开门见山以东方小型锅炉厂为例，提出国有资产掌控股权的问题。唐董事长笑了。

王莹，敢情你思想比我还要保守，国有企业走股份制道路，很正常嘛。有的我们控股，有的我们不控股。该我们控股的就控，不该我们控股的就不控。你举东方小型锅炉厂的例子很有现实意义，现在该厂职工持股百分之三十，股权分散弱小，不利于企业发展。这几天正在跟迅达投资公司洽谈收购职工股份的方案，进展不小。

如果收购成功，迅达投资公司将持有百分之三十股份，假若他们增资，我们难以相应增资，就只能割让股份了。王莹寻思着说，这样下去我们不光失掉控股权甚至完全失去企业啊！

这有什么大惊小怪的？唐董事长望着情绪冲动的王莹说，股份制企业就是这样嘛。即使出现股权变化也属于正常交易，反而促进了企业发展。

王莹指着自己太阳穴说，我担任厂长多年患了国企后遗症，必须克服啊！

唐董事长中肯地说，你对国有企业怀有深厚感情，我理解。然而置身社会变革时代我们光靠感情不行，更需要理性。你要是不解决思想问题恐怕连喷漆工也做不好。

傍晚去父亲家里看望儿子，发现有人围绕劳模楼丈量。看来金水集团炸了"市长楼"又盯上"劳模楼"。大朝哥哥辞去董事长职务。新的领导班子挺进房地产市场，大量吞吃城市黄金地段地皮，弄得城市房价飙升。

走进家门，父亲不在。当年她和傻凤的"女生宿舍"由冯器居住。王莹累了，坐在客厅里听着从冯器屋里传出的诗歌朗诵。

"从明天起，做个幸福的人，喂马劈柴周游世界，从明天起，关心粮食和蔬菜，我有一所房子，面朝大海，春暖花开……"

不知道为什么，王莹被感动了。她不知道这是什么诗，却记住诗里的"我"，颇几分有绚烂之极归于平淡的意味。

王莹起身侧耳听着，好像一只中年鼹鼠。她不由自主地推门走进儿子卧室，大声说，冯器，你接着朗诵好吗？

冯器被突然出现的妈妈吓了一跳，顺从地点点头。王莹退回客厅落座闭目，聆听从遥远世界传来的声音。

"从明天起，和每一个陌生人通信，告诉他们我的幸福，那幸福的闪电告诉我的，我将告诉每一个人……"

王莹渐渐攥紧拳头，听着处于变声期的冯器的继续朗诵："给每一条河每一座山取一个温暖的名字，陌生人，我也为你祝福，愿你有一个灿烂的前程，愿你有情人终成眷属……"

冯器走出卧室看到妈妈泪流满面。抬手抹去泪水，王莹问儿子这首诗是谁写的。冯器告诉妈妈，写这首诗的人自杀了。

什么！他不是从明天起做个幸福的人吗，怎么自杀啦？王莹听到噩耗急了，大声质问儿子。

儿子无法解答诗人自杀之谜，只得答非所问地说，我姥爷去滕阿姨家送豆腐了，经常一天跑两趟呢。

这令王莹感到意外。母亲去世之后父亲好像被神灵点化了，变得喜欢说话，变得讲究衣着，变得热衷外面世界了。

冯器上前嗅着说妈妈身上有稀料的味道。王莹告诉儿子自己做了喷漆工。冯器略显失望地说白领染成蓝领了。王莹说洗一洗就成灰领了。

自从滕维丽搬到"劳模楼"居住，王莹不曾造访。今天出于好奇心理，她按响滕宅门铃，开门的果然是满脸兴奋的王金炳。他手持拖布望着突然出现的女儿，兴奋转为尴尬。这时身后闪出滕维丽解释说，我安装了一台太阳神牌燃气取暖炉，厂家赠送一份人身意外保险，今年冬天就烧上土暖气了。

王莹思维速度很快。你放着咱厂的百姓牌燃煤取暖炉不用，为什么安装竞争对手的燃气取暖炉啊？

滕维丽好像躲避着这个话题。好啊，你用了咱厂这个字眼儿，我太高兴了，这说明你认同东方小型锅炉厂了……

王金炳趁机小声向滕维丽告辞，放下拖布走了。王莹不禁哑然失笑，觉得父亲变成一个形迹可疑的人了。

王莹观察着滕维丽的家：一室一厅格局，客厅里的水泥地面一尘不染好似一张巨大的水晶桌面，四面墙壁白得令人想起南极。不知哪里散发着一股芬芳，犹入幽兰之室。王莹侧脸瞅着通往厨房的落地门，擦得透明好像根本没有玻璃。

客厅的角落里摆着一张老式折叠式圆桌，那电镀的桌腿被擦得露出铜色，那树脂板桌面被擦得露出纤维本色。

这被擦得干干净净的岁月，令王莹屏住呼吸。自从双方中断私交，尤其目睹东方小型锅炉厂的崛起，王莹愈发认为滕维丽陌生了。

王莹还是追问了安装燃煤取暖炉的问题。滕维丽解释说避嫌，我用自己工厂的产品，花钱没花钱那是说不清楚的。

滕维丽沏了两杯咖啡，陪着王莹坐在小客厅里。双方沉默着。咖啡从热变凉，终于引起王莹的话题。

谢谢你关照我父亲啊。他老了，最重要的是快乐。我看他跟你相处显得特别兴奋，真是难得啊。

滕维丽淡淡地笑了。我从小不愿意跟同龄人来往，认为他们幼稚。我喜欢接触大人。人到中年，喜欢接触老人了。你父亲是个好老头儿。我觉得，你母亲不了解他，你们也不了解他。你一定不知道他非常风趣非常幽默，胜过故事大王也胜过相声专家，这可能与他三条石学徒的经历有关……

真的！王莹好像听到宇宙传来消息。她心里承认，计划经济时代的单纯生活使得父亲掩去多种表情，如今时代生活大变，恰恰使滕维丽成为父亲全貌的目击者。

话题终于离开老人回到工厂。王莹径直谈到迅达投资公司收购东方小型锅炉厂职工内部股份的问题。我担心你艰苦创建的工厂成了别人的企业啊。

别看你做了喷漆工，其实心里还当着厂长呢。滕维丽比喻说，你保卫国企就跟保卫国土一样，寸寸不让。不过国企毕竟不是国土，只要对企业发展有利就是硬道理。我们为什么跟迅达投资公司洽谈职工股权转让呢？职工手里资金太少，他们拿着股份很难推动企业发展。所以股权必须换手，换成资金雄厚的大股东，让大股东增加投资，开发新产品添置新设备开拓新市场。

你说得不错。我从小在国有企业长大，心结太重了，看到有人拿走工厂一草一木，就跟人家急。王莹百感交集地说，既然国家敞开政策发展私有经济，我还有什么说的？

滕维丽端起咖啡杯说，王莹，趁着别人还没控股，趁着我说话算数，请你接替我当厂长吧？

你挖苦我啊！我可不是来夺权的。喷漆工王莹端起咖啡杯一口气喝光了。

我知道你不是来夺权的，我心甘情愿让给你啊！我想休息了……滕维丽似乎动了感情，说不下去了。

你想把一大堆难题推给我，自己一走了之？那一台台设备以废铁价格卖给你，是国有资产转移还是国有资产流失？我猜测你跟郑佳兰之间有交易。王莹突然调皮地说，其中必有隐情，这次轮到我写匿名信举报你啦！

你说话一针见血，办事疾恶如仇，身边的人都怕你。这正是你的难得之处。东方小型锅炉厂从掘得第一桶金发展到今天，连创辉煌确有隐情。这也是我想让位的原因之一。就说唐局长和郑书记吧，你跟他们之间没有丝毫勾连，什么时候想沉下脸色就沉下脸色，什么时候想公事公办就公事公办！

你太狡猾了，让我充当得罪人的角色啊！王莹嘴里说着，却满脸义无反顾的表情。好吧，为了东方小型锅炉厂健康发展，你什么时候需要我做恶人，我挺身而出。你不需要我做恶人，我就在车间里喷漆。不过，你要把内幕给我交代清楚，拿我当枪使可不行！

滕维丽突然激动地说，我真的非常喜欢你的性格，要刀锋有刀锋，要刀鞘有刀鞘，我要是男人一定娶你的！

你不要煽情好不好？王莹从容不迫地拿起一个苹果，吭哧咬了一口。滕维丽不甘落后也拿起一个苹果，啃吃起来。这两个特殊女人之间的恩恩怨怨，似乎开始消解了。

吃了苹果，王莹撇了撇嘴说，假如把工厂比喻为苹果，我就是苹果里的虫子，生在苹果里死在苹果里。可惜工厂不是苹果，是铁，铁不生虫子，生锈。

王莹继续说，我敢断定无论唐局长还是郑书记都吃了东方小型锅炉厂的免费午餐。他们白白拿了企业股份心里发虚，当然希望有人并购职工股权，一换手就安全了，这跟洗钱一样。

脸色苍白的滕维丽，听罢默然。

滕维丽去了卫生间洗手。王莹无意之间看到小客厅方桌下面的小竹篓儿里装着几只药瓶子，药瓶上贴着"人民医院监制"的标签。

咦，滕维丽单身生活，这肯定是她本人服用的药物，莫非她患了什么疾病？

告别滕维丽，王莹回到父亲家里。厨房里王金炳忙着炖猪蹄，不好意思地向女儿挥了挥手，似乎含有几分隐情。王莹暗暗笑了。社会生活多元化，人的心思也多元化，那就和不便言表的父亲心照不宣吧。

果然，父亲制作的红烧猪蹄留给自家餐桌，煲汤猪蹄另有归属。他老人家拎着陶罐向女儿解释说，小滕身体虚弱元气不足，秋冬进补正是时令。之后拎着陶罐走出家门送汤去了。

一瞬间，王莹妒忌了。哼，我也身体虚弱元气不足！我也秋冬进补正是时令！转念一想，释然了。父亲关爱女儿那是父爱，父亲关爱滕维丽则是他老人家的感情生活。既然社会生活多元了，也让父亲生活多元吧。

为了开心，王莹独自躲进厨房指着汤煲模仿美国电影台词说，你有权保持沉默，你煲的每一罐汤都将成为日后美好回忆的证据！

说罢，她咯咯大笑，笑得弯了腰——顺利捡起一颗落地干枣，洗洗吃了。

当晚，王莹住在父亲家里督促冯器写作业。王金炳给滕维丽送了猪蹄汤，心里踏实了，坐在客厅里看电视，居然是"青春街舞"节目。这种青春气息令王莹感到意外。父亲的变化激励了女儿，她陪同老人家观看火爆劲舞。

我看滕维丽身体挺虚弱的，她是不是病啦？王莹漫不经心地问道。

王金炳并不隐晦地说，自从小滕搬到"劳模楼"居住，我就发现她越来越瘦，以为减肥呢。后来她脸色越来越灰，还经常去人民医院输液……

王莹猛然想起人民医院是肿瘤专科医院，滕维丽家里的药瓶儿说明她的输液可能是在接受化疗，难道她患了恶性疾病……这样想着心情沉重起来。爸，你好好照顾滕维丽吧，她没家没业无亲无故，遇到头疼脑热想喝一碗白水谁给斟啊！挺可怜的。

注视着电视里街舞的王金炳说，小滕把她的经历讲给我听了，我们成了忘年交。我工作一辈子没有结交一个朋友，都是机器零件！人到晚年认识了小滕，挺好啊。从今往后，无论她有病没病我都会精心照顾的！

王莹终于明白了，父亲一辈子管理仓库，责任心不改。如今面对滕维丽，他老人家必然保持"工业战线红管家"的一贯风格，不会出现丝毫马虎的。

灵莹，你真的愿意给小滕当副手，甘居人下？王金炳试探地问道。

爸爸，工人下岗，下岗再就业，厂长下岗，也要下岗再就业。我只能从头开始，从零做起。您不相信啊？

你的性格争强好胜，不甘人后。你当惯了厂长给小滕做副手不容易啊。

我就是愿意做不容易的事情，越不容易越来劲！天天做一加一等于二的事情，不出三天我就烦死啦。

一大早进厂上班，厂道上遇到行色匆匆的郑佳兰。王莹知道她跟东方小型锅炉厂有着千丝万缕的关联，便坦克似的迎上去，轰轰烈烈打招呼。郑佳兰满脸不悦地指着路旁报栏说，王莹啊，你什么时候能够改掉爱出风头的毛病？成了破产厂长还在接受记者采访，什么从头开始从零做起，真是没有自知之明。我劝你离开这里去别处实现下岗再就业吧！

郑佳兰的一番话犹如醍醐灌顶，晨曦里，王莹霎时间彻底认识了自己。是啊，郑佳兰的激烈态度无疑说明了她对我的惧怕！我身为下岗厂长依然具有如此威力，这说明我刚正，这说明我干净，这说明我以正压邪，这说明我的存在价值。

王莹咯咯笑了起来，笑得开心笑得爽快，笑得郑佳兰尴尬不安，转身快快而去。望着郑佳兰背影消逝在工厂大门外，她兴奋地挥了挥拳头，朝着滕维丽办公室大步走去。

滕维丽，你什么时候把我从喷漆工段调出来担任你的副手？我等不及啦。

你今天是怎么啦？当官心切啊。滕维丽手里拿着两颗药丸，颇为意外地望着这位登门求职者。

我刚才遇到郑佳兰了。一定是听说我进了东方小型锅炉厂，她特意跑来找你研究对策，在她眼里我是来复仇的吧？

这么多年了，你还是喜欢跟别人较劲。滕维丽无可奈何地说，你活着不能没有对手，没有对手你就不舒服是吧？

维丽，你太了解我了！王莹啪啪拍手说，我遇见郑佳兰就精神抖擞了，恨不得立即走马上任，大干一番。

滕维丽思索着说，我必须保障全厂安定团结的大好形势，你属于动乱分子还是去车间做喷漆工吧。

王莹咯咯大笑。我看明白了！有那么一伙人，第一步趁着企业破产转移侵占东方制冷设备厂的国有资产，第二步抓住企业转制机会倒腾东方小型锅炉厂的职工股权，企图变成私人企业。维丽你坦白，你跟他们是一伙的吧？

滕维丽古怪地笑了。人家孙悟空火眼金睛不放过妖魔鬼怪，遇到危难观音菩萨出面解救，摆平了。你火眼金眼有什么用？只能引火烧身！我请你接替我的职位是出于多种原因考虑的，属于防守战略。你呢？还没上任就发动进攻，我可不敢把全厂职工的前程交到你手里。

那我就接着喷漆呗。王莹大大咧咧地说着，离开滕维丽办公室去车间干活了。

独自坐在办公室里，滕维丽拨通人民医院肿瘤专家的电话。李博士，您实话实说我到底还能活多久？这化疗实在折磨人啊。

不出几天，喷漆工王莹的处境恶化了。工人们议论纷纷，把她比喻为埋在东方小型锅炉厂的定时炸弹。

她搞得东方制冷设备厂破了产，又跑来祸害咱们东方小型锅炉厂啦！

人家迅达投资公司打算收购职工股份，有愿意卖的有愿意买的，她王莹凭什么站出来挡横儿啊？

听到身边的议论，王莹更加坚定这样的判断：迅达投资公司与东方小型锅炉厂绝对存在不为人知的幕后交易，弄得滕维丽进退两难。

王莹悄悄去了一趟人民医院，通过熟人关系找到医政处，在微机档案里调出滕维丽的病历。

轰的一声脑海里好像投进一块巨石。滕维丽果然得了要命的病啊！王莹伸手扶墙，站立不稳。

立冬那天，滕维丽主持厂务会议，任命王莹为副厂长，主管生产和销售。散会了，会议室只剩下这两个女人。滕维丽说东方小型锅炉厂实行厂长负责制，今天我给你铺平道路，你好自为之吧。

王莹说，你既然任命我，我就干了。咱们这座城市三年实现冬季集中供热，咱厂不宜在家用取暖炉领域恋战。我的意见是明年退出家用市场。如今小企业这么多，工业小型锅炉的市场广阔利润很高，咱们应当集中精力开发换代产品，打好环境保护这张牌。

滕维丽感慨不已地说，你真是咬定青山不放松。当年你开发环保制冷机，市场不买账。如今国家对锅炉烟尘管理非常严格，此时打好环境保护这张牌很合时机啊。

王莹自负地说，我从小认准一条道跑到黑，自己跟自己较劲。我就不信会被环保这块石头绊倒两次！

入冬第一场雪。冯器和丁苹果突然出走，留下一张纸条只写了"别惦念我们"几个字，一连几天音信全无。王凤远在外地推销产品。王莹跑去报了案。

雪花落地就化了。派出所打来电话，走失多日的冯器和丁苹果有了音讯：小哥俩儿正在西安参加中华青少年网络游戏大赛，进了复赛。

他妈的！当了副厂长的王莹很久没骂粗话了，脱口而出。下了班顶着小雪走进父亲家门，看到王援朝身穿"条格式"棉衣坐在轮椅里。这种棉衣样式使人想起当年扛枪过江的中国人民志愿军。

王莹兴奋地大叫一声，哥哥，冯器和丁苹果有了下落！在西安参加网络游戏大赛呢。

王金炳乐呵呵补充说，小哥儿俩来电话说已经进了决赛，他们复赛打赢了《挤上公交车》，决赛节目是《流水线》。

王莹被迫笑着说，冯器这孩子平日上学不敢挤公交车，跑到电子游戏里成了强者。这虚拟的世界更能改造人。冯器和丁苹果不务正业啊！

我在电话里也这么批评他们，你猜丁苹果说什么？说劳动创造财富，你们工厂上班是劳动，我们打网络游戏也是劳动。我们要是得了全国《流水线》冠军，就跟我奶奶当年得了全国接头冠军一样！

他们这是强词夺理！王莹无力地批判着，语气很是和缓。

既然冯器和丁苹果平安无事，家里有了安全气氛。王莹挽留哥哥吃晚饭，跑进厨房烙了"银裹金"饼。王援朝连声说久违了，抓起来就吃。王金炳望着自己的养子和亲女，慈祥的目光里含有几分迷茫——好像阅读着两个特殊人物。

很久没有跟哥哥一起吃晚饭了，王莹热烈地望着哥哥。王援朝细嚼慢咽地说，以前白瀛瀛就是烙不好这种"银裹金"饼，怎么练也不成。

现在她会做了吧？王金炳端来一盆肉丝汤面，试探着问道。

现在？她在日本开了画廊，人称"工业派画家"，三菱公司收藏她的代表作《大炼钢铁》，生意兴隆。她跟我离了婚，改名小岛瀛子。

真的！王莹猛然站起盯视着王援朝。趁着父亲去厨房拿调料瓶她压低声音质问道，你离婚怎么不告诉我呢？

王援朝避开妹妹语锋变换话题说，前些天我生父得病住院，我心里很难过。老人家受了大半辈子委屈，一声不吭。我思索，这究竟是我们中国人的坚忍还是我们中国人的麻木？人的一生就这样消耗了……

王莹说祝勾老伯父早日康复，急迫地询问王援朝离婚之后有何打算。这时王金炳拿着调料瓶走出厨房，王莹只好住口。

王援朝接过调料瓶说，金水集团炸了"市长楼"，引起很大反响。听说还要炸"劳模楼"，我专程跑来看看。

王金炳插话了，三条石工业区拆迁，我跑到原来华昌机器厂工地测量方位找到佟小喜的骨殖，总算替李亦墩同志结了旧账。那骨殖呢，我请总工会协助寻找家属了。

王援朝感慨地说，您管了一辈子仓库，办了这件事儿账目全部清楚了。

吃过晚饭，兄妹坐在客厅里聊天。王莹冷静了，不再追问哥哥离婚的事儿，转向迅达投资公司的话题。王援朝不慌不忙说出这家公司的两大幕后股东，一个是当年市生产指挥部吴主任的秘书康红中，另一个是机电工业局唐局长的公子唐东风。这几年他们实施低成本扩张的战略，成功并购三家企业，东方小型锅炉厂即将成为第四家。

王援朝真是无事不知无事不晓，王莹充满崇拜地注视着哥哥。这时她意识到哥哥辞去金水集团董事长职务，原因绝不简单。

你不是在滕维丽工厂里做喷漆工吗？这很好。无论是谁收购东方小型锅炉厂对你来说并不重要啊。

不，滕维丽创建这样一座工厂多不容易啊，我不能眼看着这块肥肉落到那只秃鹫嘴里！

谁是肥肉？谁是秃鹫？当初滕维丽充当秃鹫角色，分吃了东方制冷设备厂这块肥肉，暗暗借助唐局长、郑书记的力量创建东方小型锅炉厂。如今东方小型锅炉厂成了肥肉，真正的秃鹫就来吃它了。这不是阶级斗争，这是金融博弈。

王莹极力辩解说，我不反对经济竞争，我只想让国有投资公司主宰东方小型锅炉厂，不能让工人们成为资本的奴隶……

王援朝连连摇头，笑了。好妹妹，你这是典型的国有企业偏执症。我不反对你热爱国企，可是你的国企破产了。我以金水集团为例子吧，它二十八家企业里有五家曾经是国有企业，当年我们运用资本力量，要么承包要么收购要么置通通统收到帐下。如今只要金水集团下属企业招工，应聘者便踏破门槛趋之若鹜。难道这些工人都是来当奴隶的？不，他们是来就业的。就业是硬道理啊。

王莹寻思着，一时没有反驳哥哥。

灵莹，假如请东方小型锅炉厂职工投票选择收购方，当然是谁出的价格高他们选谁。如果你不愿意接受迅达投资集团，那么金水集团入主。不就是收购职工内部股份嘛，我们多花几个钱好啦。

啊！王莹吃惊地望着哥哥，你不是辞职了吗？说话还是董事长口气啊。

我还是金水集团的顾问嘛。顾问向董事会提出合理化建议，他们还是会认真考虑的。王援朝掏出手机打电话要车，之后向父亲告辞说，我听说您活得很乐观，好啊！明天我派人给您送来手机，有了手机您跟别人聊天就更方便了。

两个西服革履的小伙子叩门进来，抬起王援朝和轮椅，下楼去了。

王莹跟随下楼，看着坐在轮椅里的哥哥被送进一辆面包车。她心里很是迷乱，一时不知对哥哥说什么，只得目送着面包车远去。

父亲下楼来了，说心里憋闷。王莹以为老人家心脏不好，坚持送他去医院看大夫。王金炳扭头上楼，跑回家里了。女儿紧跟父亲跑进家门，看到他老人家脸色苍白。

我心脏没事儿！你送大朝下楼的时候，我接了一个电话……王金炳表情紧张地说。

王莹断定冯器和丁苹果出了事儿，登时变了脸色，是西安那边来电话啦？

不，是滕维丽来电话了。王金炳搓着一双手说，她特意嘱咐我，明天上午把那封信交给你……

您说哪封信？王莹感到事情蹊跷，大声追问着。

王金炳似乎意识到问题严重了，慌乱地向女儿解释着来龙去脉。从父亲的叙述里王莹明白了，去年中秋节滕维丽给她写了一封信交给父亲保管，至于何时递交到时候会通知父亲的。

灵莹，我听单田芳评书里说过，有的人留下书信是为了昭示，有的人留下书信是为了保密，有的人留下书信是为了……

爸爸，您不要等明天上午了，现在就把那封信给我！王莹大声命令着。

王金炳犹豫着说，小滕反复嘱咐我明天上午十点钟……

王莹急了。爸爸！滕维丽是您的忘年交，这辈子您有几个忘年交啊？我敢说只有滕维丽一个。她要是真有个鞍高镫低的，您不后悔啊？

王金炳连连点头，泪水涌出眼窝儿。小滕的眉眼挺像你母亲的，有时候我想，这一定是你母亲留在阳间陪我聊天的人啊……

情绪稳定下来，王金炳态度坚决地说，我不能提前把小滕的信交给你，单田芳评书里说受人之托忠人之事，我不能不讲信用啊。

　　您真是工业战线红管家，把信件交您保管那是万年牢！王莹了解父亲脾气，表面随随和和，心里铁有主意。于是她跑进冯器房间拨通王援朝手机。每逢这种时刻求助哥哥，王莹内心充满信赖感。

　　电话通了。王援朝在路上。王莹快速地讲了这个故事，要求哥哥推断结论。

　　王援朝果真"万事通"，他慢条斯理地说，滕维丽请你接替她的位置，原因很多。第一，她可能患了不治之症，决定将工厂托付给你。第二，她依靠权钱交易创建东方小型锅炉厂，内心长期自我谴责，理想主义者是永远不会原谅自己的，所以她只能以隐退的方式求得心理解脱，决定把工厂托付给你。第三，她家里安装一台竞争对手出产的燃气取暖炉，这可以解释为避嫌，也可能是她选择死亡的方式……

　　你是说自杀吧？王莹惊悚地问道，想象着可怕的场面。

　　假若她选择自杀，我断定这种方式是她的最后奉献——因为她使用的毕竟是竞争对手的产品啊。

　　她要么选择煤气泄漏窒息，要么选择煤气泄漏爆炸！王莹朝着电话里的王援朝大声喊道，哥哥你料事如神！所以滕维丽提前给我写了绝笔信……

　　挂断哥哥电话，王莹冲到客厅里。她斩钉截铁地对父亲说，爸爸，我敢断定您手里有滕维丽家的钥匙，对吧？

　　王金炳点头承认说，我有时给她买菜，她不在家我就开门放在厨房里……

　　您听单田芳评书知道人命关天这句话吧？您不肯把滕维丽的绝命书给我，请您把她家的钥匙给我！

　　真的要出人命啊？王金炳双手颤抖从腰带上解下一串钥匙，自言自语说，小滕你可不能死啊。

　　晚间十点钟，王莹打开滕维丽家门冲了进去。身穿白色睡袍的滕维丽走出卧室，仿佛一具纸人儿。她看到王莹手里的钥匙，苦笑了。

　　王莹不睬滕维丽的苦笑，快步走进厨房查看那台燃气取暖炉。她看到灶台上摆着一只扳手和一把螺丝刀，便认定这是准备"作案"的工具，拿在手里返回小客厅，一屁股坐在沙发里。

　　滕维丽端来一杯水。她猛然发现滕维丽化了夜妆，黑黑的眉，红红的唇，白白的脸。平日滕维丽素面朝天，从不化妆。今夜人生谢幕，她一反常态打扮了自己，这愈发印证着大朝哥哥的判断。王莹望着墙上的挂钟说，滕维丽，我断定你十二点钟动手，对不对？

气喘吁吁的滕维丽拧开药瓶儿搵出两粒灵芝抗癌胶囊，一杯白水送服了。

你以为患了不治之症就活不起了？电脑室的王晓雨就治好啦！王莹挥动着扳手和螺丝刀说，你安装太阳神牌燃气取暖炉，说是避嫌，其实是预谋。你不愿意轻如鸿毛，决定今夜制造煤气泄露爆炸事故，一死了之。明天新闻必然报道这起民宅死亡事故。太阳神牌燃气取暖炉马上成了危险产品，停止销售。咱厂的百姓牌燃煤取暖炉趁机占领全部市场。你用自己生命发出最后一声爆炸，炸垮咱厂的竞争对手，你死得其所啊。

滕维丽拿出木梳拢了拢头发说，你认为我这样死去很卑鄙吧？你一定提前看了我留给你的那封信……

王金炳披着棉大衣推门跑进来，满脸焦急神色。滕维丽迎头说道，我嘱咐您不到时候不要把那封信交给王莹，您怎么提前啦？

没有啊！那封信现在还锁在我柜子里呢。王金炳解释说，王莹跟我说人命关天，我也没有提前给她看……

王莹替父亲辩解说，我确实没有看到那封信，这一切都出自王援朝的逻辑推理。

滕维丽听了，朝着王金炳流下热泪。您真是一个值得信赖的人！如果我继续活下去，天天请您替我去菜市场买菜，天天跟您去公园下象棋，天天跟您通电话聊天……

王金炳一时不知如何是好，激动地跑进厨房烧水沏茶去了。

我人生最后一场演出，被你取消了。我在有限的生命里还能做什么呢？滕维丽苦涩地说。

你应当知道，有三分之一的癌症可以治愈，还有三分之一可以带病存活。你的理想主义是偏执型的，你的英雄主义也是偏执型的。你选择这种极端方式，很勇敢，也很怯懦。你说你生命是有限的，难道别人生命是无限的？既然东方小型锅炉厂是一座大舞台，不到谢幕咱们继续演出好啦！

王金炳走出厨房说，是啊，小滕你演到半截儿下台走了，这算哪档子事儿呢。再说吃五谷杂粮没有不得病的，以后我会照顾你的！

听了父亲这句话，王莹笑了。她对滕维丽说，明天上午九点，东方小型锅炉厂会议室召开第一季度销售工作总结会，请滕厂长到会讲话！

说罢，王莹将手里钥匙交给父亲，起身离去。王金炳追到门口问道，灵莹，小滕不会自杀了吧？

这就要看您老人家的本事了。王莹小声对父亲说。

王莹，你回来！滕维丽站在门口鼓足气力喊了一声。王莹返回，故作镇定地望着滕维丽。

突然，这两个中年女人紧紧拥抱，失声痛哭。不知所措的王金炳在哭声里听到滕维丽的倾诉。

王莹啊王莹，今生今世咱们只能与工厂共存亡啦！

是啊，如果我们患了不治之症，那也是热爱工厂综合征！无药可医了……

机器尾声

每逢星期一清晨，便是高新纺织工业园升国旗的时刻。朝阳升起，国歌响彻，场面庄严。蓝领工人王建设很少观看升旗仪式。他忙，忙得成为一只不停行走的时钟，没了白天与黑夜的界线。

　　自从来到这里工作，王建设便有了家的感觉。郝伯生领导的高新纺织工业园，打出"高人一筹，领先一步"的口号，依靠技术进步全面创新的思路，扭转了纺织工业多年亏损的自卑心理，走出低谷跃上新台阶。

　　王建设在日记本里记下这样的辉煌成绩：引进世界先进的"纺、织、染、整"设备，清梳联的比重从百分之七点一提高到百分之九十，精梳混纺的比重从百分之三十提高到百分之七十五，无接头纱的比重从百分之十七提高到百分之百，纱线支数达到一百六十支，彻底改变了以往的落后面貌。

　　大规模引进"必佳乐喷气织机"和"宝马龙剑杆织机"，实现了无接头技术。王建设不禁想起母亲当年保持的全国接头纪录，内心感慨万千。母亲的人工接头技术确实创造了历史，因此永生了。

　　三年时光了，王建设不忘自己是牟棉花的儿子，久经磨炼成为喷气织机的安装维修行家，土法上马解决进口设备难题六十多项，试织翻改品种四十多种，为企业节约资金三百多万元，人称"蓝领王"。

　　金纺集团董事长郝伯生兴奋地说，明年全市评选劳模，跑不了你王建设！

　　王建设悄悄做通妻子舒芸的思想工作，说咱孩子名字就叫王继承吧。爹建设，儿子继承，还是灵莹姐姐取名有道理。

第六分厂引进新型日本喷气织机，从东京来了几位日本专家指挥设备安装。开工仪式上一位佩戴墨镜的日文翻译出现了，司仪介绍说这是小林白先生。王建设摘下工作帽擦着汗水，认出他是白瀛瀛的父亲白小林。

几十年光阴流水，"白小林"再度成为"小林白"，操着一口标准的"东京口音"和"汉语普通话"，现场同声翻译，引起人们称赞。

"蓝领王"不禁笑了，认为这个世界变化很大。开工仪式结束，他走过去跟这位日文翻译打招呼说，您研究来研究去总算把自己研究成日本人了。

这位满头白发的老翻译正色说道，名字只是符号而已，我永远是中国人。我当翻译，既不代表中国也不代表日本，我只代表企业管理的科学性和工业技术的公正性。

王建设操着并不流利的日语说，既然这样，请您转告那几位日本专家，小岛公司出产的Ⅱ型喷气织机设计上存在一个缺陷……

你知道白瀛瀛回到日本为何改名小岛瀛子吗？她就是这个小岛家族的后代，认祖归宗了。

王建设看到地上落了一颗螺钉，当即猫腰捡起。他依然保持着收藏螺栓螺母的爱好，打算退休之后举办个人藏品展览。

六分厂试车，王建设忙了通宵，土法上马解决了日本进口Ⅱ型喷气织机的"沾滞问题"，使得那位面孔精瘦的日本专家暗暗佩服。

这位小岛家族的远房亲戚压低声音说，王桑，我愿意介绍你去日本工作。

王建设脸上露出少有的坏笑说，阁下，我愿意介绍您留在中国工作。

天亮了，王建设洗了脸跑到高新纺织工业园观看升国旗仪式。广场上遇到二姐王凤。发胖的二姐告诉并未发胖的弟弟，她们迁到这里七分厂，开始生产一枝花牌全棉休闲服装，这是自主品牌国货精品。

王建设望着迎风飘扬的五星红旗说，舒芸下岗再就业，在社区养老院做护士长，前些天收养了靳大姑！还给她镶了假牙呢。

王凤笑着说，镶了假牙靳大姑照旧满嘴粗话吧？她可是纺织工业活化石啊。

临近春节，传说"劳模楼"即将动迁，人心不稳。中午时分阳光灿烂，不声不响驶来一辆电动轮椅。晒太阳的老劳模们看到王援朝来了，纷纷凑过来询问。

你既是王金炳的儿子又是金水集团的顾问，应当站出来说句公道话啊。

王援朝说，你们肯定是要动迁的，搬进华原小区双气双水新楼房。这座"劳模楼"不拆，我把它改成劳动模范博物馆，了却李亦墩同志生前愿望。

老劳模们呼的一声散开，回家报喜去了。王援朝启动电动轮椅，驶进父亲居住的楼门。

王援朝走进家门叫一声爸爸。正在煲汤的王金炳从厨房跑出来望着儿子。西装革履的王援朝说，您放心吧，这座"劳模楼"保留，我投资两千八百万元改建劳模博物馆，展示新中国劳动模范的日常生活，我还要给特等劳动模范们树立铜像。

王金炳激动地东张西望。咦，援朝你的轮椅呢？

我的轮椅？我把它停在芒果树下，锁着呢。儿子调皮地望着父亲，似乎重新成了当年的王援朝。

敢情你是自己两条腿走上二楼的？王金炳又惊又喜围绕儿子转了一圈儿，最终认定这是真货，不是冒牌王援朝。

爸爸，我在德国把腿治好了，回国没暴露。因为轮椅成了我的形象符号，神仙、老虎、狗，外加"轮椅书记"角色。如今我无权一身轻，自然不用轮椅打掩护了。扔掉轮椅，我就不是原先的王援朝啦。

王金炳听不懂这番话的复杂含义，只晓得儿子不坐轮椅了。大朝重新使用自己双腿走路，这是天大的好事情。

灵莹昨天从巴基斯坦打来电话，说平安到达了。王金炳叫着儿子乳名说，大朝啊，你说灵莹出差的地方离阿富汗远吗？

巴基斯坦和阿富汗是两个国家，离得不远，也不近。王援朝猜测父亲想起当年母亲援建的巴格拉密纺织厂，进一步解释说，灵莹先乘飞机去巴基斯坦首都伊斯兰堡，然后转车去她洽谈生意的东部城市费萨拉巴德，亲自签订锅炉出口合同。

尽管是两个国家，王金炳还是满足地笑了。这次灵莹也能学会烤羊腿吧。

爸，您还记得我的生父勾华东吗？他老人家还活着呢！一旦王莹出差回国，我就安排你们老哥俩见面，让她给你们烤羊腿吃。

勾华东没死？苍天有眼啊……王金炳老泪纵横。

星期天晚间，王建设在高新纺织工业园八分厂值班，擦拭了那几颗新近搜集的螺钉，随手拿起当天报纸无意之间看到一则启事："勾援朝先生携王莹女士特别祝贺勾华东老先生七十二岁生日快乐！"

嘿嘿。王建设由衷地笑了。大朝哥哥和灵莹姐姐久经磨难终于胜利会师了。

临近春节，一天晚上王金炳戴着老花镜给卧床养病的滕维丽读报，屋里静谧而安详。滕维丽写给王莹的绝命书则被老人家锁进一只铁盒子，埋在"劳模楼"前面的草坪里。他乐乐呵呵地说小滕你活着吧，它替你死了。

王金炳继续读报，滕维丽睡着了。这时他看到第七版一则企业注册广告。

华昌机器厂　　法定代表人：白鸣岐　　注册资金：一百万元人民币
企业性质：私营　经营范围：机械制造　注册地址：新三条石工业园

我的天啊！老东家今年九十五了吧？他有生之年终于注册了华昌机器厂，重新当了资本家，太顽强啦。王金炳自言自语着，流出悲欣交集的眼泪。那泪水流到嘴角，干涸了，留下淡淡的盐分。

王金炳不知道，华昌机器厂一百万元注册资金里，白鸣岐出资六十万元，一位台湾归来的老兵出资四十万元，白氏控股。人到暮年，这两位高龄老人再度出世了。

卧病的滕维丽睁开眼睛，欠起身吃了两粒灵芝抗癌胶囊说，新的华昌机器厂不会是小作坊了吧？你告诉白小林应当去做少东家啦！

时钟滴答滴答响着，好像故意夸张着流水光阴。于是光阴似流水而去了。

写于 2005 年 6 月 18 日—2006 年 12 月 19 日